Dama da Meia-Noite

Obras da autora publicadas pela Editora Record:

Série **Os Instrumentos Mortais:**

Cidade dos ossos
Cidade das cinzas
Cidade de vidro
Cidade dos anjos caídos
Cidade das almas perdidas
Cidade do fogo celestial

Série **As Peças Infernais**

Anjo mecânico
Príncipe mecânico
Princesa mecânica

Série **Os Artifícios das Trevas**

Dama da meia-noite
Senhor das sombras
Rainha do ar e da escuridão

O códex dos Caçadores de Sombras
As crônicas de Bane
Uma história de notáveis Caçadores de Sombras e seres do Submundo:
Contada na linguagem das flores
Contos da Academia dos Caçadores de Sombras
Fantasmas do Mercado das Sombras

CASSANDRA CLARE

OS ARTIFÍCIOS DAS TREVAS
Dama da Meia-Noite

Tradução de
RITA SUSSEKIND

edição de colecionador com capítulo extra

1ª edição

— Galera —

RIO DE JANEIRO

2016

CIP-BRASIL. CATALOGAÇÃO NA PUBLICAÇÃO
SINDICATO NACIONAL DOS EDITORES DE LIVROS, RJ

C541d

Clare, Cassandra
 Dama da meia-noite / Cassandra Clare; tradução Rita Sussekind. - 1ª ed. - Rio de Janeiro: Galera Record, 2016.
 (Os Artifícios das Trevas; 1)

 Tradução de: Lady Midnight
 ISBN 978-85-01-40108-3

 1. Ficção americana. I. Sussekind, Rita. II. Título. III. Série.

16-30726

CDD: 028.5
CDU: 087.5

Título original em inglês:
The Dark Artifices: Lady Midnight

Copyright © 2016 by Cassandra Clare, LLC

Publicado mediante acordo com a autora a/c BAROR INTERNATIONAL, INC., Armonk, Nova York, EUA.

Todos os direitos reservados. Proibida a reprodução, no todo ou em parte, através de quaisquer meios. Os direitos morais do autor foram assegurados.

Adaptação de capa: Renata Vidal

Texto revisado segundo o novo Acordo Ortográfico da Língua Portuguesa.

Direitos exclusivos de publicação em língua portuguesa somente para o Brasil adquiridos pela EDITORA RECORD LTDA.
Rua Argentina, 171 – Rio de Janeiro, RJ – 20921-380 – Tel.: (21) 2585-2000, que se reserva a propriedade literária desta tradução.

Impresso no Brasil

ISBN 978-85-01-40108-3

Seja um leitor preferencial Record.
Cadastre-se no site www.record.com.br
e receba informações sobre
nossos lançamentos e nossas promoções.

Atendimento e venda direta ao leitor:
sac@record.com.br

Para Holly
Élfico, ele era

Prólogo
Los Angeles, 2012.

As noites no Mercado das Sombras eram as preferidas de Kit.
    Eram as noites em que ele podia sair de casa e ajudar o pai no estande. Frequentava o Mercado das Sombras desde os 7 anos. Oito anos mais tarde, ele ainda tinha a mesma sensação de choque e encanto quando caminhava pelo Beco Kendall, na parte antiga de Pasadena, em direção a uma parede de tijolos — e a atravessava para um mundo explosivo de luz e cor.
    A apenas alguns quarteirões, havia lojas da Apple vendendo engenhocas e laptops, grandes restaurantes e mercados de alimentos orgânicos, lojas multimarcas e butiques da moda. Mas aqui o beco desembocava em uma praça imensa, protegida por todos os lados para impedir que os descuidados vagassem para o Mercado das Sombras.
    O Mercado das Sombras de Los Angeles surgia nas noites quentes, e, ao mesmo tempo, existia e não existia. Kit sabia que quando passava pelas fileiras de estandes coloridos e decorados, estava caminhando por um lugar que desapareceria quando o sol nascesse.
    Mas quando estava lá, ele gostava. Uma coisa era ter o Dom quando ninguém ao seu redor o tinha. O Dom era como seu pai chamava, apesar de Kit não considerar muito um dom. Hyacinth, a adivinha de pele azul do estande na beira do mercado, chamava de Visão.

Esse nome fazia mais sentido para Kit. Afinal de contas, a única coisa que o separava das crianças normais era o fato de que ele podia *ver* coisas que os outros não viam. Às vezes, eram coisas inofensivas: duendes elevando-se da grama seca nas calçadas rachadas, os rostos pálidos de vampiros em postos de gasolina tarde da noite, um homem estalando os dedos em uma bancada de lanchonete; quando Kit olhava outra vez, via que os dedos eram garras de lobisomem. Isso acontecia desde que ele era criança, e também acontecia com seu pai. A Visão era hereditária.

Combater o impulso de reagir era o mais difícil. Uma tarde, voltando da escola, ele viu um bando de lobisomens brigando por território, se destruindo em um parquinho deserto. Ele ficou parado na rua e gritou até a polícia aparecer, mas eles não viram nada. Depois disso seu pai passou a mantê-lo em casa, deixando que ele estudasse sozinho com livros antigos. Kit jogava videogame no porão e raramente saía, durante o dia, ou quando o Mercado das Sombras estava ativo.

No Mercado, ele não tinha que se preocupar com nenhuma reação. O lugar era colorido e bizarro até para os próprios habitantes. Havia ifrits mantendo gênios performáticos em coleiras, e belas garotas fadas dançando diante de estandes que vendiam pós brilhantes e perigosos. Uma banshee cuidava de uma tenda que prometia revelar quando você morreria, apesar de Kit não conseguir imaginar por que alguém gostaria de saber isso. Um cluricaun se oferecia para encontrar coisas perdidas, e uma bruxa jovem e bonita com cabelos curtos, verde néon, vendia pulseiras encantadas e pingentes para atrair romance. Quando Kit lhe encarou, ela sorriu.

— Ei, Romeu. — O pai o cutucou nas costelas. — Eu não te trouxe aqui para flertar. Me ajude com a placa.

Ele chutou o banquinho de metal para Kit e lhe entregou uma placa de madeira, na qual tinha talhado o nome do estande: JOHNNY ROOK.

Não é o título mais criativo, mas o pai de Kit nunca teve muita imaginação. O que era estranho, Kit pensou, enquanto escalava para pendurar a placa, para alguém cuja clientela incluía feiticeiros, lobisomens, vampiros, duendes, criaturas, espíritos e, uma vez, uma sereia (se encontraram secretamente no Sea World).

Mesmo assim, talvez uma placa simples fosse a melhor opção. O pai de Kit vendia poções e pós — e até, por baixo dos panos, algumas armas de legalidade duvidosa —, mas não era nada disso que atraía as pessoas para a barraca. O fato é que Johnny Rook era um cara que sabia das coisas. Não acontecia nada no Submundo de Los Angeles que ele não ficasse sabendo, não havia ninguém tão poderoso de quem ele não soubesse algum segredo, ou uma maneira de entrar em contato. Ele era um cara que tinha informações, e, se você tivesse dinheiro, Johnny contava.

Kit pulou do banquinho, e o pai lhe deu duas notas de cinquenta.

— Arrume uns trocados com alguém — falou, sem olhar para o menino. Ele tinha pegado o livro vermelho de registros e o estava analisando, provavelmente tentando descobrir quem lhe devia dinheiro. — Não tenho notas menores.

Kit fez que sim com a cabeça e saiu da barraca, satisfeito por se retirar. Qualquer tarefa era uma desculpa para andar por aí. Ele passou por um estande cheio de flores brancas que exalavam um aroma sombrio, doce e venenoso, e outro, onde um grupo de pessoas com roupas caras distribuía panfletos na frente de uma placa que dizia PARTE SOBRENATURAL? VOCÊ NÃO É O ÚNICO. OS SEGUIDORES DO GUARDIÃO QUEREM QUE VOCÊ SE INSCREVA NA LOTERIA DO FAVOR! DEIXE QUE A SORTE ENTRE EM SUA VIDA!

Uma mulher de lábios vermelhos e cabelos escuros tentou colocar um panfleto na mão dele. Quando Kit não o pegou, ela lançou um olhar sensual por cima dele, em direção a Johnny, que sorriu. Kit revirou os olhos — havia milhões de pequenos cultos que surgiam e adoravam algum demônio ou anjo menor. Nada parecia resultar deles.

Kit procurou uma de suas barracas favoritas e comprou um copo de raspadinha gelada vermelha, com gosto de maracujá, framboesa e creme, tudo misturado. Ele tentava ter cuidado quanto a de quem comprar — havia balas e bebidas no Mercado que poderiam arruinar a sua vida —, mas ninguém correria riscos com o filho de Johnny Rook. Johnny Rook sabia de coisas sobre todo mundo. Quem o irritasse poderia descobrir que seu segredo não era mais secreto.

Kit voltou para a bruxa com as joias encantadas. Ela não tinha uma barraca; estava, como sempre, sentada sobre um sarongue estampado, do tipo de tecido barato e colorido que se podia comprar em Venice Beach. E levantou o olhar quando ele se aproximou.

— Oi, Wren — falou ele. Duvidava de que esse fosse o seu nome verdadeiro, mas era como todos no Mercado a chamavam.

— Oi, bonitão. — Ela chegou para o lado e abriu caminho para ele, as pulseiras e tornozeleiras balançando. — O que o traz às minhas humildes instalações?

Ele sentou ao lado dela no chão. Seu jeans era velho, com buracos nos joelhos. Ele gostaria de poder guardar o dinheiro do pai para comprar roupas novas.

— Meu pai precisa de troco para duas notas de cinquenta.

— Shh. — Ela acenou para ele. — Tem pessoas aqui que cortariam sua garganta por duas notas de cinquenta e venderiam seu sangue como fogo de dragão.

— Não comigo — afirmou Kit, confiante. — Ninguém tocaria um dedo em mim. — Ele se inclinou para trás. — A não ser que eu queira.

— E eu aqui achando que já gastara todos os meus encantamentos de flerte desavergonhado.

— Eu *sou* seu encantamento de flerte desavergonhado. — Ele sorriu para duas pessoas que estavam passando: um menino alto e bonito, com uma mecha branca no cabelo escuro, e uma menina morena cujos olhos estavam cobertos por óculos escuros.

Eles o ignoraram. Mas Wren se levantou ao ver os dois frequentadores do Mercado que vinham logo atrás: um homem corpulento e uma mulher de cabelos castanhos que desciam pelas costas num rabo de cavalo torcido.

— Amuletos de proteção? — perguntou Wren, num tom encantador. — Proteção garantida. Também tenho ouro e bronze, além de prata.

A mulher comprou um anel com uma pedra lunar e seguiu seu caminho, conversando com o companheiro.

— Como você sabia que eles eram lobos? — perguntou Kit.

— O olhar dela — disse Wren. — Licantropes são compradores impulsivos. E os olhares deles evitam qualquer coisa de prata. — Ela suspirou. — Tenho trabalhado muito com amuletos de proteção desde que aqueles assassinatos começaram.

— Que assassinatos?

Wren fez uma careta.

— Algum tipo de magia louca. Cadáveres aparecendo cobertos por símbolos demoníacos. Queimados, afogados, mãos decepadas; todo tipo de boatos. Como você *não* ouviu falar? Não presta atenção em fofocas?

— Não — respondeu Kit. — Na verdade, não. — Ele observava o casal de lobisomens caminhando para a extremidade norte do Mercado, onde os licantropes costumavam se reunir para comprar o que quer que precisassem; talheres de madeira e ferro, ervas, calças rasgadas (ele torcia).

Apesar de o Mercado ser, supostamente, um lugar onde integrantes do Submundo interagiam, eles tendiam a se agrupar por espécie. Havia a área na qual os vampiros se reuniam para comprar sangue com sabor ou procurar novos subjugados entre aqueles que tinham perdido seus mestres. Havia os pavilhões de vinhas e flores onde as fadas se encontravam, vendendo encantos e sussurrando feitiços. Elas se mantinham afastadas do resto, proibidas de negociar como os outros. Feiticeiros, raros e temidos, ocupavam barracas no final do Mercado. Cada feiticeiro exibia uma marca proclamando sua herança demoníaca: alguns tinham caudas ou chifres curvados. Uma vez Kit viu uma feiticeira de pele inteiramente azul, como um peixe.

E finalmente havia aqueles com a Visão, como Kit e seu pai, pessoas comuns com o dom de enxergar o Mundo das Sombras, de ultrapassar a barreira dos feitiços. Wren era uma dessas pessoas: uma bruxa autodidata, que pagou um feiticeiro para lhe treinar em feitiços básicos, mas ela era discreta. Humanos não podiam praticar magia, mas havia um mercado crescente no ensino dessas artes. Dava para ganhar um bom dinheiro, desde que você não fosse pego pelos...

— Caçadores de Sombras — disse Wren.

— Como sabe que eu estava pensando neles?

— Porque eles estão bem ali. Dois deles. — Ela apontou com o queixo para a direita, seus olhos brilhando, alarmados.

Aliás, o Mercado inteiro estava tenso, pessoas casualmente ocultando suas garrafas e caixas de venenos e amuletos de cabeças de mortos. Gênios acorrentados se esconderam atrás dos respectivos mestres. As meninas fadas pararam de dançar e ficaram olhando para os Caçadores de Sombras, suas faces belas agora frias e rijas.

Eram dois, um menino e uma menina, provavelmente de 17 ou 18 anos de idade. O menino era ruivo, alto e de aparência atlética; Kit não conseguiu ver o rosto da menina, só o volume de fios louros descendo até a cintura. Ela carregava uma espada dourada presa às costas e caminhava com o tipo de confiança que não podia ser forjada.

Ambos estavam de uniforme, a roupa preta e resistente que os marcava como Nephilim: parte humanos, parte anjos, os líderes incontestáveis de todas as criaturas sobrenaturais da Terra. Eles tinham Institutos — semelhantes a imensas delegacias — em quase todas as grandes cidades do planeta, do Rio a Bagdá, de Lahore a Los Angeles. A maioria dos Caçadores de Sombras nascia assim, mas eles também podiam transformar humanos em Caçadores de Sombras se assim desejassem. Estavam desesperados para repopular seus exércitos, desde que tantos foram perdidos na Guerra Maligna. Dizia-se que eles sequestravam qualquer um com menos de 18 anos que apresentasse algum sinal de que poderia ser um Caçador de Sombras.

Em outras palavras, qualquer um com o dom da Visão.

— Estão indo para a barraca do seu pai — sussurrou Wren.

Ela tinha razão. Kit ficou tenso ao vê-los virando para a fileira de barracas e caminhando para a que mostrava a placa com os dizeres JOHNNY ROOK.

— Levante-se. — Wren estava de pé, mandando Kit fazer o mesmo. Ela se abaixou para enrolar a mercadoria dentro do pano em que estavam sentados. Kit notou um estranho desenho no dorso da mão dela, um símbolo como linhas de água correndo sob uma chama. Talvez ela tivesse desenhado em si mesma. — Tenho que ir.

— Por causa dos Caçadores de Sombras? — perguntou ele surpreso, levantando para que ela pudesse guardar as coisas.

— Shh — sibilou ela, e se apressou para longe, os cabelos coloridos balançando.

— Estranho — murmurou Kit, e voltou para a barraca do pai.

Ele se aproximou pela lateral, com a cabeça baixa, as mãos nos bolsos. Tinha certeza de que seu pai gritaria com ele caso se apresentasse na frente dos Caçadores de Sombras, principalmente ao levar em conta o boato de que eles estavam obrigando todos os mundanos menores de idade com a Visão a se alistar, mas não conseguia conter a vontade de xeretar a conversa.

A menina loura estava inclinada para a frente, com os cotovelos sobre o balcão de madeira.

— É um prazer vê-lo, Rook — falou com um sorriso atraente.

Ela era bonita, Kit pensou. Mais velha do que ele, e o menino que a acompanhava era muito mais alto do que ele. E ela era uma Caçadora de Sombras. Por isso era inalcançavelmente bonita, mas bonita ainda assim. Seus braços estavam descobertos, e uma cicatriz longa e pálida que corria cotovelo ao pulso. Tatuagens pretas em formato de símbolos estranhos se entrelaçavam pelos braços, estampando sua pele. Uma delas aparecia sob o V da gola da camisa. Eram símbolos, as Marcas mágicas que davam poder aos Caçadores de Sombras. Só eles podiam usá-las. Se você as desenhasse na pele de uma pessoa normal ou na de um integrante do Submundo, eles enlouqueceriam.

— E quem é esse? — perguntou Johnny Rook, apontando com o queixo para o menino Caçador de Sombras. — O famoso *parabatai*?

Kit olhou para a dupla com interesse renovado. Todo mundo que sabia sobre os Nephilim, sabia o que eram os *parabatai*. Dois Caçadores de Sombras que juravam lealdade eterna e platônica um ao outro, e para sempre lutariam lado a lado. Viveriam e morreriam um pelo outro. Jace Herondale e Clary Fairchild, os Caçadores de Sombras mais famosos do mundo, ambos tinham *parabatai*. Até Kit sabia disso.

— Não — entoou a menina, pegando um vidro com um líquido esverdeado perto do caixa. Era para ser uma poção do amor, apesar de Kit saber que muitos dos vidros continham água tingida com corante. — Esse aqui não é o tipo de lugar que Julian frequenta. — Seu olhar percorreu o Mercado.

— Sou Cameron Ashdown. — O menino ruivo Caçador de Sombras estendeu a mão, e Johnny, parecendo assombrado, a apertou. Kit aproveitou a oportunidade para se mover para trás do balcão. — Sou *namorado* de Emma.

A menina loura — Emma — estremeceu, quase imperceptivelmente. Cameron Ashdown podia ser seu namorado agora, Kit pensou, mas ele não apostaria na continuação do relacionamento.

— Hum — disse Johnny, tirando o vidro da mão de Emma. — Então eu presumo que você esteja aqui para buscar o que deixou. — Ele pescou o que pareceu um pedaço de tecido vermelho do bolso. Kit ficou olhando. O que poderia haver de interessante em um quadrado de algodão?

Emma se esticou. Agora ela parecia ansiosa.

— Descobriu alguma coisa?

— Se você o colocasse na máquina de lavar com suas roupas brancas, definitivamente deixaria suas meias cor-de-rosa.

Emma pegou de volta o pano com uma careta.

— Estou falando sério. Você não imagina quantas pessoas tive que subornar para conseguir isso. Estava no Labirinto Espiral. É um pedaço da camisa que minha mãe vestia quando foi assassinada.

Johnny levantou a mão.

— Eu sei. Só estava...

— Não seja sarcástico. Ser sarcástica e espertinha é *minha* função. Sua função é ser sacudido até liberar informações.

— Ou pago — disse Cameron Ashdown. — Também pode ser pago para dar informações.

— Vejam, não posso ajudar — disse o pai de Kit. — Não tem magia aqui. É só um pedaço de algodão. Rasgado e cheio de água do mar, mas... algodão.

O ar de decepção que passou pelo rosto da garota foi vívido e inconfundível. Ela nem sequer tentou disfarçar, só guardou o tecido no bolso. Kit não pode deixar de sentir pena dela, o que o surpreendeu; ele nunca achou que fosse sentir pena de uma Caçadora de Sombras.

Emma olhou para ele, quase como se ele tivesse falado.

— Então — falou, e de repente tinha um brilho nos olhos. — Você tem a Visão, certo, como seu pai? Quantos anos você tem?

Kit congelou. O pai foi para a frente dele rapidamente, bloqueando-o da vista de Emma.

— E cá estava eu achando que você fosse me perguntar sobre os assassinatos que andam acontecendo. Atrasada nas informações, Carstairs?

Aparentemente Wren tinha razão. Kit pensou; todo mundo *realmente* sabia sobre esses assassinatos. Deu para perceber pelo tom de alerta na voz do pai que deveria sumir, mas Kit estava preso atrás do balcão sem rota de fuga.

— Ouvi alguns boatos sobre mundanos mortos — disse Emma. A maioria dos Caçadores de Sombras utilizava esse termo com grande desprezo para se referir a seres humanos normais. Emma pareceu apenas cansada. — Não investigamos assassinatos entre mundanos. Isso é assunto para a polícia.

— Mataram fadas — disse Johnny. — Vários dos corpos eram de fadas.

— Nós *não podemos* investigar isso — falou Cameron. — Você sabe. A Paz Fria proíbe.

Kit ouviu um murmúrio fraco nas barracas próximas: um barulho que deixou claro que ele não era o único de ouvido atento na conversa alheia.

A Paz Fria era a Lei dos Caçadores de Sombras. Fora instituída há quase cinco anos. Ele mal se lembrava de um tempo anterior a ela. Eles a chamavam de Lei, pelo menos. Na verdade, era uma punição.

Quando Kit tinha 10 anos, uma guerra abalou o mundo dos integrantes do Submundo e dos Caçadores de Sombras. Um Caçador de Sombras, Sebastian Morgenstern, se voltou contra a própria espécie: foi de Instituto em Instituto, destruindo os ocupantes, controlando seus corpos e os forçando a lutar por ele como um exército de escravos mudos e submissos. A maioria dos Caçadores de Sombras do Instituto de Los Angeles foi levada ou morta.

Kit tinha pesadelos algumas vezes, envolvendo sangue correndo por corredores que ele jamais vira, corredores pintados com símbolos dos Nephilim.

Sebastian teve ajuda do Povo das Fadas em sua tentativa de destruir os Caçadores de Sombras. Kit tinha aprendido sobre fadas na escola: criaturinhas fofas que viviam em árvores e usavam chapéus de flores. O Povo das Fadas não eram nada disso. Eram sereias, duendes, kelpies, com dentes de tubarões, e fadas nobres, aquelas que tinham alta patente nas cortes das fadas. Fadas nobres eram altas, lindas e aterrorizantes. Dividiam-se em duas cortes: a Corte Seelie, um lugar perigoso, governado por uma rainha que ninguém via há anos, e a Corte Unseelie, um local sombrio, de traição e magia negra, cujo rei era como um monstro mitológico.

Como as fadas eram do Submundo e juraram aliança e lealdade aos Caçadores de Sombras, a traição foi um crime imperdoável. Os Caçadores de Sombras as puniram pesadamente com uma ação decisiva que passou a ser conhecida como Paz Fria: forçaram-nas a pagar indenizações altíssimas para reconstruir os edifícios dos Caçadores de Sombras que foram destruídos, despojando-as de seus exércitos, e instruindo outros integrantes do Submundo a jamais as auxiliarem. O castigo por ajudar uma fada era severo.

Fadas eram um povo antigo, mágico e orgulhoso, ou, pelo menos, era o que diziam. Kit jamais os tinha conhecido de outro jeito que não fosse aquele, alquebrado. A maioria dos outros habitantes do Submundo e outros demônios do espaço sombrio entre o mundo mundano e o dos Caçadores de Sombras não desgostava das fadas nem lhes guardava mágoa. Mas nenhum deles se dispunha a enfrentar os Caçadores de Sombras. Vampiros, lobisomens e feiticeiros ficavam longe das fadas, exceto em lugares como o Mercado das Sombras, onde o dinheiro valia mais que as leis.

— Sério? — perguntou Johnny. — E se eu dissesse que os corpos encontrados estavam cobertos de letras?

Emma levantou a cabeça. Ela tinha olhos castanho-escuros, quase negros, surpreendentes contra o cabelo claro.

— O que você disse?

— Você ouviu.

— Que tipo de escrita? A mesma língua encontrada nos corpos dos meus pais?

— Não sei — respondeu Johnny. — Foi o que ouvi. Mesmo assim, parece suspeito, não?

— Emma — disse Cameron em tom de alerta. — A Clave não vai gostar.

A Clave era o governo dos Caçadores de Sombras. Pela experiência de Kit, eles não gostavam de nada.

— Não me importo — retrucou a menina. Era evidente que ela já havia se esquecido de Kit; encarava o pai dele, com os olhos ardendo. — Diga-me o que se sabe. Pago duzentos.

— Tudo bem, mas não sei muita coisa — disse Johnny. — Alguém é levado e, algumas noites depois, aparece morto.

— E quando foi a última vez que alguém "foi levado"? — perguntou Cameron.

— Duas noites atrás — respondeu Johnny, e era evidente que ele achava que merecia seu pagamento. — Provavelmente vão desovar o corpo amanhã à noite. Basta aparecerem e pegarem quem o estiver descartando.

— Então por que não nos diz como fazer isso? — perguntou Emma.

Johnny bufou.

— Dizem por aí que a próxima desova será em West Hollywood. No Bar Sepulcro.

Emma bateu palmas, animada. O namorado chamou o nome dela outra vez, em tom de alerta, mas Kit poderia ter dito a ele que era perda de tempo. Ele nunca tinha visto uma adolescente tão animada assim com nada — nem com atores famosos, nem com boy bands, nem joias. Essa menina estava praticamente vibrando com a ideia de um cadáver.

— Por que *você* não vai atrás se está tão perturbado com essas mortes? — Cameron perguntou a Johnny.

Ele tinha belos olhos verdes, Kit pensou. Formavam um casal ridiculamente atraente. Era quase irritante. Ficou imaginando como seria o misterioso Julian. Se ele tinha jurado ser o melhor amigo platônico desta menina pelo resto da vida, provavelmente era o cão chupando manga.

— Porque não quero — disse Johnny. — Parece perigoso. Mas vocês adoram o perigo. Não é mesmo, Emma?

Emma sorriu. Ocorreu a Kit que Johnny conhecia Emma muito bem. Ela já devia ter vindo aqui antes para fazer perguntas — era estranho que fosse a primeira vez que a via, mas ele não vinha ao mercado todos os dias. Enquanto ela enfiava a mão no bolso, pegava um rolo de notas e o entregava a seu pai, ele ficou imaginando se Emma já teria estado em sua casa. Sempre que clientes iam à sua casa, o pai o mandava para o porão e ordenava que ficasse lá sem emitir qualquer ruído.

"O tipo de gente com quem lido não é o tipo de gente que você deve conhecer", ele sempre dizia.

Uma vez Kit subiu acidentalmente enquanto o pai se reunia com um grupo de monstros vestidos com túnicas e capuzes. Pelo menos, Kit achou que pareciam monstros: os olhos e lábios eram costurados, as cabeças carecas e brilhantes. Seu pai lhe disse que eles eram Gregori, Irmãos do Silêncio: Caçadores de Sombras que foram cicatrizados e torturados por magia até se tornarem algo mais que humanos; falavam telepaticamente e conseguiam ler as mentes de outras pessoas. Kit nunca mais subiu durante as "reuniões" de seu pai.

O menino sabia que o pai era um criminoso. Sabia que ele vivia de contar segredos, mas não mentiras: Johnny se orgulhava de ter boas informações. Kit sabia que a própria vida provavelmente seguiria o mesmo caminho. Era difícil ter uma vida normal quando você constantemente fingia não enxergar o que se passava diante dos seus olhos.

— Bem, obrigada pela informação — disse Emma, começando a dar as costas para a barraca. O cabo dourado da espada brilhou à luz do sol. Kit ficou imaginando como seria a vida de um Nephilim. Viver entre pessoas que enxergavam as mesmas coisas que você: jamais temer o que espreitava pelas sombras. — Nos vemos por aí, Johnny.

Ela deu uma piscadela — para Kit. Johnny se virou e encarou o menino enquanto ela desaparecia pela multidão com o namorado.

— Disse alguma coisa para ela? — Quis saber Johnny. — Por que ela olhou desse jeito para você?

Kit levantou as mãos defensivamente.
— Eu não disse nada — protestou. — Acho que ela percebeu que eu estava ouvindo.

Johnny suspirou.

— Tente ser menos notado.

O Mercado estava se agitando outra vez agora que os Caçadores de Sombras tinham se retirado. Kit pôde ouvir a música e um burburinho de vozes se elevando.

— Quão bem você conhece essa Caçadora de Sombras?

— Emma Carstairs? Ela me procura há anos para obter coisas. Não parece se importar muito em violar as regras dos Nephilim. Gosto dela, até onde é possível gostar de um deles.

— Ela queria que você descobrisse quem matou os pais dela.

Johnny abriu uma gaveta.

— Não sei quem matou os pais dela, Kit. Provavelmente fadas. Foi durante a Guerra Maligna. — Ele soou arrogante. — Então eu quis ajudá-la. E daí? Dinheiro de Caçadores de Sombras vale tanto quanto qualquer outro.

— E você quer que os Caçadores de Sombras prestem atenção em algo além de você — disse Kit. Era um palpite, mas ele supunha que fosse um bom palpite. — Está fazendo alguma coisa?

Johnny fechou a gaveta.

— Talvez.

— Para alguém que vende segredos, você certamente guarda muitos — falou Kit, enfiando as mãos nos bolsos.

O pai colocou um braço em volta dele, um raro gesto de afeição.

— Meu maior segredo — declarou — é você.

1

Um Sepulcro Neste Reino

— Simplesmente não está dando certo — disse Emma. — Essa relação, quero dizer.

Ruídos desconsolados vieram do outro lado da linha. Emma quase não conseguia decifrá-los; o sinal não era particularmente bom no telhado do Bar Sepulcro. Ela caminhou pela borda do telhado, espiando pelo jardim central. Árvores de jacarandá eram iluminadas por luzes elétricas. Mesas e cadeiras ultramodernas e refinadas se espalhavam pelo espaço do jardim. Homens e mulheres jovens, igualmente refinados e ultramodernos lotavam o lugar, taças de vinho brilhando em suas mãos como bolhas límpidas, em vermelho, branco e rosa. Alguém tinha alugado o espaço para uma festa particular: uma faixa de lantejoulas de aniversário estava pendurada entre duas árvores, e garçons atravessavam a multidão com bandejas de aperitivos.

Algo naquela cena glamourosa despertava em Emma a vontade de interromper a festa, chutando algumas telhas ou saltando no meio da multidão. Mas a Clave prenderia por um bom tempo quem tivesse esse tipo de comportamento. Mundanos *nunca* deveriam enxergar Caçadores de Sombras. Mesmo que Emma *de fato* pulasse no pátio, nenhum dos mundanos a veria. Ela estava coberta por símbolos de disfarce, aplicados por Cristina, que a deixavam invisível a qualquer um que não tivesse a Visão.

A menina suspirou e levou o telefone de volta ao ouvido.

— Tudo bem, *nossa* relação — corrigiu. — *Nossa* relação não está dando certo.

— *Emma!* — Cristina sibilou alto atrás dela. A menina se virou, suas botas equilibradas na beira do telhado. Cristina estava sentada na telha inclinada atrás dela, polindo uma faca de arremesso com um tecido azul-claro. O tecido combinava com os elásticos que prendiam seus cabelos escuros, evitando que caíssem no rosto. Tudo em Cristina era organizado e arrumado, ela conseguia ficar bonita e profissional com seu uniforme preto, do mesmo jeito que outras pessoas ficariam em um terninho. O medalhão dourado de boa sorte brilhava no pescoço, e o anel de família, com estampa de rosas, de Rosales, luzia em sua mão enquanto ela pousava a faca, envolvida pelo tecido, ao seu lado. — Emma, lembre-se. Utilize a primeira pessoa.

Cameron continuava tagarelando do outro lado da linha qualquer coisa sobre se encontrarem para conversar, mas Emma sabia que não adiantaria nada. Ela estava concentrada na cena abaixo — aquilo era uma sombra passando pela multidão ou ela estava imaginando coisas? Talvez fosse o seu desejo. Johnny Rook costumava ser confiável e parecia *muito* seguro em relação àquela noite, mas Emma detestava se arrumar inteira e se concentrar para descobrir que não haveria luta para gastar toda a energia.

— O problema sou *eu*, e não *você* — disse ela ao telefone. Cristina fez sinal positivo com o polegar para encorajá-la. — *Eu* enjoei de *você*. — Ela sorriu alegremente quando Cristina escondeu o rosto nas mãos. — Então, de repente, será que podemos voltar a ser amigos?

Fez-se um clique quando Cameron desligou. Emma guardou o telefone no cinto e examinou a multidão outra vez. Nada. Irritada, ela escalou o telhado para sentar ao lado de Cristina.

— Bem, dava para ter sido melhor — argumentou.

— Você acha? — Cristina tirou as mãos do rosto. — O que aconteceu?

— Não sei. — Emma suspirou e alcançou a estela, o delicado instrumento de *adamas* que os Caçadores de Sombras utilizavam para marcar símbolos de proteção na pele. Tinha um cabo esculpido feito de osso de demônio e foi um presente de Jace Herondale, a primeira paixonite de Emma. A maioria dos Caçadores de Sombras gastava estelas como humanos gastavam lápis, mas essa era especial para Emma e ela a guardava tão cuidadosamente intacta quanto sua espada. — Sempre acontece. Tudo estava bem, e aí acordei um dia e o simples som da voz dele me enjoou. — Ela encarou Cristina com expressão culpada. — Eu *tentei* — acrescentou. — Esperei semanas! Torci para melhorar. Mas não melhorou.

Cristina a afagou no braço.

— Eu sei, *cuata* — falou. — Você só não é muito boa em ter...
— Tato? — sugeriu Emma. O inglês de Cristina quase não tinha sotaque, e Emma frequentemente se esquecia de que não era sua língua nativa. Por outro lado, Cristina falava sete línguas além do espanhol, sua língua materna. Emma falava inglês e um pouco de espanhol, grego e latim, sabia ler três línguas demoníacas e falar palavrão em cinco.

— Eu ia dizer relacionamentos — respondeu Cristina. Seus olhos castanho-escuros brilharam. — Só estou aqui há dois meses e você se esqueceu de três encontros com Cameron, faltou no aniversário dele e agora o dispensou porque a patrulha noturna está lenta.

— Ele só queria jogar videogame — retrucou Emma. — Detesto videogame.

— Ninguém é perfeito, Emma.

— Mas algumas pessoas são perfeitas umas para as outras. Não acha que isso tem que ser verdade?

Um olhar estranho atravessou o rosto de Cristina e desapareceu tão depressa que Emma teve certeza de que o tinha imaginado. Às vezes, Emma se lembrava de que, por mais próxima que se sentisse de Cristina, ela não a conhecia; não a *conhecia* como conhecia Jules, do jeito que se conhece alguém com quem você compartilhou todos os seus momentos desde a infância. O que aconteceu com Cristina no México — o que quer que a tenha feito correr para Los Angeles, para longe da família e dos amigos — foi algo a respeito do qual ela jamais falou com Emma.

— Bem — disse Cristina —, pelo menos você foi sábia o suficiente ao me trazer junto como apoio moral e para ajudá-la a superar esse momento difícil.

Emma cutucou Cristina com a estela.

— Eu não estava *planejando* dispensar Cameron. Estávamos aqui, e ele ligou, o rosto dele apareceu no meu telefone, bem, na verdade uma lhama apareceu no meu telefone, porque eu não tinha foto dele, então usei a de uma lhama, e a lhama me irritou tanto que não pude evitar.

— Que época ruim para ser uma lhama.

— E alguma época é boa? — Emma girou a estela e começou a desenhar um símbolo de Equilíbrio no braço. Tinha orgulho em ter ótimo equilíbrio sem precisar de Marcas, mas no alto de um telhado, provavelmente era uma boa ideia se manter segura.

Ela pensou em Julian, longe, na Inglaterra, com uma pontada no peito. Ele teria ficado feliz em ver que ela estava tomando cuidado. Ele teria dito algo engraçado, carinhoso e autodepreciativo a respeito. Ela sentia muito a falta dele, mas supunha que fosse assim que as coisas funcionassem com *parabatai*, ligados por magia, assim como por amizade.

Ela sentia falta de todos os Blackthorn. Tinha crescido entre Julian e os irmãos, viveu com eles desde os 12 anos — quando perdeu os pais, e Julian, cuja mãe já tinha morrido, perdeu o pai. De filha única, ela foi jogada em uma família grande, barulhenta e cheia de amor. Nem tudo foi fácil, mas ela os adorava, desde a tímida Drusilla a Tiberius, que adorava histórias de detetive.

Eles partiram no início do verão para visitar a tia-avó em Sussex — a família Blackthorn era originalmente britânica. Marjorie, Julian explicou, tinha quase cem anos de idade e poderia morrer a qualquer instante: *tinham* que visitá-la. Era uma obrigação moral.

E lá se foram por dois meses, todos exceto o tio, o diretor do Instituto. O choque no sistema de Emma foi severo. O Instituto passou de barulhento a quieto. E, pior de tudo, quando Julian partiu, ela *sentiu*, como um nervoso constante, uma dor fraca no peito.

Namorar Cameron não mudou *nada*, mas a chegada de Cristina ajudou incomensuravelmente. Era comum que Caçadores de Sombras que completassem 18 anos visitassem Institutos estrangeiros para aprender sobre diferentes costumes. Cristina veio da Cidade do México para Los Angeles — não havia nada de incomum nisso, mas ela sempre teve ares de quem fugia de alguma coisa. Emma, enquanto isso, fugia da solidão. Ela e Emma se esbarraram e se tornaram melhores amigas mais depressa do que Emma acreditaria ser possível.

— Diana ficará feliz por você dispensar Cameron, pelo menos — disse Cristina. — Acho que ela não gostava dele.

Diana Wrayburn era a tutora da família Blackthorn. Era extremamente inteligente, extremamente severa e estava extremamente cansada de ver Emma caindo no sono no meio da aula porque tinha saído na noite anterior.

— Diana só acha que todos os relacionamentos são distrações que atrapalham os estudos — retrucou Emma. — Por que namorar alguém quando você pode aprender mais uma língua demoníaca? Quero dizer, quem não gostaria de saber falar "você vem sempre aqui?" em purgatês?

Cristina riu.

— Você parece Jaime. Ele detestava estudar. — Emma aguçou os ouvidos: Cristina raramente falava sobre os amigos ou a família na Cidade do México. Ela sabia que o tio de Cristina dirigia o Instituto da Cidade do México até ter sido morto na Guerra Maligna, e a mãe dela assumir. Ela (Emma) sabia que o pai de Cristina tinha morrido quando a amiga era criança. Mas não muito mais que isso. — Mas não Diego. Ele adorava. Fazia trabalho extra só por diversão.

— Diego? O cara perfeito? O que sua mãe ama? — Emma começou a passar a estela sobre a pele, o símbolo de Visão de Longo Alcance tomando forma em seu antebraço. As mangas do uniforme iam até o cotovelo, a pele abaixo inteiramente marcada por cicatrizes pálidas de símbolos havia muito gastos.

Cristina esticou o braço e pegou a estela de Emma.

— Aqui. Deixe que eu faço isso. — Ela continuou com o desenho do símbolo de Visão de Longo Alcance. Cristina tinha uma boa mão para símbolos, cuidadosa e precisa. — Não quero falar sobre o Diego Perfeito — avisou. — Minha mãe já fala sobre ele o bastante. Posso perguntar sobre outra coisa?

Emma assentiu. A pressão da estela em sua pele era familiar, quase agradável.

— Sei que você quis vir aqui porque Johnny Rook disse que foram encontrados corpos com marcas, e ele acha que vai aparecer mais um hoje.

— Certo.

— E você torce para que as marcas sejam as mesmas encontradas nos corpos dos seus pais.

Emma ficou tensa. Não podia evitar. Qualquer menção ao assassinato dos pais doía como se tivesse sido na véspera. Mesmo quando a pessoa perguntando fosse tão gentil quanto Cristina.

— Sim.

— A Clave diz que Sebastian Morgenstern assassinou seus pais — continuou Cristina. — Foi o que Diana me disse. É nisso que eles acreditam. Mas você não.

A Clave. Emma olhou para a noite de Los Angeles, para a explosão brilhante de eletricidade que era a paisagem urbana, para as fileiras intermináveis de outdoors que ladeavam o Sunset Boulevard. Era uma palavra inofensiva, "Clave", quando ela a ouviu pela primeira vez. A Clave era simplesmente o governo dos Nephilim, composto por todos os Caçadores de Sombras ativos acima dos 18 anos.

Teoricamente todos os Caçadores de Sombras tinham direito a voto e uma voz igual. Inclusive, alguns Caçadores de Sombras eram mais influentes que outros: como qualquer partido político, a Clave sofria de corrupção e preconceitos. Para os Nephilim isso significava um código rígido de honra e regras que todos os Caçadores de Sombras deveriam seguir ou enfrentariam severas consequências.

A Clave tinha um lema: *a Lei é dura, mas é a Lei*. Todos os Caçadores de Sombras sabiam o que isso significava. As regras da Lei da Clave tinham que ser obedecidas, por mais duras ou dolorosas que fossem. A Lei se sobrepunha a todo o restante — necessidades pessoais, dor, perda, injustiça, deslealdade. Era a Lei. Quando a Clave disse a Emma que ela precisava aceitar o fato de que seus pais tinham sido mortos como parte da Guerra Maligna, ela tinha a obrigação de aceitar.

Ela não aceitou.

— Não — concordou Emma lentamente. — Eu não acredito.

Cristina sentou com a estela parada na mão, o símbolo não concluído. O *adamas* brilhava ao luar.

— Poderia me dizer por quê?

— Sebastian Morgenstern estava formando um exército — disse Emma, ainda olhando para o mar de luzes. — Ele pegou Caçadores de Sombras e os transformou em monstros que lhe serviam. Ele não os marcou com linguagem demoníaca no corpo e depois os jogou no mar. Quando os Nephilim tentaram mover os corpos dos meus pais, eles se dissolveram. Isso não aconteceu com nenhuma das vítimas de Sebastian. — Ela passou o dedo por uma telha. — E... tenho uma sensação. Não é passageiro. É algo em que sempre acreditei. E acredito cada dia mais. Acredito que a morte dos meus pais foi diferente. E colocá-los na conta de Sebastian significa... — Ela se interrompeu com um suspiro. — Desculpe. Estou tagarelando. Olha, isso provavelmente não dará em nada. você não deve se preocupar.

— Eu me preocupo com você — disse Cristina, mas ela colocou a estela de volta na pele de Emma e terminou o desenho sem dizer mais nada. Era algo que Emma gostava em Cristina desde que a conheceu; ela não a apertava ou pressionava.

Emma olhou para baixo, apreciando enquanto Cristina se recostou, após o trabalho. O símbolo da Visão de Longo Alcance brilhou claro e limpo no braço de Emma.

— A única pessoa que conheço que desenha símbolos melhor que você é Julian — disse ela. — Mas ele é um artista...

— Julian, Julian, Julian — ecoou Cristina, com a voz provocadora. — Julian é pintor, Julian é um gênio, Julian saberia como resolver isso, Julian saberia construir aquilo. Sabe, ao longo das últimas sete semanas ouvi tantas maravilhas a respeito de Julian que estou começando a temer que vá me apaixonar por ele instantaneamente quando o conhecer.

Emma esfregou as mãos sujas cuidadosamente nas pernas. Estava se sentindo rija, inquieta e tensa. Tanta preparação para a batalha e não lutar, ela disse a si mesma. Não era à toa que não queria ficar na própria pele.

— Acho que ele não faz o seu tipo — rebateu. — Mas ele é meu *parabatai*, então não sou imparcial.

Cristina devolveu a estela a Emma.

— Sempre quis um *parabatai* — falou melancolicamente. — Alguém que jurasse me proteger e me acompanhar. Um melhor amigo para sempre, por toda a vida.

Um melhor amigo para sempre, por toda a vida. Quando os pais de Emma morreram, ela lutou para ficar com os Blackthorn. Em parte, porque tinha perdido tudo que tinha de familiar e não podia suportar a ideia de recomeçar, e, em parte, porque queria ficar em Los Angeles para poder investigar as mortes deles.

Poderia ter sido desconfortável; ela poderia ter se sentido deslocada, na condição de única Carstairs na família Blackthorn. Mas nunca foi assim, por causa de Jules. *Parabatai* era mais que amizade, mais que família; era um laço que prendia os dois, ferozmente, de um jeito que todo Caçador de Sombras respeitava e reconhecia, do mesmo jeito que se respeitava um laço entre duas pessoas casadas.

Ninguém separaria *parabatai*. Ninguém ousaria tentar: *parabatai* eram mais fortes unidos. Lutavam juntos como se pudessem ler as mentes um do outro. Um único símbolo aplicado em você por seu *parabatai* lhe dava mais força do que dez símbolos aplicados por qualquer outra pessoa. Frequentemente *parabatai* tinham as cinzas enterradas no mesmo túmulo para que não fossem separados nem após a morte.

Nem todos tinham um *parabatai*; na verdade, eles eram raros. Era um compromisso vitalício. Você jurava permanecer ao lado da outra pessoa, jurava protegê-la sempre, ir aonde ela fosse, considerar a família dela como sua. As palavras do juramento vinham da Bíblia: *onde fores, irei; os seus serão os meus; onde morreres, morrerei, e lá serei enterrado.*

Se houvesse um termo em linguagem mundana, Emma achava, seria "alma gêmea". Alma gêmea platônica. Você não podia ter envolvimento romântico com seu *parabatai*. Como tantas coisas, era contra a Lei. Emma nunca soube o motivo — não fazia o menor sentido —, mas boa parte da Lei não fazia. Não fazia o menor sentido que a Clave exilasse os meios-irmãos de Julian, Helen e Mark, simplesmente porque a mãe deles era fada, mas também fizeram isso quando selaram a Paz Fria.

Emma se levantou, deslizando a estela para o cinto de armas.

— Bem, os Blackthorn chegam depois de amanhã. Você vai conhecer Jules. — Ela se moveu para a beira do telhado; desta vez ouviu as botas arranhando o tijolo e informando que Cristina estava atrás dela.

— Está vendo alguma coisa?

— Talvez não esteja acontecendo nada. — Cristina deu de ombros. — Talvez seja só uma festa.

— Johnny Rook falou com tanta certeza — murmurou Emma.

— Diana não a proibiu especificamente de vê-lo?

— Ela talvez tenha me dito para parar de encontrá-lo — reconheceu Emma. — Talvez até tenha dito que ele é "um criminoso que comete crimes", o que devo dizer que achei excessivo, mas ela não me proibiu de ir ao Mercado das Sombras.

— Porque todo mundo sabe que Caçadores de Sombras não devem ir ao Mercado das Sombras.

Emma ignorou.

— E se eu encontrei por acaso com Rook, digamos, no Mercado, e ele passou informações enquanto conversávamos, e eu, acidentalmente, deixei cair algumas notas? Quem pode chamar isso de "comprar informações"? Apenas dois amigos, um, descuidado com fofocas, e a outra, descuidada com finanças...

— Não é esse o espírito da Lei, Emma. Lembra? *A Lei é dura, mas é a Lei.*

— Pensei que fosse "a Lei é irritante, mas também é flexível".

— Esse não é o lema. E Diana vai matá-la.

— Não se resolvermos os assassinatos. O fim justifica os meios. E se nada acontecer, ela nunca terá que saber. Certo?

Cristina não disse nada.

— Certo...? — Emma repetiu.

Cristina respirou fundo.

— Está vendo? — perguntou ela, apontando.

Emma viu. Um homem alto, bonito e com cabelos bem cuidados, pele clara e roupas feitas sob medida, se movendo entre a multidão. Enquanto seguia caminho, homens e mulheres viraram para olhá-lo, com rostos petrificados e fascinados.

— Tem um feitiço de disfarce nele — disse Cristina. Emma ergueu uma sobrancelha. O disfarce era uma magia de ilusão, frequentemente utilizada por integrantes do Submundo para se esconder dos olhares mundanos. Caçadores de Sombras também tinham acesso a Marcas que produziam o mesmo efeito, apesar de os Nephilim não considerarem isso magia. Magia era assunto de feiticeiros; símbolos eram um presente do Anjo. — A questão é: vampiro ou fada?

Emma hesitou. O homem se aproximava de uma jovem com saltos muito altos e uma taça de champanhe na mão. O rosto dela ficou relaxado e inexpressivo quando ele falou com ela. Ela fez que sim com a cabeça, esticou a mão e soltou o colar espesso de ouro que estava usando. Colocou-o na mão dele, com um sorriso no rosto enquanto ele guardava a joia no bolso.

— Fada — concluiu Emma, alcançando o cinto de armas. Fadas complicavam tudo. De acordo com a Lei da Paz Fria, um Caçador de Sombras menor de idade não deveria ter qualquer relação com fadas. As fadas estavam fora do alcance; eram a ramificação maldita e proibida entre os do Submundo desde a Paz Fria, que havia tomado seus direitos, seus exércitos e suas posses. As terras ancestrais das fadas não eram mais consideradas como suas e outros membros do Submundo brigavam entre si para reivindicá-las. Tentar apaziguar essas batalhas era grande parte do trabalho do Instituto de Los Angeles, mas era coisa de adulto. Caçadores de Sombras da idade de Emma não deveriam lidar diretamente com fadas.

Na teoria.

A Lei é irritante, mas é flexível. Emma pegou um saquinho de tecido, amarrado em cima, de uma bolsa presa ao cinto. Começou a abri-lo enquanto a fada ia da mulher sorridente para um homem esguio de paletó preto, que lhe entregou espontaneamente as abotoaduras brilhantes. A fada agora estava quase diretamente abaixo de Emma e Cristina.

— Vampiros não ligam para ouro, mas o Povo das Fadas paga tributo ao Rei e à Rainha em ouro, pedras preciosas e outros tesouros.

— Ouvi dizer que a Corte Unseelie paga em sangue humano — observou Cristina sombriamente.

— Hoje não — disse Emma, dando um peteleco na bolsa que estava segurando e despejando o conteúdo na cabeça da fada.

Cristina ficou horrorizada quando a fada abaixo delas soltou um grito rouco, o feitiço de disfarce desaparecendo como uma cobra trocando de pele.

Um coro de gritos emergiu da multidão quando a verdadeira aparência da fada foi revelada. Havia galhos que cresciam como chifres curvos de sua cabeça, e a pele era verde-escura como lodo, inteiramente rachada como um tronco. As mãos eram garras espatuladas, com três dedos.

— Emma — alertou Cristina. — Temos que conter isso agora... chame os Irmãos do Silêncio...

Mas Emma já tinha pulado.

Por um momento, ela pareceu uma pluma, caindo pelo ar. Então atingiu o chão, com os joelhos dobrados, como tinham lhe ensinado. Como ela se lembrava daqueles primeiros saltos de grandes alturas, os estalos, as quedas desajeitadas, os dias que tinha que esperar até se curar para poder tentar outra vez.

Não mais. Emma se levantou, encarando a fada através da multidão. Brilhando no rosto envelhecido e parecido com um tronco, os olhos eram amarelos como os de um gato.

— *Caçadora de Sombras* — sibilou o fada.

Os convidados da festa continuaram fugindo do pátio pelos portões que levavam ao estacionamento. Nenhum deles viu Emma, apesar de o instinto de cada um ter funcionado, fazendo com que passassem em torno dela como água em volta dos pilares de uma ponte.

Emma dobrou o braço por cima do ombro e fechou a mão em volta do cabo da espada. Cortana. A lâmina causou um borrão dourado no ar quando ela a sacou e apontou a ponta para a fada.

— Não — zombou a garota. — Sou uma jujuba. Essa é minha fantasia.

O ladrão fada pareceu confuso.

Emma suspirou.

— É tão difícil fazer piada com o Povo das Fadas. Vocês nunca entendem.

— Somos famosos por nossas brincadeiras, artimanhas e canções — disse o fada, claramente ofendido. — Algumas de nossas canções duram semanas.

— Não tenho esse tempo todo — respondeu Emma. — Sou Caçadora de Sombras. Responda rápido, morra jovem. — Ela balançou a ponta de Cortana impacientemente. — Agora revire os bolsos.

— Não fiz nada para violar a Paz Fria — disse ele.

— *Tecnicamente* é verdade, mas condenamos roubos a mundanos — disse Emma. — Vire os bolsos ou vou arrancar um de seus chifres e enfiá-lo onde o sol não bate.

O homem fada pareceu confuso.

— Onde o sol não bate? É um enigma?

Emma soltou um suspiro martirizado e ergueu Cortana.

— Vire os bolsos ou vou começar a descascar seu tronco. Acabei de terminar com meu namorado, e meu humor não está dos melhores.

O ladrão começou a esvaziar lentamente os bolsos, encarando Emma durante todo o processo.

— Então você é solteira — disse ele. — Eu nunca imaginaria.

Um engasgo soou do alto.

— Isso é grosseria — disse Cristina, inclinando-se sobre a beira do telhado.

— Obrigada, Cristina — disse Emma. — Golpe baixo. E, para sua informação, garoto fada, eu terminei com ele.

A criatura deu de ombros. Foi um gesto bastante expressivo, que conseguia transmitir diversas formas de não dar a mínima ao mesmo tempo.

— Apesar de eu não saber por quê — disse Cristina. — Ele era muito legal.

Emma revirou os olhos. O ladrão fada continuava descarregando o que roubou — brincos, carteiras caras de couro, anéis de diamante caíam no chão em uma cacofonia brilhante. Emma se preparou. Ela não se importava com as joias ou com o roubo. Estava procurando por armas, livros de feitiços, qualquer sinal de magia negra que associasse às marcas nos pais.

— Os Ashdown e os Carstairs não se entendem — disse ela. — É um fato conhecido.

Com isso o homem fada pareceu congelar onde estava.

— Carstairs. — Ele cuspiu, os olhos amarelos fixos em Emma. — Você é Emma Carstairs?

Emma piscou os olhos, espantada. Ela olhou para cima; Cristina tinha desaparecido da beira do telhado.

— Eu realmente duvido que já nos conheçamos. Eu me lembraria de uma árvore falante.

— Lembraria? — Mãos espatuladas tremeram na lateral do corpo da fada. — Eu esperaria um tratamento mais cortês. Ou você e seus amigos do Instituto se esqueceram de Mark Blackthorn tão rápido assim?

— *Mark?* — Emma congelou, sem conseguir controlar a própria reação.

Naquele momento, algo brilhante veio em direção ao seu rosto. O ladrão tinha atirado um colar de diamantes nela. Ela desviou, mas a ponta do cordão a atingiu na bochecha. Ela sentiu uma dor ardida e o calor do sangue.

Emma se esticou, mas a criatura tinha desaparecido. Ela xingou, limpando o sangue do rosto.

— Emma! — gritou Cristina, que tinha descido do telhado e estava perto de um portão no muro. Uma saída de emergência. — Ele foi por aqui!

Emma correu naquela direção, e juntas elas arrombaram a porta e dispararam para um beco atrás do bar. Estava surpreendentemente escuro; alguém tinha quebrado as luzes próximas. Lixo jogado contra o muro fedia a comida estragada e álcool. Emma sentiu o símbolo da Visão de Longo Alcance arder; no final do beco viu o homem virar para a esquerda.

Ela partiu atrás dele, com Cristina ao seu lado. Tinha passado tanto tempo da vida correndo com Julian, que tinha dificuldades em ajustar seu ritmo ao de outra pessoa; seguiu em frente, correndo. Fadas eram velozes, eram conhecidas por isso. Ela e Cristina dobraram a esquina seguinte, onde o beco estreitava. A fada em fuga tinha juntado duas latas de lixo para bloquear a passagem. Emma pulou por cima, utilizando as lixeiras para tomar impulso, as botas batendo no metal.

Ela caiu para a frente e aterrissou em algo macio. Tecido rasgou sob suas unhas. Roupas. Roupas em um corpo humano. Roupas molhadas. O cheiro de água do mar e podridão estava por todos os lados. Ela estava olhando para um rosto inchado e morto.

Emma conteve um berro. Um instante mais tarde ela ouviu uma nova batida, e Cristina caiu ao seu lado. Emma ouviu a amiga soltar uma exclamação de espanto em espanhol. Em seguida, os braços de Cristina a envolveram, afastando-a do corpo. Ela aterrissou no asfalto, desconfortável, sem conseguir parar de olhar.

O corpo era inegavelmente humano. Um homem de meia-idade, ombros arredondados, os cabelos grisalhos volumosos como uma juba de leão. Partes da pele estavam queimadas, em preto e vermelho, bolhas se erguiam nos pontos onde as queimaduras eram piores, tal espuma em uma barra de sabão.

A camisa cinza estava rasgada; no peito e nos braços havia linhas de símbolos pretos, não marcas de Caçadores de Sombras, mas uma letra demoníaca contorcida. Eram símbolos que Emma conhecia tão bem quanto conhecia as cicatrizes nas próprias mãos. Ela encarou obsessivamente fotos daquelas marcas durante cinco anos. Eram as marcas que a Clave encontrou nos corpos de seus pais quando foram assassinados.

— Você está bem? — perguntou Cristina.

Emma estava apoiada em uma parede de tijolos no beco (que tinha um cheiro muito questionável e estava coberta de spray), encarando o cadáver do mundano e os Irmãos do Silêncio que o cercavam.

A primeira coisa que Emma fez assim que conseguiu pensar com clareza foi chamar os Irmãos e Diana. Agora ela questionava a própria decisão. Os Irmãos do Silêncio chegaram imediatamente e se espalharam em torno do corpo; às vezes, se viravam para falar uns com os outros com suas vozes silenciosas enquanto investigavam, analisavam e faziam anotações. Tinham levantado barreiras de proteção mágica para terem tempo de trabalhar antes da chegada da polícia mundana, mas — com educação e firmeza, usando apenas um pouquinho de força telepática — eles impediram Emma de se aproximar do corpo.

— Estou *furiosa* — disse ela. — Tenho que ver essas marcas. Tenho que tirar fotos delas. Foram *meus* pais que eles mataram. Não que os Irmãos do Silêncio se importem. Só conheci um Irmão do Silêncio decente, e ele deixou de ser um deles.

Os olhos de Cristina se arregalaram. De algum jeito, ela havia conseguido manter seu uniforme limpo durante toda a confusão, parecia guardar energia, e suas bochechas estavam rosadas. Emma ficou imaginando que ela própria, com cabelos arrepiados e cheia de sujeira do beco nas roupas, lembrava uma alma penada.

— Não achei que fosse algo que a pessoa pudesse deixar de ser.

Os Irmãos do Silêncio eram Caçadores de Sombras que tinham escolhido se isolar do mundo, como monges, e dedicar suas vidas a estudar e curar. Eles ocupavam a Cidade do Silêncio, as grandes cavernas subterrâneas em que quase todos os Caçadores de Sombras eram enterrados quando morriam. As terríveis cicatrizes eram o resultado de símbolos fortes demais para a maioria das peles humanas, mesmo as de Caçadores de Sombras, mas eram também os símbolos que os faziam praticamente imortais. Eles atuavam como conselheiros, arquivistas e curandeiros — e também podiam brandir o poder da Espada Mortal.

Foram eles que realizaram a cerimônia *parabatai* de Emma e Julian. Compareciam aos casamentos, aos nascimentos de crianças Nephilim e a morte delas também. Todo evento importante da vida de um Caçador de Sombras era marcado pela aparição de um Irmão do Silêncio.

Emma pensou no único Irmão do Silêncio de quem já havia gostado. Ela ainda sentia a falta dele, às vezes.

De repente, o beco se acendeu como a luz do dia. Piscando, Emma virou para ver uma picape familiar que encostou na entrada do beco, parando com os faróis ainda acesos; Diana Wrayburn saltou do banco do motorista.

Quando Diana teve que vir trabalhar como tutora das crianças do Instituto de Los Angeles há cinco anos, Emma achou que ela fosse a mulher mais linda que já vira. Era alta, magra e elegante, com a tatuagem prateada de uma carpa se destacando contra a pele escura de uma maçã do rosto curvilínea. Tinha olhos castanhos respingados de verde, que no momento brilhavam como chamas em fúria. Ela estava com um vestido preto na altura do tornozelo, que caía pelo seu corpo em dobras elegantes. Se parecia com a deusa romana da caça, em homenagem à qual foi batizada.

— Emma! Cristina! — Diana correu em direção a elas. — O que aconteceu? Vocês estão bem?

Por um instante, Emma parou de encarar e se permitiu aproveitar o abraço apertado. Diana sempre foi nova demais para Emma pensar nela como mãe, mas uma irmã mais velha, talvez. Uma pessoa protetora. Diana a soltou e abraçou Cristina também, que pareceu ficar assustada. Emma desconfiava que na casa de Cristina não eram muito chegados a abraçar.

— O que aconteceu? Por que você está tentando abrir um buraco no Irmão Enoch com o seu olhar?

— Estávamos patrulhando... — começou Emma.

— Vimos um homem fada roubando de humanos — acrescentou Cristina rapidamente.

— Sim, e eu o contive e mandei que esvaziasse os bolsos...

— Uma fada? — Um ar de inquietação passou pelo rosto de Diana. — Emma, você sabe que não deve confrontar nenhum integrante do Povo das Fadas, mesmo quando Cristina estiver com você...

— Já os combati antes — retrucou Emma.

E era verdade. Tanto ela quanto Diana tinham lutado em Alicante quando o exército de Crepusculares de Sebastian atacou. As ruas estavam cheias de guerreiros fada. Os adultos levaram as crianças e as prenderam no Salão dos Acordos, onde deveriam permanecer seguras. Mas as fadas violaram as trancas...

Diana esteve lá, atacando para a esquerda e para a direita com sua espada mortal, salvando dezenas de crianças. Emma foi uma das que foram salvas. Desde então ela amava Diana.

— Eu tive uma sensação — continuou Emma —, de que algo maior e pior estava acontecendo. Segui a criatura quando ela correu. Sei que não devia ter feito isso, mas... encontrei esse corpo. E está coberto com as mesmas marcas pretas nos corpos dos meus pais. As *mesmas marcas*, Diana.

Diana voltou-se para Cristina.

— Pode nos dar um momento a sós por favor, Tina?

Cristina hesitou. Mas como hóspede do Instituto de Los Angeles, uma jovem Caçadora de Sombras de Licença, ela tinha que obedecer ao que os mais velhos do Instituto pediam. Com um olhar para Emma, ela se afastou, indo até onde o corpo se encontrava. Ele estava cercado por um círculo de Irmãos do Silêncio, como um bando de pássaros claros em suas túnicas. Eles jogavam uma espécie de pó brilhante sobre as marcações, ou, pelo menos, era o que parecia. Emma gostaria de poder chegar mais perto para ver.

Diana exalou.

— Emma, tem *certeza*?

Emma se segurou para não responder com irritação. Ela entendia por que Diana estava perguntando. Ao longo dos anos foram tantas pistas falsas; tantas ocasiões em que a menina achou que tivesse encontrado uma pista ou uma tradução para as marcas, ou uma história em um jornal mundano — e em todas as vezes ela se enganou.

— Só não quero que você cultive falsas esperanças — disse Diana.

— Eu sei — respondeu a menina. — Mas não devo ignorar. Não posso ignorar. Você acredita em mim. Sempre *acreditou* em mim, certo?

— Que Sebastian Morgenstern não matou seus pais? Ah, querida, você sabe que sim. — Diana afagou gentilmente o ombro de Emma. — Só não quero que se machuque, e sem Julian aqui...

Emma esperou que ela continuasse.

— Bem, sem Julian aqui, você sofre mais facilmente. *Parabatai* amortecem as coisas um para o outro. Sei que é forte, você é, mas isso é uma coisa que a feriu muito profundamente quando era apenas uma criança. É a Emma de 12 anos que reage a qualquer coisa que se relacione aos seus pais, e não a Emma quase adulta. — Diana estremeceu e a tocou no lado da cabeça. — O Irmão

Enoch está me chamando — avisou. Irmãos do Silêncio conseguiam se comunicar com Caçadores de Sombras de forma telepática, de um jeito que só eles pudessem ouvir, apesar de eles também serem capazes de falar a grupos caso necessário. — Você pode voltar para o Instituto?

— Sim, mas se eu pudesse ver o corpo outra vez...

— Os Irmãos do Silêncio não permitem — respondeu Diana com firmeza.

— Vou descobrir o que for possível e conto para você? Combinado?

Emma assentiu, relutante.

— Combinado.

Diana foi para perto dos Irmãos do Silêncio, parando a fim de falar rapidamente com Cristina. Quando Emma alcançou o carro que estacionara, Cristina já tinha chegado junto dela, e ambas entraram no veículo em silêncio.

Emma ficou imóvel por um instante, esgotada, com as chaves do carro penduradas na mão. No espelho retrovisor, pôde ver o beco atrás delas, aceso como um estádio de beisebol pelos faróis poderosos da picape. Diana se movia entre os Irmãos do Silêncio vestidos com suas túnicas cor de pergaminho. O pó no chão parecia branco com a luz.

— Você está bem? — perguntou Cristina.

Emma virou para ela.

— Você tem que me falar o que viu — implorou. — Você chegou perto do corpo. Ouviu Diana falar alguma coisa para os Irmãos? São de fato as mesmas marcas?

— Não preciso responder isso — disse Cristina.

— Eu... — Emma se interrompeu. Sentia-se esgotada. Tinha estragado todo o plano da noite, perdeu o homem fada criminoso, perdeu a chance de examinar o corpo e provavelmente feriu os sentimentos de Cristina. — Sei que não. Sinto muito, Cristina. Não tive a intenção de metê-la em encrenca. É que...

— Eu não disse isso. — Cristina procurou no bolso do uniforme. — Eu disse que não precisava responder porque posso *mostrar*. Aqui. Olhe só. — Ela estendeu o telefone, e o coração de Emma acelerou: Cristina estava passando fotos que havia tirado do corpo, dos Irmãos, do beco, do sangue. Tudo.

— Cristina, eu te amo — disse Emma. — Eu me caso com você. *Caso com você*.

Cristina riu.

— Minha mãe já escolheu quem vai se casar comigo, lembra? Imagine o que ela diria se eu levasse *você* para casa.

— Não acha que ela gostaria mais de mim do que do Diego Perfeito?

— Acho que daria para ouvir os gritos de Idris.

Idris era a terra Natal dos Caçadores de Sombras, onde tinham sido criados pela primeira vez e onde a Clave se reunia. Ficava na interseção da França com a Alemanha e a Suíça, escondida dos mundanos por feitiços. A Guerra Maligna havia devastado sua capital, Alicante, que ainda estava sendo reconstruída.

Emma riu. Alívio corria por seu corpo. Tinham alguma coisa, afinal. Uma pista, como Tiberius diria, com a cabeça grudada em um romance policial.

De repente, sentindo saudade de Ty, ela esticou o braço para ligar o carro.

— Você realmente disse para aquele homem fada que terminou com Cameron, e não o contrário? — comentou Cristina.

— Por favor, não toque nesse assunto — retrucou Emma. — Não me orgulho disso.

Cristina riu com desdém. Não foi nada delicado.

— Pode ir para o meu quarto quando chegarmos? — perguntou Emma, piscando os faróis. — Quero mostrar uma coisa.

Cristina franziu o rosto.

— Não é uma estranha marca de nascimento ou uma verruga, é? Minha *abuela* uma vez disse que queria mostrar alguma coisa, e acabou sendo uma verruga na...

— Não é uma verruga! — Enquanto Emma saía com o carro e se juntava ao trânsito, ela sentiu ansiedade correndo pelas veias. Normalmente ficava exausta após uma luta, quando a adrenalina escoava.

Mas agora ela estava prestes a mostrar para Cristina algo que ninguém, além de Julian, jamais tinha visto. Algo de que ela própria não se orgulhava. Não podia deixar de imaginar como Cristina reagiria.

2

Nem os Anjos no Céu

— Julian diz que isto é minha Parede da Loucura — disse Emma.

Ela e Cristina estavam na frente do armário no quarto de Emma, cuja porta estava aberta.

O armário não continha roupas. O guarda-roupa de Emma, basicamente vestidos vintage e jeans comprados em brechós em Silver Lake e Santa Monica, ficava pendurado no outro roupeiro ou dobrado na cômoda. As paredes internas desse armário em seu quarto azul (o mural na parede, com andorinhas voando sobre as torres de um castelo, tinha sido feito por Julian quando ela se mudou, uma referência ao símbolo da família Carstairs) eram cobertas por fotos, recortes de jornal e anotações com a letra de Emma.

— Tudo é organizado por cor — explicou, apontado para as anotações. — Histórias de jornais mundanos, pesquisas sobre feitiços, pesquisas sobre línguas demoníacas, coisas que consegui extrair de Diana ao longo dos anos... Tudo que já encontrei que, de alguma forma, se relacione às mortes dos meus pais.

Cristina se aproximou para examinar as paredes, em seguida, girou de súbito e encarou Emma.

— Algumas dessas coisas parecem arquivos oficiais da Clave.

— E são — disse Emma. — Eu roubei o arquivo da sala da Consulesa em Idris quando tinha 12 anos.

— Você roubou isso de Jia Penhallow? — Cristina pareceu horrorizada. Emma não podia culpá-la. A Consulesa era a oficial mais alta eleita pela Clave: só o Inquisidor chegava perto em termos de poder e influência.

— Onde mais eu conseguiria fotos dos corpos de meus pais? — perguntou Emma, tirando o casaco e o colocando na cama. Ela usava uma camiseta por baixo, a brisa esfriando seus braços.

— Então, as fotos que tirei hoje, onde elas se encaixam?

Cristina as entregou para Emma. Ainda estavam úmidas — a primeira coisa que fizeram ao chegar ao Instituto foi imprimir as duas fotos mais nítidas dos corpos no beco. Emma se inclinou e as prendeu cuidadosamente ao lado das fotos da Clave dos corpos de seus pais, agora desbotadas pelo tempo e se curvando nas bordas.

Ela se inclinou para trás e olhou uma a uma. As marcas eram feias, espetadas, e era difícil se concentrar nelas. Pareciam se proteger contra a visão de alguém. Não era uma língua demoníaca identificada por ninguém, mas parecia que nenhuma mente humana teria sido capaz de concebê-la.

— E agora? — perguntou Cristina. — Quero dizer, qual é o seu plano para o próximo passo?

— Vou ver o que Diana me diz amanhã — respondeu Emma. — Ver se ela descobriu alguma coisa. Será que os Irmãos do Silêncio já sabem sobre os assassinatos de que Rook falou? Se não souberem, voltarei ao Mercado das Sombras. Vou catar qualquer dinheiro que eu tenha ou ficarei devendo um favor a Johnny Rook, não me importo. Se alguém está matando pessoas e cobrindo os corpos com essas marcas, então isso significa que... significa que Sebastian Morgenstern não matou meus pais há cinco anos. Significa que tenho razão e as mortes deles foram outra coisa.

— Pode não significar exatamente isso, Emma. — A voz de Cristina era gentil.

— Sou uma das poucas pessoas vivas que viu Sebastian Morgenstern atacar um Instituto — disse Emma. Era ao mesmo tempo uma de suas lembranças mais claras e um borrão: se lembrava de ter pegado o bebê Tavvy com Dru atrás dela, de carregá-lo pelo Instituto enquanto os Crepusculares de Sebastian uivavam; se lembrava da visão do próprio Sebastian, com cabelos brancos e olhos pretos, mortos e demoníacos; se lembrava do sangue e de Mark; se lembrava de Julian esperando por ela. — Eu o vi. Vi o rosto dele, os olhos, quando me encarou. Não é que eu não ache que ele poderia matar meus pais. Ele teria matado qualquer um que se colocasse em seu caminho. É que acho que ele não teria perdido tempo com isso. — Seus olhos arderam. — Só preciso de mais provas. Tenho que convencer a Clave. Porque, enquanto isso estiver nas costas de Sebastian, o verdadeiro assassino, a pessoa responsável, não será punida. E não acho que sou capaz de suportar isso.

— Emma. — Cristina tocou levemente o braço da menina. — Sabe que acho que o Anjo tem planos para nós. Para você, e o que eu puder fazer para ajudá-la, farei.

Emma sabia disso. Para muitos Caçadores de Sombras, o Anjo que criou a raça dos Nephilim era uma figura distante. Para Cristina, Raziel era uma presença viva. No pescoço, ela usava uma medalha consagrada ao Anjo. Raziel era esculpido na frente, e havia palavras escritas em latim atrás: *Abençoado seja o Anjo, minha força, que guia minhas mãos na guerra e meus dedos na luta.*

Cristina frequentemente tocava a medalha: para pedir força, antes das provas, antes das batalhas. De muitas formas, Emma invejava Cristina pela fé que possuía. Às vezes, ela achava que as únicas coisas em que tinha fé eram na vingança e em Julian.

Emma encostou no mural, papel e anotações ásperos contra o ombro nu.

— Mesmo que isso signifique violar regras? Sei que você detesta isso.

— Não sou tão monótona quanto você parece achar. — Cristina bateu levemente no ombro de Emma, fingindo estar ofendida. — Enfim, não podemos fazer mais nada por hoje. O que ajudaria a distrair sua mente? Filmes ruins? Sorvete?

— Apresentá-la aos Blackthorn — respondeu Emma, se afastando da parede do armário.

— Mas eles não estão aqui. — Cristina olhou para Emma como se estivesse preocupada com a possibilidade de ela ter batido a cabeça.

— Não estão e estão. — Emma estendeu a mão. — Venha comigo.

Cristina se permitiu ser guiada pelo corredor. Era todo de madeira e vidro, as janelas tinham vista para o mar, para a areia e o deserto. Quando Emma se mudou para o Instituto, achou que eventualmente a vista fosse desbotar de sua consciência, que ela não fosse acordar toda manhã ainda impressionada com o azul do oceano e do céu. Isso não aconteceu. O mar ainda a fascinava, com sua superfície que mudava constantemente, e o deserto, com suas sombras e flores.

Ela agora podia ver o brilho da lua no mar através das janelas noturnas: prata e preto.

Emma e Cristina atravessaram o corredor. Emma parou no topo de uma grande escadaria que descia para a entrada do Instituto. Ficava exatamente no meio do Instituto, bifurcando para as alas norte e sul. Emma tinha escolhido deliberadamente um quarto, há anos, que ficava no lado oposto dos Blackthorn. Era uma forma silenciosa de declarar que ainda era uma Carstairs.

Ela se apoiou no corrimão e olhou para baixo, com Cristina ao seu lado. Institutos eram feitos para impressionar: eram locais de reuniões de Caçadores de Sombras, o coração dos Conclaves — comunidades de Nephilim locais. A entrada imponente, uma sala quadrada cujo ponto de foco era a enorme escadaria que levava aos outros andares, o chão de mármore preto e branco, decorado com móveis de aparência desconfortável, nos quais ninguém se sentava. Parecia a entrada de um museu.

Do patamar, dava para ver que os mármores brancos e pretos que estampavam o chão formavam o Anjo Raziel, que se erguia das águas do Lago Lyn, em Idris, e segurava dois dos Instrumentos Mortais — uma espada brilhante e um cálice de ouro.

Era uma imagem que toda criança Caçadora de Sombras conhecia. Há mil anos o Anjo Raziel foi invocado por Jonathan Caçador de Sombras, o pai de todos os Nephilim, para exterminar a praga dos demônios. Raziel presenteou Jonathan com os Instrumentos Mortais e o Livro Gray, no qual se encontravam todos os símbolos. Ele também misturou seu sangue a sangue humano e deu para que Jonathan e seus seguidores bebessem, permitindo que suas peles suportassem os símbolos e que os primeiros Nephilim fossem criados. A imagem de Raziel emergindo da água era sagrada para os Nephilim: chamava-se Tríptico e era vista nos lugares onde Caçadores de Sombras se encontravam ou onde morriam.

A imagem no chão da entrada do Instituto era um memorial. Quando Sebastian Morgenstern e seu exército de fadas invadiram o Instituto, o chão era todo de mármore liso. Após a Guerra Maligna, as crianças Blackthorn voltaram para o Instituto e viram que o cômodo onde tantos morreram estava sendo derrubado. As pedras onde Caçadores de Sombras sangraram foram substituídas, e o mural foi colocado para recordar os que morreram.

Toda vez que Emma passava por ali, se lembrava de seus pais e do pai de Julian. Ela não se incomodava; não queria esquecer.

— Quando você disse que estão e não estão, estava falando sobre Arthur estar aqui? — perguntou Cristina. Ela fitava o Anjo pensativamente.

— Definitivamente não. — Arthur Blackthorn era o diretor do Instituto de Los Angeles. Pelo menos, esse era o seu título. Ele era uma classicista, obcecado por mitologia grega e romana, constantemente trancado no sótão com fragmentos de cerâmica antiga, livros mofados, ensaios intermináveis e monografias. Emma achava que nunca o vira demonstrar qualquer interesse pela causa dos Caçadores de Sombras. Ela podia contar nos dedos as vezes em que Cristina o viu desde sua chegada ao Instituto. — Apesar de me impressionar o fato de você saber onde ele mora.

Cristina revirou os olhos.

— Não revire os olhos. Enfraquece meu momento dramático. Quero meu momento dramático intacto.

— Que momento dramático? — perguntou Cristina. — Por que me arrastou para cá quando eu quero tomar banho e trocar de roupa? Além disso, preciso de café.

— Você sempre precisa de café — disse Emma, voltando pelo corredor para a outra ala da casa. — É um vício debilitante.

Cristina disse alguma coisa ofensiva baixinho em espanhol, mas seguiu Emma, a curiosidade claramente vencendo. Emma girou para poder andar de costas, como se fosse uma guia turística.

— Tudo bem, a maioria da família está na ala sul — explicou. — Primeira parada, quarto de Tavvy. — A porta do quarto de Octavian Blackthorn já estava aberta. Ele não ligava muito para privacidade por ter apenas 7 anos. Emma se inclinou para dentro, e Cristina, parecendo confusa, se inclinou ao lado dela.

O quarto continha uma pequena cama com uma colcha listrada colorida, uma casa de brinquedos quase da altura de Emma e uma tenda cheia de livros e brinquedos.

— Tavvy tem pesadelos — disse Emma. — Às vezes, Julian vem e dorme na tenda com ele.

Cristina sorriu.

— Di... minha mãe fazia isso comigo quando eu era pequena.

O quarto seguinte foi o de Drusilla. Dru tinha 13 anos e era obcecada por filmes de terror. Livros sobre filmes sangrentos e assassinos em série lotavam o chão. As paredes eram pretas, e pôsteres antigos de terror estavam colados sobre as janelas.

— Dru ama filmes de terror — disse Emma. — Qualquer coisa com "sangue", "horror" ou "formatura". Por que chamam de formatura, me pergunto...

— Tem a ver com "término de curso" — disse Cristina.

— Por que você fala a minha língua tão melhor do que eu?

— Não é sua língua — observou Cristina, enquanto Emma avançava pelo corredor. — Vem de *formatum*. É latim.

— Os gêmeos têm quartos um de frente para o outro. — Emma gesticulou para as duas portas fechadas. — Esse é o de Livvy. — Ela abriu a porta, revelando um quarto lindo, limpo e decorado. Alguém havia coberto caprichosamente a cabeceira da cama com um tecido estampado com xícaras de chá. Bijuterias brilhantes pendiam de telas pregadas nas paredes. Havia livros sobre computadores e linguagens de programação empilhados em fileiras cuidadosas perto da cama.

— Linguagens de programação! — exclamou Cristina. — Ela gosta de computadores?

— Ela e Ty — respondeu Emma. — Ty gosta de computadores, ele gosta da forma como organizam padrões para que possa analisá-los, mas na verdade ele não é muito bom em matemática. Livvy cuida dessa parte, e eles trabalham em equipe.

O quarto seguinte era de Ty.

— Tiberius Nero Blackthorn — anunciou Emma. — Acho que os pais dele exageraram um pouco no nome. É como chamar alguém de Desgraçado Magnífico.

Cristina riu. O quarto de Ty era organizado, com livros alinhados por cores, e não em ordem alfabética. Cores que Ty mais gostava, como azul, dourado e verde, ficavam na frente do quarto e perto da cama. Cores das quais não gostava — laranja e roxo — eram relegadas a cantos e espaços perto da janela. Poderia parecer casual para outra pessoa, mas Emma sabia que Ty tinha consciência da localização de cada volume.

Na cabeceira ficavam seus livros preferidos: histórias de Sherlock Holmes, de Arthur Conan Doyle. Ao lado deles, havia uma coleção de pequenos brinquedos. Julian os fez para Ty há anos, quando descobriu que ter alguma coisa nas mãos acalmava o irmão e o ajudava a se concentrar. Havia uma bola de panos limpadores de cachimbo e um cubo preto de plástico feito por peças que clicavam e podiam ser giradas para diferentes desenhos.

Cristina olhou para a expressão carinhosa de Emma e disse:

— Você já falou sobre Tiberius antes. É ele que adora animais.

Emma fez que sim com a cabeça.

— Ele vive lá fora, perturbando lagartos e esquilos. — Ela acenou o braço para indicar o deserto que se espalhava atrás do Instituto; terra virgem, sem casas ou ocupação humana, que se estendia até as encostas das montanhas que separavam a praia do Vale. — Espero que ele esteja se divertindo na Inglaterra, colecionando girinos, sapos e "sapos no buraco"*...

— Isso é um tipo de comida!

— Não pode ser — disse Emma, seguindo pelo corredor.

— É uma massa! — protestou Cristina, enquanto Emma ia até a porta seguinte e a abria. O interior do quarto era pintado quase com a mesma cor

---

* *N da T: toads in the hole*, literalmente "sapos no buraco", é um prato tradicional britânico feito de massa e salsicha.

de azul que o mar e o céu lá fora. Durante o dia parecia parte deles, um azul eterno e flutuante. Murais cobriam as paredes com estampas elaboradas e, ao longo de uma parede de frente para o deserto, com o contorno de um castelo envolvido por um muro alto de espinhos. Um príncipe cavalgava em direção a ele, com a cabeça abaixada e a espada quebrada.

— *La Bella Durmiente* — disse Cristina. — *A Bela Adormecida*. Mas eu não me lembrava de que era tão triste ou de que o príncipe era tão derrotado.

— Ela olhou para Emma. — Ele é um menino triste, Julian?

— Não — respondeu Emma, sem prestar muita atenção. Ela não entrava no quarto de Julian desde que ele viajara. Parecia que ele não o tinha arrumado antes de sair, e havia roupas no chão, desenhos incompletos sobre a mesa e até uma xícara na cabeceira, que provavelmente continha café mofado.

— Não é depressivo nem nada disso.

— Depressivo não é o mesmo que triste — observou Cristina.

Mas Emma não queria pensar em Julian triste, não agora, não quando ele estava tão perto de voltar para casa. Agora que já passava de meia-noite, ele tecnicamente voltava no dia seguinte. Ela sentiu uma onda de alegria e alívio.

— Vamos. — Ela saiu do quarto e atravessou o corredor, com Cristina atrás. Emma colocou a mão em uma porta fechada. Era de madeira, igual às outras, a superfície esfarrapada como se ninguém a limpasse ou lixasse há muito tempo.

— Esse era o quarto de Mark — explicou.

Todo Caçador de Sombras conhecia o nome de Mark Blackthorn. O menino meio fada, meio Nephilim que foi levado durante a guerra e integrado à Caçada Selvagem, as piores fadas. As que cavalgavam pelo céu uma vez por mês, atacando humanos, visitando campos de batalha, se alimentando de medo e morte, como falcões assassinos.

Mark sempre foi bondoso. Emma ficou imaginando se ainda era.

— Mark Blackthorn foi parte do motivo pelo qual vim para cá — disse Cristina, um pouco tímida. — Sempre tive a esperança de um dia conseguir um tratado melhor do que a Paz Fria. Algo mais justo com os integrantes do Submundo e com os Caçadores de Sombras que os amam.

Emma sentiu os olhos arregalarem.

— Eu não sabia. Você nunca me contou isso.

Cristina gesticulou ao redor.

— Você dividiu uma coisa comigo — falou a garota. — Dividiu os Blackthorn. Achei que eu devia compartilhar algo com você.

— Estou muito feliz que tenha vindo para cá — confessou Emma impulsivamente, e Cristina ruborizou. — Mesmo que tenha sido em parte por Mark. E mesmo que não me diga mais nada a respeito dos seus motivos.

Cristina deu de ombros.

— Eu gosto de Los Angeles. — Ela deu a Emma um sorriso tímido, de lado. — Tem certeza de que não quer filmes ruins e sorvete?

Emma respirou fundo. Ela se lembrou de uma vez em que Julian lhe disse que, quando as coisas se tornavam complicadas demais, ele se imaginava trancando certas situações e emoções em uma caixa. *Tranque longe*, ele disse, *e não vão incomodar. Elas desaparecem.*

Ela imaginou, agora, que estava pegando suas lembranças do corpo no beco, de Sebastian Morgenstern e da Clave, o término do namoro com Cameron, sua necessidade de respostas, sua raiva do mundo pela morte dos pais, e a ansiedade em ver Julian, e trancando em uma caixa. Imaginou-se colocando a caixa em algum lugar de fácil acesso, algum lugar onde poderia encontrá-la e reabrir.

— Emma? — chamou Cristina ansiosa. — Tudo bem? Você está com cara de quem vai vomitar.

A caixa fez um *clique* e se trancou. Em sua mente, Emma a deixou de lado; de volta ao mundo, sorriu para Cristina.

— Sorvete e filmes ruins parecem uma ótima ideia — respondeu. — Vamos.

O céu estava manchado de rosa no alto pelo pôr do sol. Emma desacelerou a corrida, puxando o ar com o coração acelerado no peito.

Normalmente Emma treinava à tarde e à noite, e corria pela manhã, mas ela havia acordado tarde depois de ter passado a noite quase toda em claro com Cristina. Passou o dia reorganizando suas provas de forma febril, ligando para Johnny Rook para tentar arrancar dele mais detalhes sobre os assassinatos, escrevendo anotações para a parede da loucura e esperando impacientemente que Diana aparecesse.

Ao contrário de muitos tutores, Diana não morava no Instituto com os Blackthorn: tinha a própria casa em Santa Monica. Tecnicamente, Diana não precisava ir ao Instituto aquele dia, mas Emma já tinha mandado pelo menos seis mensagens. Talvez sete. Cristina a impediu de mandar oitava, sugerindo que ela fosse correr para descarregar a ansiedade.

Ela se inclinou para a frente, com as mãos nos joelhos dobrados, tentando recuperar o fôlego. A praia estava praticamente deserta, exceto por alguns casais mundanos encerrando suas caminhadas românticas ao pôr do sol, voltando para os carros que deixaram estacionados na rodovia.

Ela ficou imaginando quantos quilômetros teria corrido por essa orla durante os anos em que morava no Instituto. Oito quilômetros por dia, todos os dias. E isso depois de pelo menos três horas na sala de treinamento. Metade das cicatrizes de Emma foram causadas por ela mesma, aprendendo a cair das vigas mais altas, se acostumando a enfrentar a dor ao treinar descalça... sobre vidro quebrado.

A pior de suas cicatrizes era no antebraço e também tinha sido feita por ela mesma, de certa forma. Veio de Cortana, no dia em que seus pais morreram. Julian tinha colocado a lâmina nos braços dela, e ela a segurou apesar do sangue e da dor, chorando enquanto cortava a pele. Tinha deixado uma longa linha branca em seu braço, uma que, às vezes, a deixava tímida em relação a usar mangas curtas ou vestidos sem manga. Ela se perguntava se outros Caçadores de Sombras viam a cicatriz e imaginavam de onde teria vindo.

Mas Julian nunca olhava.

Ela se esticou. Da orla, dava para ver o Instituto, todo de pedras e vidro, na colina sobre a praia. Ela podia ver o ressalto do sótão de Arthur e até mesmo a janela escura do próprio quarto. Ela dormira inquieta à noite, sonhando com o mundano morto, as marcas em seu corpo, as marcas em seus pais. Tinha tentado conjurar uma visão do que faria quando descobrisse quem havia matado os dois. Como se qualquer dor física que ela pudesse impor ao responsável pudesse começar a compensar o que ela perdeu.

Julian também passou pelo sonho. Ela não sabia exatamente o que tinha sonhado, mas acordou com sua imagem clara na mente — Jules, alto e esguio, com seus cachos castanhos e os olhos azul-esverdeados hipnotizantes. Os cílios escuros e a pele pálida, a forma como ele roía as unhas quando estava nervoso, seu manejo confiante de armas, e o manejo ainda mais confiante de pincéis e tintas.

Julian, que chegaria no outro dia. Julian, que entenderia exatamente o que ela estava sentindo — quanto tempo ela esperou por uma pista sobre seus pais. Como ela agora tinha encontrado uma, o mundo de repente parecia cheio de possibilidades terrivelmente iminentes. Ela se lembrava do que Jem, o ex-Irmão do Silêncio que ajudou a presidir sua cerimônia *parabatai*, disse a respeito do que Julian era para ela: havia uma expressão em sua língua chinesa nativa, *zhi yin*. "Aquele que entende sua música."

Emma não sabia tocar nenhuma nota em nenhum instrumento, mas Julian entendia sua música. Até a música da vingança.

Nuvens escuras vinham do oceano. Estava prestes a chover. Tentando tirar Jules da cabeça, Emma voltou a correr, subindo pela estrada de terra para o

Instituto. Ao se aproximar da construção, ela engoliu em seco e observou. Havia um homem descendo pelos degraus. Ele era alto e esguio, e trajava um comprido casaco negro. O cabelo era quase todo grisalho. Ele normalmente usava preto; ela desconfiava que fosse essa a origem de seu sobrenome. Ele não era um feiticeiro, Johnny Rook, mesmo que tivesse um nome apropriado para um. Ele era outra coisa.

Ele a viu, e seus olhos cor de âmbar se arregalaram. Ela acelerou, impedindo-o antes que ele pudesse virar e circular a casa para longe dela.

Ela parou na frente dele, bloqueando a passagem.

— O que você está fazendo aqui?

Os olhos dele vagaram, procurando uma rota de fuga.

— Nada. Só dando uma passada.

— Você falou alguma coisa sobre eu ter ido ao Mercado das Sombras para Diana? Porque se falou...

Ele se recompôs. Havia algo de estranho em seu rosto, assim como nos olhos; tinha uma expressão quase afobada, como se algo terrível tivesse acontecido com ele quando era jovem, algo que abriu linhas como cicatrizes de faca em sua pele.

— Você não é diretora do Instituto, Emma Carstairs — disse ele. — A informação que lhe dei era boa.

— Você disse que ia ficar quieto!

— Emma. — O nome dela, dito com firmeza e precisão. Emma se virou lentamente e viu Diana, que a observava do alto da escada, o vento noturno soprando seus cabelos cacheados. Ela usava um vestido longo e elegante que a deixava alta e imponente. E também parecia absolutamente furiosa.

— Imagino que tenha recebido minhas mensagens — disse Emma. Diana não reagiu.

— Deixe o Sr. Rook em paz. Precisamos conversar. Quero vê-la em meu escritório em exatos dez minutos.

Diana virou e voltou para o Instituto. Emma lançou um olhar venenoso a Rook.

— Negócios com você deveriam ser secretos — falou, batendo com força o dedo no peito dele. — Talvez não tenha prometido que manteria a boca fechada, mas nós dois sabemos que é isso que as pessoas querem de você. É o que esperam.

Um pequeno sorriso se formou nos lábios dele.

— Você não me assusta, Emma Carstairs.

— Talvez devesse.

— Isso é que é engraçado em vocês, Nephilim — disse Rook. — Vocês sabem sobre o Submundo, mas não vivem nele. — Ele colocou os lábios no ouvido de Emma, desconfortavelmente perto. Seu hálito arrepiou os pelos da nuca de Emma ao falar. — Existem coisas muito mais assustadoras nesse mundo, Emma Carstairs.

Emma se afastou dele, virou e correu pela escada do Instituto.

Dez minutos depois, Emma estava diante da mesa de Diana, os cabelos, ainda molhados do banho, pingando no chão de mármore.

Apesar de Diana não morar no Instituto, ela tinha um escritório lá, uma sala confortável de canto, com vista para as montanhas. Emma podia vê-las se erguendo contra o crepúsculo, uma sombra azul e vegetação costeira. Começou a chover, escorrendo pelas janelas.

O escritório era escassamente decorado. Sobre a mesa havia uma foto de um homem alto com o braço em volta de uma garotinha que parecia Diana, apesar de tão jovem. Estavam na frente de uma loja chamada FLECHA DE DIANA.

Havia flores no parapeito, que Diana colocara para alegrar o ambiente. Ela cruzou os braços sobre a mesa e olhou para Emma no mesmo nível.

— Você mentiu para mim ontem à noite — falou.

— Não menti — disse Emma. — Não exatamente. Eu...

— Não diga que omitiu, Emma — disse Diana. — Você sabe muito bem que não deve fazer isso.

— O que Johnny Rook disse? — perguntou Emma, e imediatamente se arrependeu. A expressão de Diana se fechou.

— Por que não me diz? — insistiu. — Aliás, diga o que fez e qual deveria ser o seu castigo. Isso parece justo?

Emma cruzou os braços desafiadoramente. Ela detestava ser pega, e Diana era ótima em fazê-lo. Diana era inteligente, o que normalmente era o máximo, mas não quando estava irritada.

Emma poderia contar para Diana o que achava que a estava irritando, e, talvez, assim, revelar mais do que Diana já sabia, ou podia ficar em silêncio, e talvez irritar Diana ainda mais. Após um momento de ponderação, ela disse:

— Eu deveria ter que cuidar de uma caixa de filhotinhos de gato. Você sabe o quanto gatinhos são cruéis, com as garras pequeninas e aquele comportamento horroroso.

— Por falar em comportamento horroroso — repetiu Diana. Ela estava brincando ociosamente com um lápis. — Você foi ao Mercado das Sombras, contrariando regras específicas. Você falou com Johnny Rook. Ele deu a dica de que haveria a desova de um corpo no Sepulcro, que poderia ter alguma relação com as mortes dos seus pais. Você não estava lá por acaso. Não estava patrulhando.

— Eu paguei a Rook para não dizer nada — murmurou a menina. — Confiei nele!

Diana derrubou o lápis.

— Emma, o cara é conhecido como Rook, o Trapaceiro. Inclusive, ele não é apenas um trapaceiro: está na lista de observação da Clave porque trabalha com fadas sem permissão. Qualquer integrante do Submundo ou mundano que trabalhe em segredo com fadas é excluído pelos Caçadores de Sombras e abre mão de sua proteção; você sabe disso.

Emma jogou as mãos para o alto.

— Mas essas são algumas das pessoas mais úteis que existem! Cortá-los não ajuda a Clave, mas pune os Caçadores de Sombras.

Diana balançou a cabeça.

— As regras são regras por um motivo. Ser Caçador de Sombras, um bom Caçador de Sombras, é mais do que treinar catorze horas por dia e conhecer sessenta e cinco maneiras de matar um homem com pinças para saladas.

— Sessenta e sete — respondeu Emma automaticamente. — Diana, sinto muito. Sinto mesmo, principalmente por ter arrastado Cristina para essa história. Não é culpa dela.

— Ah, eu sei disso. — Diana continuava com uma carranca no rosto.

Emma seguiu falando:

— Ontem à noite, você disse que acreditava em mim. Quanto a Sebastian não ter matado meus pais. Quanto à história ser mais do que isso. As mortes deles não foram simplesmente... simplesmente Sebastian acabando com o Conclave. Alguém os queria mortos. As mortes deles significaram alguma coisa...

— A morte de todo mundo significa alguma coisa. — O tom de Diana era cortante, ela passou a mão nos olhos. — Conversei com os Irmãos do Silêncio ontem à noite. Descobri o que eles sabem. E, meu Deus, passei o dia dizendo a mim mesma que deveria mentir para você, passei o dia sofrendo com isso...

— Por favor — sussurrou Emma. — Por favor, não minta.

— Mas não posso. Lembro de quando você veio aqui; era uma garotinha, tinha 12 anos de idade e estava destruída. Tinha perdido tudo. Só o que a segurava era Julian e sua necessidade de vingança. Que Sebastian não fosse a razão pela qual seus pais morreram, porque, se fosse, como você poderia puni-lo? — Ela respirou fundo. — Sei que Johnny Rook disse que ocorreram vários assassinatos. Ele tem razão. Doze, no total, contando o da noite passada. Nenhum rastro do assassino foi deixado. Todas as vítimas permanecem não identificadas. Dentes quebrados, carteiras desaparecidas, impressões digitais raspadas.

— E os Irmãos do Silêncio não sabiam disso? A Clave, o Conselho...?
— Sabiam. E é desta parte que você não vai gostar. — Diana batucou o vidro da mesa com as unhas dos dedos. — Vários dos mortos eram do Povo das Fadas. Isso faz do assunto uma questão para a Scholomance, os Centuriões e os Irmãos do Silêncio. Não para os Institutos. Os Irmãos do Silêncio sabiam. A Clave sabia. Eles não nos contaram, deliberadamente, porque não nos querem envolvidos.

— *Scholomance*?

A Scholomance era um pedaço vivo da história dos Caçadores de Sombras. Um castelo frio de torres e corredores esculpidos na lateral de uma montanha nos Cárpatos, existiu durante séculos como um lugar onde a maior parte da elite dos Caçadores de Sombras era treinada para lidar com as ameaças duplas de demônios e integrantes do Submundo. Foi fechada com a assinatura dos primeiros Acordos: uma demonstração de fé de que integrantes do Submundo e Caçadores de Sombras não estavam mais em guerra.

Agora, com o advento da Paz Fria, tinha sido reaberta e estava funcionando outra vez. Era preciso passar por uma série muito difícil de testes para ser admitido, e o que se aprendia na escola não podia ser compartilhado com outros. Aqueles que se formavam se chamavam Centuriões, acadêmicos e guerreiros lendários; Emma jamais havia conhecido algum pessoalmente.

— Pode não ser justo, mas é verdade.

— Mas as marcas. Admitiram que eram as mesmas que viram nos corpos dos meus pais?

— Não admitiram nada — retrucou Diana. — Disseram que cuidariam do assunto. Disseram para não nos envolvermos, que a ordem tinha vindo do próprio Conselho.

— Os corpos? — disse Emma. — Os corpos se dissolveram quando tentaram movê-los, como os dos meus pais?

— Emma! — Diana se levantou. Seus cabelos formavam uma adorável nuvem escura ao redor do rosto. — Não interferimos com o que acontece com as fadas, não mais. É isso que a Paz Fria significa. A Clave não sugeriu, simplesmente, que não façamos isso. É proibido interferir em assuntos de fadas. Se você se envolver, pode haver consequências não só para você, mas para Julian.

Foi como se Diana tivesse pegado um dos pesos de papel da mesa e jogado no peito de Emma.

— Julian?

— O que ele faz todo ano? No aniversário da Paz Fria?

Emma pensou em Julian, sentado ali, naquele escritório. Ano após ano, desde que tinha 12 anos e cotovelos ralados e jeans rasgados. Ele se sentava pacientemente com caneta e tinta, escrevendo sua carta para a Clave, pedindo que sua irmã Helen voltasse da Ilha Wrangel.

A Ilha Wrangel era o local de todas as barreiras de proteção do mundo, um conjunto de feitiços mágicos que tinha sido levantado para proteger a Terra contra certos demônios há mil anos. Era também um bloquinho de gelo a milhares de quilômetros no Oceano Ártico. Quando a Paz Fria foi declarada, Helen foi mandada para lá; a Clave disse que era para que ela estudasse as barreiras, mas ninguém acreditava que fosse alguma coisa além de exílio.

Ela havia sido autorizada a fazer algumas viagens para casa desde então, inclusive, a viagem para Idris quando se casou com Aline Penhallow, a filha da Consulesa. Mas nem essa forte relação pessoal podia libertá-la. Todo ano Julian escrevia. E todo ano lhe negavam.

Diana falou com voz mais suave.

— Todo ano a Clave nega, porque Helen pode ser leal ao Povo das Fadas. O que eles vão pensar se acharem que estamos investigando mortes de fadas contra as ordens deles? Como isso afetaria a chance de libertarem Helen?

— Julian ia querer que eu... — Emma começou.

— Julian cortaria a própria mão se você pedisse. Isso não significa que você deva pedir. — Diana esfregou as têmporas como se estivessem doendo. — Vingança não é família, Emma. Não é uma amiga e é uma amante fria. — Ela abaixou a mão e foi para perto da janela, olhando por cima do ombro para a menina. — Sabe por que aceitei esse trabalho, aqui no Instituto? Nada de respostas sarcásticas.

Emma olhou para o chão. Era feito de ladrilhos alternados em azul e branco; nos brancos havia desenhos: uma rosa, um castelo, um pináculo de igreja, um bando de pássaros, cada um diferente.

— Porque você estava em Alicante durante a Guerra Maligna — disse Emma, a voz estrangulada. — Você esteve presente quando Julian teve que... que conter o pai. Você nos viu lutar, achou que fôssemos corajosos e quis ajudar. Isso é o que você sempre disse.

— Eu tive alguém quando eu era mais nova, que me ajudou a me tornar quem realmente sou — falou Diana. Emma prestou atenção. Diana raramente falava sobre sua vida. Os Wrayburn foram uma família de Caçadores de Sombras bastante conhecida por muitas gerações, mas Diana era a última. Ela nunca falava sobre sua infância, sua família. Era como se sua vida tivesse começado quando ela assumiu a loja do pai em Alicante. — Eu queria ajudá-la a se tornar quem você realmente é.

— E quem eu sou?

— A melhor Caçadora de Sombras da sua geração — respondeu Diana. — Você treina e luta como ninguém. E é exatamente por isso que não quero vê-la desperdiçar seu potencial na busca de algo que não vai curar suas feridas.

Desperdiçar meu potencial? Diana não sabia, ela não entendia. Ninguém da família dela morreu na Guerra Maligna. E os pais de Emma não morreram lutando; foram assassinados, torturados e mutilados. Gritando por ela, talvez, naqueles momentos, curtos, longos ou intermináveis, entre a vida e a morte.

Ouviu-se uma batida forte na porta. Ela se abriu para revelar Cristina. Ela estava de calça jeans, um casaco e com as bochechas rosadas, como se estivesse constrangida por interromper.

— Os Blackthorn — avisou. — Eles chegaram.

Emma se esqueceu completamente do que estava prestes a falar para Diana e correu para a porta.

— Quê? Só era para chegarem amanhã!

Cristina deu de ombros sem saber o que dizer.

— Pode ser que seja outra família imensa que chegou de Portal.

Emma colocou a mão no peito. Cristina estava certa. Ela podia sentir: a dorzinha que permanecia atrás de suas costelas desde que Julian se foi, de repente, melhorou e piorou — menos dor, mais como uma borboleta voando desesperadamente sob seu coração.

Ela saiu correndo, os pés descalços batendo forte contra o chão polido do corredor. Chegou à escadaria e desceu dois degraus de cada vez, girando nos patamares. E agora também podia ouvir as vozes. Pensou ter ouvido a voz aguda e suave de Dru elevada em uma pergunta, e Livvy respondendo.

E então estava lá, na galeria do segundo andar que dava para a sala de estar. O espaço estava iluminado como se fosse dia, cheio de cores em redemoinho, restos de um Portal desbotando. No centro do recinto, estavam os Blackthorn: Julian se erguendo acima dos gêmeos de 15 anos, Livvy e Ty. Ao lado deles, Drusilla, segurando a mão do caçula, Tavvy, que parecia dormir em pé, a cabeça cacheada apoiada no braço de Dru, os olhos fechados.

— Vocês voltaram! — gritou a menina.

Todos olharam para ela. Os Blackthorn sempre foram uma família com muitas semelhanças físicas: tinham os mesmos cabelos cacheados e castanho-escuros, cor de chocolate amargo, e os mesmos olhos azul-esverdeados. Mas Ty, com seus olhos cinzentos, porte magro e cabelos negros desalinhados parecia vir de outro ramo da família.

Dru e Livvy estavam sorrindo, e havia receptividade no aceno de cabeça de Ty, mas foi Julian que Emma viu. Ela sentiu o símbolo de *parabatai* no braço latejar quando ele a encarou.

Emma correu pelas escadas. Julian estava abaixando para falar alguma coisa para Dru. Em seguida, ele se virou e deu vários passos largos na direção de Emma. Ele preencheu a visão dela; era tudo que ela conseguia enxergar.

Não só Julian como estava agora, caminhando até ela no chão com o desenho do Anjo, mas Julian lhe entregando as lâminas serafim às quais dera um nome, Julian sempre lhe dando um cobertor quando ela sentia frio no carro, Julian diante dela na Cidade do Silêncio, com fogo branco e dourado se elevando entre eles enquanto recitavam seus votos de *parabatai*.

Eles colidiram no meio da sala, e ela jogou os braços em volta dele.

— Jules — falou, mas o som foi abafado pelo ombro dele enquanto ele retribuía o abraço. Ela pôde ouvir os votos de *parabatai* no fundo da mente enquanto respirava o cheiro familiar dele: cravo, sabão e sal.

Onde fores, irei.

Por um momento, os braços dele ficaram tão apertados em volta dela que Emma mal conseguiu respirar. Então ele a soltou e deu um passo para trás.

Emma quase se desequilibrou. Ela não esperava um abraço tão apertado nem um empurrão tão rápido.

Ele também parecia diferente. A mente dela não conseguiu assimilar.

— Pensei que viessem amanhã de manhã — comentou Emma. Ela tentou capturar o olhar de Julian, fazê-lo retribuir seu sorriso receptivo. Em vez disso, ele estava olhando para os irmãos como se estivesse contando para ter certeza de que estavam todos ali.

— Malcolm apareceu mais cedo — explicou a ela, por cima do próprio ombro. — Apareceu de repente na cozinha da tia Marjorie, de pijama. Disse que se esqueceu do fuso horário. Ela gritou feito uma louca.

Emma sentiu a tensão no peito passando. Malcolm Fade, o líder dos feiticeiros de Los Angeles, era amigo da família, e a excentricidade dele era uma piada antiga entre ela e Jules.

— Aí ele acidentalmente nos transportou para Londres, em vez de nos mandar para cá! — anunciou Livvy, avançando para abraçar Emma. — E tivemos que catar alguém para abrir outro Portal... Diana!

Livvy largou Emma e correu para cumprimentar a tutora. Por alguns instantes, tudo se tornou um burburinho: perguntas, cumprimentos e abraços. Tavvy tinha acordado e estava vagando com sono, puxando as mangas das pessoas. Emma afagou o cabelo dele.

Os seus serão os meus. A família de Julian se tornou a família de Emma quando eles se tornaram *parabatai*. Era quase como um casamento nesse ponto.

Emma olhou para Julian. Ele observava a família, com expressão concentrada. Como se tivesse se esquecido de que ela estava ali. E naquele momento sua mente pareceu acordar repentinamente e lhe apresentar um catálogo dos modos pelos quais ele parecia diferente.

Ele sempre teve cabelos curtos e práticos, mas deve ter se esquecido de cortá-los na Inglaterra: tinham crescido em cachos espessos e belos, típicos de um Blackthorn. As pontas estavam abaixo das orelhas. Ele estava bronzeado, e não é que ela não soubesse a cor dos olhos dele, mas agora pareciam, ao mesmo tempo, mais brilhantes e escuros, o intenso azul-esverdeado de um oceano a um quilômetro e meio da superfície. O formato do rosto também tinha mudado, moldando linhas mais adultas, perdendo a suavidade da infância, revelando a mandíbula que destacava seu queixo ligeiramente pontudo, um eco do padrão de asa de sua clavícula, visível logo abaixo do colarinho da camiseta.

Ela desviou o olhar. Para sua surpresa, o coração batia acelerado, como se ela estivesse nervosa. Afobada, Emma se abaixou para abraçar Tavvy.

— Você está banguela — constatou quando ele sorriu para ela. — Foi muito descuidado.

— Dru me disse que fadas roubam seus dentes enquanto você dorme — revelou Tavvy.

— É porque eu contei isso a ela — falou Emma, se levantando. Sentiu um leve toque no ombro.

Era Julian. Com o dedo começou a traçar palavras na pele dela — era algo que sempre fizeram, desde que perceberam que precisavam de uma maneira para se comunicar silenciosamente durante sessões monótonas de estudo ou conversas com adultos. *V-O-C-Ê-E-S-T-Á-B-E-M?*

Ela acenou com a cabeça para ele. Julian olhava para ela com uma ligeira preocupação, o que foi um alívio. Pareceu familiar. Será que ele realmente estava tão diferente? Estava menos magro, mais musculoso, apesar de ser um músculo meio magro. Ele parecia um dos nadadores que ela admirava pela beleza. E continuava usando as mesmas pulseiras de couro, vidros do mar e conchas nos pulsos. As mãos continuavam com marcas de tinta. Ele continuava sendo Julian.

— Vocês estão todos bronzeados — comentava Diana. — Como estão tão bronzeados? Pensei que chovesse o tempo todo na Inglaterra!

— Eu não estou bronzeado — retrucou Tiberius, seguro. Era verdade, não estava. Ty detestava sol. Quando todos iam para a praia, ele normalmente ficava embaixo de um guarda-sol assustadoramente grande, lendo alguma história de detetive.

— Tia Marjorie nos fazia treinar ao ar livre o dia todo — explicou Livvy.
— Bem, menos Tavvy. Ela deixava que ele ficasse lá dentro e lhe dava geleia de amora preta.
— Tiberius se escondia — disse Drusilla. — No celeiro.
— Não era esconderijo — argumentou Ty. — Era um retiro estratégico.
— Era esconderijo — teimou Dru, com uma careta se espalhando em seu rosto. As tranças saltavam de ambos os lados da cabeça, como as de Pippi Meialonga. Emma puxou uma delas afetuosamente.
— Não discuta com seu irmão — disse Julian, e olhou para Ty. — Não discuta com sua irmã. Vocês dois estão cansados.
— O que o cansaço tem a ver com não discutir? — perguntou Ty.
— Julian está querendo dizer que vocês todos deveriam ir dormir — disse Diana.
— São só oito horas! — protestou Emma. — Eles acabaram de chegar!
Diana apontou. Tavvy tinha se encolhido no chão e estava dormindo sob o feixe de luz de uma lâmpada, exatamente como um gato.
— Na Inglaterra, é muito mais tarde.
Livvy deu um passo para a frente e pegou Tavvy gentilmente. A cabeça dele se aconchegou no pescoço dela.
— Eu o coloco na cama.
Os olhos de Julian encontraram brevemente os de Diana.
— Obrigado, Livvy — falou ele. — Vou avisar ao tio Arthur que chegamos bem. — Ele olhou em volta e suspirou. — Podemos cuidar das malas amanhã cedo. Pessoal, para a cama.
Livvy resmungou alguma coisa; Emma não ouviu. Ficou confusa; mais do que confusa. Apesar de Julian ter respondido suas mensagens e ligações com respostas curtas e neutras, ela não estava preparada para um Julian de aparência diferente, e que parecia diferente. Ela queria que ele estivesse como sempre foi, com o sorriso que parecia reservado às interações deles.
Diana dava boa-noite, pegando as chaves e a bolsa. Aproveitando-se da distração, Emma esticou o braço para escrever suavemente com o dedo na pele de Julian.
P-R-E-C-I-S-O-C-O-N-V-E-R-S-A-R-C-O-M-V-O-C-Ê, ela escreveu.
Sem olhar para ela, Julian abaixou a própria mão e escreveu no braço dela.
S-O-B-R-E-O-Q-U-Ê-?
A porta da entrada se abriu e fechou atrás de Diana, abrindo passagem para uma lufada fria de vento e chuva. Caiu água na bochecha de Emma quando ela virou para Julian.
— É importante — falou ela. Ficou imaginando se teria soado incrédula. Emma nunca tinha precisado dizer a ele que alguma coisa era importante. Se

ela dizia que precisava falar com ele, ele sabia que era sério. — Só... — Ela diminuiu a voz. — Vá até o meu quarto depois que falar com Arthur.

Ele hesitou, só por um instante; as conchas e vidros do mar tilintaram quando ele tirou o cabelo do rosto. Livvy já estava subindo com Tavvy, e os outros iam atrás. Emma sentiu sua irritação imediatamente se transformar em culpa. Jules estava exausto, obviamente. Era só isso.

— A não ser que você esteja cansado demais — emendou.

Ele balançou a cabeça, com o rosto ilegível. E Emma sempre soube lhe interpretar o rosto.

— Eu vou — disse ele, e, em seguida, colocou a mão no ombro dela. Levemente, um gesto casual. Como se não tivessem passado dois meses separados.

— É muito bom ver você outra vez — falou, e se virou para subir atrás de Livvy.

Claro que ele teria que falar com Arthur, Emma pensou. Alguém tinha que avisar ao excêntrico guardião que os Blackthorn estavam em casa. E claro que ele estava cansado. E claro que parecia diferente: isso acontecia com as pessoas quando você ficava um tempo sem vê-las. Talvez um dia ou dois para voltarem ao que eram antes: íntimos. Inseparáveis. Seguros.

Ela colocou a mão no peito dele. Apesar de a dor que ela sentiu durante a estadia de Julian na Inglaterra ter passado (uma sensação de elástico esticado que ela detestava), Emma agora sentia uma nova e estranha dor perto do coração.

3

A Lua Nunca Brilha sem me Fazer Sonhar

O sótão do Instituto estava mal iluminado. Havia duas claraboias no teto, mas tio Arthur as cobriu com papel pardo quando trouxe os livros e papéis para essa sala, dizendo que temia que a luz do sol danificasse seus delicados instrumentos de estudo.

Arthur e o irmão, Andrew, pai de Julian, foram criados por pais obcecados pelo período clássico: com grego antigo e latim, com contos de heróis, mitologia e história de Roma e da Grécia.

Julian cresceu ouvindo as histórias da *Ilíada* e da *Odisseia*, dos Argonautas e de *Eneida*, de homens e monstros, deuses e heróis. Mas enquanto Andrew tinha apenas apreciação pelos clássicos (uma apreciação que, sabidamente, o levou a dar aos filhos nomes em homenagem a imperadores e rainhas — Julian ainda era grato à mãe pelo fato de ser Julian, e não Julius, como seu pai queria), Arthur era obcecado por eles.

Ele trouxe centenas de livros da Inglaterra, e todos os anos desde que viera para cá, tinha enchido a sala com outras centenas mais. Eram organizados segundo um sistema que só Arthur entendia — *Antígona*, de Sófocles, sobre a *História da Guerra do Peloponeso*, de Tucídides, várias monografias e livros de capa vermelha, as páginas individuais espalhadas cuidadosamente sobre várias superfícies. Havia provavelmente seis mesas na sala: quando uma ficava cheia demais de papéis, pedaços de cerâmica e estátuas, o tio Arthur simplesmente comprava outra.

Ele estava sentado a uma das que ficavam no lado oeste da sala. Através de um rasgo no papel pardo que cobria a janela próxima, Julian viu um pedacinho do oceano azul. As mangas do velho casaco de Arthur estavam arregaçadas. Sob as bainhas esfarrapadas das calças, seus pés calçavam pantufas velhas. A bengala, que ele raramente usava, fora apoiada contra uma parede.

— Aquiles tinha uma fórminx — murmurava ele —, com uma barra de prata; Hércules aprendeu a tocar cítara. Ambos os instrumentos foram traduzidos como "lira", mas será que são a mesma coisa? Se são, por que duas palavras diferentes para descrevê-los?

— Olá, tio — disse Julian. Ele levantou a bandeja que carregava, na qual tinha colocado um jantar preparado apressadamente. — Estamos de volta.

Arthur virou lentamente, como um cachorro velho inclinando a cabeça cuidadosamente ao ouvir um grito.

— Andrew, que bom vê-lo — falou. — Estava pensando sobre os ideais gregos de amor. *Ágape*, é, claro, o mais elevado amor, o amor que os deuses sentem. E *Eros*, o amor romântico; *Philía*, o amor entre amigos e *Storgé*, o amor dos familiares. O que você diria que nossos *parabatai* sentem? É mais próximo de *Philia* ou *Ágape*, considerando que *Eros*, é claro, é proibido? E se for, somos agraciados com algo, na condição de Nephilim, que mundanos jamais podem entender, então como os gregos sabiam? Um paradoxo, Andrew...

Julian suspirou. A última coisa que ele queria fazer era conversar sobre o tipo de amor que *parabatai* sentiam um pelo outro. E ele não queria ser chamado pelo nome do pai morto. Desejou estar em outro lugar, em qualquer lugar, mas entrou assim mesmo e foi para onde a luz estava mais forte, onde o tio poderia ver seu rosto.

— É Julian. Eu disse que voltamos. Todos nós. Tavvy, Dru, os gêmeos...

Arthur o encarou com olhos azul-esverdeados confusos, e Julian lutou contra a sensação de coração apertado. Ele nem queria ter vindo ali; queria ter ido com Emma. Mas ele notou pela última mensagem de Diana que uma visita ao sótão seria necessária assim que chegasse.

Sempre foi obrigação dele. Sempre seria.

Ele colocou a bandeja na mesa, com cuidado, para evitar as pilhas de papel. Havia uma pilha de cartas a serem enviadas e anotações sobre patrulhas ao lado do cotovelo de Arthur. Não era enorme, mas não tão pequena quanto Julian gostaria que fosse.

— Eu trouxe o jantar para você.

Arthur olhou para a bandeja de comida como se fosse um objeto distante, mal discernível através de névoa, e franziu o cenho. Era uma tigela de sopa, rapidamente esquentada na cozinha, agora esfriando no ar frio do sótão. Julian tinha arrumado os talheres cuidadosamente em um guardanapo e colocou uma cesta de pães na bandeja, apesar de saber que, quando voltasse pela manhã para recolher a bandeja, a comida estaria praticamente intocada.

— Acha que é uma pista? — perguntou o tio Arthur.

— Se eu acho que é uma pista?

— A cítara e a fórminx. Elas se encaixam em um padrão, mas é um padrão tão amplo... — Tio Arthur se inclinou para trás com um suspiro, encarando a parede diante dele, onde centenas de papéis cobertos por anotações estavam grudados ou pregados. — A vida é curta, e a sabedoria é longa demais para ser aprendida — sussurrou.

— A vida não é tão curta assim — retrucou Julian. — Ou, pelo menos, não precisa ser. — Tinha sido para seus pais, ele supunha. Frequentemente o era, para Caçadores de Sombras. Mas o que poderia ferir Arthur, escondido naquele sótão lotado de coisas? Ele provavelmente viveria mais que todos eles.

Pensou em Emma, nos riscos que ela corria, nas cicatrizes que ele via em seu corpo quando iam nadar ou treinavam. Ela tinha essa característica, o sangue de Caçadores de Sombras que arriscavam suas vidas por várias gerações, que viviam do oxigênio da adrenalina e da luta. Mas afastou o pensamento dela morrendo como aconteceu com seus pais; não era um pensamento que ele fosse capaz de suportar.

— Nenhum homem sob o céu vive duas vezes — murmurou Arthur, provavelmente citando alguma coisa. Normalmente citava. Ele estava olhando para a mesa outra vez, e parecia perdido em pensamentos. Julian se lembrou de anos antes e do chão do sótão coberto por impressões em sangue das mãos de Arthur. Foi na noite em que chamou Malcolm Fade pela primeira vez.

— Se já tem tudo o que precisa, tio — disse Julian, começando a se afastar.

Arthur levantou a cabeça. Por um instante, seu olhar estava claro e focado.

— Você é um bom menino. — Ele disse a Julian. — Mas isso não vai ajudá-lo no final.

Julian congelou.

— Quê?

Mas Arthur já tinha voltado para os papéis.

Julian virou e desceu pelos degraus do sótão. Eles rangeram de forma familiar sob seus pés. O Instituto de Los Angeles não era particularmente antigo, certamente não tanto quanto os outros Institutos, mas alguma coisa no sótão parecia velha, empoeirada e destoava do restante do lugar

Ele chegou à porta na base da escada. Por um instante, se apoiou contra a parede, no escuro e no silêncio.

Silêncio era algo que ele raramente obtinha, a não ser que estivesse indo dormir. Normalmente estava cercado pelo constante barulho dos irmãos. Eles sempre estavam em volta, querendo atenção, precisando de ajuda.

Também pensou na casa na Inglaterra, no zumbido quieto das abelhas no jardim, no silêncio sob as árvores. Tudo verde e azul, tão diferente do deserto, com aquele marrom seco e dourado murcho. Ele não queria ter deixado Emma, mas ao mesmo tempo achou que isso pudesse ajudar. Como um viciado se afastando do vício.

Chega. Não adiantava pensar em certas coisas. No escuro e nas sombras onde moravam os segredos, era ali que Julian sobrevivia. Foi como conseguiu durante anos.

Respirando fundo, ele voltou para o corredor.

Emma estava na praia. Não havia mais ninguém ali; estava completamente deserta. Vastos terrenos de areia se espalhavam por todos os lados, brilhando com pontos de mica sob o sol coberto por nuvens.

O mar estava diante dela. Era tão lindo e mortal quanto as criaturas que o habitavam; os grandes tubarões brancos, com suas laterais espessas e claras, as orcas pretas e brancas, que pareciam uma espreguiçadeira do período eduardiano. Emma olhou para o oceano e sentiu o que sempre sentia: uma mistura de desejo e pavor, uma vontade de se jogar no frio verde, semelhante ao desejo de dirigir muito rápido, pular muito alto, lutar sem armas.

Tânato, Arthur diria. O desejo do coração pela morte.

O mar soltou um grande grito, como o grito de um animal, e começou a recuar. Afastou-se dela, deixando peixes moribundos se debatendo atrás, montes de alga, ruínas de navios naufragados, detritos do fundo do mar. Emma sabia que deveria correr, mas ficou paralisada enquanto a água se acumulava em uma torre, uma parede imensa com laterais claras — ela pôde ver golfinhos enormes e tubarões se debatendo, presos nas laterais ferventes. Ela gritou e caiu de joelhos ao ver os corpos dos pais, presos na água que se elevava, como se eles estivessem presos em um enorme caixão de vidro, sua mãe, com o corpo molenga se contorcendo, a mão de seu pai se esticando para ela através da espuma e das bolhas das ondas...

Emma se sentou assustada, alcançando Cortana, que estava na cabeceira. Sua mão escorregou, no entanto, e a espada caiu no chão. Ela se inclinou para o abajur e o acendeu.

Uma luz amarela calorosa preencheu o quarto. Ela olhou em volta, piscando. Tinha caído no sono de pijama, por cima da coberta.

Jogou as pernas para a beirada da cama, esfregando os olhos. Emma tinha se deitado para esperar por Jules, com a porta do armário aberta, e a luz acesa.

Ela queria mostrar as novas fotos para Julian. Queria contar tudo para ele, ouvir a voz dele: calma, familiar, carinhosa. Ouvi-lo ajudá-la a descobrir o que fazer em seguida.

Mas Julian não apareceu.

Ela se levantou, pegando um casaco na parte de trás de uma cadeira. Uma rápida olhada para o relógio na cabeceira a informou de que eram quase três da manhã. Ela fez uma careta e saiu para o corredor.

Estava escuro e silencioso. Nenhuma listra de luz sob as portas indicava alguém acordado. Ela caminhou pelo corredor para o quarto de Julian, abriu a porta e entrou.

Quase esperava que ele não estivesse ali. Achou que talvez tivesse ido para o estúdio — certamente tinha sentido saudade de pintar enquanto esteve fora —, mas ele estava espalhado na cama, dormindo.

O quarto estava mais claro do que o corredor lá fora. A janela tinha vista para a lua, que se pendurava sobre as montanhas, e a luminosidade branca emoldurava em prata tudo no quarto. Os cabelos negros e cacheados de Julian estavam espalhados sobre o travesseiro, os cílios escuros completamente pretos. Sombreavam as maçãs do rosto, finos e suaves como fuligem.

Ele esticara o braço por trás da cabeça e com isso, a camisa estava levantada. Ela desviou o olhar da pele exposta sob a bainha e foi até a cama, estendendo o braço para tocá-lo no ombro.

— Julian — chamou suavemente. — Jules.

Ele se mexeu, abrindo os olhos lentamente. Ao luar eles pareciam cinza-prateados, como os de Ty.

— Emma — falou ele, a voz rouca de sono.

Pensei que você fosse até o meu quarto, ela queria dizer, mas não conseguiu: ele parecia tão cansado que derreteu seu coração. Ela esticou a mão para tirar o cabelo dos olhos dele, parou, e, em vez disso, o tocou no ombro. Ele rolou para o lado; ela reconheceu a camiseta desbotada e calça de moletom que ele vestia.

Os olhos dele estavam começando a fechar outra vez.
— Jules — falou impulsivamente. — Posso ficar aqui?
Era o código deles, a versão abreviada de um pedido mais longo: *fique e me faça esquecer os pesadelos. Fique e durma ao meu lado. Fique e espante os sonhos ruins, as lembranças de sangue, de pais mortos, de guerreiros Crepusculares com olhos como carvões mortos.*
Era um pedido que ambos já tinham feito, mais de uma vez. Desde que eram pequenos, deitavam na cama um do outro para dormir. Emma uma vez imaginou os sonhos se misturando enquanto adormeciam juntos, compartilhando pedacinhos dos mundos adormecidos um do outro. Era uma das coisas sobre *parabatai* que transformavam isso na magia que ela tanto desejou: de certa forma, significava que a pessoa nunca estaria sozinha. Acordada e dormindo, na batalha e fora dela, sempre teria alguém ao seu lado, ligada a sua vida, suas esperanças e felicidade, um apoio quase perfeito.
Ele se afastou para o lado, com os olhos semiabertos, a voz abafada.
— Fique.
Ela entrou embaixo das cobertas ao lado dele. Julian abriu espaço para ela, o corpo comprido dobrando e desdobrando. Na parte afundada que o corpo dele deixou, os lençóis estavam mornos e com cheiro de cravo e sabão.
Ela continuava tremendo. Aproximou-se mais dele, sentindo o calor irradiando. Ele dormia de costas, com um braço dobrado atrás da cabeça, a outra mão esticada sobre a barriga. As pulseiras brilhavam à luz da lua. Ele a encarou — Emma sabia que ele a tinha visto chegando mais para perto —, e então os olhos dele brilharam antes de ele os fechar deliberadamente, os cílios escuros caindo sobre as maçãs do rosto.
A respiração de Julian começou a se acalmar quase imediatamente. Ele estava dormindo, mas Emma ficou acordada, olhando para ele, para o peito subindo e descendo, um metrônomo firme.
Eles não se tocaram. Raramente o faziam quando dormiam na mesma cama. Quando crianças, brigavam pelas cobertas, às vezes, empilhavam livros entre eles para resolver discussões a respeito de quem estava invadindo o espaço de quem. Agora já tinham aprendido a dormir no mesmo lugar, mas mantinham a distância dos livros entre si, uma lembrança compartilhada.
Ela podia ouvir o mar batendo ao longe; podia ver a parede verde de água do sonho subindo atrás de suas pálpebras. Mas tudo parecia distante, a batida aterrorizante das ondas afogada pela respiração suave de seu *parabatai*.
Um dia ela e Julian estariam casados, com outras pessoas. Não poderiam mais pular para a cama um do outro. Não trocariam mais segredos à meia-

-noite. A intimidade não deixaria de existir, mas tomaria uma nova forma. Ela teria que aprender a conviver com isso.

Um dia. Mas não ainda.

Quando Emma acordou, Julian não estava mais lá.

Ela se sentou meio grogue. A manhã já estava na metade, mais tarde do que ela costumava se levantar, e o quarto, iluminado por um tom de rosa e dourado. Os lençóis azuis de Julian e o cobertor se embolavam ao pé da cama. Quando Emma colocou a mão no travesseiro, ainda estava morno — ele provavelmente tinha acabado de sair.

Ela afastou os sentimentos de inquietação por ele ter saído sem dizer nada. Provavelmente não quis acordá-la; Julian sempre teve sono agitado, e o fuso horário certamente não ajudava. Dizendo a si mesma que não tinha nada de mais, ela voltou para o quarto, vestiu uma legging e uma camiseta, e calçou os chinelos.

Normalmente ela iria primeiro ao estúdio de Julian, mas deu para ver com um olhar através da janela que fazia um dia claro e esplendoroso de verão. O céu estava cheio de pinceladas leves de nuvens brancas. O mar brilhava, a superfície dançando com manchas douradas. Ao longe Emma notou pontinhos pretos que eram os surfistas boiando na superfície.

Ela sabia que ele sentia falta do mar — soube pelas breves e escassas mensagens de texto que ele mandou da Inglaterra. Ela cruzou o Instituto e percorreu a trilha que levava à estrada, depois a atravessou, evitando vans de surfistas e conversíveis luxuosos a caminho do Nobu.

Ele estava exatamente onde ela pensou que estaria ao chegar na praia: olhando a água e o sol, o ar salgado levantando seus cabelos e soprando a camiseta. Emma ficou imaginando há quanto tempo ele estaria ali, com as mãos nos bolsos da calça.

Ela deu um passo hesitante na areia úmida.

— Jules?

Ele se virou para olhar para ela. Por um instante pareceu confuso, como se estivesse olhando para o sol, apesar de estar acima deles — Emma podia sentir seu calor, vibrante e quente nas costas.

Ele sorriu. Uma onda de alívio passou por ela. Era o sorriso familiar de Julian, aquele que iluminava o seu rosto. Ela correu para a beira da água: a maré estava vindo, deslizando pela praia até as pontas dos sapatos do rapaz.

— Você acordou cedo — disse Emma, pisando nas poças na direção dele. A água formou pequenos caminhos prateados na areia.

— É quase meio-dia — falou ele. A voz soou normal, mas ele continuava parecendo diferente, estranhamente diferente: o formato do rosto, os ombros sob a camiseta. — Sobre o que você queria conversar comigo?

— Quê? — Emma foi pega de surpresa, tanto pela diferença nele, quanto pela súbita pergunta.

— Ontem à noite — explicou ele. — Você disse que queria conversar comigo. Que tal agora?

— Tudo bem. — Emma olhou para as gaivotas voando pelo alto. — Vamos sentar. Não quero me encharcar quando a maré subir.

Eles se sentaram mais afastados do mar, onde a areia estava aquecida pela luz do sol. Emma tirou os sapatos e enterrou os dedos do pé, deliciando-se com a sensação granulosa. Julian riu.

Ela o olhou de lado.

— Que foi?

— Você e a praia — disse ele. — Você ama a areia, mas detesta a água.

— Eu sei — retrucou Emma, arregalando os olhos para ele. — Não é irônico?

— Não é irônico. Ironia é o resultado inesperado de uma situação esperada. Essa é só uma das suas manias.

— Você me choca — disse Emma, pegando o telefone. — Estou chocada.

— Sarcasmo devidamente notado — rebateu ele, virando o telefone em sua mão direita.

As fotos de Cristina da noite anterior já tinham carregado. Enquanto ele passava os olhos por elas, Emma explicou que seguiu uma dica de Johnny Rook até o Sepulcro, a maneira como encontrou o corpo e a bronca de Diana após a visita de Rook ao Instituto. Enquanto falava, relaxou, e suas novas percepções estranhas sobre Julian desapareceram. Isso era normal, eram eles como sempre foram: conversando, ouvindo, agindo como *parabatai*.

— Sei que são as mesmas marcas. — Ela concluiu. — Não estou louca, estou?

Julian olhou para ela.

— Não — disse ele. — Mas Diana acha que, se você investigar isso, vai comprometer a boa vontade da Clave em permitir que Helen volte?

— É. — Emma hesitou, em seguida, esticou o braço e pegou a mão dele. A pulseira de vidro do mar no pulso esquerdo tilintou musicalmente. Ela sentiu os calos dele em seus dedos, tão familiares quanto um mapa do próprio quarto. — Eu jamais faria nada para machucar Helen, Mark ou você — emendou ela. — Se você achar que Diana tem razão, não farei nada. — Ela engoliu em seco. — Vou deixar quieto.

Julian olhou para os dedos entrelaçados dos dois. Ele estava parado, mas a pulsação tinha acelerado na base da garganta; ela a pôde ver batendo, forte. Deve ter sido a menção à irmã dele.

— Já se passaram cinco anos — disse ele, e puxou a mão de volta. Julian não a arrancou da mão dela, nem nada parecido, apenas a retraiu ao se virar para a água. Um movimento completamente natural, mas que ainda assim a deixou inquieta. — A Clave não cedeu nem um pouco em relação a permitir o retorno de Helen. Não cedeu quanto a procurar Mark. E também não cedeu em relação a cogitar que Sebastian não tenha matado seus pais. Me parece errado sacrificar a possibilidade de descobrir o que aconteceu com seus pais por uma esperança vã.

— Não diga que é vã, Jules...

— Há também uma outra forma de se pensar nisso — disse ele, e ela praticamente viu as peças girando no cérebro veloz de Julian. — Se você resolver essa questão, se nós resolvermos, a Clave ficaria em dívida conosco. Concordo com você que não importa quem tenha matado seus pais, não foi Sebastian Morgenstern. Estamos procurando um demônio ou alguma outra força que tem o poder de assassinar Caçadores de Sombras e escapar ileso. Se derrotarmos algo assim...

A cabeça de Emma estava começando a doer. O elástico apertava seu rabo de cavalo; ela levantou a mão para soltá-lo.

— Aí nos concederiam privilégios, você quer dizer? Porque todos estariam vendo?

— Teriam que fazer isso — respondeu Julian. — Se todos soubessem o que fizemos. E poderíamos nos certificar de que todos soubessem. — Ele hesitou. — Nós temos contatos.

— Não está falando de Jem, está? — perguntou Emma. — Porque não sei como entrar em contato com ele.

— Não estou falando de Jem e Tessa.

— Então Jace e Clary — emendou a menina.

Jace Herondale e Clary Fairchild controlavam o Instituto de Nova York. Eram os Caçadores de Sombras mais jovens a deterem uma posição tão importante. Emma era amiga de Clary desde os 12 anos de idade, quando Clary a seguiu para fora do Salão do Conselho em Idris, a única pessoa em toda Clave, ao que parecia, que se importava com o fato de que ela havia perdido os pais.

Jace provavelmente era um dos melhores Caçadores de Sombras que já viveram, apenas por suas proezas em combate. Clary nasceu com um talento diferente: ela conseguia criar símbolos. Era algo que nenhum Caçador de

Sombras jamais conseguiu fazer. Uma vez ela explicou a Emma que não conseguia forçar os símbolos a saírem dela; eles saíam ou não. Ao longo dos anos ela acrescentou diversos símbolos úteis ao Livro Gray: um para respirar embaixo d'água, outro para correr longas distâncias e um bastante controverso para fins anticoncepcionais que, apesar de tudo, se tornou um dos mais utilizados do dicionário de símbolos.

Todos conheciam Jace e Clary. Era assim que funcionava quando você salvava o mundo. Para a maioria das pessoas, eles eram heróis — para Emma, eram pessoas que lhe estenderam a mão na pior fase de sua vida.

— É. — Julian esticou o braço e coçou a própria nuca. Ele parecia cansado. Havia um leve brilho na pele sob seus olhos, como se estivesse esticada por exaustão. Ele mordeu os lábios de nervoso, como sempre fazia quando estava ansioso ou inquieto. — Quero dizer, eles são dois dos diretores de Instituto mais jovens de todos os tempos. E veja o que a Clave fez por Simon, e por Magnus e Alec. Quando você é um herói, fazem muito por você. — Julian se levantou, e Emma se ergueu com ele, tirando o elástico do rabo de cavalo. O cabelo se soltou, caindo em ondas pelos ombros e pelas costas. Julian olhou rapidamente para ela, em seguida desviou o olhar.

— Jules. — Ela começou.

Mas ele já tinha virado as costas, voltando pela estrada.

Ela enfiou os pés nos sapatos e o alcançou onde a areia subia para o pavimento.

— Está tudo bem?

— Claro. Tome, desculpa, esqueci de devolver. — Ele entregou o telefone a Emma. — Olha, a Clave faz as próprias regras. E vive pelas regras. Mas isso não significa que, com a pressão correta, a regra não mude.

— Você está sendo enigmático.

Ele sorriu, os cantos dos olhos enrugando.

— Eles não gostam de deixar Caçadores de Sombras jovens como nós se envolverem com questões sérias. Jamais gostaram. Mas Jace, Clary, Alec e Isabelle salvaram o mundo quando tinham a nossa idade. Foram honrados por isso. Resultado: é isso que faz com que mudem de ideia.

Tinham chegado à estrada. Emma levantou o olhar para as colinas. O Instituto empoleirava-se sobre uma falésia baixa na estrada da costa.

— Julian Blackthorn — anunciou Emma enquanto atravessavam a rua. — Seu revolucionário.

— Então vamos investigar, mas discretamente — disse Julian. — Primeiro passo, comparar as fotos do corpo que você encontrou com as fotos dos corpos dos seus pais. Todo mundo vai querer ajudar. Não se preocupe.

Estavam na metade do caminho para a estrada do Instituto. Mesmo àquela hora havia trânsito, mundanos indo para o centro trabalhar. O sol brilhava em seus para-brisas.

— E se descobrirmos que as marcas não passam de bobagens? E for só algum lunático aleatório em uma onda de assassinatos?

— Não pode ser uma onda. Ondas acontecem de uma vez, mas em lugares diferentes. Tipo, se você vai de um lugar para o outro atirando em pessoas, isso é uma onda.

— Então o que é isso? Assassinato em massa?

— Assassinatos em massa também acontecem ao mesmo tempo, mas no mesmo lugar. — Julian respondeu com segurança, com o mesmo tom que utilizava para dizer a Tavvy que ele não podia comer cereal com açúcar no café da manhã. — Definitivamente é um assassino serial. Isso acontece quando os assassinatos são espaçados ao longo do tempo.

— É perturbador que você saiba disso — comentou Emma.

Na frente do Instituto, na beira da falésia, havia um trecho de gramado seco pelo sol, cercado por grama marinha e vegetação. A família passava pouco tempo lá: muito perto da estrada, sem sombra e cheio de plantas que espetavam.

— Dru está com mania de crimes agora — falou Jules. Tinham chegado à escadaria do Instituto. — Você não acreditaria o quanto ela me falou sobre ocultar um cadáver.

Emma o ultrapassou, parou três degraus acima de Julian e se virou para olhar para ele.

— Estou mais alta do que você — anunciou.

Era uma brincadeira que faziam quando pequenos, Emma sempre jurando que estava mais alta do que ele, até finalmente desistir quando ele fez 14 anos e espichou 12 centímetros.

Julian olhou para ela. O sol brilhava diretamente nos olhos dele, cobrindo o azul-esverdeado com dourado, deixando-os parecidos com a pátina que brilhava no vidro romano que Arthur colecionava.

— Em — falou ele. — Por mais que a gente brinque, você sabe que levo isso a sério. São seus pais. Você *merece* saber o que aconteceu.

Ela sentiu um nó súbito na garganta.

— Estou com uma sensação diferente — sussurrou ela. — Sei quantas vezes pensei que tinha achado alguma coisa e acabou não sendo nada, ou segui uma pista falsa, mas isso parece diferente, Jules. Parece real.

O telefone dela tocou. Emma desviou o olhar de Jules e o tirou do bolso. Quando viu o nome na tela, fez uma careta e guardou o aparelho de volta. Jules ergueu uma sobrancelha, mas a expressão era neutra.

— Cameron Ashdown? — disse ele. — Por que você não atendeu?
— Não estou a fim. — As palavras saíram e quase a surpreenderam. Ela se perguntou por que não contava para ele. *Eu e Cameron terminamos.*
A porta da frente abriu com uma batida.
— Emma! Jules!
Eram Drusilla e Tavvy, ambos ainda de pijama. Tavvy trazia um pirulito em uma mão e o lambia. Ao ver Emma, seus olhos brilharam e ele correu para ela.
— Emma! — falou por cima do doce.
Ela o puxou para perto e o abraçou, apertando até ele rir.
— Tavvy! — gritou Julian. — Não corra com o pirulito na boca. Você pode se engasgar.
Tavvy tirou o pirulito e ficou olhando como alguém olharia para uma arma carregada.
— E morrer?
— Terrivelmente — respondeu Julian. — Fatalmente, fatalmente morreria.
— Ele olhou para Drusilla, que estava com as mãos nos quadris. O pijama preto era decorado por desenhos de serras elétricas e esqueletos. — E aí, Dru?
— Hoje é sexta-feira — disse Drusilla. — Dia de panqueca. Você se lembra? Você prometeu.
— Ah, certo, prometi. — Julian puxou afetuosamente uma das tranças da irmã. — Pode acordar Livvy e Ty, e eu...
— Eles já estão acordados — declarou a menina. — Estão na cozinha. Esperando. — Ela olhou fixamente para ele.
Julian sorriu.
— Muito bem, já estou indo. — Ele pegou Tavvy e o colocou na entrada. — Vocês dois vão para a cozinha tranquilizar os gêmeos antes que eles se desesperem e resolvam cozinhar sozinhos.
Eles saíram correndo, rindo. Julian olhou para Emma com um suspiro.
— Fui pirulitado — falou, apontando para onde Tavvy tinha conseguido deixar uma marca azul açucarada no colarinho da camisa.
— Distintivo de honra. — Emma riu. — A gente se vê na cozinha. Preciso de um banho. — Ela correu pela escada, parando na porta aberta a fim de olhar para ele. Emoldurados pelo céu e pelo mar, os olhos de Julian pareciam parte da paisagem. — Jules... você queria me perguntar alguma coisa?
Ele desviou o olhar, balançando a cabeça.
— Não. Nada.

Alguém estava sacudindo Cristina pelo ombro. Ela acordou lentamente, piscando. Estava sonhando com sua casa, com o calor do verão, a sombra dos jardins de inverno do Instituto, as rosas que a mãe cultivava em um clima nem sempre favorável a flores delicadas. Rosas amarelas eram as favoritas, por serem a flor favorita de seu escritor favorito, mas rosas de qualquer cor eram necessárias para iluminar o orgulhoso nome de Rosales.

Cristina estava caminhando em um jardim, prestes a dobrar uma esquina, quando ouviu o murmúrio de vozes familiares. Ela acelerou, com um sorriso se espalhando no rosto. Jaime e Diego... o amigo mais antigo e o primeiro amor. Certamente ficariam felizes em vê-la.

Dobrou a esquina e ficou observando. Não havia ninguém. Só o eco de vozes, o som distante de risadas zombeteiras carregadas pelo vento.

A sombra e as pétalas desapareceram, e Cristina viu Emma inclinada sobre ela, usando um de seus vestidos floridos. Os cabelos caíam sobre os ombros em fios úmidos depois do banho.

— *¡Deja de molestarme, estoy despierta!* — protestou Cristina, empurrando as mãos de Emma. — Emma! Pare! Estou acordada! — Ela se sentou e colocou as mãos na cabeça. Orgulhava-se em jamais misturar a língua materna com a local enquanto estava ali, mas, às vezes, quando estava cansada ou meio sonolenta, algo escapava.

— O café da manhã já está pronto. — Emma adulou. — Ou talvez seja brunch. Já é quase meio-dia. Tanto faz, quero apresentá-la a todos. Quero que conheça Julian...

— Eu o vi ontem à noite do alto da escada — respondeu Cristina com um bocejo. — Ele tem mãos bonitas.

— Ótimo, você pode dizer isso a ele pessoalmente.

— Não, obrigada.

— Levante-se — ordenou Emma. — Ou vou sentar em cima de você.

Cristina jogou um travesseiro nela.

— Espere lá fora.

Alguns minutos mais tarde, Cristina — após vestir rapidamente um suéter rosa-claro e uma saia lápis — se viu sendo conduzida pelo corredor. Ouviu vozes altas, que vinham da cozinha. Ela tocou a medalha no pescoço, como sempre fazia quando precisava de uma dose extra de coragem.

Ela ouvira tanto sobre os Blackthorn, principalmente, Julian, desde sua chegada ao Instituto, que eles tinham atingido um estado quase mítico em sua mente. Cristina estava apavorada com a perspectiva de encontrá-los — não só eram as pessoas mais importantes da vida de Emma, mas também as que poderiam tornar o resto de sua estadia agradável ou pavorosa.

A cozinha era um cômodo amplo, com paredes pintadas e janelas abrindo para o oceano azul-esverdeado ao longe. Uma imensa mesa de madeira dominava o espaço, cercada por bancos e cadeiras. As bancadas e a mesa tinham azulejos que pareciam espanhóis, mas, se você olhasse de perto, compunham cenas da literatura clássica: Jasão e os Argonautas, Aquiles e Pátroclo, Ulisses e as Sereias. Alguém, um dia, decorou esse espaço com amor — alguém selecionou os utensílios de cozinha em bronze, as pias duplas de porcelana, o exato tom de amarelo das paredes.

Julian estava na frente do fogão, descalço, com um pano de prato pendurado sobre o ombro largo. Os Blackthorn mais novos estavam agrupados em torno da mesa. Emma entrou, puxando Cristina atrás de si.

— Pessoal, esta é Cristina — apresentou. — Ela salvou a minha vida umas dezesseis vezes durante o verão, então, sejam legais com ela. Cristina, esse é Julian...

Julian olhou para ela e sorriu. O sorriso o fazia parecer um raio de sol personificado. Não atrapalhava em nada o fato de que o pano de prato no ombro tinha gatinhos na estampa, e de que em suas mãos calejadas havia massa de panqueca.

— Obrigado por não permitir que Emma morresse — falou. — Ao contrário do que possa ter dito, precisamos dela aqui.

— Eu sou Livvy. — A menina bonita que compunha uma metade dos gêmeos deu um passo a frente para apertar a mão de Cristina. — E esse é Ty. — Ela apontou para um menino de cabelos pretos que estava encolhido no banco, lendo *Os Arquivos de Sherlock Holmes*. — Dru é a de tranças, e Tavvy o que está com o pirulito.

— Não corra com pirulito, Cristina — disse Tavvy. Ele parecia ter mais ou menos 7 anos, com um rosto fino e sério.

— Eu... não correrei!? — garantiu Cristina, confusa.

— Tavvy — resmungou Julian. Ele estava despejando massa de uma jarra branca de cerâmica na frigideira que se encontrava no forno. O recinto foi tomado pelo aroma de manteiga e panquecas. — Levantem-se e ponham a mesa, seus parasitas inúteis; você não, Cristina — acrescentou ele, parecendo constrangido. — Você é visita.

— Vou passar um ano aqui. Não sou exatamente uma visita — retrucou Cristina, e foi com os demais pegar talheres e pratos.

Havia um agito agradável de atividade, e Cristina se sentiu relaxando. Se tivesse que admitir, ela estava morrendo de medo da chegada dos Blackthorn, e de que eles interrompessem o ritmo agradável de sua vida com Emma e Diana. Agora que a família estava aqui, presente e real, ela se sentiu culpada pela apreensão.

— As primeiras panquecas estão prontas — anunciou Julian.

Ty pousou o livro e pegou um prato. Cristina, buscando mais manteiga na geladeira, ouviu quando ele falou para Julian:

— Achei que tivesse se esquecido do dia da panqueca. — Havia um tom de acusação em sua voz e mais alguma coisa; uma pontinha de nervoso? Ela se lembrou de Emma comentando que Ty se chateava quando sua rotina era interrompida.

— Não me esqueci, Ty — disse Julian gentilmente. — Me distraí. Mas não me esqueci.

Ty pareceu relaxar.

— Tudo bem.

Ele voltou para a mesa, e Tavvy foi atrás. Os Blackthorn eram organizados do jeito inconsciente que só uma família poderia ser: sabiam quem ganhava as primeiras panquecas (Ty), quem queria manteiga e calda (Dru), quem só queria calda (Livvy), e quem só queria açúcar (Emma).

Cristina comeu as dela puras. Estavam amanteigadas e não muito doces, crocantes nas bordas.

— Estão muito boas — falou para Julian, que finalmente tinha se sentado no banco ao lado de Emma. De perto, dava para ver as linhas de cansaço ao redor de seus olhos, linhas que pareciam fora do lugar no rosto de um menino tão novo.

— Prática. — Ele sorriu para ela. — Faço panquecas desde os 12 anos.

Livvy deu um pulinho no assento. Ela estava com um vestido preto de alcinha que lembrava as meninas mundanas estilosas da Cidade do México, andando confiantes pelos bairros de Condesa e Roma, com seus vestidos justos e delicadas sandálias de salto. Os cabelos castanhos tinham mechas douradas aleatórias de sol.

— É tão bom estar de volta — falou, lambendo calda do dedo. — Não era a mesma coisa na casa da tia-avó Marjorie sem vocês dois cuidando da gente. — Ela apontou para Emma e Julian. — Dá para ver por que dizem que não se pode separar *parabatai*, vocês simplesmente combinam, como...

— Sherlock Holmes e Watson — disse Ty, que tinha voltado a ler.

— Chocolate e manteiga de amendoim — acrescentou Tavvy.

— Capitão Ahab e a baleia — sugeriu Dru, que fazia desenhos distraída com a calda no prato vazio.

Emma engasgou com o suco.

— Dru, a baleia e o Capitão Ahab eram inimigos.

— É verdade — concordou Julian. — A baleia sem Ahab é só uma baleia. Uma baleia sem problema. Uma baleia sem estresse.

Dru parecia irritada.

— Eu ouvi vocês dois conversando — disse ela a Emma e Julian. — Eu estava na grama antes de voltar para buscar Tavvy. Sobre Emma encontrar um corpo?

Ty imediatamente levantou os olhos.

— Emma encontrou um corpo?

Emma olhou um pouco preocupada para Tavvy, mas ele parecia absorvido pela própria comida. Ela disse:

— Bem, enquanto vocês estavam foram, aconteceu uma série de assassinatos...

— Assassinatos? Por que não contou nada para Julian, nem para nós? — Ty estava sentado ereto agora, com o livro pendurado na mão. — Você podia ter mandado um e-mail, uma mensagem ou um cartão-postal...

— Um cartão-postal sobre assassinato? — disse Livvy, franzindo o nariz.

— Só descobri anteontem — respondeu Emma, e explicou rapidamente o que tinha acontecido no Sepulcro. — O corpo estava coberto por símbolos — concluiu. — O mesmo tipo de marca que havia nos corpos dos meus pais quando foram encontrados.

— Ninguém nunca conseguiu traduzir, certo? — perguntou Livvy.

— Ninguém. — Emma balançou a cabeça. — Todo mundo tentou decodificar. Malcolm, Diana, até o Labirinto Espiral. — Ela acrescentou, citando a central subterrânea dos feiticeiros do mundo, onde muito conhecimento arcaico era escondido.

— Antes, eles eram únicos, até onde sabíamos — disse Ty. Seus olhos realmente tinham um tom impressionante de cinza, como a parte de trás de uma colher de prata. Estava com um fone pendurado no pescoço, o fio para dentro da camisa. — Agora existe mais um exemplo. Se compararmos, pode ser que a gente descubra alguma coisa.

— Fiz uma lista de tudo que sei sobre o corpo — contou Emma, pegando um pedaço de papel e colocando sobre a mesa. Ty o pegou imediatamente.

— Algumas coisas eu vi, outras ouvi de Johnny Rook e Diana. As pontas dos dedos estavam raspadas, os dentes, quebrados, e não tinha carteira.

— Alguém está tentando ocultar a identidade da vítima — constatou Ty.

— Provavelmente não é tão incomum — falou Emma. — Mas também tem o fato de que o corpo estava ensopado de água do mar, apresentava sinais de queimadura e repousava em um círculo de giz com símbolos. E estava coberto por marcas. Isso parece incomum.

— O tipo de coisa que você poderia pesquisar em arquivos de jornais mundanos — disse Ty. Seus olhos cinzentos brilhavam de empolgação. — Eu cuido disso.

— Obrigada — agradeceu Emma. — Mas... — Ela olhou para Julian, e depois para os outros, seus olhos castanhos muito sérios. — Diana não pode ficar sabendo, tudo bem?

— Por que não? — perguntou Dru, franzindo o rosto. Tavvy não estava prestando atenção alguma; tinha sentado no chão e brincava com caminhõezinhos embaixo da mesa.

Emma suspirou.

— Vários dos corpos eram de fadas. E isso deixa a situação totalmente fora do nosso campo de atuação. — Ela olhou para Cristina. — Se não quiserem nada com isso, tudo bem. Assuntos de fadas são complicados, e Diana não nos quer envolvidos.

— Sabem como me sinto em relação à Paz Fria — disse Cristina. — Claro que ajudarei. — Ouviu-se um murmúrio de concordância.

— Eu disse para não se preocupar — falou Julian, tocando levemente o ombro de Emma antes de se levantar para começar a tirar a louça do café. Algo naquele toque, por mais leve e casual que fosse, causou uma reação em Cristina. — Hoje não tem aula, Diana foi para Ojai, então, agora é um bom momento para cuidarmos disso. Principalmente por termos teste da Clave no fim de semana.

Houve um resmungo coletivo. O teste da Clave era um evento que ocorria duas vezes por ano, e os alunos eram avaliados para checar se suas habilidades estavam no nível necessário, ou se precisariam ser mandados para a Academia em Idris.

Mas Ty ignorou o anúncio de Julian. Ele estava olhando o papel de Emma.

— Quantos morreram, exatamente? Pessoas e fadas?

— Doze — respondeu Emma. — Doze corpos.

Tavvy saiu de debaixo da mesa.

— Estavam todos correndo com pirulitos?

Ty pareceu espantado, Emma, culpada, e Tavvy, ligeiramente trêmulo.

— Talvez já seja o suficiente — declarou Julian, pegando o irmão mais novo no colo. — Vamos ver o que descobrem, Tiberius, Livia?

Ty murmurou em concordância, levantando. Emma falou:

— Eu e Cristina estávamos indo para o treino, mas podemos...

— Não! Não cancelem! — Livvy se levantou. — Preciso treinar! Com outra menina. Que não esteja lendo — falou, lançando um olhar para Dru. — Ou assistindo a filmes de terror. — Ela olhou para seu irmão gêmeo. — Vou ajudar Ty por meia hora. Depois vou treinar.

Ele fez que sim com a cabeça e colocou os fones de ouvido, indo para a porta. Livvy foi com ele, comentando que sentia falta de treinar e de seu sabre, e que a tia-avó achava que um celeiro cheio de aranhas era uma sala de treinamento.

Cristina olhou para trás ao sair da cozinha. O cômodo estava cheio de luz e projetava um estranho brilho sobre Emma e Julian, borrando suas feições. Julian segurava Tavvy, e, quando Emma se inclinou para perto, eles formaram um retrato estranho de uma família.

— Não precisa fazer isso por mim — dizia Emma, baixinho, mas seriamente, com uma voz que Cristina jamais a ouvira usar.

— Acho que preciso — respondeu Julian. — Acho que me lembro de ter feito um juramento quanto a isso.

— Onde fores, irei, qualquer coisa estúpida que você faça, eu também farei? — recitou Emma. — Foi esse o juramento?

Julian riu. Se falaram mais alguma coisa, Cristina não ouviu. Ela permitiu que a porta se fechasse sem olhar para trás. Um dia ela achou que teria um *parabatai*. Apesar de ser um sonho que há muito descartara, era doloroso testemunhar aquele tipo de intimidade.

4

E Este Foi o Motivo

Emma caiu com violência no tatame, rolando rapidamente, de modo que Cortana, ainda presa às suas costas não fosse danificada — ou a machucasse. Nos primeiros anos de treinamento, ela havia se ferido muito mais vezes com Cortana do que com qualquer outro tipo de exercício, graças à sua teimosa em retirá-la.

Cortana era dela, do pai, e do pai de seu pai. Ela e Cortana eram o que restava da família Carstairs. Ela jamais deixava a espada para trás quando saía para a luta, mesmo que planejasse usar adagas, água benta ou fogo. Por isso precisava aprender a lutar com a espada presa nas costas em qualquer circunstância.

— Você está bem? — Cristina caiu mais levemente ao lado dela no tatame; não estava armada e vestia apenas suas roupas de treinamento. Cristina tinha juízo, Emma pensou, enquanto sentava e esfregava o ombro dolorido.

— Tudo bem. — Emma se levantou, sacudindo os nós dos músculos. — Mais uma vez.

A medalha no pescoço de Cristina brilhou de forma decorosa enquanto ela esticava a cabeça para trás, observando as costas brilhantes de Emma subirem pela escada de corda. A luz dourada do sol entrava pelas janelas — era fim de tarde. Estavam treinando há horas e antes disso estiveram ocupadas trazendo o conteúdo da Parede de Evidências (Cristina se recusava a chamá-la de Parede da Loucura) para a sala do computador a fim de que Livvy e Ty pudessem escanear tudo. Livvy continuava prometendo treinar com eles, apesar de claramente ter sido absorvida por uma pesquisa de provas na internet.

— Pode parar aí — disse Cristina quando Emma estava no meio do caminho, mas Emma ignorou e continuou subindo, até a cabeça quase bater no teto.

Emma olhou para baixo. Cristina balançava a cabeça, conseguindo parecer ao mesmo tempo calma e reprovadora.

— Você não pode pular dessa altura! Emma...

Emma saltou e caiu como uma pedra. Ela atingiu o tatame, rolou e se agachou, alcançando Cortana sobre o ombro.

Sua mão se fechou sobre o nada. Ela se levantou e viu que Cristina estava com sua lâmina. Ela a tirara da bainha de Emma enquanto se levantava.

— A batalha é mais do que saltar das maiores alturas e cair mais longe — falou Cristina, estendendo Cortana para ela.

Emma se levantou e pegou a espada com um sorriso irritado.

— Você está parecendo Jules.

— Talvez ele tenha razão — retrucou Cristina. — Você sempre foi relapsa assim com a própria segurança?

— Mais desde a Guerra Maligna. — Emma embainhou Cortana, então sacou os estiletes das botas e entregou um a Cristina antes de virar para o alvo pintado na parede oposta.

Cristina foi para o lado de Emma e ergueu a lâmina, mirando com a linha do braço. Emma nunca tinha arremessado facas com Cristina antes, mas não se surpreendeu ao ver que sua postura e a empunhadura na faca — o polegar paralelo à lâmina — eram perfeitas.

— Às vezes, lamento saber pouco sobre a guerra. Eu estava escondida no México. Meu tio, Tomás, parecia convencido de que Idris não seria um lugar seguro.

Emma pensou em Idris ardendo em chamas, no sangue nas ruas, nos corpos espalhados como gravetos no Salão dos Acordos.

— Seu tio tinha razão.

— Ele morreu na guerra, então acho que tinha. — Cristina soltou a lâmina; ela voou pelo ar e acertou o círculo no centro do alvo.

— Minha mãe tinha uma casa em San Miguel de Allende. Fomos para lá porque o Instituto não era seguro. Sempre me sinto covarde quando penso nisso.

— Você era criança — falou Emma. — Eles estavam certos de mandá-la para um lugar seguro.

— Talvez — retrucou Cristina, olhando para baixo.

— Sério. Não estou apenas dizendo por dizer — insistiu Emma. — E o que o Diego Perfeito pensa sobre o assunto? Ele se sente um covarde?

Cristina fez uma careta.

— Duvido.

— Claro que não. Ele é esclarecido em relação a tudo. Todos nós deveríamos ser mais como o Diego Perfeito.

— Olá! — Uma saudação soou pela sala. Era Livvy, com uniforme de treinamento, se aproximando.

Ela pausou para afagar o sabre, pendurado em uma parede perto da porta com outras espadas. Livvy tinha escolhido o sabre como arma quando tinha mais ou menos 12 anos, e desde então treinava vorazmente. Ela sabia discursar sobre diferentes tipos de sabre, cabos de madeira versus cabos de borracha ou couro, espigas e pomos, e era melhor nem puxar assunto sobre cabos de pistola.

Emma admirava sua lealdade. Ela nunca sentia a necessidade de pegar uma arma: a dela era sempre Cortana. Mas gostava de ser ao menos competente em tudo, então ela já havia lutado com Livvy mais de uma vez.

— Senti saudades — disse Livvy para o sabre. — Eu te amo tanto.

— Isso foi emocionante — comentou Emma. — Se tivesse dito isso para mim quando voltou, eu teria chorado.

Livvy abandonou o sabre e correu para elas. Ela se apoderou de um tatame e começou a se alongar. A menina conseguia se curvar facilmente, colocando os dedos das mãos sob os dos pés.

— Eu senti sua falta, de verdade — confessou ela, com a voz abafada. — Estava chato na Inglaterra e não tinha nenhum menino bonito.

— Julian disse que não havia humanos por quilômetros e quilômetros — disse Emma. — Enfim, não é como se você tivesse perdido alguma coisa por aqui.

— Bem, exceto os assassinatos em série — respondeu Livvy, atravessando a sala para pegar mais duas facas de arremesso. Emma e Cristina saíram do caminho enquanto ela se colocava na linha do alvo. — E aposto que você saiu de novo com Cameron Ashdown e depois deu um pé na bunda dele.

— Isso mesmo — respondeu Cristina, e Emma a olhou de um jeito que dizia *traidora*.

— Rá! — A faca de Livvy passou longe do alvo. Ela se virou, com a trança quicando no ombro. — Emma sai com ele, tipo, a cada quatro meses, depois dá um pé na bunda.

— Hein? — Cristina lançou um olhar para Emma. — Por que ele foi selecionado para essa tortura especial?

— Ah, pelo amor de Deus — disse Emma. — Não era nada sério.

— Não para você — disse Livvy. — Aposto que para ele era. — Ela entregou a segunda faca para Cristina. — Quer tentar?

Cristina pegou a faca e tomou a posição de Livvy.

— Quem é Diego Perfeito? — perguntou Livvy.

Cristina estava franzindo o rosto para a faca; então virou e olhou para Livvy.

— Eu ouvi — emendou Livvy alegremente. — Antes de entrar. Quem é ele? Por que é tão perfeito? Por que tem um menino perfeito no mundo e ninguém me contou?

— Diego é o menino com quem a mãe de Cristina quer que ela se case — contou Emma a Livvy. Agora foi a vez de Cristina parecer traída. — Não é um casamento arranjado, isso seria nojento; é que a mãe dela o adora, a mãe dele tinha o nome Rosales...

— Ele é seu parente? — Livvy perguntou a Cristina. — Isso não é um problema? Quero dizer, sei que Clary Fairchild e Jace Herondale são uma história de amor muito famosa, mas eles não eram irmãos de verdade. Do contrário seria um...

— Uma história de amor menos famosa — completou Emma, com um sorriso.

Cristina lançou a faca. Acertou perto do centro.

— O nome completo dele é Diego Rocio Rosales; Rocio é o sobrenome do pai, e Rosales o da mãe, assim como o sobrenome da minha mãe é Rosales. Mas isso não significa que sejamos sequer primos. A família Rosales é uma família enorme de Caçadores de Sombras. Minha mãe só acha que ele é perfeito, tão lindo, tão inteligente, tão Caçador de Sombras, perfeito, perfeito, perfeito...

— E agora você sabe de onde vem o apelido — disse Emma, indo até a parede buscar as facas.

— E ele é perfeito? — perguntou Livvy.

— Não — respondeu Cristina. Quando Cristina se chateava, ela não ficava furiosa; ela apenas parava de falar. Era isso que ela estava fazendo agora, encarando o alvo pintado na parede. Emma girou as facas que tinha recuperado.

— Nós vamos protegê-la de Diego Perfeito — disse Emma. — Se ele vier até aqui, vou empalá-lo. — E foi andando na direção da linha de arremesso.

— Emma é mestre na arte de empalar — explicou Livvy.

— Seria melhor empalar minha mãe — murmurou Cristina. — Muito bem, *flaquita*, pode me impressionar. Vamos ver como se sai arremessando duas de uma vez.

Com uma faca em cada mão, Emma recuou um passo da linha de arremesso. Ela aprendeu a atirar duas facas ao mesmo tempo ao longo de um ano, lançando e lançando, o ruído de lâmina atingindo madeira era como um unguento contra nervos destroçados. Ela era canhota, então normalmente teria dado um passo para trás e para a direita, mas ela se forçou a se tornar praticamente ambidestra. Seu recuo era reto, e não diagonal. Os braços foram para trás, depois para a frente; ela abriu as mãos, e as facas voaram como falcões cujas peias foram cortadas. Voaram em direção ao alvo e bateram em sequência bem no centro.

Cristina assobiou.

— Dá para entender por que Cameron Ashdown está sempre voltando. Ele tem medo de não voltar. — Ela recuperou as facas, incluindo a própria. — Agora vou tentar de novo. Vejo que estou muito atrasada em relação ao que deveria estar.

Emma riu.

— Não, eu roubei. Passei anos treinando essa jogada.

— Mesmo assim — disse Cristina —, se você algum dia mudar de ideia e decidir que não gosta de mim, é melhor que eu consiga me defender.

— Bom arremesso — comentou Livvy com um sussurro, aparecendo atrás de Emma e Cristina, a vários passos de distância, inquieta atrás da linha de arremesso.

— Obrigada — sussurrou Emma de volta. Apoiando-se em uma prateleira de luvas e uniformes de proteção, ela olhou para o rosto alegre de Livvy. — Conseguiu alguma coisa com Ty? E a história de *parabatai*? — perguntou, quase temendo a resposta.

O rosto de Livvy se contraiu.

— Ele continua dizendo não. É a única discordância que já tivemos na vida.

— Sinto muito. — Emma sabia o quanto Livvy queria ser *parabatai* do irmão gêmeo. Irmãos se tornarem *parabatai* era algo incomum, mas não sem precedentes. Mas a recusa firme de Ty era surpreendente. Ele raramente dizia não para Livvy, mas estava muito determinado nesse caso.

A primeira lâmina de Cristina foi no alvo, na borda do círculo central. Emma vibrou.

— Gostei dela — comentou Livvy, ainda sussurrando.
— Que bom — falou Emma. — Eu também gosto.
— E acho que o Diego Perfeito deve ter partido o coração dela.
— Ele fez alguma coisa — respondeu Emma, discreta. — Até aí eu concluí.
— Então acho que devíamos armar para ela sair com Julian.

Emma quase derrubou a prateleira.

— Quê?

Livvy deu de ombros.

— Ela é bonita, parece muito legal e vai morar com a gente. E Jules nunca teve uma namorada... você sabe por quê. — Emma apenas a encarou. Sua cabeça parecia cheia de ruído sem sentido. — Quero dizer, a culpa é nossa, minha, de Ty, Dru e Tavvy. Quem cria quatro crianças não tem muito tempo para namorar. Então, como tiramos dele a possibilidade de ter uma namorada...

— Você quer armar um encontro para ele — completou Emma sem expressão. — Só que não é assim que funciona, Livvy. Eles teriam que se gostar...

— Acho que podem se gostar — respondeu Livvy. — Se déssemos uma chance a eles. O que você acha?

Seus olhos azul-esverdeados, tão parecidos com os de Julian, brilhavam cheios de travessura afetuosa. Emma abriu a boca para dizer alguma coisa, ela não sabia o quê, quando Cristina arremessou a segunda faca. Bateu na parede com tanta força que a madeira pareceu rachar.

Livvy bateu as mãos.

— Demais! — Ela lançou um olhar triunfante a Emma, como se dissesse, *viu só, ela é perfeita*. Olhou para o relógio. — Tudo bem, tenho que ajudar Ty mais um pouco. Grite se alguma coisa muito incrível acontecer.

Emma fez que sim com a cabeça, um pouco espantada, enquanto Livvy saiu dançando para pendurar as armas e ir à biblioteca. Ela quase teve um troço quando uma voz falou por cima do ombro dela; Cristina tinha chegado por trás e parecia preocupada:

— Sobre o que estavam conversando? — perguntou. — Parece que você viu um fantasma.

Emma abriu a boca para dizer alguma coisa, mas acabou não encontrando as palavras, porque naquele instante ouviu-se uma comoção no andar de baixo. Ela ouviu alguém batendo na porta, e, em seguida, pés correndo.

Pegando Cortana, Emma saiu pela porta como um flash.

A batida na porta do Instituto ecoou por toda a construção.

— Só um momento! — gritou Julian, fechando o zíper do casaco ao mesmo tempo em que corria para atender.

Ele ficou quase feliz por alguém ter aparecido. Ty e Livvy o expulsaram da sala do computador com o comunicado de que o irmão estava atrapalhando a concentração dos dois, andando de um lado para o outro, e Julian estava entediado o suficiente para cogitar a hipótese de ver como Arthur estava, o que ele tinha quase certeza de que o deixaria de mau humor pelo resto do dia.

Julian abriu a porta. Um homem alto e de cabelos claros estava do outro lado, com calça preta justa e uma camisa desabotoada até a metade do peito. Trazia um casaco xadrez pendurado no ombro.

— Você parece alguém que veio anunciar um show de strip-tease — disse Julian a Malcolm Fade, o Alto Feiticeiro de Los Angeles.

Houve um tempo em que Julian era tão impressionado pelo fato de Malcolm ser um Alto Feiticeiro — o feiticeiro ao qual todos os outros respondiam, pelo menos, no sul da Califórnia — que ficava nervoso na presença dele. Isso passou depois da Guerra Maligna, quando as visitas de Malcolm se tornaram comuns. Malcolm, na verdade, era o que todos pensavam que Arthur fosse: um professor distraído. Ele se esquecia de coisas importantes havia quase duzentos anos.

Todos os feiticeiros, como frutos de humanos e demônios, eram imortais. Paravam de envelhecer em diferentes pontos da vida, dependendo dos pais demônios. Malcolm parecia ter parado de envelhecer com mais ou menos 27 anos, mas (ele alegava) tinha nascido em 1850.

Considerando que todos os demônios que Julian já havia conhecido eram nojentos, ele não gostava de pensar em como os pais de Malcolm tinham se conhecido. E Malcolm também não parecia muito inclinado a compartilhar. Julian sabia que ele nascera na Inglaterra, e ainda tinha indicações disso no sotaque.

— Dá para mandar um stripper para alguém? — Malcolm pareceu intrigado e, em seguida, olhou para si mesmo. — Desculpe, esqueci de abotoar a camisa antes de sair de casa.

Ele deu um passo para dentro do Instituto e imediatamente caiu, se espatifando no chão. Julian chegou para o lado, e Malcolm rolou de costas, parecendo desapontado. Ele olhou para o longo corpo.

— Pelo visto, amarrei os cadarços um no outro.

Às vezes, era difícil não se sentir amargo, Julian refletiu; todos os seus aliados eram pessoas para quem precisava mentir. Ou eram pessoas ridículas. Ou as duas coisas.

Emma desceu correndo as escadas, com Cortana na mão. Vestia jeans e camiseta; os cabelos úmidos foram presos em um elástico. A camiseta estava grudada na pele, coisa que Julian gostaria de não ter notado. Ela desacelerou ao se aproximar, relaxando.

— Oi, Malcolm. Por que está no chão?

— Amarrei um cadarço no outro — explicou ele.

Emma tinha chegado perto dele. Ela abaixou Cortana, partindo os cadarços de Malcolm e libertando seus pés.

— Pronto — falou.

Malcolm olhou cautelosamente para ela.

— Ela pode ser perigosa — disse ele a Julian. — Mas, pensando bem, todas as mulheres são.

— Todas as pessoas são perigosas — argumentou Julian. — Por que está aqui, Malcolm? Não que eu não esteja feliz em vê-lo.

Malcolm se levantou cambaleando, abotoando a camisa.

— Trouxe o remédio de Arthur.

O coração de Julian bateu tão forte que ele teve certeza de que pôde ouvi-lo. Emma franziu o rosto.

— Arthur não está se sentindo bem? — perguntou ela.

Malcolm, que mexia no bolso, congelou. Julian viu no rosto do outro que ele percebera ter revelado algo que não devia, e silenciosamente xingou Malcolm mil vezes por ser tão distraído.

— Arthur me disse ontem à noite que não estava se sentindo muito bem — falou Julian. — O de sempre. É crônico. Enfim, ele estava sem energia.

— Eu teria procurado alguma coisa para ele no Mercado das Sombras se soubesse — comentou Emma, sentando no degrau mais baixo e esticando as pernas.

— Pimenta de caiena e sangue de dragão — disse Malcolm, pegando um frasco do bolso e entregando a Julian. — Vai acordá-lo rapidinho.

— Isso acordaria um defunto — observou Emma.

— Necromancia é ilegal, Emma Carstairs — repreendeu Malcolm.

— Ela só estava brincando. — Julian guardou o frasco, mantendo o olhar fixo em Malcolm, implorando silenciosamente para que ele não dissesse nada.

— Quando você avisou a Malcolm que seu tio não estava bem, Jules? A gente se encontrou ontem à noite, e você não falou nada — disse Emma.

Julian ficou grato por não estar olhando para Emma; tinha certeza de que estava pálido.

— Pizza vampira — falou Malcolm.

— Quê? — perguntou Emma.

— Nightshade abriu um restaurante italiano em Cross Creek Road — explicou Malcolm. — É a melhor pizza da área, e eles entregam em domicílio.

— Não tem medo do que possa ter no molho? — perguntou Emma, claramente distraída. — Ah! — Levou a mão à boca. — Isso me lembra, Malcolm. Queria saber se poderia dar uma olhada em uma coisa.

— É uma verruga? — Malcolm quis saber. — Posso curar, mas não de graça.

— Por que todo mundo acha que é verruga? — Emma pegou o telefone e em poucos segundos mostrava as fotos do corpo que encontrou no Bar Sepulcro. — Tinham essas marcas brancas, aqui e aqui — falou, apontando. — Parecem pichação, não tinta, mas giz ou algo parecido...

— Em primeiro lugar, que nojo — disse Malcolm. — Por favor, não me mostre fotos de cadáveres sem aviso. — Ele olhou mais de perto. — Em segundo lugar, parecem restos de um círculo cerimonial. Alguém desenhou um anel de proteção no chão. Talvez para se proteger enquanto realizava qualquer que fosse o feitiço horroroso que matou esse cara.

— Ele foi queimado — falou Emma. — E afogado, eu acho. Pelo menos, as roupas estavam molhadas e ele cheirava a água salgada.

Ela estava com o rosto franzido, os olhos sombrios. Podia ser a lembrança do corpo, ou apenas a menção ao oceano. Era um oceano diante do qual ela vivia, ao lado do qual corria todos os dias, mas Julian sabia o quanto a assustava. Ela podia se forçar a entrar, nauseada e tremendo, mas ele detestava vê-la fazendo isso, detestava ver sua Emma forte reduzida a cacos de pavor ou algo tão primitivo e sem nome que ela não conseguia explicar nem para si mesma.

Fazia com que ele quisesse matar, destruir coisas para mantê-la segura. Apesar de ela conseguir fazer isso sozinha. Apesar de ela ser a pessoa mais corajosa que ele conhecia.

Julian voltou para o presente.

— Me mande as fotos — dizia Malcolm. — Olho mais de perto e aviso.

— Oi! — Livvy apareceu no alto da escada, após ter trocado de roupa. — Ty achou uma coisa. Sobre os assassinatos.

Malcolm pareceu confuso.

— No computador — explicou a menina. — Vocês sabem, o computador que a gente não pode ter. Ah, oi, Malcolm. — Ela acenou vigorosamente. — É melhor subirem.

— Pode ficar, Malcolm? — perguntou Emma, inquieta. — Sua ajuda seria muito útil.

— Depende — respondeu Malcolm. — O computador passa filmes?

— Pode passar. — Julian respondeu cautelosamente.

Malcolm pareceu satisfeito.

— Podemos ver *Um lugar chamado Notting Hill*?

— Podemos ver qualquer coisa se você ajudar — declarou Emma. Ela olhou para Jules. — E podemos descobrir o que Ty achou. Você vem, certo?

Silenciosamente, Julian xingou o gosto de Malcolm por filmes românticos. Queria ir ao estúdio pintar. Mas não podia evitar Ty ou abandonar o Alto Feiticeiro.

— Posso pegar guloseimas na cozinha — disse Emma, soando esperançosa. Afinal de contas, durante anos eles cultivaram o hábito de assistir a filmes velhos na TV que funcionava à base de energia mágica, comendo pipoca perto da luz oscilante.

Julian balançou a cabeça.

— Não estou com fome.

Ele quase achou que tivesse ouvido Emma suspirar. Um instante mais tarde ela desapareceu atrás de Livvy, escada acima. Julian fez como se fosse segui-los, mas Malcolm o conteve colocando a mão em seu ombro.

— Piorou, não foi? — falou.

— O tio Arthur? — Jules foi pego de surpresa. — Acho que não. Quero dizer, não é bom que eu não tenha estado aqui, mas, se ficássemos recusando ir para a Inglaterra, alguém podia desconfiar.

— Não Arthur — respondeu Malcolm. — Você. Ela sabe sobre você?

— Quem sabe o quê?

— Não seja burro — retrucou. — Emma. Ela sabe?

Julian sentiu o coração torcer no peito. Não tinha palavras para descrever a perturbação que as palavras de Malcolm causaram. Foi como levar um caldo no mar, a firmeza no chão se perdendo em um deslize de areia.

— Para com isso.

— Não paro — falou Malcolm. — Eu gosto de finais felizes.

Julian falou entre dentes cerrados.

— Malcolm, *isso não é uma história de amor.*

— Toda história é uma história de amor.

Julian se afastou e foi para a escada. Ele raramente se irritava de fato com Malcolm, mas nesse momento o coração estava acelerado. Ele chegou ao andar de cima antes de Malcolm chamá-lo; ele se virou, sabendo que não devia, e viu o feiticeiro olhando para ele.

— Leis não significam nada, menino — disse Malcolm, com uma voz baixa que mesmo assim ressoou. — Não há nada mais importante do que o amor. E nenhuma lei superior.

Tecnicamente não poderia haver computadores no Instituto.

A Clave resistia ao advento da modernidade, mas, sobretudo, a qualquer engajamento com a cultura mundana. Mas isso nunca conteve Tiberius. Ele começou a pedir um computador aos 10 anos, para poder se manter atualizado em relação a crimes violentos entre mundanos, e, quando voltaram de Idris, após a Guerra Maligna, Julian lhe deu um.

Ty perdeu os pais, o irmão e a irmã mais velha, Jules disse na época, sentado no chão entre um emaranhado de fios, tentando entender como ligar o computador em uma das poucas tomadas que tinham; quase tudo no Instituto funcionava com luz enfeitiçada. Se ele pudesse dar isso a Ty, ao menos, já seria alguma coisa.

E, de fato, Ty amou o computador. Ele o chamou de Watson e passou horas aprendendo a usá-lo, considerando que ninguém tinha ideia. Julian orientou que ele não fizesse nada de ilegal; Arthur, trancado no estúdio, nem percebeu.

Livvy, sempre dedicada ao irmão, também decidiu aprender, com a ajuda de Ty, uma vez que se familiarizou com o funcionamento. Juntos, formavam uma bela equipe.

Ao que parecia Ty, Dru, Livvy e até Tavvy andaram ocupados. Dru tinha espalhado mapas pelo chão. Tavvy estava perto de um quadro branco com um pilot azul, fazendo anotações que pudessem ser úteis se alguém conseguisse traduzir o que escrevia um menino de 7 anos.

Ty ocupava a cadeira giratória na frente do computador, os dedos se movendo com agilidade pelo teclado. Livvy estava apoiada na mesa, como frequentemente acontecia; Ty trabalhava em volta dela, completamente ciente de sua localização ao mesmo tempo em que se concentrava na tarefa.

— Então, achou alguma coisa? — perguntou Julian ao entrar.

— Achei. Só um segundo. — Ty levantou a mão imperiosamente. — Podem conversar entre si se quiserem.

Julian sorriu.

— É muita gentileza sua.

Cristina entrou apressada, prendendo os cabelos escuros e molhados. Era evidente que ela havia tomado banho e trocado de roupa, estava de jeans e uma blusa florida.

— Livvy me falou...

— Shhh. — Emma colocou o dedo nos lábios e apontou para Ty, encarando a tela azul do computador. Suas delicadas feições iluminadas. Ela adorava os momentos em que Ty brincava de detetive; ele representava o papel tão bem — o sonho de ser Sherlock Holmes, que sempre tinha todas as respostas.

Cristina fez que sim com a cabeça e sentou no assento duplo macio ao lado de Drusilla. Dru era quase da mesma altura que ela, apesar de ter apenas 13 anos. Ela era uma dessas meninas que havia se desenvolvido cedo: tinha seios e quadris, era cheinha e com curvas. Isso já tinha causado algumas situações com meninos que achavam que ela tinha 17 ou 18 anos, e algumas situações em que Emma teve que segurar Julian para não matar adolescentes mundanos.

Malcolm se sentara em uma poltrona.

— Bem, se estamos esperando — falou, e começou a digitar no telefone.

— O que está fazendo? — perguntou Emma.

— Pedindo pizza do Nightshade — respondeu ele. — Tem um aplicativo.

— Um o quê? — perguntou Dru.

— Nightshade? — Livvy se virou. — O vampiro?

— Ele tem uma pizzaria. O molho é divino — disse Malcolm, beijando os dedos.

— Não tem medo do que tenha nele? — perguntou Livvy.

— Vocês, Nephilim, são tão paranoicos — respondeu Malcolm, guardando o telefone.

Ty limpou a garganta, girando na cadeira para olhar para a sala. Todos estavam ajeitados em sofás ou cadeiras, exceto por Tavvy, sentado no chão embaixo do quadro branco.

— Descobri algumas coisas — falou o menino. — Definitivamente acharam corpos que se encaixam na descrição de Emma. Digitais raspadas, encharcados de água do mar, pele queimada. — Ele abriu a primeira página de um jornal na tela. — Os mundanos acham que é atividade de algum culto satânico, por causa das marcas de giz encontradas em volta dos corpos.

— Mundanos acham que tudo é atividade de culto satânico — disse Malcolm. — A maioria dos cultos, na verdade, serve a demônios completamente diferentes de Lúcifer. Ele é muito famoso e difícil de ser alcançado. Raramente concede favores a quem quer que seja. Não é um demônio que valha a pena cultuar.

Emma e Julian trocaram olhares entretidos. Ty clicou no mouse, e fotos foram aparecendo na tela. Rostos — diferentes idades, etnias e gêneros. Todos mortos.

— Só alguns assassinatos se encaixam no perfil — disse Ty. Ele parecia satisfeito em usar a palavra "perfil". — Teve um assassinato a cada mês ao longo do último ano. Doze, contando com o que Emma descobriu, como ela disse.

Emma perguntou:

— Mas nada antes disso?

Ty balançou a cabeça.

— Então teve um intervalo de quatro anos entre a morte dos meus pais e essa série. Quem quer que tenha sido, se foi a mesma pessoa, parou e recomeçou.

— Existe alguma coisa que ligue essas pessoas? — perguntou Julian. — Diana disse que alguns dos corpos eram de fadas.

— Bem, essas notícias são todas mundanas — respondeu Livvy. — Eles não saberiam dizer, não é mesmo? Achariam que os corpos eram humanos se fossem fadas nobres. A respeito de ligações entre eles, nenhum deles foi identificado.

— Que estranho — disse Dru. — E sangue? Nos filmes, eles identificam as pessoas através de sangue e DTR.

— DNA — corrigiu Ty. — Bem, de acordo com os jornais, nenhum dos corpos foi identificado. Pode ser que o feitiço utilizado tenha alterado o sangue. Ou podem ter se decomposto rápido, como os pais de Emma. Isso limitaria as descobertas dos médicos legistas.

— Mas tem outra coisa — acrescentou Livvy. — Todas as matérias relataram os locais onde os corpos foram encontrados, e mapeamos tudo. Eles têm uma coisa em comum.

Ty havia tirado um de seus brinquedos manuais do bolso, uma massa de limpadores de cachimbo, e os estava desenrolando. Ele tinha uma das mentes mais velozes que Emma conhecia, e o acalmava ter uma forma de usar as mãos para descarregar um pouco essa velocidade e intensidade.

— Todos os corpos foram desovados em Linhas Ley. Todos eles — falou, e Emma pôde perceber a empolgação em sua voz.

— Linhas Ley? — Dru franziu o cenho.

— Tem uma rede, que cerca o mundo, de antigas trilhas mágicas — explicou Malcolm. — Elas potencializam a magia, então, durante séculos, integrantes do Submundo as utilizaram para criar entradas para o Reino das Fadas, esse tipo de coisa. Alicante é construída sobre uma convergência de Linhas Ley. São invisíveis, mas algumas pessoas conseguem se treinar para senti-las. — Ele franziu o rosto, fixando o olhar na tela do computador, onde uma das imagens do cadáver, feita por Cristina, estava exposta. — Pode fazer aquela coisa? — indagou. — Você sabe, de aumentar a imagem?

— Dar zoom? — disse Ty.

Antes que Malcolm pudesse responder, a campainha do Instituto tocou. Não era uma campainha normal, aguda. Parecia um sino ecoando pelo prédio, fazendo tremer o vidro, a pedra e o gesso.

Emma se levantou em um segundo.

— Eu atendo — falou, e correu para baixo, mesmo enquanto Julian se levantava para segui-la.

Mas ela queria ficar sozinha, só por um segundo. Queria processar o fato de que esses assassinatos datavam do ano em que seus pais morreram. Foi quando começaram. O pai e a mãe foram os primeiros.

As mortes estavam conectadas. Ela conseguia enxergar os fios se ligando, formando um padrão que ela só estava começando a enxergar, mas que sabia que era real. Alguém tinha feito essas coisas. Alguém torturou e matou seus pais, marcou símbolos do mal na pele de cada um e os despejou no oceano para apodrecerem. Alguém roubou a infância de Emma, derrubou os telhados e as paredes de sua vida, deixando-a com frio e exposta.

E esse alguém ia pagar por isso. *A vingança é uma amante fria*, Diana havia dito, mas Emma não acreditava nisso. A vingança devolveria o ar aos seus pulmões. A vingança permitiria que ela pensasse nos pais sem um nó frio no estômago. Ela conseguiria sonhar sem ver os rostos afogados e sem ouvir as vozes gritando por socorro.

Emma chegou à porta de entrada do Instituto e a abriu. O sol tinha acabado de se pôr. Um vampiro sorumbático se encontrava na entrada, carregando diversas caixas empilhadas. Ele parecia um adolescente, com cabelos castanhos e curtos, e sardas, mas isso não queria dizer muita coisa.

— Entrega da pizza — falou, com um tom que sugeria que a maioria de seus parentes próximos tinha acabado de morrer.

— Sério? — perguntou Emma. — Malcolm não estava simplesmente inventando aquilo? Você realmente entrega pizza?

Ele a olhou confuso.

— Por que eu não entregaria pizza?

Emma remexeu a mesa ao lado da porta para catar o dinheiro que normalmente deixavam ali.

— Sei lá. Você é um vampiro. Achei que tivesse mais o que fazer com sua vida. Sua não vida. O que quer que seja.

O vampiro pareceu ofendido.

— Sabe como é difícil arrumar um emprego quando sua identidade diz que você tem 150 anos de idade e só pode sair à noite?

— Não — admitiu Emma, pegando as caixas. — Não tinha pensado nisso.

— Os Nephilim nunca pensam.

Enquanto ele guardava uma nota de cinquenta no bolso da calça, Emma notou que ele estava com uma camiseta cinza com as letras IM na frente.

— *Instant Message*? — perguntou ela.

Ele sorriu.

— Instrumentos Mortais. É uma banda. Do Brooklyn. Já ouviu falar?

Emma conhecia. O melhor amigo e *parabatai* de Clary, Simon, tinha sido da banda em seus tempos de mundano. Foi assim que foram batizados com o nome dos três objetos mais sagrados do mundo dos Caçadores de Sombras. Agora Simon também era um Caçador de Sombras. Ela ficou imaginando como ele se sentia em relação ao fato da banda ter continuado sem ele. Em relação a tudo que estava acontecendo sem ele.

Ela subiu as escadas, com a mente em Clary e nos outros no Instituto de Nova York. Clary descobriu que era Caçadora de Sombras aos 15 anos. Houve um tempo em que ela achava que viveria uma vida mundana. Ela já tinha falado sobre isso antes, na presença de Emma, do jeito que uma pessoa falaria de uma opção não escolhida. Ela levou muito consigo para a vida de Caçadora de Sombras, inclusive o melhor amigo, Simon. Mas ela poderia ter feito outra escolha. Ela poderia ter sido mundana.

Emma quis falar com ela, de repente, sobre o que isso poderia ter representado. Simon foi o melhor amigo de Clary por toda a sua vida, assim como Jules foi o de Emma. Depois se tornaram *parabatai*, uma vez que Simon virou Caçador de Sombras. O que mudou? Emma se perguntou. Como foi a transição de melhor amigo para *parabatai* sem sempre ter sabido que esse seria o destino; qual era a diferença nesse caso?

E por que ela própria não sabia a resposta a essa pergunta?

Quando ela chegou de volta à sala do computador, Malcolm estava perto da mesa, com os olhos violeta ligados.

— Está vendo, não é um círculo de proteção. — Ele estava dizendo e, então, se interrompeu quando Emma entrou. — É a pizza!

— Não pode ser pizza — disse Ty, olhando para a tela, perplexo. Seus dedos longos tinham quase desembaralhado os limpadores de cachimbo; quando terminasse, embaralharia outra vez e começaria de novo.

— Tudo bem, chega — disse Jules. — Vamos dar um tempo dos assassinatos e dos perfis para jantarmos. — Ele pegou as caixas de Emma, lançando a ela um olhar de gratidão, e as pousou sobre a mesa de centro. — Não me importa o assunto que queiram discutir, só não pode ser sobre assassinato ou sangue. Nenhum tipo de sangue.

— Mas é pizza vampira — observou Livvy.

— Irrelevante — argumentou Julian. — Sofá. Agora.

— Podemos ver um filme? — perguntou Malcolm, falando de modo muito parecido com Tavvy.

— Podemos ver um filme — respondeu Julian. — Agora, Malcolm, não ligo se você *é* o Alto Feiticeiro de Los Angeles, sente sua bunda no sofá.

A pizza vampira era surpreendentemente boa. Emma decidiu rapidamente que não se importava com os ingredientes do molho. Cabeças de rato, partes humanas cozidas, o que fosse. Era uma delícia. Tinha uma casquinha crocante e a quantidade certa de muçarela fresca. Ela lambeu o queijo dos dedos e fez caras e bocas para Jules, que tinha muita etiqueta à mesa.

O filme foi muito confuso. Parecia ser sobre um homem que tinha uma livraria e se apaixonava por uma mulher famosa, mas Emma não reconhecia nenhum dos dois, e não sabia ao certo se deveria. Cristina assistiu com espanto e olhos arregalados, Ty colocou os fones de ouvido e fechou os olhos, e Dru e Livvy sentaram a cada lado de Malcolm, afagando-o gentilmente enquanto ele chorava.

— O amor é lindo — disse ele, enquanto o homem na tela corria pelo trânsito.

— Isso não é amor — retrucou Julian, se inclinando no sofá. A luz piscando da tela acendia sua pele deixando-a estranha, pontos escuros formavam-se nos lugares claros e lisos, e sombras surgiam sob suas maçãs do rosto e na parte oca da garganta. — Isso é um filme.

— Eu vim para Los Angeles para trazer de volta o amor — disse Malcolm, os olhos violeta lúgubres. — Todos os grandes filmes são sobre amor. Amor perdido, amor encontrado, destruído, recuperado, comprado, vendido, morrendo e nascendo. Adoro filmes, mas eles se esqueceram do que são. Explosões, efeitos, não era essa a ideia quando vim para cá. A ideia era iluminar fumaça de cigarro para que parecesse fogo celestial, e iluminar mulheres para que parecessem anjos. — Malcolm suspirou. — Eu vim aqui para ressuscitar o amor verdadeiro.

— Ah, Malcolm! — exclamou Drusilla, e começou a chorar. Livvy entregou a ela um guardanapo da pizzaria. — Por que você não tem um namorado?

— Sou hétero — disse Malcolm, parecendo surpreso.

— Ah, tudo bem, então, uma namorada. Você deveria encontrar uma garota legal do Submundo, talvez uma vampira, para que ela viva para sempre.

— Deixe a vida amorosa de Malcolm em paz, Dru — disse Livvy.

— O amor verdadeiro é difícil de ser encontrado — declarou Malcolm, apontando para as pessoas se beijando na tela.

— Amor de cinema é difícil de ser encontrado — retrucou Julian. — Porque não existe.

— Como assim? — perguntou Cristina. — Está dizendo que não existe amor verdadeiro? Não acredito nisso.

— O amor não é seguir alguém no aeroporto — respondeu Julian. Ele se inclinou para a frente, e Emma pôde ver a ponta da Marca de *parabatai* na clavícula dele, aparecendo acima do colarinho da camiseta. — O amor significa que você enxerga alguém. Só isso.

— Você enxerga? — Ty repetiu, parecendo desconfiado. Ele tinha diminuído o som do aparelho de música, mas continuava com os fones no ouvido, os cabelos negros ao redor.

Julian pegou o controle. O filme tinha acabado; os créditos em branco subiam pela tela.

— Quando você ama alguém, a pessoa se torna parte de quem você é. Está presente em tudo que você faz. Ela é o ar que você respira, a água que você bebe e o sangue que corre em suas veias. O toque dela fica na sua pele, a voz permanece nos seus ouvidos, e, os pensamentos, na sua cabeça. Você conhece os sonhos da pessoa, porque os pesadelos agridem seu coração, e os sonhos bons também são os seus. E você não acha que a pessoa é perfeita, mas conhece os defeitos dela, sua verdade profunda e as sombras de todos os segredos que ela carrega, e esses segredos não te assustam; na verdade, fazem com que você ame ainda mais, porque você não quer perfeição. Você quer a pessoa. Você quer...

Ele então se interrompeu, como se percebesse que todos o olhavam.

— Você quer o quê? — perguntou Dru, com olhos arregalados.

— Nada — respondeu Julian. — Só estou falando. — Ele desligou a TV e pegou as caixas de pizza. — Vou jogar isso fora — comentou, e saiu.

— Quando ele se apaixonar — disse Dru, olhando atrás dele —, vai ser tipo... uau!

— Claro que quando isso acontecer provavelmente nunca mais vamos vê-lo — disse Livvy. — É uma garota de sorte, quem quer que seja.

Ty franziu as sobrancelhas.

— Estão brincando, né? — falou. — Não é sério que nunca mais vamos vê-lo, é?

— Definitivamente não — disse Emma.

Quando Ty era bem mais novo, ele ficava confuso quando as pessoas exageravam com as palavras para passar uma ideia. Frases como "chovendo canivetes" o irritavam e às vezes o faziam se sentir enganado, considerando que ele gostava muito mais de canivetes que de chuva.

Em algum momento Julian começou a fazer uns desenhos bobos para ele, para ilustrar a diferença entre o sentido literal e figurado das frases. Ty riu com os desenhos de canivetes caindo céu e com pessoas pegas de calças curtas, assim como com os quadrinhos de animais e pessoas explicando o que ditados populares e metáforas significavam. Depois disso ele passou a ser frequentemente encontrado na biblioteca, procurando expressões e significados, memorizando-os. Ty não se importava em ter as coisas explicadas e nunca se esquecia de nada que aprendia, mas ele preferia aprender sozinho.

Às vezes, ainda gostava de ser tranquilizado quanto a uma hipérbole ser uma hipérbole, mesmo que tivesse noventa por cento de certeza de que era isso. Livvy, que sabia melhor do que ninguém a ansiedade que a imprecisão linguística causava no irmão, se levantou e foi até ele. Colocou os braços em volta dele e apoiou o queixo em seu ombro. Ty se apoiou nela, com os olhos quase fechados. Ty gostava de afeto físico quando estava com humor para isso, contanto que não fosse muito intenso — ele gostava que o afagassem no cabelo, ou fizessem carinho nas costas. Às vezes, ele lembrava a Emma do gato, Church, quando Church queria carinho na orelha.

Uma luz brilhou. Cristina tinha se levantado e acendido a luz enfeitiçada. A claridade se espalhou, preenchendo o recinto ao mesmo tempo que Julian voltava e olhava em volta; toda a compostura que tinha perdido, fora recuperada.

— Está tarde — falou. — Hora de dormir. Principalmente para você, Tavvy.

— Odeio a hora de dormir — disse Tavvy, que estava no colo de Malcolm, mexendo em um brinquedo que o feiticeiro havia lhe dado. Era quadrado e roxo, e emitia faíscas brilhantes.

— Esse é o espírito da revolução — disse Jules. — Malcolm, obrigado. Tenho certeza de que precisaremos da sua ajuda outra vez.

Malcolm colocou Tavvy de lado gentilmente e se levantou, esfregando os farelos de pizza da roupa. Pegou o casaco jogado e foi para o corredor, com Emma e Julian atrás.

— Bem, vocês sabem onde me encontrar — falou, fechando o casaco. — Eu ia conversar com Diana amanhã sobre...

— Diana não pode saber — declarou Emma.

Malcolm pareceu confuso.

— Não pode saber o quê?

— Que estamos investigando isso — emendou Julian, interrompendo Emma. — Ela não quer que a gente se envolva. Diz que é perigoso.

Malcolm pareceu desapontado.

— Poderiam ter dito isso antes — falou. — Não gosto de esconder nada dela.

— Sinto muito — disse Julian. A expressão dele era suave, ligeiramente apologética. Como sempre, Emma ficou ao mesmo tempo impressionada e um pouco assustada com sua capacidade de mentir. Julian era um mentiroso profissional quando queria ser; não demonstrava em sua expressão nada do que queria esconder. — Não podemos avançar tanto assim nessa história sem ajuda da Clave e dos Irmãos do Silêncio, de qualquer jeito.

— Tudo bem. — Malcolm olhou de perto para os dois; Emma fez o melhor que pôde para imitar a expressão sonsa de Julian. — Contanto que falem sobre isso com Diana amanhã. — Ele enfiou as mãos nos bolsos, a luz refletindo em seu cabelo sem cor. — Tem uma coisa que não consegui contar a vocês. Aquelas marcas em volta do corpo que Emma encontrou, não eram para um feitiço de proteção.

— Mas você disse... — começou Emma.

— Mudei de ideia quando olhei de perto — respondeu Malcolm. — Não são símbolos de proteção. São símbolos de invocação. Alguém está usando a energia dos cadáveres para invocar.

— Invocar o quê? — perguntou Jules.

Malcolm balançou a cabeça.

— Alguma coisa para esse mundo. Um demônio, um anjo, não sei. Vou olhar melhor as fotos, perguntarei discretamente no Labirinto Espiral.

— Então, se for um feitiço de invocação — disse Emma —, deu ou não deu certo?

— Um feitiço assim? — retrucou Malcolm. — Se tivesse dado certo, pode acreditar, você saberia.

Emma acordou com um miado lamurioso.

Ela abriu os olhos e encontrou um gato persa em seu peito. Era um persa azul, para ser exato, muito redondo, com orelhas encolhidas e grandes olhos amarelos.

Com um grito, Emma se levantou em um pulo. O gato voou. Os momentos que se seguiram foram de caos enquanto ela tropeçava na cabeceira e o gato chiava. Finalmente ela conseguiu encontrar o gato sentado perto da porta do quanto, parecendo convencido e cheio de si.

— Church — gemeu ela. — *Sério*? Você não tem nenhum lugar melhor para ir?

Ficou claro, pela expressão de Church, que não. Church era um gato que às vezes pertencia ao Instituto. Ele tinha aparecido na entrada há quatro anos, deixado em uma caixa no degrau com um bilhete endereçado a Emma, que dizia: *Por favor, cuide do meu gato. Irmão Zachariah.*

Na época, Emma não conseguiu entender por que um Irmão do Silêncio, mesmo um ex-Irmão do Silêncio, queria que ela cuidasse do seu gato. Ela ligou para Clary, que disse que o gato tinha morado no Instituto de Nova York, mas, na verdade, pertencia ao Irmão Zachariah, e, se Emma e Julian quisessem o gato, deveriam ficar com ele.

O nome dele era Church, ela disse.

Church se provou o tipo de gato que não ficava onde o deixavam. Ele vivia escapando por janelas abertas e desaparecendo por dias, ou até mesmo semanas. No começo, Emma se desesperava cada vez que ele sumia, mas ele sempre voltava parecendo mais elegante e satisfeito do que nunca. Quando Emma completou 14 anos, o gato começou a voltar com presentes amarrados na coleira: conchas e pedaços de vidro marinho. Emma colocou as conchas no parapeito de sua janela. O vidro marinho virou a pulseira da sorte de Julian.

Àquela altura, Emma sabia que os presentes vinham de Jem, mas ela não tinha como entrar em contato com ele para agradecer. Então ela fazia o melhor que podia para cuidar de Church. Sempre tinha ração de gato fresca na entrada e água limpa para ele tomar. Ficavam felizes em vê-lo quando ele aparecia, e não se preocupavam quando sumia.

Church miou e arranhou a porta. Emma estava acostumada a isso: significava que ele queria que ela o seguisse. Com um suspiro, ela vestiu um casaco sobre a camiseta e calçou um chinelo.

— Espero que seja alguma coisa boa — disse a Church, pegando a estela.
— Ou vou transformá-lo em uma raquete de tênis.

Church não pareceu preocupado. Ele conduziu Emma pelo corredor, pelas escadas até a porta da frente. A lua estava alta e brilhante, refletindo na água ao longe. Formava uma trilha pela qual Emma seguiu, confusa, enquanto Church continuava andando. Ela o pegou no colo quando foram atravessar a rua, e o colocou no chão quando chegaram na praia do outro lado.

— Bem, estamos aqui — falou a garota. — Na maior caixa de areia do mundo.

Church lançou um olhar que sugeria que não tinha se impressionado com a piada, e seguiu para perto da água. Caminharam juntos por ali. A noite estava tranquila, a maré, baixa e rasa, mais silenciosa que o vento. Ocasionalmente Church corria para pegar um siri, mas sempre voltava, andando à frente de Emma, em direção às constelações do norte. Ela estava começando a se perguntar se o gato realmente a estava levando a algum lugar quando se deu conta de que tinham circulado a curva de pedras que escondia sua praia secreta com Julian, e viu que a praia não estava vazia.

Ela desacelerou. A areia estava iluminada pelo luar; Julian estava ali no meio, longe da beira. Ela foi em direção a ele, com os pés silenciosos na areia. Ele não levantou o olhar.

Ela raramente tinha a chance de olhar para Julian sem que ele notasse. Era estranho e um pouco enervante. A lua brilhava o suficiente para que ela pudesse ver a cor da camisa, vermelha, e ele estava com um jeans velho, os pés descalços. A pulseira de vidro marinho parecia brilhar. Ela nunca desejara saber desenhar, mas nesse momento era o que queria, só para poder desenhar a linha perfeita que ele era, do ângulo da perna dobrada à curva da coluna inclinada para a frente.

A poucos centímetros dele, Emma parou.

— Jules?

Ele levantou o olhar. Não pareceu nem um pouco espantado.

— Aquele é Church?

Emma olhou em volta. Levou um instante para localizar o gato, que estava empoleirado no topo de uma pedra e lambia a pata.

— Ele voltou — disse Emma, sentando na areia ao lado de Jules. — Você sabe, só para visitar.

— Eu vi que estava vindo na curva das pedras. — Ele deu um meio sorriso.

— Pensei que estivesse sonhando.

— Não conseguiu dormir?

Ele esfregou os olhos com o dorso das mãos. Os nós dos dedos estavam sujos de tinta.

— Pode-se dizer que sim. — Ele balançou a cabeça. — Pesadelos estranhos. Demônios, fadas...

— Coisas básicas de Caçadores de Sombras — observou Emma. — Quero dizer, parece uma terça-feira qualquer.

— Ajudou muito, Emma. — Ele se jogou sobre a areia, com o cabelo parecendo uma auréola preta em volta da cabeça.

— Sempre ajudo. — Ela se deitou ao lado dele, olhando para o céu. A poluição luminosa de Los Angeles também se espalhava para a praia, e as estrelas estavam desbotadas, mas ainda visíveis. A lua era coberta e descoberta por nuvens. Uma estranha sensação de paz recaiu sobre Emma, uma sensação de estar onde pertencia. Ela não sentia isso desde que Julian e os outros partiram para a Inglaterra.

— Estava pensando no que você disse mais cedo — falou ele. — Sobre aqueles caminhos inúteis. Todas as vezes que achamos que tínhamos encontrado alguma coisa que levava ao que aconteceu com seus pais, mas acabava não sendo nada.

Ela olhou para ele. O luar deixava seu perfil mais marcado.
— Eu estava pensando que talvez isso signifique alguma coisa — continuou.
— Que talvez tivéssemos que esperar até agora para descobrir o culpado. Até você estar pronta para isso. Eu vi seus treinamentos, observei enquanto melhorava. Cada vez mais. Quem quer que seja, o que quer que seja, você está pronta agora. Pode encarar. Pode vencer.

Alguma coisa bateu sob as costelas de Emma. Familiaridade, ela pensou. Aquele era Jules, o Jules que ela conhecia, que tinha mais fé nela do que ela mesma.

— Gosto que acreditar que as coisas têm uma razão de ser — disse ela baixinho.

— Elas têm. — Ele pausou por um instante, com os olhos no céu. — Eu conto estrelas. Às vezes, acho que se propor uma tarefa sem sentido ajuda.

— Lembra que, quando éramos mais novos, conversávamos sobre fugir? Sobre navegar pela Estrela Polar? — perguntou Emma. — Antes da guerra.

Ele cruzou os braços atrás da cabeça. A luz do luar entornava nele, iluminando seus cílios.

— Isso mesmo. Eu ia fugir e me juntar à Legião Estrangeira francesa. E mudar meu nome para Julien.

— Porque ninguém nunca ia desvendar *esse* código. — Ela inclinou a cabeça para o lado. — Jules, o que houve? Sei que alguma coisa está te incomodando.

Ele estava em silêncio. Emma podia ver o peito subindo e descendo lentamente. O som de sua respiração, abafado pelo barulho da água.

Ela esticou o braço e colocou a mão no braço dele, com o dedo traçando lentamente sobre a pele: O-Q-U-E-F-O-I?

Ele virou o rosto; ela o viu tremer, como se estivesse com calafrios.
— Mark.

Julian continuava não olhando para ela; ela só conseguia ver a curva da garganta e do queixo.
— Mark?

— Tenho pensado nele — disse Julian. — Mais do que o normal. Quero dizer, Helen sempre me atende ao telefone se eu preciso, mesmo estando na Ilha Wrangel. Mas é como se Mark estivesse morto.

Emma se sentou reta.
— Não diga isso. Ele não está morto.

— Eu sei. Sabe *como* eu sei? — perguntou Jules, com voz rouca. — Eu procurava a Caçada Selvagem todos os dias. Estatisticamente eles deveriam ter passado por aqui pelo menos uma vez nos últimos cinco anos. Mas jamais vieram. Acho que Mark não deixa.

— Por que não? — Emma o encarava agora. Jules quase nunca falava assim. Não com esse amargor na voz.

— Porque ele não quer nos ver. Não quer nenhum sinal da gente.

— Porque ele ama vocês?

— Ou porque nos odeia. Não sei. — Julian cavou incessantemente a areia.

— Eu odiaria. Eu o odeio, às vezes.

Emma engoliu em seco.

— Eu também odeio meus pais, por terem morrido. Às vezes. Não é... não significa nada, Jules.

Ele virou o rosto para olhar para ela. Estava com os olhos enormes, com anéis pretos em volta das íris azul-esverdeadas.

— Não é desse tipo de ódio que estou falando. — A voz saía baixa. — Se ele estivesse aqui, meu Deus, tudo seria diferente. Teria sido diferente. Eu não precisaria estar em casa agora, caso Tavvy acorde. Nem seria uma atitude imoral caminhar até a praia porque preciso de um tempo. Tavvy, Dru, Livvy, Ty... eles teriam alguém para criá-los. Mark tinha 16 anos. Eu tinha *12*.

— Nenhum de vocês escolheu...

— Não, não escolhemos. — Julian sentou. O colarinho da camisa estava frouxo, e havia areia em sua pele e cabelo. — Não escolhemos. Porque se eu tivesse tido a chance de escolher, teria tomado decisões muito diferentes.

Emma sabia que não deveria perguntar. Não quando ele estava assim. Mas ela não tinha experiência com esse Julian; ela não sabia como reagir a ele, como *se comportar*.

— O que você teria feito diferente? — sussurrou ela.

— Não sei se ia querer um *parabatai*. — As palavras soaram claras, precisas e brutais.

Emma se encolheu. Foi como estar com água até o joelho e ser atingida por um tapa na cara e, inesperadamente, por uma onda.

— Está falando sério? — perguntou. — Você não queria? Isso, comigo?

Ele se levantou. A lua tinha saído totalmente de trás das nuvens, e brilhava clara, esplendorosa o suficiente para que ela conseguisse enxergar a cor da tinta nas mãos dele. As sardas claras nas maçãs do rosto. A rigidez da pele em torno da boca e das têmporas. A cor visceral dos olhos.

— Eu não devia querer — disse ele. — Absolutamente não devia.

— *Jules* — falou Emma, espantada, magoada e furiosa, mas ele já estava indo embora, pela beirada da praia. Quando ela se levantou, ele já tinha chegado às pedras. Era uma sombra longa e esguia, subindo sobre elas. E então sumiu.

Ela poderia tê-lo alcançado se quisesse, sabia disso. Mas não queria. Pela primeira vez na vida, não queria falar com Julian.

Alguma coisa a tocou nos tornozelos. Ao olhar para baixo, ela viu Church. Seus olhos amarelos pareciam solidários, então, ela o pegou e o abraçou, ouvindo seu ronronar enquanto a maré se aproximava.

Idris, 2007, A Guerra Maligna

Quando Julian Blackthorn tinha 12 anos, ele matou o próprio pai.
    Evidentemente foi uma situação extrema. Seu pai não era mais seu pai, não de fato. Era mais um monstro com o rosto do pai. Mas, quando os pesadelos vinham, na madrugada, isso não tinha importância. Julian via o rosto de Andrew Blackthorn e a própria mão segurando a lâmina, então a lâmina penetrando em seu pai, e ele sabia.
    Ele era amaldiçoado.
    Era isso que acontecia quando você matava o próprio pai. Os deuses o amaldiçoavam. Seu tio havia lhe dito, e o tio sabia de muitas coisas, principalmente coisas que tinham a ver com as maldições de deuses e o preço pelo derramamento de sangue.
    Julian sabia muito sobre sangue derramado, mais que qualquer menino de 12 anos deveria saber. Era culpa de Sebastian Morgenstern. Ele foi o Caçador de Sombras que iniciou a Guerra Maligna, que utilizou feitiços e truques para transformar Caçadores de Sombras comuns em máquinas de morte estúpidas. Um exército ao seu dispor. Um exército feito para destruir todos os Nephilim que não se juntassem a ele.
    Julian, seus irmãos e irmãs, e Emma estavam escondidos no Salão dos Acordos. O maior salão de Idris deveria ser capaz de protegê-los contra qualquer monstro. Mas não conseguia conter Caçadores de Sombras, mesmo aqueles que tinham perdido suas almas.
    As enormes portas duplas tinham se aberto, e os Caçadores de Sombras malignos, os Crepusculares, invadiram o recinto; como um veneno, liberado no

ar, aonde eles iam, a morte seguia. Eles feriram os guardas e as crianças que estavam sendo protegidas. Não se importavam. Não tinham consciência.

Avançavam pelo Salão. Julian tinha tentado agrupar as crianças: Ty e Livvy, os gêmeos solenes; Dru, que tinha apenas 8 anos; e Tavvy, o bebê. Ele ficou na frente deles com os braços esticados como se pudesse protegê-los, como se pudesse criar uma parede com o corpo para conter a morte.

E então a morte surgiu na frente dele. Um Caçador de Sombras maligno, com símbolos demoníacos ardendo em sua pele, cabelos castanhos emaranhados e olhos azul-esverdeados, do mesmo tom dos de Julian.

O pai de Julian.

O menino olhou em volta, atrás de Emma, mas ela lutava contra uma fada, voraz como fogo; a espada, Cortana, brilhando em suas mãos. Julian queria ir até ela, desesperadamente, mas não podia deixar as crianças. Alguém tinha que protegê-las. Sua irmã mais velha estava lá fora; o irmão mais velho fora levado pela Caçada Selvagem. Teria que ser ele.

Foi então que Andrew Blackthorn os alcançou. Cortes sangrentos marcavam seu rosto. A pele estava sem vida e cinza, mas a pegada na espada era firme, e os olhos estavam fixos nos filhos.

— Ty — chamou, com a voz baixa e rouca. Ele olhou para Tiberius, seu filho, com uma fome predatória nos olhos. — Tiberius. Meu Ty. Venha cá.

Os olhos cinzentos de Tiberius se arregalaram. A gêmea dele, Livia, o agarrou, mas ele foi para a frente, em direção ao pai.

— Pai? — falou ele.

O rosto de Andrew Blackthorn pareceu se dividir com um sorriso, e Julian pensou enxergar através da abertura, viu o mal e as sombras ali dentro, o núcleo pestilento de pavor e caos que era o que animava o corpo que um dia pertenceu a seu pai. A voz do pai se elevou a um canto.

— Venha cá, meu menino, meu Tiberius...

Ty deu mais um passo à frente, e Julian puxou a lâmina do cinto e arremessou.

Ele tinha 12 anos. Não era particularmente forte nem particularmente habilidoso. Mas os deuses que em breve o odiariam devem ter sorrido com aquele arremesso, porque a lâmina voou como uma flecha, como uma bala, e afundou no peito de Andrew Blackthorn, derrubando-o no chão. Ele morreu antes de atingir o mármore do piso, o sangue se espalhando ao seu redor em uma piscina vermelho-escura.

— Eu te odeio! — Ty se jogou para cima de Julian, que abraçou o irmão, agradecendo infinitamente ao Anjo por Ty estar bem, estar respirando, se debatendo e socando seu peito, olhando para ele com os olhos cheios de lágrimas e furiosos. — Você matou meu pai, eu te odeio, eu te odeio...

Livvy estava com as mãos nas costas de Ty, tentando puxá-lo. Julian sentiu o sangue correndo acelerado pelas veias de Ty, a subida e a descida do peito; sentiu a força do ódio do irmão e sabia que isso significava que Ty estava vivo. Estavam todos vivos. Livvy com suas palavras suaves e mãos macias, Dru com seus olhos enormes e apavorados, e Tavvy com suas lágrimas de incompreensão.

E Emma. Sua Emma.

Ele tinha cometido o pior e mais antigo dos pecados: matou o próprio pai, a pessoa que lhe deu a vida.

E teria feito tudo outra vez.

Que espécie de pessoa ele era?

5
Parentes Nobres

— E quando foram assinados os primeiros Acordos? — perguntou Diana. — E qual era o objetivo deles?

Era um dia desconcertantemente claro. A luz do sol entrava pelas janelas altas, iluminando o quadro diante do qual Diana caminhava de um lado para o outro, batendo com uma estela na palma da mão esquerda. Seu plano de aula estava rabiscado no quadro com uma letra quase ilegível: Emma conseguia identificar as palavras *Acordos*, *Paz Fria* e *evolução da Lei*.

Ela olhou de lado para Jules, mas ele estava com a cabeça curvada sobre alguns papéis. Ainda não tinham se falado direito, exceto pela cordialidade no café da manhã. Ela havia acordado com o estômago oco e as mãos doendo de ter ficado agarrando as roupas de cama.

E Church também a abandonou em algum momento da noite. Gato idiota.

— Foram assinados em 1872 — respondeu Cristina. — Foram uma série de acordos entre as espécies do Mundo das Sombras e os Nephilim, que pretendia manter a paz entre eles e estabelecer algumas regras comuns para que todos as seguissem.

— E também protegem os integrantes do Submundo — disse Julian. — Antes dos Acordos, se os membros do Submundo se ferissem entre si, Caçadores de Sombras não podiam nem se dispunham a interferir. Os Acordos garantiram nossa proteção aos membros do Submundo. — Ele fez uma pausa. — Pelo menos até a Paz Fria.

Emma se lembrou da primeira vez em que ouviu falar na Paz Fria. Ela e Julian estavam no Salão dos Acordos quando foi proposta: a punição às fadas pela participação na Guerra Maligna de Sebastian Morgenstern. Ela se lembrava da confusão dos seus sentimentos. Os pais morreram por causa dessa guerra, mas por que Mark e Helen, a quem ela amava, mereciam carregar esse fardo simplesmente por terem sangue de fada nas veias?

— E onde foram assinados os papéis da Paz Fria? — perguntou Diana.

— Em Idris — respondeu Livvy. — No Salão dos Acordos. Todos que normalmente compareciam aos Acordos estavam lá, mas a Rainha Seelie e o Rei Unseelie não apareceram para assinar o tratado, então este foi alterado e assinado sem eles.

— E o que a Paz Fria significa para as fadas? — O olhar de Diana estava fixo em Emma, que ficou encarando a própria mesa.

— As fadas não são mais protegidas pelos Acordos — respondeu Ty. — É proibido ajudá-las, e elas são proibidas de entrar em contato com Caçadores de Sombras. Só a Scholomance e os Centuriões podem lidar com fadas, além da Consulesa e do Inquisidor.

— Uma fada que carrega uma arma pode ser punida com a morte — emendou Jules. Ele parecia exausto. Havia círculos escuros sob seus olhos.

Emma queria que ele a olhasse. Ela e Julian não brigavam. Eles *nunca* brigavam. Ela ficou se perguntando se ele estava tão perplexo quanto ela. Emma não parava de ouvir o que ele tinha dito: que não queria um *parabatai*. Será que não queria nenhum *parabatai*, ou não a queria, especificamente?

— E o que é a Clave, Tavvy? — Era uma pergunta elementar demais para qualquer um dos outros, mas Tavvy pareceu feliz por poder responder alguma coisa.

— O governo dos Caçadores de Sombras — recitou ele. — Todos os Caçadores de Sombras ativos são da Clave. Os que tomam decisões são do Conselho. Existem três membros do Submundo no Conselho, cada um representando uma espécie do Submundo. Feiticeiros, licantropes e vampiros. As fadas não têm um representante desde a Guerra Maligna.

— Muito bem — disse Diana, e Tavvy se alegrou. — Mais alguém pode me dizer que outras mudanças foram lavradas pelo Conselho desde o fim da guerra?

— Bem, a Academia dos Caçadores de Sombras foi reaberta — disse Emma. Este era um território familiar para ela; tinha sido convidada pela Consulesa para ser uma das primeiras alunas. Mas escolheu ficar com os Blackthorn.

— Muitos Caçadores de Sombras são treinados lá agora, e claro que eles convidam muitos aspirantes a Ascendentes: mundanos que querem se tornar Nephilim.

— A Scholomance foi reestabelecida — disse Julian. Seus cachos, escuros e brilhantes, caíram contra as bochechas enquanto ele levantava a cabeça.

— Ela existia antes dos primeiros Acordos serem assinados, e, quando o Conselho foi traído pelas fadas, seus membros insistiram em reabri-la. A Scholomance faz pesquisas, treina Centuriões...

— Pense em como deve ter sido na Scholomance durante todos aqueles anos em que ficou fechada — disse Dru, seus olhos brilhando com um deleite estilo filme de terror. — Lá nas montanhas, totalmente abandonada e escura, cheia de aranhas, fantasmas e sombras...

— Se quer pensar em um lugar assustador, pense na Cidade dos Ossos — disse Livvy. A Cidade dos Ossos era onde os Irmãos do Silêncio viviam: um local subterrâneo, de túneis interligados, construído com as cinzas de Caçadores de Sombras mortos.

— Eu queria ir para a Scholomance — interrompeu Ty.

— Eu não — disse Livvy. — Centuriões não podem ter *parabatai*.

— Ainda assim eu gostaria de ir — disse Ty. — Você também pode ir se quiser.

— Não quero ir para a Scholomance — respondeu Livvy. — É no meio das montanhas dos Cárpatos. É um gelo lá, e tem ursos.

O rosto de Ty se alegrou com a menção a animais.

— Tem ursos?

— Chega de bate-papo — disse Diana. — Quando a Scholomance foi reaberta?

Cristina, que estava no assentou mais perto da janela, levantou a mão para interromper.

— Tem alguém vindo na trilha para a casa — falou a garota. — Muitos alguéns, na verdade.

Emma olhou novamente para Jules. Raramente alguém visitava o Instituto de surpresa. Poucas pessoas fariam isso, e mesmo a maioria dos membros do Conclave marcaria um horário com Arthur. Mas, pensando bem, talvez alguém tivesse hora marcada com Arthur. No entanto, pela expressão no olhar de Julian, se esse fosse o caso, ele não sabia de nada.

Cristina, que tinha se levantado, respirou fundo.

— Por favor — pediu. — Venham ver.

Todos correram para uma janela comprida que percorria a parede principal da sala. A janela em si tinha vista para a frente do Instituto e para a trilha sinuosa que levava das portas à rodovia que os separava da praia e do mar. O céu acima deles era azul e sem nuvens. A luz do sol se refletia nas rédeas prateadas de três cavalos, cada qual com um cavaleiro silencioso sentado nas costas nuas.

— *Hadas* — disse Cristina, a palavra soando em uma batida *staccato* de espanto. — Fadas.

Era inegavelmente esse o caso. O primeiro cavalo era preto, e o cavaleiro que o montava usava uma armadura negra que parecia de folhas queimadas. O segundo cavalo também era preto, e o cavaleiro vestia uma túnica de cor marfim. O terceiro cavalo era marrom, e a pessoa que o montava estava totalmente coberta por uma túnica com capuz cor de terra. Emma não sabia se era homem ou mulher, criança ou adulto.

— Então, primeiro, deixe passarem os cavalos pretos, e depois deixe passar o marrom — murmurou Jules, citando um velho poema de fadas. — Um de preto, um de marrom, um de branco... — continuou. — É uma delegação oficial. Das Cortes. — Julian olhou para o outro lado da sala, para Diana. — Eu não sabia que Arthur tinha uma reunião com uma delegação do Reino das Fadas. Acha que ele avisou à Clave?

Ela balançou a cabeça, claramente intrigada.

— Não sei. Ele não contou nada para mim.

O corpo de Julian estava tenso como a corda de um arco; Emma podia sentir a tensão irradiando dele. Uma delegação do Reino das Fadas era uma coisa rara e séria. Era preciso uma permissão da Clave antes que qualquer reunião pudesse ser marcada. Mesmo para um chefe de Instituto.

— Diana, tenho que ir — disse ele.

Franzindo o rosto, Diana batucou com a estela em uma mão, em seguida, fez que sim com a cabeça.

— Tudo bem. Pode ir.

— Eu vou com você. — Emma deslizou do assento na janela.

Julian, que já estava se dirigindo à porta, parou e virou.

— Não — falou. — Tudo bem. Eu cuido disso.

Ele saiu da sala. Por um instante, Emma não se mexeu.

Normalmente se Julian dizia que não precisava dela ou que tinha que fazer alguma coisa sozinho, ela nem pensava no assunto. Às vezes, eventos necessitavam de separação.

Mas a noite anterior tinha solidificado a sensação de desconforto nela. Emma não sabia o que estava acontecendo com Jules. Não sabia se ele não a queria com ele, ou se queria, mas estava com raiva dela, ou de si mesmo, ou de ambos.

Ela só sabia que o Povo das Fadas era perigoso, e que Julian não iria encará-lo sozinho de jeito nenhum.

— Eu vou — insistiu ela, e foi para a porta. Parou e pegou Cortana, que estava ali pendurada.

— Emma — disse Diana, com a voz tensa. — Cuidado.

Na última vez em que fadas estiveram no Instituto, ajudaram Sebastian Morgenstern a arrancar a alma do corpo do pai de Julian. Tinham levado Mark.

Emma levara Tavvy e Dru para um local seguro. Ajudou a salvar as vidas dos irmãos mais novos de Julian. Eles escaparam por pouco.

Mas naquele momento Emma não tinha anos de treinamento. Não tinha matado um único demônio por conta própria, não aos 12 anos. Não tinha passado anos treinando para lutar, matar e defender.

Não ficaria para trás agora... de jeito nenhum.

Fadas.

Julian correu pelo corredor até o quarto, com a mente girando.

Fadas na entrada do Instituto. Três cavalos: dois pretos, um marrom. Uma delegação de uma Corte de Fadas, apesar de Julian não saber se era Seelie ou Unseelie. Não pareciam trazer qualquer bandeira.

Iam querer conversar. Se tinha uma coisa em que as fadas eram boas, essa coisa era ludibriar humanos. Até mesmo Caçadores de Sombras. Eles conseguiam fazer a verdade emergir de uma mentira, e enxergar a mentira no coração de uma verdade.

Ele pegou o casaco que tinha usado no dia anterior. Ali estava, no bolso interno. O frasco que Malcolm havia lhe dado. Não imaginou que fosse precisar dele tão cedo. Torcia para que...

Bem, o que ele torcia não importava. Pensou em Emma, brevemente, e no caos de esperanças estilhaçadas que ela representava. Mas agora não era hora de pensar nisso. Agarrando o frasco, Julian saiu correndo outra vez. Ele chegou ao fim do corredor e abriu a porta do sótão. Subiu os degraus e irrompeu no escritório do tio.

Tio Arthur estava sentado à mesa, vestindo uma camiseta ligeiramente esfarrapada, jeans e sapatos. Os cabelos castanhos e grisalhos batiam quase no ombro. Ele estava comparando dois livros enormes, murmurando e fazendo anotações.

— Tio Arthur. — Julian se aproximou da mesa. — Tio Arthur!

Tio Arthur fez um gesto para que Julian se calasse.

— Estou no meio de uma coisa importante. Uma coisa muito importante, Andrew.

— Sou Julian — respondeu o menino automaticamente. Chegou por trás do tio e fechou os dois livros. Arthur o olhou surpreso, os desbotados olhos azul-esverdeados se arregalaram. — Tem uma delegação aqui. Das Fadas. Você sabia que estavam vindo?

Arthur pareceu se encolher.

— Sim — respondeu. — Mandaram mensagens, tantas mensagens. — Ele balançou a cabeça. — Mas por quê? É proibido. Fadas, elas... elas não podem falar conosco agora.

Julian rezou silenciosamente por paciência.

— As mensagens, onde estão as mensagens?

— Foram escritas em folhas — respondeu Arthur. — Esmigalharam. Como tudo que as fadas tocam esmigalha, seca e morre.

— Mas o que as mensagens *diziam*?

— Insistiram. Em marcar uma reunião.

Julian respirou fundo.

— Você sabe *sobre* o que é a reunião, tio Arthur?

— Com certeza disseram nas cartas... — respondeu tio Arthur, nervoso. — Mas não lembro. — E olhou para Julian. — Talvez Nerissa saiba.

Julian ficou tenso. Nerissa era a mãe de Mark e Helen. Julian sabia pouco sobre ela; uma princesa da nobreza, ela era linda, segundo as histórias de Helen, e implacável. Já tinha morrido há muitos anos, e, em seus dias bons, Arthur sabia disso.

Ele tinha dias variados: alguns quietos, em que sentava em silêncio, sem responder a perguntas, e os dias sombrios, em que ficava irritado, deprimido, e frequentemente cruel. Falar sobre os mortos não significava um dia sombrio ou quieto, mas do pior tipo, um dia caótico, um dia em que Arthur não faria nada do que Julian esperava — quando podia explodir de raiva ou se encolher chorando. Um dia que trazia o gosto amargo do pânico ao fundo da garganta de Julian.

O tio de Julian nem sempre foi assim. Julian se lembrava dele como um homem quieto, quase silencioso, uma figura de sombras raramente presente em eventos de família. Foi uma presença suficientemente articulada no Salão dos Acordos quando se pronunciou para comunicar que aceitaria dirigir o Instituto. Ninguém que não o conhecia muito, muito bem saberia que havia algo de errado.

Julian sabia que seu pai e Arthur tinham sido prisioneiros no Reino das Fadas. E que Andrew tinha se apaixonado por Lady Nerissa e tido dois filhos com ela: Mark e Helen. Mas o que aconteceu com Arthur ao longo daqueles anos era um mistério. Sua loucura, como a Clave chamaria, na opinião de Julian, tinha sido causada pelas fadas. Se não destruíram sua sanidade, plantaram a semente da destruição. Fizeram da sua mente um castelo frágil, de modo que anos mais tarde, quando o Instituto de Londres foi atacado e Arthur ferido, a mente estilhaçou como vidro.

Julian colocou a mão sobre a de Arthur. A mão de seu tio era magra e ossuda; parecia a mão de um homem muito mais velho.

— Queria que você não tivesse que ir à reunião. Mas vão desconfiar se você não aparecer.

Arthur tirou os óculos da face e esfregou a ponte do nariz.

— Minha monografia...

— Eu sei — disse Julian. — É importante. Mas isso também é importante. Não só para a Paz Fria, mas para nós. Para Helen. Para Mark.

— Você se lembra de Mark? — perguntou Arthur. Tinha olhos mais brilhantes sem os óculos. — Faz tanto tempo.

— Nem tanto, tio — retrucou Julian. — Me lembro perfeitamente dele.

— Realmente parece que foi ontem. — Arthur estremeceu. — Eu me lembro dos guerreiros do Povo das Fadas. Entraram no Instituto de Londres com as armaduras cobertas de sangue. Tanto sangue, como se estivessem vindo das linhas de Acádia quando Zeus fez chover sangue. — Sua mão, que segurava os óculos, tremeu. — Não aguento vê-los.

— Tem que ir — disse Julian. Pensou em tudo que não estava sendo dito: que ele próprio era apenas uma criança durante a Guerra Maligna, que tinha visto fadas chacinando crianças, ouviu os gritos da Caçada Selvagem. Mas não falou nada. — Tio, você tem que ir.

— Se eu tivesse minha medicação... — falou Arthur com voz fraca. — Mas acabou enquanto você esteve fora.

— Eu tenho. — Julian tirou o frasco do bolso. — Você devia ter pedido mais a Malcolm.

— Não me lembrei. — Arthur deslizou os óculos de volta para o nariz, observando enquanto Julian despejava o conteúdo do frasco no copo de água sobre a mesa. — Como encontrá-lo... em quem confiar.

— Pode confiar em mim — disse Julian, quase engasgando com as palavras ao estender o copo para o tio. — Aqui. Você sabe como são as fadas. Elas se alimentam do desconforto humano e tiram vantagem disso. Isso vai ajudar a mantê-lo calmo, mesmo que tentem os truques delas.

— Sim. — Arthur olhou para o copo, meio faminto e meio temeroso.

O conteúdo o afetaria por uma hora, talvez menos. Depois, ele teria uma dor de cabeça violentíssima, que talvez o deixasse de cama por dias. Era por isso que Julian ministrava raras doses: os efeitos colaterais quase nunca valiam a pena, mas valeria agora. Era preciso.

Tio Arthur hesitou. Lentamente levantou o copo até a boca, entornou a água e engoliu devagar.

O efeito foi instantâneo. De repente, tudo em Arthur pareceu aguçar, se tornar mais afiado, claro, preciso, como um esboço que cuidadosamente evoluiu para um desenho. Levantou-se e alcançou o casaco pendurado em um cabide perto da mesa.

— Me ajude a encontrar roupas para trocar, Julian — pediu. — Temos que estar apresentáveis no Santuário.

Todo Instituto tinha um Santuário.

Sempre foi assim. O Instituto era uma mistura de prefeitura com residência, um lugar ao qual Caçadores de Sombras e membros do Submundo iam para se encontrar com o responsável pelo Instituto. O líder era o representante local da Clave. Em todo o sul da Califórnia, não havia Caçador de Sombras mais importante que o diretor do Instituto de Los Angeles. E o local mais seguro para encontrá-lo era o Santuário, onde vampiros não precisavam temer o território santificado e todos do Submundo estavam protegidos por juramentos.

O Santuário tinha dois pares de portas. Um levava ao lado de fora e podia ser ultrapassado por qualquer um, que, em seguida, estaria dentro de uma enorme sala de pedra. O outro ligava o interior do Instituto ao Santuário. Só podia ser utilizado por Caçadores de Sombras. Como as portas da frente do Instituto, as do lado de dentro do Santuário só se abriam para os que tinham sangue de Caçador de Sombras.

Emma tinha parado à base da escada para olhar pela janela, para a delegação do Povo das Fadas. Viu os cavalos, sem ninguém montando, esperando perto da escada. Se aquela comitiva tinha experiência com Caçadores de Sombras, o que era bem provável, então já estavam dentro do Santuário.

As portas internas do Santuário ficavam no fim de um corredor que começava na entrada principal do Instituto. Eram feitas de metal cúprico, que há muito tinha ficado verde com azinhavre; símbolos de proteção e de boas-vindas se entrelaçavam ao redor da moldura das portas, como videiras.

Emma podia ouvir as vozes do outro lado: vozes desconhecidas, uma clara feito água, outra afiada feito um galho estalando sob seu pé. Ela apertou a mão em torno de Cortana e empurrou as portas.

O Santuário era construído em formato de lua crescente, diante das montanhas — os desfiladeiros com sombras, as pinceladas verdes e prateadas pela paisagem. As montanhas bloqueavam o sol, mas o recinto estava iluminado, graças ao lustre pendurado no teto. Luz batia nos vitrais e iluminava o piso xadrez, alternando quadrados de madeira mais escura e mais clara. Quem subisse no lustre e olhasse para baixo, veria a forma do símbolo de Poder Angelical.

Não que Emma fosse admitir que já tinha feito isso. Apesar de que era possível ter uma excelente visão da enorme cadeira de pedra do diretor do Instituto por esse ângulo.

No centro do recinto, encontravam-se as fadas. Eram apenas duas: o cavaleiro fada de traje branco e o de armadura preta. O cavaleiro marrom não estava em lugar algum. Nenhuma das faces era visível. Ela conseguia ver as pontas dos dedos de mãos longas e pálidas se estendendo além das mangas, mas não sabia se eram mãos femininas ou masculinas.

Emma conseguia sentir um poder selvagem e inflexível irradiando deles, aquela coisa meio vaporosa do outro mundo. Uma sensação como a umidade fria da terra molhada tocou sua pele, trazendo o aroma de raízes, folhas e flores de jacarandá.

A fada de preto riu e tirou o próprio capuz. Emma levou um susto. Pele da cor de folhas verde-escuras, garras nas mãos e olhos amarelos de coruja. O cavaleiro fada usava uma capa, bordada com uma estampa de sorva.

Foi ele que Emma tinha visto no Sepulcro na noite anterior.

— Encontramo-nos novamente, minha bela — disse ele, e sua boca, que parecia um corte no tronco de uma árvore, sorriu. — Sou Iarlath, da Corte Unseelie. Meu companheiro de branco é Kieran, da Caçada. Kieran, tire o capuz.

O cavaleiro fada de branco ergueu as mãos esguias, cada qual com unhas quase transparentes e quadradas. Pegou as pontas do capuz e o retirou com um gesto imperioso, quase rebelde.

Emma suprimiu um engasgo. Ele era lindo. Não como Julian era lindo ou Cristina — de um jeito humano —, mas como a ponta dura e afiada de Cortana. Ele parecia tão jovem, não mais que 16 ou 17 anos, apesar de ela imaginar que ele fosse mais velho que isso. Cabelo escuro, com um leve brilho azul, emoldurava um rosto esculpido. A túnica clara e as calças estavam desbotadas e gastas; outrora foram elegantes, mas agora as mangas e bainhas eram um pouco curtas para aquele corpo ágil e gracioso. Os olhos espaçados eram bicolores: o esquerdo era preto, e o direito, prateado. Ele usava gastas manoplas brancas que o proclamavam um príncipe das Fadas, mas seus olhos — os olhos diziam que era parte da Caçada Selvagem.

— Isso é por causa da outra noite? — disse Emma, olhando de Iarlath para Kieran. — No Sepulcro?

— Em parte — anuiu Iarlath. Sua voz soava como galhos estalando ao vento. Como as profundezas escuras das florestas de contos de fada, onde apenas monstros viviam. Emma ficou pensando por que não tinha notado aquilo no bar.

— Esta é a garota? — A voz de Kieran era muito diferente: soava como ondas batendo na costa. Como água morna sob a luz clara. Era sedutora, com uma pitada de frieza. Ele olhava para Emma como se a garota fosse uma nova espécie de flor, que ele não tinha certeza se gostava. — Ela é bonita — falou. — Não achei que ela fosse ser bonita. Você não mencionou isso.

Iarlath deu de ombros.

— Você sempre teve uma queda por louras — observou.

— Tá, sério? — Emma estalou os dedos. — Eu estou *bem aqui*. E não sabia que fui convidada para um jogo de "Quem É Mais Gato"?

— Eu não sabia que tinha sido convidada para nada — disse Kieran. Sua fala tinha um tom casual, como se ele estivesse acostumado a conversar com humanos.

— Grosso — respondeu Emma. — Esta é a minha casa. E o que vocês estão fazendo aqui, aliás? Vieram dizer que ele — apontou para Iarlath — não é responsável pelo assassinato no Sepulcro? Porque isso me parece um esforço grande demais só para dizer que não foi.

— Claro que não fui eu. — Iarlath se irritou. — Não seja ridícula.

Em qualquer outro contexto Emma teria desconsiderado o comentário. Mas fadas não podiam mentir. Não fadas de puro sangue, pelo menos. Quem era metade fada, como Mark e Helen, podia falar inverdades, mas mestiços eram raros.

Emma cruzou os braços.

— Repita comigo: eu não matei a vítima da qual você está falando, Emma Carstairs — disse ela. — Para eu saber que é verdade.

Os olhos amarelos de Iarlath se fixaram em Emma com desgosto.

— Eu não matei a vítima da qual você está falando, Emma Carstairs.

— Então o que estão fazendo aqui? — Emma quis saber. — Ah, isso é uma daquelas conexões perdidas? Nos conhecemos naquela noite, você sentiu alguma coisa? Desculpe, mas não namoro árvores.

— Não sou uma árvore. — Iarlath parecia irritado, seu tronco descascando de leve.

— Emma — disse uma voz em tom de alerta na entrada.

Para enorme surpresa de Emma, era Arthur Blackthorn. Ele estava na entrada do Santuário, trajando um terno escuro sombrio, os cabelos cuidadosamente penteados para trás. A visão a espantou; fazia tempo que ela não o via vestindo outra coisa além de um robe maltrapilho sobre jeans manchados de café.

Ao seu lado estava Julian, os cabelos castanhos emaranhados. Ela examinou o rosto dele atrás de sinais de raiva, mas não captou nada; ele parecia alguém que tinha acabado de correr uma maratona, na verdade, e estava se segurando para não sucumbir ao cansaço e ao alívio.

— Peço desculpas pelo comportamento de minha tutelada — disse Arthur, entrando no salão. — Apesar de não ser proibido querelar no Santuário, é contra o espírito do local. — Ele se sentou na enorme cadeira de pedra. — Sou Arthur Blackthorn. Este é meu sobrinho, Julian Blackthorn. — Julian, que se colocara ao lado do assento de Arthur, inclinou a cabeça quando Iarlath e Kieran se apresentaram. — Agora, digam-nos o que fazem aqui.

As fadas trocaram olhares.

— Como assim? — disse Kieran — Não vai falar nada sobre a Paz Fria ou sobre essa visita transgredir a sua Lei?

— Meu tio não administra a Paz Fria — respondeu Julian. — E não é isso que desejamos discutir. Vocês conhecem as regras tão bem quanto nós; se escolheram violá-las, deve haver uma razão importante. Se não quiserem compartilhar a informação, meu tio vai pedir que se retirem.

Kieran tinha um ar arrogante.

— Muito bem — falou. — Viemos pedir um favor.

— Um *favor*? — respondeu Emma espantada.

O texto da Paz Fria era claro: Caçadores de Sombras não deveriam prestar assistência às Cortes Seelie e Unseelie. Os representantes das Cortes não apareceram para assinar o tratado dos Nephilim; fizeram pouco-caso, e esse era o castigo.

— Talvez vocês tenham se confundido — respondeu Arthur friamente. — Podem ter ouvido falar sobre minha sobrinha e meu sobrinho; podem achar que, como nossos parentes Mark e Helen têm sangue de fada, encontrarão mais boa vontade aqui do que encontrariam em outro Instituto. Mas minha sobrinha foi mandada para longe por causa da Paz Fria e meu sobrinho, roubado de nós.

O lábio de Kieran se curvou no canto.

— O exílio de sua sobrinha foi um decreto Nephilim, e não das fadas — falou o cavaleiro fada. — Quanto ao seu sobrinho...

Arthur respirou fundo, trêmulo. Estava agarrando os braços da cadeira com as mãos.

— A Consulesa foi forçada a isso, por conta da traição da Rainha Seelie. Guerreiros Unseelie lutaram ao lado dela. Todas as mãos de fadas estão sujas de sangue. Não somos muito receptivos a fadas aqui.

— Não foi a Paz Fria que tirou Mark de nós — argumentou Julian, com as bochechas ardendo em cor. — Foram vocês. A Caçada Selvagem. Está nos seus olhos que você cavalga com Gwyn, não negue.

— Ah — disse Kieran com um singelo sorriso nos lábios —, eu não negaria isso.

Emma ficou imaginando se mais alguém teria escutado Julian respirar fundo.

— Então você conhece meu irmão.

O sorriso não deixou os lábios de Kieran.

— Claro que conheço.

Julian parecia estar se segurando com toda força.

— *O que você sabe sobre Mark?*

— Que falsa surpresa é essa? — perguntou Iarlath. — É tolice. Falamos sobre Mark da Caçada na carta que enviamos.

Emma viu o olhar no rosto de Julian, uma ponta de choque. Ela deu um passo à frente rapidamente, não querendo que ele tivesse que ser o encarregado de perguntar.

— Que carta? — quis saber.

— Estava escrita em uma folha — respondeu Arthur. — Uma folha que se desfez. — Ele estava suando; pegou o lenço do bolso do peito e enxugou a testa. — Continha palavras sobre matanças. Sobre Mark. Não acreditei que fosse real. Eu...

Julian se adiantou um passo, praticamente bloqueando o tio de vista.

— Matanças?

Kieran olhou para Julian, e seus olhos bicolores escureceram. Emma sentiu a incômoda sensação de que Kieran achava que sabia alguma coisa sobre seu *parabatai*, algo que ela própria não sabia.

— Você sabe sobre os assassinatos — anunciou Kieran. — Emma Carstairs encontrou um dos corpos na outra noite. Sabemos que vocês sabem que houve outros.

— Por que se importa? — perguntou Julian. — Fadas não costumam se envolver no derramamento de sangue do mundo humano.

— Costumamos se o sangue derramado for de fada — respondeu Kieran. Ele olhou em volta para as expressões surpresas dos outros. — Quem quer que seja o assassino, também está matando e mutilando fadas. Por isso Iarlath estava no Sepulcro na outra noite. Por isso Emma Carstairs o encontrou. Vocês estavam caçando o mesmo assassino.

Iarlath alcançou a própria capa e sacou um punhado de mica brilhante. Jogou para o ar, onde as partículas pairaram e se separaram, amalgamando-se em imagens em três dimensões. Imagens de corpos, corpos de fadas — alguns de aparência muito humana, todos mortos. Todos exibiam a pele talhada com as marcas pontudas que adornavam o corpo que Emma e Cristina encontraram no beco.

Emma se flagrou inclinando-se para a frente inconscientemente, tentando enxergar melhor a ilusão.

— O que são essas coisas? Fotos mágicas?

— Lembranças, preservadas com magia — explicou Iarlath.

— Ilusões — disse Julian. — Ilusões podem mentir.

Iarlath virou a mão para o lado, e as imagens mudaram. De repente, Emma estava olhando para o morto que encontrou no beco há três noites. Era uma imagem exata, incluindo até a expressão contorcida de horror na face dele.

— É mentira?

Emma olhou fixamente para Iarlath

— Você o viu — disse Emma. — Você o encontrou antes de mim. Supus que sim.

Iarlath fechou a mão, e os pedaços brilhantes de mica caíram no chão como gotas de chuva; a ilusão desapareceu.

— Vi. Ele já estava morto. Eu não poderia ter feito nada. Deixei-o para que você o encontrasse.

Emma não disse nada. Pela imagem, ficou bem claro que Iarlath falava a verdade.

E fadas não mentiam.

— Caçadores de Sombras também foram mortos, nós sabemos — emendou Kieran.

— Caçadores de Sombras são mortos com frequência — disse o tio Arthur. — Não existe lugar seguro.

— Não — retrucou Kieran. — Há proteção onde há protetores.

— Meus pais — disse Emma, ignorando Julian, que estava balançando a cabeça atrás dela, como se quisesse dizer, *não diga a eles, não compartilhe, não dê nada a eles*. Ela sabia que ele provavelmente estava certo; era da natureza das fadas pegar seus segredos e usá-los contra você. Mas, se houvesse a chance, a menor das chances, de que soubessem de alguma coisa... — Os corpos deles foram encontrados com as mesmas marcas, há cinco anos. Quando os Caçadores de Sombras tentaram levá-los, eles se desfizeram em cinzas. Só sabemos das marcas porque os Nephilim, fotografaram antes.

Kieran a observou com olhos brilhantes. Nenhum dos dois parecia humano: o preto era escuro demais, o prateado, muito metálico. Mesmo assim, o efeito geral era assombroso, desumanamente lindo.

— Sabemos sobre seus pais — falou ele. — Sabemos sobre a morte deles. Sabemos sobre a língua demoníaca com a qual os corpos foram marcados.

— Mutilados — disse Emma, com a respiração falhando, e sentiu o olhar de Julian, um lembrete de que ele estava lá, um apoio silencioso. — Desfigurados. E não *marcados*.

A expressão de Kieran não mudou.

— Também sabemos que você passou anos tentando traduzir ou entender as marcas nos corpos, sem sucesso. Podemos ajudá-la a mudar isso.

— O que está dizendo, exatamente? — perguntou Julian. Seus olhos estavam resguardados; toda a postura dele estava. A tensão no corpo de Julian impediu que Emma disparasse perguntas.

— Os acadêmicos da Corte Unseelie estudaram as marcas — explicou Iarlath. — Parece uma língua de um tempo antigo do Reino das Fadas. Um tempo que em muito precede sua memória humana. Antes de existirem os Nephilim.

— Quando as fadas eram mais próximas de seus ancestrais demoníacos — completou Arthur, rouco.

Os lábios de Kieran se curvaram como se Arthur tivesse dito alguma coisa de mau gosto.

— Nossos acadêmicos começaram a traduzir — revelou Kieran.

Puxou do bolso da capa uma folha de papel fina como um pergaminho. Nele Emma reconheceu as marcas com as quais estava tão familiarizada. As que os corpos sem vida de seus pais traziam. Abaixo das marcas havia palavras escritas com uma letra elegante.

O coração de Emma acelerou.

— Traduziram a primeira linha — explicou ele. — Parece ser parte de um feitiço. Aí o nosso conhecimento é falho, o Povo das Fadas não lida com feitiços; isso é território dos feiticeiros...

— Traduziram a primeira linha? — Emma disparou. — O que diz?

— Vamos contar — disse Iarlath. — E lhe daremos o trabalho que nossos acadêmicos realizaram até o momento se concordarem com nossos termos.

Julian os encarou com olhos cerrados.

— Por que traduziriam apenas a primeira linha? — perguntou o garoto. — Por que não fizeram tudo?

— Mal os acadêmicos concluíram o significado da primeira linha, e o Rei Unseelie os proibiu de continuar — disse Kieran. — A magia deste feitiço é sombria, de origem demoníaca. Ele não queria que fosse despertado no Reino das Fadas.

— Você podia ter continuado com o trabalho — argumentou Emma.

— Todas as fadas são proibidas pelo Rei de tocarem essas palavras. — Iarlath se irritou. — Mas isso não quer dizer que nosso envolvimento acabe. Acreditamos que este texto, estas marcas, podem ajudar a levá-los ao assassino, uma vez que sejam compreendidos.

— E você quer que a gente traduza o restante das marcas? — perguntou Julian. — Utilizando a linha que conseguiram como chave?

— Mais do que isso — disse Iarlath. — A tradução é apenas o primeiro passo. Ela os levará ao assassino. Uma vez que encontrem essa pessoa, vocês a entregarão ao Rei Unseelie para que seja julgada pelo assassinato das fadas, e para que receba a justiça.

— Quer que a gente conduza uma investigação em seu nome? — Julian se revoltou. — Somos *Caçadores de Sombras*. Somos jurados pela Paz Fria, assim como vocês. Somos proibidos de ajudar as fadas, proibidos até mesmo de recebê-las aqui. Sabe o que estaríamos arriscando. Como ousam pedir?

Havia raiva na voz de Julian — uma raiva desproporcional à sugestão, mas Emma não podia culpá-lo. Ela sabia o que ele enxergava quando olhava para fadas, principalmente fadas com os olhos quebrados da Caçada Selvagem. Ele via os restos frios da Ilha Wrangel. Ele via o quarto vazio no Instituto, onde Mark não dormia mais.

— Não é uma investigação só deles — falou Emma em voz baixa. — Também é minha. Isso tem a ver com meus pais.

— Eu sei — retrucou Julian, e a raiva desapareceu. Em vez disso tinha dor na voz. — Mas não assim, Emma...

— Por que vir até aqui? — interrompeu Arthur, parecendo sentir dor, com o rosto cinza. — Por que não procuraram um feiticeiro?

O belo rosto de Kieran se contorceu.

— Não podemos consultar um feiticeiro — explicou. — Nenhum dos filhos de Lillith fala conosco. A Paz Fria nos isolou do resto dos membros do Submundo. Mas vocês podem visitar o Alto Feiticeiro Malcolm Fade, ou o próprio Magnus Bane, e pedir que tirem suas dúvidas. Nós estamos presos, mas *vocês*... — disse a palavra com desdém. — Vocês são livres.

— Esta foi a família errada a procurar — disse Arthur. — Estão pedindo que violemos a Lei por vocês, como se tivéssemos alguma estima especial pelo Povo das Fadas. Mas os Blackthorn não se esqueceram do que tiraram deles.

— Não — disse Emma. — Precisamos desse papel, precisamos...

— Emma. — A expressão de Arthur era afiada. — Basta.

Emma abaixou o olhar, mas seu sangue chiava pelas veias, uma melodia de rebeldia determinada. Se as fadas saíssem e levassem consigo o papel, ela acharia um jeito de encontrá-los para obter a informação, para descobrir o que precisava descobrir. De algum jeito. Mesmo que o Instituto não pudesse se arriscar, ela podia.

Iarlath olhou para Arthur.

— Eu não acredito que queira tomar uma decisão tão precipitada.

A mandíbula de Arthur enrijeceu.

— Por que me questiona, vizinho?

Os Bons Vizinhos. Um termo antigo, muito antigo para as fadas. Foi Kieran quem respondeu:

— Por que temos uma coisa que desejam acima de tudo. E, se nos ajudarem, estamos dispostos a lhes dar o que querem.

Julian empalideceu. Emma, encarando-o, por um instante se prendeu demais à reação dele para perceber o que estavam implicando. Ao perceber, seu coração bateu descompassado no peito.

— O quê? — sussurrou Julian. — O que vocês têm que nós queremos?

— Ora, pois — disse Kieran. — O que acha?

A porta do Santuário, a que levava ao lado de fora do Instituto, se abriu e o cavaleiro fada marrom entrou. Ele se movia com graça e silêncio, sem hesitação ou trepidação — sem qualquer característica humana em seus movimentos. Ao chegar ao desenho do símbolo angelical no chão, parou. O recinto estava em total silêncio quando ele ergueu as mãos para o capuz e, pela primeira vez, hesitou.

Suas mãos eram humanas, com dedos compridos e pele morena clara. Familiares.

Emma não estava respirando. Não conseguia respirar. Julian parecia estar em um sonho. O rosto de Arthur estava pálido, confuso.

— Tire o capuz, menino — disse Iarlath. — Mostre seu rosto.

As mãos familiares fecharam em torno do capuz e o puxaram. Primeiro, puxaram, depois, arrancaram dos ombros, como se o material fosse desagradável. Emma viu o lampejo de um corpo comprido e ágil, cabelos claros, mãos finas, enquanto a capa era arrancada e caía no chão em uma poça escura.

Um menino se encontrava no centro do símbolo, arfando. Um menino que parecia ter cerca de 17 anos, com cabelos claros que se curvavam como videiras de acantos, emaranhados em gravetos, na altura dos ombros. Seus olhos traziam a dualidade da Caçada Selvagem: duas cores — dourado e azul dos Blackthorn. Os pés estavam descalços, pretos de sujeira, as roupas rasgadas e maltrapilhas.

Uma onda de tontura atravessou Emma, com uma terrível mistura de horror, alívio e assombro. Julian estava rijo, como se tivesse recebido um choque elétrico. Ela viu o leve endurecer da boca, a contração no músculo da bochecha. Ele não abriu a boca; foi Arthur quem falou, levantando-se um pouco da cadeira, com a voz falha e incerta:

— *Mark?*

Os olhos de Mark se arregalaram em confusão. Ele abriu a boca para responder. Iarlath girou para ele:

— Mark Blackthorn da Caçada Selvagem — disparou. — Não fale até receber permissão para falar.

Os lábios de Mark se fecharam. O rosto ficou imóvel.

— E, você — disse Kieran, levantando a mão quando Julian começou a avançar. — Fique onde está.

— O que fizeram com ele? — Os olhos de Julian brilharam. — *O que fizeram com o meu irmão?*

— Mark pertence à Caçada Selvagem — disse Iarlath. — Se escolhermos libertá-lo, será sob nossa fiança.

Arthur se sentou novamente na cadeira. Piscava os olhos como uma coruja, e olhava de Mark para o anfitrião das fadas e para Mark outra vez. A cor cinza tinha voltado ao seu rosto.

— Os mortos se levantam, e os perdidos retornam — declarou Arthur. — Deveríamos erguer bandeiras azuis do alto das torres.

Kieran pareceu friamente confuso.

— Por que ele diz isso?

Julian olhou de Arthur para Mark e para as outras duas fadas.

— Ele está em choque — disse o garoto. — Com a saúde frágil; desde a guerra.

— É de um antigo poema dos Caçadores de Sombras — explicou Emma. — Fico surpresa por você não conhecer.

— Poemas contêm muita verdade — disse Iarlath, e havia humor em sua voz, mas um humor amargo. Emma ficou imaginando se ele estaria rindo deles ou de si mesmo.

Julian encarava Mark, com um olhar de absoluto choque e saudade.

— Mark? — chamou.

Mark não levantou o olhar.

Julian parecia ter sido perfurado por parafusos de elfos, as flechas astutas que penetravam a pele e soltavam um veneno mortal. Qualquer raiva que Emma tivesse sentido dele por conta da noite anterior evaporou. O olhar em seu rosto era como lâminas de faca em seu coração.

— Mark — repetiu, e, depois, a meia voz —, por quê? Por que ele não pode falar comigo?

— Ele foi proibido por Gwyn de falar até nosso acordo ser selado — disse Kieran. Ele encarou Mark, e havia algo frio em sua expressão. Ódio? Inveja? Ele odiava Mark por ser meio humano? Será que todos eles o odiavam? Como teriam demonstrado seu ódio por todos aqueles anos, quando Mark estava à mercê deles?

Emma podia sentir a força com que Julian estava se segurando para não correr para o irmão. Ela falou por ele.

— Então Mark é sua moeda de troca.

Ódio passou pelo rosto de Kieran, súbito e intenso.

— Por que precisa verbalizar o óbvio? Por que todos os humanos precisam fazer isso? Menina tola...

Julian mudou; sua atenção se desviou de Mark, a espinha estreitando e a voz enrijecendo. Ele soou calmo, mas Emma, que o conhecia tão bem, podia ouvir a frieza em sua voz.

— Emma é minha *parabatai* — falou Julian. — Se voltar a falar com ela deste jeito, haverá sangue no chão do Santuário, e eu não me importo se me condenarem à morte por isso.

Os olhos lindos e estranhos de Kieran brilharam.

— Vocês, Nephilim, são leais a seus parceiros de escolha, reconheço isso. — Acenou com um gesto de indiferença. — Suponho que Mark seja nossa moeda de troca, como colocou, mas não se esqueçam de que é culpa dos Nephilim o fato de precisarmos de uma. Houve um tempo em que os Caçadores de Sombras teriam investigado as mortes dos nossos por acreditarem em sua missão de proteger, mais do que no ódio que sentiam.

— Houve um tempo em que o Povo das Fadas teriam devolvido livremente um dos nossos — disse Arthur. — A dor da perda é uma via de mão dupla, assim como a perda de confiança.

— Bem, terão que confiar em nós — disse Kieran. — Vocês não têm mais ninguém. Têm?

Fez-se um longo silêncio. O olhar de Julian voltou para o irmão, e naquele momento Emma odiou as fadas, pois ao deterem Mark, detinham também o coração humano e frágil de Julian.

— Então você quer que a gente descubra quem é o responsável por essas mortes? — insistiu ela. — Quer conter os assassinatos de fadas e humanos. E em troca nos dará Mark se formos bem-sucedidos?

— A Corte está preparada para ser muito mais generosa — disse Kieran. — Daremos Mark agora. Ele vai ajudá-los na investigação. E, quando a investigação acabar, ele pode escolher se fica com vocês ou volta para a Caçada.

— Ele vai nos escolher — disse Julian friamente. — Somos a família dele.

Os olhos de Kieran brilharam.

— Eu não teria tanta certeza, jovem Caçador de Sombras. Os integrantes da Caçada são leais à Caçada.

— Ele não é da Caçada — disse Emma. — Ele é um Blackthorn.

— A mãe dele, Lady Nerissa, era fada — retrucou Kieran. — E ele cavalgou conosco, ceifou os mortos conosco, dominou o uso do arco elfo e da flecha. Ele é um guerreiro formidável para as fadas, mas não é como vocês. Não vai lutar como vocês. Ele não é Nephilim.

— É sim — garantiu Julian. — O sangue de Caçador das Sombras tem poder. A pele dele sustenta Marcas. Você conhece as leis.

Kieran não respondeu, apenas olhou para Arthur.

— Só o chefe do Instituto pode decidir isso. Deve permitir que seu tio fale livremente.

Emma olhou para Arthur; todos o fizeram. Arthur ficou mexendo nervoso, inquieto, no braço da cadeira.

— Vocês querem o jovem fada aqui para que ele possa transmitir informações sobre nós — disse, afinal, com a voz trêmula. — Ele será seu espião.

Jovem fada. E não Mark. Emma olhou para Mark, mas, se uma pontinha de dor passou por seu rosto duro, foi invisível.

— Se quiséssemos espioná-los, há maneiras mais fáceis — disse Kieran, em um tom frio de reprovação. — Não precisaríamos abrir mão de Mark, ele é um dos melhores guerreiros da Caçada. Gwyn sentirá muito a sua falta. Ele não será um espião.

Julian se afastou de Emma e se ajoelhou perto da cadeira do tio. Se inclinou e sussurrou para Arthur. Emma se esforçou para ouvir o que ele estava dizendo, mas só conseguiu identificar poucas palavras: "irmão", "investigação", "assassinato", "remédio" e "Clave".

Arthur ergueu uma mão trêmula, como se quisesse silenciar o sobrinho, e voltou-se para as fadas.

— Aceitaremos sua oferta — decidiu. — Com a condição de que não sejam traiçoeiros. Ao fim de nossa investigação, quando o assassino for capturado, Mark terá a livre escolha de ir ou ficar.

— Claro — disse Iarlath. — Contanto que o assassino seja claramente identificado. Queremos quem tem sangue nas mãos, não basta nos dizerem que "foi este ou aquele", ou "foram os vampiros". O assassino ou assassinos serão postos sob custódia da Corte. *Nós* faremos a nossa justiça.

Não se eu achar o assassino primeiro, Emma pensou. *Entregarei o cadáver a vocês, e é bom que isso seja o suficiente.*

— Primeiro vocês devem jurar — disse Julian, os olhos azul-esverdeados brilhantes e severos. — Digam "eu juro que, quando os termos do acordo forem cumpridos, Mark Blackthorn terá livre escolha quanto a querer fazer parte da Caçada ou voltar à vida de Nephilim".

A boca de Kieran enrijeceu.

— Eu juro que, quando os termos do acordo forem cumpridos, Mark Blackthorn terá livre escolha quanto a querer fazer parte da Caçada ou voltar à vida de Nephilim.

Mark estava sem expressão, sem se mexer, como esteve o tempo todo, como se não estivessem falando sobre ele, mas sobre outra pessoa. Ele parecia olhar através das paredes do Santuário, enxergando, talvez, os oceanos distantes, ou um lugar ainda mais longínquo.

— Então creio que temos um acordo — declarou Julian.

As duas fadas se entreolharam, e Kieran foi até Mark. Colocou suas mãos brancas sobre os ombros do garoto e lhe disse algo em uma língua gutural que Emma não entendeu — não era nada que Diana tivesse ensinado, não era a língua aguda e musical da Corte das fadas nem outro discurso mágico. Mark não se mexeu, e Kieran se afastou, sem demonstrar surpresa.

— Ele é seu, por enquanto — avisou, olhando para Arthur. — Vamos deixar o cavalo para ele. Eles se tornaram... ligados.

— Ele não poderá usar um cavalo — disse Julian, com a voz tensa. — Não em Los Angeles.

O sorriso de Kieran estava cheio de desdém.

— Acho que descobrirá que ele pode usar esse.

— Meu Deus! — Foi Arthur quem falou, gritando. Avançou, com as mãos na cabeça. — Está doendo...

Julian foi para perto do tio, esticando-se para agarrar o braço dele, mas Arthur o afastou, se levantando, com a respiração irregular.

— Tenho que me retirar — explicou. — Minha dor de cabeça. É insuportável.

Ele parecia terrivelmente mal, era verdade. A pele estava da cor de giz sujo, o colarinho, grudado na garganta pelo suor.

Nem Kieran nem Iarlath disseram nada. Nem Mark, que continuava balançando cegamente sobre os pés. As fadas observaram Arthur com uma curiosidade ávida nos olhos. Emma podia ler seus pensamentos. *O líder do Instituto de Los Angeles. É fraco, doente...*

As portas internas balançaram, e Diana entrou. Ela parecia calma e tranquila como sempre. Seu olhar sombrio assimilou a cena diante de si; seu olhar passou por Emma uma vez; havia raiva fria ali.

— Arthur — chamou. — Precisam de você lá em cima. Vá. Eu acompanho o grupo para discutir o acordo.

Há quanto tempo ela estava ouvindo a conversa? Emma ficou imaginando enquanto Arthur, parecendo desesperadamente grato, passou mancando por Diana em direção à porta. Diana era quieta feito um felino quando queria.

— Ele está morrendo? — perguntou Iarlath com alguma curiosidade, seu olhar acompanhando Arthur enquanto ele deixava o Santuário.

— Somos mortais — disse Emma. — Ficamos doentes, envelhecemos. Não somos como vocês. Mas isso não deveria ser nenhuma surpresa.

— Basta! — exclamou Diana. — Eu os acompanharei para fora do Santuário, mas antes, a tradução. — Ela estendeu uma mão esguia e escura.

Kieran entregou o papel quase transparente com um olhar torto. Diana o examinou.

— O que diz a primeira linha? — perguntou Emma, sem conseguir se conter.

Diana franziu o rosto.

— *Fogo para água* — falou ela. — O que isso significa?

Iarlath lançou-lhe um único olhar frio e se aproximou.

— É o trabalho de vocês descobrir.

Fogo para água? Emma pensou nos corpos dos pais, afogados e depois se desfazendo como cinzas. No corpo do homem no beco, queimado e depois molhado com a água do mar. Ela olhou para Julian, imaginando se a mente dele estava seguindo os mesmos caminhos; mas não, ele encarava o irmão, imóvel, como se estivesse congelado no lugar.

Ela estava se coçando para colocar as mãos no papel, mas ele estava dobrado no casaco de Diana, e esta guiava as duas fadas para a saída do Santuário.

— Vocês entendem que faremos esta investigação sem o conhecimento da Clave — disse ela, enquanto Iarlath a acompanhava. Kieran seguia atrás, de cara feia.

— Entendemos que temem seu governo, sim — comentou Iarlath. — Nós também os tememos, os arquitetos da Paz Fria.

Diana não mordeu a isca.

— Se precisarem entrar em contato durante a investigação, terão que ser cuidadosos.

— Só viremos ao Santuário, e vocês podem deixar mensagens para nós aqui — garantiu Kieran. — Se soubermos que falaram sobre nosso acordo fora destas paredes, principalmente com alguém que não seja Nephilim, ficaremos muito irritados. Mark também está sob ordens da Caçada para manter segredo. Verão que ele não vai desobedecer.

A luz do sol entrou no Santuário quando Diana abriu as portas. Emma sentiu uma onda de gratidão por sua tutora quando ela e as fadas desapareceram. Gratidão por poupar Arthur — e por poupar Julian de ter que fingir por mais um minuto que estava bem.

Pois Jules estava olhando para o irmão, finalmente, olhando *de fato* para ele, sem ninguém para ver ou julgar sua fraqueza. Sem ninguém para, no último instante, tirar Mark dele outra vez.

Mark levantou a cabeça lentamente. Estava magro como uma tábua, muito mais esguio e anguloso do que Emma se lembrava. Ele não parecia ter envelhecido tanto, mas sim se tornado mais definido, como se os ossos do queixo, bochecha e mandíbula tivessem sido refinados com ferramentas cuidadosas. Ele era esbelto, mas gracioso, assim como as fadas.

— Mark. — Julian arfou, e Emma pensou nos pesadelos dos quais Jules havia acordado ao longo dos anos, gritando pelo irmão, por *Mark*, e em como soava desesperado e perdido.

Ele estava pálido agora, mas seus olhos brilhavam como se estivesse olhando para um milagre, Emma pensou: as fadas não devolveram o que levaram.

Pelo menos, não sem mudanças.

Um calafrio de repente correu pelas veias de Emma, mas ela não emitiu nenhum ruído. Ela não se moveu quando Julian deu um passo em direção ao irmão, e mais um, então falou, com a voz falhando:

— Mark. Mark. Sou eu.

Mark olhou diretamente para o rosto de Julian. Havia alguma coisa em seus olhos bicolores; ambos eram azuis quando Emma o vira pela última vez, e a bifurcação parecia traduzir algo quebrado dentro dele, como um pedaço de cerâmica rachado na borda. Ele olhou para Julian — assimilando sua altura, os ombros largos e o corpo magro, os cabelos castanhos desgrenhados, os olhos Blackthorn — e, pela primeira vez, falou.

A voz soou rouca, áspera, arranhada, como se não a utilizasse há dias.

— Pai? — falou, e em seguida, quando Julian respirou fundo, assustado, os olhos de Mark reviraram e ele sucumbiu ao chão em um desmaio.

6

Muitos Bem Mais Sábios

O quarto de Mark estava cheio de pó.

Eles o deixaram intocado durante anos desde que ele desapareceu. Finalmente, naquele que teria sido seu décimo oitavo aniversário, Julian abriu a porta e limpou tudo em um impulso selvagem. As roupas de Mark, brinquedos, jogos, tudo foi para o depósito. O quarto estava despido e vazio, um espaço desabitado aguardando decoração.

Emma percorreu o recinto, abrindo as cortinas empoeiradas e as janelas, permitindo que a luz entrasse enquanto Julian, que tinha carregado o irmão pelas escadas, colocava Mark na cama.

As cobertas estavam puxadas, uma camada fina de poeira sobre a colcha. Uma nuvem subiu quando Mark foi colocado na cama; Mark tossiu, mas não se mexeu.

Emma ficou de costas para as janelas. Abertas, elas inundavam o quarto com luz e transformavam as partículas de poeira esvoaçantes em criaturas dançando.

— Ele parece tão magro — disse Julian. — Não está pesando quase nada.

Alguém que não o conhecesse poderia julgá-lo inexpressivo: seu rosto só traía uma ligeira esticada dos músculos, a boca fina comprimida em uma linha dura. Era como ele ficava quando era atingido no coração por alguma emoção forte e tentava esconder, normalmente dos irmãos mais novos.

Emma foi até a cama. Por um instante, os dois ficaram parados, olhando para Mark. De fato, as curvas dos cotovelos, joelhos e clavículas eram dolorosamente agudas sob as roupas que vestia: jeans rasgados com botas de couro de bezerro amarradas até o joelho e uma camiseta quase transparente depois de tantos anos de lavagem. Cabelos louros emaranhados cobriam metade do seu rosto.

— É verdade? — disse uma vozinha da entrada.

Emma se virou. Ty e Livia tinham entrado de mansinho no quarto. Cristina parou na porta atrás deles; ela olhou para Emma como se dissesse que tinha tentado contê-los. Emma balançou a cabeça. Ela sabia que era impossível segurar os gêmeos quando eles queriam participar de alguma coisa.

Foi Livvy quem falou. Ela agora olhava através do quarto, através de Emma, para o lugar onde Mark estava deitado na cama. Ela respirou fundo.

— *É* verdade.

— Não pode ser. — As mãos de Ty estavam agitadas ao lado do corpo. Ele estava contando nos dedos, de um a dez, de dez a um. O olhar fixo no irmão demonstrava incredulidade. — O Povo das Fadas não devolve o que pega.

— Não — disse Julian, com a voz suave, e Emma se perguntou, não pela primeira vez, como ele podia ser tão gentil quando ela sabia que por dentro devia estar com vontade de gritar e se estilhaçar em mil pedaços. — Mas, às vezes, devolve o que pertence a você.

Ty não disse nada. As mãos dele continuavam balançando em seus movimentos repetitivos. Houve um tempo em que o pai de Ty tentou treiná-lo na imobilidade; segurava firme as mãos do filho nas laterais do corpo quando ele ficava chateado, e dizia "parado, *parado*". Isso fez Ty vomitar em pânico. Julian nunca fazia isso. Simplesmente dizia que todo mundo se agitava quando ficava nervoso; algumas pessoas tinham borboletas no estômago, e Ty tinha nas mãos. Ty ficou satisfeito com isso. Ele adorava mariposas, borboletas, abelhas — qualquer coisa com asas.

— Ele não está como eu me lembro — disse uma voz baixinha. Era Dru, que tinha entrado no quarto, cercando Cristina. Ela estava de mãos dadas com Tavvy.

— Bem — disse Emma. — Mark *está* cinco anos mais velho agora.

— Ele não parece mais velho — disse Dru. — Só parece diferente.

Fez-se um silêncio. Dru tinha razão. Mark não parecia mais velho, certamente não cinco anos mais velho. Em parte, por estar tão magro, mas era mais que isso.

— Ele passou todos esses anos no Reino das Fadas — disse Julian. — E o tempo funciona de forma diferente lá.

Ty deu um passo para a frente. Seu olhar se fixou na cama, examinando o irmão. Drusilla ficou para trás. Ela tinha 8 anos quando Mark foi levado; Emma não conseguia imaginar como seriam as lembranças que ela tinha do irmão — anuviadas e embaçadas, provavelmente. Quanto a Tavvy... Tavvy tinha 2 anos. Para ele, o menino na cama seria um completo estranho.

Mas Ty. Ty lembrava. Ty se aproximou da cama, e Emma quase pôde ver a mente veloz trabalhando por trás dos olhos cinza.

— Faz sentido. Existem várias histórias de pessoas que desaparecem por uma noite com as fadas e voltam para descobrir que cem anos se passaram. Cinco anos podem ter sido uns dois para ele. Ele parece ter a mesma idade que você, Jules.

Jules limpou a garganta.

— Sim. Sim, ele parece.

Ty inclinou a cabeça para o lado.

— Por que o trouxeram de volta?

Julian hesitou. Emma não se mexeu; ela não sabia, não mais do que ele, como dizer para as crianças observando com olhos arregalados que o irmão perdido, aparentemente devolvido para sempre, poderia estar ali apenas temporariamente.

— Ele está sangrando — disse Dru.

— O quê? — Julian acendeu a lâmpada de luz enfeitiçada no lado da cama, e o brilho do quarto se intensificou a uma luminosidade quente. Emma ofegou. O lado da camisa branca, no ombro, estava vermelho de sangue; uma mancha se espalhava lentamente.

— Estela — gritou Julian, estendendo a mão. Ele já estava puxando a camisa do irmão, expondo o ombro e a clavícula, onde um rasgo semicurado tinha aberto. Sangue escorria do ferimento, não rápido, mas Tavvy emitiu um ruído inarticulado de incômodo.

Emma pegou a estela do cinto e a jogou. Ela não disse nada; não precisava. A mão de Julian levantou e a pegou no ar. Ele se abaixou para pressionar a ponta contra a pele de Mark, para começar o símbolo de cura...

Mark gritou.

Seus olhos se abriram, brilhantes e ensandecidos, e ele atacou o ar com as mãos manchadas, sujas e cheias de sangue.

— Tire daqui — rosnou ele, lutando para ficar de pé. —Tire daqui, tire essa coisa *de mim*!

— Mark...

Julian alcançou o irmão, mas Mark o afastou. Ele podia estar magro, mas era forte; Julian cambaleou, e Emma sentiu como uma explosão de dor na parte de trás da cabeça. Ela avançou, se colocando entre os dois irmãos.

Ela estava prestes a gritar com Mark, mandar que ele parasse, quando viu o rosto dele. Seus olhos estavam arregalados e brancos de medo, a mão fechada sobre o peito — tinha alguma coisa ali, algo que brilhava na ponta de um cordão em volta da garganta —, e então ele se levantou da cama, com o corpo sacudindo, mãos e pés arranhando a madeira.

— Para *trás* — falou Julian para os irmãos, sem gritar, mas com a voz rápida e autoritária. Eles se afastaram, se espalhando. Emma viu o rosto infeliz de Tavvy enquanto Dru o levantava do chão e o carregava para fora do quarto.

Mark tinha corrido para o canto do quarto, onde congelou, com as mãos abraçando os joelhos, as costas pressionadas violentamente contra a parede. Julian foi atrás do irmão, então parou, com a estela pendurada inutilmente na mão.

— Não toque em mim com isso — disse Mark, e sua voz, reconhecidamente a voz de Mark, muito fria e precisa, divergia muito da aparência assustada que exibia. Ele os manteve afastados com o olhar.

— O que há de errado com ele? — perguntou Livvy em um quase sussurro.

— É a estela — respondeu Julian, com a voz baixa.

— Mas por quê? — perguntou Emma. — Como um Caçador de Sombras pode ter medo de uma estela?

— Está dizendo que eu tenho medo? — Mark quis saber. — Torne a me insultar e terá seu sangue derramado, garota.

— Mark, essa é *Emma* — disse Julian. — Emma Carstairs.

Mark se pressionou ainda mais forte contra a parede.

— Mentiras — falou. — Mentiras e sonhos.

— Eu sou Julian — disse Jules. — Seu irmão Julian. E esse é Tiberius...

— *Meu irmão Tiberius é uma criança!* — gritou Mark, de repente, furioso, com as mãos arranhando a parede atrás de si. — Ele é um *menininho!*

Fez-se um silêncio horrorizado.

— Não sou — disse Ty, finalmente, no silêncio. As mãos batiam nas laterais do corpo, borboletas claras à pouca luz. — Não sou criança.

Mark não disse nada. Fechou os olhos, e lágrimas correram sob suas pálpebras, descendo pelo rosto, se misturando à sujeira

— Chega! — Para surpresa geral, foi Cristina quem falou. Ela pareceu envergonhada quando todo mundo virou para falar com ela, mas se manteve firme, com o queixo erguido e a coluna ereta. — Não estão vendo que ele está atormentado com isso? Se fôssemos para o corredor...

— Vá você — disse Julian, olhando para Mark. — Eu vou ficar aqui.

Cristina balançou a cabeça.

— Não. Todos nós. — Ela soou apologética, porém, firme. E fez uma pausa quando Julian hesitou. — Por favor.

Ela atravessou o quarto e abriu a porta. Emma assistiu impressionada enquanto os Blackthorn, um por um, saíram enfileirados; um instante mais tarde estavam todos no corredor, e Cristina fechava a porta do quarto de Mark.

— Não sei — falou Julian imediatamente, assim que a porta fechou. — Deixá-lo sozinho ali...

— É o quarto dele — falou Cristina. Emma a encarou impressionada; como ela conseguia se manter tão calma?

— Mas ele não se lembra — disse Livvy, parecendo agitada. — Ele não se lembra... de nada.

— Ele lembra — retrucou Emma, colocando a mão no ombro de Livvy. — É que tudo de que ele se lembra mudou.

— A gente não mudou. — Livvy parecia tão acabrunhada que Emma a puxou para perto e a beijou na cabeça, o que não foi pouca coisa, considerando que Livvy só tinha um centímetro a menos do que ela.

— Ah, mudaram — garantiu. — Todos nós mudamos. E Mark também.

Ty pareceu agitado.

— Mas o quarto está cheio de poeira — disse ele. — A gente tirou as coisas dele. Ele vai achar que nos esquecemos dele, que não nos importamos.

Julian fez uma careta.

— Eu guardei as coisas dele. Estão em um dos depósitos lá embaixo.

— Ótimo. — Cristina bateu as mãos com força. — Ele vai precisar delas. E de mais. Roupas para substituir as que está usando. Qualquer coisa que tenha guardado. Qualquer coisa que pareça familiar. Fotos, ou coisas de que ele possa se lembrar.

— Podemos pegar — disse Livvy. — Eu e Ty.

Ty pareceu aliviado por receber instruções específicas. Ele e Livvy desceram, as vozes um murmúrio baixo.

Julian, olhando para eles, exalou asperamente — uma mistura de tensão e alívio.

— Obrigado por ter dado uma tarefa a eles.

Emma esticou o braço para apertar a mão de Cristina. Ela se sentiu estranhamente orgulhosa, como se quisesse apontar para Cristina e dizer: "Veja só, minha amiga sabe exatamente o que fazer!"

— *Como* você sabe exatamente o que fazer? — perguntou ela em voz alta, e Cristina piscou os olhos.

— É minha área de estudo, lembra? — disse Cristina. — Reino das Fadas e os resultados da Paz Fria. Claro que o Povo das Fadas o devolveu com exigências, é parte de sua crueldade. Ele precisa de tempo para se recuperar, para começar a reconhecer esse mundo e a vida dele outra vez. Em vez disso o jogaram aqui de volta, como se fosse fácil para ele tornar a ser Caçador de Sombras.

Julian se inclinou para trás, para a parede perto da porta. Emma viu o fogo escuro em seus olhos, por baixo das pálpebras.

— Eles o machucaram — argumentou ele. — Por quê?

— Para você fazer o que fez — respondeu Emma. — Para pegar uma estela.

Ele praguejou, curto e duro.

— Para eu ver o que fizeram com ele, o quanto ele me odeia?

— Ele não te odeia — retrucou Cristina. — Ele odeia a si mesmo. Ele odeia ser Nephilim, porque ensinaram isso a ele. Ódio por ódio. São um povo antigo, e é essa a ideia de justiça que eles têm.

— Como está Mark? — perguntou Diana, emergindo do alto da escada. Ela correu para eles, a saia farfalhando em volta dos calcanhares. — Tem alguém aí com ele?

Enquanto Julian explicava o que tinha acontecido, Diana escutou em silêncio. Ela estava abotoando o cinto de armas. Tinha calçado botas, e o cabelo estava preso. Trazia uma bolsa de couro pendurada sobre o ombro.

— Espero que ele consiga descansar — falou quando Julian terminou.

— Kieran disse que a viagem até aqui levou dois dias através do Reino das Fadas, sem dormir; ele deve estar exausto.

— Kieran? — respondeu Emma. — É estranho chamar fadas nobres pelo primeiro nome. Ele é nobre, certo?

Diana fez que sim com a cabeça.

— Kieran é um príncipe do Reino das Fadas; ele não disse, mas é óbvio. Iarlath é da Corte Unseelie, não é príncipe, mas é um tipo de membro da Corte. Dá para perceber.

Julian olhou para a porta do quarto do irmão.

— É melhor eu voltar...

— Não — disse Diana. — Você e Emma vão encontrar Malcolm Fade. — Ela mexeu na bolsa e pegou os documentos das fadas que Kieran tinha lhe dado mais cedo. De perto, Emma pôde ver que eram duas folhas de pergaminho, finas como casca de cebola. A tinta nelas parecia ter sido talhada ali. — Leve para ele. Veja o que ele consegue fazer com isso.

— Agora? — perguntou Emma. — Mas...

— Agora. — Diana respondeu secamente. — As fadas deram a vocês, deram a nós, três semanas. Três semanas com Mark para resolvermos isso. Depois o levam de volta.

— Três *semanas*? — repetiu Julian. — Não é nem próximo de ser suficiente.

— Eu poderia ir com eles — disse Cristina.

— Preciso de você aqui, Cristina — avisou Diana. — Alguém tem que cuidar de Mark, e não pode ser uma das crianças. E não tem como ser eu. Preciso ir.

— Ir para onde? — Emma quis saber.

Diana, porém, apenas balançou a cabeça, disposta a manter segredo. Era uma parede familiar. Emma já tinha colidido contra ela mais de uma vez.

— É importante. — Foi tudo que disse. — Terá que confiar em mim, Emma.

— Sempre confio — murmurou a menina. Julian não disse nada.

Ela desconfiava que o jeito vago de Diana o incomodava tanto quanto a ela, ou mais, mas ele nunca demonstrava.

— Mas isso muda tudo — falou Emma, e ela combateu a emoção da voz, a faísca de alívio, até mesmo de triunfo, que sabia que não devia sentir. — Por causa de Mark. Por Mark, você vai nos deixar tentar descobrir o culpado.

— Sim. — Pela primeira vez desde que tinha chegado ao corredor, Diana olhou diretamente para Emma. — Você deve estar satisfeita — alfinetou. — Conseguiu exatamente o que queria. Agora não temos escolha. Temos que investigar as mortes, e teremos que fazer isso sem o conhecimento da Clave.

— Não fui eu que provoquei essa situação — protestou Emma.

— Nenhuma situação em que você não tenha escolha é boa, Emma — censurou Diana. — Coisa que você vai acabar aprendendo. Pode achar que foi bom ter acontecido, mas garanto que não é o caso. — Ela desviou a atenção de Emma, fixando-a em Julian. — Como você bem sabe, Julian, essa é uma investigação ilegal. A Paz Fria proíbe colaborações com fadas, e certamente proíbe o que constitui trabalho *para* elas, não importa o motivo. É melhor resolvermos isso o mais rápido e discretamente possível, para que a Clave não tenha chances de descobrir o que estamos fazendo.

— E quando acabar? — perguntou Julian. — E a volta de Mark? Como explicamos isso?

Alguma coisa mudou nos olhos de Diana.

— Nós nos preocuparemos com isso quando for a hora.

— Então estamos correndo contra a Clave e as Cortes — disse Julian. — Ótimo. Talvez tenha mais alguém que a gente possa irritar. O Labirinto Espiral? A Scholomance? A Interpol?

— Ninguém está irritado ainda — retrucou Diana. — Vamos manter assim. — Ela entregou os papéis a Emma. — Só para deixar claro: não podemos colaborar com o Povo das Fadas e não podemos abrigar Mark sem informar, exceto que obviamente é isso que faremos, então a conclusão é que ninguém fora deste recinto pode saber. E eu me recuso a mentir diretamente para a Clave, então espe-

ro que a gente consiga concluir isso antes que eles comecem a fazer perguntas.
— Ela olhou alternadamente para cada um deles, com a expressão séria. — Temos que trabalhar juntos. Emma, chega de brigar comigo. Cristina, se quiser ir para outro Instituto, nós vamos entender. Só pedimos que guarde segredo.

Emma ficou boquiaberta.

— Não!

Cristina já estava balançando a cabeça.

— Não preciso de outro lugar — garantiu. — Vou manter seu segredo. Será meu segredo também.

— Ótimo — disse Diana. — Por falar em guardar segredos, não contem a Malcolm como conseguimos esses papéis. Não falem sobre Mark, não mencionem a delegação das fadas. Se ele disser alguma coisa, deixem que eu resolvo.

— Malcolm é nosso amigo — falou Julian. — Podemos confiar nele.

— Estou tentando me certificar de que ele não se encrenque se alguém descobrir — rebateu Diana. — Ele precisa poder negar. — Ela fechou o zíper do casaco. — Muito bem, amanhã eu volto. Boa sorte.

— Ameaçando o Alto Feiticeiro — murmurou Julian enquanto Diana desaparecia pelo corredor. — Cada vez melhor. Talvez devêssemos ir à sede do clã de vampiros e socar a cara de Anselm Nightshade?

— Mas pense nas consequências — disse Emma. — Ficaríamos sem pizza.

Julian lançou um sorriso torto para ela.

— Eu posso ir sozinha até Malcolm — sugeriu Emma. — Pode ficar aqui, Jules, e esperar Mark...

Ela não concluiu. Não sabia ao certo o que estavam esperando que Mark fizesse, isso nenhum deles sabia.

— Não — falou Julian. — Malcolm confia em mim. Sou eu quem o conhece melhor. Posso convencê-lo a guardar segredo. — Ele se endireitou. — Vamos os dois.

Como *parabatai*. Como *nós devemos*.

Emma fez que sim com a cabeça e pegou a mão de Cristina.

— Vamos o mais rápido possível — falou. — Você vai ficar bem?

Cristina assentiu. Estava com a mão na garganta, os dedos apoiados no colar.

— Cuidarei de Mark — prometeu. — Vai ficar tudo bem. *Tudo* vai ficar bem.

E Emma quase acreditou nela.

Ser um Alto Feiticeiro devia ser uma tarefa bem remunerada, Emma pensou, como sempre fazia quando via a casa de Malcolm Fade. Parecia um castelo.

Malcolm vivia no fim da rodovia do Instituto, depois da Kanan Dume Road. Era um local onde as falésias eram elevadas, marcadas por grama marinha verde. A casa era escondida dos mundanos por feitiços de disfarce. Se você passasse dirigindo — que era o que Emma estava fazendo — tinha que olhar fixamente para o ponto entre duas falésias e, então, uma ponte prateada que subia pelas colinas aparecia.

Emma foi para o lado da estrada. Filas de carro estavam estacionados nas laterais da estrada do Pacífico, a maioria era de surfistas atraídos pela praia inabitada a oeste.

Emma exalou, desligando o carro.

— Tudo bem — falou. — Nós...

— Emma.

Ela parou. Julian tinha ficado quase completamente em silêncio desde que saíram do Instituto. Ela não podia culpá-lo. Ela mesma não encontrava palavras. Permitiu que a distração de dirigir a guiasse, a necessidade de se concentrar no caminho. Ela teve consciência dele ao seu lado o tempo todo, no entanto; da cabeça apoiada no encosto do assento, dos olhos fechados, do punho cerrado sobre o joelho da calça.

— Mark pensou que eu fosse meu pai — falou Julian subitamente, e Emma percebeu que ele estava se lembrando daquele momento terrível, do olhar de esperança no rosto do irmão, uma esperança que não tinha nada a ver com ele. — Ele não me reconheceu.

— Ele se lembra de você com 12 anos — observou Emma. — Ele se lembra de todos vocês muito novos.

— E de você também.

— Duvido que se lembre de mim.

Ele soltou o cinto de segurança. Luz brilhou na pulseira de vidro marinho que ele usava no pulso esquerdo, deixando-a com cores brilhantes: vermelho flamejante, dourado como fogo, azul Blackthorn.

— Ele lembra — garantiu. — Ninguém jamais poderia te esquecer.

Ela piscou surpresa para ele. Um instante mais tarde, Julian já estava fora do carro. Ela se apressou para segui-lo, batendo a porta do lado do motorista enquanto carros assobiavam a uma rua de distância.

Jules estava ao pé da ponte de Malcolm, olhando para a casa. Ela pôde ver as omoplatas sob o algodão fino da camiseta, a nuca, um tom mais clara do que o resto da pele, onde o cabelo a impediu de se queimar ao sol.

— O Povo das Fadas é traiçoeiro — falou Julian sem se virar. — Eles não vão querer devolver Mark: sangue de fada com sangue de Caçador de Sombras, isso é valioso demais. Deve haver alguma cláusula que os permita levá-lo de volta quando terminarmos.

— Bem, vai depender dele — disse Emma. — Ele vai poder escolher se quer ir ou ficar.

Julian balançou a cabeça.

— Uma escolha parece simples, eu sei — comentou ele. — Mas muitas escolhas não são simples.

Eles começaram a subir as escadas. A escadaria era helicoidal, girando para cima pelas colinas. Era disfarçada, visível apenas a criaturas sobrenaturais. Na primeira visita de Emma, Malcolm a acompanhou; ela olhou maravilhada para os mundanos que seguiam acelerando em seus carros, completamente alheios ao fato de que havia uma escadaria de cristal se erguendo impossivelmente para o céu.

Ela já estava mais acostumada agora. Uma vez que você visse a escadaria, ela jamais voltaria a ser invisível para você.

Julian não disse mais nada enquanto subiam, mas Emma descobriu que não se importava. O que ele tinha dito no carro foi sério. Seu olhar era fixo e direto quando falou. Foi *Julian* falando, o Jules dela, o que vivia nos seus ossos, no seu cérebro e na base da sua espinha, o que estava costurado nela, como veias ou nervos.

A escada terminava subitamente em uma trilha até a porta da frente de Malcolm. O certo era descer, mas Emma saltou, com os pés aterrissando na terra dura. Um instante mais tarde, Julian aterrissou ao lado dela e esticou o braço para apoiá-la; os dedos eram cinco linhas calorosas em suas costas. Ela não precisava de ajuda — entre eles dois, ela provavelmente tinha mais equilíbrio —, mas, percebeu, era algo que ele sempre fez, sem pensar. Um reflexo protetor.

Ela o encarou, mas ele pareceu perdido em pensamento, mal percebendo que estavam se tocando. Ele se afastou enquanto a escadaria se escondia novamente com o feitiço.

Eles estavam diante de dois obeliscos que se erguiam do chão empoeirado, formando um portão de entrada. Cada um era marcado por símbolos alquímicos: fogo, terra, água, ar. A trilha que levava à casa do feiticeiro era ladeada por plantas desérticas: cactos, artemísias, lírios californianos. Abelhas zumbiam entre as flores. A terra se transformou em conchas trituradas enquanto se aproximavam da porta metálica da frente.

Emma bateu, e a porta se abriu com um chiado quase silencioso. Os corredores na casa de Malcolm eram brancos, cobertos com reproduções de Pop Art, girando em diversas direções. Julian estava ao lado dela, discreto; ele não tinha trazido o arco consigo, mas ela sentiu uma faca presa ao pulso quando ele a cutucou com o braço.

— Pelo corredor — indicou ele. — Vozes.

Eles foram na direção da sala. Era toda de aço e vidro, inteiramente circular, com vista para o mar. Emma achava que parecia o tipo de casa que um astro de cinema teria: tudo era moderno, desde o sistema de som que tocava música clássica até a piscina de borda infinita que se pendurava sobre os penhascos.

Malcolm estava esticado no longo sofá que percorria toda a extensão da sala, de costas para o Pacífico. Trajava terno preto, muito simples e evidentemente caro. Ele fazia gestos afirmativos com a cabeça e sorria, parecendo concordar com os dois homens de ternos bem parecidos com o dele e maletas nas mãos, falando em voz baixa e urgente.

Malcolm, ao vê-los, acenou. Os visitantes eram homens brancos na casa dos 40 e rostos indecifráveis. Malcolm fez um gesto descuidado com os dedos, e eles congelaram no lugar, os olhos fixos e vazios.

— Sempre me assusta quando você faz isso — falou Emma. Ela foi até um dos homens congelados e o cutucou, pensativa. Ele se inclinou de leve.

— Não quebre o produtor de cinema — disse Malcolm. — Eu teria que esconder o corpo no jardim de pedra.

— Foi você que o congelou. — Julian se sentou no braço do sofá. Emma se jogou nas almofadas ao lado dele, com os pés na mesa de centro. Ela balançou os dedos do pé na sandália.

Malcolm piscou os olhos.

— Mas de que outro jeito posso falar com vocês sem que eles ouçam?

— Você poderia pedir que a gente esperasse até o fim da reunião — respondeu Julian. — Provavelmente não arriscaria nenhuma vida.

— Vocês são Caçadores de Sombras. Sempre pode ser vida ou morte — argumentou Malcolm, o que não deixava de ser verdade. — Além disso, não sei se quero o emprego. Eles são produtores de cinema e querem que eu lance um feitiço para garantir o sucesso do novo lançamento. Mas parece péssimo. — Ele olhou sombriamente para o pôster no sofá ao seu lado. Mostrava vários pássaros voando em direção ao espectador, com a legenda EXPLOSÃO DA ÁGUIA TRÊS: PENAS VOAM.

— Acontece alguma coisa nesse filme que não tenha sido explicada em *Explosão da Águia um* e *dois*? — perguntou Julian.

— Mais águias.

— E faz diferença se for ruim? Filmes ruins vivem dando certo — observou Emma. Ela sabia mais sobre filmes do que gostaria. A maioria dos Caçadores de Sombras não prestava muita atenção à cultura mundana, mas era impossível morar em Los Angeles e escapar disso.

— Significa um feitiço mais forte. Mais trabalho para mim. Mas pagam bem. E estava pensando em colocar um trem na minha casa. Poderia me trazer torradas de camarão da cozinha.

— Um trem? — Julian ecoou. — Um trem de que tamanho?

— Pequeno. Médio. Assim. — Malcolm gesticulou, baixo no chão. — Faria "tchuu tchuu". — Ele estalou os dedos para ilustrar o barulho, e os produtores de cinema voltaram à vida.

— Ops — falou Malcolm, quando eles piscaram. — Não tive a intenção de fazer isso.

— Sr. Fade — disse o mais velho. — Vai considerar nossa proposta?

Malcolm olhou desanimado para o pôster.

— Entrarei em contato.

Os produtores viraram para a porta de entrada, e o mais novo deu um pulo ao ver Emma e Julian. Emma não podia culpá-lo. Pela perspectiva dele, eles deviam ter aparecido do nada.

— Desculpem, pessoal — disse Malcolm. — Meus sobrinhos. Hoje é dia de passar um tempo com a família.

Os mundanos olharam de Malcolm para Jules e Emma, e de volta para Malcolm, evidentemente se perguntando como alguém que parecia ter 27 anos poderia ter sobrinhos adolescentes. O mais velho deu de ombros.

— Aproveitem a praia — falou, enquanto eles marcharam para fora, esbarrando em Emma com um aroma de colônia cara e o tilintar das maletas.

Malcolm se levantou, se inclinando um pouco para um lado; tinha um jeito um pouco estranho de andar que fazia com que Emma pensasse se algum dia teria sofrido algum ferimento que não tinha se curado por completo.

— Tudo bem com Arthur?

Julian ficou tenso ao lado de Emma, quase imperceptivelmente, mas ela sentiu.

— A família está bem, obrigado.

Os olhos violetas de Malcolm, sua marca de feiticeiro, escureceram antes de clarearem como um céu brevemente tocado por nuvens. A expressão dele ao se dirigir ao bar que corria por uma das paredes e se servir de um drinque parecia amigável.

— Então, como posso ajudar?

Emma foi em direção ao sofá. Tinham feito cópias dos papéis entregues pelas fadas. Ela os pousou sobre a mesa de centro.

— Você se lembra do que a gente falou o feiticeiro naquela noite...

Malcolm deixou o copo de lado e pegou os papéis.

— Aquela língua demoníaca outra vez — falou o feiticeiro. — A que estava no corpo que você achou no beco e nos corpos dos seus pais... — Ele parou para soltar um assobio através dos dentes. — Veja só — falou, cutucando a primeira página. — Alguém traduziu a primeira linha. *Fogo para água.*

— É um avanço, certo? — Emma quis saber.

Malcolm balançou a cabeça branca.

— Talvez, mas não posso fazer nada com isso. Não se Diana e Arthur não estiverem sabendo. Não posso me envolver em nada assim.

— Diana está numa boa com isso — falou Emma. Malcolm a olhou desconfiado. — Sério. Pode ligar para ela e perguntar...

Ela se interrompeu quando um homem entrou na sala, com as mãos nos bolsos. Ele parecia ter mais ou menos 20 anos, alto, com cabelos espetados e pretos, e olhos de gato. Vestia um terno branco que contrastava com a pele morena.

— Magnus! — falou Emma, levantando em um pulo.

Magnus Bane era o Alto Feiticeiro do Brooklyn e também o detentor do assento de representante dos feiticeiros no Conselho dos Caçadores de Sombras. Possivelmente era o feiticeiro mais famoso do mundo, apesar de que ninguém adivinharia; ele parecia jovem e foi gentil e amigável com Emma e os Blackthorn desde que os conheceu durante a Guerra Maligna.

Ela sempre gostou de Magnus. Ele parecia trazer um senso de possibilidade infinita consigo aonde quer que fosse. Parecia o mesmo de quando ela o viu pela última vez, inclusive o sorriso sardônico e os dedos cheios de anéis.

— Emma. Julian. É um prazer. O que estão fazendo aqui?

Emma voltou o olhar para Julian. Eles podiam gostar de Magnus, mas ela notou pela expressão de Julian — que ele escondeu rapidamente, disfarçando com um olhar de leve interesse, mas ela viu assim mesmo — que ele não estava feliz com a presença de Magnus ali. Jules já precisaria pedir segredo a Malcolm. Acrescentar mais alguém... principalmente alguém do Conselho...

— O que você está fazendo em Los Angeles? — O tom de Julian soou casual.

— Desde a Guerra Maligna, a Clave tem mapeado incidências do tipo de magia utilizada por Sebastian Morgenstern — respondeu Magnus. — Energia vinda de fontes maléficas. Dimensões infernais e coisas do tipo, extração de poder para obter vida. *Necyomanteis*, os gregos chamavam.

— Necromancia. — Emma traduziu.

Magnus fez que sim com a cabeça.

— Fizemos um mapa — continuou ele —, com a ajuda do Labirinto Espiral e dos Irmãos do Silêncio, inclusive de Zachariah, que revela onde a magia necromante está sendo utilizada. Captamos uma incidência aqui em Los Angeles, perto do deserto, então achei melhor vir e ver se Malcolm sabia de algo.

— Foi um necromante rebelde — explicou Malcolm. — Diana disse que cuidou dele.

— Meu Deus, detesto necromantes rebeldes — comentou Magnus. — Por que eles não podem simplesmente seguir as regras?

— Provavelmente porque a principal regra é justamente "proibido necromancia"? — sugeriu Emma.

Magnus sorriu para ela, de lado.

— Enfim. Não foi nada demais passar aqui a caminho de Buenos Aires.

— O que tem em Buenos Aires? — perguntou Julian.

— Alec — respondeu Magnus. Alexander Lightwood era o namorado de Magnus há meia década. Eles poderiam ter se casado com a nova lei que permitia que Caçadores de Sombra se casassem com integrantes do Submundo (que não fossem fadas), mas não o fizeram. Emma não sabia por quê. — Uma verificação de rotina em um culto adorador de vampiros, mas ele acabou encontrando problemas.

— Alguma coisa séria? — perguntou Julian. Ele conhecia Alec Lightwood há mais tempo do que Emma; os Blackthorn e os Lightwood eram amigos havia anos.

— Complicado, mas não sério — disse Magnus, exatamente quando Malcolm se afastou da parede.

— Vou ligar para Diana. Já volto — avisou ele, desaparecendo pelo corredor.

— Então. — Magnus sentou no sofá, no lugar que Malcolm tinha acabado de vagar. — O que os traz ao Alto Feiticeiro da Cidade dos Anjos?

Emma trocou olhares preocupados com Julian, mas exceto por pular pela sala e bater na cabeça de Magnus — o que não era aconselhável por muitos motivos —, ela não conseguiu pensar em nada para fazer.

— Algo que não podem me contar, eu suponho. — Magnus apoiou o queixo nas mãos. — Sobre as mortes? — Quando eles o olharam surpresos, o feiticeiro acrescentou: — Tenho amigos na Scholomance. Catarina Loss, por exemplo. Qualquer coisa a respeito de magia rebelde ou do Povo das Fadas me interessa. Malcolm está ajudando?

Julian balançou a cabeça, um gesto mínimo.

— Alguns dos corpos eram de fadas — falou Emma. — Não podemos nos envolver. A Paz Fria...

— A Paz Fria é desprezível — declarou Magnus, e o humor deixou sua voz.

— Punir uma espécie inteira pelo erro de alguns. Negar-lhes direitos. Exilar sua irmã — acrescentou, olhando para Julian. — Eu falei com ela. Helen me ajudou a fazer o mapa que mencionei; qualquer magia global envolve as barreiras. Com que frequência você fala com ela?

— Toda semana — respondeu Julian.

— Ela falou que você sempre diz que está tudo bem — comentou Magnus. — Acho que ela temia que você não estivesse falando a verdade.

Julian não disse nada. Era verdade que falava toda semana com Helen; todos falavam, passavam o telefone e o computador uns para os outros. E também era verdade que ele nunca contava nada a ela, exceto que tudo estava bem, todos estavam bem, que ela não precisava se preocupar.

— Eu me lembro do casamento dela — falou Magnus, e havia gentileza em seus olhos. — Como as duas eram jovens. Apesar de não ter sido o último casamento em que nos vimos, não é mesmo?

Emma e Julian trocaram olhares confusos.

— Tenho quase certeza de que foi — rebateu Julian. — Que outro casamento teria sido?

— Hum — disse Magnus. — Talvez minha memória esteja comprometida pela minha idade avançada. — Ele não soou como se acreditasse nessa possibilidade. Em vez disso, se inclinou para trás, deslizando as pernas longas sob a mesa de centro. — Quanto a Helen, tenho certeza de que é preocupação de irmã mais velha. Alec certamente se preocupa com Isabelle, com ou sem necessidade.

— O que você acha das Linhas Ley? — perguntou Emma de súbito.

Magnus ergueu as sobrancelhas.

— O que tem elas? Feitiços feitos sobre as Linhas Ley são potencializados.

— Faz diferença o tipo de magia? Magia negra, magia de feiticeiros, magia de fadas?

Magnus franziu o rosto.

— Depende. Mas é incomum usar uma Linha Ley para potencializar magia negra. Normalmente são utilizadas para transportar poder. Como um sistema de entrega para magia...

— Bem, quem diria — falou Malcolm ao voltar para a sala. Lançou um olhar entretido para Emma. — Diana corroborou sua história. Estou impressionado. — Seus olhos se voltaram para Magnus. — O que está acontecendo?

Uma luz brilhou em seus olhos, mas se era entretenimento ou outra coisa, Emma não soube dizer. Às vezes, Malcolm parecia completamente infantil, falando sobre trens, torradas de camarão e filmes de águias. Outras vezes, ele parecia mais afiado e focado do que qualquer um de seus conhecidos.

Magnus esticou os braços sobre o encosto do sofá.

— Estávamos falando sobre Linhas Ley. Eu estava dizendo que elas potencializam mágica, mas apenas certos tipos de mágica. Magia que tem a ver com transferência de energia. Você e Catarina Loss não tiveram um problema com Linhas Ley quando moravam em Cornwall, Malcolm?

Uma expressão vaga passou pelo rosto de Malcolm.

— Não me lembro exatamente. Magnus, pare de incomodar Emma e Julian — disse ele, e havia algo de irritação em sua voz. Inveja profissional, Emma supôs. — Esse aqui é o *meu* território. Você tem seus próprios humanos perdidos em Nova York.

— Um desses humanos perdidos é o pai do meu filho — observou Magnus.

Magnus não tinha engravidado, apesar de que isso teria sido interessante, Emma pensou. Ele e Alec adotaram um menino feiticeiro, chamado Max, que tinha um tom cintilante de azul.

— E — acrescentou Magnus — os outros salvaram o mundo, pelo menos, uma vez.

Malcolm gesticulou para Julian e Emma.

— Tenho grandes esperanças nesses dois.

O rosto de Magnus se abriu em um sorriso.

— Tenho certeza de que você está certo — falou ele. — Enfim, tenho que ir. Uma longa viagem me espera, e Alec não gosta quando me atraso.

Despediram-se rapidamente. Magnus deu tapinhas no braço de Malcolm, depois, parou para dar um abraço em Julian, e outro em Emma. O ombro dele esbarrou na testa dela quando ele abaixou a cabeça, e ela ouviu a voz do feiticeiro em seu ouvido, sussurrando. Ela o encarou com surpresa, mas ele simplesmente a soltou e marchou até a porta, assobiando. No meio do caminho, eles viram o brilho familiar e o cheio de açúcar queimado de magia de Portal, e Magnus desapareceu.

— Falaram para ele sobre a investigação? — Malcolm pareceu ansioso.

— Ele falou em Linhas Ley.

— Eu perguntei sobre isso para ele — admitiu Emma. — Mas não contei por que eu queria saber. E não falei nada sobre traduzir as marcas.

Malcolm deu a volta para olhar novamente o papel.

— Suponho que não vão me contar quem desvendou a primeira linha? *Fogo para água*. Ajudaria saber o que isso significa.

— Não podemos — falou Julian. — Mas acho que o tradutor também não sabia o significado. Mas é útil para você, certo? Para descobrir o resto do feitiço, ou mensagem ou o que quer que seja.

— Provavelmente, mas ajudaria se eu conhecesse a língua.

— É uma língua muito antiga — falou Emma, com cautela. — Mais antiga do que os Nephilim.

Malcolm suspirou.

— Não está me ajudando muito. Certo, língua demoníaca antiga, muito anciã. Vou consultar o Labirinto Espiral.

— Cuidado com o que vai dizer para eles — aconselhou Julian. — Como dissemos, a Clave não pode saber que estamos investigando.

— O que significa que há envolvimento de fadas — falou Malcolm, com um leve divertimento passando em seu rosto ao ver as expressões apavoradas.

— Não se preocupem, não vou falar nada. Não gosto da Paz Fria, não mais que qualquer outro integrante do Submundo.

Julian estava inexpressivo. Ele deveria investir em uma carreira de jogador de pôquer, Emma pensou.

— De quanto tempo acha que vai precisar? — perguntou ele. — Para traduzir?

— Alguns dias.

Alguns dias. Emma tentou esconder a decepção.

— Desculpe por não poder fazer mais rápido. — Malcolm soou verdadeiramente lúgubre. — Vamos. Eu os acompanho até lá fora. Preciso de um pouco de ar.

O sol tinha saído de trás das nuvens e estava iluminando o jardim da frente de Malcolm. As flores do deserto tremiam, suas bordas prateadas, ao vento que vinha dos desfiladeiros. Um lagarto correu de trás de um arbusto e os encarou. Emma mostrou a língua para ele.

— Estou preocupado — declarou Malcolm subitamente. — Não estou gostando disso. Magia necromante, línguas demoníacas, uma série de mortes que ninguém entende. Trabalhar sem o conhecimento da Clave. Me parece, ouso dizer, perigoso.

Julian estava olhando para as colinas distantes, em silêncio. Foi Emma quem respondeu:

— Malcolm, no ano passado combatemos um batalhão de demônios Forneus com tentáculos e sem rostos — lembrou Emma. — Não tente nos assustar com isso.

— Só estou falando. Perigo. Vocês sabem, aquela coisa que a maioria das pessoas evita.

— A gente não — respondeu Emma alegremente. — Tentáculos, Malcolm. Sem *rostos*.

— Teimosa. — Malcolm suspirou. — Apenas me prometam que vão me chamar se precisarem de alguma coisa ou se descobrirem algo novo.

— Com certeza — garantiu Julian. Emma ficou se perguntando se o nó de culpa que ela sentia por esconder coisas dele também o incomodava. A brisa do oceano tinha aumentado. Fez a poeira do jardim voar em redemoinhos. Julian tirou o cabelo dos olhos. — Obrigado por ajudar — acrescentou. — Sabemos que podemos contar com você. — Ele desceu pela trilha, em direção aos degraus para a ponte, que brilhava viva na medida em que se aproximavam dela.

O rosto de Malcolm ficou sombrio, apesar da luz forte do meio-dia, que se refletia do mar.

— Não contem demais comigo — falou ele, tão suavemente que Emma ficou imaginando se ele sabia que ela ia escutar.

— Por que não? — Ela virou para encará-lo, piscando os olhos para o sol. Os olhos dele tinham a cor de botões de jacarandá.

— Por que vou decepcioná-los. Todo mundo decepciona — retrucou Malcolm, e voltou para dentro de casa.

7

O Mar Retumbante

Cristina estava sentada no chão do lado de fora do quarto de Mark Blackthorn.

Não ouviu qualquer ruído ali dentro pelo que pareceram horas. A porta estava entreaberta, e ela podia vê-lo, encolhido no canto como um animal selvagem preso.

Fadas eram sua área de estudo em casa. Ela sempre foi fascinada pelos contos das *hadas*, dos nobres guerreiros das Cortes aos *duendes* que provocavam e incomodavam os mundanos. Ela não esteve em Idris para a declaração da Paz Fria, mas seu pai, sim, e a história lhe dava calafrios. Ela sempre quis encontrar Mark e Helen Blackthorn, contar para eles...

Tiberius apareceu no corredor, carregando uma caixa de papelão. Sua irmã gêmea estava ao seu lado, com uma colcha de retalhos na mão.

— Minha mãe fez isso para Mark quando ele foi deixado conosco — disse ela, ao perceber que Cristina estava olhando. — Achei que ele pudesse se lembrar.

— Não conseguimos entrar no depósito, então trouxemos alguns presentes para Mark. Para ele saber que o queremos aqui — explicou Ty. Seu olhar percorreu incansavelmente o corredor. — Podemos entrar?

Cristina olhou para o quarto. Mark estava imóvel.

— Não vejo por que não. Mas tentem não fazer barulho para não o acordar.

Livvy entrou primeiro, colocando a colcha na cama. Ty pôs a caixa de papelão no chão, em seguida, foi para onde Mark estava deitado. Ele pegou a colcha que Livvy tinha colocado ali e se ajoelhou ao lado do irmão. Um pouco desajeitadamente, ele cobriu Mark com a colcha.

Mark se levantou. Seus olhos azuis e dourados se abriram, e ele segurou Ty, que soltou um grito como o de uma ave do mar. Mark tinha uma velocidade incrível, e puxou Ty para o chão. Livvy gritou e saiu correndo, assim que Cristina entrou.

Mark estava sobre Tiberius, prendendo-o no chão com os joelhos.

— Quem é você? — dizia Mark. — O que estava fazendo?

— Sou seu irmão! Sou Tiberius! — Ty se debatia loucamente, e os fones de ouvido deslizaram para o chão. — Estava lhe dando um cobertor!

— Mentiroso! — Mark estava arfando. — Meu irmão Ty é um garotinho! Ele é uma criança, meu irmãozinho, meu...

A porta se abriu atrás de Cristina. Livvy voltou para o quarto, os cabelos castanhos voando.

— Solte-o! — Uma lâmina serafim apareceu em sua mão, já começando a brilhar. Ela falou para Mark entre dentes, como se jamais o tivesse visto antes. Como se não tivesse trazido uma colcha de retalhos para ele há poucos instantes. — Se machucar Tiberius, eu te mato. Não me importo se você é Mark, eu mato.

Mark parou. Ty continuava se contorcendo e girando, mas Mark tinha parado completamente de se mexer. Lentamente, ele virou a cabeça para a irmã.

— Livia?

Livvy engasgou e começou a chorar. Julian ficaria tão orgulhoso, pensou Cristina, ela estava chorando sem se mexer, com a lâmina ainda firme na mão.

Ty se aproveitou da distração de Mark para bater nele, acertando-o com força no ombro. Mark fez uma careta e rolou para longe sem revidar. Ty se levantou e atravessou o quarto para se juntar a Livvy; ficaram ombro a ombro encarando o irmão, com olhos arregalados.

— Vocês dois, saiam! — Cristina disse a eles. Deu para sentir o pânico e a preocupação exalando dos dois em ondas; Mark claramente também sentiu. Ele estava contorcendo o rosto, abrindo e fechando as mãos como se estivesse com dor. Ela se abaixou para sussurrar para os gêmeos. — Ele está assustado. Não teve a intenção.

Livvy fez que sim com a cabeça e guardou a lâmina, então pegou a mão de Ty e disse algo baixinho para ele na linguagem quieta e particular que tinham. Ele a seguiu para fora do quarto, parando apenas brevemente para virar a cabeça e olhar para Mark cuja expressão era de dor e espanto.

Mark estava sentando, arfando, com o corpo curvado sobre os joelhos. Ele sangrava pelo machucado reaberto que manchava sua camiseta. Cristina começou a sair lentamente do quarto.

O corpo de Mark ficou tenso.

— Por favor, não vá — pediu ele.

Cristina o encarou. Até onde sabia, essa era a primeira coisa coerente que ele tinha dito desde que chegara ao Instituto.

Ele levantou a cabeça, e, por um instante, ela enxergou, sob a sujeira, os machucados e os arranhões, o Mark Blackthorn de quem viu fotos, o Mark Blackthorn que podia relacionar a Livvy, Julian e Ty.

— Estou com sede — falou. Havia algo de enferrujado, quase sem uso, em sua voz, como um velho motor ligando outra vez. — Tem água?

— Claro. — Cristina pegou um copo na cômoda e foi até o pequeno banheiro da suíte. Quando voltou e entregou o copo a Mark, ele estava sentado, com as costas apoiadas no pé da cama. Olhou torto para o copo.

— Água da torneira — falou. — Quase me esqueci. — Ele tomou um longo gole e limpou a boca com o dorso da mão. — Você sabe quem eu sou?

— Você é Mark — respondeu Cristina. — Mark Blackthorn.

Fez-se uma longa pausa até ele fazer que sim com a cabeça, quase imperceptivelmente.

— Há muito tempo que ninguém me chama assim.

— Continua sendo seu nome.

— Quem é você? — perguntou ele. — Eu deveria me lembrar, provavelmente, mas...

— Sou Cristina Mendoza Rosales — respondeu ela. — Não existe razão para que se lembre, considerando que só nos conhecemos hoje.

— Isso é um alívio.

Cristina ficou surpresa.

— É?

— Se você não me conhece, e eu não a conheço, então, você não terá qualquer... expectativa. — Ele de repente pareceu exausto. — Sobre quem eu sou, ou como sou. Eu poderia ser qualquer pessoa para você.

— Mais cedo. Na cama. Você estava dormindo ou fingindo? — perguntou ela.

— Faz diferença? — rebateu ele, e Cristina não pôde deixar de pensar que era uma resposta típica de fada, uma resposta que não respondia a pergunta. Ele se mexeu novamente contra o pé da cama. — Por que você está no Instituto?

Cristina se ajoelhou, colocando a cabeça no mesmo nível que a de Mark. Ajeitou a saia sobre os joelhos — mesmo sem ela querer, as palavras de sua mãe sobre uma Caçadora de Sombras sempre estar apresentável ecoaram em sua mente.

— Tenho 18 anos — falou. — Vim estudar a vida no Instituto de Los Angeles como parte do meu ano de intercâmbio. Quantos anos você tem?

Desta vez a hesitação de Mark se prolongou tanto que Cristina ficou imaginando se ele falaria alguma coisa.

— Não sei — respondeu afinal. — Eu fiquei... acho que fiquei fora... por muito tempo. Julian tinha 12 anos. Os outros eram bebês. Dez, 8 e 2. Tavvy tinha 2 anos.

— Para eles se passaram cinco anos — explicou Cristina. — Cinco anos sem você.

— Helen — disse Mark. — Julian. Tiberius. Livia. Drusilla. Octavian. Todas as noites contei os nomes deles entre as estrelas para não me esquecer. Estão todos vivos?

— Sim, todos eles, apesar de Helen não estar mais aqui; ela se casou e vive com a esposa.

— Então estão todos vivos e felizes juntos? Que bom. Soube do casamento lá no Reino das Fadas, apesar de já parecer que aconteceu há muito tempo.

— Sim. — Cristina examinou o rosto de Mark. Ângulos, planos, agudeza, a curva no topo da orelha que denunciava sangue de fada. — Você perdeu muita coisa.

— Acha que não sei disso? — O calor fervilhou em sua voz, misturado ao espanto. — Não sei qual é a minha idade. Não reconheço meus próprios irmãos. Não sei por que estou aqui.

— Sabe — respondeu Cristina. — Você esteve presente quando as fadas conversaram com Arthur no Santuário.

Ele inclinou a cabeça para ela. Tinha uma cicatriz na lateral do pescoço, não como a marca de um símbolo desbotado, mas um vergão elevado. Seus cabelos estavam desalinhados e pareciam que não eram cortados há meses, talvez até anos. As pontas brancas e curvas tocavam seus ombros.

— Confia nelas? Nas fadas?

Cristina balançou a cabeça.

— Ótimo. — Ele desviou o olhar dela. — Não deve — falou, alcançando a caixa de papelão que Ty deixou no chão, e a puxou para si. — O que é isso?

— Coisas que eles acharam que você poderia querer — respondeu Cristina. — Seus irmãos.

— Presentes de boas-vindas — disse Mark com um tom confuso, e se ajoelhou perto da caixa, retirando um bando de itens estranhos; algumas camisetas e jeans que provavelmente pertenciam a Julian, um microscópio, pão e manteiga, um punhado de flores selvagens do deserto, do jardim atrás do Instituto.

Mark levantou a cabeça e encarou Cristina. Seus olhos brilhavam com lágrimas não derramadas. A camiseta era fina e esfarrapada; dava para enxergar através do tecido outros vergões e cicatrizes em sua pele.

— O que eu digo para eles?

— Para quem?

— Minha família. Meus irmãos e irmãs. Meu tio. — Ele balançou a cabeça. — Eu me lembro deles e, ao mesmo tempo, não lembro. Sinto-me como se tivesse vivido a vida inteira aqui, mas ao mesmo tempo sempre estive com a Caçada Selvagem. Ouço os rugidos no meu ouvido, o chamado das cornetas, o barulho do vento. São mais fortes do que as vozes. Como explico isso?

— Não explique — respondeu Cristina baixinho. — Só diga que os ama e sentiu saudade deles todos os dias. Diga que detestava a Caçada Selvagem. Diga que está feliz por ter voltado.

— Mas por que eu faria isso? Não vão saber que estou mentindo?

— Não sentiu saudade deles? Não está feliz por ter voltado?

— Não sei — falou ele. — Não consigo ouvir meu coração ou o que ele me diz. Só ouço o vento.

Antes que Cristina pudesse responder, uma batida forte atingiu a janela. Bateu de novo, um padrão de batidas que soava quase como um código.

Mark se levantou. Atravessou o quarto até a janela e a abriu, inclinando-se para fora. Quando voltou para dentro, tinha algo na mão.

Uma bolota. E os olhos de Cristina arregalaram. Bolotas eram a forma como as fadas enviavam mensagens umas para as outras. Escondidas em folhas, flores e outros materiais selvagens.

— Já? — disse ela, sem conseguir se conter. Não podiam deixá-lo em paz, sozinho com a família, nem por um tempinho, na própria casa?

Parecendo pálido e cansado, Mark esmagou a bolota no punho. Um pergaminho enrolado caiu. Ele o pegou e leu a mensagem em silêncio.

A mão dele se abriu. Mark deslizou para o chão, puxando os joelhos contra o peito, abaixando a cabeça para as mãos. Seus longos cabelos claros caíram para a frente quando o pergaminho voou para o chão. Um ruído baixo saiu de sua garganta, algo entre um rosnado e um ganido de dor.

Cristina pegou o papel. Nele estava escrito, com uma letra delicada: *Lembre-se de suas promessas: Lembre-se de que nada disso é real.*

— *Fogo para água* — disse Emma, enquanto voltavam pela rodovia para o Instituto. — Depois de todos esses anos, finalmente sei o que algumas das marcas significam.

Julian estava dirigindo. Emma tinha os pés apoiados no painel, sua janela estava abaixada, o ar suave do mar preenchia o carro e levantava seus cabelos claros em torno das têmporas. Era sempre assim que ela andava de carro com Julian, com os pés levantados e o vento no cabelo.

Era algo que Julian adorava, Emma ao seu lado, dirigindo com o céu azul no alto e o mar azul a oeste. Era uma imagem que parecia cheia de possibilidades, como se simplesmente pudessem continuar no carro para sempre, com o horizonte como único destino.

Era uma fantasia que às vezes se desenvolvia quando ele estava caindo no sono. Que ele e Emma fariam as malas e deixariam o Instituto, em um mundo onde ele não tinha crianças e não havia Lei, nem Cameron Ashdown, onde nada além dos limites do amor e da imaginação os impedia.

E, se havia duas coisas que ele acreditava que não tinham limites, eram amor e imaginação.

— Parece de fato um feitiço — falou Julian, forçando a mente a voltar ao presente. Ele acelerou, o vento soprando mais forte pela janela de Emma à medida que ganhavam velocidade. Os cabelos dela levantaram, seda clara entornando de suas tranças, deixando-a com uma aparência jovem e vulnerável.

— Mas por que o feitiço estaria gravado nos corpos? — perguntou Emma. A ideia de algo a machucando doeu no peito de Julian.

No entanto, ele a estava machucando. Sabia disso. Sabia e detestava. Ele achou que havia tido uma grande ideia quando resolveu levar as crianças para a Inglaterra por oito semanas. Sabendo que Cristina Rosales viria, sabendo que Emma não ficaria sozinha ou infeliz. Parecia perfeita.

Ele achou que as coisas fossem ser diferentes quando voltasse. Que ele estaria diferente.

Mas não.

— O que Magnus te disse? — perguntou ele, enquanto ela olhava pela janela, os dedos cicatrizados tamborilando uma tatuagem sem ritmo no joelho dobrado. — Ele sussurrou alguma coisa.

Um vinco apareceu entre as sobrancelhas dela.

— Ele disse que existem lugares onde Linhas Ley convergem. Presumo que ele queira dizer que, como elas dobram e se curvam, existem locais onde mais de uma se encontram. Talvez todas.

— E isso é importante porque...?

Ela balançou a cabeça.

— Não sei. Sabemos que todos os corpos foram desovados em Linhas Ley, e isso é um tipo específico de magia. Talvez as convergências tenham alguma característica que a gente precise entender. Devíamos encontrar um mapa das Linhas Ley. Aposto que Arthur saberia onde procurar na biblioteca. Se não, nós mesmos podemos encontrar.

— Ótimo.

— Ótimo? — Ela pareceu surpresa.

— Vai demorar alguns dias para Malcolm traduzir aqueles papéis, e não quero passar esses dias sentado no Instituto, olhando para Mark, esperando para que ele... esperando. É melhor que continuemos trabalhando, tendo o que fazer. — A voz dele soou cansada aos próprios ouvidos. Ele detestava isso, detestava qualquer sinal visível ou audível de fraqueza.

Apesar de, pelo menos, ser só com Emma, para quem ele podia demonstrar essas coisas. Emma, a única em sua vida que não precisava ser cuidada por ele. Não precisava que ele fosse perfeito ou perfeitamente forte.

Antes que Julian pudesse dizer qualquer outra coisa, o telefone de Emma tocou com um zumbido alto. Ela o pegou do bolso.

Cameron Ashdown. Ela franziu o rosto para a lhama na tela.

— Agora não — reclamou ela, e guardou o telefone na calça.

— Você vai contar para ele? — perguntou Julian, ouvindo a rigidez na própria voz, e a detestando. — Sobre tudo isso?

— Sobre Mark? Eu jamais contaria. Nunca.

Ele continuou segurando firme o volante, com a mandíbula dura.

— Você é meu *parabatai* — falou ela, mas agora tinha raiva na voz. — Você sabe que eu não contaria.

Julian pisou no freio. O carro saltou para a frente, o volante escapando de suas mãos. Emma gritou quando deslizaram da rodovia e quicaram em uma vala perto do acostamento, entre a rua e as dunas.

Poeira subia em volta do carro feito plumas. Julian se virou para Emma. Ela estava com a boca branca.

— Jules.

— Não quis dizer aquilo.

Ela o encarou.

— O quê?

— Você ser minha *parabatai* é a melhor coisa da minha vida — confessou Julian. As palavras foram simples e firmes, ditas sem qualquer indício de nada sendo contido. Ele vinha reprimindo tanto que o alívio foi quase insuportável.

Impulsivamente, ela soltou o cinto de segurança, levantando do assento para encará-lo com seriedade. O sol estava alto lá fora. De perto, ele conseguia ver linhas douradas nos olhos castanhos de Emma, o fraco esboço de sardas no nariz, as mechas mais claras de cabelo que pegavam sol, misturadas aos fios mais escuros na nuca. Tom amarelo, misturado com branco. Ele podia sentir o cheiro de água de rosas e de sabão em pó nela.

Ela se inclinou para ele, e o corpo de Julian perseguiu a sensação de proximidade, de tê-la de volta e perto. Os joelhos dela bateram nos dele.

— Mas você disse...

— Eu sei o que eu disse. — Ele virou para ela, girando o corpo no assento do motorista. — Enquanto estive fora, percebi algumas coisas. Coisas difíceis. Talvez tenha percebido antes mesmo de partir.

— Pode me contar. — Ela o tocou gentilmente na bochecha. Ele sentiu todo o corpo trancar de tensão. — Eu me lembro do que você disse sobre Mark ontem à noite — continuou ela. — Você nunca foi o irmão mais velho. Ele sempre foi. Se ele não tivesse sido levado, se Helen tivesse podido ficar, você teria feito outras escolhas porque teria tido quem cuidasse de você.

Ele suspirou.

— Emma. — Dor crua. — Emma, eu disse o que disse porque... porque às vezes acho que pedi que você fosse minha *parabatai* porque queria que você ficasse presa a mim. A Consulesa queria que você fosse para a Academia, e eu não podia suportar essa ideia. Já tinha perdido tanta gente. Não queria te perder também.

Ela estava tão perto que ele pôde sentir o calor da pele queimada de sol de Emma. Por um instante ela não disse nada, e ele se sentiu como se estivesse na forca, com o nó amarrado na garganta. Esperando apenas pela queda.

Então ela colocou a mão na dele sobre o painel entre os dois.

As mãos deles. As dela pareciam tão delicadas, mas tinham mais cicatrizes do que as dele, eram mais calejadas, a pele dela áspera contra a de Julian. A pulseira de vidro marinho brilhava como joia ao sol.

— As pessoas complicam as coisas porque as pessoas são complicadas — falou ela. — Tudo isso sobre como você deve tomar decisões sobre *parabatai* apenas por motivos puros, isso é idiotice.

— Eu queria que você fosse amarrada a mim — revelou ele. — Porque eu estava amarrado aqui. Talvez você devesse ter ido para a Academia. Talvez tivesse sido o lugar certo para você. Talvez eu tenha tirado algo de você.

Emma olhou para ele. O rosto dela estava aberto e cheio de confiança. Ele quase pensou que pudesse sentir as próprias convicções estilhaçando, as convicções que ele construiu quando viajou no começo do verão, as convicções que levou consigo para casa até o momento em que a viu. Ele pôde senti-las quebrando dentro de si, como madeira boiando no mar, chocando-se contra as pedras.

— Jules — chamou ela. — Você me deu uma família. Você me deu *tudo*.

Um telefone tocou de novo. O de Emma. Julian reclinou, com o coração acelerado, enquanto ela o tirava do bolso. Ele observou enquanto o rosto dela enrijecia.

— Livvy está mandando uma mensagem — resumiu ela. — Disse que Mark acordou. E ele está gritando.

Julian pisou fundo na volta para casa, Emma manteve as mãos fechadas sobre os joelhos enquanto o velocímetro ultrapassava os 120. Eles entraram no estacionamento atrás do Instituto, e ele pisou no freio. Julian se jogou do carro, e Emma correu atrás dele.

Eles chegaram ao segundo andar e viram os Blackthorn mais jovens sentados no chão do lado de fora do quarto de Mark. Dru estava encolhida, com Tavvy apoiado em sua lateral; Ty estava sozinho, sentado com as mãos penduradas entre os joelhos. Todos tinham olhares fixos; a porta estava entreaberta, e, através da abertura, Emma ouviu a voz de Mark, elevada e furiosa, e depois outra voz, mais baixa e mais calma: Cristina.

— Desculpe por ter mandado mensagem — disse Livvy baixinho. — É que ele estava gritando sem parar. Ele finalmente parou, mas... Cristina está lá com ele. Se algum de nós entra, ele uiva e grita.

— Meu Deus. — Emma foi para a porta, mas Julian a pegou e virou para que ela o encarasse. Ela olhou e viu que Ty tinha começado a se balançar, com os olhos fechados. Era algo que ele fazia quando as coisas eram demais: altas demais, duras demais, severas, rápidas ou dolorosas.

O mundo era mais intenso para Ty do que para qualquer pessoa, Julian sempre disse isso. Era como se os ouvidos dele escutassem com mais clareza, os olhos enxergassem melhor, e, às vezes, era demais para ele. Ele precisava cobrir o barulho, sentir alguma coisa com a mão para se distrair. Ele precisava se balançar para se acalmar. Todos processavam o estresse de um jeito diferente, Julian dizia. Era assim que Ty fazia, e isso não prejudicava ninguém.

— Em — falou Julian, com o rosto duro de tensão. — Preciso entrar sozinho.

Ela fez que sim com a cabeça. Ele a soltou quase relutantemente.

— Pessoal — anunciou Julian, olhando para os irmãos; para o rosto redondo e preocupado de Dru, para a face confusa de Tavvy, para os olhos infelizes de Livvy, e para os ombros encolhidos de Ty. — Vai ser difícil para Mark. Não podemos esperar que ele fique bem de uma hora para a outra. Ele passou muito tempo longe. Tem que se acostumar a estar aqui.

— Mas somos a família dele — argumentou Livvy. — Por que alguém precisaria se acostumar com a própria família?

— Pode acontecer — respondeu Julian, com aquela voz suave e paciente que às vezes impressionava Emma — se você tivesse passado muito tempo longe e se tivesse ido para algum lugar onde a mente engana a pessoa.

— Como o Reino das Fadas — disse Ty. Ele tinha parado de se balançar e estava apoiado na parede, os cabelos escuros molhados contra o rosto.

— Certo — disse Julian. — Então vamos ter que dar tempo a ele. Talvez deixá-lo sozinho um pouco. — Ele olhou para Emma.

Ela forçou um sorriso — meu Deus, ela era tão pior do que Jules nisso — e disse:

— Malcolm está trabalhando na investigação. Nos assassinatos. Achei que pudéssemos ir até a biblioteca pesquisar sobre Linhas Ley.

— Eu também? — perguntou Drusilla.

Emma disse:

— Você pode ajudar a fazer um mapa. Tudo bem?

Dru fez que sim com a cabeça.

— Tudo bem.

Ela se levantou, e os outros foram atrás. Enquanto Emma os conduzia pelo corredor, um grupo quietamente vencido, ela olhou para trás apenas uma vez. Julian estava perto da porta do quarto de Mark, observando-os. Seus olhos encontraram os dela por uma fração de segundos antes de ele desviar, como se ele não a tivesse visto olhar.

Se ao menos Emma estivesse com ele, Julian pensou ao abrir a porta, isso seria mais fácil. Tinha que ser mais fácil. Quando Emma estava com ele, era como se ele respirasse o dobro de oxigênio, tivesse duas vezes mais sangue, tivesse dois corações para conduzir o próprio corpo. Ele atribuiu isso à magia *parabatai*: ela fazia com que ele fosse duas vezes mais o que seria sem ela.

Mas ele teve que mandá-la ir com as crianças; ele não confiava em mais ninguém com elas e, definitivamente, não confiava em Arthur. Arthur, pensou amargamente, que se escondia no sótão enquanto um de seus sobrinhos tentava desesperadamente manter a família unida e outro...

— Mark? — chamou Julian.

O quarto parecia mal iluminado, as cortinas fechadas. Dava para ver Cristina sentada no chão, de costas para a parede. Ela estava com uma das mãos no pingente do colar, e a outra no quadril, onde algo brilhava entre seus dedos.

Mark ia de um lado para o outro ao pé da cama, com o cabelo no rosto. Dava para ver o quanto ele estava magro; havia músculos vigorosos nele, mas do tipo que você ganhava passando fome e seguindo em frente ainda assim. A cabeça dele se levantou quando Julian disse seu nome.

Os olhares se encontraram, e, por um momento, Julian viu um lampejo de reconhecimento nos olhos do irmão.

— Mark — repetiu ele, e deu um passo para a frente, com a mão esticada. — Sou eu. Jules.

— Não... — começou Cristina, mas foi tarde demais. Mark estava mostrando os dentes em um sibilo furioso.

— Mentiras. — Ele rosnou. — Alucinações... eu o conheço... Gwyn o enviou para me enganar...

— Sou seu irmão — repetiu Julian. A expressão no rosto de Mark era selvagem.

— Você conhece os desejos do meu coração — disse Mark. — E os está utilizando contra mim, como facas.

Julian olhou para Cristina. Ela estava se levantando lentamente, como se estivesse se preparando para se colocar entre os dois irmãos, caso isso fosse necessário.

Mark se virou para Jules. Seus olhos estavam cegos, sem enxergar.

— Você traz os gêmeos para mim e os mata sem parar. Meu Ty, ele não entende por que não posso salvá-lo. Você me traz Dru e, quando ela ri e pede para ver o castelo dos contos de fada, todo cheios de cercas vivas, você a joga contra os espinhos até que eles furem o corpinho dela. E você me lava com o sangue de Octavian, pois o sangue de uma criança inocente é mágico sob a colina.

Julian não se aproximou mais. Ele se lembrou do que Jace Herondale e Clary Fairchild contaram a ele e à irmã, sobre o encontro que tiveram com

Mark há anos sob as colinas das fadas, os olhos partidos e as marcas de chicote no corpo.

Mark era forte, ele repetiu para si mesmo na escuridão de mil noites que se seguiram. Ele aguentaria. Julian só pensava na tortura do corpo. Não tinha pensado na tortura da mente.

— E Julian — falou Mark. — Ele é forte demais para quebrar. Você tenta quebrá-lo em movimento, tenta rasgá-lo com espinhos e lâminas, mas nem assim ele desiste. Então você o leva até Emma, pois os desejos de nossos corações são facas para você.

Foi demais para Julian. Ele avançou, agarrando um dos pilares da cama para se apoiar.

— Mark — começou Julian. — Mark Antony Blackthorn. Por favor. Não é um sonho. Você realmente está aqui. Está em casa.

Ele alcançou a mão de Mark. Mark a puxou de volta, para longe dele.

— Você é uma fumaça mentirosa.

— Sou seu irmão.

— Não tenho irmãos e irmãs, não tenho família, sou sozinho. Cavalgo com a Caçada Selvagem. Sou leal a Gwyn, o Caçador. — Mark recitou as palavras como um mantra.

— Não sou Gwyn — disse Julian. — Sou um Blackthorn. Tenho sangue Blackthorn, assim como você.

— Você é um fantasma e uma sombra. Você é a crueldade da esperança. — Mark virou o rosto. — Por que está me punindo? Não fiz nada para desagradar a Caçada.

— Não tem nenhuma punição aqui. — Julian deu um passo para perto de Mark. Mark não se mexeu, mas seu corpo tremeu. — Essa é a sua casa. Posso provar.

Ele olhou por cima do ombro. Cristina estava completamente imóvel contra a parede, e ele viu que o brilho na mão dela era uma faca. Claramente ela esperava para ver se Mark ia atacá-lo. Julian ficou se perguntando por que ela se dispôs a ficar sozinha no quarto com Mark; será que não tinha medo?

— Não existem provas — sussurrou Mark. — Não quando você pode criar uma ilusão diante dos meus olhos.

— Eu sou seu irmão — repetiu Julian. — E, para provar, vou dizer algo que só o seu irmão saberia.

Com isso, Mark levantou o olhar. Algo piscou em seus olhos, como uma luz brilhando em uma água distante.

— Eu me lembro do dia em que o levaram — falou Julian.

Mark se encolheu.

— Qualquer fada saberia disso...

— Nós estávamos na sala de treinamento. Ouvimos barulhos, e você desceu. Mas antes de ir, você me disse uma coisa. Você se lembra?

Mark ficou parado.

— Você disse "fique com Emma" — continuou Julian. — Você me mandou ficar com ela, e eu fiquei. Somos *parabatai* agora. Cuidei dela por todos esses anos, e sempre vou cuidar, porque você me pediu, porque a última coisa que você me disse foi isso, porque...

Ele se lembrou, então, que Cristina estava ali, e se interrompeu subitamente. Mark olhava fixamente para ele, em silêncio. Julian sentiu o desespero inflar dentro dele. Talvez fosse um truque das fadas; talvez tivessem devolvido Mark, mas tão destruído e vazio que ele não era mais Mark. Talvez...

Mark quase caiu para a frente e abraçou Julian.

Julian mal conseguiu se ajeitar antes de quase cair no chão. Mark estava magro como uma corda, mas era forte, suas mãos agarraram a camisa de Julian. Ele sentiu o coração de Mark martelando, sentiu os ossos afiados sob a pele. Ele cheirava a terra, míldio, grama e ar noturno.

— Julian — disse Mark, abafado, com o corpo tremendo. — Julian, meu irmão, meu irmão.

Em algum lugar ao longe, Julian ouviu o clique da porta ao se fechar; Cristina os tinha deixado a sós.

Julian suspirou. Ele queria relaxar no abraço do irmão, permitir que Mark o abraçasse como outrora o fez. Mas Mark estava mais magro do que antes, mais frágil sob suas mãos. Ele é que abraçaria Mark de agora em diante. Não foi o que tinha imaginado ou sonhado, mas era a realidade. Era seu irmão. Ele apertou as mãos em volta de Mark e preparou o coração para mais esse fardo.

A biblioteca do Instituto de Los Angeles era pequena — nada como as famosas bibliotecas de Nova York e Londres, mas ainda assim conhecida por sua coleção surpreendentemente grande de livros em grego e latim. Tinham mais livros sobra magia e ocultismo no período clássico do que o Instituto do Vaticano.

Outrora a biblioteca teve azulejos de argila e janelas antigas; agora era um salão moderno. A velha biblioteca fora destruída durante o ataque de Sebastian Morgenstern ao Instituto, os livros acabaram espalhados entre tijolos e deserto. Após a reconstrução, ela era feita de vidro e aço. O chão era de pedra polida, liso e brilhante com a aplicação de feitiços de proteção.

Uma rampa em espiral começava no lado norte do primeiro andar e subia pelas paredes; o lado externo da rampa continha livros e janelas, ao passo que o interno, de frente para o interior da biblioteca, era um corrimão na altura do ombro. No alto, havia uma abertura — uma claraboia fechada por uma larga tranca de bronze, feita de vidro espesso e também decorada com símbolos de proteção.

Os mapas ficavam em um baú enorme decorado com o brasão da família Blackthorn — um anel de espinhos — e com o lema da família abaixo: *lex malla, lex nulla*.

Uma lei ruim não é lei.

Emma suspeitava que os Blackthorn nem sempre tivessem tido boas relações com o Conselho.

Drusilla remexia o baú de mapas. Livvy e Ty estavam na mesa com mais mapas, e Tavvy brincava embaixo dela com soldadinhos de plástico.

— Dá para saber se Julian está bem? — perguntou Livvy, apoiando o queixo na mão e encarando Emma ansiosamente. — Você sabe, como ele está se sentindo...

Emma balançou a cabeça.

— *Parabatai* não é bem assim. Quero dizer, consigo sentir se ele estiver machucado, fisicamente, mas não tanto com as emoções.

Livvy suspirou.

— Seria tão bom ter um *parabatai*.

— Não vejo por quê — disse Ty.

— Alguém que sempre cuide de você — respondeu a menina. — Alguém que sempre vai protegê-lo.

— Eu faria isso por você de qualquer jeito — retrucou Ty, puxando um mapa para si. Era uma discussão que já tinham tido antes; Emma havia escutado uma variação da mesma meia dúzia de vezes.

— Nem todo mundo nasceu para ter um — disse ela.

Por um momento desejou que tivesse palavras para explicar melhor: como amar alguém mais do que a si mesmo dava força e coragem; como se ver nos olhos de seu *parabatai* significava enxergar a melhor versão de você mesma; como, na melhor das hipóteses, lutar ao lado de seu *parabatai* era como tocar instrumentos harmoniosamente um com o outro, cada trecho musical melhorando o do outro.

— Ter alguém que jure protegê-lo dos perigos — disse Livvy, com os olhos brilhando. — Alguém que colocaria a mão no fogo por você.

Brevemente Emma se lembrou de que Jem um dia lhe disse que seu *parabatai*, Will, colocou a mão no fogo para pegar um remédio que salvaria a vida dele. Talvez ela não devesse ter contado essa história a Livvy.

— Nos filmes, Watson se joga na frente de Sherlock quando ouve um tiro — disse Ty, parecendo pensativo. — Isso é tipo *parabatai*.

Livvy pareceu ligeiramente confusa, e Emma sentiu dó. Se Livvy dissesse que isso não era tipo *parabatai*, Ty questionaria. Se ela concordasse que era, ele observaria que não era preciso ser *parabatai* para saltar na frente de alguém em uma situação de perigo. Ele não estava enganado, mas ela se solidarizava com o desejo de Livvy de ser *parabatai* de Ty. De garantir que o irmão sempre estivesse ao seu lado.

— Consegui! — Drusilla anunciou de repente. Ela se levantou da função de revirar os mapas nos baús e apareceu com um grande pedaço de pergaminho nas mãos. Livvy, abandonando a discussão sobre *parabatai*, se apressou para ajudá-la a levar tudo para a mesa.

Em uma vasilha clara no centro da mesa havia um monte de vidro marinho que os Blackthorn colecionaram ao longo dos anos: pedaços de azul leitoso, verde, cobre e vermelho. Emma e Ty utilizaram o vidro azul como peso para as pontas do mapa das Linhas Ley.

Tavvy, agora sentado à beira da mesa, tinha começado a separar o resto dos vidros marinhos por cor. Emma permitiu; ela não sabia de que outro jeito poderia mantê-lo distraído então.

— Linhas Ley — falou Emma, passando o indicador pelas linhas longas do mapa. Era um mapa de Los Angeles que provavelmente datava dos anos 1940. Havia pontos de referência sob as Linhas Ley: o Crossroads of the World, em Hollywood, o prédio Bullocks, em Wilshire, a estrada de ferro Angels Flight, em Bunker Hill, o Píer de Santa Monica, a curva que jamais mudava da costa e do oceano. — Todos os corpos foram deixados onde havia uma Linha Ley. Mas Magnus disse que existem lugares onde todas as Linhas Ley convergem.

— O que isso tem a ver com alguma coisa? — Livvy quis saber, prática como sempre.

— Não sei, mas não acho que ele teria dito isso se não fosse importante. Imagino que o ponto de convergência tenha alguma magia muito poderosa.

Enquanto Ty estudava o mapa com um vigor renovado, Cristina entrou na biblioteca e fez um gesto para que Emma viesse falar com ela. Emma saiu da mesa e seguiu Cristina até a cafeteira perto da janela. Era ligada por energia enfeitiçada, o que significava que sempre tinha café, apesar de o café nem sempre ser muito bom.

— Está tudo bem com Julian? — perguntou Emma. — E Mark?

— Estavam conversando quando eu saí. — Cristina encheu dois copos com café preto e pegou açúcar de um pote no parapeito da janela. — Julian conseguiu acalmá-lo.

— Julian consegue acalmar qualquer pessoa. — Emma pegou o segundo copo de café, aproveitando o calor contra a pele, apesar de não gostar de fato de café, e não tender a tomá-lo. Além disso, seu estômago estava tão cheio de nós que ela não achava que devesse forçar nada.

Ela foi até a mesa onde os Blackthorn estavam discutindo sobre o mapa das Linhas Ley.

— Bem, não posso fazer nada se não faz sentido — dizia Ty irritadiço. — É aqui que diz que está a convergência.

— Onde? — perguntou Emma, chegando por trás dele.

— Aqui. — Dru apontou para o círculo que Ty tinha marcado a lápis no mapa. Era em cima do mar, mais longe de Los Angeles do que a Ilha Catalina.

— Ninguém vai poder fazer magia lá.

— Acho que Magnus só estava puxando papo — disse Livvy.

— Ele provavelmente não sabia... — começou Emma, se interrompendo quando a porta da biblioteca abriu.

Era Julian. Ele entrou no recinto e chegou um pouco para o lado, timidamente, como um mágico apresentando o resultado de um truque.

Mark atravessou a entrada depois dele. Julian deve ter pegado as coisas de Mark do depósito. Ele estava com uma calça jeans um pouco curta — provavelmente alguma antiga — e uma das camisetas de Julian, cinza e um pouco desbotada. Em contraste, seu cabelo era muito louro, quase prateado. Batia nos ombros, mas parecia um pouco menos emaranhado, como se ele tivesse pelo menos escovado os gravetos para fora.

— Oi — cumprimentou ele.

Os irmãos olharam para ele com espanto silencioso e olhos arregalados.

— Mark queria vê-los — disse Julian. Ele esticou o braço para afagar o próprio cabelo atrás da nuca, como se não tivesse ideia do que fazer em seguida.

— Obrigado — disse Mark. — Pelos presentes de boas-vindas que me deram.

Os Blackthorn continuaram encarando. Ninguém se moveu, exceto Tavvy, que lentamente repousou os vidros marinhos sobre a mesa.

— A caixa — esclareceu Mark. — No meu quarto.

Emma sentiu o copo de café que segurava sendo retirado de sua mão. Ela emitiu um ruído indignado, mas Cristina já o tinha pegado, e estava atravessando a sala, caminhando até Mark, com a coluna reta. Ela estendeu o copo.

— Quer um pouco? — ofereceu.

Parecendo aliviado, ele aceitou. Então o levou até a boca e engoliu, a família toda olhando para ele com fascínio, como se ele estivesse fazendo algo que ninguém jamais houvesse feito.

Ele fez uma careta. Afastando-se de Cristina, tossiu e cuspiu.

— O que é isso?

— Café. — Cristina pareceu espantada.

— Tem gosto do mais amargo dos venenos — respondeu Mark indignado.

Livvy de repente riu. O barulho cortou o silêncio do resto da sala, a posição congelada dos outros.

— Você adorava café — falou ela. — Eu me lembro disso a seu respeito!

— Não consigo imaginar por quê. Nunca provei nada tão nojento. — Mark fez uma careta.

Os olhos de Ty se moveram entre Julian e Livvy; ele parecia ansioso e animado, os dedos longos batucavam a mesa diante de si.

— Ele não está mais acostumado com café — falou para Cristina. — Não tem café no Reino das Fadas.

— Tome. — Livvy se levantou, pegando uma maçã da mesa. — Coma isso, então — falou, se adiantando e entregando a maçã ao irmão. Emma a achou parecida com uma Branca de Neve mais atual, com longos cabelos escuros e uma maçã na mão branca. — Não tem problemas com maçãs, tem?

— Meus agradecimentos, graciosa irmã. — Mark fez uma reverência e pegou a maçã enquanto Livvy olhava para ele com a boca parcialmente aberta.

— Você nunca me chama de "graciosa irmã" — reclamou Livvy, voltando-se para Julian com um olhar acusador.

Ele sorriu.

— Eu a conheço bem demais, pingo de gente.

Mark esticou o braço e puxou a corrente do próprio pescoço. Pendurada nela, via-se o que parecia a ponta de uma flecha. Era transparente, como se fosse feita de vidro, e Emma se lembrava de já ter visto algo parecido em fotos que Diana havia mostrado.

Mark começou a usar a borda do pingente para descascar a maçã, como se aquilo fosse um hábito. Tavvy, que tinha voltado para baixo da mesa e observava, emitiu um ruído interessado. Mark olhou para ele e deu uma piscadela. Tavvy voltou para baixo da mesa, mas Emma viu que ele sorria.

Ela não conseguia parar de olhar para Jules. E pensou em como ele limpou o quarto de Mark, tirando vorazmente as coisas do irmão e empilhando-as como se pudesse estilhaçar suas lembranças. Durou somente um dia, mas ele tinha sombras nos olhos desde então. Ela ficou imaginando, se Mark ficasse, será que as sombras desapareceriam?

— Gostou dos presentes? — perguntou Dru, girando em torno da mesa, o rosto redondo ansioso. — Coloquei pão e manteiga para você, caso ficasse com fome.

— Eu não soube o que eram todas as coisas — falou Mark com sinceridade.
— As roupas foram muito úteis. O objeto preto de metal...

— É o meu microscópio — disse Ty, olhando para Julian, em busca de aprovação. — Achei que você pudesse gostar.

Julian se apoiou contra a mesa. Ele não perguntou a Ty por que Mark ia querer um microscópio, apenas esboçou seu sorriso de lado, delicado.

— Foi gentil de sua parte, Ty.

— Tiberius quer ser detetive — explicou Livvy para Mark. — Como Sherlock Holmes.

Mark pareceu confuso.

— É alguém que conhecemos? Como um feiticeiro?

— É um personagem literário — respondeu Dru, rindo.

— Tenho todos os livros de Sherlock Holmes — disse Ty. — Sei todas as histórias. São 56 contos e quatro romances. Posso contar para você. E ensinar como se usa o microscópio.

— Acho que passei manteiga nele — admitiu Mark, parecendo envergonhado.
— Não me lembrei que era uma ferramenta científica.

Emma olhou preocupada para Ty — ele era muito meticuloso com suas coisas e poderia ficar profundamente chateado com qualquer pessoa tocando-as ou tirando do lugar. Mas ele não parecia irritado. Alguma coisa na franqueza de Mark parecia encantá-lo, do jeito que ele, às vezes, se encantava com um icor demoníaco incomum ou o ciclo de vida das abelhas.

Mark tinha cortado a maçã em pedaços cuidadosos e comia lentamente, como alguém acostumado a ter que fazer sua comida durar. Ele era muito magro, mais magro do que um Caçador de Sombras da sua idade normalmente seria — Caçadores de Sombras eram estimulados a comer e treinar, comer e treinar, ganhar músculos e energia. A maioria dos Caçadores de Sombras, em função do constante e brutal treinamento físico, variava entre magro e musculoso, apesar de Drusilla ser mais cheinha, algo que a incomodava cada vez mais, conforme crescia. Emma sempre sofria ao ver o rubor que coloria as bochechas de Dru quando o uniforme designado a meninas da sua idade não cabia nela.

— Ouvi vocês falando em convergências — disse Mark, indo em direção aos outros, cuidadosamente, como se não tivesse certeza de que era bem-vindo. Seus olhos levantaram, e, para surpresa de Emma, ele olhou para Cristina. — A convergência das Linhas Ley é um local onde magia negra pode ser executada sem que a detectem. O Povo das Fadas sabe muito sobre as Linhas Ley e a usa com frequência. — Ele tinha colocado a ponta da flecha de volta no pescoço; ela brilhou quando ele abaixou a cabeça para olhar o mapa na mesa.

— Este é um mapa das Linhas Ley em Los Angeles — disse Cristina. — Todos os corpos foram encontrados nelas.

— Errado — observou Mark, inclinando-se para a frente.

— Não, ela está certa — respondeu Ty com o rosto franzido. — É um mapa de Linhas Ley e os corpos foram desovados nelas.

— Mas o mapa está incorreto — apontou Mark. — As linhas não são precisas, nem os pontos de convergência. — Sua mão direita de dedos longos passou sobre o círculo desenhado a lápis por Ty. — Não está nada correto. Quem fez esse mapa?

Julian se aproximou, e, por um instante, ele e o irmão ficaram ombro a ombro, os cabelos claro e escuro em um contraste marcante.

— É o mapa do Instituto, presumo.

— Pegamos do baú — disse Emma, inclinando-se sobre ele do outro lado da mesa. — Com todos os outros mapas.

— Bem, foi alterado — disse Mark. — Precisaremos de um mapa correto.

— Talvez Diana possa conseguir um — falou Julian, alcançando um bloco de papel e um lápis. — Ou poderíamos pedir para Malcolm.

— Ou ver o que conseguimos no Mercado das Sombras — disse Emma, sorrindo sem qualquer arrependimento ao ver o olhar de Julian. — Só uma sugestão.

Mark olhou para o irmão e depois para os outros, claramente preocupado.

— Isso ajudou? — perguntou. — Foi alguma coisa que eu não deveria ter dito?

— Tem certeza? — disse Ty, olhando do mapa para o irmão, e alguma coisa em seu rosto era tão aberta quanto uma porta. — O mapa está incorreto?

Mark fez que sim com a cabeça.

— Então ajudou— respondeu Ty. — Poderíamos ter perdido dias em um mapa errado. Talvez até mais.

Mark exalou aliviado. Julian colocou a mão nas costas do irmão. Livvy e Dru sorriram. Tavvy estava olhando de baixo sob a mesa, claramente curioso. Emma olhou para Cristina. Os Blackthorn pareciam unidos por uma espécie de força invisível; naquele momento eram realmente uma família, e Emma nem conseguia se importar com o fato de que ela e Cristina estavam de fora.

— Eu posso tentar corrigir — disse Mark. — Mas não sei se tenho essa capacidade. Helen... Helen saberia. — Ele olhou para Julian. — Ela é casada, e está longe, mas imagino que vá voltar para fazer isso? E para me ver?

Foi como observar vidro se quebrando em câmera lenta. Nenhum dos Blackthorn se mexeu, nem mesmo Tavvy, mas um branco se espalhou por suas feições ao perceberem exatamente o quanto Mark não sabia.

Mark empalideceu e lentamente colocou o meio da maçã na mesa.

— O que foi?

— Mark — começou Julian, olhando para a porta —, vamos conversar no seu quarto, e não aqui...

— Não — interrompeu Mark, a voz se elevando com medo. — Vai me contar agora. Onde está minha irmã cem por cento de sangue, a filha de Lady Nerissa? Onde está Helen?

Fez-se um silêncio dolorosamente desconfortável. Mark olhava para Julian; eles não estavam mais lado a lado. Mark tinha se afastado, tão quieta e rapidamente que Emma não viu acontecer.

— Você disse que ela estava viva — acusou Mark, e em sua voz havia medo e acusação.

— Ela está. — Emma se apressou em responder. — Ela está bem.

Mark emitiu um ruído impaciente.

— Então quero saber onde está minha irmã. Julian?

Mas não foi Julian quem respondeu.

— Ela foi embora quando decretaram a Paz Fria — explicou Ty, para surpresa de Emma. Ele soou prático. — Foi exilada.

— Houve uma votação — continuou Livvy. — Alguns integrantes da Clave queriam matá-la, por causa do sangue de fada, mas Magnus Bane defendeu os direitos dos membros do Submundo. Helen foi mandada para a Ilha Wrangel para estudar as barreiras de proteção.

Mark se apoiou na mesa, com a palma da mão esticada sobre ela, como se estivesse tentando recuperar o fôlego após levar um soco.

— Ilha Wrangel — sussurrou ele. — É um lugar frio; gelo e neve. Já cavalguei por aquelas terras com a Caçada. Nunca soube que minha irmã estava lá, no meio do lixo congelado.

— Não teriam deixado você vê-la, mesmo que soubesse — comentou Julian.

— Mas vocês deixaram que ela fosse mandada para lá. — Os olhos bicolores de Mark ardiam. — Deixaram que ela fosse exilada.

— Nós éramos crianças. Eu tinha 12 anos. — Julian não levantou a voz; os olhos azuis estavam frios e secos. — Não tivemos escolha. Falamos com Helen toda semana, e todo ano pedimos para a Clave permitir que ela volte.

— Discurso e petições. — Mark desdenhou. — É o mesmo que nada. Eu sabia... eu sabia que eles tinham escolhido não me procurar. Sabia que tinham me abandonado com a Caçada Selvagem. — Ele engoliu em seco dolorosamente. — Achei que fosse porque tinham medo de Gwyn e da vingança da Caçada. Não por me odiarem e desprezarem.

— Não era ódio — disse Julian. — Era medo.

— Disseram que não podíamos procurar você — falou Ty. Ele tinha pegado um dos brinquedos do bolso: um pedaço de cabo que constantemente passava pelos dedos, dobrando e formando oitos. — Que era proibido. E também nos proibiram de visitar Helen.

Mark olhou para Julian; os olhos agora sombrios de fúria, preto e bronze.

— Vocês sequer tentaram?

— Não vou brigar com você, Mark — disse Julian. A lateral da boca estava tremendo; era algo que só acontecia quando ele estava muito chateado, e algo que, Emma supunha, só ela notaria.

— Não vai brigar *por* mim também — disse Mark. — Isso está bem claro. — Ele olhou em volta do quarto. — Voltei para um mundo onde não me querem, ao que parece — falou, e se retirou da biblioteca.

Fez-se um silêncio terrível.

— Vou atrás dele — disse Cristina, saindo de lá. No silêncio deixado por sua partida, os Blackthorn olharam para Jules, e Emma combateu o impulso de correr e se colocar entre ele e os olhares suplicantes de seus irmãos; eles o olhavam como se ele pudesse consertar aquilo, consertar tudo, como sempre fazia.

Mas Julian estava completamente imóvel, com os olhos semicerrados e os punhos fechados. Ela se lembrou de como ele olhou para ela no carro, do desespero em sua expressão. Havia poucas coisas na vida capazes de perturbar a calma de Julian, mas Mark era, e sempre tinha sido, uma delas.

— Vai ficar tudo bem — garantiu Emma, esticando a mão para afagar o braço macio de Dru. — Claro que ele está furioso; ele tem todo o direito de estar, mas não está com raiva de nenhum de *vocês*. — Emma olhou para Julian, por cima da cabeça, tentando captar o olhar dele, tranquilizá-lo. — Vai ficar tudo bem.

A porta se abriu outra vez, e Cristina voltou para o recinto. Julian voltou o olhar para ela bruscamente.

As tranças escuras e lustrosas de Cristina estavam enroladas e brilhavam enquanto ela balançava a cabeça.

— Ele está bem — falou —, mas se trancou no quarto, e acho melhor ele ficar sozinho. Posso ficar no corredor se vocês quiserem.

Julian balançou a cabeça.

— Obrigado — disse o garoto. — Mas ninguém precisa ficar de olho nele. Ele é livre para ir e vir.

— Mas e se ele se machucar? —Tavvy foi quem perguntou. Sua voz soou baixa e fraca.

Julian se abaixou e pegou o irmão no colo, abraçando Tavvy com força, uma vez, antes de colocá-lo novamente no chão. Tavvy ficou segurando a camisa de Jules.

— Isso não vai acontecer — respondeu Julian.

— Quero ir até o estúdio — disse Tavvy. — Não quero ficar aqui.

Julian hesitou, em seguida, concordou. O estúdio no qual pintava era um lugar para onde frequentemente levava Tavvy quando o irmãozinho estava assustado: Tavvy achava as tintas, os papéis e até os pincéis relaxantes.

— Eu o levo até lá — falou. — Tem sobra de pizza na cozinha se alguém quiser, e sanduíches, e...

— Está tudo bem, Jules — disse Livvy. Ela havia se sentado à mesa, perto do irmão gêmeo; ela estava acima de Ty enquanto ele olhava o mapa de Linhas Ley, com a boca rija. — Cuidaremos do jantar. Vamos ficar bem.

— Levo alguma coisa para você comer — disse Emma. — E para Tavvy também.

Obrigado, Jules moveu a boca sem emitir som e se virou para a porta. Antes de alcançá-la, Ty, que estava quieto desde que Mark saiu, se pronunciou:

— Você não vai puni-lo — perguntou, com a corda enrolada firmemente nos dedos da mão esquerda —, vai?

Julian virou, claramente surpreso.

— Punir Mark? Por quê?

— Por todas as coisas que ele disse. — Ty estava vermelho, desenrolando a corda lentamente ao deslizá-la pelos dedos. Ao longo de anos observando o irmão e tentando aprender, Julian tinha entendido que, no tocante a sons e luzes, Ty era muito mais sensível do que a maioria das pessoas. Mas em relação a toque, isso o fascinava. Foi como Julian aprendeu a criar distrações e ferramentas manuais para Ty, observando o irmão passar horas investigando a textura da seda ou da lixa, as ondulações das conchas e a aspereza das pedras.

— Foi tudo verdade, é a verdade. Ele falou a verdade e ajudou com a investigação. Não deve ser punido por isso.

— Claro que não — disse Julian. — Nenhum de nós o puniria.

— Não é culpa dele se não entende tudo — continuou Ty. — Ou se as coisas são demais para ele. Não é culpa dele.

— Ty-Ty — disse Livvy. Era o apelido de Emma para Tiberius quando ele era bebê. Desde então, a família inteira o adotou. Ela esticou o braço para esfregar o ombro dele. — Vai ficar tudo bem.

— Não quero que Mark vá embora outra vez — disse Ty. — Entendeu, Julian?

Emma observou enquanto o peso daquilo, a responsabilidade, recaía sobre Julian.

— Entendi, Ty — retrucou ele.

8

Fora da Nuvem à Noite

Emma abriu a porta do estúdio de Julian com o ombro, se esforçando para não entornar nada das canecas cheias de sopa que trazia.

Havia dois cômodos no estúdio de Julian: o que Julian permitia que as pessoas vissem, e o que não permitia. A mãe dele, Eleanor, usava o cômodo maior como um estúdio, e o menor como uma sala escura para revelar fotos. Ty frequentemente perguntava se os produtos químicos de revelação e a armação continuavam intactos, e se ele poderia utilizá-los.

Mas a segunda sala do estúdio era a única coisa que ele não cedia à vontade dos irmãos mais novos e não oferecia para dar o que era seu. A porta preta ficava fechada e trancada, nem Emma podia entrar.

E ela sequer pedia. Julian tinha pouquíssima privacidade, ela não queria impedi-lo de aproveitar o pouco que conseguia.

O estúdio principal era lindo. Duas das paredes eram de vidro, uma dava para o mar, a segunda, para o deserto. As outras duas exibiam um tom marrom acinzentado clarinho, e as telas da mãe de Julian — pinturas abstratas em cores fortes — ainda as adornavam.

Jules ocupava a ilha central, um enorme bloco de granito cuja superfície era coberta por maços de papel, caixas de tinta de aquarela; tubos de tinta com nomes líricos: vermelho de alizarina, laranja de cádmio, azul ultramarino.

Ele levantou uma das mãos e colocou um dedo contra os lábios, olhando para o lado. Tavvy estava sentado em um pequeno cavalete, munido de uma caixa aberta de tintas atóxicas. Ele as espalhava sobre uma longa folha de papel pardo, parecendo satisfeito com sua criação multicolorida. Havia tinta laranja nos cachos castanhos.

— Acabei de acalmá-lo — falou Julian, enquanto Emma se aproximava e colocava as canecas na ilha. — O que está acontecendo? Alguém falou com Mark?

— A porta continua trancada — disse Emma. — Os outros estão na biblioteca. — Ela empurrou uma caneca na direção dele. — Tome — falou. — Cristina quem fez. Sopa de Tortilla. Apesar de ela ter dito que temos as pimentas erradas.

Julian pegou uma caneca e se ajoelhou para colocá-la perto de Tavvy. O irmão levantou o olhar e piscou para Emma como se tivesse acabado de notar sua presença.

— Jules mostrou os retratos? — Quis saber. Azul tinha se juntado ao laranja e ao amarelo em seu cabelo. Ele parecia um pôr do sol.

— Que retratos? — perguntou Emma, enquanto Julian se ajeitava.

— Os nossos. As cartas.

Ela ergueu uma sobrancelha para Jules.

— Que cartas?

Ele ruborizou.

— Retratos — respondeu. — Fiz no estilo Rider-Waite, como o tarô.

— O tarô mundano? — insistiu Emma, enquanto Jules alcançava um portfólio.

Caçadores de Sombras costumavam evitar objetos de superstição mundana: quiromancia, astrologia, bolas de cristal, cartas de tarô. Não era proibido ter ou tocá-las, mas eram associadas a pessoas desagradáveis das fronteiras da magia, como Johnny Rook.

— Fiz algumas mudanças — disse Julian, abrindo o livro para mostrar uma porção de papéis, cada qual com uma ilustração colorida e marcante. Havia Livvy com seu sabre e cabelos esvoaçantes, mas em vez do nome dela, lia-se A PROTETORA. Como sempre, as pinturas de Julian pareciam emocioná-la, uma linha direta ao seu coração, fazendo com que ela tivesse a sensação de entender o que Julian sentiu enquanto pintava. Olhando a foto de Livvy, Emma sentiu admiração, amor e até medo da perda. Julian jamais diria isso, mas ela desconfiava que ele estava assistindo ao crescimento de Livvy e Ty com um pouco mais que medo.

E então havia Tiberius, com uma mariposa da morte voando sobre a mão, seu belo rosto para baixo e para longe do espectador. A figura transmitia a Emma uma sensação de amor voraz, inteligência e vulnerabilidade. Abaixo dele dizia: O GÊNIO.

E então vinha A SONHADORA — Dru com a cabeça enfiada em um livro —, e O INOCENTE — Tavvy de pijama, com a cabeça sonolenta apoiada na mão. As cores eram quentes, afetuosas e carinhosas.

E então vinha Mark. Braços cruzados, cabelos louros como palha, usando uma camisa com estampa de asas abertas. Cada asa tinha um olho: um dourado, outro azul. Uma corda o envolvia pelo calcanhar, esticando-se para fora da moldura.

O PRISIONEIRO, dizia.

O ombro de Jules tocou o de Emma quando ela se inclinou para examinar a imagem. Como todos os desenhos de Julian, pareceu sussurrar para ela em uma língua silenciosa: perda, dizia, tristeza e anos irrecuperáveis.

— Era isso que você estava fazendo na Inglaterra? — perguntou ela.

— Era. Eu queria fazer o baralho todo. — Ele esticou o braço e esfregou os próprios cachos castanhos. — Eu talvez tenha que mudar o nome da carta de Mark — comentou. — Agora que ele está livre.

— Se ele permanecer livre. — Emma colocou de lado o desenho de Mark e viu que o seguinte era de Helen, entre campos de gelo, seus cabelos claros cobertos por um gorro de tricô. A SEPARADA, dizia. Havia outra carta, A DEDICADA, para a mulher dela, Aline, cujos cabelos escuros formavam uma nuvem ao seu redor. Ela usava o anel Blackthorn no dedo. E a última era de Arthur, sentado à mesa. Um laço vermelho corria no chão abaixo dele, cor de sangue. Não tinha título.

Julian esticou o braço e as colocou de volta no caderno.

— Ainda não acabei.

— Eu vou ganhar alguma carta? — provocou Emma. — Ou são só para os Blackthorn de sangue e os Blackthorn por casamento?

— Por que você não desenha a Emma? — perguntou Tavvy, olhando para o irmão. — Você nunca desenha a Emma.

Emma viu Julian ficar tenso. Era verdade. Julian raramente desenhava pessoas, mas, mesmo quando o fazia, já não desenhava Emma havia anos. A última vez que ela se lembrava de ter sido desenhada por ele fora no retrato de família do casamento de Helen e Aline.

— Você está bem? — perguntou ela, torcendo para que a voz fosse baixa o suficiente para que Tavvy não ouvisse.

Ele exalou, forte, e abriu os olhos, relaxando os músculos. Seus olhos encontraram os dela, e o redemoinho de fúria que tinha começado a se desenrolar em seu estômago desapareceu. O olhar dele era franco, vulnerável.

— Desculpe — falou. — É que eu sempre achei que, quando ele voltasse, quando Mark voltasse, ele fosse ajudar. Fosse tomar as rédeas, cuidar de tudo. Nunca imaginei que ele seria mais uma coisa com a qual eu teria que lidar.

Emma foi transportada de volta àquele momento para todas as semanas, os meses, depois que Mark foi levado e Helen exilada, quando Julian acordava gritando pelos irmãos mais velhos que não estavam lá, que jamais estariam lá. Ela se lembrou do pânico que o fez ir aos tropeços para o banheiro, para vomitar, das noites em que o segurou no chão gelado enquanto ele se sacudia como se estivesse com febre.

Não posso, ele disse. Não consigo fazer isso sozinho. Não posso criá-los. Não posso criar quatro crianças.

Emma sentiu a raiva no estômago de novo, mas dessa vez era direcionada a Mark.

— Jules? — chamou Tavvy, parecendo nervoso, e Julian passou a mão no rosto dele. Era um hábito nervoso, como se estivesse limpando um cavalete; quando abaixou a mão, o medo e a emoção tinham desaparecido de seus olhos.

— Estou aqui — respondeu, e foi até Tavvy pegá-lo. Tavvy apoiou a cabeça no ombro de Jules, parecendo sonolento e sujando toda a camiseta do irmão de tinta. Mas Jules não se importou. Apoiou o queixo nos cabelos do irmão mais novo e sorriu para Emma.

— Esqueça — pediu ele. — Vou levar esse aqui para dormir. Você provavelmente deveria dormir também.

Mas as veias de Emma chiavam com um elixir agudo de raiva e senso de proteção. Ninguém podia machucar Julian. Ninguém. Nem mesmo o irmão muito saudoso e amado.

— Esquecerei — retrucou ela. — Mas primeiro tenho que fazer uma coisa.

Julian pareceu alarmado.

— Emma, não tente...

Mas ela já tinha se retirado.

Emma parou na frente da porta de Mark, com as mãos nos quadris.

— Mark! — Ela bateu com as juntas dos dedos pela quinta vez. — Mark Blackthorn, sei que está aí. Abra a porta.

Silêncio. A curiosidade e a raiva de Emma lutaram contra o respeito pela privacidade de Mark e venceram. Símbolos de abertura não funcionavam nas portas internas do Instituto, então ela pegou uma pequena faca do cinto e a colocou no buraquinho entre a porta e o batente. A tranca abriu, e a porta se escancarou.

Emma colocou a cabeça para dento. As luzes estavam acesas, as cortinas, fechadas contra a escuridão do lado de fora. A cama parecia bagunçada e vazia.

Aliás, o quarto todo estava vazio. Mark não parecia lá.

Emma fechou a porta e se virou com um suspiro exasperado — e quase gritou. Dru surgiu atrás dela com olhos arregalados e sombrios. Apertava um livro contra o peito.

— Dru! Sabe, normalmente, quando as pessoas aparecem sorrateiramente atrás de mim, eu dou uma facada. — Emma soltou o ar, trêmula.

Dru estava tristonha.

— Você está procurando Mark.

Emma não viu motivo para negar.

— Sim.

— Ele não está aqui — falou Dru.

— Sim. É uma bela noite para observar o óbvio, não? — Emma sorriu para Dru, sentindo uma pontada. Os gêmeos eram tão próximos, e Tavvy, tão pequeno e dependente de Jules, que era difícil, ela pensou, para Dru encontrar o próprio lugar. — Vai ficar tudo bem, você sabe.

— Ele está no telhado — respondeu a menina.

Emma ergueu a sobrancelha.

— Por que você diz isso?

— Ele sempre ia para lá quando se chateava — respondeu Dru. Ela olhou para a janela no fim do corredor. — E lá em cima ele fica sob o céu. Pode ver a Caçada se eles passarem.

Emma sentiu calafrios.

— Não vão passar — falou Emma. — Não vão. Não vão levá-lo outra vez.

— Mesmo que ele queira ir?

— Dru...

— Vá até lá e traga Mark de volta — disse Drusilla. — Por favor, Emma.

Emma ficou imaginando se parecia espantada; estava se *sentindo* espantada.

— Por que eu?

— Porque você é uma menina bonita — explicou Dru, um pouco melancólica, olhando para o próprio corpo arredondado. — E meninos fazem tudo que meninas bonitas querem. A tia Marjorie disse. Ela falou que, se eu não fosse tão gorducha, seria uma menina bonita, e os meninos fariam o que eu quisesse.

Emma ficou chocada.

— Aquela va... aquela *velhota*, desculpe, disse o quê?

Dru abraçou o livro ainda mais forte.

— Sabe, não me parece tão ruim, parece? Gorducha? Como se você pudesse ser alguma coisa bonitinha, como um esquilo ou uma tâmia.

— Você é muito mais bonita do que uma tâmia — disse Emma. — Elas têm dentes estranhos e, sei de fonte segura, falam com vozes agudas e esganiçadas. — Ela afagou os cabelos macios de Dru. — Você é linda — falou.

— Sempre será linda. Agora vou ver o que posso fazer em relação ao seu irmão.

As dobradiças do alçapão que levava ao telhado não eram lubrificadas havia meses; elas chiaram alto quando Emma se equilibrou no alto da escada e o empurrou para cima. O alçapão se abriu, e ela foi para o telhado.

Ela se ajeitou, tremendo. A brisa do mar estava fria, e ela só tinha um casaco leve sobre a camiseta e o jeans. As telhas pareciam ásperas contra seus pés descalços.

Ela já estivera ali vezes demais para conseguir contar. O telhado era plano, fácil de andar, só um singelo declive nas bordas onde as telhas davam lugar a calhas de cobre para a chuva. Havia até uma cadeira dobrável de metal, na qual Julian às vezes se sentava para pintar. Ele passara por uma fase em que pintava o sol se pondo sobre o mar — desistiu quando decidiu perseguir as cores mutantes do céu, convencido de que cada etapa do pôr do sol era melhor do que a anterior até todas as telas acabarem pretas.

Havia poucos lugares reservados por ali; ela rapidamente avistou Mark, sentado na beira do telhado com as pernas penduradas, olhando o mar.

Emma foi até ele, o vento soprando suas tranças claras sobre o rosto. Ela as afastou com impaciência, imaginando se Mark a estaria ignorando, ou se ele realmente não sabia que ela se aproximava. Ela parou a alguns centímetros dele, lembrando-se de como ele tinha agredido Julian.

— Mark — chamou.

Ele virou a cabeça devagar. Sob o luar, era preto e branco; era impossível ver que seus olhos tinham duas cores.

— Emma Carstairs.

O nome todo. Isso não era muito favorável. Ela cruzou os braços.

— Vim aqui para levá-lo para baixo — informou ela. — Você está enlouquecendo sua família e chateando Jules.

— Jules — repetiu ele, com cuidado.
— Julian. Seu *irmão*.
— Quero falar com minha irmã — disse ele. — Quero falar com Helen.
— Tudo bem — respondeu Emma. — Pode falar com ela quando quiser. Pode ligar para ela, podemos pedir para ela ligar para você, ou podemos usar o *Skype* se você quiser. Teríamos dito isso antes se não tivesse começado a gritar.
— Skype? — Mark a olhou como se várias cabeças tivessem surgido nela.
— É uma coisa de computador. Ty sabe. Você vai poder vê-la enquanto conversam.
— Como o vidro de vidência das fadas?
— Mais ou menos. — Emma se aproximou dele, como se estivesse chegando perto de um animal selvagem que pudesse se assustar com o movimento. — Vamos descer?
— Prefiro ficar aqui. Eu estava sufocando lá embaixo com todo aquele ar morto, esmagado pelo peso de toda essa *construção*... telhados, vigas, vidro e pedra. Como conseguem viver assim?
— Você se saiu muito bem por dezesseis anos.
— Praticamente não me lembro — explicou Mark. — Parece um sonho.
— Ele olhou para o mar. — Tanta água — emendou. — Consigo ver a água e através dela. Consigo ver os demônios submarinos. Fico olhando, e não parece real.

Isso era algo que Emma conseguia entender. Foi o mar que levou os corpos dos seus pais e depois os devolveu, destruídos e vazios. Ela sabia, pelos relatórios, que eles já estavam mortos quando foram jogados na água, mas isso não ajudava. Ela se lembrava dos versos de um poema que Arthur recitou certa vez sobre o mar: *água lava, navios vão a pique, e a morte profunda espera.*

Era isso que o mar além das ondas representava para ela. A morte profunda, esperando.

— Certamente tem água no Reino das Fadas, não? — perguntou Emma.
— Não tem mar. E nunca tem água suficiente. A Caçada Selvagem frequentemente cavalgava por dias e dias sem água. Gwyn parava para bebermos água somente se estivéssemos desmaiando. E tem as fontes no Reino Selvagem das Fadas, mas elas correm com sangue.
— "Pois todo o sangue derramado na terra corre por aquele lugar" — recitou Emma. — Não sabia que era literal.
— Eu não sabia que você conhecia versos antigos — disse Mark, olhando-a com o primeiro sinal de interesse real desde a sua volta.

— Toda a família sempre tentou aprender tudo que fosse possível sobre o Reino das Fadas — disse Emma, sentando-se ao lado dele. — Desde que voltamos da Guerra Maligna, Diana nos ensinou, e mesmo os pequenos sempre quiseram saber sobre o Povo das Fadas. Por sua causa.

— Isso deve ser algo muito impopular no currículo dos Caçadores de Sombras — argumentou Mark. — Considerando a história recente.

— Não é culpa sua o que a Clave pensa sobre as fadas — disse Emma. — Você é um Caçador de Sombras, nunca foi parte daquela traição.

— Sou um Caçador de Sombras — concordou Mark. — Mas faço parte do Povo das Fadas também, assim como a minha irmã. Minha mãe era Lady Nerissa. Ela morreu depois que eu nasci, e, sem alguém para nos criar, eu e Helen fomos devolvidos ao nosso pai. Minha mãe era nobre, tinha um dos mais altos títulos das fadas.

— Eles o tratavam melhor na Caçada por causa dela?

Mark balançou a cabeça uma vez negativamente.

— Acho que pensam que meu pai é o responsável pela morte dela. Por ter partido seu coração e ido embora. Isso não fez com que me tratassem bem. — Ele colocou uma mecha de cabelo claro atrás da orelha. — Nada do que as fadas fizeram com meu corpo ou mente foi tão cruel quanto o instante em que eu soube que a Clave não iria me buscar. Que não tinham enviado nenhuma equipe de resgate. Quando me encontrou no Reino das Fadas, Jace me falou, "mostre a eles do que é feito um Caçador de Sombras". Mas do que são feitos, se abandonam os seus?

— O Conselho não são todos os Caçadores de Sombras do mundo — disse Emma. — Muitos Nephilim acharam que o que foi feito com você foi errado. E Julian nunca deixou de tentar demover a Clave. — Ela cogitou esticar o braço para afagá-lo, depois pensou melhor. Ainda havia algo de selvagem nele; seria como se esticar para afagar um leopardo. — Você vai ver, agora que está em casa.

— Estou em casa? — perguntou Mark. Ele balançou a cabeça, como um cachorro sacudindo água. — Talvez eu tenha sido injusto com meu irmão — falou. — Talvez eu não devesse ter me descontrolado. É como... como se eu estivesse em um sonho. Parece que foi há semanas que vieram até mim na Caçada e falaram que eu ia voltar para o mundo.

— Disseram que você voltaria para casa?

— Não — respondeu ele. — Disseram que eu não tinha escolha e tinha que deixar a Caçada. Que o Rei da Corte Unseelie tinha ordenado. Arrancaram-me do meu cavalo e amarraram as minhas mãos. Cavalgamos por dias. Me deram alguma coisa para beber, algo que me fez alucinar e imaginar coisas que não estavam lá. — Ele olhou para as mãos. — Foi para que eu não conseguisse achar o caminho de volta, mas eu queria que não tivessem feito isso — falou. — Queria ter chegado aqui sendo quem fui durante anos, um integrante capacitado da Caçada. Queria que meus irmãos e irmãs me vissem alto e orgulhoso, não medroso e encolhido.

— Você realmente está muito diferente agora — comentou Emma. Era verdade. Ele parecia alguém que havia acordado de um sono centenário, tentando se livrar da poeira de um século de sonhos nos sapatos. Ele estava apavorado; agora as mãos estavam firmes, a expressão, sombria.

De repente, ele sorriu timidamente.

— Quando mandaram eu me revelar no Santuário, achei que fosse mais um sonho.

— Um sonho bom? — perguntou Emma.

Ele hesitou, depois balançou a cabeça.

— Nos primeiros dias da Caçada, quando eu desobedecia, me faziam ver sonhos, horrores, visões da minha família morrendo. Pensei que fosse isso que eu veria de novo. Estava apavorado, não por mim, mas por Julian.

— Mas agora você sabe que não é um sonho. Ver sua família, sua casa...

— Emma. Pare. — Ele fechou os olhos, como se sentisse dor. — Posso dizer isso para você, porque não é uma Blackthorn. Não tem sangue Blackthorn correndo pelas veias. Passei anos no Reino das Fadas, lá é um lugar onde o sangue mortal é transformado em fogo. É um lugar de beleza e horror, além de tudo que se pode imaginar aqui. Cavalguei com a Caçada Selvagem. Talhei um caminho claro de liberdade entre as estrelas e fui mais rápido que o vento. E agora me pedem para caminhar na terra outra vez.

— Seu lugar é onde é amado — assegurou Emma. Era algo que seu pai havia dito um dia, algo em que ela sempre acreditou. O lugar dela era aqui porque Jules a amava e as crianças a amavam. — Você foi amado no Reino das Fadas?

Uma sombra pareceu cair sobre os olhos de Mark, como cortinas se fechando em um quarto escuro.

— Eu estava para lhe falar. Sinto muito por seus pais.

Emma esperou a onda de raiva que vinha quando alguém, que não era Julian, mencionava seus pais, mas ela não veio. Alguma coisa na forma como ele falou — alguma coisa na estranha mistura da entonação formal de fada e na tristeza sincera — parecia estranhamente calmante.

— E sinto muito pelo seu — disse a ele.

— Eu o vi Transformado — retrucou Mark. — Apesar de não tê-lo visto morrer na Guerra. Espero que ele não tenha sofrido.

Emma sentiu uma onda de choque pela espinha. Será que ele não sabia como o pai tinha morrido? Será que ninguém havia lhe contado?

— Ele... — começou ela. — Foi no meio da batalha. Foi rápido.

— Você viu?

Emma se levantou com dificuldade.

— Está tarde — constatou ela. — Precisamos dormir.

Ele a encarou com olhos fantasmagóricos.

— Não quer dormir — retrucou Mark, e de repente pareceu selvagem, selvagem como as estrelas ou o deserto, selvagem como todas as coisas indomáveis da natureza. — Você sempre gostou de aventura, Emma, e não acredito que isso tenha morrido dentro de você, morreu? Por mais próxima que você seja do meu irmão tão certinho?

— Julian não é certinho — respondeu Emma, irritada. — Ele é responsável.

— Você quer que eu acredite que são coisas diferentes?

Emma olhou para a lua e, depois, novamente para Mark.

— O que você está sugerindo?

— Me ocorreu enquanto olhava para o mar — falou ele — que talvez eu possa encontrar o ponto de convergência das Linhas Ley. Já vi lugares assim com a Caçada. Irradiam uma energia que as fadas conseguem sentir.

— *Quê?* Mas como...

— Eu mostro. Venha comigo procurar o lugar. Por que esperar? A investigação é urgente, não é? Temos que encontrar o assassino, não?

Uma animação floresceu em Emma, assim como um desejo agudo; ela tentou disfarçar o quanto queria, o quanto precisava saber, dar o próximo passo, se jogar na busca, lutar, encontrar.

— Jules — lembrou ela, se levantando. — Temos que buscar Jules e levá-lo conosco.

Mark pareceu sombrio.

— Não quero vê-lo.

Emma foi firme.

— Então não vamos — completou. — Ele é meu *parabatai*; onde eu vou, ele vai.

Algo brilhou nos olhos de Mark.

— Se não for sem ele, não vamos — decidiu o garoto. — Não pode me obrigar a dar a informação.

— Obrigar? Mark... — Emma se interrompeu, exasperada. — Tudo bem. Tudo bem. Podemos ir. Só nós dois.

— Só nós dois — repetiu ele. E se levantou. Seus movimentos eram impossivelmente leves e velozes. — Mas primeiro você precisa se provar.

Ele saltou do telhado.

Emma foi até a beira da telha e se inclinou. Lá estava Mark, agarrado à parede do Instituto, um braço abaixo dela. Ele olhou para cima com um sorriso feroz. Um sorriso que transmitia ar vazio e vento frio, a superfície rasgada do oceano, as bordas esfarrapadas das nuvens. Um sorriso que chamava o lado selvagem e livre de Emma, o lado que sonhava com fogo, batalha, sangue e vingança.

— Desça comigo — sugeriu Mark; agora tinha um tom de deboche em sua voz.

— Você é louco — sibilou a garota, mas ele já tinha começado a descer pela parede, usando apoios para mãos e pés que Emma sequer conseguia ver. O chão balançou embaixo dela. Alturas reais: se caísse do telhado do Instituto, poderia morrer; não havia qualquer garantia de que um *iratze* pudesse salvá-la.

Ela se ajoelhou e virou as costas para o mar. Desceu, as unhas arranhando as telhas, e, em seguida, estava agarrando a calha com as mãos; as pernas penduradas.

Emma desceu pela parede se apoiando nos pés descalços. Graças ao Anjo não calçava botas. Seus pés eram calejados de andar e lutar; deslizaram pela parede até encontrarem uma rachadura na superfície. Ela enfiou os dedos ali, aliviando o peso dos braços.

Não olhe para baixo.

Desde sempre, a voz que acalmava o pânico na cabeça de Emma era a de Jules. Ela a ouviu agora, abaixando as mãos, colocando os dedos no espaço entre duas pedras. Ela se abaixou, primeiro, um centímetro, depois, um pouco mais e encontrou outro apoio para os pés. E ouviu Jules: *Você está descendo as pedras em Leo Carrillo. Falta pouco para chegar a areia macia. Está tudo bem.*

O vento soprou seu cabelo sobre o rosto. Ela virou a cabeça para sacudi-lo e afastá-lo dos olhos, e percebeu que estava passando por uma janela. Luz clara ardia por trás das cortinas. Talvez o quarto de Cristina?

Você sempre foi tão relapsa?

Só desde a Guerra Maligna...

Ela imaginou que já havia descido a metade do percurso ao olhar para cima e ver o telhado desaparecendo. Tinha começado a se apressar, as pontas dos dedos das mãos e dos pés rapidamente descobrindo novos apoios. O reboco entre as pedras ajudava, impedia que as mãos suadas escorregassem enquanto ela agarrava e soltava, agarrava e soltava, pressionando o corpo contra a parede até, de repente, esticar o pé e atingir o solo firme.

Ela se soltou e caiu, aterrissando com uma nuvem suave de areia. Eles estavam no lado leste da casa, de frente para o jardim, o pequeno estacionamento e o deserto além.

Mark já estava lá, é claro, banhado pela luz da lua, parecendo parte do deserto, uma escultura curiosa em pedra nova e pálida. Emma estava ofegante ao se afastar da parede, mas era de empolgação. Seu coração batia acelerado, o sangue pulsando; ela podia sentir o gosto do sal no vento, na boca.

Mark balançou para trás, com as mãos nos bolsos.

— Venha comigo — sussurrou ele, dando as costas para a construção e indo em direção à areia e à vegetação do deserto.

— Espere — pediu Emma. Mark parou e olhou por cima do ombro para ela. — Armas — emendou. — E sapatos. — Ela foi até o carro. Um rápido símbolo de Abertura destrancou a mala, revelando pilhas de armas e uniformes. Ela vasculhou até achar um cinto e um par de botas. Afivelou o cinto rapidamente, guardou nele algumas lâminas e adagas, pegou algumas extras e calçou as botas.

Por sorte, na volta da casa de Malcolm, ela havia deixado Cortana enrolada em panos na mala do carro. Pegou a lâmina e a colocou nas costas antes de correr para Mark, que aceitou silenciosamente a lâmina serafim e as facas que ela ofereceu antes de gesticular para que ela o seguisse.

Atrás de um muro baixo que cercava o estacionamento, via-se o jardim de pedra, geralmente tranquilo adornado por cactos e estátuas de gesso de heróis clássicos, colocadas aqui e ali por Arthur. Ele mandou que fossem enviadas da Inglaterra quando se mudou para o Instituto, e elas despontavam entre os cactos, inesperadas.

Havia outra coisa agora, uma grande sombra escura, coberta por um pano. Mark foi até ela, novamente com aquele sorriso estranho; Emma se afastou e permitiu que ele fosse na frente e puxasse o pano preto.

Abaixo dele, havia uma moto.

Emma engasgou. Não era nenhum tipo de moto que conhecia: era branca e prateada, como se tivesse sido esculpida em osso. Brilhava ao luar, e, por um instante, Emma quase achou que pudesse enxergar através dela, como às vezes enxergava através de feitiços de disfarce, uma forma embaixo daquilo, com crina revolta e olhos arregalados..

— Quando você tira um cavalo, cuja substância é mágica, do Reino das Fadas, a natureza dele pode mudar para se adequar ao universo mundano — explicou Mark, sorrindo para a expressão de espanto dela.

— Está dizendo que isso um dia foi um cavalo? Isso é um pôneicicleta? — perguntou Emma, se esquecendo de sussurrar.

O sorriso dele se ampliou.

— Há muitos tipos de cavalos que correm com a Caçada Selvagem.

Emma já estava ao lado da moto, passando as mãos nela. O metal era liso como vidro, frio sob seus dedos, branco leitoso e brilhante. Ela sempre quis uma moto. Jace e Clary andavam em uma moto voadora. Havia quadros com essa imagem pintada.

— Ela voa?

Mark fez que sim com a cabeça, e ela enlouqueceu.

— Quero dirigir — pediu ela. — Eu quero pilotar.

Ele fez uma reverência elaborada. Foi um gesto gracioso e estranho, do tipo que talvez tivesse existido em uma corte real, há centenas de anos.

— Então fique à vontade para isso.

— Julian me mataria — falou Emma reflexivamente, ainda acariciando a máquina. Por mais bonita que fosse, ela sentiu uma onda de trepidação ao pensar em pilotar; não tinha exaustor nem velocímetro, nem nada das coisas normais que ela associava a uma moto.

— Você não me parece uma pessoa fácil de matar — disse Mark, e agora ele não estava sorrindo; a forma como olhava para ela era direta e desafiadora.

Sem mais uma palavra, Emma montou na moto. Esticou os braços para pegar o guidão, e ele pareceu se encolher por dentro para caber nas mãos dela. Ela olhou para Mark.

— Suba atrás de mim — falou Emma — se quiser ir junto.

Ela sentiu a moto balançar quando ele subiu; as mãos dele seguraram-na suavemente nas laterais. Emma expirou, os ombros tensos.

— Está viva — sussurrou Mark. — Vai responder a você se você comandar.

As mãos dela apertaram o guidão ainda mais forte. *Voe.*

A moto se lançou no ar, e Emma gritou, meio por causa do choque, meio de prazer. As mãos de Mark apertaram a cintura da garota quando eles subiram, o chão se distanciando. O vento soprava ao redor. Inabalada pela gravidade, a moto avançou enquanto Emma a comandava, inclinando-se para a frente para comunicar com o corpo as suas vontades.

Passaram voando pelo Instituto, a via que levava à estrada se abrindo abaixo deles. Eles correram pelo alto, o vento do deserto dando lugar a sal na língua de Emma ao chegarem à Pacific Coast Highway; abaixo, carros acelerando em linhas brilhantes de faróis dourados. Ela gritou de alegria, estimulando a moto a avançar: *mais rápido, mais rápido.*

A praia voou abaixo deles, areia clara dourada transformada em branca pela luz das estrelas, e, em seguida, estavam sobre o oceano. A lua desenhava para eles um caminho prateado; Emma podia ouvir Mark gritando algo ao seu ouvido, mas, por um momento, não havia nada além do mar e da moto abaixo dela, o vento batendo em seu cabelo e fazendo os olhos lacrimejarem.

E então ela olhou para baixo.

Em ambos os lados da trilha do luar havia água, azul-escura à noite. A terra era uma linha distante de luzes brilhantes, a sombra desenhada das montanhas contra o céu, quilômetros de oceano, e Emma sentiu o frio familiar do medo, como um bloco de gelo subitamente aplicado à nuca e se espalhando pelas veias.

Quilômetros de oceano, e, ah, a vastidão de tudo, sombras e sal, água escura feroz preenchida por um vazio e pelos monstros que ali viviam. Imagine cair nessa água e saber o que vivia abaixo de você, enquanto bate os braços tentando permanecer na superfície; o terror da percepção do que estava embaixo de você — quilômetros e quilômetros de nada e monstros, a escuridão que se estendia por todos os lados, e fundo do mar tão longe — acabaria com sua sanidade.

A moto tremeu sob as mãos dela, se rebelando. Ela mordeu o lábio com força, marcando com sangue a boca e concentrando a mente.

A moto mudou de direção com violência e foi para a praia. *Mais rápido*, Emma comandou, de repente, desesperada para ter terra seca debaixo deles. Ela teve a impressão de ter visto sombras se movendo sob a pele do mar. Ela pensou em antigas histórias de marinheiros cujos barcos eram levantados da água nas costas de baleias e monstros do mar. Em pequenas embarcações destruídas por demônios marinhos, nas tripulações devoradas por tubarões...

Emma prendeu a respiração, a moto saltando sob ela, e, por um instante, perdeu o controle do guidão. Eles começaram a despencar. Mark gritou quando passaram pelas ondas quebrando em direção à praia. Os dedos de Emma tatearam e agarraram o guidão outra vez, o aperto firme quando a roda dianteira derrapou na areia; e então a moto começou a subir de novo, roçando o terreno e se erguendo para passar pela estrada embaixo deles.

Ela ouviu Mark rir. Foi um ruído selvagem; Emma pôde ouvir o eco da Caçada ali, o rugido da corneta e os cascos batendo. Ela respirou o ar frio e limpo; seus cabelos esvoaçaram atrás; não havia regras. Ela era livre.

— Você se provou, Emma — falou ele. — Poderia cavalgar com Gwyn se quisesses.

— A Caçada Selvagem não aceita mulheres — observou Emma, as palavras arrancadas de sua boca pelo vento.

— São tolos — disse ele. — Mulheres são muito mais corajosas do que homens. — Ele apontou para a costa, em direção às montanhas que os ladeavam. — Vá por ali. Vou levá-la até a convergência.

9

Reino Próximo ao Mar

Não era à toa que Jace Herondale tinha agarrado a oportunidade de pilotar uma moto voadora, Emma pensou. Era um ponto de vista do mundo completamente diferente. Eles seguiram a linha da rodovia ao norte, sobrevoando mansões com enormes piscinas, passearam sobre o mar, sobre castelos situados em cânions e falésias, baixando o suficiente para ver uma festa acontecendo no jardim de alguém, decorado com lanternas multicoloridas.

Mark foi guiando por trás, com guinadas dos pulsos; o vento estava alto o suficiente para que ela não conseguisse ouvi-lo. Eles passaram por um restaurante de frutos do mar que ficava aberto durante a madrugada, e música e luzes transbordavam pela janela. Emma já tinha estado lá antes e se lembrava de ter sentado à mesa de piquenique com Jules, mergulhando ostras fritas em molho tártaro. Dezenas de Harley-Davidson estavam estacionadas do lado de fora, mas Emma duvidava que alguma delas pudesse voar.

Ela sorriu para si mesma, sem conseguir se conter, sentindo-se inebriada com a altura e o ar frio.

Mark cutucou o pulso direito dela. Areia era soprada do mar, que subia em ondas altas. Emma inclinou a moto de modo que ficaram quase na vertical, parando perto de um penhasco. Desviaram da beirada da falésia com 30 centímetros de distância e avançaram, as rodas roçando as pontas das plantas que cresciam entre a grama longa.

Uma rocha de granito se erguia diante deles, uma colina que parecia um domo sobre as falésias. Emma se reclinou, se preparando para ativar a moto, mas Mark a segurou por trás e falou em seu ouvido:

— Pare! *Pare!*

A moto parou exatamente quando passaram por um emaranhado de ervas daninhas que cercavam as falésias. Em meio ao bolo de plantas costeiras havia uma trilha de grama que alcançava a colina baixa de granito. A grama parecia estragada em alguns pontos, como se alguém a tivesse pisado, e ao longe, à direita da grama, Emma conseguia ver uma estradinha de terra se curvando pelas falésias em direção à rodovia.

Emma saltou da moto. Mark a seguiu, e eles ficaram parados por um instante, o mar era um brilho ao longe, a colina se elevando escura diante deles.

— Você dirige rápido demais — falou ele.

Emma riu e verificou a alça da Cortana, onde ela cruzava seu peito.

— Parece Julian falando.

— Me trouxe alegria — confessou Mark, se aproximando dela. — Foi como se eu tivesse cavalgado com a Caçada outra vez, e sentido o gosto do sangue no céu.

— Certo, parece o Julian drogado falando — murmurou Emma. Ela olhou em volta. — Onde estamos? Essa é a convergência das Linhas Ley?

— Ali. — Mark apontou para uma abertura escura na pedra da colina.

Conforme avançavam para ela, Emma esticou o braço para trás e tocou o cabo de Cortana. Alguma coisa naquele lugar lhe dava arrepios; talvez fosse simplesmente o poder da convergência, mas, à medida que se aproximavam da caverna e seus pelos da nuca se arrepiavam, ela duvidou de que fosse o caso.

— A grama está lisa — disse ela, apontando para a área ao redor da caverna com um gesto amplo da mão. — Pisoteada. Alguém andou passando por aqui. Muitos alguéns. Mas não tem nenhuma marca recente de pneu na estrada.

Mark olhou em volta, com a cabeça inclinada para trás, como um lobo farejando o ar. Seus pés ainda estavam descalços, mas ele não parecia ter problemas para andar no solo áspero, os cardos e pedras afiadas visíveis entre a grama.

Ouviu-se um ruído agudo e alto — o telefone de Emma tocando. *Jules*, ela pensou, e o tirou do bolso.

— Emma? — Era Cristina, a voz baixa e doce estranhamente impactante; um lembrete intenso da realidade após aquele voo irreal pelo céu. — Onde você está? Encontrou Mark?

— Encontrei — respondeu Emma, olhando para Mark. Ele parecia examinar as plantas que cresciam ao redor da boca da caverna. — Estamos na convergência.

— *Quê?* Onde é? É perigoso?

— Ainda não — disse Emma, quando Mark entrou na caverna. — Mark! — chamou. — Mark, não... Mark!

A ligação caiu. Praguejando, Emma guardou o telefone de volta no bolso e pegou sua luz enfeitiçada. Ela acendeu, suave e brilhante, iluminando através dos dedos. Clareou a entrada da caverna. Ela seguiu naquela direção, xingando Mark para si mesma.

Ele estava logo na entrada, olhando para mais das mesmas plantas, que se acumulavam em volta da pedra seca e lisa.

— *Atropa belladonna* — explicou Mark. — Significa "bela moça". É venenosa.

Emma fez uma careta.

— Costuma crescer por aqui?

— Não nessa quantidade. — Ele esticou o braço para tocá-la. Emma o pegou pelo pulso.

— Não! — exclamou ela. — Você disse que era venenosa.

— Só se a pessoa engolir — respondeu ele. — O tio Arthur não ensinou nada sobre a morte de Augustus?

— Nada que eu não tenha me empenhado para esquecer.

Mark se endireitou, e ela o soltou. Emma flexionou os dedos. Ele tinha muita força nos braços.

À medida que ele avançava na caverna, que se estreitava em um túnel, ela não pôde deixar de se lembrar de Mark na última vez em que ela o viu, antes de ele ser levado por Sebastian Morgenstern. Sorrindo, de olhos azuis, cabelos curtos e claros se enrolando sobre as extremidades das orelhas pontudas. Ombros largos — pelo menos ela, aos 12, tinha essa impressão. Certamente ele era maior do que Julian, mais alto e mais largo do que todos eles. Adulto.

Agora, espreitando diante dela, ele parecia uma criança selvagem, cabelos brilhando à luz da pedra enfeitiçada. Ele se movia como uma nuvem no céu, vapor à mercê do vento que poderia destruí-la.

Mark desapareceu ao redor de uma pedra, e Emma quase fechou os olhos diante da imagem de um Mark desaparecido. Ele pertencia ao passado que continha seus pais, e a pessoa pode se afogar no passado se permitir que ele a envolva enquanto trabalha.

E ela era uma Caçadora de Sombras. Estava sempre trabalhando.

— Emma! — chamou Mark, a voz ecoando das paredes. — Venha ver isso.

Ela se apressou a segui-lo pelo túnel. Ele dava para uma câmara circular alinhada com metal. Emma virou em um círculo lento, observando. Ela não sabia exatamente o que estava esperando, mas nada que parecesse o interior de um oceano oculto. As paredes eram de bronze, cobertas por símbolos estranhos, uma mistura de línguas escritas: algumas demoníacas, outras antigas, porém, humanas — ela reconhecia latim e grego demótico, algumas passagens da Bíblia...

Duas grandes portas de vidro, semelhantes a portais, estavam colocadas nas paredes, fechadas e trancadas com parafusos. Um estranho ornamento de metal tinha sido fixado na parede entre eles. Através do vidro, Emma só conseguia enxergar a escuridão em turbilhão, como se estivessem embaixo d'água.

Não havia móveis no recinto, mas um círculo de símbolos, feito com giz, desenhado sobre o soalho de pedra escura. Emma pegou o telefone e começou a tirar fotos. O flash parecia assustador no escuro.

Mark foi em direção ao círculo.

— Não... — Emma abaixou o telefone. — Entre aí. — Ela suspirou.

Ele já estava dentro do círculo, olhando curioso em volta. Emma não conseguia ver nada além do chão com ele ali.

— Por favor, saia daí — pediu ela em tom persuasivo. — Se tiver algum feitiço aí e ele matar você, vai ser desagradável explicar para Jules.

Havia em brilho fraco de luz quando Mark saiu do círculo.

— "Desagradável" me parece um eufemismo — respondeu ele calmamente.

— Essa é a questão — disse Emma. — Por isso é engraçado. — Ele pareceu confuso. — Deixa para lá.

— Uma vez li que explicar uma piada é como dissecar um sapo — contou Mark. — Você descobre como funciona, mas o sapo morre no processo.

— Talvez devêssemos sair daqui antes que *a gente* morra no processo. Tirei algumas fotos com meu telefone, então...

— Achei isso — disse Mark, e mostrou para ela um objeto quadrado de couro. — Estava dentro do círculo junto de algumas roupas e o que parecia... — Ele franziu o rosto. — Uma porção de dentes quebrados.

Emma pegou o objeto da mão dele. Era uma carteira — uma carteira masculina, semiqueimada por fogo.

— Eu não vi nada — disse ela. — O círculo parecia vazio.

— Feitiço de disfarce. Senti quando atravessei.

Ela abriu a carteira, e o coração saltou. Atrás do plástico havia uma carteira de motorista com uma foto familiar. O homem cujo corpo ela encontrara no beco.

Havia dinheiro e cartões de crédito na carteira, mas seus olhos estavam fixos na habilitação e no nome: Stanley Albert Wells. O mesmo cabelo comprido e grisalho, e o rosto redondo do qual se lembrava, só que dessa vez as feições não se mostravam contorcidas e manchadas de sangue. O endereço sob o nome estava queimado e ilegível, mas a data de nascimento e as outras informações pareciam claras.

— Mark. Mark! — Ela acenou a carteira por cima da cabeça. — É uma pista. Uma *pista* de fato. Acho que te amo.

As sobrancelhas de Mark se ergueram.

— No Reino das Fadas, se você dissesse isso, teríamos que firmar nosso compromisso, e você poderia me lançar um *geas* que não me afastaria de você ou eu morreria.

Emma colocou a carteira no bolso.

— Bem, aqui é só uma expressão que significa "gosto muito de você", ou até mesmo "obrigada pela carteira manchada de sangue".

— Como os humanos são específicos.

— Você é humano, Mark Blackthorn.

Um som ecoou pelo recinto. Mark desviou o olhar do dela e levantou a cabeça. Emma quase imaginou suas orelhas pontudas tremendo em direção ao som, e suprimiu um sorriso.

— Lá fora — disse ele. — Tem alguma coisa lá fora.

O sorriso incipiente de Emma desapareceu. Ela foi para o túnel, guardando a luz enfeitiçada no bolso para diminuir a luminosidade. Mark a acompanhou quando ela sacou a estela e desenhou quatro símbolos na mão esquerda — Precisão de Ataque, Equilíbrio, Fúria de Batalha, Silêncio. Ela se voltou para Mark ao se aproximarem da entrada, com a estela em punho, mas ele balançou a cabeça. *Não. Sem símbolos.*

Ela guardou a estela de volta no cinto. Tinham chegado à boca da caverna. O ar era mais frio ali, e Emma conseguia ver o céu, pontilhado com estrelas, e a grama, prateada ao luar. O campo na frente da caverna parecia nu e vazio. Emma não via nada além de grama e cardos, amassados como se tivessem sido pisados por sapatos, até a beira da falésia. Havia um som agudo e musical no ar, como o chiado de insetos.

Ela escutou a respiração alta de Mark atrás dela. Luz brilhou quando ele falou:

— *Remiel.*

A lâmina serafim ganhou vida. Como se a luz tivesse arrancado um feitiço de disfarce, de repente, ela conseguiu enxergá-los. Assobiando e chiando pelo gramado.

Demônios.

Ela pegou Cortana com tanta rapidez que foi como se a lâmina tivesse saltado para sua mão. Eram dezenas deles, espalhados entre a caverna e a falésia. Pareciam insetos enormes: louva-a-deus, mais especificamente. Cabeça triangular, corpo alongado, enormes braços com lâminas de quitina, afiadas como navalhas. Os olhos eram pálidos, lisos e leitosos.

Estavam entre ela e Mark, e a moto.

— Demônios Mantis — sussurrou Emma. — Não temos como combater todos eles. — Ela olhou para Mark cujo rosto estava iluminado por Remiel. — Temos que chegar na moto.

Mark fez que sim com a cabeça.

— Vai — disse ele, tenso.

Emma avançou. Desceu como uma jaula no instante em que suas botas atingiram o chão: uma onda de frio que pareceu desacelerar o tempo. Ela viu um dos Mantis correndo para ela, atacando e tentando agarrar, com as patas dianteiras espetadas. Ela dobrou os joelhos e saltou, subindo para o ar ao atacar o Mantis e decepar sua cabeça do corpo.

Icor verde esguichou. Ela aterrissou em um solo ensopado enquanto o corpo do demônio se curvava e desaparecia. Um movimento emergiu em sua visão periférica. Ela girou e atacou novamente, enfiando a ponta de Cortana no tórax de outro Mantis. Emma puxou a espada, atacou novamente, e observou enquanto o demônio sucumbia sob sua lâmina.

Seu coração batia nos ouvidos. Aquela era a ponta da lâmina, momento em que todo o treinamento, todas as horas, a paixão e o ódio se reduziam a um único ponto de foco e determinação. Matar demônios. Era isso que importava.

Mark era facilmente visível, sua lâmina serafim iluminando a grama ao redor. Ele atacou um Mantis, cortando suas patas dianteiras. Ele cambaleou, chiando, ainda vivo. O rosto de Mark se contorceu em desgosto. Emma correu para um monte de pedras, para o lado, e desceu, cortando o Mantis ferido em dois. O demônio desapareceu quando ela aterrissou na frente de Mark.

— Ele era meu — falou o garoto com o olhar frio.

— Confie em mim — disse Emma —, ainda há bastante. — Ela o pegou com a mão livre e o girou. Cinco Mantis avançavam para cima deles vindos das rachaduras na colina de granito. — Mate aqueles — falou. — Vou buscar a moto.

Mark saltou para a frente com um grito como um apito de caça. Ele cortou as patas dianteiras e traseiras dos Mantis, incapacitando-os; eles caíram ao seu redor, esguichando icor preto-esverdeado. Fedia como gasolina queimando.

Emma começou a correr para a falésia. Demônios a atacaram no percurso. Ela os surpreendeu no seu ponto fraco, no tecido conjuntivo onde a quitina era fina, separando cabeça e tórax, arrancando pernas de corpos. Seus jeans e o casaco estavam molhados de sangue de demônio. Ela passou por um Mantis moribundo e deslizou até a beira da falésia...

Então congelou. Um Mantis estava levantando a moto com as patas dianteiras. Ela podia jurar que sorria para ela, sua cabeça triangular se abrindo para revelar fileiras de dentes afiados enquanto agarrava a moto com suas patas letais, quebrando-a em pedaços. Metal guinchou e rachou, pneus estouraram, e o Mantis chiou de alegria quando a máquina ficou destroçada, os pedaços caindo pelo penhasco, levando consigo a esperança de Emma de escapar com facilidade.

Ela encarou o Mantis.

— Essa — falou — era uma *máquina muito boa* — e, pegando uma faca no cinto, arremessou.

Ela atingiu o corpo do Mantis, abrindo seu peito. Icor esguichou da boca do demônio ao cair para trás, sofrendo espasmos, o corpo seguindo a moto pelo penhasco.

— Babaca — murmurou Emma, girando de volta para o campo. Ela detestava ter que usar facas de arremesso para matar um inimigo, sobretudo, porque provavelmente não a recuperaria. Ela levava mais três no cinto, uma lâmina serafim e Cortana.

Sabia que isso não era nem próximo de ser o suficiente para enfrentar as duas dúzias de Mantis ainda no gramado. Mas era o que sobrou. Teria que servir.

Ela podia ver Mark, que tinha subido na colina de granito e estava empoleirado em uma ponta, esfaqueando o que havia embaixo com sua lâmina. Ela começou a correr na direção dele e desviou de uma pata agressora, esticando Cortana para arrancar o membro enquanto corria. Ouviu o Mantis urrar de dor.

Um dos Mantis mais altos estava se esticando para alcançar Mark, agitando as patas dianteiras. Ele abaixou Remiel com força, cortando sua cabeça — e, enquanto o demônio caía, um segundo Mantis apareceu, as mandíbulas mordendo a lâmina. Caiu para trás, soltando seu grito agudo de inseto. Estava morrendo, mas tinha levado Remiel. Eles sucumbiram juntos em uma poça chiante de icor e *adamas*.

Mark já usara todas as armas que Emma havia lhe dado. Ele pressionou as costas contra o granito quando outro Mantis veio. O coração de Emma saltou para a garganta. Ela correu para a frente, se lançando contra a parede, indo em direção a Mark. Um grande Mantis se ergueu diante dele. Mark mirou a garganta quando o Mantis se inclinou para a frente, com a boca aberta, e Emma queria gritar para ele recuar.

Alguma coisa brilhava entre seus dedos. Uma corrente de prata, com a cabeça de flecha brilhando. Ele a lançou contra a cabeça do Mantis, cortando seus olhos brancos esbugalhados. Líquido leitoso explodiu para a frente. Ele recuou, gritando, no mesmo instante em que Emma saltou para a beira da pedra, ao lado de Mark, e manuseou Cortana para cortá-lo ao meio.

Mark colocou a corrente de volta no pescoço enquanto Emma praguejava e entregava a ele sua última lâmina serafim. Icor escorria pela lâmina de Cortana, queimando sua pele. Ela cerrou os dentes e ignorou a dor enquanto Mark erguia sua nova lâmina.

— Dê um nome à lâmina — disse ela, arfando e puxando uma faca do cinto. Emma a segurou com a mão direita e deixou Cortana na esquerda.

Mark fez que sim com a cabeça.

— *Raguel* — falou, e a lâmina explodiu em luz. O Mantis gritou, agachando-se e se encolhendo por causa do brilho, e Emma pulou da pedra.

Ela caiu, girando Cortana e a adaga em torno de si, como as hélices de um helicóptero. O ar foi preenchido por guinchos de insetos enquanto suas armas atingiam quitina e carne.

O mundo havia desacelerado. Ela continuava caindo. Tinha todo o tempo do mundo. Esticou os braços, mão esquerda e mão direita, arrancando cabeça de tórax, mesotórax de metatórax, cortando as mandíbulas de dois Mantis e deixando que se afogassem no próprio sangue. Uma pata dianteira a atacou. Ela a cortou com um giro angular de Cortana. Quando Emma atingiu o chão, seis corpos de Mantis caíram em seguida, cada um aterrissando com uma batida seca e desaparecendo.

Só a pata dianteira permaneceu, espetada do chão como um cactus estranho. Os outros Mantis estavam circulando, chiando e estalando, mas ainda não atacavam. Pareciam cautelosos, como se mesmo seus cérebros minúsculos de insetos tivessem notado o fato de que ela representava um perigo para eles.

Um deles estava sem a pata dianteira.

Ela olhou para Mark. Ele continuava equilibrado na pedra — ela não podia culpá-lo; era uma excelente posição fixa para o combate. Enquanto observava, um Mantis pulou para cima dele, passando um membro afiado sobre seu peito; Mark abaixou Raguel, esfaqueando-o no abdômen. O demônio rugiu, cambaleando para trás.

À luz brilhante da lâmina serafim, Emma viu sangue brotando na camisa de Mark, preto-avermelhado.

— Mark — sussurrou.

Ele girou graciosamente. Sua lâmina serafim destruiu o Mantis. O demônio caiu em dois pedaços, desaparecendo enquanto a noite explodia em luz.

Um carro surgiu na estrada e foi para o centro da clareira. Um Toyota vermelho familiar. Os faróis ardiam na escuridão, varrendo o campo, iluminando os Mantis.

Uma figura estava ajoelhada no teto do carro, com uma besta levantada no ombro.

Julian.

O carro avançou, e Julian se levantou, erguendo a arma. A besta de Julian era uma arma elaborada, capaz de disparar muitas flechas rapidamente. Ele mirou os demônios, disparando uma, outra, o tempo todo surfando como se o teto do carro fosse uma prancha, os pés firmes enquanto o Toyota quicava e atravessava o solo desigual.

Emma se encheu de orgulho. Algumas pessoas frequentemente agiam como se Julian não pudesse ser um grande guerreiro por ser suave na vida, gentil com os amigos e a família.

As pessoas estavam erradas.

Todas as flechas acertaram, todas se enterraram no corpo de um demônio. As flechas estavam Marcadas: quando atingiam o alvo, os Mantis explodiam com gritos silenciosos.

O carro cantou pneus pela clareira. Emma viu Cristina na direção, com o queixo travado. Os demônios Mantis estavam dispersando, desaparecendo de volta para as sombras. Cristina acelerou, e o carro avançou para vários deles, esmagando-os. Mark saltou da pedra, aterrissando agachado, e despachou um demônio que se contorcia, chutando a cabeça e a apertando contra a grama. A frente da camisa estava toda suja de sangue. Enquanto o demônio desaparecia com um barulho molhado e grudento, Mark desabou de joelhos; a lâmina serafim caindo ao seu lado.

O carro parou com um tranco. Cristina tinha aberto a porta do motorista quando um Mantis saiu de baixo do carro. Foi para cima de Mark.

Julian gritou alto, saltando de cima do carro. O Mantis tinha avançado para cima do seu irmão, que conseguiu se ajoelhar e alcançar a corrente no pescoço...

Energia transbordou de Emma, como uma injeção de cafeína. A presença de Julian, tornando-a mais forte. Ela puxou a perna cortada do chão e a lançou. Chiou pelo ar, girando como uma hélice, e atingiu o corpo do Mantis com uma batida pesada. O demônio berrou de agonia e desapareceu em uma nuvem de icor.

Mark caiu de volta na grama. Julian se curvava sobre ele, Emma já estava correndo. Jules segurava sua estela.

— Mark — chamou ele, enquanto Emma os alcançava. — Mark, por favor.

— Não — respondeu Mark secamente. Ele afastou as mãos do irmão. — Sem símbolos. — E se arrastou, ficando de joelhos, depois, de pé, e parando, sem conseguir se equilibrar. — Sem símbolos, Julian. — Ele olhou para Emma. — Você está bem?

— Estou bem — respondeu Emma, guardando Cortana. A frieza da batalha já tinha desaparecido, deixando-a tonta. Ao luar, os olhos de Julian ardiam em um tom gélido de azul. Ele usava uniforme de combate, os cabelos escuros bagunçados com o vento, a mão direita agarrando a arma.

Julian colocou a outra mão no rosto de Emma. O olhar dela foi atraído para o dele. Ela conseguia ver o céu noturno em suas pupilas.

— Tudo bem? — perguntou Julian, com a voz rouca. — Você está sangrando.

Ele abaixou o braço. Estava com os dedos vermelhos. A mão livre foi para a bochecha; ela sentiu o corte irregular, o sangue. A ardência.

— Não percebi — respondeu Emma, e então, com as palavras escapando torrencialmente: — Como foi que vocês nos encontraram? Jules, como soube aonde ir?

Antes que Julian pudesse responder, o Toyota rugiu, girou e voltou até eles. Cristina se inclinou para fora da janela, seu medalhão brilhando na garganta.

— Vamos — disse. — Aqui é muito perigoso.

— Os demônios não se foram. — Mark concordou. — Eles apenas recuaram.

Ele não estava errado. A noite que os cercava era viva com sombras que se moviam. Eles entraram apressadamente no carro: Emma ao lado de Cristina,

Julian e Mark no banco de trás. Enquanto o carro acelerava dali, Emma alcançou o bolso do casaco, procurando o quadrado duro de couro.

A carteira. Continuava ali. Ela sentiu um grande alívio. Ela estava ali, no carro, com Julian ao seu lado, e a prova nas mãos. Estava tudo bem.

— Você precisa de um *iratze* — disse Julian. — Mark...

— Afaste isso de mim — disse o irmão com a voz baixa e séria, encarando Julian com a estela na mão. — Ou vou saltar da janela deste veículo em movimento.

— Ah, não, não vai — disse Cristina, com sua voz doce e calma, esticando a mão para apertar o pino que trancava todas as portas com um clique firme.

— Você está *sangrando* — disse Julian. — Em todo o carro.

Emma esticou o pescoço para olhar para eles. A camisa de Mark estava ensanguentada, mas ele não parecia sentir muita dor. Seus olhos piscavam com irritação.

— Fui enfeitiçado pela Caçada Selvagem — explicou ele. — Meus ferimentos vão se curar rapidamente. Não precisa se incomodar. — Pegou a ponta da camisa e limpou o sangue do peito; Emma viu rapidamente a pele pálida esticada na barriga dura, e os sinais de velhas cicatrizes.

— Foi bom que tenham aparecido naquela hora — falou Emma, virando-se para olhar para Cristina, depois para Julian. — Não me importa como perceberam o que estava acontecendo, mas...

— Não percebemos — respondeu Julian com poucas palavras. — Depois que você desligou na cara da Cristina, checamos o GPS do seu telefone e descobrimos que você estava aqui. Pareceu estranho o suficiente para investigar.

— Mas vocês não sabiam que estávamos encrencados — falou Emma. — Só que estávamos na convergência.

Cristina a olhou expressivamente. Julian não disse nada.

Emma abriu o zíper do casaco e o tirou, transferindo a carteira de Wells para o bolso da calça. A batalha causava um certo torpor, uma falta de noção dos ferimentos, o que a permitia seguir em frente. As dores e pontadas estavam aparecendo agora, e ela fez uma careta ao puxar a manga do antebraço. Uma longa queimadura se estendia do cotovelo ao pulso, e era preta e vermelha nas beiradas.

Ela olhou para o espelho retrovisor e viu Jules registrando o ferimento. Ele se inclinou para a frente.

— Pode encostar, Cristina?

Jules, sempre educado. Emma tentou sorrir para ele pelo espelho, mas ele não a encarava. Cristina saiu da pista e foi para o estacionamento do restaurante de frutos do mar sobre o qual Emma e Mark tinham voado mais cedo. Uma grande placa de néon acima da construção decrépita dizia TRIDENTE DE POSEIDON.

Os quatro saltaram do carro. O restaurante parecia praticamente deserto, exceto por algumas mesas com caminhoneiros e pessoas acampadas em pontos da região, tomando café e degustando ostras fritas.

Cristina insistiu em entrar para comer e beber; após um instante de discussão, eles permitiram. Julian colocou o casaco na mesa, reservando-a.

— Tem um chuveiro externo nos fundos — falou ele. — E um pouco de privacidade. Vamos.

— Como você sabe disso? — perguntou Emma, se juntando a ele enquanto se retiravam. Julian não respondeu. Ela podia sentir a raiva dele, não só em seu olhar, mas em um nó sob as próprias costelas.

A trilha de terra que cercava o local se abria em uma área cheia de contêineres de lixo. Havia uma enorme pia dupla e — conforme Jules prometera — um chuveiro grande com equipamentos de surfe empilhados ao lado.

Mark atravessou a areia na direção do chuveiro e abriu a torneira.

— Espere — começou Julian. — Você vai...

Água jorrou, ensopando Mark instantaneamente. Ele levantou o rosto calmamente, como se estivesse se banhando em uma cachoeira tropical e não em um chuveiro gelado em uma noite fria.

— ... se molhar. — Julian suspirou. Ele passou os dedos pelos cabelos emaranhados. Cabelos cor de chocolate, Emma pensava quando era mais nova. As pessoas achavam cabelos castanhos sem graça, mas não eram; os de Julian tinham reflexos dourados, toques vermelhos e cor de café.

Emma foi até a pia e passou água sobre o corte no braço, depois molhou o rosto e o pescoço, limpando o icor. Sangue de demônio era tóxico: podia queimar a pele, e era má ideia deixar que caísse nos olhos ou boca.

Mark fechou o chuveiro e saiu de lá, pingando. Emma ficou imaginando se seria desconfortável ficar com os jeans grudados, assim como a camisa. Os cabelos estavam colados no pescoço.

Os olhos dele encontraram os dela. Um azul frio e um dourado ainda mais frio. Neles Emma viu a selvageria da Caçada: o vazio e a liberdade dos céus. Isso a fez tremer.

Ela viu Julian encará-la fixamente. Ele disse alguma coisa para Mark, que assentiu e desapareceu pela lateral da construção.

Emma se esticou para desligar a água, com uma careta; tinha uma queimadura na palma da mão. Ela alcançou a estela.

— Não — disse a voz de Jules, e de repente havia uma presença calorosa atrás dela. Emma agarrou a beira da pia e fechou os olhos, se sentindo subitamente tonta. O calor do corpo de Jules era palpável em suas costas.

— Deixa que eu faço.

Símbolos de cura — quaisquer símbolos — aplicados por um *parabatai* funcionavam melhor, amplificados pela magia do feitiço de ligação. Emma se virou, as costas para a pia. Julian estava tão perto dela que ela teve de se virar com cuidado a fim de não dar-lhe um encontrão. Ele tinha cheiro de fogo, cravos e tinta. Arrepios explodiram por sua pele quando ele pegou o braço dela e pôs a mão em concha sob o pulso, desenhando com a estela com a mão que estava livre.

Ela conseguiu sentir o traço de cada um dos seus dedos na pele sensível do antebraço. Os dedos dele eram duros e calejados, ásperos pela terebintina.

— Jules — disse ela. — Desculpa.

Ele colocou a estela na pele dela.

— Pelo quê?

— Por ter ido até a convergência sem você — respondeu. — Eu não estava tentando...

— Por que você foi? — perguntou ele, e a estela começou o passeio sobre a pele, formando as linhas do símbolo de cura. — Por que partiu com Mark?

— A moto — disse Emma. — Só dava para duas pessoas. A *moto*... — repetiu, para o olhar vazio de Julian, e então se lembrou do demônio Mantis esmagando-a em seus membros afiados. — Certo — disse ela. — O cavalo de Mark? O que as fadas mencionaram no Santuário? Era uma moto. Um dos Mantis a destruiu, então suponho que seja uma ex-moto.

O *iratze* estava pronto. Emma retraiu a mão, observando o corte começar a se curar, fechando como uma costura.

— Você não está nem de uniforme — disse Julian. Ele falou em voz baixa, direta, mas seus dedos tremiam enquanto ele afastava a estela. — Você continua sendo humana, Emma.

— Eu estava bem...

— Não pode fazer isso comigo. — As palavras saíram como se tivessem sido arrancadas do fundo do mar.

Ela congelou.

— Fazer o quê?

— Sou seu *parabatai* — falou ele, como se fossem palavras conclusivas, e, de certa forma, eram. — Vocês estavam enfrentando, sei lá, duas dúzias de demônios Mantis antes de chegarmos? Se Cristina não tivesse ligado...

— Eu teria combatido — respondeu Emma calorosamente. — Estou muito feliz que tenham aparecido, obrigada, mas eu teria nos tirado de lá...

— Talvez! — A voz dele se elevou. — Talvez tivesse, talvez conseguisse, mas e se não conseguisse? E se você *morresse*? Isso me mataria, Emma, me *mataria*. Você sabe o que acontece...

Ele não concluiu a frase. *Você sabe o que acontece com uma pessoa quando seu* parabatai *morre.*

Eles ficaram parados, se encarando, ofegantes.

— Quando você estava fora, eu senti aqui — disse Emma afinal, tocando a parte superior do braço, onde o símbolo *parabatai* estava marcado. — Você sentiu? — Ela passou a mão na frente da camisa dele, quente com o calor do seu corpo. O símbolo de Julian ficava na parte externa da clavícula, uns 5 centímetros acima do coração.

— Sim — respondeu ele, os cílios abaixando enquanto o olhar acompanhava o movimento dos seus dedos. — Doeu ficar longe de você. Parece que tem um gancho enterrado embaixo das minhas costelas, e alguma coisa puxando do outro lado. Como se eu estivesse preso a você, não importa a distância.

Emma respirou fundo. Ela estava se lembrando de Julian, 14 anos, nos círculos de fogo sobrepostos, na Cidade do Silêncio, onde o ritual *parabatai* era executado. A expressão em seu rosto quando eles entraram no círculo central, o fogo subindo ao redor, e ele desabotoou a camisa para permitir que ela tocasse a estela na sua pele e marcasse o símbolo que os uniria pelo resto da vida. Ela sabia que se mexesse a mão agora poderia tocar o símbolo cortado em seu peito, a Marca que ela mesma colocara ali...

Ela esticou o braço e tocou a clavícula dele. Dava para sentir o calor da pele através da camisa. Ele semicerrou os olhos, como se o toque de Emma pudesse machucá-lo. *Por favor, não fique bravo, Jules,* ela pensou. *Por favor.*

— Não sou um Blackthorn — disse ela, com a voz falhando.

— Quê?

— Não sou um Blackthorn — repetiu ela. As palavras machucavam: vinham de uma profundeza de verdades, um lugar que ela hesitava olhar de perto. — Não pertenço ao Instituto. Estou aqui por sua causa, porque sou sua *parabatai*, então, tiveram que me deixar ficar. O resto de vocês não precisa provar nada. Eu preciso. Tudo que eu faço é... é um teste.

O rosto de Julian mudou; ele estava olhando para ela ao luar, o arco de cupido dos seus lábios partido. As mãos dele levantaram, e ele gentilmente deu o braço para ela. Às vezes, ela pensou, era como se ela fosse uma pipa e Julian a pessoa empinando: ela voava no alto, e ele a mantinha presa à terra. Sem ele, ela se perderia entre as nuvens.

Emma levantou a cabeça. Dava para sentir a respiração de Julian em seu rosto. Havia algo nos olhos dele, algo se abrindo, não como uma rachadura na parede, mas como uma porta escancarando, e ela podia ver a luz.

— Não estou te testando, Emma — disse ele. — Você já me provou tudo.

Emma sentiu algo forte no sangue, o desejo de pegar Julian, fazer alguma coisa, *alguma coisa*, esmagar suas mãos nas dela, abraçá-lo, causar dor a ambos, fazer com que os dois sentissem o gosto do mesmo desespero. Ela não conseguiu entender, e isso a aterrorizou.

Ela foi para o lado, afastando-se gentilmente do toque de Julian.

— É melhor voltarmos para Mark e Cristina — murmurou ela. — Estamos aqui há um tempo.

Ela virou as costas para ele, mas não antes de ver a expressão em seu rosto se fechar, como uma porta batendo. Ela sentiu o gesto como um vazio no estômago, a certeza de que, independentemente de quantos demônios tinha matado naquela noite, seus nervos falharam quando mais precisou.

Quando voltaram para a frente do restaurante, encontraram Mark e Cristina sentados sobre uma mesa de piquenique, cercados por caixas de papelão de batatas fritas, pães amanteigados, mariscos fritos e tacos de peixe. Cristina estava segurando um refrigerante de limão e sorrindo para alguma coisa que Mark havia dito.

O vento do mar tinha secado os cabelos de Mark. Soprava-o no rosto, destacando o quanto ele parecia uma fada, e o quão pouco parecia Nephilim.

— Mark estava me contando sobre o combate na convergência — falou Cristina quando Emma se sentou com eles e alcançou um marisco. Julian foi atrás dela e pegou refrigerante.

Emma contou seu próprio relato dos eventos, da descoberta da caverna e da carteira, ao aparecimento dos demônios Mantis.

— Eles destruíram a moto de Mark, por isso, não conseguimos sair — explicou ela.

Mark pareceu sorumbático.

— Seu garanhão já era, tô achando — disse Emma a ele. — Vão te dar outro?

— Improvável — respondeu Mark. — Fadas não são generosas.

Julian olhou para ela com as sobrancelhas erguidas.

— Tô achando? — ecoou.

— Não consigo evitar. — Ela deu de ombros. — Estou com mania.

Cristina estendeu a mão.

— Vamos ver o que encontraram — falou. — Já que sacrificaram tanto por isso.

Emma pegou o objeto quadrado de couro do bolso e permitiu que todos olhassem. Em seguida, pegou o telefone e o estendeu enquanto abria nas fotos do interior da caverna, com aquelas línguas estranhas marcadas.

— Podemos traduzir o grego e o latim — disse Emma. — Mas teremos que ir até a biblioteca para descobrir as outras línguas.

— Stanley Wells — anunciou Julian, olhando a carteira semiqueimada.

— O nome soa familiar.

— Quando voltarmos, Ty e Livvy podem descobrir quem ele é — disse Emma. — E podemos investigar o endereço, ver se tem alguma coisa a ser descoberta na casa dele. Ver se tem motivo para ele ter sido marcado para o sacrifício.

— Pode ser que sejam escolhidos aleatoriamente — disse Julian.

— Não são — afirmou Mark.

Todos pausaram, Julian com uma garrafa a meio caminho da boca.

— Quê? — perguntou Emma.

— Nem todo mundo serve para ser sacrificado por um feitiço de invocação — explicou Mark. — Não pode ser completamente aleatório.

— Ensinam muito sobre magia negra na Caçada Selvagem? — perguntou Julian.

— A Caçada Selvagem é magia negra — respondeu Mark. — Reconheci o círculo na caverna. — Ele tamborilou o telefone de Emma. — Esse é um círculo de sacrifício. Isso é necromancia. O poder da morte extraído com algum propósito.

Todos ficaram quietos por um momento. O vento frio do oceano emaranhou os cabelos úmidos de Emma.

— Os Mantis eram guardas — disse ela por fim. — Quem quer que seja o necromante, não quer que descubram sobre a câmara secreta de sacrifícios.

— Porque ele precisa dela — concluiu Jules.

— Pode ser ela — disse Emma. — Não são só homens que se tornam assassinos seriais psicopatas mágicos.

— Verdade — disse Julian. — Seja como for, não tem nenhum outro lugar perto da cidade com uma convergência de Linhas Ley como essa. Necromancia executada na extensão de uma Linha Ley provavelmente apareceria no mapa de Magnus, mas e se fosse feita em uma *convergência*?

— Nesse caso pode muito bem ser escondida dos Nephilim — disse Mark.

— O assassino pode estar cometendo os assassinatos cerimoniais no ponto de convergência...

— E depois desova os corpos nas extensões das Linhas Ley? — Cristina completou. — Mas por quê? Por que não deixam nas cavernas?

— Talvez queiram que os corpos sejam encontrados — disse Mark. — Afinal, as marcas neles são escritas. Pode ser uma mensagem. Uma mensagem que querem transmitir.

— Então deveriam ter escrito o recado em uma língua que conhecemos — murmurou Emma.

— Talvez a mensagem não seja para nós — argumentou Mark.

— A convergência terá que ser observada — disse Cristina. — Alguém terá que monitorar. Não há outro ponto de convergência; o assassino terá que voltar em algum momento.

— De acordo — disse Julian. — Teremos que preparar alguma coisa na convergência. Algo que sirva de alerta.

— Amanhã, durante o dia — disse Emma. — Os demônios Mantis estarão inativos...

Julian riu.

— Sabe o que temos amanhã? Teste — falou. Duas vezes por ano Diana tinha que testá-los em certos quesitos básicos, de desenhos de símbolos a treinamento, passando por línguas, e depois entregava um relatório à Clave sobre o progresso.

Houve um coro de protesto. Julian levantou as mãos.

— Vou mandar uma mensagem para Diana sobre isso — falou ele. — Mas se não fizermos, a Clave vai desconfiar.

Mark disse algo impublicável sobre o que a Clave poderia fazer com as próprias desconfianças.

— Acho que não conheço essa palavra — disse Cristina, parecendo entretida.

— Também não sei ao certo se eu conheço — reiterou Emma. — E conheço vários palavrões.

Mark se inclinou para trás com o princípio de um sorriso, em seguida, respirou fundo. Tirou o colarinho ensanguentado do pescoço e olhou cuidadosamente para o peito ferido.

Julian repousou a garrafa.

— Deixe-me ver.

Mark soltou o colarinho.

— Não há nada que você possa fazer. Vai melhorar.

— É uma ferida demoníaca — disse Julian. — Deixe-me ver.

Mark olhou para ele, espantado. As ondas produziam um ruído suave no entorno. Não havia mais ninguém do lado de fora do restaurante, exceto eles; as outras mesas tinham vagado. Mark nunca tinha ouvido esse tom de Julian antes, Emma pensou, aquele que não aceitava discussões, o que parecia a voz de um homem adulto. O tipo de homem a quem você dava ouvidos.

Mark levantou a frente da camisa. O corte corria irregular sobre seu peito. Não estava mais sangrando, mas a visão da carne pálida rasgada fez Emma cerrar os dentes.

— Deixe-me... — Julian começou.

Mark se levantou.

— Eu estou *bem* — disse ele. — Não preciso da sua magia de cura. Não preciso dos seus símbolos mágicos de segurança. — Ele tocou o ombro, onde uma Marca florescia como uma borboleta: um símbolo permanente de proteção. — Tenho isso desde os 10 anos — falou. — Tinha isso quando me levaram e quando me quebraram e me transformaram em um deles. Nunca me ajudou. Os símbolos do Anjo são mentiras projetadas nos dentes do Paraíso.

Dor cresceu e desapareceu nos olhos de Julian.

— Não são perfeitos — concordou Julian. — Nada é perfeito. Mas ajudam. Só não quero vê-lo machucado.

— Mark — chamou Cristina com a voz suave. Mark, porém, tinha ido para outro lugar, algum lugar onde nenhuma das vozes podia alcançá-lo. Ele estava ali com os olhos em chamas, as mãos abrindo e fechando em punhos.

Lentamente, a mão subiu e pegou a bainha da camisa. Puxou-a sobre a cabeça. Tirou a camisa, derrubando-a sobre a areia. Emma viu a pele clara, mais clara do que a dela, um peito musculoso e uma cintura fina cortada com as linhas finas de antigas cicatrizes. Então ele se virou.

Suas costas eram cheias de símbolos, da nuca até a cintura. Mas não eram como Marcas normais de Caçadores de Sombras, nas quais os símbolos pretos eventualmente clareavam até uma linha fina na pele. Essas tinham relevo, eram espessas e lívidas.

Julian tinha empalidecido em volta da boca.

— O quê...?

— Quando cheguei ao Reino das Fadas, eles zombavam do meu sangue Nephilim — disse Mark. — As fadas da Corte Unseelie pegaram minha estela e quebraram, disseram que não passava de um graveto sujo. E quando lutei de volta por ela, eles usaram facas para cortar os símbolos do Anjo na minha pele. Depois disso parei de lutar com eles pelos Caçadores de Sombras. E jurei que nenhuma outra Marca tocaria minha pele.

Ele se abaixou, pegou a camisa ensanguentada e molhada, e ficou parado, encarando-os, a raiva descontada, novamente vulnerável.

— Talvez ainda dê para curá-las — falou Emma. — Os Irmãos do Silêncio...

— Não preciso que sejam curadas — disse Mark. — Servem como lembrete.

Julian saiu da mesa.

— Um lembrete de quê?

— De que não devo confiar — respondeu Mark.

Cristina olhou para Emma sobre as cabeças dos meninos. Havia uma terrível tristeza em seu rosto.

— Sinto muito que sua Marca de proteção não tenha funcionado — falou Julian, com a voz baixa e cautelosa, e Emma nunca quis abraçá-lo tanto quanto naquele momento, enquanto ele encarava o irmão ao luar, com o coração nos olhos. Seu cabelo era um emaranhado, os cachos suaves eram como pontos de interrogação na testa. — Mas existem outros tipos de proteção. Sua família o protege, Mark. Não vamos deixar que o levem outra vez.

Mark sorriu, um sorriso estranho e triste.

— Eu sei — disse ele. — Meu gentil irmãozinho. Eu sei.

10

E Ela Era Uma Criança

— Pronto — disse Diana, colocando a bolsa de lona na bancada da cozinha com um estalo.

Emma levantou o olhar. Ela estava perto da janela com Cristina, testando as ataduras da mão. Os símbolos de cura de Julian tinham resolvido quase todos os ferimentos, mas havia algumas queimaduras de icor ainda doloridas.

Livvy, Dru e Tavvy estavam reunidos em volta da mesa da cozinha, brigando pelo leite achocolatado. Ty usava o fone, lendo, calmo em seu próprio mundo. Julian preparava, no fogão, bacon, torradas e ovos — com pedacinhos queimados, como Dru gostava.

Diana foi até a pia e lavou as mãos. Ela vestia calça jeans e camiseta, com as roupas sujas e marcas no rosto. Os cabelos estavam presos em um coque bem apertado.

— Configurou? — perguntou Emma. — O monitor na convergência?

Diana fez que sim com a cabeça, alcançando um pano de prato com as mãos.

— Julian me mandou uma mensagem sobre o assunto. Acharam que eu fosse deixar vocês escaparem do teste da Clave?

Houve resmungos.

— Achar, não — disse Emma. — Torcer, talvez.

— Enfim, eu mesma fiz — disse Diana. — Se alguém entrar ou sair da caverna, receberemos uma ligação no telefone do Instituto.

— E se não estivermos em casa? — perguntou Julian.

— Mensagem de texto — respondeu Diana, virando de modo que ficou de costas para a pia. — Mensagens vão para Julian, Emma e para mim.

— Por que não para Arthur? — perguntou Cristina. — Ele não tem celular?

Não tinha, até onde Emma sabia, mas Diana não respondeu.

— E agora tem a outra questão — continuou a tutora. — Demônios Mantis guardam a convergência à noite, mas, como sabem, demônios são inativos no meio externo durante o dia. Não suportam a luz do sol.

— Pensei nisso — disse Emma. — Não faz sentido que quem quer que esteja fazendo isso fosse deixar a convergência desprotegida durante metade do dia.

— Estava certa em pensar sobre isso — falou Diana. Sua voz soou neutra; Emma investigou seu rosto em vão, à procura de alguma pista que informasse se ela ainda estava irritada. — Durante o dia a porta da caverna se fecha. Vi quando a entrada desapareceu com o nascer do sol. Não interferiu na aplicação dos símbolos de monitoramento e nas barreiras de proteção; fiz isso fora da caverna, mas ninguém entra naquela convergência enquanto há sol.

— Todos os assassinatos, a desova de corpos, tudo isso *aconteceu* à noite — disse Livvy. — Talvez haja algum demônio por trás disso, afinal?

Diana suspirou.

— Não sabemos. Pelo Anjo, preciso de café.

Cristina se apressou para pegar uma caneca para ela, enquanto Diana tirava a sujeira das roupas, franzindo o rosto.

— Malcolm ajudou a armar? — perguntou Julian.

Diana pegou o café e, agradecida, sorriu para Cristina.

— Tudo que precisam já foi resolvido — disse ela. — Vocês têm teste hoje, então nos vemos na sala de aula depois do café da manhã.

Ela saiu, levando consigo a sacola e o café. Dru parecia chateada.

— Não acredito que temos aula — falou. Ela estava de jeans e camiseta estampada com um rosto gritando e as palavras CASA DOS HORRORES DO DR. TERROR.

— Estamos no meio de uma investigação — disse Livvy. — Não deveríamos ter que fazer testes.

— É uma afronta — disse Ty. — Me sinto afrontado. — Ele tinha tirado o fone, mas estava com a mão embaixo da mesa. Emma conseguia ouvi-lo clicando uma caneta, algo que ele fazia muito antes de Julian desenvolver ferramentas para ajudá-lo a manter o foco, mas ainda era algo que ele fazia quando estava ansioso.

Contra o ruído de resmungos de todos ali, o telefone de Emma tocou. Ela olhou para a tela. CAMERON ASHDOWN.

Julian olhou por um instante, em seguida voltou energicamente a preparar os ovos. Ele estava com uma combinação de uniforme de combate, avental e uma camiseta rasgada que, em outra situação, teria feito Emma tirar um sarro dele. Mas agora ela simplesmente se esticou para fora da janela para atender ao telefone.

— Cam? — atendeu. — Aconteceu alguma coisa?

Livvy olhou para ela e revirou os olhos, depois levantou e começou a levar os pratos do fogão para a mesa. O restante das crianças continuava discutindo, apesar de Tavvy ter ficado com o leite achocolatado.

— Não liguei para pedir para voltar se é isso que está pensando — falou Cameron. Ela o visualizou enquanto a voz cruzava a linha: franzindo o rosto, os cabelos ruivos bagunçados e rebeldes como costumavam ficar pela manhã.

— Uau — respondeu Emma. — Bom dia para você também.

— Ladrão de leite — disse Dru para Tavvy, e colocou um pedaço de torrada na cabeça dele. Emma conteve um sorriso.

— Fui ao Mercado das Sombras — disse Cam. — Ontem.

— Ui! Ai, ai, ai.

— Ouvi uma fofoca na mesa do Johnny Rook — falou. — Sobre você. Ele disse que vocês tiveram uma discussão há alguns dias. — Ele abaixou o tom. — Você não deveria encontrá-lo fora do Mercado, Em.

Emma se apoiou contra a parede. Cristina a olhou fixamente, depois se sentou com os outros; logo todos se ocupavam passando manteiga nas torradas e espetando ovos com o garfo.

— Eu sei, eu sei. Johnny Rook é um criminoso que comete crimes. Já ouvi esse sermão.

Cam soou irritado.

— Alguém disse que você estava metendo o nariz onde não foi chamada. E que, se insistisse nisso, iam machucá-la. Não o cara que falou isso, dei uma prensa nele, e ele disse que estava falando de outra pessoa. Disse que tinha ouvido coisas. O que você anda fazendo, Emma?

Julian continuava no fogão; Emma viu pelos seus ombros que ele estava escutando.

— Pode ser tanta coisa.

Cameron suspirou.

— Tudo bem, seja evasiva. Fiquei preocupado com você. Cuidado.

— Sempre tenho cuidado — garantiu ela, e desligou.

Silenciosamente, Julian entregou um prato de ovos a ela. Emma aceitou, consciente de que todos a observavam. Ela repousou o prato na bancada da cozinha e sentou em um dos bancos, cutucando o café da manhã com uma colher.

— Tudo bem — disse Livvy. — Se ninguém vai perguntar, eu pergunto. O que foi isso?

Emma levantou o olhar, prestes a responder irritada, quando as palavras morreram em sua boca.

Mark estava na entrada. A tensão da briga na biblioteca na noite anterior pareceu ressurgir, provocando um silêncio pesado na cozinha. Os Blackthorn olharam para o irmão, com olhos arregalados; Cristina ficou encarando o próprio café.

Mark parecia... normal. Vestia uma camisa azul e jeans escuros do próprio tamanho, com um cinto de armas, apesar de não haver armas nele. Mesmo assim, não havia dúvidas de que se tratava de um cinto de Caçador de Sombras, os símbolos de poder angelical e precisão marcados no couro. Tinha manoplas nos pulsos.

Todos o encararam, Julian com uma espátula no ar. Mark esticou os ombros, e, por um instante, Emma achou que ele fosse fazer outra reverência, como tinha feito na noite anterior. Em vez disso, ele falou:

— Peço desculpas por ontem à noite — falou. — Eu não deveria tê-los culpado, minha família. A política da Clave é complexa e frequentemente sombria, e vocês não têm culpa. Gostaria de, com sua permissão, recomeçar e me apresentar a vocês.

— Mas nós sabemos quem você é — disse Ty. Livvy se inclinou e sussurrou ao ouvido dele, esfregando o ombro do menino com a mão. Ty olhou para Mark, claramente ainda confuso, mas também cheio de expectativa.

Mark deu um passo para a frente.

— Sou Mark Antony Blackthorn — apresentou-se. — Venho de uma longa linhagem de Caçadores de Sombras. Servi com a Caçada Selvagem por mais tempo do que sou capaz de contar. Cavalguei pelo ar em um cavalo branco de fumaça, recolhi os corpos dos mortos e os levei para o Reino das

Fadas, onde seus ossos e pele alimentaram a terra selvagem. Nunca me senti culpado, mas talvez devesse. — Ele deixou as mãos, que estavam presas nas costas, se soltarem e caírem para os lados. — Não sei qual é o meu lugar — falou. — Mas, se me permitirem, tentarei pertencer a esse lugar.

Houve um momento de silêncio. As crianças à mesa ficaram encarando; Emma sentou com a colher na mão, prendendo a respiração. Mark olhou para Jules.

Julian esticou o braço para esfregar a nuca.

— Por que você não se senta, Mark? — disse ele, um pouco rouco. — Vou preparar uns ovos para você.

Mark ficou quieto durante todo o café da manhã enquanto Julian, Emma e Cristina contavam aos outros o que tinham descoberto na noite anterior. Emma não deu muitos detalhes sobre o ataque dos Mantis; não queria que Tavvy tivesse pesadelos.

A carteira de Stanley Wells foi passada para Ty, que pareceu muito animado por lidar com uma prova. Ele prometeu uma investigação completa sobre o pobre Stanley depois dos testes. Como Mark não precisava participar dos testes, Julian perguntou se ele podia cuidar de Tavvy na biblioteca.

— Não vou dá-lo como alimento para uma árvore, como fazem com crianças desobedientes na Corte Unseelie — prometeu Mark.

— Fico aliviado — respondeu Julian secamente.

Mark se curvou em direção a Tavvy cujos olhos brilhavam.

— Venha comigo, pequeno — disse Mark. — Há livros na biblioteca, lembro-me bem, que eu adorava quando criança. Posso mostrá-los a você.

Tavvy fez que sim com a cabeça e deu a mão para Mark com total confiança. Alguma coisa então passou pelos olhos de Mark, um brilho de emoção. Ele saiu dali com Tavvy sem dizer mais nada.

O aviso de Cameron ficou na cabeça de Emma por todo o restante da refeição enquanto limpavam as coisas e depois que foram para a sala de aula encontrar Diana, com uma pilha de papéis na mão. Ela não conseguia esquecer as palavras dele e, por isso, fez uma péssima prova de língua e de memorização de diversos demônios e membros do Submundo. Ela confundiu Azael com Asmodeus, Purgatic com Cthonian, e nixies com pixies. Diana ficou encarando enquanto ela avaliava o papel com o nome de Emma com uma caneta vermelha.

Todos se saíram bem, e as poucas perguntas que Julian errou, Emma desconfiava que ele tivesse feito para fazê-la se sentir melhor.

Emma ficou feliz quando terminaram as partes escrita e oral do teste. Tiveram um intervalo para o almoço antes de ir para a sala de treinamento. Diana já tinha preparado o espaço. Havia alvos para arremesso de facas, espadas de vários tamanhos e, no meio da sala, um grande boneco de treino. Tinha um tronco de madeira, vários braços que podiam ser posicionados e reposicionados, e uma cabeça de pano estofada como um espantalho.

Um círculo de pó preto e branco cercava o boneco — pedra de sal misturada a cinzas.

— Ataque a distância, com cuidado e precisão — disse Diana. — Bagunçem o círculo de cinzas e falharão. — Ela foi até a caixa preta no chão e ligou um interruptor. Era um rádio. Barulho explodiu na sala, severo e dissonante. Foi como se alguém tivesse gravado um motim, gritos e berros e vidros quebrados.

Livvy ficou aterrorizada. Ty fez uma careta e alcançou os fones, colocando-os nos ouvidos.

— Distração — disse Diana em voz alta. — Vocês precisam se esforçar para superar...

Antes que ela conseguisse concluir, bateram à porta: era Mark, parecendo desconfiado.

— Tavvy está distraído com os livros — falou para Diana, que tinha esticado o braço para diminuir o volume do som —, e você tinha perguntado se eu podia vir para essa parte do teste. Achei melhor atender.

— Mas Mark não precisa ser testado — protestou Julian. — A Clave não pode ser informada sobre os resultados dele.

— Cristina também não precisa ter os resultados informados à Clave — disse Diana. — Mas ela vai participar. Quero ver como todos vocês se saem. Se vão trabalhar juntos, é melhor que conheçam os níveis de habilidade uns dos outros.

— Sei lutar — disse Mark. Ele não falou nada sobre a noite anterior, sobre ter se defendido sozinho contra demônios Mantis, sem novos símbolos. — Os que integram a Caçada Selvagem são guerreiros.

— Sim, mas eles lutam diferente dos Caçadores de Sombras — argumentou Diana, gesticulando pela sala, para as lâminas Marcadas, as espadas de *adamas*. — Essas são as armas do seu povo. — Ela se voltou para os outros. — Todos devem escolher uma.

Com isso a expressão de Mark ficou monótona, mas ele não disse nada. Nem se moveu enquanto os outros se espalhavam. — Emma foi direto para Cortana, Cristina para suas facas borboleta, Livvy para o sabre, e Dru para uma longa e fina adaga misericórdia. Julian escolheu um par de *chakhrams*, estrelas cortantes circulares.

Ty ficou para trás. Emma não pôde deixar de imaginar se Diana teria notado que foi Livvy que pegou uma adaga para Ty e a pressionou na mão do garoto. Emma já tinha visto Ty lançando facas antes: ele era bom, às vezes, excelente, mas só quando estava com vontade. Quando não estava, não havia o que o fizesse se mexer.

— Julian — chamou Diana, aumentando novamente o som. — Você, primeiro.

Julian chegou para trás e lançou, os *chakhrams* girando das mãos dele como círculos de luz. Um deles arrancou o braço direito do boneco de treinamento, o outro, o esquerdo, antes de se enterrarem na parede.

— Seu alvo não está morto — observou Diana. — Só sem braços.

— Exatamente — disse Julian. — Assim posso interrogar o sujeito. Ou a *coisa*, você sabe, se for um demônio.

— Muito estratégico. — Diana tentou esconder um sorriso enquanto fazia uma anotação no caderno. Ela pegou os braços do boneco e os colocou de volta no lugar. — Livvy?

Livvy despachou o boneco com um golpe de sabre, sem ultrapassar a barreira de cinzas. Dru se entrosou bem com a misericórdia lançada, e Cristina abriu seus canivetes e os arremessou de modo que uma ponta de cada lâmina se enfiasse exatamente onde ficariam os olhos do boneco.

— Que nojo — disse Livvy em tom de admiração. — Curti.

Cristina pegou de volta as facas e deu uma piscadela para Emma, que tinha subido um pouco na escada de corda, com Cortana em sua mão livre.

— Emma? — chamou ela, esticando o pescoço. — O que está fazendo?

Emma se lançou da escada. Não era a fúria fria da batalha, mas teve um momento de liberdade em queda livre que foi de puro prazer, que bloqueou a irritação do alerta de Cameron de sua mente. Ela aterrissou no boneco, com os pés nos ombros dele, e atacou, enfiando Cortana até o cabo no tronco. Então ela se jogou para trás, aterrissando fora do círculo.

— Isso é exibicionismo — censurou Diana, mas estava sorrindo ao fazer uma nova anotação. Levantou o olhar. — Tiberius? É a sua vez.

Ty deu um passo em direção ao círculo. A parte branca dos fones de ouvido se destacava contra os cabelos negros. Ele era da altura do boneco, Emma percebeu com um susto. Ela frequentemente pensava em Ty como a criança que outrora ele havia sido. Mas ele não era — ele tinha 15 anos, mais velho do que ela quando ela e Julian passaram pela cerimônia *parabatai*. Ele não tinha mais o rosto de um menininho. A suavidade já tinha sido substituída por linhas mais nítidas.

Ty gostava de sua faca.

— Tiberius — disse uma voz da entrada. — Tire os fones de ouvido.

Tio Arthur. Todos olharam em surpresa: Arthur raramente frequentava o andar de baixo e, quando o fazia, evitava conversas, refeições — qualquer contato. Era estranho vê-lo na entrada, como um fantasma cinzento: túnica cinza, barbicha cinza, calça velha cinza.

— A poluição da tecnologia mundana está por todos os lados — disse Arthur. — Nesses telefones que vocês carregam. Carros: no Instituto de Londres, não os tínhamos. Aquele computador sobre o qual pensam que eu não sei. — Uma fúria estranha passou pelo rosto dele. — Não vai poder lutar com *fones de ouvido*.

Ele disse isso como se fossem palavras venenosas.

Diana fechou os olhos.

— Ty — disse ela. — Tire os fones.

Ty tirou e os deixou pendurados no pescoço. Ele fez uma careta quando o barulho de conversa e vozes do rádio atingiu seus ouvidos.

— Então não vou conseguir fazer.

— Nesse caso vai falhar — disse Arthur. — Isso tem que ser justo.

— Se não deixá-lo usar, não será justo — disse Emma.

— Esse é o teste. Todo mundo tem que fazer — falou Diana. — A batalha nem sempre acontece em condições ideais. Tem barulho, sangue, distrações...

— Não participarei de batalhas — disse Ty. — Não quero ser esse tipo de Caçador de Sombras.

— *Tiberius* — falou Arthur rispidamente. — Faça como lhe foi pedido.

O rosto de Ty enrijeceu. Ele levantou a faca e lançou, com um desconforto proposital, mas com muita força. Atingiu o rádio preto de plástico, que estilhaçou em centenas de pedaços.

Fez-se silêncio.

Ty olhou para a mão direita; estava sangrando. Um pedaço do rádio estilhaçado tinha voado longe e cortado sua pele. Fazendo uma careta, ele foi para perto de um dos pilares. Livvy o observou com uma expressão arrasada; Julian parecia ter a intenção de segui-lo, quando Emma o pegou pelo pulso.

— Não — falou. — Dê um minuto a ele.

— Minha vez — disse Mark. Diana virou surpresa para ele. Ele já estava indo em direção ao boneco de treinamento. Foi direto para lá, espalhando as cinzas e o sal no chão.

— Mark — disse Diana —, você não pode...

Ele pegou o boneco e o puxou para si, arrancando a cabeça do corpo. Choveu palha em volta dele. Ele jogou a cabeça para o lado, pegou os braços presos e os dobrou até quebrarem. Deu um passo para trás, deu um chute no meio do tronco e empurrou. O boneco caiu com um barulho.

Quase teria sido engraçado, Emma pensou, se não fosse o olhar no rosto dele.

— Essas são as armas do meu povo — disse ele, estendendo as mãos. Havia aberto um corte na direita, que sangrava.

— Você não pode tocar o círculo — disse Diana. — São as regras, e não sou eu que determino. A Clave...

— *Lex malla, lex nulla* — falou Mark friamente, se afastando do boneco. Emma ouviu Arthur respirar fundo ao ouvir as palavras do lema da família Blackthorn. Ele se virou sem dizer uma única palavra e saiu da sala.

Os olhos de Julian seguiram o irmão enquanto Mark ia até Ty e se apoiava no pilar ao lado dele.

Ty, que segurava a mão direita com a esquerda, queixo travado, olhou surpreso para ele.

— Mark?

Mark tocou a mão do irmão mais novo, suavemente, e Ty não recuou. Ambos tinham dedos caracteristicamente Blackthorn, longos e delicados, com ossos definidos e articulados.

Lentamente, o olhar furioso desapareceu do rosto de Ty. Em vez disso, ele olhou de lado para o irmão, como se a resposta para uma pergunta, que Emma não sabia adivinhar qual seria, pudesse ser encontrada no rosto de Mark.

Ela se lembrou do que Ty havia dito sobre seu irmão na biblioteca.

Não é culpa dele se não entende tudo. Ou se as coisas são demais para ele. Não é culpa dele.

— Agora nós dois estamos com as mãos machucadas — observou Mark.

— Julian — disse Diana. — Precisamos conversar sobre Ty.

Julian estava parado diante da mesa dela. Dava para enxergar através de Diana, através das enormes janelas de vidro atrás dela até a rodovia e a praia abaixo, e o oceano mais além.

Ele guardava uma lembrança clara na mente, apesar de não se recordar mais de quantos anos tinha quando aconteceu. Ele, na praia, desenhando o sol se pondo e os surfistas na água. Um desenho solto, mais focado na alegria do movimento que em acertar a figura de fato. Ty também estava ali, brincando: construía uma fileira de perfeitos quadrados de areia molhada, todos exatamente do mesmo tamanho e forma.

Julian olhou para o próprio trabalho inexato, e para as fileiras metódicas de Ty e pensou: *nós dois vemos o mesmo mundo, mas de um jeito diferente. Ty sente a mesma alegria que eu, a alegria da criação. Sentimos as mesmas coisas, só que as formas dos nossos sentimentos são diferentes.*

— Isso foi culpa de Arthur — disse Julian. — Não sei por que ele fez isso.
— Ele sabia que soava agitado. Não podia evitar. Normalmente, nos dias ruins de Arthur, sua raiva e irritação se voltavam para dentro, para dentro dele mesmo. Ele não teria pensado que o tio saberia dos fones de ouvido de Ty: ele não achava que Arthur prestava atenção em nenhum deles o suficiente para perceber essas coisas; em Ty menos ainda. — Não sei por que ele tratou Ty assim.

— Podemos ser cruéis com os que nos fazem lembrar de nós mesmos.
— Ty não se parece com Arthur. — A voz de Julian era afiada. — E ele não deve ter que pagar pelo que Arthur faz. Você deveria deixá-lo fazer o teste novamente, usando os fones de ouvido.

— Não é necessário — respondeu Diana. — Sei o que Ty pode fazer; vou emendar os resultados dos testes para que reflitam isso. Você não precisa se preocupar com a Clave.

Julian olhou para ela e pareceu intrigado.

— Se não é sobre os resultados dele, o que houve então? Por que queria me ver?

— Você ouviu o que Ty disse lá dentro — falou Diana. — Ele não quer ser *esse tipo de Caçador de Sombras.* Ele quer ir para a Scholomance. É por isso que se recusa a ser *parabatai* de Livvy. E você sabe que ele faria quase tudo por ela.

Ty e Livvy estavam na sala do computador naquele momento, procurando o que pudessem encontrar sobre Stanley Wells. Ty parecia ter deixado a irritação com o teste de lado e até sorriu depois que Mark foi falar com ele.

Julian ficou imaginando se era errado sentir ciúmes irracionais de Mark, que tinha reaparecido na vida deles apenas na véspera, e tinha conseguido falar com seu irmão mais novo enquanto ele não. Julian amava Ty mais do que a si e, mesmo assim, não tinha conseguido pensar em nada tão elegantemente simples quanto *agora nós dois estamos com as mãos machucadas* para falar para o irmão.

— Ele não pode ir — disse Julian. — Só tem 15 anos. Os outros alunos têm no mínimo 18. É para formados pela Academia.

— Ele é tão inteligente quanto qualquer formado pela Academia — disse Diana. — Ele sabe tanto quanto.

Ela se inclinou para a frente, com os cotovelos apoiados na mesa de vidro. Atrás dela o oceano se estendia até o horizonte. Já era quase fim de tarde, e a água tinha uma cor azul-prateado escura. Julian pensou no que aconteceria se desse um soco na mesa; será que tinha força para destruir o vidro?

— Não é uma questão do que ele sabe — falou Julian, e se conteve. Estava perigosamente perto exatamente daquilo que eles nunca falavam: o jeito como Ty era diferente.

Julian frequentemente pensava na Clave como uma sombra escura sobre sua vida. Tinham roubado seus irmãos mais velhos tanto quanto as fadas o fizeram. Ao longo de séculos, a forma exata como Caçadores de Sombras deveriam se comportar era severamente arregimentada. Se falar a um mundano sobre o Mundo das Sombras, será castigado, até mesmo exilado. Caso se apaixone por um mundano ou por seu *parabatai*, terá suas Marcas arrancadas — um processo agonizante ao qual nem todos sobreviviam.

A arte de Julian, o interesse de seu pai pelos clássicos: tudo era encarado com grande desconfiança. Caçadores de Sombras não deveriam ter outros interesses. Caçadores de Sombras não eram artistas. Eram guerreiros, nascidos e criados assim, como espartanos. E a individualidade não era algo que valorizavam.

Os pensamentos de Ty, sua mente linda e curiosa, não eram como os de todo mundo. Julian já tinha ouvido histórias — sussurros, na verdade — de outras crianças Caçadoras de Sombras que pensavam ou sentiam diferente. Que tinham dificuldade de concentração. Que alegavam que letras se reorganizavam na página quando tentavam lê-las. Que caíam em profunda e indistinta tristeza ou ataques que não conseguiam controlar.

Mas eram apenas fofocas, porque a Clave detestava admitir que existiam Nephilim assim. Eram colocados na parte da "escória" da Academia e treinados para não perturbar os outros Caçadores de Sombras. Enviados aos cantos mais distantes do globo como segredos vergonhosos que deviam ser escondidos. Não havia palavras para descrever Caçadores de Sombras cujas mentes eram diferentes, nem palavras reais para descrever quaisquer diferenças.

Porque se houvesse palavras, Julian pensou, teria que haver admissão. E havia coisas que a Clave se recusava a admitir.

— Vão fazer com que ele sinta como se houvesse algo de errado com ele — disse Julian. — *Não há nada de errado com ele.*

— Eu sei disso. — Diana soou triste. Cansada. Julian ficou imaginando onde ela teria ido na véspera, quando eles estavam na casa de Malcolm. Quem a ajudou a proteger a convergência.

— Vão tentar forçá-lo a se adaptar aos moldes do que consideram um Caçador de Sombras. Ele não sabe o que farão...

— Porque você não disse a ele — lembrou Diana. — Se ele tem uma visão idealizada do que será a Scholomance, é porque você nunca o corrigiu. Sim, é difícil lá. É brutal. Diga isso a ele.

— Você quer que eu diga que ele é diferente — disse Julian friamente. — Ele não é burro, Diana. Ele sabe disso.

— Não — discordou Diana, levantando-se. — Quero que você diga como a Clave se sente em relação a pessoas diferentes. Como ele pode se decidir se não dispõe de todas as informações?

— Ele é meu irmão*zinho*. — Julian se irritou. O dia lá fora era um borrão; partes da janela pareciam espelhadas, e ele conseguia ver pedacinhos de si mesmo; a ponta de uma maçã do rosto, um queixo firme, cabelos emaranhados. Ele próprio se assustou com o seu olhar. — Faltam três anos para se formar...

Os olhos castanhos de Diana eram ferozes.

— Sei que você basicamente o criou desde que ele tinha 10 anos, Julian. Sei que se sente como se todos eles fossem seus filhos. E são seus, mas, pelo menos, Livvy e Ty não são mais crianças. Você vai ter que cortar o cordão...

— *Você* está me dizendo para me preparar para o futuro? — perguntou Julian. — Sério?

O queixo dela travou.

— Você está no fio da navalha, Julian, com tudo que esconde. Estive no seu lugar por quase metade da vida. Você se acostuma, se acostuma tanto que, às vezes, se esquece de que está sangrando.

— Não suponho que queira ser mais específica em relação a isso?

— Você tem os seus segredos. Eu tenho os meus.

— Não acredito nisso. — Julian queria gritar, socar uma parede. — Guardar segredos é tudo que você faz. Lembra quando perguntei se você queria coordenar o Instituto? Lembra quando você disse não e me mandou não perguntar por quê?

Diana suspirou e passou um dedo no espaldar da cadeira.

— Se irritar comigo não vai ajudar em nada, Jules.

— Você pode ter razão — disse ele. — Mas essa é a única coisa que você poderia ter feito que provavelmente teria me ajudado de fato. E você não fez. Então me perdoe se eu me sinto totalmente sozinho nessa. Eu amo Ty, meu Deus, acredite em mim, quero que ele tenha tudo que quiser. Mas suponha que eu diga a Ty o quanto é difícil a Scholomance, mas ainda assim ele escolha ir. Você poderia me *prometer* que ele ficaria bem lá? Poderia jurar que ele e Livvy ficariam bem, separados, se jamais se separaram por nem um dia na vida? Pode garantir?

Ela balançou a cabeça. Parecia derrotada, e Julian não teve nenhum senso de triunfo.

— Eu poderia dizer que não existem garantias na vida, Julian Blackthorn, mas dá para perceber que você não quer ouvir nada do que tenho a dizer sobre Ty — falou. — Então direi outra coisa. Você talvez seja a pessoa mais determinada que já conheci. Por cinco anos manteve todos unidos nessa casa de um jeito que eu não imaginava ser possível. — Ela olhou diretamente para ele. — Mas essa situação não se sustenta. É como uma falha sísmica. Vai romper sob pressão, e aí? O que você vai perder, o que *nós* vamos perder, quando isso acontecer?

— O que é isso? — perguntou Mark, pegando o lêmure de pelúcia de Tavvy, o Sr. Limpet, e segurando-o cuidadosamente por uma pata. Mark estava sentado no chão da sala do computador com Emma, Dru e Tavvy. Dru estava com um livro chamado *Dança macabra* em uma das mãos e ignorava a todos eles. Tavvy estava tentando convencer Mark, de cabelos molhados e descalço, a brincar com ele.

Cristina ainda não tinha voltado desde que fora trocar de roupa. Ty e Livvy, enquanto isso, dominavam a mesa — Ty digitava, e Livvy estava sentada ao lado do teclado, dando ordens e sugestões. Stanley Wells não tinha endereço registrado, e Emma desconfiava de que o que quer que estivessem tentando fazer, fosse ilegal.

— Aqui — disse Emma, esticando o braço para Mark. — Me dê o Sr. Limpet. — Ela estava se sentindo ansiosa e desestabilizada. Diana tinha concluído os testes pouco depois que Arthur se retirou, e chamou Julian para o escritório. A forma como ele jogou seu uniforme de lado para o canto da sala de treinamento antes de segui-la fez Emma concluir que não se tratava de uma entrevista aguardada por ele.

Cristina entrou no quarto, passando os dedos por seus longos e negros cabelos molhados. Mark estendeu o Sr. Limpet para Emma, levantou o olhar e ouviu-se um ruído de rasgo. A perna do lêmure soltou, e o corpo caiu no chão, espalhando o miolo.

Mark disse algo em uma língua irreconhecível.

— Você matou o Sr. Limpet — disse Tavvy.

— Acho que ele morreu de velhice, Tavs — falou Emma, pegando o corpo do boneco. — Você o tinha desde que nasceu.

— Ou gangrena — emendou Drusilla, levantando os olhos do livro. — Pode ter sido gangrena.

— Oh, não! — Cristina estava com os olhos arregalados. — Espere aqui, eu já volto.

— Não... — começou Mark, mas Cristina já tinha se apressado para fora do quarto. — Eu sou um desastrado — falou pesarosamente. Esticou o braço para afagar o cabelo de Tavvy. — Me desculpe, pequeno.

— Conseguiram algum endereço para Wells? — Era Julian, marchando para a sala.

Livvy estendeu os braços em triunfo.

— Sim, em Hollywood Hills.

— Não me surpreendo — disse Emma.

Pessoas ricas costumavam morar em Hills. Ela mesma admirava a região, apesar de ser um local muito caro. Ela gostava das estradas curvas, dos enormes canteiros de flores subindo pelos muros e descendo pelas casas, e da vista elétrica e luminosa da cidade. À noite o ar que soprava por Hills cheirava a flores brancas: oleandro e madressilva, e uma promessa seca de deserto, a quilômetros de distância.

— Há dezesseis Stanley Wells em Los Angeles — enumerou Ty, girando a cadeira. — Peneiramos as possibilidades.

— Bom trabalho — observou Julian, enquanto Tavvy corria para o colo dele.

— O Sr. Limpet morreu — disse Tavvy, puxando a calça de Julian. Jules esticou o braço e o pegou.

— Sinto muito, garotinho — disse Julian, apoiando o queixo na cabeça de Tavvy. — Arrumamos outra coisa para você.

— Eu sou um assassino — declarou Mark, sombrio.

— Não seja dramático — sussurrou Emma, chutando o calcanhar dele. Mark pareceu contrariado.

— Fadas são dramáticas. É o que fazemos.

— Eu amava o Sr. Limpet — disse Tavvy. — Ele era um bom lêmure.

— Há muitos outros bons animais — falou Tiberius seriamente; animais eram um de seus assuntos favoritos, além de detetives e crimes. Tavvy sorriu para ele, com o rosto cheio de confiança e amor. — Raposas são mais espertas do que cachorros. Dá para ouvir leões rugindo a 40 quilômetros. Pinguins...

— E ursos — disse Cristina reaparecendo sem fôlego na entrada. Ela entregou a Tavvy um urso cinza de pelúcia. Ele olhou desconfiado. — Era meu quando eu era pequena — explicou a garota.

— Como ele se chama? — perguntou Tavvy.

— Oso — disse Cristina, dando de ombros. — Quer dizer urso em espanhol. Não foi muito criativo.

— Oso. — Tavvy pegou o urso e deu um sorriso banguela. Julian olhou para Cristina como se ela tivesse lhe trazido água no deserto. Emma pensou no que Livvy havia dito sobre Jules e Cristina na sala de treinamento, e sentiu uma pequena pontada inexplicável no coração.

Livvy estava conversando com Jules, balançando as pernas animadamente.

— Então todos nós devemos ir — falou ela. — Eu e Ty vamos no carro com Emma e Mark. Você pode ir com Cristina, e Diana pode ficar aqui...

Julian colocou o irmão caçula no chão.

— Bela tentativa — comentou ele. — Mas esse é um trabalho para duas pessoas. Eu e Emma iremos rapidamente e veremos se tem alguma coisa estranha na casa. Só.

— A gente nunca pode fazer nada divertido — protestou Livvy.

— Eu deveria poder examinar a casa — disse Ty. — Vocês vão deixar todas as coisas importantes passarem. Todas as pistas.

— Obrigado pelo voto de confiança — respondeu Julian secamente. — Ouçam, Livs, Ty-Ty, precisamos que examinem as fotos da caverna da convergência. Vejam se conseguem identificar as línguas, traduzir...

— Mais tradução — disse Livvy. — Parece ótimo.

— Vai ser divertido — assegurou Cristina. — Podemos fazer chocolate quente e trabalhar na biblioteca. — Ela sorriu, e Julian lançou-lhe um segundo olhar de gratidão.

— Não é um trabalho à toa — prometeu Julian. — É porque vocês realmente conseguem fazer coisas que nós não conseguimos. — Ele acenou com a cabeça para o computador. Livvy ruborizou, e Ty pareceu satisfeito.

Mark, no entanto, não gostou.

— Eu devia acompanhá-los — disse ele a Jules. — As Cortes querem que eu participe da investigação. E vá com vocês.

Julian balançou a cabeça.

— Hoje não. Precisamos descobrir o que fazer em relação a não poder Marcar você.

— Não preciso... — começou Mark.

— Precisa. — Havia aço na voz de Julian. — Você precisa de símbolos de feitiço se quer se misturar. E ainda está machucado de ontem à noite. Mesmo que se cure depressa, eu vi sua ferida reaberta na sala de treinamento, você estava sangrando...

— Meu sangue não é assunto seu — retrucou Mark.

— É sim — disse Julian. — Família é isso.

— *Família* — começou Mark, amargo, e então pareceu se dar conta de que os irmãos mais novos estavam presentes e olhando para ele. Cristina também, quieta, observando Emma, do outro lado da sala, com o olhar preocupado e sombrio.

Mark pareceu engolir o que quer que estivesse prestes a dizer.

— Se eu quisesse receber ordens, teria ficado com a Caçada. — Foi o que acabou dizendo, com a voz baixa, e se retirou.

11

Uma Donzela Ali Vivia

— Acho que Ty está exagerando em suas leituras de detetive — disse Julian com um sorriso. Estava com a janela aberta, e o ar que soprava no carro levantava seu cabelo da testa. — Ele me perguntou se eu achava que os assassinatos eram um trabalho interno.

— Interno de onde? — Emma sorriu.

Ela estava acomodada no banco do passageiro, os pés calçados, apoiados no painel. As janelas se abriram para a noite, e Emma podia ouvir os ruídos da cidade se elevando ao redor deles enquanto esperavam um sinal vermelho.

Entraram na Sunset saindo da Coast Highway. Inicialmente, quando passaram pelos cânions e entraram em Beverly Hills e Bel Air, o subúrbio estava quieto, mas eles agora estavam no coração de Hollywood, a Sunset Strip, cheia de restaurantes caros e enormes outdoors de 30 metros de altura, cheios de propagandas de filmes e programas de TV. As ruas eram lotadas e barulhentas: turistas posando para fotos com covers de celebridades, músicos de rua recolhendo trocados, pedestres correndo de um lado para o outro, saindo do trabalho.

Julian parecia mais tranquilo do que nos últimos dias, inclinando-se no assento, segurando casualmente o volante. Emma sabia exatamente como ele se sentia. Ali, de casaco de uniforme e calça jeans, com Julian ao seu lado e Cortana na mala do carro, ela se sentia em seu devido lugar.

Emma tinha tentado puxar o assunto Mark, brevemente, quando entraram no carro. Julian apenas balançou a cabeça e disse:

— Ele está se ajustando.

E isso foi tudo. Ela sentiu que ele não queria falar sobre Mark, e tudo bem: ela não sabia que tinha soluções a oferecer. E foi fácil, tão fácil voltar para as brincadeiras normais. Pela primeira vez em muito tempo Emma se sentiu no lugar certo.

— Acho que ele estava perguntando se eu acho que o assassino é um Caçador de Sombras. — O trânsito se intensificava quando chegaram à interseção entre Sunset e Vine, e o carro foi passando lentamente sob as palmeiras e o néon. — Eu disse não, obviamente é alguém que conhece magia, e que eu não achava que um Caçador de Sombras contrataria um feiticeiro para matar em seu lugar. Costumamos cometer nossos próprios assassinatos.

Emma riu.

— Você disse a ele que Caçadores de Sombras são do time do "Faça Você Mesmo" em relação a assassinatos?

— Somos do time do "Faça Você Mesmo" em relação a *tudo*!

O trânsito andou de novo; Emma olhou para baixo, observando o jogo de músculo e tendão na mão de Jules enquanto ele mudava a marcha. O carro seguiu adiante, e Emma olhou pela janela as pessoas enfileiradas para o Teatro Chinês. Ela ficou imaginando o que elas pensariam se soubessem que os dois adolescentes no Toyota eram, de fato, caçadores de demônios com uma mala cheia de arcos, lanças, adagas, *katanas* e facas de arremesso.

— Tudo bem com Diana? — perguntou Emma.

— Ela queria conversar sobre Ty. — A voz de Julian estava firme, mas Emma o viu engolir em seco. — Ele quer muito estudar na Scholomance. Eles têm acesso às bibliotecas do Labirinto Espiral, aos arquivos dos Irmãos do Silêncio... Quero dizer, tudo que não sabemos sobre símbolos e rituais, os mistérios e quebra-cabeças que ele poderia resolver. Mas, ao mesmo tempo...

— Ele seria a pessoa mais jovem de lá — falou Emma. — Isso seria difícil para qualquer um. Ty sempre viveu conosco. — Ela tocou o pulso de Julian, de leve. — Eu fico feliz por nunca ter ido para a Academia. E a Scholomance é ainda mais difícil. E solitária. Alguns dos alunos acabaram entrando em... bem, Clary chama de colapso nervoso. Acho que é um termo mundano.

Julian olhou para o GPS e dobrou à esquerda, indo em direção às colinas.

— Com que frequência você fala com Clary atualmente?

— Mais ou menos uma vez ao mês. — Clary ligava para saber dela desde que se conheceram em Idris, quando Emma tinha 12 anos de idade. Era uma das poucas coisas sobre as quais ela não conversava muito com Jules: os papos com Clary pareciam coisas que pertenciam somente a ela.

— Ela ainda está com Jace?

Emma riu, sentindo a tensão sumir. Clary e Jace eram uma instituição, uma lenda. Pertenciam um ao outro.

— Quem terminaria com *ele*?

— Eu talvez terminasse se ele não atendesse às minhas necessidades.

— Bem, ela não comenta a vida amorosa comigo. Mas, sim, continuam juntos. Se terminassem, eu talvez parasse de acreditar no amor como um todo.

— Eu não sabia que você *acreditava* no amor de fato — disse Jules, e parou, como se tivesse acabado de perceber o que tinha dito. — Isso soou errado.

Emma estava indignada.

— Só porque não me apaixonei por Cameron...

— Não? — O trânsito fluiu; o carro avançou. Julian bateu com a palma na mão no volante. — Olha, nada disso me diz respeito. Esqueça. Esqueça o que perguntei sobre Jace e Clary, ou Simon e Isabelle...

— Você não perguntou sobre Simon e Isabelle.

— Não? — O lado da boca dele se levantou. — Isabelle foi minha primeira paixonite, você sabe.

— Claro que sei. — Ela jogou a tampa da garrafa de água nele. — Era tão óbvio! Você não parou de olhar para ela durante toda a festa do casamento de Aline e Helen.

Ele se desviou da tampa.

— Não fiz nada disso.

— Fez sim — teimou ela. — Precisamos conversar sobre o que estamos procurando na casa de Wells?

— Acho melhor improvisarmos.

— "A qualidade das decisões é como o mergulho bem calculado de um falcão, o que o permite atacar e destruir sua vítima" — citou Emma.

Julian olhou incrédulo para ela.

— Isso foi uma citação de *A arte da guerra*?

— Talvez. — Emma sentiu uma alegria tão intensa que foi quase uma tristeza: ela estava com Jules, eles estavam brincando, tudo como deveria ser entre *parabatai*. Viraram para uma série de ruas residenciais: grandes mansões cobertas de flores se elevavam sobre altas cercas vivas, aninhadas atrás de belas entradas.

— Está sendo evasiva? Sabe como me sinto a respeito desse tipo de comportamento no meu carro — disse Julian.

— O carro não é seu.

— Seja como for, estamos aqui — disse Jules, encostando perto do meio-fio e desligando o motor. Já era crepúsculo, não estava exatamente escuro, e Emma conseguia ver a casa de Wells, igual às fotos de satélite no computador: as cumeeiras se erguiam sobre o imenso muro que a cercava, coberto por treliças de buganvílias.

Julian apertou o botão que subia os vidros. Emma olhou para ele.

— Já está quase escuro. Estamos preocupados com atividades demoníacas?

— Talvez. — Ele checou o porta-luvas. — Nada no Sensor, mas só para ter certeza, vamos nos Marcar.

— Tudo bem. — Emma levantou as mangas, estendendo os braços enquanto Julian sacava a estela branca do bolso.

No escuro do carro, ele se inclinou, colocou a ponta da estela na pele dela, e começou a desenhar. Emma sentiu o cabelo dele roçar sua bochecha e pescoço, e o cheiro fraco de cravos que o cercava.

Ela olhou para baixo e, à medida que as linhas pretas dos símbolos se espalhavam por sua pele, Emma se lembrou do que Cristina havia dito sobre Jules: *ele tem mãos bonitas*. Ficou imaginando se já tinha reparado nelas alguma vez. Eram bonitas? Eram as mãos de Julian. Mãos que pintavam e lutavam; jamais decepcionavam. Por este ponto de vista eram lindas.

— Certo. — Jules recuou no assento, admirando seu trabalho manual. Símbolos bem-feitos de Precisão e Discrição, Silêncio e Equilíbrio decoravam seus antebraços. Emma puxou as mangas e alcançou a própria estela.

Ele estremeceu quando a estela o tocou na pele. Devia estar fria.

— Desculpe — sussurrou Emma, apoiando a mão no ombro dele. Ela sentiu a beira da clavícula com o polegar, o algodão da camiseta macio sob seu toque; apertou com mais força, as pontas dos dedos deslizando sobre a pele exposta da borda do colarinho. Ele respirou fundo.

Ela parou.

— Machucou?

Ele balançou a cabeça. Ela não conseguiu ver o rosto de Julian.

— Estou bem. — Ele alcançou atrás de si e destrancou a porta do motorista; um segundo depois, estava fora do carro e vestia o casaco.

Emma o seguiu.

— Mas eu não terminei o símbolo do Golpe-Certeiro...

Ele tinha circulado e aberto a mala do carro. Pegou a besta Marcada e entregou Cortana e a bainha a Emma.

— Não tem problema. — E fechou a mala. Não parecia incomodado: o mesmo Julian, o mesmo sorriso calmo. — Além disso, não preciso.

Ele ergueu a besta casualmente e disparou. A flecha voou pelo ar e acertou a câmera de segurança sobre o portão. Ela se estilhaçou com o ruído de metal quebrado e uma trilha de fumaça.

— Exibido — disse Emma, guardando a espada na capa.

— Sou *seu parabatai*. Tenho que me exibir ocasionalmente. Do contrário, as pessoas não vão entender por que você fica comigo. — Um casal mais velho apareceu de uma entrada perto deles, passeando com um pastor-alemão. Emma teve que lutar contra o impulso de esconder Cortana, apesar de imaginar que a arma tinha um feitiço de disfarce. Para os mundanos passeando, ela e Julian pareceriam adolescentes comuns, com mangas longas escondendo seus símbolos. Atravessaram a esquina da rua e desapareceram de vista.

— Eu fico com você porque preciso de plateia para minhas observações inteligentes — ela disse ao alcançarem os portões, e Julian pegou a estela para desenhar um símbolo de Abertura.

O portão se abriu. Julian virou de lado e deslizou pela abertura.

— Que observações inteligentes?

— Ah, você vai pagar por isso — murmurou Emma, seguindo-o. — Eu sou incrivelmente inteligente.

Julian riu. Tinham chegado a uma entrada alinhada que levava a uma casa grande de estuque com uma imensa porta arqueada na frente, dois enormes painéis de vidro em cada lado. As luzes que ladeavam o caminho estavam acesas, mas a casa parecia escura e silenciosa.

Emma subiu pelos degraus e espiou por uma das janelas; não enxergou nada além de formas escuras e indistintas.

— Ninguém em casa... ah! — Ela se jogou para trás quando algo se lançou contra a janela: uma bola coberta de calombos e cabelos. Uma secreção escorreu pelo vidro. Emma já estava agachada, prestes a pegar um estilete da bota. — O que é isso? — Ela se endireitou. — Um demônio Raum? Um...

— Acho que é um poodle toy — disse Julian, o canto da boca tremendo. — E não acredito que esteja armado — acrescentou ao olhar para baixo com ares de acusação para ver que era, sim, definitivamente um cachorro pequeno, com o focinho pressionado contra o vidro. — Estou *quase* certo, aliás.

Emma bateu no ombro dele, em seguida, desenhou um símbolo de Abertura na porta. Ouviram o clique estalado da tranca, e a porta se abriu.

O cachorro parou de lamber a janela e correu, latindo. Rodou em volta deles, depois se jogou contra uma área cercada na ponta do jardim. Julian correu atrás do cão.

Emma o seguiu através do gramado que batia no calcanhar. Era um belo jardim, mas ninguém tinha cuidado de verdade dele. As plantas cresciam por toda parte; as cercas vivas cheias de flores não eram aparadas. A piscina era cercada por uma grade de ferro que batia na cintura, e seu portão estava aberto. Ao se aproximar, viu que Julian parara ao seu lado, imóvel. Era o tipo de piscina com luzes LED, girando em um arco-íris de cores berrantes. Fileiras de espreguiçadeiras, feitas de metal branco com almofadas brancas, cobertas por espinhos de pinhas e flores caídas de jacarandá a circundavam.

Emma desacelerou ao chegar à água. O cachorro estava agachado perto da escada da piscina; não latia, mas gemia. Inicialmente Emma achou que estivesse olhando para uma sombra na água; depois percebeu que se tratava de um corpo. Uma mulher morta, de biquíni branco, flutuando na superfície da piscina. Ela estava com o rosto para baixo, cabelos longos e negros boiando ao redor, braços pendurados nas laterais. O brilho roxo das luzes da piscina dava a impressão de que estava com hematomas.

— Pelo Anjo, Jules... — Emma suspirou.

Não que Emma jamais tivesse visto cadáveres antes. Vira muitos. Mundanos, Caçadores de Sombras, crianças assassinadas no Salão dos Acordos. Ainda assim, havia algo de tristonho nesse corpo: a mulher era minúscula, tão magra que dava para enxergar sua coluna vertebral.

Havia uma mancha vermelha em uma das cadeiras da piscina. Emma foi até ela, achando que era sangue, e então percebeu que era uma bolsa Valentino feita de couro vermelho, ligeiramente aberta. Uma carteira dourada e um telefone rosa se esticavam para fora dela.

Ela olhou para o telefone, depois pegou a carteira e a examinou.

— O nome dela é Ava Leigh — falou Emma. — Ela tem... tinha... 22. O endereço dela é esse. Devia ser a namorada dele.

O cachorro gemeu novamente e deitou, com as patas perto da beira da piscina.

— Ele acha que ela está se afogando — disse Julian. — Ele quer que a gente salve a moça.

— Não poderíamos — disse Emma suavemente. — Veja o telefone dela. Nenhuma das ligações foi atendida nos últimos dois dias. Acho que está morta há pelo menos esse tempo. Não poderíamos ter feito nada, Jules.

Ela guardou a carteira de volta na bolsa. Estava alcançando as alças quando ouviu: o clique de uma besta sendo carregada com uma flecha.

Sem olhar ou pensar, ela se jogou para Jules, derrubando-o. Eles caíram violentamente no azulejo espanhol quando uma flecha chiou perto deles e desapareceu na cerca viva.

Julian chutou o chão e girou sobre eles, rolando entre as duas cadeiras. O telefone que Emma estava segurando voou da sua mão; ela o ouviu cair na piscina com um splash e praguejou baixinho. Julian se ajeitou, segurando-a pelos ombros; os olhos dele brilhavam selvagens, o corpo pressionava o dela no chão.

— Você está bem? Foi atingida?

— Eu não... Estou bem... — Ela engasgou. O cachorro estava perto da cerca, uivando, quando outra flecha apareceu e atingiu o corpo na piscina. O corpo de Ava virou, mostrando seu rosto inchado e escurecido pelo afogamento. Um dos braços flutuou para cima, como se levantando para se proteger. Com um breve lampejo de horror, Emma viu que a mão direita dela estava faltando, mas parecia ter sido arrancada, a pele em volta do pulso rasgada e exangue na água cheia de cloro.

Emma rolou de baixo de Julian e se levantou. Havia uma figura no telhado da casa; dava para ver apenas a silhueta. Alta, provavelmente masculina, toda de preto, besta na mão. Ele levantou e mirou. Outra flecha voou.

Emma sentiu raiva; fria e severa. Como ele ousa atirar neles, como ousa atirar em *Jules*? Ela correu e saltou por cima da piscina. Pulou o portão e correu para a casa, saltando e agarrando as barras de ferro que cobriam as janelas mais baixas. Ela foi subindo, ciente de que Julian gritava para ela descer, ignorando as feridas que o metal causava em sua palma. Ela subiu e subiu, escalando a parede até o telhado.

As telhas sob seus pés racharam quando ela aterrissou, agachada. Emma levantou os olhos e deu uma rápida olhada na figura vestida de preto no telhado; estava se afastando dela. Seu rosto coberto por uma máscara.

Emma tirou Cortana da bainha. A lâmina brilhou, longa e sinistra, à luz crepuscular.

— O que você é? — Ela quis saber. — Um vampiro? Membro do Submundo? Você matou Ava Leigh? — Emma deu um passo para a frente; a estranha figura recuou. Movia-se sem alarde, muito deliberadamente, o que apenas irritou Emma ainda mais. Havia uma garota morta na piscina abaixo deles, e Emma tinha chegado tarde demais para salvá-la. Seu corpo pulsava com o desejo de fazer *alguma coisa* para reparar a situação.

Emma cerrou os olhos.

— Ouça. Eu sou uma Caçadora de Sombras. Você pode se render à autoridade da Clave ou vou enterrar essa lâmina no seu coração. A escolha é sua.

A figura deu um passo em direção a ela, e, por um instante, Emma achou que tinha dado certo; ela estava de fato desistindo. E então mergulhou de repente para o lado. Emma se adiantou ao mesmo tempo que a figura caía de costas do telhado. Silenciosa como uma estrela.

Emma xingou e correu para a beira do telhado. Não havia nada. Silêncio, escuridão; nenhum sinal de nada nem ninguém. Dava para ver o brilho da piscina. Ela circulou a lateral e viu Julian abaixado, com uma das mãos na cabeça do cachorro.

Típico de Jules tentar confortar um cãozinho em um momento daqueles. Ela se preparou e saltou — a imagem da sala de treinamento surgiu por trás de suas pálpebras —, aterrissando sobre a grama com apenas um singelo desconforto.

— Jules? — chamou, se aproximando. Com um gemido o cachorro correu para longe, para as sombras. — A figura escapou.

— É? — Ele se ajeitou, falando em tom preocupado. — O que você acha que estava fazendo aqui?

— Não sei; acho que era um vampiro, mas Nightshade os controla bem e... Jules? — Ela ouviu a própria voz se elevar, e chegou perto o suficiente para ver que ele estava com uma das mãos na lateral do corpo. O casaco preto de uniforme parecia rasgado. — *Jules?* Você está bem?

Ele tirou a mão. A palma estava imunda de sangue, preta sob a luz azul de LED da piscina.

— Estou bem — respondeu. Ele se levantou, deu um passo em direção a ela, e tropeçou. — Está tudo bem.

O coração dela se revirou. Ele estava segurando alguma coisa na mão ensanguentada, e as entranhas de Emma se congelaram quando ela viu o que era. Uma flecha curta de metal, com uma cabeça larga triangular, molhada de sangue. Ele provavelmente a retirou do corpo.

Ninguém nunca, jamais, deve retirar uma flecha da própria pele: causava mais estragos saindo do que entrando. Julian sabia disso.

— O que você fez? — sussurrou Emma. Estava com a boca completamente seca.

Sangue vazava uniformemente do rasgo no casaco.

— Estava queimando — disse ele. — Diferente de uma flecha normal. Emma...

Ele caiu de joelhos. A expressão de Julian era confusa, apesar de ele estar claramente combatendo aquilo.

— Temos que sair daqui — falou ele com voz rouca. — O atirador pode voltar, sozinho ou com mais...

Julian engasgou e foi caindo para trás, ia espatifar na grama. Emma se moveu mais depressa do que jamais havia feito na vida, saltando sobre a piscina, mas mesmo assim não chegou a tempo de impedir que ele caísse no chão.

Nuvens se reuniam sobre o mar. O vento no telhado era frio, o mar atuava como um grande ar-condicionado. Cristina ouvia o rugido e as ondas quebrando ao longe enquanto se movia cuidadosamente sobre as telhas. O que acontecia com os Blackthorn e Emma que fazia com que ela tivesse passado metade do tempo em telhados desde sua chegada a Los Angeles?

Mark estava sentado em uma das calhas de cobre, com as pernas penduradas na lateral. O vento soprava seus cabelos claros em volta do rosto. As mãos eram longas, brancas e expostas, apoiando-o contra as telhas atrás dele.

Ele segurava um celular, um dos aparelhos sobressalentes do Distrito. Parecia absurdo — *era* absurdo, o menino fada com cabelos longos e emaranhados, a tapeçaria de estrelas atrás dele e o telefone na mão.

— Sinto muito, Helen. — Ela o ouviu dizer, e as palavras ecoaram com um amor tão profundo e tanta solidão que ela quase se afastou.

Sair em silêncio não parecia uma opção, no entanto. Mark ouviu sua aproximação: ele virou singelamente e gesticulou para que Cristina ficasse.

Ela o fez, incerta. Foi Dru que disse que encontraria Mark no telhado, então os outros insistiram para que ela subisse para ver se ele estava bem. Ela se questionou se seria apropriado, mas Ty e Livvy estavam ocupados com a tradução e ela ficou com a impressão de que Dru temia as palavras severas de Mark. E Tavvy não podia subir para buscar o irmão. Assim, com alguma relutância, Cristina se dirigiu à escada do telhado.

Agora que ela estava ali, no entanto, sentiu uma solidariedade dolorosa pelo menino empoleirado no parapeito. O olhar no rosto dele enquanto falava com Helen — ela não conseguia imaginar como deveria ser aquilo para ele, saber que só existia uma pessoa como ele na família, que tinha seu sangue e sua herança, e saber que tinha sido separado dela por uma Lei cruel e intransponível.

— E eu, a sua, minha irmã — disse Mark, e abaixou o telefone. Era um aparelho antigo, com uma tela que piscava e escurecia quando a ligação encerrava.

Ele guardou o aparelho no bolso e olhou para Cristina, o vento soprando os cabelos claros.

— Se estiver aqui para dizer que me comportei mal, eu já sei — falou Mark.

— Não vim por isso — disse ela, chegando mais perto, mas sem sentar.

— Mas você concorda — retrucou ele. — Eu me comportei mal. Não deveria ter falado daquele jeito com Julian, principalmente na frente dos pequenos.

Cristina falou cuidadosamente.

— Não o conheço bem. Mas acredito que ele estivesse preocupado com você, e por isso não quis que o acompanhasse.

— Eu sei — falou Mark, surpreendendo-a. — Sabe como é isso, seu irmão mais novo preocupado com você, como se você fosse a criança? — Ele passou os dedos nos cabelos. — Eu pensei, enquanto estive fora, que eles estavam sendo criados por Helen — explicou. — Nunca imaginei que fosse cair tudo nas costas de Julian. Não sei dizer se é por isso que parece ser um desconhecido para mim.

Cristina pensou em Julian, em sua competência silenciosa e sorrisos cuidadosos. Ela se lembrava de ter dito a Emma, brincando, que talvez fosse se apaixonar por Julian quando o conhecesse. E ele era mais bonito do que ela imaginava, do que as fotos borradas e as descrições vagas de Emma. Mas, apesar de ter gostado dele, duvidava que pudesse amá-lo. Ele escondia muito de si próprio para isso.

— Boa parte dele, eu acho, está trancada — falou ela. — Você já viu o mural na parede do quarto dele? O do conto de fadas? Ele é como aquele castelo, eu acho, cercado por espinhos que cultivou para se proteger. Mas, com o tempo, você pode cortá-los. Acredito que você vá voltar a conhecer seu irmão.

— Não sei quanto tempo tenho — retrucou Mark. — Se não resolvermos o quebra-cabeça, a Caçada Selvagem vai me reivindicar de volta.

— Você quer isso? — perguntou Cristina suavemente.

Ele não disse nada, apenas olhou para o céu.

— É por isso que vem para o telhado? Porque daqui pode ver se a Caçada passar?

Mark ficou em silêncio por um longo tempo. E então disse:

— Às vezes imagino que posso ouvi-los. Que escuto o som dos cascos contra as nuvens.

Ela sorriu.

— Gosto do jeito como você fala — confessou ela. — Sempre parece poesia.

— Falo do jeito que aprendi com as fadas. Muitos anos sob tutela delas. — Ele virou as mãos e as colocou nos joelhos. As partes internas dos pulsos eram marcadas por cicatrizes longas e estranhas.

— Quantos anos? Você sabe?

Ele deu de ombros.

— O tempo lá não é medido como aqui. Não sei dizer.

— Os anos não aparecem no seu rosto — observou ela baixinho. — Às vezes, você parece tão jovem quanto Julian, e, às vezes, parece as fadas: sem idade.

Agora ele olhou de lado para ela.

— Você não acha que pareço um Caçador de Sombras?

— Você quer parecer um?

— Quero parecer minha família — disse ele. — Posso não ter as cores dos Blackthorn, mas sou capaz de parecer o máximo possível com os

Nephilim. Julian estava certo, se eu quiser fazer parte da investigação, não posso me destacar.

Cristina se conteve e não disse a ele que não existia um mundo em que ele não se destacasse.

— Posso deixá-lo parecido com um Caçador de Sombras. Se descer comigo.

Ele se moveu tão silenciosamente no telhado quanto se tivesse patas felinas, ou se estivesse com um símbolo do Silêncio Marcado em si. Chegou para o lado e permitiu que ela o guiasse para baixo. Mesmo isso foi feito em silêncio, e, quando ela esbarrou nele, ele estava com a pele fria como o ar noturno.

Ela o conduziu até o quarto dele; Mark tinha deixado as luzes apagadas, então ela acendeu sua luz enfeitiçada e a pousou ao lado da cama.

— Aquela cadeira — disse ela, apontando. — Traga-a para o meio do quarto e sente-se. Eu já volto.

Ele olhou confuso para Cristina enquanto ela se retirava. Quando voltou, trazia um pente, uma toalha e um par de tesouras; ele estava sentado na cadeira, com o mesmo olhar confuso. Mark não sentava como outros meninos adolescentes o faziam, com braços e pernas abertos. Ele se sentava como reis em pinturas, ereto, porém, circunspecto, como se a coroa estivesse desconfortável na cabeça.

— Você vai cortar minha garganta? — perguntou o garoto quando ela veio em sua direção com a tesoura afiada brilhando.

— Vou cortar seu *cabelo*. — Ela colocou a toalha no pescoço de Mark e foi para trás dele, que reclinou a cabeça para acompanhar os movimentos dela enquanto segurava o seu cabelo, passando os dedos por ele. Era o tipo de cabelo que deveria ser cacheado, mas que se esticava com o próprio comprimento.

— Fique parado — disse ela.

— Como a dama desejar.

Ela passou o pente e começou a cortar, com cuidado para não ficar desigual. Enquanto aparava o peso da crina loura e prateada, o cabelo se libertava em adoráveis cachos, como os de Julian. Eles se curvavam na nuca de Mark, como se quisessem ficar perto dele.

Cristina se lembrou de tocar o cabelo de Diego; era espesso sob seus dedos, escuro e cheio de textura. O de Mark era fino como seda. Caía como palha brilhante, iluminado pela luz enfeitiçada.

— Fale sobre a Corte das Fadas — pediu ela. — Sempre ouvi histórias. Minha mãe me contou algumas, além do meu tio.

— Não víamos muito — falou ele, parecendo muito normal para o momento. — Gwyn e os Caçadores não fazem parte de nenhuma Corte. Ele não interage. Só socializávamos com as Cortes e a nobreza em noites de festa. Mas essas eram...

Ele ficou tanto tempo quieto que ela ficou imaginando se ele teria caído no sono, ou se simplesmente estava mortalmente entediado.

— Se você já tivesse participado de alguma, não se esqueceria — assegurou ele. — Grandes cavernas cintilantes ou pequenos bosques desertos em florestas cheias de luzes de dia das bruxas. Ainda existem partes desse mundo que não foram descobertas por ninguém além do Povo das Fadas. Danças que esgotavam os pés, belos rapazes e moças, beijos mais baratos que vinhos, mas o vinho era doce e a fruta ainda mais. E de manhã você acordava e tudo tinha desaparecido, mas a música continuava tocando na sua cabeça.

— Talvez eu achasse isso muito assustador. — Ela o circulou para se colocar na sua frente. Ele a encarou com aqueles curiosos olhos bicolores, e ela sentiu um tremor na mão, que jamais exibia quando cortava o cabelo de Diego, ou do irmão dele, Jaime, ou o dos primos. Claro, eles tinham 12 anos quando ela cortava seus cabelos, aplicando o que a mãe havia lhe ensinado, então, talvez fosse diferente quando a pessoa era mais velha. — Tudo tão glamouroso e lindo. Como um humano pode comparar?

Ele pareceu surpreso.

— Mas você seria adorável na Corte — disse ele. — Eles transformariam folhas e flores em coroas de joias e sandálias para você. Brilharia e seria admirada. As fadas adoram beleza mortal mais do que tudo.

— Porque ela se esvai — falou Cristina.

— Sim. — Ele admitiu. — É verdade que eventualmente se tornará cinza, corcunda e envelhecida, e é possível que nasçam cabelos no seu queixo. E também tem a questão das verrugas. — Ele capturou o olhar dela. — Mas ainda falta muito para isso — acrescentou apressadamente.

Cristina riu.

— Pensei que fadas deveriam ser charmosas. — Ela passou a mão sob o queixo dele para ajeitar a cabeça enquanto cortava os últimos cachos rebeldes. Isso também era diferente; sua pele era tão suave quanto a dela, nenhum sinal de barba ou aspereza. Os olhos dele se fecharam, a cor desaparecendo num brilho enquanto ela repousava a tesoura e limpava seu pescoço. — Pronto — falou. — Quer ver?

Ele se ajeitou na cadeira. Cristina estava se curvando para baixo; as cabeças dos dois estavam no mesmo nível.

— Chegue mais para perto — disse ele. — Durante anos não tive espelho; tive que aprender a me virar. Os olhos de outra pessoa são espelhos mais eficientes do que água. Se olhar para mim, posso ver o meu reflexo nos seus.

Tive que me virar. Em que olhos ele esteve olhando, por todo esse tempo? Cristina se pegou imaginando enquanto se inclinava mais para perto. Ela não sabia por que pensava nessas coisas, exatamente; talvez fosse o jeito como seus olhos ficaram fixos nos dela, como se ele não conseguisse imaginar nada mais fascinante do que observá-la. O olhar dele também não se mexeu, nem para o V do decote dela, nem para as pernas nuas ou as mãos enquanto ela arregalava os olhos e devolvia o olhar dele.

— Lindo — falou Mark afinal.

— Está falando do corte de cabelo? — perguntou ela, tentando uma voz provocante, mas tremeu no meio. Talvez não devesse ter se oferecido para tocar tão intimamente um estranho, mesmo que ele parecesse inofensivo, mesmo que ela não tivesse nenhuma intenção oculta com o gesto, será que tinha?

— Não — falou Mark, expirando suavemente. Ela sentiu o hálito quente em seu pescoço, e a mão deslizou sobre a dela. A dele era áspera e calejada, com cicatrizes na palma. O coração deu um salto desigual em seu peito no instante em que a porta do quarto se abriu.

Ela quase pulou para longe quando Ty e Livvy apareceram na entrada. Livvy estava segurando o telefone, com os olhos arregalados e preocupados.

— É Emma — disse a menina, levantando o telefone. — Ela mandou uma mensagem dizendo que é urgente. Temos que encontrá-los imediatamente.

12

Muito Mais Forte

Emma fez uma curva, cantando pneu para sair de Fairfax e parando em um estacionamento perto da Delicatessen Canter. Pertencia à loja de tintas fechada agora. Ela foi até os fundos, onde o estacionamento estava completamente vazio, e parou o carro de repente, fazendo Jules praguejar.

Ela olhou para ele, soltando o cinto de segurança. Ele estava pálido, segurando a lateral do corpo. Emma não conseguia enxergar muita coisa, por causa da escuridão no carro e roupas pretas que ele vestia, mas o sangue escorria entre os dedos em um ritmo lento. O estômago de Emma gelou.

Quando ele caiu na casa de Wells, a primeira coisa que ela fez foi lhe desenhar um símbolo de cura na pele. A segunda foi levantá-lo e praticamente arrastá-lo, com as armas e a bolsa de Ava, para o banco de trás do carro.

Só depois que dirigiram por alguns quarteirões foi que ele gemeu e ela olhou para trás, e reparou que ele ainda estava sangrando. Ela encostou o carro e aplicou mais um símbolo, e depois outro. Ia dar certo. Tinha que dar.

Havia pouquíssimos tipos de ferimentos que símbolos de cura não ajudassem a melhorar. Aqueles provocados por veneno de demônio e aqueles sérios o suficiente para matá-lo. Ela sentiu o próprio cérebro frear e congelar ao pensar nessas possibilidades, e imediatamente pegou o telefone. Mandou uma mensagem para Livvy com a localização do primeiro lugar familiar que conseguiu identificar — todos eles conheciam e amavam a Canter — e correu para lá, o mais depressa possível.

Ela desligou o carro com uma virada de pulso e foi para o banco de trás, para perto de Jules. Ele estava encolhido no canto, pálido e suando de dor.

— Tudo bem — falou Emma, com voz trêmula. — Você tem que me deixar olhar.

Ele estava mordendo o lábio. Os postes de Fairfax iluminavam o banco de trás, mas não o suficiente para Emma enxergá-lo bem. Ele esticou o braço para a bainha da camisa — e hesitou.

Ela pegou a pedra de luz enfeitiçada no bolso e a acendeu, preenchendo o carro com luz clara. A camisa de Jules estava ensopada de sangue, e, pior, os símbolos de cura que ela havia desenhado tinham desaparecido da pele.

— Jules — disse ela. — Tenho que chamar os Irmãos do Silêncio. Eles podem ajudar. Eu *preciso*.

Ele fechou os olhos de dor.

— Não pode — falou o garoto. — Você sabe que não podemos chamar os Irmãos do Silêncio. Eles respondem diretamente à Clave.

— Então a gente mente para eles. Podemos dizer que foi uma patrulha de rotina. Eu vou ligar — disse ela, e se esticou para pegar o telefone.

— Não! — gritou Julian, com força bastante para contê-la. — Irmãos do Silêncio sabem quando a pessoa mente! Eles têm a Espada Mortal, Emma. Vão descobrir sobre a investigação. Sobre Mark...

— Você não vai sangrar até morrer no carro por causa de Mark!

— Não — disse ele, encarando-a. Seus olhos eram assustadoramente azul-esverdeados, a única cor profunda no interior iluminado do carro. — Você vai dar um jeito em mim.

Emma conseguia sentir quando Jules estava machucado, como uma farpa em sua pele. A dor física não a incomodava — era o pavor, o único medo maior do que o seu medo do oceano. O medo de Jules ferido, morrendo. Ela abriria mão de tudo, sofreria qualquer ferimento para impedir que isso acontecesse.

— Tudo bem — concordou ela. Sua voz soou seca e fraca aos próprios ouvidos. — Tudo bem. — Ela respirou fundo. — Espere.

Ela abriu o casaco e o jogou de lado. Se inclinou sobre o apoio entre os assentos para repousar a pedra de luz enfeitiçada. E então se esticou para Jules. Os segundos seguintes foram um borrão do sangue de Jules em suas mãos e da respiração áspera enquanto ela o puxava para cima, apoiando-o na porta. Ele não emitiu ruído enquanto Emma o movia, mas ela o viu mordendo o lábio, viu o sangue na boca e no queixo, e sentiu como se seus ossos estivessem estalando dentro da pele.

— Seu casaco — disse ela entre dentes. — Tenho que cortá-lo.

Ele fez que sim, deixando a cabeça cair para trás. Ela alcançou Cortana. Apesar da resistência do material, a lâmina cortou a manga como papel — caiu em pedaços. Emma cortou a frente da camiseta e a arrancou como se estivesse descascando uma fruta.

Emma já tinha visto sangue antes, com frequência, mas isso era diferente. Era o sangue de Julian, e parecia haver uma grande quantidade dele. Estava espalhado em manchas pelo peito e sobre as costelas; ela viu onde a flecha entrou, e onde a pele rasgou quando ele a arrancou.

— Por que você puxou a flecha? — perguntou ela, tirando o próprio suéter por cima da cabeça. Ela estava com uma blusa de alcinha por baixo. Limpou o peito dele com o tecido, absorvendo o máximo possível de sangue.

A respiração de Jules veio em arfadas.

— Porque quando alguém atira em você com uma flecha... — Ele engasgou — Sua reação imediata não é "obrigado pela flecha, acho que vou ficar com ela por um tempo".

— Bom saber que seu senso de humor permanece intacto.

— Como eu disse, estava queimando — falou Julian. — Não como um machucado normal. Era como se tivesse alguma coisa na ponta da flecha, ácido, ou coisa do tipo.

Emma limpou o máximo de sangue possível. Continuava escorrendo da ferida, descendo em pequenas trilhas pela barriga e se juntando nas linhas entre os músculos abdominais. Ele tinha depressões sobre os ossos dos quadris, e as laterais do corpo eram rígidas e macias ao toque.

Ela respirou fundo.

— Você é magro demais — disse ela o mais animadamente que pôde. — Muito café, poucas panquecas.

— Espero que escrevam isso na minha lápide. — Ele engasgou enquanto Emma chegava para a frente, e ela então percebeu subitamente que estava no colo de Julian, com os joelhos em torno dos quadris dele. Era uma posição bizarramente íntima.

— Eu... estou te machucando? — perguntou ela.

Ele engoliu em seco, visivelmente.

— Tente o *iratze* outra vez.

— Tudo bem — disse ela. — Segure o pega-mão.

— O quê? — Ele abriu os olhos e a encarou.

— A alça de plástico! Ali, em cima da janela! — Ela apontou. — É para segurar quando o carro faz curvas.

— Tem certeza? Sempre achei que fosse para pendurar coisas — disse ele.

— Tipo roupa limpa.

— Julian, *esse não é o momento de ser pedante*. Pegue a alça ou eu juro...
— Tá bom! — Ele esticou o braço, segurou a alça e fez uma careta. — Estou pronto.

Ela acenou com a cabeça e colocou Cortana de lado, alcançando a estela. Talvez os *iratzes* anteriores tivessem sido rápidos demais, descuidados demais. Como Caçadora de Sombras, ela sempre se concentrou nos aspectos físicos e não nos mais artísticos e mentais: enxergar através de feitiços, desenhar símbolos.

Ela colocou a ponta no ombro dele e desenhou, cuidadosa e lentamente. Teve que se apoiar com a mão no corpo de Julian. Ela tentou tocar o mais levemente possível, mas pôde senti-lo tenso sob seus dedos. A pele no ombro era suave ao toque, e ela queria chegar mais perto, colocar a mão no machucado e curá-lo com a força da sua vontade...

Pare. Ela concluiu o *iratze*. Então se afastou, a mão fechada em torno da estela. Julian se ajeitou, os trapos restantes da camisa pendurados nos ombros. Ele respirou fundo, olhando para si mesmo — e o *iratze* desbotou na pele, como gelo preto derretendo, se espalhando, sendo absorvido pelo mar.

Ele olhou para Emma. Ela viu o próprio reflexo nos olhos dele: ela estava arrasada, em pânico, com sangue no pescoço e na camiseta branca.

— Está doendo menos — sussurrou ele.

O ferimento pulsou novamente; sangue correu pela lateral das costelas, manchando o cinto de couro e o cós da calça jeans. Ela colocou a mão na pele dele, o pânico florescendo dentro de si. A pele dele estava quente, muito quente. Febril.

— É mentira — disse ela. — Jules. Chega. Vou pedir ajuda...

Ela começou a sair de cima dele, mas Julian levantou a mão e a pegou pelo pulso.

— Em — falou o garoto. — Emma, olhe para mim.

Ela olhou. Ele tinha sangue na bochecha, e os cabelos caíam em cachos molhados de suor, mas, tirando isso, parecia Jules, como ele sempre fora. A mão esquerda pressionava a lateral do corpo, mas a direita levantou, os dedos se curvando na nuca de Emma.

— Em — disse ele outra vez, com os olhos arregalados e azul-escuros sob a pouca luz. — Você beijou Mark naquela noite?

— Quê? — Emma o encarou. — Tudo bem, você *definitivamente* já perdeu sangue demais.

Ele se mexeu minimamente embaixo dela, mantendo a mão onde estava, suave, tocando os cabelos finos de sua nuca.

— Eu vi como olhou para ele — continuou ele. — Do lado de fora do Poseidon.

— Se você está preocupado com o bem-estar de Mark, não deveria. Ele está completamente perturbado. Eu sei disso. Acho que ele não precisa ficar ainda mais confuso.

— Não é isso. Não estou preocupado com Mark. — Ele fechou os olhos, como se estivesse contando silenciosamente na cabeça. Quando os abriu de novo, as pupilas estavam completamente dilatadas em grandes círculos desenhados nas íris. — Talvez devesse ter sido isso. Mas não foi.

Será que ele estava mesmo alucinando?, Emma pensou, em pânico. Não era do feitio dele tagarelar daquele jeito, dizer coisas sem o menor sentido.

— Tenho que chamar os Irmãos do Silêncio — disse ela. — Não me importo se você me odiar para sempre ou se a investigação for cancelada...

— Por favor — pediu ele, com a voz claramente desesperada. — Só... só mais uma tentativa.

— Mais uma? — Ela ecoou.

— Você vai ajeitar isso. Você vai *me* ajeitar, porque somos *parabatai*. Somos para sempre. Eu já te disse isso uma vez, você se lembra?

Ela fez que sim com a cabeça devagar, a mão no telefone.

— E a força de um símbolo aplicado pelo *parabatai*, é especial. Não importa o que tivesse na ponta daquela flecha para impedir cura mágica, Emma, você consegue. Você pode me curar. Somos *parabatai*, e isso significa que as coisas que fazemos juntos são... extraordinárias.

Havia sangue na calça dela agora, sangue nas mãos, na camiseta, e ele continuava sangrando, a ferida continuava aberta, um rasgo absurdo na pele macia.

— Tente — disse Jules, com um sussurro rouco. — Por mim, tente?

A voz dele se elevou na pergunta, e nela Emma ouviu a voz do menino que ele outrora havia sido; ela se lembrou dele mais baixo, mais magro, mais jovem, parado diante dos irmãos no Grande Salão em Alicante enquanto o pai vinha para cima dele com a lâmina desembainhada.

E ela se lembrou do que Julian fez naquele momento. O que fez para protegê-la, proteger a todos eles, porque ele sempre faria tudo para protegê-los.

Ela largou o telefone e pegou a estela com tanta força que a sentiu enterrar na palma molhada da mão.

— Olhe para mim, Jules — falou, encontrando o olhar dele. Colocou a estela na pele de Julian, e, por um instante, ela ficou parada, apenas respirando, respirando e se lembrando.

Julian. Uma presença em sua vida desde sempre, jogando água um no outro no mar, cavando juntos na areia, ele colocando a mão sobre a dela, e os dois maravilhados com a diferença de forma e comprimento dos dedos. Julian cantando, mal e desafinado, enquanto dirigia, os dedos no cabelo dela cuidadosamente tirando uma folha presa, as mãos dele a segurando na sala de treinamento quando ela caía, caía e caía. A primeira vez depois da cerimônia *parabatai* dos dois quando ela bateu na parede em um acesso de raiva por não conseguir acertar a manobra da espada, e ele veio até ela, pegou seu corpo ainda trêmulo nos braços e disse:

— Emma, Emma. Não se machuque. Quando você se machuca, eu também sinto.

Alguma coisa em seu peito pareceu rachar e se dividir; ela se surpreendeu por não ter sido audível. Energia correu por suas veias, e a estela se moveu em sua mão, traçando um contorno gracioso de um símbolo de cura no peito de Julian. Ela o ouviu engasgar e abrir os olhos. A mão dele deslizou pelas costas dela; Julian a pressionou contra o seu corpo, os dentes cerrados.

— Não *pare* — disse ele.

Emma não poderia ter parado nem que quisesse. A estela parecia se mover por vontade própria; e ela estava cega pelas memórias, um caleidoscópio delas, todas de Julian. Sol em seus olhos e Julian dormindo na praia com uma velha camiseta, e ela não querendo acordá-lo, mas ele acordou assim mesmo quando o sol se pôs e procurou por ela, imediatamente, e não sorriu até encontrá-la e ter a certeza de que ela estava ali. Cair no sono conversando e acordar com as mãos dadas; outrora foram crianças no escuro, mas agora eram outra coisa, algo íntimo e poderoso, algo que Emma tinha a sensação de só estar tocando apenas a pontinha quando terminou o símbolo e a estela caiu de sua mão.

— Ah — disse ela suavemente. O símbolo parecia aceso por dentro com um brilho suave. Julian estava arfando, os músculos da barriga subindo e descendo aceleradamente, mas o sangramento tinha parado. O ferimento estava se fechando, se colando como um envelope. — Está... está doendo?

Um sorriso se espalhava no rosto de Julian. A mão dele ainda estava no quadril de Emma, agarrando com força; ele devia ter se esquecido.

— Não — respondeu ele. A voz era sussurrada, baixinha, como se estivesse falando dentro de uma igreja. — Você conseguiu; você ajeitou. — Ele a encarava, como se ela fosse um milagre raro. — Emma, meu Deus, Emma.

Emma caiu contra o ombro dele quando a tensão deixou seu corpo. Ela permitiu que sua cabeça descansasse ali enquanto ele a abraçava.

— Tudo bem. — Julian deslizou as mãos pelas costas dela, claramente percebendo que ela tremia. — Está tudo bem, eu estou bem.

— Jules — sussurrou ela. Seu rosto estava próximo do dela; Emma podia ver as sardas leves nas maçãs do rosto, sob as manchas de sangue.

Conseguia sentir o corpo dele no seu, vivo, como se ardesse em chamas com o poder do *iratze*. O próprio coração batia forte quando colocou as mãos nos ombros dele...

A porta do carro se abriu. Luz invadiu o veículo, e Emma se afastou de Julian quando Livvy entrou no banco da frente.

Livvy segurava uma pedra de luz enfeitiçada na mão direita, e os raios de luz irregulares iluminaram a estranha cena no banco de trás do Toyota: Emma com as roupas ensanguentadas; Julian, sem camisa, espremido contra a porta de trás. As mãos dele soltaram Emma.

— Está tudo bem? — perguntou Livvy. Ela agarrava o telefone com uma das mãos; devia estar esperando mais mensagens, pensou Emma, culpada.

— Você falou que era uma emergência...

— Tudo bem. — Emma deslizou pelo assento, para longe de Jules.

Ele lutou para conseguir se esticar, olhando para baixo, desconfiado, para a camisa rasgada.

— Alguém atirou em mim com uma besta. Os *iratzes* não estavam funcionando.

— Bem, você parece bem agora. — Livvy olhou para ele. — Ensanguentado, mas...

— Um pouquinho de magia *parabatai* — respondeu Jules. — Não estavam funcionando, depois funcionaram. Desculpe pelo susto.

— Parece o laboratório de um cientista louco aqui. — Havia alívio no rosto da menina. — Quem atirou em você?

— É uma longa história — disse Jules. — Como vocês chegaram aqui? *Você* não dirigiu, dirigiu?

Outra cabeça apareceu subitamente ao lado da de Livvy. Mark, os cabelos louros angelicais iluminados pela luz enfeitiçada.

— Eu dirigi — comunicou o garoto. — Em um alazão das fadas.

— Quê? Mas... mas seu alazão foi destruído por demônios!

— Existem tantos cavalos quanto cavaleiros fada — disse Mark, parecendo feliz em ser misterioso. — Eu não disse que era o *meu* alazão fada. Só que é *um* alazão fada. — Mark desapareceu da lateral do carro. Antes que Emma pudesse determinar onde ele tinha ido, a porta atrás de Julian se abriu. Mark se inclinou para dentro, pegou o irmão mais novo e o levantou para fora do veículo.

— O quê...? — Emma pegou a estela e saiu atrás deles.

Havia mais duas figuras no estacionamento: Cristina e Ty, iluminados pelas luzes de uma moto. Aliás, a moto toda estava brilhando. Não era a de Mark: era preta, com um design de chifres pintados no chassi.

— Jules? — Ty ficou pálido e assustado quando Julian se soltou da mão de Mark, puxando os trapos da camisa.

Cristina se apressou até Emma enquanto Julian virava para o irmão mais novo.

— Ty, está tudo bem — assegurou ele. — Eu estou bem.

— Mas está coberto de sangue — argumentou Ty. Ele não estava olhando diretamente para Julian, mas Emma não pôde deixar de imaginar se ele estaria se lembrando, se lembrando da Guerra Maligna, do sangue e dos mortos ao seu redor. — As pessoas só podem perder uma certa quantidade de sangue antes de...

— Vou colocar alguns símbolos de reposição do sangue — disse Julian.

— Lembre-se, Ty, somos Caçadores de Sombras. Aguentamos muita coisa.

— Você também está coberta de sangue — murmurou Cristina para Emma, tirando o próprio casaco. Ela o colocou sobre os ombros de Emma e fechou o zíper, cobrindo a blusa ensanguentada. Passou as mãos nos cabelos de Emma, olhando preocupada para ela. — Tem certeza de que não está machucada?

— O sangue é de Julian — sussurrou Emma, e Cristina emitiu um murmúrio ao puxar Emma para um abraço. Ela afagou as costas da amiga, e Emma a apertou com força; naquele instante decidiu que, se alguma coisa ou alguém tentasse machucar Cristina, ela os esmagaria e faria castelos de areia lindos com os restos.

Livvy tinha ido para perto de Ty e segurava a mão dele, murmurando que o sangue era só sangue, que Julian não estava machucado, estava tudo bem. Ty respirava rapidamente, abrindo e fechando a mão sobre a de Livvy.

— Tome. — Mark tirou a camiseta azul. Estava com outra camiseta por baixo, uma cinza. Julian piscou para ele. — Roupas adequadas. — E a ofereceu ao irmão.

— Por que estava com uma camisa por cima da outra? — perguntou Livvy, momentaneamente distraída.

— Caso uma delas seja roubada — disse Mark, como se isso fosse uma coisa totalmente normal. Todos pausaram para olhar para ele, inclusive Julian, que tinha tirado os próprios trapos e vestido a camisa de Mark.

— Obrigado — disse Julian, puxando a roupa para cima do cinto. Jogou os restos da camiseta rasgada no lixo. Mark parecia contente, e, Emma percebeu com atraso, estava diferente. Os cabelos não caíam mais nos ombros, pareciam curtos, ou, pelo menos, mais curtos, formando cachos em volta das orelhas. Isso o deixava ao mesmo tempo mais jovem e mais moderno, menos incongruente com o jeans e as botas.

Mais como um Caçador de Sombras.

Mark retribuiu o olhar. Ela ainda via o vento em seus olhos, e as estrelas, os vastos campos de nuvens vazias. Selvagem e livre. Ela ficou imaginando o quão profunda seria essa transformação de volta a Caçador de Sombras. Quão profunda poderia ser.

Emma colocou a mão na cabeça.

— Estou tonta.

— Você precisa comer. — Foi Livvy que disse, pegando-a pela mão. — Todos nós precisamos. Ninguém comeu hoje, e, Jules, você está proibido de cozinhar. Vamos para a Canter, comprar jantar e pensar no que fazer em seguida.

Tudo no interior da Canter era amarelo. As paredes eram amarelas, as mesas, amarelas, e quase toda a comida tinha tons de amarelo. Não que Emma se importasse com isso; ela frequentava a Canter desde os 4 anos com seus pais, para comer panquecas de chocolate e rabanada.

Eles se amontoaram em uma mesa no canto, e, por alguns minutos, tudo foi absolutamente comum: a garçonete, uma mulher alta e de cabelos grisalhos, veio deixar uma pilha de cardápios na mesa; Livvy e Ty dividiram um, e Cristina perguntou a Emma num sussurro o que era *matzo brei*. Estavam apertados na mesa, e Emma se viu pressionada contra a lateral de Julian. Ele ainda parecia quente, como se o *iratze* ainda não tivesse saído do corpo.

A pele dela também estava muito sensível, como se fosse pular ou gritar assim que alguém a tocasse. Ela quase berrou quando a garçonete voltou para anotar os pedidos. E simplesmente encarou enquanto Julian pediu waffles e chocolate quente para ela e devolvia o cardápio apressadamente, olhando-a preocupado.

V-O-C-Ê-E-S-T-Á-B-E-M?, ele escreveu nas costas dela.

Ela fez que sim com a cabeça, alcançando o copo d'água, enquanto Mark sorria para a garçonete e pedia um prato de morangos.

A garçonete, com um crachá que dizia JEAN, piscou.

— Não temos esse prato no cardápio.

— Mas tem morango no cardápio — disse Mark. — E já vi pratos passando por aqui. Então é lógico pensar que morangos possam ser colocados em um prato e trazidos para mim.

Jean ficou encarando.

— Ele tem um bom argumento — disse Ty. — Morango é uma das opções de complemento de vários pratos. Certamente pode pegar só os morangos.

— Um prato de morangos — repetiu Jean.

— Gostaria que viessem em uma tigela — disse Mark, com olhar de vencedor. — Já faz tempo que não como por vontade própria, bela dama, e um prato de morangos é tudo que almejo.

Jean pareceu espantada.

— Certo — disse ela, e desapareceu com os cardápios.

— Mark — chamou Julian. — Isso realmente era necessário?

— O que era necessário?

— Você não precisa *falar* como se estivesse recitando um poema medieval das fadas — censurou Julian. — Parece totalmente normal em metade do tempo. Talvez devêssemos conversar sobre discrição.

— Não consigo evitar — explicou Mark com um pequeno sorriso. — Alguma coisa nos mundanos...

— Você precisa agir mais como um ser humano normal — disse Jules.

— Quando estamos em público.

— Ele não precisa parecer normal — falou Ty rispidamente.

— Ele esbarrou em um orelhão e disse "me perdoe, senhorita" quando estávamos entrando — disse Julian.

— É educado pedir desculpas — disse Mark, com o mesmo sorriso discreto.

— Não para objetos inanimados.

— Certo, chega — disse Emma. Ela contou rapidamente sobre os eventos que se passaram na casa de Stanley Wells, inclusive o corpo de Ava e a figura misteriosa no telhado.

— Então ela foi encontrada morta, mas não de forma parecida com os outros assassinatos? — perguntou Livvy com o rosto franzido. — Não parece relacionado... nenhuma marca, o corpo descartado na piscina de casa, e não em uma Linha Ley...

— E a figura no telhado? — perguntou Cristina. — Você acha que é o assassino?

— Duvido — disse Emma. — A pessoa tinha uma besta, e ninguém foi morto com bestas. Mas machucou Jules, então quando o encontrarmos, vou cortá-lo em pedacinhos e dar para os meus peixes comerem.

— Você não tem peixes — lembrou Julian.

— Bem, vou comprar alguns — disse Emma. — Vou comprar um peixinho dourado e alimentá-lo com sangue até que ele passe a gostar de carne humana.

— Que nojo — disse Livvy. — Isso significa que ainda temos que voltar à casa de Wells para investigar?

— Contanto que a gente verifique o telhado em primeiro lugar — respondeu Emma.

— Não podemos — avisou Ty. Ele levantou o telefone. — Eu estava olhando as notícias. Alguém informou sobre o corpo. A polícia mundana está presente em peso. Não vamos conseguir nem chegar perto por uns dias.

Emma suspirou exasperada.

— Bem — disse ela —, pelo menos, temos isso. — E ela alcançou atrás de si para pegar a bolsa de Ava. Emma a virou sobre a mesa e o conteúdo se espalhou: carteira, maquiagem, protetor labial, espelho, escova e uma coisa lisa, dourada e brilhante.

— Não tem telefone — observou Ty, com um vinco de irritação entre as sobrancelhas. Emma não o culpou. Ele poderia ter descoberto muita coisa com o telefone. Uma pena; estava no fundo da piscina de Wells.

— O que é isso? — Livvy segurou o quadradinho brilhante. Estava vazio.

— Não tenho certeza. — Emma pegou a carteira e a analisou. Cartões de crédito, carteira de motorista, onze dólares que a deixaram desconfortável. Roubar provas era uma coisa, roubar dinheiro, outra. Não que eles pudessem devolvê-lo a Ava.

— Não tem nenhuma foto, nem nada? — perguntou Julian, olhando por cima do ombro dela.

— Acho que ninguém guarda fotos na carteira, só no cinema — disse Emma. — Não desde que inventaram o iPhone.

— Por falar em cinema... — Livvy franziu o cenho, parecendo bruta, como às vezes acontecia, com Ty. — Isso aqui parece o bilhete dourado. Vocês sabem, da *Fantástica Fábrica de Chocolates*. — Ela acenou o pedacinho plastificado de papel brilhante.

— Deixe-me ver. — Cristina estendeu a mão. Livvy o entregou para ela quando a garçonete voltou com a comida. Queijo quente para Ty, sanduíche de peru para Cristina, um de bacon, tomate e alface para Julian, waffles para Emma e Livvy, e o prato de morangos de Mark.

Cristina pegou a estela e começou a escrever, murmurando, no canto do papel dourado. Mark, parecendo um santo, pegou o xarope de bordo da mesa e o despejou sobre os morangos. Pegou um e colocou na boca, com a folha e tudo. Julian ficou olhando para ele.

— O que foi? — disse Mark. — É uma escolha alimentícia perfeitamente normal.

— Certamente — disse Julian. — Se você for um passarinho.

Mark ergueu uma sobrancelha.

— Vejam — disse Cristina, e empurrou o papel dourado para o meio da mesa. Não estava mais vazio. Em vez disso, tinha uma foto brilhante de um prédio, e, ao lado, palavras em maiúscula.

> *OS SEGUIDORES DO GUARDIÃO*
> *CONVIDAM PARA A*
> *LOTERIA DO MÊS:*
> *DIA 11 DE AGOSTO, 7 DA NOITE.*
> *TEATRO DA MEIA-NOITE*
>
> *Esse convite admite um grupo. Traje semiformal.*

— *Loteria*? — perguntou Julian. — Esse é o nome de uma famosa história de terror. Transformaram em peça ou coisa do tipo?

— Não parece peça — disse Livvy. — Parece algo aterrorizante.

— Pode ser uma peça aterrorizante — observou Ty.

— Era uma história aterrorizante. — Julian pegou o ingresso. Tinha tinta sob as unhas, pequenas luas crescentes brilhando em azul. — E o mais assustador nisso tudo é o fato de que esse teatro está fechado. Conheço o lugar; é depois de Highland Park. Está fechado há anos.

— Dezesseis anos — disse Ty. Ele já tinha dominado a arte de usar o telefone com uma das mãos apenas e estava cerrando os olhos para a tela. — Foi fechado depois de um incêndio e jamais foi reconstruído.

— Eu já passei por ele — falou Emma. — É todo tampado com tábuas, não?

Julian fez que sim com a cabeça.

— Já pintei o teatro uma vez. Eu estava pintando locais abandonados, lugares como Murphy Ranch, negócios fechados. Eu me lembro desse. Tinha uma energia fantasmagórica.

— Interessante — disse Mark. — Mas tem alguma coisa a ver com a investigação? Os assassinatos?

Todos pareceram ligeiramente surpresos por Mark ter feito uma pergunta tão prática.

— Acho que pode ter — arriscou Emma. — Eu estive no Mercado das Sombras na semana passada...

— Queria que você parasse de ir ao Mercado das Sombras — murmurou Julian. — É perigoso...

— Ah, NÃO — disse Emma. — *Perigo*, não, senhor Quase-Morri-de--Hemorragia-no-Carro.

Julian suspirou e pegou o refrigerante.

— Não posso acreditar que já reclamei do apelido "Jules".

— Talvez devêssemos conversar sobre o Mercado das Sombras — disse Cristina apressadamente. — Foi lá que Emma ficou sabendo dos assassinatos.

— Bem, você pode imaginar como os Mercadores ficaram felizes em me ver com Cameron...

— Você foi com *Cameron*? — perguntou Julian.

Livvy estendeu a mão.

— Em defesa de Emma, Cameron é irritante, mas é gato. — Julian lançou um olhar para ela. — Quero dizer, se você curtir caras que parecem um Capitão América ruivo, coisa que eu... não curto?

— O Capitão América definitivamente é o Vingador mais bonito — endossou Cristina. — Mas prefiro o Hulk. Queria poder curar seu coração partido.

— Somos *Nephilim* — disse Julian. — Não podemos nem saber sobre os Vingadores. Além disso — acrescentou ele—, o Homem de Ferro obviamente é o mais bonito.

— Posso terminar de falar? — Quis saber Emma. — Eu estava no Mercado com Cameron e, agora me lembro, vi uma barraca que tinha uma placa que dizia algo como "Inscrições para Loteria". Então acho que é algo sobrenatural, e não teatro experimental ou coisa do tipo.

— Não faço ideia de quem sejam os Vingadores — observou Mark, que já tinha acabado com os morangos e estava comendo açúcar direto do sachê. Ty pareceu satisfeito; ele não tinha tempo para super-heróis. — Mas concordo com você. É uma pista. Alguém matou Stanley Wells, e agora a namorada dele está morta também. Mesmo que a morte tenha sido completamente diferente.

— Acho que todos concordamos que não pode ser coincidência — disse Emma — o fato de que os dois estão mortos.

— Não acho que seja — admitiu Mark. — Mas ela pode ter sido morta por queima de arquivo, não por ser um sacrifício como ele, ou parte do mesmo ritual. Afinal, morte semeia morte. — Ele parecia pensativo. — Ela foi convidada para essa performance de Loteria. Ela considerava importante o suficiente para carregar o ingresso na bolsa. Acho que é uma teoria a ser seguida.

— Ou pode não ser nada — disse Jules.

— Não temos muito o que investigar — observou Emma.

— Temos sim, na verdade — rebateu Jules. — Ainda temos as suas fotos do interior da caverna na convergência. E agora temos quem quer que estivesse na casa de Wells que atirou em mim, ainda temos o casaco do meu uniforme com o veneno que ele usou. Talvez Malcolm possa investigar, descobrir se tem alguma associação com algum demônio específico ou algum feiticeiro que talvez o venda.

— Ótimo — disse Emma. — Podemos fazer as duas coisas. Onze de agosto é amanhã. — Ela franziu o rosto para o ingresso. — Meu Deus, semiformal.

Chique. Acho que não tenho nenhum vestido chique assim, e Mark vai precisar de um terno...

— Mark não precisa ir — falou Julian rapidamente. — Ele pode ficar no Instituto.

— Não — retrucou Mark. A voz era calma, mas os olhos faiscavam. — Não vou ficar. Vim aqui para ajudar na investigação desses assassinatos, e é isso que farei.

Julian se sentou para trás.

— Não se não pudermos Marcá-lo. Não é seguro.

— Eu me protegi sem símbolos por muitos anos. Se eu não for junto, então aqueles do Reino das Fadas que me enviaram para cá vão ficar sabendo e não ficarão satisfeitos. O castigo será severo.

— Ah, deixe ele ir — disse Livvy, parecendo ansiosa. — Jules...

Julian tocou a borda da camisa, o gesto era semiconsciente.

— Como eles vão saber que merece ser castigado se você não contar nada? — perguntou ele.

— Acha que é fácil mentir quando você cresceu com pessoas que não mentem? — respondeu Mark, com as bochechas ruborizando de raiva. — E você acha que eles não sabem identificar mentiras quando os humanos contam alguma?

— Você é humano — disse Julian vigorosamente. — Você não é um deles, não age como eles...

Mark se levantou e atravessou o recinto.

— O que ele está fazendo? — Emma o encarou. Mark foi até uma mesa próxima de meninas mundanas tatuadas e cheias de piercings, que pareciam ter acabado de sair de uma boate e soltavam risinhos descontrolados enquanto falava com eles.

— Pelo Anjo. — Julian colocou dinheiro na mesa e se levantou, se afastando da mesa. Emma guardou tudo de volta na bolsa de Ava e se apressou em segui-lo, assim como os outros.

— Posso ter liberdade com o seu alface, milady? — dizia Mark para uma menina de cabelos cor-de-rosa e uma pilha de salada no prato. Ela empurrou o prato para ele, sorrindo.

— Você é lindo — disse ela. — Mesmo com as orelhas falsas de elfo. Esqueça o alface. Você pode ter liberdade com...

— Tudo bem, você provou seu argumento. Chega. — Julian pegou Mark, que estava comendo uma cenourinha alegremente, pelo pulso e tentou puxá-lo para a porta. — Perdoem-me, senhoritas — falou, quando um coro de protesto se elevou.

A menina de cabelo rosa levantou.

— Se ele quiser ficar, ele pode ficar — falou. — E quem é você, aliás?

— Sou irmão dele — disse Julian.

— Nossa, vocês não se parecem em nada — retrucou ela, de um jeito que irritou Emma. Ela tinha chamado Mark de lindo; Julian era tão lindo quanto, só que de um jeito mais discreto e menos exibido. Ele não tinha as maçãs do rosto definidas de Mark, nem o charme de fada, mas tinha olhos luminosos, uma boca linda e...

Ela se espantou consigo mesma. O que havia de *errado* com ela? O que havia de errado com seus *pensamentos*?

Livvy emitiu um ruído exasperado, deu um passo à frente e pegou Mark pela parte de trás da camisa.

— Você não quer nada com ele — falou ela para a garota de cabelo rosa. — Ele tem sífilis.

A menina ficou encarando.

— *Sífilis?*

— Cinco por cento da população desse país têm — disse Ty, ajudando.

— Não tenho sífilis — retrucou Mark, irritado. — Não existem doenças sexualmente transmissíveis no Reino das Fadas!

As garotas mundanas imediatamente se calaram.

— Desculpe — disse Jules. — Vocês sabem como é sífilis. Ataca o cérebro.

— As meninas ficaram boquiabertas enquanto Livvy puxava Mark pela camisa por todo o restaurante e até o estacionamento, com o restante do grupo atrás.

Assim que saíram e a porta se fechou, Emma soltou uma gargalhada. Ela se apoiou em Cristina, que também estava rindo, enquanto Livvy soltava Mark e ajeitava a própria saia, que parecia amassada.

— Desculpe — disse Emma. — É que... *sífilis?*

— Ty estava lendo sobre isso hoje — respondeu Livvy.

Julian, que tentava disfarçar o sorriso, olhou para Ty.

— Por que estava lendo sobre sífilis?

Ty deu de ombros.

— Pesquisa.

— Isso realmente era necessário? — perguntou Mark. — Eu só estava batendo um papo. Achei que devesse praticar meu nobre discurso nelas.

— Você estava bancando o ridículo de propósito — afirmou Emma. — Estou começando a ter a impressão de que você acha que as fadas soam ridículas.

— Eu achava, no começo — respondeu Mark honestamente. — Depois você se acostuma. Agora... Agora não sei o que pensar. — Ele pareceu um pouco perdido.

— Não devemos falar com mundanos — disse Julian, o sorriso desaparecendo. — É... é o básico, Mark. Uma das primeiras coisas que aprendemos. *Principalmente* sobre assuntos como o Reino das Fadas.

— Eu falei com aquelas mundanas, e ninguém explodiu ou pegou fogo — disse Mark. — Nenhuma maldição nos assolou. Elas acharam que eu estava fantasiado. — Ele virou a cabeça e olhou para Julian. — Você tem razão, eu posso me destacar, mas as pessoas veem o que querem ver.

— Talvez as regras sobre não ir para a batalha sem Marcas seja bobagem — disse Ty, e Emma pensou em como Mark havia falado com Ty na sala de treinamento. *Agora nós dois estamos com as mãos machucadas.*

— Talvez muitas regras sejam tolas — disse Julian, e havia uma ponta de amargura em sua voz que surpreendeu Emma. — Talvez a gente tenha que obedecer assim mesmo. Talvez isso nos faça Caçadores de Sombras.

Livvy pareceu confusa.

— Ter que seguir regras tolas é o que nos faz Caçadores de Sombras?

— Não as regras — disse Julian. — A penalidade por violá-las.

— A penalidade por violar as regras do Reino das Fadas são tão severas quanto, se não forem mais — argumentou Mark. — Você tem que acreditar em mim quanto a isso, Julian. Se eles acharem que não estou participando das investigações, não punirão apenas a mim, mas a vocês também. Não precisam que eu diga nada. Saberão. — Seus olhos ardiam. — Está entendendo, Jules?

Julian falou baixinho:

— Entendo, Mark. E confio em você. — Ele sorriu para o irmão, e, então, inesperadamente, o sorriso se tornou ainda mais luminoso pela imprevisibilidade. — Enfim, todos para o carro, tudo bem? Vamos voltar.

— Tenho que voltar com o cavalo — disse Mark. — Não posso deixar... ele... aqui. Se ele se perder, a Caçada Selvagem não vai gostar.

— Tudo bem — disse Julian. — Volte com ele sozinho. Ty e Livvy não vão montá-lo de novo, entendido? É muito perigoso.

Livvy pareceu decepcionada, e Ty, aliviado. Mark fez que sim com a cabeça, quase imperceptivelmente.

— Eu vou com Mark — declarou Cristina de repente. Emma viu o rosto de Mark se iluminar de um jeito que a surpreendeu.

— Vou buscar o alazão — disse Mark. — Almejo voar.

— E obedeçam ao limite de velocidade! — gritou Julian quando Mark desapareceu em volta do prédio.
— É o céu, Julian — disse Emma. — Não tem limite de velocidade.
— Eu sei — disse ele, e sorriu. Era o sorriso que Emma amava, o que ela tinha a impressão de ser só para ela, o que dizia que, apesar de a vida frequentemente forçá-lo a ser sério, Julian não era de fato sério por natureza. De repente, ela quis abraçá-lo e tocá-lo no ombro, tanto que teve que segurar as mãos para elas não levantarem. Ela olhou para os próprios dedos; por algum motivo, ela os tinha entrelaçado, como se formassem uma jaula que pudesse conter seus sentimentos.

A lua cheia estava alta no céu quando Mark parou a moto suavemente na areia atrás do Instituto.

A viagem para a cidade foi preenchida por pânico, Livvy agarrando o cinto de Cristina com as mãos pequenas e preocupadas, Ty pedindo para Mark ir mais devagar, a estrada desaparecendo sob seus pés. Quase bateram no lixão do estacionamento.

O caminho de volta foi quieto, Cristina segurando a cintura de Mark suavemente, pensando no quão próximos das nuvens eles voavam. A cidade abaixo deles formava uma estampa entrelaçada de luzes coloridas. Cristina sempre detestou parques de diversão e viagens de avião, mas isso era diferente de tudo: ela se sentia parte do ar, boiando como se estivesse em uma pequena embarcação sobre a água.

Mark saltou da moto e estendeu a mão para ajudá-la a descer. Ela aceitou, os olhos ainda preenchidos pela vista do Pier Santa Monica abaixo deles. As luzes brilhantes da roda gigante. Ela nunca se sentiu tão longe da mãe, do Instituto na Cidade do México, dos Rosales.

E gostou disso.

— Milady — disse ele, quando os pés dela tocaram o chão.

Ela sentiu os próprios lábios se curvarem para cima.

— Isso parece tão formal.

— As Cortes não são nada se não formais — concordou ele. — Obrigado por ter voltado comigo. Não precisava.

— Você não parecia querer voltar sozinho — disse Cristina. O vento suave soprava no deserto, movendo a areia e soprando os cabelos recém-cortados de Mark do rosto. Agora curtos, pareciam uma auréola, tão louros que eram quase prateados.

— Você enxerga muitas coisas. — Os olhos de Mark examinaram o rosto dela. Ela ficou imaginando como ele era quando tinha os dois olhos

Blackthorn. Azul-esverdeados como o mar. Ela ficou imaginando se a estranheza dos olhos agora incrementava a beleza.

— Quando ninguém que conhece diz a verdade, você aprende a enxergar sob a superfície — disse ela, e pensou na mãe e nas pétalas de rosa amarelas.

— Sim — retrucou Mark. — Contudo, eu venho de um lugar onde todos dizem a verdade, por pior que seja.

— Isso é uma das coisas do Reino das Fadas de que sente falta? — perguntou Cristina. — O fato de que lá não convivia com mentiras?

— Como você sabe que sinto falta do Reino das Fadas?

— Seu coração não está tranquilo aqui — disse Cristina. — E acho que é mais do que apenas familiaridade que o atrai para lá. Você falou que se sentia livre, mas também disse que talharam símbolos nas suas costas. Estou tentando entender como você pode sentir falta disso.

— Isso foi a Corte Unseelie, não a Caçada — respondeu Mark. — E não posso falar do que me faz falta. Não posso falar sobre a Caçada, não verdadeiramente. É proibido.

— Isso é terrível. Como pode escolher se não pode falar sobre a sua escolha?

— O mundo é terrível — disse Mark secamente. — E alguns são atraídos por ele e se afogam, e outros se elevam e carregam outros consigo. Mas não muitos. Nem todo mundo pode ser Julian.

— Julian? — Cristina se espantou. — Eu achei que você talvez nem gostasse dele. Pensei...

— Pensou? — Ele arqueou as sobrancelhas prateadas.

— Achei que não gostasse de nenhum de nós — falou ela timidamente. Parecia uma tolice a se dizer, mas o rosto dele suavizou. Ele se esticou para pegar a mão dela, passando os próprios dedos na palma. Um tremor correu pelo braço de Cristina, o toque da mão dele era como uma corrente elétrica.

— Eu gosto de você — disse ele. — Cristina Mendoza Rosales. Gosto muito de você.

Ele se inclinou para ela. Os olhos dele preencheram a visão de Cristina, azul e dourado...

— Mark Blackthorn. — A voz que disse o nome era aguda e breve. Mark e Cristina se viraram.

O alto guerreiro fada que havia trazido Mark ao Instituto estava diante deles, como se tivesse simplesmente sido conjurado da areia preta e branca e do céu. Ele próprio parecia preto e branco, os cabelos cor de tinta em cachos escuros contra as têmporas. Seu olho prateado brilhava ao luar; o olho preto parecia sem pupila. Ele vestia túnica e calças cinza, e tinha adagas no cinto. Era tão desumanamente adorável quanto uma estátua.

— Kieran — disse Mark, e ofegou um pouco, parecendo chocado. — Mas eu...

— Deveria ter me esperado. — Kieran deu um passo para a frente. — Você pediu meu alazão emprestado; eu emprestei. Quanto mais tempo eu passar sem ele, mais desconfiado Gwyn ficará. Você queria levantar suspeitas?

— Eu pretendia devolver — disse Mark, com a voz baixa.

— Pretendia? — Kieran cruzou os braços.

— Cristina, entre — pediu Mark. Ele tinha abaixado a mão e estava olhando para Kieran, não para ela, com uma expressão constante.

— Mark...

— Por favor — disse ele. — Isso... Se respeita a minha privacidade, por favor, entre.

Cristina hesitou. Mas a expressão dele era clara. Ele sabia o que estava pedindo. Ela se virou e atravessou a porta dos fundos do Instituto, permitindo que batesse ruidosamente atrás de si.

As escadas se elevaram diante dela, mas não conseguiu subir. Ela mal conhecia Mark Blackthorn. No entanto, ao colocar o pé no primeiro degrau, pensou nas cicatrizes nas costas dele. Na forma como ele tinha se encolhido feito uma bola no quarto, no primeiro dia, em como acusou Julian de ser um sonho ou um pesadelo enviado pelas Caçada Selvagem para atormentá-lo.

Ela não acreditava na Paz Fria, nunca acreditou, mas a dor de Mark havia transformado suas crenças. Talvez as fadas realmente fossem cruéis assim. Talvez não houvesse bondade nelas, nem honra. E, se fosse esse o caso, como ela poderia deixar Mark lá, sozinho, com um deles?

Ela se virou e abriu a porta — e congelou.

Levou um instante para seu olhar encontrá-los, mas, quando o fez, Mark e Kieran pareceram saltar para ela como imagens de uma tela iluminada: parados em um facho de luz na beira do estacionamento, as costas de Mark contra um dos carvalhos. Kieran estava inclinado contra ele, prendendo-o na árvore, e eles se beijavam.

Cristina hesitou por um instante, sangue subindo até o rosto, mas parecia claro que Mark não estava sendo tocado contra a vontade. As mãos de Mark afagavam os cabelos de Kieran, e ele o beijava vorazmente, como se estivesse com fome. Os corpos se pressionavam totalmente; mesmo assim, Kieran agarrava a cintura de Mark, movendo as mãos incansavelmente, desesperadamente, como se pudesse puxar Mark ainda mais para perto. Elas subiram, tirando o casaco de Mark, acariciando a pele da clavícula. Ele emitiu um ruído baixo, como um grito de pesar, fundo na garganta, e se afastou.

Ele olhava fixamente para Mark, seu olhar tão faminto quanto desamparado. Nunca uma fada tinha parecido tão humana aos olhos de Cristina quanto Kieran naquele instante. Mark olhava de volta para ele, os olhos arregalados, brilhando ao luar. Um olhar compartilhado de amor, desejo e terrível tristeza. Era muito. Já tinha sido muito: Cristina sabia que não devia tê-los espionado, mas não conseguiu se conter, a mistura de choque e fascínio a prendeu no lugar.

E desejo. Havia desejo, também. Se por Mark, ou pelos dois, ou apenas pela ideia de querer tanto alguém, não tinha certeza. Cristina recuou, o coração acelerando, prestes a fechar a porta atrás dela...

E o estacionamento todo se acendeu como um estádio quando um carro dobrou a esquina. Música irradiava das janelas; Cristina ouviu as vozes de Emma e Julian.

O olhar dela voltou para Mark e Kieran, mas Kieran tinha desaparecido, uma sombra nas sombras. Mark estava abaixado, pegando o casaco, quando Emma e os outros saltaram do carro.

Cristina fechou a porta. Através dela ouviu Emma perguntar a Mark onde ela estava, e Mark responder que ela havia entrado. Ele soou calmo, casual, como se nada tivesse acontecido.

Mas tudo tinha acontecido.

Ela ficou imaginando, quando ele olhou nos olhos dela e disse que teria que se virar sem espelhos na Caçada Selvagem, em que olhos ele tinha olhado por todos aqueles anos.

Agora sabia.

A Caçada Selvagem, Alguns Anos Antes

Mark Blackthorn veio para a Caçada Selvagem quando tinha 16 anos, e não por vontade própria.

Ele se lembrava apenas de escuridão depois que foi levado do Instituto que era sua casa, antes de acordar em cavernas subterrâneas, entre líquen e lodo pingando. Um homem enorme com olhos de duas cores estava sobre ele, carregando um capacete chifrudo.

Mark o reconheceu, é claro. Não existia Caçador de Sombras que não soubesse sobre a Caçada Selvagem. Não dava para ser meio fada e não ler sobre Gwyn, o Caçador, que liderava a caçada havia séculos. Ele usava uma longa lâmina de metal na cintura, escurecida e torcida, como se tivesse passado por muitos incêndios.

— Mark Blackthorn — falou Gwyn —, você está com a Caçada, pois sua família está morta. Somos seus parentes de sangue agora. — E sacando a espada, ele cortou a palma até sair sangue, e a mergulhou em água para Mark beber.

Nos anos seguintes, Mark viu outros chegando a Caçada, e Gwyn dizia a mesma coisa para eles, e os via beber seu sangue. E ele via os olhos mudarem, se dividindo em duas cores, como se isso simbolizasse a divisão das almas.

Gwyn acreditava que um novo recruta tinha que ser destruído para ser reconstruído como um Caçador, alguém que pudesse cavalgar pela noite sem dormir, alguém que pudesse sentir fome até quase morrer, e suportar dores que destruiriam um mundano. E ele achava que a lealdade devia ser inabalável. Não podiam colocar ninguém acima da Caçada.

Mark deu sua lealdade a Gwyn, e seus serviços, mas não fez amigos na Caçada Selvagem. Eles não eram Caçadores de Sombras, ele era. Os outros eram todos das Cortes das Fadas, condenados a servir a Caçada por castigo. Eles não gostavam do fato de que ele era Nephilim, e ele sentia o desprezo e desprezava em retribuição.

Ele cavalgava sozinho à noite, em um cavalo prateado que lhe fora dado por Gwyn. O Caçador parecia, perversamente, gostar dele, talvez para provocar os outros integrantes da Caçada. Ele ensinou Mark a navegar pelas estrelas e a ouvir os sons de uma batalha que poderia ecoar por centenas, talvez até milhares de quilômetros: gritos de raiva e berros de moribundos. Eles cavalgavam para os campos de batalha e, invisíveis aos olhos mundanos, despiam os corpos de coisas preciosas. A maioria delas era oferecida às Cortes Seelie e Unseelie em tributo, mas Gwyn guardava alguns para si.

Mark dormia sozinho, toda noite, no chão frio, envolvido em um cobertor, com uma pedra como travesseiro. Quando estava frio, ele tremia e sonhava com símbolos que o aqueceriam, com o brilho quente das lâminas serafim. No bolso, ele guardava a pedra marcada de luz enfeitiçada que Jace Herondale lhe deu de presente, apesar de ele não ousar acendê-la a não ser que estivesse sozinho.

Toda noite, enquanto dormia, ele recitava os nomes das irmãs e irmãos, em ordem de idade. Cada palavra tinha o peso de uma âncora, puxando-o para a terra. Mantendo-o vivo.

Helen. Julian. Tiberius. Livia. Drusilla. Octavian.

Os dias se transformaram em meses. O tempo não era como no mundo mundano. Mark já tinha desistido de contar dias — não havia como assinalá-los, e Gwyn detestava essas coisas. Portanto, ele não fazia ideia de quanto tempo já tinha passado com a Caçada quando Kieran chegou.

Ele sabia que teriam um novo Caçador; a fofoca se espalhou rapidamente, e, além disso, Gwyn sempre Transformava os mais novos no mesmo lugar: uma caverna perto da entrada da Corte Unseelie, onde as paredes tinham pesados tapetes verdes de líquen e uma pequena piscina natural se formava entre as pedras.

Eles o encontraram quando chegaram, deixado ali para ser descoberto por Gwyn. Inicialmente tudo que Mark pôde ver foi o contorno de um menino com um emaranhado de cabelos negros e um corpo esguio, as correntes o prendendo *pelos pulsos e calcanhares, puxando-o em uma estranha torção. Ele parecia todo feito de ossos e ângulos.*

— Príncipe Kieran — disse Gwyn ao se aproximar do menino, e um murmúrio percorreu a Caçada. Se o novato era um príncipe, ele era mais exaltado do que a nobreza das fadas. E o que um príncipe poderia ter feito para ser exilado da Corte, separado da família, do nome, do título, dos parentes?

O menino levantou a cabeça quando Gwyn veio até ele, revelando o rosto. Ele certamente era nobre. Tinha as feições estranhas, luminosas e quase desumanas de tão bonitas — maçãs do rosto altas e olhos negros. Seus cabelos tinham um brilho azul e verde entre o preto, a cor do mar à noite. Ele virou o rosto quando Gwyn tentou fazê-lo beber água misturada a sangue, mas Gwyn o forçou. Mark assistiu fascinado enquanto o olho direito de Kieran mudava de preto a prata, e as correntes caíam dos pulsos e calcanhares feridos.

— Você agora é da Caçada — disse Gwyn, com um estranho tom sombrio.
— Levante-se e junte-se a nós.

Kieran era uma estranha adição ao grupo. Apesar de sua categoria de príncipe lhe ter sido retirada quando ele foi exilado para a Caçada, ele ainda exibia um ar de arrogância e realeza em si, que não agradava aos outros. Eles zombavam dele, o chamavam de "principezinho", e teriam feito pior se Gwyn não os controlasse. Aparentemente alguém nas Cortes procurava por Kieran, apesar do exílio.

Mark não conseguia deixar de olhar para ele. Alguma coisa em Kieran o fascinava. Ele logo descobriu que a cor do cabelo do príncipe mudava de acordo com seu humor, de negro (quando estava em desespero) a azul-claro (quando ria, coisa que quase nunca acontecia) — sempre cores do mar. Era espesso e ondulado, e, às vezes, Mark tinha vontade de tocá-lo para ver se parecia cabelo ao toque, ou se era diferente, seda, um tecido que mudava de cor conforme a luz. Kieran montava o seu cavalo — que lhe fora dado por Gwyn; era o mais feroz que Mark já tinha visto, preto e magro, uma montaria dos mortos — como se tivesse nascido para isso. Como Mark, ele parecia determinado a cavalgar até curar a dor do exílio e da falta de amigos, sozinho, raramente falando com os outros da Caçada, raramente olhando para eles sequer.

Só ele olhava para Mark, às vezes, quando os outros o chamavam de Nephilim ou de filho das Sombras e menino anjo, ou outros nomes piores. Chegou um dia em que se espalhou a notícia de que a Clave havia enforcado algumas fadas em Idris por traição. As fadas tinham amigos na Caçada, e num ataque de raiva, os companheiros de Mark o fizeram ajoelhar e dizer "eu não sou Caçador de Sombras".

Quando ele se recusou, arrancaram sua camisa e o chicotearam até sangrar. Eles o deixaram encolhido sob uma árvore em um campo nevado, transformando em vermelho os flocos brancos.

Quando Mark acordou havia uma fogueira e calor, e ele estava deitado no colo de alguém. Ainda grogue, ele recuperou a consciência o bastante para perceber que era no de Kieran. O príncipe o levantou nos braços, lhe deu água e o envolveu com um cobertor. Seu toque era suave e leve.

— Acredito que entre os seus — disse ele —, existam símbolos de cura.

— Sim — respondeu Mark, com voz rouca, se mexendo muito singelamente. A dor da pele cortada correu por todo o corpo. — Se chamam iratzes. Um deles repararia esses machucados. Mas não podem ser feitos sem uma estela, e quebraram a minha há anos.

— É uma pena — disse Kieran. — Acho que sua pele ficará com cicatrizes para sempre.

— O que me importa? — disse Mark, resignado. — Não é como se fizesse alguma diferença, aqui na Caçada, se sou bonito ou não.

Kieran sorriu um meio sorriso secreto e tocou gentilmente o cabelo de Mark. Mark fechou os olhos. Fazia anos que ninguém o tocava, e a sensação causou calafrios em seu corpo apesar da dor dos cortes.

Depois disso, quando cavalgaram, cavalgaram juntos. Kieran fez da Caçada uma aventura para os dois. Ele mostrou a Mark maravilhas que só o Povo das Fadas conhecia: lençóis de gelo silenciosos e prateados ao luar, e jardins escondidos, cheios de flores noturnas. Eles cavalgavam entre cachoeiras e torres de nuvens. E Mark, se não estava feliz, estava, pelo menos, curado da tortura da solidão.

À noite, eles dormiam juntos sob o cobertor de Kieran, feito de um material espesso que era sempre quente. Uma noite, eles pararam no topo de uma colina, em um lugar verde ao norte. Havia um monte de pedras coroando a colina, algo construído por mundanos há mil anos. Mark se apoiou na lateral e olhou para os campos verdes, prateados no escuro, o distante mar. O mar, em todos os lugares, ele pensou, era o mesmo, o mesmo mar que quebrava nas costas e no lugar que ele ainda considerava sua casa.

— Suas cicatrizes curaram — disse Kieran, tocando um corte na camisa de Mark com um dedo leve e esguio.

— Mas continuam feias — falou Mark. Ele estava esperando pelas primeiras estrelas, para que pudesse nomeá-las com os nomes de seus familiares. Não viu Kieran se aproximar até que o menino estivesse diante dele, com o rosto elegantemente sombreado pelo crepúsculo.

— Nada em você é feio — disse Kieran. Ele se inclinou para beijar Mark, e Mark, após um instante de surpresa virou o rosto, deixando que os lábios de Kieran encontrassem com os seus.

Era o seu primeiro beijo, e ele nunca achou que seu primeiro beijo viria de um menino, mas ficou feliz por ser Kieran. Ele nunca imaginou que um beijo pudesse ser tão agonizante e prazeroso ao mesmo tempo. Há meses que queria tocar os cabelos de Kieran, então o fez, enterrando os dedos nos fios, que passavam de pretos a azul, com as pontas douradas. Pareciam chamas em sua pele.

Eles se deitaram sob o cobertor juntos naquela noite, mas dormiram pouco, e Mark se esqueceu de dar as estrelas os nomes de seus familiares — naquela noite e em várias outras noites depois. Logo Mark se acostumou a acordar com o braço sobre o corpo de Kieran, ou com as mãos entre cachos azuis-embranquecidos.

Ele aprendeu que beijos, toques e juras de amor ajudavam a esquecer, e que, quanto mais ficava com Kieran, mais queria ficar só com ele e mais ninguém. Ele vivia pelos momentos em que ficava a sós com ele, normalmente à noite, sussurrando para que mais ninguém pudesse escutá-los.

— Fale sobre a Corte Unseelie — pedia Mark, e Kieran sussurrava contos sobre a Corte escura e o Rei claro, seu pai, que governava tudo. E:

— Conte-me sobre os Nephilim — dizia Kieran, e Mark falava sobre o Anjo, sobre a Guerra Maligna e o que tinha acontecido com ele, e sobre seus irmãos e irmãs.

— Você não me odeia? — disse Mark, deitado nos braços de Kieran, em algum lugar em um alto pasto alpino. Seus cabelos louros desgrenhados tocaram o ombro de Kieran ao virar a cabeça. — Por ser Nephilim? Os outros odeiam.

— Você não precisa mais ser Nephilim. Pode escolher ser da Caçada Selvagem. Acatar sua natureza de fada.

Mark balançou a cabeça.

— Quando me espancaram por dizer que era Caçador de Sombras, só tive mais certeza. Eu sei o que sou, mesmo que não possa falar.

— Pode falar apenas para mim — disse Kieran, passando os longos dedos na bochecha de Mark. — Aqui nesse espaço entre nós dois. É seguro.

Então Mark se aproximou de seu amante e único amigo e sussurrou no espaço entre eles, onde seu corpo frio tocava o quente de Kieran.

— *Eu sou um Caçador de Sombras. Eu sou um Caçador de Sombras. Eu sou um Caçador de Sombras.*

13

Sem Qualquer Outro Pensamento

Emma estava na frente do espelho do banheiro, tirando a blusa devagar.

Vinte minutos com uma embalagem de alvejante removeram o sangue do interior do Toyota. Isso foi fácil. Ela estava acostumada a manchas de sangue. Mas havia algo mais visceral nisso, no sangue de Julian seco em sua pele, manchas vermelho-amarronzadas sobre as costelas e no ombro. Ao abrir o zíper da calça jeans e se livrar dela, pôde ver respingos de sangue seco na barra, as gotas de evidência subindo e descendo pela borda.

Ela enrolou a calça e a regata, e jogou as duas no lixo.

No banho, com água escaldante, ela esfregou o sangue, a sujeira e o suor. Observou a água correr rosada pelo ralo. Emma não sabia dizer quantas vezes isso já tinha acontecido antes, a frequência com que sangrara em batalhas e treinamentos. Tinha cicatrizes pelo tronco e pelos ombros, nos braços, nas partes de trás dos joelhos.

Mas o sangue de Julian era diferente.

Quando ela o viu, pensou nele, atingido e encolhido, na maneira como o sangue correu feito água através de seus dedos. Foi a primeira vez em anos que ela, de fato, achou que ele pudesse morrer, que ela podia perdê-lo. Ela sabia o que as pessoas diziam sobre *parabatai*, sabia que se tratava de uma dor tão profunda quanto a morte de um cônjuge ou irmão. Emma tinha perdido os pais; achava que sabia o que era a perda, e se considerava preparada para isso.

Mas nada a preparou para a sensação que a ideia de perder Jules lhe causou: que seu céu se tornaria escuro para sempre, que não haveria mais solo firme. Mais estranha ainda foi a sensação que a assolou quando ela se deu conta de que ele ficaria bem. Emma se tornou consciente da sua presença física de um jeito que quase doeu. Ela queria abraçá-lo, agarrá-lo enterrando os dedos como se pudesse apertar o suficiente para costurar a pele dos dois, entrelaçar os ossos. Sabia que não fazia sentido, mas não sabia explicar de outro jeito.

Sabia que era intenso, doloroso e uma coisa que nunca tinha sentido por Julian antes. E isso a assustava.

A água havia esfriado. Ela desligou o chuveiro com um giro selvagem de pulso, saiu do boxe e secou o cabelo com a toalha. Encontrou uma camisola e um short no cesto de roupa limpa, se vestiu e saiu do banheiro.

Cristina estava sentada na cama dela.

— Ah — disse Emma. — Não sabia que você estava aqui! Eu poderia ter saído do banheiro nua ou coisa do tipo.

— Duvido que você tenha alguma coisa que eu não tenho. — Cristina parecia distraída; os cabelos escuros penteados em tranças, e ela mexia os dedos como fazia quando estava preocupada.

— Está tudo bem? — perguntou Emma, sentando na beira da cama. — Você parece... incomodada.

— Você acha que Mark tinha amigos na Caçada Selvagem? — perguntou Cristina subitamente.

— Não. — Emma pareceu surpresa. — Pelo menos, ele nunca mencionou. E, se existisse alguém de quem ele sentia falta, ele falaria. — Ela franziu o rosto. — Por quê?

Cristina hesitou.

— Bem, ele pegou aquela moto emprestada de alguém hoje. Só espero que ele não tenha se encrencado por isso.

— Mark é esperto — disse Emma. — Duvido que tenha vendido a alma pelo uso temporário de uma moto ou de qualquer outra coisa.

— Tenho certeza de que você tem razão — murmurou Cristina, e olhou para o armário de Emma. — Posso pegar um vestido emprestado?

— Agora? — perguntou Emma. — Você tem algum encontro à meia-noite?

— Não, para amanhã à noite. — Cristina se levantou e foi olhar o armário. Vários vestidos mal dobrados caíram de dentro. — É para ser formal. Eu não trouxe nenhum vestido formal de casa.

— Nada meu vai caber em você — disse Emma, quando Cristina pegou um vestido com um desenho de foguetes na frente e franziu o rosto para ele. — Temos formas diferentes. Você é bem mais... boom-chica-boom.

— Isso sequer é a sua língua? — Cristina fez uma careta, guardando o vestido de foguete em uma prateleira e fechando a porta do armário. — Acho que não.

Emma sorriu para ela.

— Amanhã vamos fazer compras — falou ela. — Combinado?

— Isso parece tão normal. — Cristina alisou as próprias tranças. — Depois de hoje à noite...

— Cameron me ligou — disse Emma.

— Eu sei — respondeu Cristina. — Eu estava na cozinha. Por que está me contando isso? Vocês voltaram?

Emma balançou para trás na cama.

— Não! Ele estava me alertando. Disse que tinham pessoas que não queriam que eu investigasse esses assassinatos.

— Emma. — Cristina suspirou. — E você não nos contou nada?

— Ele falou de *mim* — retrucou Emma. — Achei que qualquer perigo fosse ser diretamente para mim.

— Mas Julian se machucou — disse Cristina, sabendo o que Emma ia dizer antes mesmo que ela dissesse. — Então você está com medo de ter sido culpada.

Emma ficou mexendo na borda do cobertor.

— E não sou? Quero dizer, Cameron me alertou, ele disse que ouviu no Mercado das Sombras, então, eu não sei se foram mundanos falando, fadas, feiticeiros ou sei lá o quê, mas o fato é que ele me alertou e eu ignorei.

— *Não* foi sua culpa. Já sabemos que tem alguém, provavelmente um necromante, matando e sacrificando mundanos e membros do Submundo. Já sabemos que ele tem um exército de demônios Mantis ao seu dispor. Não é como se Julian não estivesse esperando, ou preparado, para o perigo.

— Ele quase morreu — disse Emma. — Tinha tanto sangue.

— E você ajeitou. Ele está bem. Você salvou a vida dele. — Cristina acenou com uma das mãos; tinha unhas perfeitas, ovais e brilhantes, ao passo que as de Emma eram quebradas por lutas e treinos. — Por que você está se questionando, Emma? É porque Julian se machucou e isso a assustou? Porque desde que a conheço, você assume riscos. É parte de você. E Julian sabe disso. Ele não só sabe, como gosta.

— Gosta? Ele vive me dizendo para não me arriscar...

— Ele tem que dizer — falou Cristina. — Vocês são as metades de um inteiro. Vocês precisam ser diferentes, como luz e sombra; ele traz cautela para a sua imprudência, e você traz imprudência para a cautela dele. Sem o outro, vocês não funcionariam tão bem. É isso que significa ser *parabatai*. — Ela puxou levemente as pontas do cabelo molhado de Emma. — Não acho que Cameron é que a esteja incomodando. Isso é só uma desculpa para se repreender. Acho que foi o fato de que Julian se machucou.

— Talvez — disse Emma com a voz rouca.

— Tem certeza de que você está bem? — Os olhos castanho-escuros de Cristina brilhavam preocupados.

— Estou. — Emma se reclinou nos travesseiros. Ela colecionava almofadas do estado da Califórnia: algumas pareciam cartões-postais, outras tinham o formato do estado ou diziam EU AMO CALI.

— Você não parece bem — disse Cristina. — Parece... Minha mãe dizia que existia um olhar quando uma pessoa se dava conta de alguma coisa. Você está com cara de que se deu conta de alguma coisa.

Emma queria fechar os olhos, esconder seus pensamentos de Cristina. Pensamentos traiçoeiros, perigosos e errados.

— Apenas choque — respondeu ela. — Estive muito perto de perder Julian e... isso mexeu comigo. Estarei bem amanhã. — Ela forçou um sorriso.

— Se está dizendo, *manita*. — Cristina suspirou. — Se está dizendo.

Depois que Julian se limpou, lavou o sangue e mandou os restos do material do casaco queimado por veneno para Malcolm, cruzou o corredor até o quarto de Emma.

E parou no meio do caminho. Ele queria se deitar na cama ao lado dela, queria conversar sobre os eventos da noite e fechar os olhos junto dela, ouvindo sua respiração como os ruídos do mar, medindo os passos até o sono.

Mas, quando ele pensou naquela noite no banco de trás do carro, em Emma por cima dele, com pânico no rosto e sangue nas mãos, ele não sentiu o que sabia que deveria sentir: medo, a lembrança da dor, o alívio por ter se curado.

Em vez disso sentiu um aperto no corpo que enviou uma onda de dor até o meio dos ossos. Quando ele fechou os olhos, viu Emma iluminada pela luz enfeitiçada, os cabelos se soltando da presilha, a luz dos postes da rua iluminando suas mechas e as transformando em um tom de gelo de verão.

O cabelo de Emma. Talvez por ela raramente soltá-lo, talvez por Emma de cabelos soltos ter sido uma das primeiras coisas que ele quis pintar na vida, mas os cabelos ondulados e longos sempre foram como cordas ligadas diretamente aos nervos.

A cabeça dele doeu, e o corpo pulsava além do razoável, querendo estar novamente no carro com ela. Não fazia o menor sentido, então ele forçou os passos para longe da porta de Emma, pelo corredor, até a biblioteca. Estava escuro e tinha cheiro de papel velho. Mesmo assim, Julian não precisava de luz; ele sabia exatamente para que parte da biblioteca estava indo.

Lei.

Julian retirava um livro de capa vermelha de uma prateleira alta quando um grito ecoou pelo corredor. Ele pegou o volume e em um instante já estava fora da biblioteca, se apressando pelo corredor. Dobrou uma esquina e viu a porta de Drusilla aberta. Ela estava inclinada para fora, com a luz enfeitiçada na mão, e o rosto arredondado iluminado. O pijama era coberto por uma estampa de máscaras assustadoras.

— Tavvy está chorando — disse ela. — Tinha parado um pouco, mas depois começou outra vez.

— Obrigado por avisar. — Ele abaixou para dar um beijo na testa dela. — Volte para a cama, cuido disso.

Drusilla recuou, e Julian entrou no quarto de Tavvy, fechando a porta.

Tavvy era uma bola encolhida sob as cobertas. Ele estava dormindo, o corpo curvado sobre um dos travesseiros, a boca aberta em um engasgo. Lágrimas corriam pelo rosto.

Julian se sentou na cama e colocou uma das mãos no ombro do irmão.

— Octavian — chamou. — Acorde; você está tendo um pesadelo, acorde.

Tavvy se levantou, os cabelos castanhos desalinhados. Quando viu Julian, soluçou e pulou para cima do irmão mais velho, agarrando-o pelo pescoço.

Jules segurou Tavvy e esfregou as costas dele, afagando gentilmente os nodos da espinha. Muito pequeno, muito magro, sua mente dizia. Era uma luta fazer Tavvy comer e dormir, desde a Guerra Maligna.

Ele se lembrava de correr pelas ruas de Alicante com Tavvy no colo, tropeçando no asfalto rachado, tentando manter o rosto do irmão enterrado em seu ombro, para que ele não visse todo o sangue e morte que o cercava. Pensando que, se pudesse passar por tudo aquilo sem que Tavvy visse o que estava acontecendo, tudo ficaria bem. Ele não se lembraria. Ele não saberia.

E, mesmo assim, Tavvy acordava com pesadelos toda semana, tremendo, suando e chorando. E sempre que acontecia, a constatação de que não tinha conseguido salvar o irmãozinho perfurava Julian como espinhos.

A respiração de Tavvy se uniformizou lentamente enquanto Julian estava ali, abraçando-o. Queria deitar, queria aconchegar o irmão e dormir. Ele precisava muito descansar, e o cansaço parecia arrastá-lo como uma onda, puxando-o para baixo.

Mas ele não conseguia dormir. O corpo estava aceso, incomodado. A flecha que o penetrou foi uma agonia enorme; retirá-la foi pior ainda. Ele sentiu a pele rasgar e um momento de puro pânico animalesco, a certeza de que ia morrer, e aí o que aconteceria com eles, *livvyetyedrusillaetavvyemark*?

E então veio a voz de Emma ao seu ouvido, e as mãos dela nele, e ele soube que ia viver. Ele se olhou agora, e a marca nas costelas tinha desaparecido totalmente — bem, tinha alguma coisa ali, uma linha branca fraca em contraste com a pele morena, mas isso não era nada. Caçadores de Sombras viviam através de cicatrizes. Às vezes, ele achava, viviam por elas.

Espontaneamente, lhe veio à mente a imagem que ele estava tentando apagar desde que voltou para o Instituto: Emma, em seu colo, com as mãos nos ombros dele. Seus cabelos como correntes de ouro claro em volta do rosto.

Ele se lembrou de ter pensado que, se morresse, pelo menos morreria com ela o mais perto possível. Dentro do permitido por Lei.

Enquanto Tavvy dormia, Julian alcançou o livro que pegou na biblioteca. Era um livro que já tinha estudado tantas vezes que agora sempre caía na mesma página bem gasta. *Sobre Parabatai*, dizia.

É decretado que aqueles que passaram pela cerimônia parabatai são eternamente ligados pelos termos dos juramentos de Saulo e David, de Ruth e Naomi, não devem se casar, não devem ter filhos juntos e não devem se amar pela forma de Eros, mas como Philia ou Ágape.

A punição para a contravenção desta lei será decidida pela Clave: separação dos parabatai em questão, exílio das famílias e, se o comportamento criminoso se mantiver, as Marcas serão retiradas e eles serão expulsos dos Nephilim. Jamais voltarão a ser Caçadores de Sombras.

Assim é decretado por Raziel.

Sed lex, dura lex. A Lei é dura, mas é a Lei.

* * *

Quando Emma entrou na cozinha, Julian estava perto da pia, limpando os restos do café da manhã. Mark se apoiava na bancada, usando jeans preto e uma camisa preta. Com seus novos cabelos curtos, à luz do dia, ele parecia muito diferente do menino feral e maltrapilho que tirou o capuz no Santuário.

Ela tinha saído para uma corrida deliberadamente longa na praia naquela manhã e perdeu a refeição em família de propósito, tentando clarear as ideias. Ela pegou uma garrafa de vitamina da geladeira para substituir o café. Quando virou, Mark estava sorrindo.

— Pelo que entendi, o que estou usando não é sofisticado o suficiente para a loteria de hoje à noite? — perguntou ele.

Emma olhou de Mark para Julian.

— Então o Senhor Regras cedeu e decidiu que você poderá ir?

Julian deu de ombros.

— Sou um homem razoável.

— Ty e Livvy prometeram me ajudar a encontrar alguma coisa para vestir — disse Mark, indo para a porta da cozinha.

— Não confie neles. — Julian sugeriu atrás dele. — Não... — Ele balançou a cabeça enquanto a porta se fechava. — Acho que ele terá que aprender essa lição sozinho.

— Isso me lembra... — disse Emma, se apoiando na bancada. — Temos uma situação de emergência.

— Uma emergência? — Com um olhar preocupado, ele fechou a torneira e virou o olhar para ela.

Emma pousou a bebida. Espumas de sabão estavam grudadas nos antebraços de Julian, e a camiseta, molhada com a água quente. Ela não conseguiu conter uma lembrança: Jules no banco de trás, olhando para ela com os dentes cerrados. A pele dele, sob suas mãos, o sangue escorregadio.

— É Diana? — perguntou ele, alcançando o papel-toalha.

— Quê? — Isso a despertou do devaneio. — Está tudo bem com Diana?

— Suponho que sim — respondeu ele. — Ela deixou um bilhete dizendo que passaria o dia fora hoje. Ia para Ojai ver o amigo feiticeiro.

— Ela não sabe sobre essa noite. — Emma se apoiou na bancada. — Sabe?

Jules balançou a cabeça. Um cacho molhado o tocou na bochecha.

— Não tive chance de contar.

— Poderia mandar uma mensagem — observou Emma. — Ou ligar.

— Poderia — respondeu ele de forma neutra. — Mas aí eu sentiria a necessidade de contar sobre ter me ferido ontem.

— Talvez devesse.

— Estou bem — disse ele. — Quero dizer, bem de verdade. Como se nada tivesse acontecido. — Ele balançou a cabeça. — Não quero que ela insista em me deixar de fora hoje. O teatro pode não ser nada, mas, se for alguma coisa, quero estar lá. — Ele jogou o papel-toalha no lixo. — Se *você* estiver lá, eu quero estar.

— Gosto quando você mente. — Emma esticou os dedos dos pés, os braços atrás da cabeça, tentando alongar os músculos. O ar frio tocou a pele exposta de sua barriga quando a camiseta levantou. — Mas, se você está totalmente bem, talvez não precise contar para Diana? Só uma sugestão.

Quando Julian não respondeu, ela olhou para ele.

Ele parou no meio do movimento, encarando-a. Cada um de seus cílios era uma perfeita linha escura; ele estava inexpressivo, com o olhar fechado, como se tivesse sido capturado por uma imobilidade peculiar.

Ele era lindo. A coisa mais linda que ela já tinha visto. Emma queria entrar na pele dele, viver onde ele respirava. Ela *queria*.

Estava apavorada. Nunca tinha *querido* ele assim antes. Era porque Julian tinha quase morrido, disse a si mesma. Todo o seu corpo era programado para monitorar a sobrevivência dele. Ela precisava que ele vivesse. Ele quase morreu, e tudo dentro dela estava em curto-circuito.

Ele ficaria horrorizado, disse a si mesma. Se soubesse como ela estava se sentindo — ficaria enojado. As coisas voltariam a ser como ficaram assim que ele voltou da Inglaterra, quando ela achou que ele estivesse com raiva dela. Que talvez ele a odiasse.

Ele já sabia naquele momento, disse uma vozinha em sua mente. *Ele sabia sobre os seus sentimentos. Ele sabia o que você ainda não sabia.*

Ela encostou as mãos contra a bancada, o mármore pressionando suas palmas, a dor limpando sua mente. *Cale a boca*, ela disse para a voz mental. *Cale a boca*.

— Uma emergência. — A voz dele estava baixa. — Você disse que tinha uma emergência?

— Uma emergência da moda; Cristina precisa de um vestido para ficar igual a todo mundo hoje à noite, e realmente não tem nada na casa para ela. — Emma olhou para o relógio. — Vamos levar meia hora, no máximo.

Ele relaxou, claramente aliviado.

— Tesouros Escondidos? — perguntou. Era um bom palpite: a loja preferida de Emma para roupas vintage era conhecida da família. Toda vez que ela a visitava, comprava coisas para eles: uma gravata-borboleta para Tavvy, uma faixa de cabelo florida para Livvy, um antigo pôster de filme terror para Dru.

— Sim. Quer alguma coisa?

— Eu sempre meio que quis um relógio de Batman que diz ACORDE, MENINO PRODÍGIO quando toca o alarme — disse ele. — Alegraria o meu quarto.

— Conseguimos! — gritou Livvy, entrando na cozinha. — Bem, uma parte, pelo menos. Mas é estranho.

Emma virou aliviada para ela.

— Conseguiram o quê?

— Na nossa língua, Livvy — disse Julian. — O que é estranho?

— Traduzimos algumas linhas da caverna — disse Ty, entrando atrás de Livvy. Ele estava com um casaco de capuz cinza, grande demais, que engolia suas mãos. Os cabelos escuros entornavam sobre a beira do capuz. — Mas elas não fazem o menor sentido.

— São um recado? — perguntou Emma.

Livvy balançou a cabeça.

— Versos de um poema — falou, desdobrando o papel que tinha nas mãos.

> Mas nosso amor era muito mais forte do que o amor
> Daqueles que eram mais velhos do que nós...
> De muitos mais sábios do que nós...
> E nem os anjos no Céu acima
> Nem os demônios sob o mar
> Podem separar a minha alma da alma
> Da bela Annabel Lee...

— Annabel Lee — disse Julian. — Edgar Allan Poe.

— Conheço o poema — disse Livvy, franzindo as sobrancelhas. — Só não sei por que estava escrito na parede da caverna.

— Pensei que talvez fosse a cifra de um livro — disse Ty. — Mas isso significaria que há uma segunda metade. Algo em outro lugar, talvez. Pode valer a pena checar com Malcolm.

— Vou acrescentar à lista — disse Julian.

Cristina colocou a cabeça pela entrada da cozinha.

— Emma? — chamou a garota. — Está pronta para ir?

— Você parece preocupada — disse Livvy. — Emma vai levá-la a algum lugar para matá-la?

— Pior — disse Emma, indo para a porta se juntar a Cristina. — Compras.

— Para hoje? Em primeiro lugar, estou morrendo de inveja, e, em segundo lugar, não deixe ela levá-la àquele lugar em Topanga Canyon...

— Basta! — Emma tapou os ouvidos de Cristina com as mãos. — Não dê ouvidos a ela. Ela enlouqueceu desvendando códigos.

— Compre abotoaduras para mim — pediu Jules. — E volte o mais rápido possível. — O barulho da água correndo na pia foi abafado por Livvy, que já tinha começado a recitar mais do poema.

*Foi há muitos anos,
Em um reino perto do mar...*

— É aqui que quer comprar roupas? — perguntou Cristina, com as sobrancelhas erguidas, enquanto Emma parava o Toyota em um estacionamento cercado por árvores.

— É o lugar mais perto — explicou Emma, desligando o carro. Na frente delas havia uma única construção solitária com uma placa de letras imensas em purpurina, que soletrava as palavras TESOUROS ESCONDIDOS. Uma enorme máquina de pipoca, vermelha e branca, se encontrava perto da loja, junto a uma caravana pintada, com uma cortina, anunciando os serviços de Gargantua, o Grande. — Além disso, é demais.

— Não parece um lugar onde se compram vestidos glamourosos — argumentou Cristina, franzindo o nariz. — Este me parece um lugar onde a pessoa é sequestrada e vendida para o circo.

Emma a pegou pelo pulso.

— Você não confia em mim? — perguntou ela.

— Claro que não — respondeu Cristina. — Você é louca.

Mas ela permitiu que Emma a arrastasse para a loja, que era cheia de tesouros bregas: bandejas de festa, velhas bonecas de porcelana e, perto do caixa, prateleiras de joias e relógios vintage. Uma segunda sala se abria a partir da primeira. Era cheia de roupas — roupas incríveis. Calças Levi's vintage de segunda mão, saias lápis de tweed e bombazina, dos anos 1950, blusas de seda, renda e veludo molhado.

E, em uma segunda sala menor, que saía da primeira, os vestidos. Pareciam borboletas penduradas: camadas de organza vermelha, cetim charmeuse com cores de aquarela, a bainha de um vestido Balmain, uma anágua de tule, como espuma na água.

— Julian não disse que precisava de abotoaduras? — perguntou Cristina, freando Emma perto do caixa. A vendedora, que usava um óculos de olhos de gato e um crachá que dizia SARAH, as ignorou propositalmente.

Emma passou os olhos pela vitrine de abotoaduras masculinas — a maioria tinha formas engraçadas, dados, armas, ou gatos, mas havia uma parte com algumas mais bonitas: Paul Smith, Burberry e Lanvin.

Ao passar os olhos por elas, subitamente Emma se sentiu tímida. Escolher abotoaduras parecia algo que uma namorada faria. Não que ela já tivesse feito isso por Cameron, ou por qualquer outra pessoa com quem tivesse saído por um tempo, mas ela nunca se importou o suficiente para querer. Quando Julian tivesse uma namorada, Emma sabia, ela seria o tipo de garota que compraria abotoaduras para ele. Que se lembraria do aniversário dele e ligaria todos os dias. Ela teria adoração por ele. Como poderia não ter?

Emma pegou um par de abotoaduras douradas com pedras pretas, quase sem ver o que fazia. Pensar em Julian com uma namorada lhe causou uma dor que ela não podia compreender.

Pousando as abotoaduras na bancada, ela foi para a pequena sala cheia de vestidos. Cristina a seguiu, parecendo preocupada.

Eu vinha aqui com minha mãe, Emma pensou, passando a mão pela arara de cetins, sedas e tecidos sintéticos. *Ela adorava coisas vintage malucas, velhos casacos Chanel, vestidos com miçangas.* Mas em voz alta tudo o que disse foi:

— Temos que nos apressar, não podemos passar muito tempo fora do Instituto com uma investigação em curso.

Cristina pegou um vestido brilhante em brocado rosa e pequenas flores douradas.

— Vou experimentar este.

Ela desapareceu dentro de uma cabine fechada por um lençol de Guerra nas Estrelas. Emma pegou outro vestido da arara: seda clara com cordões de contas prateadas. Olhar para ele fez com que ela se sentisse como quando olhava para um belo pôr do sol, para uma das pinturas de Julian ou para as mãos dele movendo pincéis e potes de tinta.

Ela foi para a cabine do provador se trocar. Quando saiu, Cristina estava no meio da sala, franzindo o rosto para o vestido rosa. Estava grudado como papel filme em todas as suas curvas.

— Acho que está muito apertado — comentou.

— Acho que é para ser apertado assim mesmo — respondeu Emma. — Seus peitos estão ótimos.

— Emma! — Cristina levantou os olhos, escandalizada; em seguida, engasgou. — Ah, você está linda!

Emma tocou o tecido marfim e prateado do vestido com um movimento incerto. Branco representava morte e luto para os Caçadores de Sombras; eles raramente usavam essa cor casualmente, apesar de que por ser marfim, ela poderia se safar.

— Você acha?

Cristina sorria para ela.

— Sabe, você é exatamente como eu pensei que seria, e, às vezes, você é muito diferente.

Emma foi para o espelho se olhar.

— Como assim, como você pensou que eu seria?

Cristina pegou um globo de neve e fez uma careta para ele.

— Sabe, não ouvi apenas sobre Mark antes de vir para cá. Eu ouvi falar de você. Todos diziam que você ia ser o próximo Jace Herondale. A próxima grande guerreira Caçadora de Sombras.

— Não vou ser — disse Emma. A voz dela soou calma, baixa e distante aos seus ouvidos. Ela não podia acreditar que estava falando aquilo. As palavras pareciam sair sem terem sido formadas mentalmente antes, como se estivessem criando a própria realidade ao serem faladas. — Não sou especial, Cristina. Não tenho sangue de Anjo extra nem poderes especiais. Sou uma Caçadora de Sombras comum.

— Você não é comum.

— Sou. Não tenho poderes mágicos, não sou amaldiçoada nem abençoada. Posso fazer exatamente a mesma coisa que todos os outros podem. Só sou boa porque treino.

A vendedora, Sarah, esticou a cabeça em volta da porta, com os olhos arregalados. Emma tinha se esquecido que ela estava ali.

— Precisam de alguma ajuda?

— Preciso de tanta ajuda que você nem imagina — disse Emma. Alarmada, Sarah voltou para o caixa.

— Isso é constrangedor — disse Cristina em um sussurro. — Ela provavelmente acha que somos duas lunáticas. É melhor irmos.

Emma suspirou.

— Desculpe, Tina — falou. — Vou pagar as coisas.

— Mas eu nem sei se quero esse vestido! — retrucou Cristina quando Emma sumiu de volta para o provador.

Emma se virou e apontou para ela.

— Quer sim. Eu falei sério quanto aos seus peitos. Eles estão incríveis. Acho que nunca vi tanto deles antes. Se eu tivesse esses peitos, pode acreditar que ia exibi-los o tempo todo.

— Por favor, pare de dizer "peitos" — reclamou Cristina. — É uma péssima palavra. Soa ridícula.

— Talvez — disse Emma, fechando o provador. — Mas eles estão ótimos.

Dez minutos depois, vestidos nas sacolas, estavam voltando pela estrada do cânion em direção ao mar. Cristina, no assento ao lado de Emma, estava sentada com as pernas cruzadas nos calcanhares e sem se apoiar no painel, como Emma estaria.

Em torno delas o cenário familiar do cânion se elevou: pedra cinzenta, vegetação verde e espinhosa. Carvalhos e cicuta dos prados. Uma vez, Emma subiu uma dessas montanhas com Jules, e eles encontraram um ninho de águia, com alguns ossos de ratos e morcegos acumulados.

— Você está enganada quanto ao motivo pelo qual é boa no que faz — disse Cristina. — Não é só o treinamento. Todo mundo treina, Emma.

— Sim, mas eu me mato treinando — respondeu Emma. — É tudo que faço. Acordo e treino, corro, corto as mãos no saco de pancada e passo horas treinando noite adentro, e preciso, porque não tem mais nada de especial em mim, e nada mais importa. Só me importa treinar e descobrir quem matou meus pais. Porque eles me achavam especial, e quem quer que os tenha tirado de mim...

— Outras pessoas a acham especial, Emma — cortou Cristina, parecendo, mais do que nunca, uma irmã mais velha.

— O que é tenho é *empenho* — rebateu Emma, com a voz amarga. Ela estava pensando nos pequenos ossos no ninho, em como eram frágeis e como seriam facilmente quebráveis com dois dedos. — Eu posso me empenhar mais do que qualquer pessoa no mundo. Posso fazer da vingança a única coisa que tenho na vida, porque preciso. Mas isso significa que é tudo que eu tenho.

— Não é tudo que você tem — disse Cristina. — O que você não teve é o seu momento. Sua chance de ser incrível. Jace Herondale e Clary Fairchild não foram heróis em um vácuo; houve uma guerra. Foram forçados a fazer escolhas. Esses momentos aparecem para todos nós. Vão aparecer para você também. — Ela entrelaçou os dedos. — O Anjo tem planos para você. Prometo. Você é mais preparada do que pensa. Você se manteve forte não só durante o treinamento, mas pelas pessoas ao seu redor, amando e sendo amada. Julian e os outros, eles não permitiram que você se isolasse, sozinha com sua vingança e seus pensamentos amargos. O mar desgasta penhascos, Emma, e os transforma em areia; do mesmo jeito, o amor nos desgasta e ataca nossas defesas. Você só não sabe o quanto significa ter pessoas que lutem por você quando as coisas dão errado...

A voz dela falhou, e ela olhou para a janela. Tinham chegado à rodovia; Emma quase bateu no trânsito, alarmada.

— Cristina? O que foi? O que aconteceu?

Cristina balançou a cabeça.

— Sei que aconteceu alguma coisa com você no México — disse Emma. — Sei que alguém a machucou. Por favor, me diga o que foi e o que fizeram. Prometo que não vou tentar caçá-los e alimentar meus peixes imaginários com eles. Eu só... — Ela suspirou. — Quero ajudar.

— Não pode. — Cristina fitou os próprios dedos entrelaçados. — Algumas traições não podem ser perdoadas.

— Foi o Diego Perfeito?

— Deixe para lá, Emma — disse Cristina, e Emma respeitou.

No restante do caminho até o Instituto, elas conversaram sobre os vestidos e sobre a melhor maneira de esconder armas em vestimentas que não foram feitas para guardar armas. Mas Emma tinha notado o jeito como Cristina se encolheu quando ela mencionou o nome de Diego. Talvez não então, talvez não naquele dia, ela pensou, mas ela *ia* descobrir o que tinha acontecido.

Julian correu para baixo ao ouvir as batidas altas e repetitivas na porta da frente do Instituto. Ele continuava descalço; ainda não tivera a chance de se calçar. Depois que terminou de arrumar as coisas após o café da manhã, passou uma hora tentando convencer o tio Arthur de que ninguém tinha roubado o busto de Hermes (estava embaixo da mesa dele), achou Drusilla trancada na casa de brinquedo de Tavvy, chateada por não ter sido chamada para o restaurante na noite anterior. Tavvy descobriu que Ty vinha escondendo um gambá em seu quarto e começou a gritar. Livvy estava ocupada tentando convencer Ty a libertar o gambá; Ty achou que o fato de que ele e Livvy tinham traduzido os versos de Poe significava que ele havia conquistado o direito de manter o gambá.

Mark, o único irmão que não tinha trazido problemas para Julian, estava escondido em algum lugar.

Julian abriu a porta. Malcolm Fade estava do outro lado, de calça jeans e com o tipo de casaco que dava para saber que era caro, porque parecia sujo e rasgado, mas de um jeito artístico. Alguém tinha gastado tempo e dinheiro rasgando aquele casaco.

— Sabe, não é uma boa ideia bater na porta desse jeito — disse Julian. — Temos muitas armas aqui, caso alguém invada.

— Hã — disse Malcolm. — Não sei ao certo se a primeira parte da declaração tem a ver com a segunda.

— Não? Achei que fosse uma relação óbvia.

Os olhos de Malcolm estavam roxos e brilhantes, o que normalmente significava que ele estava em um estado de humor peculiar.

— Não vai me deixar entrar?

— Não — respondeu Julian. A mente estava girando com pensamentos sobre Mark, no andar de cima; e Malcolm não podia ver Mark. Sua volta era um segredo muito grande para Malcolm guardar, e era um indício muito forte do motivo da investigação.

Julian forçou suas feições a aparentarem um agradável desinteresse, mas não saiu do lugar, impedindo a entrada de Malcolm.

— Ty trouxe um gambá para dentro — falou Jules. — Acredite, você não quer entrar.

Malcolm pareceu alarmado.

— Um gambá?

— Um gambá — confirmou Julian. Ele acreditava que as melhores mentiras se baseavam na verdade. — Você traduziu alguma das marcações?

— Ainda não — respondeu Malcolm. Ele mexeu a mão, não muito, um pequeno gesto, mas as cópias das marcas parcialmente traduzidas que deram a ele apareceram, gentilmente seguras entre seus dedos. Às vezes, Julian pensou, era fácil se esquecer de que Malcolm era um poderoso usuário de magia. — Mas descobri as origens.

— Sério? — Julian tentou parecer impressionado. Eles já sabiam que era uma língua antiga do Reino das Fadas, apesar de não terem podido contar isso a Malcolm.

Por outro lado, essa era uma chance de ver se as fadas estavam falando a verdade. Julian olhou para Malcolm com um interesse renovado.

— Espere, talvez essas não sejam as marcas. — Malcolm olhou os papéis. — Parece uma receita de bolo de laranja.

Julian cruzou os braços.

— Não, não é.

Malcolm franziu o rosto.

— Eu definitivamente me lembro de ter olhado uma receita de bolo de laranja recentemente.

Julian revirou os olhos em silêncio. Às vezes, com Malcolm você só precisava ser paciente.

— Deixa para lá — disse Malcolm. — Isso foi na revista *O*. Isso... — Ele cutucou o papel. — Uma antiga língua do Reino das Fadas... você tinha razão;

é mais antiga do que os Caçadores de Sombras. Enfim, essa é a origem da língua. Provavelmente conseguirei mais nos próximos dias. Mas não foi por isso que vim aqui.

Julian se alegrou.

— Examinei um pouco o veneno no tecido que você me mandou ontem à noite. Verifiquei e comparei com diferentes toxinas. Era uma cataplasma, um concentrado de um raro tipo da planta beladona com venenos demoníacos. Devia tê-lo matado.

— Mas Emma me curou — disse Julian. — Com um *iratze*. Então você está dizendo que devemos procurar por...

— Não estava dizendo nada sobre procurar — interrompeu Malcolm. — Só estou dizendo. Nenhum *iratze* poderia curá-lo. Mesmo considerando a força dos símbolos *parabatai*, você não deveria ter sobrevivido de jeito nenhum.

— Seus estranhos olhos violeta fixos em Julian. — Não sei se foi alguma coisa que você fez ou que Emma fez, mas o que quer que tenha sido, era impossível. Você não deveria estar respirando agora.

Julian subiu as escadas lentamente. Estava ouvindo gritos de cima, mas não do tipo que pareciam indicar que alguém estivesse correndo algum perigo real. Saber a diferença entre gritos de perigo e gritos de brincadeira era uma necessidade absoluta quando você era encarregado de quatro crianças.

Sua mente continuava no que Malcolm havia dito, sobre o cataplasma. Era enervante ouvir que você deveria estar morto. Sempre havia a possibilidade de que Malcolm estivesse enganado, mas, por alguma razão, Julian duvidava de que fosse esse o caso. Emma não tinha dito algo sobre ter encontrado plantas beladona perto da convergência?

Pensamentos sobre venenos e convergências desapareceram de sua mente quando ele virou o corredor saindo da escada. A sala onde mantinham o computador de Tiberius estava preenchida por luz e barulho. Julian foi até a entrada e ficou olhando.

Havia um jogo rodando e piscando na tela do computador. Mark estava na frente dele, apertando botões desesperadamente em um controle enquanto um caminhão acelerava na direção dele na tela. Esmagou o personagem com um ruído, e ele jogou o controle de lado.

— Essa caixa serve ao Senhor das Mentiras! — anunciou ele, indignado.

Ty riu, e Julian sentiu uma pontada no coração. O som da risada do irmão era um dos barulhos favoritos de Julian; em parte porque a risada de Ty era tão sincera, sem qualquer tentativa de disfarçá-la ou qualquer senso de que deveria escondê-la. Trocadilhos e ironias não costumavam ter graça para Ty, mas pessoas agindo como tolas tinham, e ele realmente se divertia com o comportamento de animais — Church caindo de uma mesa e tentando recuperar a dignidade —, e aquilo era lindo para Julian.

No meio da noite, deitado na cama e olhando para seu mural de espinhos, Julian às vezes desejava que pudesse abandonar o papel que o obrigava a dizer para Ty que ele não podia ter gambás no quarto, ou que ele tinha que estudar ou apagar as luzes do quarto dele quando estava lendo, em vez de dormir. E se, como um irmão normal, ele pudesse assistir a filmes do Sherlock Holmes com Ty e ajudá-lo a criar lagartos sem se preocupar com a possibilidade de eles escaparem e fugirem pelo Instituto? *E se?*

A mãe de Julian sempre destacou a diferença entre fazer alguma coisa por alguém e oferecer as ferramentas para que ela as fizesse sozinha. Foi como ela ensinou Julian a pintar. Julian também sempre tentava fazer o mesmo por Ty, apesar de frequentemente parecer que ele estava andando no escuro: fazendo livros, brinquedos, aulas que pareciam adequadas ao jeito especial como Ty pensava — era a coisa certa a se fazer? Ele achava que ajudava. Torcia para isso. Às vezes, a esperança era tudo que se podia ter.

Esperança e olhar para Ty. Havia um prazer em ver Ty se tornar mais ele mesmo e precisar cada vez menos de instruções e ajuda. No entanto, havia também tristeza, pelo dia em que seu irmão não precisaria mais dele. Às vezes, nas profundezas do coração, Julian ficava imaginando se Ty quereria ficar com ele, quando esse dia chegasse — com o irmão que vivia mandando que ele fizesse coisas nada divertidas.

— Não é uma caixa — disse Ty. — É um controle.

— Bem, ele mente — argumentou Mark, se virando na cadeira. Ele viu Julian, apoiado na porta, e acenou com a cabeça. — Bom vê-lo, Jules.

Julian sabia que essa era uma saudação das fadas e lutou internamente para não mencionar que eles já tinham se visto naquela manhã, na cozinha, sem falar nas milhares de vezes antes disso. Ele venceu seus instintos, por pouco.

— Oi, Mark.

— Tudo bem?

Julian fez que sim com a cabeça.

— Posso falar com Ty um minuto?

Tiberius se levantou. Os cabelos negros estavam bagunçados, crescendo demais. Julian lembrou a si mesmo que precisava marcar um corte de cabelo para os gêmeos. Mais uma coisa para acrescentar à agenda.

Ty saiu para o corredor, fechando a porta da sala do computador atrás de si. Exibia uma expressão tensa.

— É sobre o gambá? Porque Livvy já o levou de volta para fora.

Julian balançou a cabeça.

— Não é sobre o gambá.

Ty levantou a cabeça. Ele sempre teve feições delicadas, mais élficas do que as de Helen e Mark. Seu pai dizia que ele era parecido com antigas gerações de Blackthorn, e ele não era muito diferente de alguns dos retratos de família na sala de jantar que raramente usavam; homens vitorianos esguios com roupas feitas sob medida, rostos de porcelana e cabelos negros e ondulados.

— O que é, então?

Julian hesitou. A casa estava toda parada. Dava para ouvir os estalos do computador do outro lado da porta.

Ele tinha pensando em pedir para Ty pesquisar sobre o veneno que o atingiu. Mas isso exigiria que dissesse para ele *eu estava morrendo. Eu deveria estar morto*. As palavras não saíam. Eram como uma represa, e atrás delas vinham tantas outras: *não tenho certeza de nada. Detesto ser o responsável. Detesto tomar decisões. Morro de medo que todos vocês aprendam a me odiar. Morro de medo de perdê-los. Morro de medo de perder Mark. Morro de medo de perder Emma. Quero que alguém assuma o comando. Não sou tão forte quanto pensam. As coisas que quero são erradas de se querer.*

Ele sabia que não podia falar nada disso. A fachada que apresentava, para suas crianças, tinha que ser perfeita: uma rachadura nele seria como uma rachadura no mundo para eles.

— Você sabe que te amo. — Foi o que acabou dizendo, e Ty olhou para ele, espantado, encontrando o seu olhar por um breve instante.

Ao longo dos anos, Julian tinha aprendido a entender por que Ty não gostava de olhar nos olhos das pessoas. Havia muito movimento, cor, expressão, era como olhar para uma televisão. Ele *conseguia*, sabia que era algo de que as pessoas gostavam, e isso importava para elas, mas ele não parecia entender por que tanto drama.

Ty estava investigando então, procurando no rosto do irmão mais velho a resposta para sua estranha hesitação.

— Eu sei — respondeu Ty, afinal.

Julian não conseguiu conter o esboço de um sorriso. Era o que se quer ouvir, não é mesmo, dos seus filhos? Que eles sabiam que eram amados? Ele se lembrou de quando carregou Tavvy para cima, uma vez, quando tinha 13 anos; ele tropeçou e caiu, e girou para cair de costas e de cabeça, sem se importar se ia se machucar, contanto que Tavvy ficasse bem. Ele machucou feio a cabeça, mas se sentou rapidamente, com a mente acelerada: *Tavvy, meu bebê, ele está bem?*

Foi a primeira vez que ele pensou "meu bebê", e não "o bebê".

— Mas não entendi por que queria conversar comigo — disse Ty, cerrando as sobrancelhas em confusão. — Tinha algum motivo?

Julian balançou a cabeça. Ao longe, ouviu a porta da frente se abrir, o ruído fraco de Emma e Cristina rindo, ecoando. Elas estavam de volta.

— Nenhum motivo — falou Julian.

14

Olhos Brilhantes

Na entrada de mármore, Julian arriscou uma última olhada no espelho.

Ele tinha feito Livvy pesquisar "semiformal" para ele e teve suas suspeitas sombrias confirmadas: significava um terno escuro. O único que ele tinha era um Sy Devore vintage preto que Emma encontrou em uma cesta na Tesouros Escondidos. Era forrado de seda e da cor de carvão, e tinha botões de madrepérola no colete. Quando ele o vestiu, ela bateu palmas e falou que ele parecia um astro de cinema, então, claro que Julian comprou.

— Você está muito bonito, Andrew.

Julian se virou. Era o tio Arthur. O roupão cinza manchado estava mal amarrado sobre velhos jeans e uma camiseta rasgada. Uma barbicha cinza crescia no queixo.

Julian não perdeu tempo corrigindo o tio. Ele sabia o quanto se parecia com o pai quando ele era mais novo. Talvez fosse um conforto para Arthur imaginar que o irmão ainda estava vivo. Talvez ver Julian arrumado tenha feito Arthur se lembrar de anos antes, quando ele e o irmão eram jovens e iam para festas e bailes. Antes de tudo desmoronar.

Julian sabia que Arthur sofria pela morte do irmão, mas do jeito dele: estava escondido sob as camadas de encantamento das fadas e do trauma que despedaçara sua mente. Se Arthur não fosse tão recluso e estudioso, Julian imaginava que o estado do tio teria sido descoberto antes, quando ele vivia no Instituto de Londres. Ele também achava que o tio tinha piorado desde a Guerra Maligna. Ainda assim, às vezes, quando Arthur tomava remédio que Malcolm arrumava, Julian conseguia ter um vislumbre do Caçador de Sombra que ele fora há muito tempo: valente, perspicaz e com um senso de honra de Aquiles ou Enéias.

— Oi, Arthur — disse ele.

Arthur acenou com a cabeça decididamente. Colocou a mão aberta no peito de Julian.

— Tenho uma reunião com Alselm Nightshade — disse ele com voz profunda.

— Bom saber — disse Julian.

Era bom saber. Arthur e Anselm eram amigos, compartilhavam o amor pelos clássicos. Qualquer coisa que mantivesse Arthur ocupado era uma bênção.

Arthur se virou com uma precisão quase militar e marchou pela entrada, cruzando as portas do Santuário, que se fecharam atrás dele.

Risos flutuaram pela entrada. Julian deu as costas para o espelho a tempo de ver Cristina descendo as escadas. Sua pele morena brilhava contra o brocado rosa do vestido. Brincos dourados balançavam em suas orelhas.

Atrás dela veio Emma. Ele assimilou o vestido, mas por pouco — notou que a cor era marfim, flutuava em torno dela como asas de anjo. A bainha a tocava nos calcanhares, e ele viu as pontas de botas brancas por baixo; sabia que havia facas enfiadas no cano das botas, com as alças pressionadas contra as panturrilhas.

O cabelo estava solto e escorria por suas costas em escuras ondas douradas. Havia um movimento, uma suavidade que ele sabia que jamais poderia capturar em uma pintura. Folha dourada, talvez, se ele pintasse como Klimt, mas mesmo isso seria uma comparação fraca com a realidade.

Ela chegou ao fim da escada, e ele percebeu que o material do vestido era fino o bastante para que fosse capaz de ver a forma e a sugestão de um corpo embaixo. Seu pulso bateu forte contra os punhos. O terno pareceu apertado, a pele, quente e irritada.

Ela sorriu para ele. Os próprios olhos castanhos eram contornados com ouro; captavam as manchas mais fracas nas íris, aqueles círculos de cobre que ele tinha passado a infância contando e memorizando.

— Eu trouxe — disse ela, e por um instante ele se esqueceu do que ela estava falando. Então se lembrou e estendeu os pulsos.

Emma abriu as mãos. Abotoaduras douradas com pedras pretas brilhavam em sua mão. O toque dela foi suave ao pegar as mãos dele nas suas, virar e cuidadosamente colocar as abotoaduras na camisa. Ela foi rápida, eficiente, mas ele sentiu cada movimento das pontas dos dedos contra a parte interna do pulso, como o toque de fios quentes.

Ela abaixou as mãos, deu um passo para trás, e fingiu examiná-lo com atenção.

— Acho que você serve — falou Emma.

Cristina resfolegou. Ela estava olhando para cima, para o alto das escadas; Julian seguiu o olhar dela.

Mark vinha descendo. Julian piscou, sem acreditar nos próprios olhos. O irmão mais velho parecia vestir um longo casaco de pele falso — e nada mais.

Não que desse para ver *tudo*. Mas dava para ver o suficiente, e o suficiente era excessivo.

— Mark — falou Julian —, o que você está *vestindo*?

Mark parou no meio da escada. As pernas estavam nuas. Os pés descalços. Julian tinha 99 por cento de certeza de que ele estava totalmente nu, exceto pelo casaco, que era relativamente solto. Era mais de Mark do que Julian já tinha visto desde que dividiram um quarto quando Julian tinha 2 anos.

Mark pareceu confuso.

— Ty e Livvy me disseram que isso era semiformal.

Foi então que Julian reparou nos risos que vinham de cima. Ty e Livvy estavam sentados no corrimão, rindo.

— E eu disse para não confiar neles!

Os lábios de Emma tremiam.

— Mark, só... — Ela estendeu a mão. Cristina estava parada, olhando para Mark com as duas bochechas totalmente ruborizadas e as mãos na boca. — Volte para cima, tudo bem? — Ela se virou para Jules e diminuiu a voz: — Você precisa achar alguma coisa para ele vestir!

— Você acha?

Emma o encarou.

— Jules, vá para o meu quarto, está bem? O baú no pé da cama tem algumas roupas velhas dos meus pais. Meu pai usou um smoking para casar. Tinha símbolos nos punhos, mas podemos tirar.

— Mas o smoking do seu pai...

Ela olhou para ele, de lado.

— Não se preocupe com isso.

Uma dúzia de manchas douradas no olho esquerdo, só sete no direito. Cada uma delas, uma pequena explosão estrelar.

— Volto já — disse Julian, e correu pelas escadas para o irmão. Mark estava lá em cima, parecendo confuso, os braços esticados como se estivesse examinando as mangas do casaco de pele e concluindo que elas, de fato, eram o problema.

Dru, segurando a mão de Tavvy, tinha se juntado aos gêmeos. Estavam todos rindo. O brilho no rosto de Ty quando ele olhou para Mark deixou Julian aquecido e resfriado ao mesmo tempo.

E se Mark resolvesse não ficar? E se não encontrassem o assassino e ele fosse levado de volta para a Caçada Selvagem? *E se?*

— Você diria que estou bem-vestido ou malvestido demais? — perguntou Mark, erguendo as sobrancelhas.

Emma soltou uma gargalhada e desabou no último degrau da escada. Um instante mais tarde Cristina se juntou a ela. Elas se apoiaram uma na outra, incapazes de conter as risadas.

Julian também queria rir. Gostaria de poder. Gostaria de poder se esquecer da escuridão que espreitava as bordas de sua visão. Gostaria de poder fechar os olhos e cair, se esquecendo por um instante de que não havia uma rede esticada para segurá-lo.

— Já está pronto? — perguntou Julian para a porta fechada do banheiro. Ele tinha pegado o terno de John Carstairs do baú de Emma e arrastado Mark para o próprio quarto para se trocar. A ideia do irmão nu no quarto de Emma não o agradava, mesmo que ela não estivesse presente.

A porta do banheiro se abriu, e Mark saiu. O smoking era preto, simples. Era impossível enxergar onde o tecido Marcado tinha sido cortado. As linhas elegantes da roupa pareciam subir, fazendo Mark parecer mais alto, mais polido. Pela primeira vez desde o seu retorno, todos os pedaços da criança fada selvagem nele pareciam ter desaparecido como teias de aranha. Ele parecia humano. Alguém que sempre foi humano.

— Por que você rói as unhas? — perguntou ele.

Julian, que nem tinha se tocado de que estava mordendo a unha do polegar — *a satisfatória dor da pele entre os dedos, o metal do sangue na boca* — abaixou a mão para o colo.

— É um mau hábito.

— Algo que as pessoas fazem quando estão estressadas — disse Mark. — Até eu sei disso. — Os dedos percorreram inutilmente a gravata. Ele franziu o rosto para ela.

Julian se levantou e foi até o irmão, pegando os laços da gravata nas mãos. Ele não se lembrava de quem tinha lhe ensinado a dar nó em gravata. Malcolm, pensou. Tinha quase certeza de que tinha sido Malcolm.

— Mas o que pode haver para estressá-lo, irmãozinho? — perguntou Mark.

— Você não foi levado pelas fadas. Passou a vida aqui. Não que a vida de Caçador de Sombras não seja estressante, mas por que é você que tem as mãos sujas de sangue?

Os dedos de Julian pararam por um instante.

— Você não sabe tudo sobre mim, Mark. Exatamente como estou disposto a acreditar que eu não sei tudo sobre você.

Os olhos azul e dourado de Mark estavam arregalados e sinceros.

— Pergunte.

— Prefiro aprender sozinho. — Julian deu um puxão final na gravata e chegou para trás examinando o trabalho. Mark parecia ter saído de um catálogo de propaganda de smokings, se modelos de catálogos tivessem orelhas pontudas.

— Eu não — disse Mark. — Diga-me alguma coisa que não sei a seu respeito, que o faz morder os dedos.

Julian se virou para a porta, em seguida, parou, com a mão na maçaneta.

— Nosso pai — falou Julian. — Você sabe o que aconteceu com ele?

— Ele foi Transformado em um dos Crepusculares por Sebastian Morgenstern — respondeu Mark. — Como eu poderia me esquecer?

— E depois?

— E depois? — Mark pareceu confuso. — E depois ele morreu durante a Guerra Maligna.

— Sim, morreu — respondeu Julian. — Porque eu o matei.

Mark respirou fundo. Havia choque naquela arfada, além de pena. Julian ficou tenso. Não suportava que sentissem pena dele.

— Ele estava indo para cima de Ty — disse Julian. — Eu fiz o que tinha que fazer.

— Não era ele — falou Mark rapidamente.

— É isso que todos dizem. — Julian continuava olhando para a porta. Ele sentiu um leve toque no ombro e se virou para ver que Mark o encarava.

— Mas ninguém viu acontecer, Julian, nosso pai sendo Transformado. Eu vi — falou Mark, e, de repente, em sua voz apareceu o som do irmão mais velho que era, o que sabia mais, que viveu mais. — A luz dos olhos dele se apagou como uma vela morrendo no escuro. Ele já estava morto por dentro. Você só enterrou o corpo.

Havia tristeza nos olhos de Mark, e sabedoria, o conhecimento de coisas escuras. Mark também tinha sangue nas mãos, Julian pensou, e por um instante a ideia foi um alívio tão grande que ele sentiu diminuir o peso de seus ombros.

— Obrigado pela ajuda — disse Mark formalmente. — Com as roupas. Não confiarei mais nos gêmeos em assuntos importantes sobre tradições humanas.

Julian sentiu o lábio se curvar para cima no canto.

— É, eu não confiaria.

Mark olhou para si mesmo.

— Estou apresentável?

— Está parecendo James Bond.

Mark sorriu, e Julian sentiu uma satisfação absurda por dentro, por seu irmão ter entendido a referência, e por ter se sentido satisfeito.

Voltaram em silêncio para a entrada, um silêncio interrompido quando eles chegaram à escada pelo som de alguém gritando. Juntos, eles pararam no alto da escada.

— Sua visão equivale à minha, irmão? — perguntou Mark.

— Se está perguntando se estou vendo o que você vê... — disse Julian. — Então sim, se está se referindo ao fato de que a entrada está cheia de chihuahuas.

— Não são só os chihuahuas — disse Ty, que estava no degrau superior, curtindo o espetáculo. — São vários cachorros pequenos de diversas raças.

Julian riu. A entrada estava, de fato, cheia de pequenos cachorrinhos. Eles pulavam, latiam e corriam.

— Não se preocupe com os cachorros — tranquilizou Julian. — Nightshade gosta de deixá-los aqui na entrada quando encontra o tio Arthur.

— Nightshade? — Mark ergueu as sobrancelhas. — *Anselm* Nightshade? O líder do clã de vampiros de Los Angeles?

— É — respondeu Julian. — Ele vem, às vezes. Ele e Arthur se dão surpreendentemente bem.

— E os cachorros...?

— Ele gosta de cachorros — disse Ty.

Um dos chihuahuas tinha dormido na porta da frente, com as quatro patas para o ar.

— Aquele cachorro parece morto.

— Não está morto. Está relaxando. — Ty parecia entretido; Julian afagou o cabelo do irmão. Ty se inclinou para o carinho, como um gato.

— Onde estão Emma e Cristina?

— Foram buscar o carro — respondeu Ty. — E Livvy voltou para o quarto. Por que não posso ir junto?

— Se forem muitos de nós, vai levantar suspeitas — explicou Julian. — Você vai ter que ficar aqui e tomar conta do Instituto.

Ty não pareceu convencido. Ele franziu a testa enquanto Mark e Julian saíam pela porta da frente. O carro estava encostado na frente do Instituto, com o motor ligado.

Emma abriu a porta do banco do passageiro e assobiou.

— Mark. Você está lindo.

Mark olhou para si mesmo, surpreso. Uma onda de calor correu pelos pulsos de Julian. Cristina estava no banco de trás e também olhava para Mark. Julian não conseguiu interpretar a expressão dela.

Emma afagou o assento ao seu lado. No escuro do carro, ela era uma sombra: vestido branco, cabelos dourados, como uma ilustração desbotada em um livro infantil.

— Entre aqui, Jules. Você é meu... meu navegador.

Você é meu. Ele sentou no banco ao lado dela.

— Tem que virar à direita aqui — disse Julian, se inclinando sobre Emma para apontar.

— Seria de se pensar que o Instituto tem condições de instalar um GPS confiável nesse carro — murmurou Emma, virando o volante. Ela havia tentado programá-lo quando entraram no Toyota, mas ele se recusou a ligar. Uma vez, o GPS passou semanas falando com um sotaque alemão pesado. Julian concluiu que estava possuído.

Cristina chiou e parou. Emma conseguia vê-la pelo retrovisor. Ela estava se inclinando sutilmente para longe de Mark; nada que alguém que não a conhecesse bem pudesse ter visto. Mark não pareceu notar. Ele olhava pela janela aberta, com os cabelos louros emaranhados, cantarolando qualquer coisa.

— Devagar, Speed Racer — disse Julian, quando alguém buzinou atrás de Emma.

— Estamos atrasados — falou ela. — Começa em dez minutos. Se *certas pessoas* não tivessem decidido que semiformal significava seminu...

— Por que está me chamando de "certas pessoas"? — indagou Mark. — Sou uma pessoa só.

— Isso é estranho — observou Julian, virando para olhar para a frente. — Não tem ninguém nessa rua.

— Tem casas — disse Cristina.

— Estão todas apagadas. — O olhar de Julian examinou a rua. — Um pouco cedo, não acham, para todos estarem dormindo? — notou. — Ali está o teatro.

Ele estava certo. Emma viu luzes, néon quente e eletricidade, à frente, a forma de seta de uma placa: TEATRO DA MEIA-NOITE. As colinas de

Hollywood Hills brilhavam ao longe, como se tivessem sido temperadas com pó de estrela. Todo o restante estava escuro, até as luzes da rua.

Ao se aproximarem do teatro, as laterais da rua se tornaram mais cheias de carros estacionados. Modelos caros — BMWs, Porsches, carros esportivos italianos cujos nomes Emma não conseguia lembrar. Ela parou em uma vaga em frente ao teatro e desligou o motor.

— Estamos prontos? — Ela se virou para olhar para o banco de trás. Cristina deu uma piscadela para ela. Mark acenou com a cabeça. — Então vamos.

Julian já tinha saltado e estava abrindo a mala. Ele remexeu nas armas e estelas, entregando a Cristina um par de facas de arremesso.

— Isso é necessário?

Cristina puxou a alça do vestido para o lado. Preso ao sutiã estava um de seus canivetes, a rosa talhada brilhando no cabo.

— Vim preparada.

— Eu não. — Mark se esticou para pegar duas facas embainhadas, e abriu o casaco para guardá-las no cinto. Ele levou a mão até a garganta, tocando a ponta de flecha que trazia no pescoço.

Parado, Julian olhou para ele. Seus olhos azul-esverdeados estavam escuros, incertos. Emma conseguia ler o olhar em seu rosto: Julian não sabia se o irmão estava pronto para enfrentar o perigo em potencial. Não gostava disso. Mas não via outra saída.

— Muito bem — disse Julian. — Armas escondidas, quaisquer símbolos que queiram aplicar agora, coloquem em lugares onde ninguém veja. Marcas permanentes, certifiquem-se de que estejam cobertas. Não podemos correr o risco de sermos reconhecidos por alguém que tenha a Visão.

Emma fez que sim com a cabeça. Eles já tinham coberto com base as Marcas de Vidência e *parabatai* dela, no Instituto. Ela fez o possível para cobrir as pequenas cicatrizes que mostravam onde símbolos tinham sido aplicados e depois sumido.

Algumas Marcas eram permanentes, e outras, temporárias. Vidência, que parecia um olho aberto e ajudava a enxergar através de feitiços, era permanente. As de casamento e *parabatai* também. Símbolos temporários sumiam lentamente à medida que eram utilizados — *iratzes* de cura, por exemplo, desapareciam com diferentes velocidades, dependendo da gravidade do ferimento. Um símbolo de Equilíbrio podia ter a duração de uma escalada de montanha. Para obter os melhores resultados, ao ingressar numa batalha, as Marcas devem ser as mais recentes possíveis.

Jules levantou a manga e estendeu o braço para Emma.

— As honras? — pediu o garoto.

Ela pegou a estela da mala e passou pelo braço dele. Golpe-Certeiro, Velocidade e Coragem. Quando terminou, levantou o cabelo e se virou, oferecendo a pele exposta a Julian.

— Se você puser símbolos entre as minhas omoplatas, meu cabelo vai esconder — sugeriu ela.

Julian não disse nada. Ela o sentiu hesitar, e, em seguida, o mais leve toque da mão dele em suas costas, ajeitando-a. Julian respirava rapidamente. Nervoso, ela pensou. Era uma situação estranha na qual estavam entrando, e ele parecia preocupado com Mark.

Ele começou o segundo símbolo, e Emma sentiu uma leve picada quando a estela se moveu. Ela franziu o rosto. Normalmente, apesar de símbolos poderem arder ou queimar quando aplicados, símbolos feitos por um *parabatai* não doíam. Inclusive, eram quase prazerosos — era como estar envolvido pela proteção da amizade, a sensação de que alguém tinha registrado a própria dedicação a você em sua pele.

Era estranho que doesse.

Julian terminou, recuando, e Emma deixou o cabelo cair. Ela se virou e desenhou uma rápida Marca de Agilidade no ombro de Cristina, sob a alça do vestido. Em seguida olhou para Mark.

Ele balançou a cabeça, exatamente como havia feito toda vez que lhe ofereceram um símbolo.

— Sem Marcas — disse secamente.

— Tudo bem — falou Julian antes que qualquer outra pessoa pudesse falar. — Ele não tem Marcas, exceto a da Vidência, e essa está coberta por maquiagem. Ele parece normal.

— Relativamente — refutou Emma. — As orelhas e os olhos...

Cristina deu um passo e bagunçou o cabelo de Mark, derrubando os cachos sobre as orelhas pontudas, cobrindo-as.

— Não podemos fazer nada quanto aos olhos, mas...

— Mundanos também têm heterocromia — disse Jules. — O principal é, Mark, tente *agir* normalmente.

Mark pareceu afrontado.

— E alguma vez não ajo?

Ninguém respondeu, nem mesmo Cristina. Após guardar um par de adagas embaixo da camisa, Julian fechou o baú, e eles atravessaram a rua.

As portas do teatro estavam abertas. Luz transbordava pelo chão escuro. Emma ouviu risos e música, sentiu o cheiro de uma mistura de perfume, vinho e fumaça.

Na porta, uma jovem com vestido vermelho recebia entradas e carimbava mãos. O cabelo estava arrumado em cachos estilo anos 1940, e os lábios vermelhos eram como sangue. Ela usava luvas de cetim claras que iam até os cotovelos.

Emma a reconheceu imediatamente. Já a tinha visto no Mercado das Sombras, piscando para Johnny Rook.

— Já a vi antes — sussurrou ela para Jules. — Mercado das Sombras. — Ele balançou a cabeça e pegou a mão de Emma. Ela se espantou de leve, tanto pelo calor súbito em sua palma quanto pela surpresa.

Ela olhou para Julian, viu o olhar em seu rosto quando ele sorriu para a menina familiar dos ingressos. Um pouco entediado, um pouco arrogante, muito convencido. Alguém que não estava preocupado em entrar. Ele estava desempenhando um papel, e pegar a mão dela fazia parte do jogo, isso era tudo.

Ele entregou o ingresso.

— Sr. Smith e três convidados — anunciou Julian.

Houve uma ligeira comoção atrás deles quando Mark abriu a boca, sem dúvida para perguntar quem era o Sr. Smith, e Cristina pisou no pé dele.

A menina do ingresso sorriu, os lábios vermelhos se curvando em um laço, e lentamente rasgou o ingresso ao meio. Se reconheceu Emma, não demonstrou.

— *Sr.* Smith — disse ela. — Estenda a mão.

Julian ofereceu a mão livre, e a menina do ingresso a carimbou com tinta vermelha e preta. O carimbo era um símbolo estranho, linhas de água sob uma chama.

— O sorteio está um pouco atrasado hoje. Verão que a fileira e os assentos estão no ingresso. Por favor, não sentem na cadeira de outros convidados. — O olhar dela se voltou para Mark, um olhar afiado, firme e analítico. — E sejam bem-vindos — falou. — Acho que verão que os Seguidores são... um grupo solidário.

Mark pareceu espantado.

Mãos carimbadas e ingresso rasgado, os quatro entraram no teatro. Assim que atravessaram a entrada, a música se elevou a um grau ensurdecedor, e Emma reconheceu como o tipo de grande banda de jazz que seu pai adorava. *Só porque toco violino não significa que não gosto de dançar,* ela se lembrava dele dizendo, pegando a mãe para um passo improvisado de foxtrote até a cozinha.

Julian voltou-se para ela.

— O que foi? — perguntou ele gentilmente.

Emma gostaria que ele não soubesse ler os seus humores com tanta perfeição. Ela desviou o olhar para esconder sua expressão. Mark e Cristina estavam atrás deles, olhando em volta. Havia uma bombonière, vendendo bala e pipoca. Uma placa que dizia SALÃO DE DANÇA/TEATRO se pendurava sobre a bombonière, apontando para a esquerda. Pessoas com roupas elegantes se moviam animadas pelo corredor.

— Nada. Temos que ir por ali — disse Emma, e puxou a mão de Julian.

— Seguir o fluxo.

— E que fluxo — murmurou ele. Não estava errado. Emma achava que nunca tinha visto gente tão arrumada assim em um mesmo lugar antes. — É como entrar em um filme noir.

Por todos os lados havia pessoas lindas, o tipo de beleza hollywoodiana que Emma estava acostumada a ver em Los Angeles: pessoas com acesso a academias, salões de bronzeamento artificial, cabeleireiros caros e as melhores roupas. Aqui eles pareciam vestidos para serem figurantes em um filme do Rat Pack. Vestidos de seda e meias com costura, chapéus fedora, gravatas skinny e lapelas pontudas. Aparentemente, o terno Sy Devore de Julian tinha sido uma escolha muito inteligente.

O salão era elegante, com teto decorado, janelas arqueadas e portas fechadas, indicando TEATRO ESQUERDA e TEATRO DIREITA. Um tapete havia sido retirado para a dança, e casais giravam ao som de uma banda que tocava em um palco elevado no final do salão. Graças à educação recebida do pai, ela reconheceu trombones e trompetes, bateria e um baixo, e — sem qualquer conhecimento específico necessário para isso — um piano. Havia um tocador de clarinete também, que afastou os lábios do instrumento para sorrir para Emma quando ela entrou no recinto. Ele tinha cachos ruivos e havia algo de estranho em seus olhos.

— Ele é fada — disse Mark, com a voz subitamente rouca. — Pelo menos, parte.

Ah. Emma deu uma segunda olhada em volta da sala, examinando os dançarinos. Ela os tinha descartado como mundanos, mas... ao olhar a multidão, ela viu uma orelha pontuda ali, olhos cor de laranja lá ou garras acolá.

O-Q-U-E-F-O-I?, Julian escreveu nas costas dela, as pontas dos dedos quentes sobre o tecido fino do vestido.

— Todos eles são alguma coisa — disse Emma. Ela se lembrou da placa no Mercado das Sombras PARTE SOBRENATURAL? VOCÊ NÃO É O ÚNICO. — Ainda bem que cobrimos nossas Marcas. Todos têm a Visão, todos eles têm algum tipo de magia.

— Os músicos são, em parte, da nobreza do Povo das Fadas — disse Mark —, o que não é surpresa, pois não há nada que os cintilantes valorizem mais do que música. Mas aqui há outros cujo sangue é misturado ao dos tritões, e alguns que são licantropes.

— Vamos, novatos! — gritou o clarinetista, e uma súbita luz se acendeu sobre os Caçadores de Sombras. — Entrem no suingue!

Quando Emma o olhou confusa, ele moveu as sobrancelhas e ela percebeu o que havia de estranho nos olhos dele. Eram como olhos de bode, com pupilas quadradas e pretas.

— *Dancem!* — gritou ele, e os outros comemoraram e aplaudiram.

O brilho do holofote móvel deixou o rosto de Julian como um borrão branco quando ele alcançou Cristina e a puxou para a multidão. O coração de Emma bateu lento e pesado.

Ela suprimiu o sentimento, virou para Mark, e estendeu as mãos para ele.

— Vamos dançar?

— Não sei dançar. — Havia algo na expressão dele, parte confusão, parte ansiedade, que acalentou o coração de Emma com solidariedade. Ele pegou as mãos dela sem confiança. — Danças de fada... não são assim.

Emma o puxou para a multidão. Os dedos dele contra os dela eram magros e frios, não eram quentes como os de Jules.

— Tudo bem. Eu conduzo.

Eles foram entre os dançarinos. Emma conduziu, tentando se lembrar do que tinha visto em filmes com danças desse tipo. Apesar da promessa de que conduziria, ela ficou imaginando se não seria melhor deixar Mark no comando. Ele era muito gracioso, ao passo que todos os anos de luta e treinamento de Emma a deixavam mais disposta a atacar e chutar do que a girar e dançar.

Emma olhou para uma garota de cabelos curtos e verdes.

— Você sabe dizer o que cada um é? — perguntou a Mark.

Ele piscou os olhos, seus cílios claros e leves.

— Ela é parte dríade — respondeu Mark. — Fada de bosque. Provavelmente menos do que metade. Sangue de fada pode aparecer muitas gerações depois. A maioria dos humanos que tem a Visão tem sangue de fada distante.

— E os músicos?

Mark girou Emma. Ele tinha começado a conduzir, instintivamente. Havia algo de desamparado na música, pensou Emma, como se estivesse vindo de um local alto e distante.

— O clarinetista é parte sátiro. O baixista de pele azul-clara é alguma espécie de tritão. A mãe de Kieran era nixie, uma fada aquática, e...

Ele parou de falar. Emma viu Jules e Cristina, seu vestido rosa brilhando contra o preto do terno dele. Ele a girou. Emma mordeu a parte interna do lábio.

— Kieran? Aquele príncipe que veio com você até o Instituto?

Mark era como luz leve e sombras sob a iluminação em movimento. O ar cheirava a incenso — do tipo barato e doce que acendiam nas calçadas de Venice Beach.

— Éramos amigos na Caçada Selvagem.

— Bem, ele podia ter sido menos babaca com você, então — murmurou Emma.

— Acho que não podia, na verdade. — Mark sorriu, e Emma viu onde o humano se misturava à fada; fadas, até onde ela sabia, jamais sorriam tão abertamente.

Ela fez uma careta.

— Alguma coisa na Caçada não era terrível? Alguma coisa nela era, sei lá, divertida?

— Partes. — Ele riu e a girou. Lá estava aquele traço de fada outra vez, o aspecto selvagem. Ela recuou, desacelerando a dança.

— Que partes?

Ele a girou em círculo.

— Não posso falar. É *geas*.

Emma suspirou.

— Como se você me dissesse, teria que me matar?

— Por que eu a mataria? — Mark pareceu verdadeiramente confuso.

Ela inclinou a cabeça para trás e sorriu para ele. Às vezes, falar com ele era como falar com Ty, ela pensou. Ela se via fazendo piadas que considerava óbvias, e depois percebendo que não eram nada óbvias, a não ser que a pessoa entendesse os códigos sutis de interação social. Ela não sabia como os tinha aprendido, só que tinha, e Ty ainda lutava com eles, e, ao que parecia, Mark também.

Tentar enxergar o mundo através dos olhos de Ty, Julian havia dito uma vez, era como olhar por um caleidoscópio, sacudi-lo e depois olhar de novo. Você via os mesmos cristais brilhantes, só que em outra formação.

— A Caçada Selvagem era liberdade — disse Mark. — E liberdade é necessário.

Nos olhos de Mark, Emma enxergava a vastidão das estrelas e topos de árvores, o brilho feroz das geleiras, todos os detritos brilhantes do teto do mundo.

Isso a fazia pensar no passeio de moto sobre o mar. Na liberdade de ser selvagem e indomada. Na dor que sentia na alma e que não era ligada a nada, não tinha resposta, não era amarrada a nada.

— Mark. — começou.

A expressão de Mark mudou; ele, de repente, estava olhando através dela, fechando as mãos nas dela. Emma olhou para onde ele estava olhando, mas só viu o guarda-volumes. Uma menina de aparência entediada se empoleirava na bancada, fumando um cigarro em uma cigarreira de prata.

— Mark? — Emma voltou-se novamente para ele, mas ele já estava se afastando, indo para o guarda-volumes, para satisfação da menina, e desapareceu. Emma estava prestes a segui-lo quando Cristina e Julian entraram em sua linha de visão, bloqueando-a.

— Mark fugiu — anunciou Emma.

— É, ele ainda não tem espírito de equipe — disse Julian. Ele estava desalinhado em função da dança, com as bochechas ruborizadas. Cristina não tinha um fio de cabelo fora do lugar. — Olha, eu vou atrás dele, e vocês duas podem dançar...

— Posso interromper? — Um jovem alto apareceu na frente deles. Ele parecia ter mais ou menos 25 anos, bem-vestido, com um terno claro e um chapéu fedora combinando. Seus cabelos eram louro-platinados, e ele usava sapatos de aparência cara, com solas vermelhas que brilhavam em chamas quando ele andava. Tinha um anel rosa fulgurando no dedo médio. Estava com o olhar fixo em Cristina. — Gostaria de dançar?

— Se não se importa — falou Julian, com a voz calma, educada, esticando o braço para entrelaçá-lo no de Cristina. — Eu e minha namorada, nós...

A expressão amigável do homem mudou — minimamente, mas Emma viu, uma tensão atrás dos olhos que fez as palavras de Julian pararem.

— E se *você* não se importa — disse ele —, acho que não percebeu que eu sou um Azul. — Ele cutucou o bolso, onde um convite igual ao de Ava estava dobrado; igual, mas tinha um tom de azul-claro. Ele revirou os olhos ao notar as expressões confusas deles. — Novatos — murmurou, e havia algo de desagradável, quase desdenhoso, em seus olhos escuros.

— Claro. — Cristina lançou um rápido olhar a Julian e Emma, e em seguida voltou-se novamente para o estranho com um sorriso. — Sinto muito pela nossa confusão.

O rosto de Julian ficou sombrio quando Cristina foi para a pista de dança com o homem que se chamou de Azul. Emma sentiu por ele. Ela se confortou com a ideia de que se ele tentasse alguma coisa na pista, Cristina o cortaria em pedacinhos com seu canivete borboleta.

— É melhor a gente dançar também — disse Julian. — Parece que é o único jeito de não se destacar.

Já nos destacamos, pensou Emma. Era verdade: apesar de não terem causado qualquer comoção na chegada, várias pessoas na multidão lançavam olhares laterais a eles. Havia diversos Seguidores que pareciam totalmente humanos — e, de fato, Emma não sabia exatamente qual era a política em relação a mundanos —, mas, na condição de novatos, ela imaginou que ainda seriam objetos dignos de atenção. Certamente o comportamento do clarinetista indicou isso.

Ela pegou a mão de Julian, e eles se afastaram da multidão, indo em direção à extremidade do salão, onde as sombras eram mais intensas.

— Partes fada, ifrites, licantropes — murmurou Emma, pegando a outra mão de Julian, de modo que ficaram frente a frente. Ele parecia mais desalinhado do que antes, as bochechas coradas. Ela não podia culpá-lo por estar perturbado. Na maioria das multidões, as Marcas deles, se descobertas, não significariam nada. Emma tinha a impressão de que esse público era diferente. — Por que estão todos aqui?

— Não é fácil ter a Visão se você não conhecer outros que também a tenham — explicou Julian com a voz baixa. — Você vê coisas que ninguém mais vê. Não pode falar sobre elas porque ninguém vai entender. Tem que guardar segredos, e segredos acabam com você. Ferem. Deixam a pessoa vulnerável.

O baixo timbre da voz dele tremeu pelos ossos de Emma. Alguma coisa nele a apavorou. Alguma coisa que lembrava as geleiras nos olhos de Mark, distantes e solitários.

— Jules — chamou ela.

Murmurando algo como "deixa para lá", ele a girou para longe, depois, a puxou novamente para si. Anos de prática lutando juntos fazia deles um par de dança quase perfeito, ela percebeu surpresa. Eles sabiam prever os movimentos um do outro, deslizavam nos corpos um do outro. Ela percebia pelo jeito como Julian seguia a cadência da respiração e o fraco aperto dos seus dedos sobre os dela.

Os cachos escuros de Julian estavam bagunçados, e, quando ele a puxou para perto, ela sentiu o cheiro de cravo da colônia dele, e o fraco cheiro de tinta por baixo.

A música terminou. Emma olhou para a banda; o clarinetista olhava para ela e para Julian. Inesperadamente, ele deu uma piscadela. A banda começou de novo, dessa vez, um número mais lento e mais suave. Os casais dançaram juntos como se fossem magnetizados, braços em torno dos pescoços, mãos apoiadas nos quadris, cabeças apoiadas umas nas outras.

Julian estava congelado. Emma, com as mãos ainda nas dele, ficou parada, em choque, imóvel, sem respirar.

O momento se estendeu, interminável. Os olhos de Julian examinaram os dela; o que quer que ele tenha visto ali o fez decidir. Ele a envolveu nos braços e a puxou mais para perto. O queixo dela tocou o ombro dele, desconfortavelmente. Foi a primeira coisa desconfortável que já tinham feito juntos.

Emma o sentiu inspirar, respirando em cima dela. As mãos dele se abriram, mornas, sob as omoplatas dela. Ela virou a cabeça. Dava para ouvir o coração dele, rápido e furioso, embaixo da orelha, sentir a rigidez do peito dele.

Ela se esticou para colocar os braços no pescoço de Julian. Havia uma diferença de altura suficiente entre eles para que ela puxasse alguns fios do cabelo na nuca dele ao entrelaçar os dedos.

Um tremor passou por ela. Emma já tinha tocado o cabelo de Julian antes, é claro, mas era tão macio ali, havia um espaço vulnerável logo abaixo da queda daqueles cachos soltos. E a pele também era macia. Emma acariciou para baixo com os dedos, reflexivamente, e sentiu ao mesmo tempo o nodo mais alto da coluna dele, e a respiração aguda.

Emma olhou para ele. Seu rosto estava branco, os olhos para baixo, cílios escuros sobre as maçãs do rosto. Ele estava mordendo o lábio inferior, como sempre fazia quando estava nervoso. Ela viu todas as marcas que os dentes fizeram na pele macia.

Se ela o beijasse, será que ele teria gosto de sangue, cravos ou uma mistura dos dois? Doce e apimentado? Amargo e quente?

Ela se forçou a afastar o pensamento. Ele era seu *parabatai*. Não era para ser beijado. Ele era...

Sua mão esquerda desceu pelas costas dela até a cintura, deslizando levemente para o quadril. O corpo dela balançou. Ela já tinha ouvido falar em pessoas com borboletas no estômago, e sabia o que isso significava: aquele agito, aquela sensação profunda e desconfortável nas suas entranhas. Mas ela agora sentia *em todo lugar*. Borboletas sob sua pele, batendo as asas, enviando tremores que subiam e desciam em ondas pelo seu corpo. Ela começou a traçar os dedos sobre o pulso dele, querendo escrever nele: J-U-L-I-A-N, O--Q-U-E-V-O-C-Ê-E-S-T-Á-F-A-Z-E-N-D-O?

Mas ele não pareceu notar. Pela primeira vez, ele não estava ouvindo a linguagem secreta deles. Ela parou, olhou para ele; os olhos dele, ao encontrarem os seus, estavam desfocados, sonhadores. A mão direita estava no cabelo dela, entrelaçando-o com os dedos. Emma sentiu como se cada fio de cabelo fosse um fio vivo ligado a uma de suas terminações nervosas.

— Quando você desceu as escadas hoje — disse ele, com a voz baixa e carregada —, eu estava pensando em pintá-la. Pintar o seu cabelo. Eu teria que usar branco-titânio para acertar a cor, o jeito como ele capta a luz e quase brilha. Mas isso não daria certo, daria? Não é todo de uma cor, o seu cabelo, não é só dourado: é âmbar e acastanhado, caramelo, trigo e mel.

A Emma normal teria feito uma piada. *Você faz meu cabelo parecer um cereal matinal.* A Emma normal e o Julian normal teriam rido. Mas esse não era o Julian normal; era um Julian que ela nunca havia visto, um Julian com a expressão reduzida aos ossos elegantes do seu rosto. Ela sentiu uma onda de desejo desesperado, perdido em seus olhares, como chamas claras, nas curvas das suas maçãs do rosto e da mandíbula, a suavidade inesperada da sua boca.

— Mas você nunca me pinta — sussurrou ela.

Ele não respondeu. Parecia agoniado. Seus batimentos estavam três vezes mais acelerados. Dava para ver na garganta dele. Os braços estavam parados no lugar; ela sentiu que ele queria segurá-la onde ela estava e não permitir que ela chegasse mais perto. O espaço entre os dois era quente, elétrico. Os dedos de Julian se curvavam em torno do seu quadril. Sua outra mão deslizou pelas costas da garota, lentamente, subindo pelo cabelo até ele alcançar a pele nua no decote das costas.

Ele fechou os olhos.

Os dois tinham parado de dançar. Estavam imóveis, Emma não conseguia respirar, as mãos de Julian se moviam sobre ela. Julian já a tinha tocado milhares de vezes: enquanto treinavam, enquanto lutavam ou quando cuidavam dos machucados um do outro.

Ele jamais a havia tocado assim.

Parecia enfeitiçado. Alguém que sabia que estava enfeitiçado, e estava lutando contra os impulsos com todos os nervos e fibras do corpo, a percussão de uma terrível batalha interior pulsando pelas veias. Ela sentiu a pulsação pelas mãos, contra a pele nua das costas.

Ela foi em direção a Julian, sutilmente, menos de um centímetro. Ele engasgou. O peito dele inchou contra o dela, tocando as pontas dos seios de Emma sob o tecido do vestido. A sensação a golpeou como eletricidade. Ela não conseguia pensar.

— Emma — disse ele com a voz engasgada. Suas mãos se contraíram, fortemente, como se ele tivesse sido esfaqueado. Ele a estava puxando. Para si. O corpo de Emma esmagou o dele. A multidão era um borrão de luz e cor em volta dos dois. Sua cabeça abaixou na direção da dela. Eles respiraram o mesmo ar.

Houve uma batida de pratos: estalada, ensurdecedora. Eles se separaram quando as portas do teatro se abriram, o salão inundado por uma luz brilhante. A música parou.

Um alto-falante ganhou vida.

— Pedimos que a plateia se dirija ao teatro, por favor — disse uma voz feminina envolvente. — O sorteio da Loteria está prestes a começar.

Cristina já tinha se afastado do homem de terno e seguia em direção a eles, com o rosto ruborizado. O coração de Emma batia acelerado. Ela arriscou uma olhada para Julian. Pelo mais breve instante, ele parecia alguém que vinha cambaleando pelo deserto Mojave, semimorto por causa do sol, e que tinha vislumbrado água à frente apenas para descobrir que se tratava de uma miragem.

— Nada de Mark ainda? — disse Emma apressadamente quando Cristina os alcançou. Não que houvesse real motivo para Cristina saber onde Mark estava; Emma só não a queria olhando para Julian. Não quando ele estava daquele jeito.

Cristina balançou a cabeça.

— É melhor entrarmos, então — disse Julian. A voz dele parecia normal, a expressão, calma. — Mark vai nos alcançar.

Emma não conseguiu deixar de olhar para ele com surpresa. Ela sempre soube que Julian era um bom ator — Caçadores de Sombras precisam mentir e desempenhar papéis o tempo todo —, mas foi como se ela tivesse imaginado a expressão que tinha visto no rosto dele há poucos segundos. Como se ela tivesse imaginado os últimos dez minutos.

Como se nada tivesse acontecido.

15

Os Anjos Não Muito Felizes

— O que você está fazendo aqui? — Mark sibilou na escuridão.

Ele estava no guarda-volumes, cercado por cabides de roupas claras. A temperatura caía em Los Angeles durante a noite, mesmo no verão, mas os casacos eram leves: paletós masculinos de linho e algodão, xales leves e de seda para mulheres. Havia pouca luz, mas Mark não resistiu quando a mão clara se esticou de trás de um casaco de couro e o puxou pelos cabides.

Kieran. O cabelo dele estava no tom mais escuro de azul naquele dia, quase preto, a cor das ondas durante uma tempestade. O que significava que ele estava de péssimo humor. Seus olhos prata e preto brilharam no escuro.

— E de que outro jeito vou conseguir vê-lo? — perguntou ele, empurrando Mark contra a parede. Havia pouco espaço entre os casacos; era próximo e quente. Mark sentiu o ar sair de si, e não só pela força com que bateu na parede. Raiva irradiava de Kieran em ondas que Mark conseguia sentir; elas se contorciam dentro dele, profundamente, em um lugar onde as águas frias do Reino das Fadas outrora congelaram seu coração. — Não posso entrar no Instituto, exceto pelo Santuário, e eu seria morto se me encontrassem lá Tenho que passar todas as noites no deserto esperando nas sombras na esperança de que você se proponha me visitar?

— Não — disse Mark, mesmo enquanto Kieran o pressionava mais para trás, ajeitando o joelho entre as pernas dele. As palavras eram furiosas, mas as mãos no corpo de Mark eram familiares: dedos magros e frios abrindo os botões de sua camisa, deslizando entre eles para tocar a pele. — Temos que ficar longe um do outro até que isso tudo acabe.

Os olhos de Kieran ardiam.

— E depois? Você vai voltar para a Caçada voluntariamente, por mim? Acha que sou tolo. Você sempre detestou aquilo.

— Mas não detestei você — disse Mark.

O guarda-volumes cheirava a milhões de perfumes misturados: colônias que ficavam nos casacos e cutucavam seu nariz. Eram cheiros sintéticos, não reais: tuberosa falsa, jasmim falso, lavanda falsa. Nada no mundo mundano era real. Mas, pensando bem, alguma coisa no Reino das Fadas era mais real que isso?

— *Não me detestava?* — zombou Kieran com a voz fria. — Que honra. Como me sinto elogiado. Sequer sente a minha falta?

— Sinto — disse Mark.

— E devo acreditar nisso? Lembre-se, sangue mestiço, que eu sei muito bem que você pode mentir.

Mark olhou nos olhos de Kieran. Ele viu a tempestade naqueles olhos, mas, por trás da tempestade, também viu dois meninos tão pequenos quanto estrelas em um céu distante, entrelaçados sob um cobertor. Tinham a mesma altura; ele só precisava se esticar ligeiramente e tocar a boca de Kieran com a sua.

O príncipe fada enrijeceu contra ele. Ele não se mexeu, mais hesitando que sem reação. As mãos de Mark subiram para acariciar o rosto de Kieran, e então Kieran se moveu, avançando para beijar com uma intensidade que fez Mark bater a cabeça na parede.

Kieran tinha gosto de sangue e do céu frio da noite, e, por um momento, Mark estava voando livre com a Caçada. O céu noturno era sua estrada a ser conquistada. Ele montava um cavalo branco e prata feito de luz da lua por um caminho de estrelas. Cercado por gritos, berros, risos e choros, ele cortou um caminho pela noite que abria o mundo a seus olhos investigativos; ele viu lugares que nenhum olhar humano havia visto, cachoeiras escondidas e vales secretos. Parou para descansar nas pontas de icebergs e galopou pela espuma de cachoeiras; os braços brancos de ninfas se esticando para pegá-lo. Ele se deitou com Kieran na grama de um pasto alpino, de mãos dadas, e contou quadrilhões de estrelas.

Kieran foi o primeiro a soltar.

Mark mal conseguia respirar.

— Tinha alguma mentira nesse beijo?

— Não. Mas... — Kieran parecia contemplativo. — Essas estrelas nos seus olhos são para mim ou para a Caçada?

— A Caçada era dor e glória — disse Mark. — Mas foi você quem me permitiu enxergar a glória, e não só a dor.

— Aquela garota — disse Kieran. — Você voltou para casa com ela naquela noite, no meu cavalo. — Mark percebeu com um susto que ele estava falando de Cristina. — Achei que talvez você a amasse.

Os olhos dele abaixaram. Os cabelos tinham clareado para um azul mais prateado, o mar após uma tempestade. Mark se lembrou de que Kieran não era mais velho do que ele; apesar de ser uma fada sem idade, ele tinha vivido menos de 20 anos. E ele sabia menos do que Mark sobre os humanos.

— Acho que ninguém se apaixona com essa velocidade — disse Mark.

— Eu gosto dela.

— Não pode entregar seu coração a ela — disse Kieran —, apesar de poder fazer o que mais quiser com ela.

Mark teve que conter uma risada. Kieran, demonstrando um tipo de bondade só dele. Fadas acreditavam em promessas, muito mais que em fidelidade de corpo e coração. Uma pessoa fazia uma promessa ao seu amado, e cumpria essa promessa.

Exigir uma promessa de fidelidade física era coisa rara, mas era totalmente normal que alguém exigisse fidelidade do coração, e fadas normalmente o faziam. A punição por quebrar uma promessa de amor era severa.

— Ela é filha de uma família antiga — disse ele. — Um tipo de princesa. Acho que ela não olharia duas vezes para mim.

— Ela olhou para você diversas vezes enquanto dançava com aquela menina loura.

Mark piscou os olhos. Em parte, surpreso por ter se esquecido tão depressa como as fadas eram literais. E, em parte, surpreso por ele próprio ter se lembrado de uma expressão tão humana e a utilizado tão inconscientemente.

Não havia razão para explicar a Kieran todas as formas pelas quais Cristina jamais o quereria. Ela era gentil demais para demonstrar sua aversão ao sangue de fada, mas ele tinha certeza de que ela devia sentir aversão. Em vez disso, ele colocou as mãos na cintura de Kieran e o puxou para mais um beijo, e, com ele, memórias da Caçada, doces como vinho.

Os beijos deles eram quentes, emaranhados. Dois meninos sob um cobertor, tentando não fazer barulho, não acordar os outros. Beijos para apagar lembranças, beijos para limpar o sangue e a sujeira, beijos para espantar as lágrimas. As mãos de Mark subiram por baixo da camisa de Kieran, traçando as linhas das cicatrizes nas costas dele. Ali, eles tinham a mesma dor, apesar de que os que chicotearam Mark, pelo menos, não eram seus familiares.

As mãos de Kieran escorregaram sem eficiência pelos botões de pérola de Mark.

— Essas roupas mundanas — disse ele entre dentes. — Detesto.

— Então tire-as de mim — murmurou Mark, envolvido, hipnotizado e perdido na Caçada. Suas mãos estavam em Kieran, mas mentalmente ele girava pela aurora boreal, o céu pintado de azul e verde como o coração do oceano. Como olhos Blackthorn.

— Não. — Kieran sorriu e deu um passo para trás. Ele estava desgrenhado, a camisa aberta na frente. Querendo pulsar no sangue de Mark, se perder e esquecer. — Uma vez você me disse que humanos querem o que não podem ter. E você é meio humano.

— Queremos o que não podemos ter — disse Mark. — Mas amamos o que nos demonstra gentileza.

— Vou escolher a vontade, por agora — falou Kieran, colocando a mão no colar na garganta de Mark. — E a lembrança do meu presente para você.

Flechas de elfos necessitavam de muita magia para serem feitas, e eram muito valiosas. Kieran a tinha dado de presente para ele não muito depois de se juntar à Caçada Selvagem; colocara a ponta em um cordão para que Mark pudesse usá-la perto do coração.

— Atire com vontade e precisão — aconselhou Kieran. — Encontre o assassino, e depois volte para mim.

— Mas minha família — disse Mark, fechando a mão em um reflexo na de Kieran. — Kier, você precisa...

— Volte para mim — repetiu Kieran. Ele beijou a mão fechada de Mark uma vez e saiu pelo meio dos casacos pendurados. Apesar de Mark ter ido imediatamente atrás dele, ele já tinha desaparecido.

* * *

O interior do teatro era lindo, uma ode romântica aos dias de glória do cinema da era de ouro. Um teto abobadado se dividia em oito graças a vigas pintadas de ouro, cada segmento pintado com uma cena de um filme clássico, feito em tons barrocos: Emma reconheceu *E O Vento Levou* e *Casablanca*, mas os outros não — um homem carregando outro homem através de areias douradas em chamas, uma menina ajoelhada aos pés de um garoto segurando uma arma nos ombros, uma mulher cujo vestido branco voava ao seu redor como pétalas de uma orquídea.

Um aroma doce e pesado pairou pelo ar enquanto as pessoas se apressavam para sentar em um espaço semicircular. Os assentos eram forrados com veludo roxo, cada qual bordado com um *M* dourado no espaldar. Conforme a garota havia prometido, o ingresso agora tinha a fila e o assento impresso. Eles acharam as cadeiras e se sentaram; primeiro, Cristina, depois, Emma, em seguida, Julian. Ele se sentou ao lado de Emma.

— *M* de *Meia-Noite*? — perguntou, apontando para as traseiras dos assentos.

— Provavelmente — disse ele, e voltou a olhar para o palco. As cortinas estavam abertas, e uma enorme pintura de uma vista para o mar cobria a parede dos fundos. O palco estava vazio, o chão brilhava com tacos polidos.

Emma estava ruborizada. A voz de Julian soou calma, neutra. Mas a expressão do rosto dele há poucos minutos invadiu sua visão assim mesmo: o jeito como ele a olhara quando a segurou na pista de dança, aquela expressão nua em seus olhos, todo o fingimento deixado de lado.

Aquele olhar mostrou a ela um Julian decidido e agoniado que Emma não havia conhecido. Um rosto escondido que ela nunca vira, que não achava que alguém tivesse visto.

Ela sentiu Cristina se mexer ao seu lado e virou rápido com culpa: estava tão imersa no próprio espanto que se esqueceu de perguntar à amiga por que ela parecia tão inquieta.

Cristina olhava para o outro lado do teatro. Seus olhos estavam grudados no homem de terno. Ele ocupava a cadeira ao lado de uma mulher loura de vestido prateado e salto alto.

— Ugh — disse Cristina. — Praticamente tive que arrancá-lo de mim. Que pervertido. Minha mãe o teria esfaqueado.

— Quer que o matemos? — sugeriu Emma, brincando apenas em parte. — Podemos matá-lo, depois da apresentação.

— Seria desperdício de energia — falou Cristina, dispensando a ideia. — Vou dizer o que descobri: ele é parte licantrope. E é integrante dos Seguidores, foi assim que os chamou, há seis meses. Foi isso que quis dizer quanto a ser Azul.

— O fato de que ele é um Seguidor há um bom tempo, ou o fato de ser parte licantrope? — perguntou Julian.

— As duas coisas, eu acho — disse Cristina. — Ele se empenhou bastante para me contar o que significa ser parte lobisomem. Como é mais forte e mais rápido do que um humano. Ele diz que consegue arrebentar uma parede de tijolo. — Ela revirou os olhos.

— Não entendo — retrucou Emma. — Como a pessoa pode ser parte licantrope?

— Quer dizer que tem o vírus da licantropia, mas é um vírus inativo — explicou Jules. — Você pode transmitir, mas não pode se Transformar. Jamais será lobo, mas pode ter mais força e velocidade.

— Ele disse que todos eles têm força e velocidade aumentadas — acrescentou Cristina. — Ele contou que toda vez que apresentam uma Loteria todos os Seguidores se fortalecem.

— Magia solidária — disse Julian. De repente, houve uma comoção na fileira deles.

— Estou atrasado? — Era Mark, parecendo agitado, tropeçando no assento ao lado de Julian. Os cabelos claros pareciam ter sido expostos a uma máquina de vento. — Desculpem, me distraí.

Julian olhou para ele por um longo instante.

— Nem me conte — falou o irmão afinal. — Não quero saber.

Mark pareceu surpreso.

— Não quer? — perguntou ele. — Eu quereria.

— Eu *quero* — disse Emma, mas antes que Mark pudesse dizer qualquer coisa, as luzes do teatro diminuíram. O silêncio se abateu instantaneamente; não o sussurro que Emma teria imaginado, mas um silêncio súbito e inesperado.

Um tremor passou por sua nuca quando um único holofote se acendeu no palco.

A banda tinha se reunido no lugar destinado a orquestra. Começaram a tocar uma melodia quieta, quase fúnebre, quando um objeto coberto por veludo preto foi levado para o palco por dois homens uniformizados. A música desbotou, e ouviu-se o estalido de saltos; um instante mais tarde a mulher que recebia os ingressos na porta apareceu. Ela havia trocado de roupa e estava com um belo vestido longo, preto e azul, de renda, que parecia espuma no mar. Mesmo de longe Emma viu o delineador escuro nos olhos dela.

A mulher estendeu a mão, as unhas pintadas de vermelho, e pegou o veludo preto, puxando-o de lado e jogando-o dramaticamente no chão.

Embaixo da coberta havia uma máquina. Um tambor grande e transparente se encontrava sobre um plinto metálico; dentro do vidro, havia centenas de bolas coloridas numeradas. Uma calha de metal saía da máquina, e na frente da calha, havia uma bandeja.

— Senhoras e senhores — disse a mulher no palco. — Eu sou Belinda Belle.
— Belinda Belle? — sussurrou Julian. — É um nome falso.
— Você é um detetive brilhante — murmurou Emma. — Brilhante.

Ele fez uma careta para ela, e Emma sentiu uma onda de alívio. Eram ela e Julian, fazendo caretas um para o outro, fazendo o outro rir. Isso era normal.

A mulher no palco continuou:
— Sejam bem-vindos à Loteria.

A sala estava em silêncio. Belinda sorriu, repousando a mão no dispositivo, perfeitamente imóvel.

— Uma máquina de loteria — murmurou Julian. — *Isso* é literal.
— O Guardião não pôde estar conosco essa noite — disse Belinda. — A segurança teve que ser aumentada. A última caçada foi interrompida por Nephilim, e o valor do sacrifício foi comprometido.

Houve um baixo murmúrio. Um choque passou por Emma. *Nephilim*. A mulher disse "Nephilim". Essas pessoas sabiam sobre os Caçadores de Sombras. Não foi tanto uma surpresa quanto uma confirmação do que Emma tinha imaginado o tempo todo. Algo estava acontecendo ali, algo que se estendia até o Submundo e puxava as raízes de tudo que eles conheciam.

— O sacrifício? — sussurrou Emma. — Ela está falando de um sacrifício *humano?*

S-H-H-H, Julian escreveu no braço dela. Ela viu com uma pontada, quando seus dedos tocaram a pele, que as unhas de Julian estavam completamente roídas.

A música voltou. No palco, Belinda apertou um botão na lateral da máquina. Os braços metálicos ganharam vida. As bolas giraram no interior do globo, se transformando em um borrão de cor, como o interior de um caleidoscópio.

Giro, giro, giro. Emma na praia, os braços do seu pai em volta dela. Caleidoscópios são como mágica, Emma. Duas pessoas que olham para eles nunca veem a mesma coisa.

O coração de Emma doeu com a lembrança. A máquina girou mais depressa, mais depressa ainda, e cuspiu uma bola vermelha. Correu pela calha e caiu na bandeja.

Belinda a pegou delicadamente. Uma imobilidade tensa havia recaído sobre a multidão. Era a imobilidade de um gato prestes a atacar.

— Azul — disse ela, com a voz ressonante no silêncio. — Azul 304.

O momento se estendeu, suspenso e congelado. Foi interrompido por um homem se levantando. Ele se moveu com cautela, como uma estátua trazida à vida, súbita e relutantemente.

Era o homem com quem Cristina tinha dançado, o de terno. Ele estava muito pálido agora, e a mulher do vestido prateado se inclinava para longe dele.

— Sr. Sterling — chamou Belinda, e deixou a bola cair de volta na bandeja com um tilintar. — A Loteria o escolheu.

Emma não pôde deixar de olhar em volta, tentando não parecer que estava encarando. A plateia estava sentada, imóvel, a maioria sem expressão. Alguns tinham olhares de alívio. O homem de terno — Sterling — parecia atordoado, como se tivesse sido golpeado no plexo solar e estivesse prestes a engasgar no ar.

— Vocês conhecem as regras — disse Belinda. — O Sr. Sterling tem dois dias de liberdade antes do início da caçada. Ninguém pode ajudá-lo. Ninguém pode interferir na caçada. — Os olhos dela vasculharam a plateia. — Que Aqueles Que São Mais Velhos nos concedam boa sorte.

A música voltou. Todos começaram a se levantar, o salão foi preenchido pelo murmúrio de conversas baixas. Emma se levantou com um pulo, mas a mão de Julian fechou em torno do braço dela antes que pudesse se retirar. Ele estava sorrindo; um sorriso claramente falso, mas que provavelmente convenceria qualquer um que não o conhecesse.

— Eles vão matá-lo — sussurrou Emma com urgência. — Tudo que ela disse... a *caçada*...

— Não sabemos disso — falou Julian sem mover os lábios.

— Emma tem razão — emendou Mark. Eles estavam avançando apressados, empurrados para as saídas pela multidão. A banda tocava *As Time Goes By*, de *Casablanca*, a doce melodia completamente incongruente com a sensação de ansiedade chicoteando pela sala. — Uma caçada significa morte.

— Temos que oferecer ajuda a ele — disse Cristina. Seu tom foi seco.

— Mesmo que ele seja um pervertido — concordou Emma. — É o que fazemos...

— Você ouviu as regras — afirmou Jules. — Sem interferência.

Emma girou, parando onde estava. Seus olhos encontraram os de Julian.

— Essas regras — disse ela, e pegou a mão dele, passando os dedos sobre a pele. *E-L-A-S-N-Ã-O-S-E-A-P-L-I-C-A-M-A-N-Ó-S.*

Sombras brotaram nas íris azuis-esverdeadas que ela conhecia tão bem: uma admissão de derrota.

— Vá — disse ele. — Leve Cristina — Emma pegou a mão de Cristina, e as duas atravessaram a multidão; Emma usando os cotovelos e as botas, pisando violentamente em vários pés, para ultrapassar os outros. Chegaram ao corredor central. Ela teve consciência de Cristina perguntando a ela com um sussurro como encontrariam Mark e Julian novamente.

— No carro — disse Emma. Ela viu o olhar confuso de Cristina, mas não perdeu tempo dizendo que ela sabia qual era o plano do jeito que sempre sabia quais eram os planos de Julian. Ela conhecia os planos porque conhecia Julian.

— Lá está ele. — Cristina apontou com a mão livre. Estavam no lobby. Emma seguiu sua indicação e viu um flash de solas de sapatos vermelhas. O Sr. Sterling, saindo pela porta. A mulher que chegara com ele havia desaparecido.

Elas correram atrás dele, atravessando a multidão. Emma trombou com uma garota de cabelos pintados de arco-íris, que emitiu um "ui!" surpreso.

— Desculpe! — gritou Emma, quando ela e Cristina escaparam pelo pequeno círculo de pessoas reunidas na entrada do teatro.

A placa de Hollywood piscava, brilhante, acima delas. Onde a rua dobrava, Emma viu Sterling desaparecendo em uma esquina. Ela saiu correndo, e Cristina foi atrás.

Era por isso que ela corria todos os dias na praia. Para que conseguisse voar pela calçada sem sentir, de modo a não arfar, e correndo como se estivesse voando. Cristina seguia logo atrás. Seus cabelos escuros tinham se soltado e voavam atrás dela, como uma bandeira.

Elas dobraram a esquina. Estavam em uma rua lateral; bangalôs alinhavam a rua, a maioria das janelas era escura. Sterling estava ao lado de um enorme jipe prateado, que parecia caro, com a mão ainda no controle remoto da chave. Ele ficou olhando, totalmente espantado, quando elas pararam na frente dele.

— O quê...? — disse ele. De perto era mais fácil ver o quanto parecia abalado. Ele estava pálido e suando, o pulso acelerado na garganta. — O que vocês estão fazendo?

Os olhos dele brilhavam em amarelo-esverdeado à luz da rua. Podia ser parte lobisomem, pensou Emma, mas parecia um mundano assustado.

— Podemos ajudar — disse ela.

A garganta pulsando novamente.

— Do que está falando? — perguntou ele, tão selvagem que Emma ouviu um ruído ao seu lado esquerdo e percebeu que Cristina tinha sacado o canivete borboleta. Ela não tinha se mexido, mas a arma brilhou na mão dela, uma ameaça silenciosa, caso Sterling desse um passo em direção a Emma.

— A Loteria — disse Emma. — Você foi escolhido.

— Sim, eu sei. Acha que não sei? — Sterling rosnou. — Vocês nem deveriam estar falando comigo. — Ele passou a mão pelo cabelo discretamente. O chaveiro dele caiu e bateu no chão. Emma deu um passo à frente, alcançando-o. Entregou-o a ele. — Não! — gritou Sterling, rouco, e chegou para trás, como um caranguejo. — Não toque em mim! Não se aproxime!

Emma jogou as chaves aos seus pés e levantou as mãos, com as palmas abertas. Ela sabia onde as próprias armas estavam, as adagas nas botas, sob a bainha do vestido.

Mas sentia falta de Cortana.

— Não queremos machucá-lo — falou ela. — Queremos ajudar, só isso.

Ele se abaixou cautelosamente e pegou as chaves.

— Não podem me ajudar. Ninguém pode.

— Sua falta de confiança é muito ofensiva — disse Emma.

— Você não faz ideia do que está acontecendo aqui. — Ele riu uma risada aguda, artificial. — Não entende? *Ninguém pode me ajudar*, principalmente, umas crianças tolas... — Ele pausou, olhando para Emma. Para o braço dela, especificamente. Ela olhou para baixo e praguejou para si mesma. A maquiagem que cobria seu símbolo *parabatai* borrara, provavelmente pelo esbarrão que deu na menina no lobby, e a Marca estava totalmente visível.

Sterling não pareceu nada satisfeito.

— Nephilim. — Ele rosnou. — Jesus, era só o que me faltava.

— Sabemos que Belinda disse para não interferimos — começou Emma apressadamente. — Mas como *somos* Nephilim...

— Esse não é nem o nome dela. — Ele cuspiu na vala. — Vocês não sabem de nada, sabem? Malditos Caçadores de Sombras, que se acham os reis do Submundo, bagunçando tudo. Belinda jamais deveria ter permitido que entrassem.

— Você poderia ser um pouco mais educado. — Emma sentiu uma irritação surgir em sua própria voz. — Considerando que estamos tentando ajudar. E que você passou a mão em Cristina.

— Eu não — negou ele, olhando de uma para a outra.

— Passou sim — disse Cristina. — Foi nojento.

— Então por que está tentando me ajudar? — perguntou Sterling.

— Porque ninguém merece morrer — disse Emma. — E, para ser sincera, queremos saber algumas coisas. Para que serve a Loteria? Como deixa vocês todos mais fortes?

Ele as encarou, balançando a cabeça.

— Vocês são loucas. — Sterling apertou o controle da chave; os faróis do jipe acenderam quando ele se destrancou. — Fiquem longe de mim. Como Belinda disse. Sem interferência.

Ele abriu a porta e entrou no carro. Um segundo mais tarde o jipe estava cantando pneu pela rua, deixando marcas pretas no asfalto.

Emma exalou.

— É difícil se preocupar com o bem-estar dele, não é?

Cristina olhou para carro.

— É um teste — disse ela. O canivete borboleta tinha desaparecido, guardado de volta na alça. — O Anjo diria que nascemos para salvar não só aqueles que gostamos, mas também os desagradáveis e chatos.

— Você disse que sua mãe o teria esfaqueado.

— Sim, bem — disse Cristina. — Nem sempre concordamos em tudo.

Antes que Emma pudesse responder, o Toyota do Instituto parou na frente delas. Mark se inclinou para fora da janela do banco de trás. Mesmo com tudo que estava acontecendo, Emma sentiu uma faísca de alegria por Jules ter guardado o banco da frente para ela.

— Sua carruagem, damas — disse Mark. — Entrem e seguiremos caminho antes de sermos seguidos.

— Essa é a nossa língua? — perguntou Cristina, entrando ao lado dele. Emma correu para o carro e sentou no banco da frente.

Julian olhou para ela.

— Pareceu uma conversa um tanto traumática. — O carro seguiu, para longe daquela rua estranha e daquele teatro peculiar. Passaram sobre as marcas de pneu que o jipe deixou na estrada.

— Ele não quis a nossa ajuda — disse Emma.

— Mas vai recebê-la assim mesmo — garantiu Julian. — Não vai?

— Se conseguirmos encontrá-lo — falou Emma. — Poderiam estar todos usando nomes falsos. — Ela apoiou os pés no painel. — Pode valer a pena perguntar a Johnny Rook. Já que estavam anunciando no Mercado das Sombras e ele sabe de tudo que acontece lá.

— Diana não disse para você ficar longe de Johnny Rook? — perguntou Julian.

— Diana não está um pouco longe agora? — rebateu Emma docemente.

Julian pareceu resignado, mas, ao mesmo tempo, entretido.

— Tudo bem. Eu confio em você. Se acha que há motivo para isso, perguntaremos ao Rook.

Estavam virando em La Cienega. As luzes e o clamor do trânsito de Los Angeles explodiram ao redor deles. Emma bateu as mãos.

— E é por isso que eu te amo.

As palavras escorregaram sem que ela pudesse pensar. Nem Cristina, nem Mark pareceram notar — estavam discutindo se a linguagem de Mark era correta —, mas as bochechas de Julian ficaram completamente vermelhas e suas mãos apertaram o volante.

Quando chegaram ao Instituto, uma tempestade se formava sobre o mar — um turbilhão de nuvens negras e azuis soltava raios. As luzes estavam acesas no interior do prédio. Cristina começou a subir os degraus, exausta. Tinha se acostumado a noites longas de caça, mas alguma coisa na experiência no teatro exauriu sua alma.

— Cristina.

Era Mark, no degrau abaixo dela. Uma das primeiras coisas que ela notou no Instituto foi que, dependendo da direção do vento, ele tinha cheiro de mar ou de deserto. De sal marinho ou sálvia. Aquela noite era sálvia. O vento soprava o cabelo de Mark: cachos Blackthorn sem cor, prateados como a lua na água.

— Você deixou isso cair do lado de fora do teatro — disse ele, e estendeu a mão.

Ela olhou para baixo e através dele por um instante, para onde Julian e Emma estavam ao pé da escada. Julian tinha parado o carro e retirava Cortana da mala, que captou a luz e brilhou como o cabelo de Emma. Ela a alcançou, olhando para baixo para passar a mão na lâmina, e Cristina viu Julian olhar involuntariamente para a curva do pescoço da garota. Como se não conseguisse se conter.

Um medo frio pesou no estômago de Cristina; ela sentiu como se estivesse olhando uma colisão de trens, incapaz de frear qualquer um deles.

— Cristina? — repetiu Mark, uma pergunta crescendo em sua voz. Algo brilhava na mão dele. Duas coisas. Os brincos de ouro que tinham caído enquanto ela corria, e que achou que estivessem perdidos pelas ruas de Los Angeles.

— Ah! — Ela os pegou, guardando no bolso do casaco. Mark ficou olhando para ela, os olhos descombinados curiosos. — Eu ganhei de presente — falou a garota. — De uma pessoa... um velho amigo.

Ela se lembrou de Diego colocando os brincos em sua mão; os olhos escuros brilhavam nervosos, exibindo a preocupação com a opinião dela. Mas ela gostou, porque foram presente dele.

— São bonitos — disse Mark. — Principalmente contra os seus cabelos. Parece seda preta.

Cristina suspirou. Emma estava olhando para Julian, sorrindo. Havia incerteza em seu rosto, incerteza que cortou o coração de Cristina. Emma lembrava ela mesma, pensou, logo antes de ela dobrar aquela esquina onde ouviu Jaime e Diego conversando. Antes de tudo ruir.

— Você não devia me dizer essas coisas. — Ela censurou Mark.

O vento soprou o cabelo dele sobre o rosto; ele o puxou para trás.

— Achei que mulheres mortais gostassem de elogios. — Mark pareceu verdadeiramente confuso.

— As mulheres fadas gostam?

— Não conheço muitas — disse ele. — A Rainha Seelie gosta de elogios. Mas não existem mulheres na Caçada.

— Mas há Kieran — retrucou ela. — E o que ele diria se soubesse que você está me chamando de bonita? Porque o jeito como ele olha para você...

Uma expressão de choque passou pelo rosto de Mark. Ele olhou rapidamente para Julian, mas o irmão parecia absorvido por Emma.

— Como você...?

— Eu vi — disse ela. — No estacionamento. E quando você sumiu hoje no teatro, suponho que tenha sido por causa dele também?

— Por favor, não conte a ninguém, Cristina. — O olhar de medo no rosto de Mark partiu o coração dela. — Ele seria punido e eu também. Ele está proibido de me ver agora que não estou na Caçada.

— Não contarei a ninguém — prometeu Cristina. — Não falei nada, nem para Emma, nem para ninguém.

— Você é tão gentil quanto adorável — emendou Mark, mas as palavras pareceram ensaiadas.

— Sei que não pode confiar em mortais. Mas não vou traí-lo.

Não havia nada ensaiado no olhar que ele lançou para ela então.

— Fui sincero quando disse que você é linda. Eu a quero, e Kieran não se importaria...

— Você me *quer*?

— Quero — respondeu Mark com simplicidade, e Cristina desviou o olhar, de repente, muito ciente da proximidade entre os corpos deles. Da forma dos ombros de Mark sob o paletó. Ele era adorável como as fadas o eram, uma coisa meio de outro mundo, prateado como a lua na água. Ele não parecia tangível, mas ela o tinha visto beijar Kieran e sabia que era. — Você não quer ser desejada?

Em outros tempos, anteriormente, Cristina teria ruborizado.

— Não é o tipo de elogio que mulheres mortais apreciam.

— Mas por que não? — perguntou Mark.

— Porque faz parecer que eu sou uma coisa que você quer usar. E quando você diz que Kieran não se importaria, faz com que pareça que ele não se importaria porque eu não tenho importância.

— Isso é muito humano — comentou ele. — Ter ciúme de um corpo, mas não de um coração.

Cristina tinha estudado fadas de perto. Era verdade que fadas solteiras, não importa a orientação sexual, enxergavam muito pouco valor na fidelidade física, mas um valor muito maior do que os humanos na lealdade emocional. Havia poucos, se é que havia algum voto que tinha qualquer relação com sexo, mas muitos que envolviam amor verdadeiro.

— Veja bem, não quero um corpo sem um coração — retrucou ela.

Ele não respondeu, mas ela interpretou o olhar em seu rosto. Bastava falar, e teria Mark Blackthorn, pelo valor de tê-lo. Era estranho saber disso, mesmo que ela não quisesse o que ele oferecia. Mas, se ele estivesse oferecendo *mais* — bem, houve um tempo em que ela acreditou que jamais voltaria a querer alguém.

Era bom saber que isso não era verdade.

— O motivo é Kieran? — perguntou ela. — Pelo qual você voltaria ao Reino das Fadas, mesmo que o assassino seja capturado?

— Kieran salvou a minha vida — disse Mark. — Eu era um nada na Caçada Selvagem.

— Você não é um nada. Você é o filho de Lady Nerissa.

— E Kieran é o filho do Rei da Corte Unseelie — retrucou Mark secamente. — Ele fez tudo por mim na Caçada Selvagem. Me protegeu e me manteve vivo. E ele só tem a mim. Julian e o restante, eles têm uns aos outros. Não precisam de mim.

Mas ele não pareceu convencido. Falou como se as palavras fossem folhas mortas, soprando por um espaço oco e doloroso dentro dele. E, naquele momento, Cristina se sentiu mais atraída por ele do que nunca, pois conhecia essa sensação, se sentir tão vazia pela perda que é como se o vento pudesse soprar através de você.

— Isso não é amor — argumentou Cristina. — É dívida.

Mark travou a mandíbula. Ele nunca pareceu tanto um Blackthorn.

— Se tem uma coisa que aprendi na vida, e assumo que não aprendi muito, é isso: nem o Povo das Fadas, nem os mortais sabem o que é ou não o amor. Ninguém sabe.

16

Ao Lado

— Então, basicamente, vocês meio que resolveram a investigação — disse Livvy. Ela se deitara no tapete no quarto de Julian. Estavam todos espalhados pelo quarto: Cristina em uma cadeira, Ty sentado, apoiado contra uma parede com os fones de ouvido, Julian de pernas cruzadas na cama. Ele tinha tirado o paletó e dobrado as mangas. As abotoaduras que Emma deu brilhavam na mesinha de cabeceira. Mark, de bruços, ocupava o pé da cama, em frente a Church, que tinha decidido fazer uma visita, provavelmente por causa do tempo. — Quero dizer, agora sabemos quem foi. Os assassinatos.

— Não exatamente — disse Emma. Ela estava sentada no chão, apoiada na cabeceira. — Quero dizer, o que sabemos é o seguinte: esse grupo, os Seguidores, ou seja lá como se chamam, são responsáveis pelo assassinato de Stanley Wells. Os Seguidores basicamente são pessoas que tiveram algum contato com o sobrenatural. Eles têm a Visão, são parte fada, Sterling é parte licantrope. Todo mês tem uma Loteria. Alguém é escolhido, e essa pessoa se torna um sacrifício.

— Wells foi um sacrifício — explicou Julian. — Então não é loucura presumir que os outros onze assassinatos também tenham ocorrido por causa desse culto.

— E também explica os corpos das fadas — emendou Cristina. — Considerando que muitos deles são parte fada, faz sentido que tenham sido escolhidos para os sacrifícios.

Julian olhou para Mark.

— Acha que as Cortes sabem se os corpos são parte ou totalmente fada?

— É difícil dizer — respondeu Mark, ainda olhando para o gato. — Nem sempre é possível determinar se alguns dos Seguidores são fadas de puro sangue apenas olhando.

— Eu imaginaria que fadas de puro sangue teriam coisas melhores a fazer.

— Foi Ty, que tinha tirado os fones. Emma pôde ouvir de longe a música clássica que vazava deles. — Por que se juntariam a um grupo desses?

— É um lugar para almas perdidas — disse Mark. — E, desde a Paz Fria, muitos integrantes do Povo das Fadas estão perdidos. Faz sentido.

— Vi a propaganda no Mercado das Sombras — disse Emma. — E vi Belinda lá, também. Pareciam procurar especificamente por qualquer pessoa com a Visão, qualquer um que parecesse assustado ou sozinho. Ter um grupo ao qual pertencer, receber promessas de sorte e riqueza, receber força com os sacrifícios... dá para ver o apelo disso.

— Eles realmente parecem confiantes — concordou Cristina. — Quanto sabem sobre a existência dos Nephilim, imagino?

— Sterling pareceu com medo da gente — disse Emma. — É estranho. Ele foi escolhido, então isso significa que eles vão sacrificá-lo. É de se pensar que ele aceitaria qualquer ajuda que pudesse receber, mesmo de Caçadores de Sombras.

— Mas receber ajuda é proibido, certo? — argumentou Livvy. — Se ele for flagrado aceitando, podem torturá-lo. Fazer coisa pior do que matá-lo.

Cristina estremeceu.

— Ou ele pode realmente acreditar nisso tudo. Talvez ele ache que é um pecado aceitar ajuda.

— Homens morreram por menos — disse Mark.

— Quantos vocês acham que tinham? Os Seguidores?

— Uns trezentos — disse Julian.

— Bem, se não podemos procurar as fadas ainda, temos duas opções — começou Emma. — Primeira: vamos atrás de cada um desses trezentos e os espancamos até que nos revelem quem é o assassino.

— Isso não parece nada prático — disse Ty. — E vai demorar muito.

— Ou podemos tentar descobrir diretamente quem é o líder — falou Emma. — Se alguém sabe quem é, é aquela menina Belinda.

Julian passou a mão no cabelo.

— Belinda não é o seu nome verdadeiro...

— Estou falando, Johnny Rook a conhece — disse Emma. — Aliás, ele provavelmente sabe muita coisa, considerando que o seu negócio se baseia em informações sobre o Mundo das Sombras. Vamos perguntar a ele.

— Sim, você concordou com isso no carro — disse Mark, e franziu o rosto. — O gato está olhando para mim e me julgando.

— Não está — discordou Jules. — A cara dele é assim mesmo.

— Você me olha do mesmo jeito — disse Mark, olhando para Julian. — Com cara de que está me julgando.

— Ainda assim é um progresso — falou Livvy, teimosa. Ela olhou de lado para Mark, e Emma viu ansiedade em seu olhar. Era tão raro Livvy demonstrar preocupação que Emma se sentou ereta. — Deveríamos ir atrás das fadas e avisar que os Seguidores são os responsáveis...

— Não podemos — avisou Diana, aparecendo na entrada. — As fadas foram bem específicas. "Aquele com sangue nas mãos". Podem achar que eles querem relatórios de progresso, mas não acho que seja isso. Eles querem resultados, e isso é tudo.

— Há quanto tempo está ouvindo a conversa? — perguntou Julian, apesar de não haver hostilidade no seu tom. Ele olhou para o relógio. — Está muito tarde para você estar aqui.

Diana suspirou. Ela parecia exausta. Os cabelos estavam desalinhados, e ela parecia estranhamente informal com um casaco de moletom e calça jeans. Tinha um longo arranhão nas bochechas.

— Passei na convergência na volta de Ojai — disse ela. — Entrei e saí rápido. Só tive que matar um Mantis. — Ela suspirou outra vez. — Não parece que ninguém esteve lá desde a noite em que vocês o fizeram. Temo que nosso necromante tenha encontrado outro lugar para ir.

— Bem, se ele não usar uma convergência, na próxima vez que usar magia negra, vai aparecer no mapa de Magnus — disse Ty.

— Encontrou algo de útil em Ojai? — perguntou Emma. — Que feiticeiro mora lá? Não é ninguém que conheçamos, é?

— Não. — Diana se apoiou na maçaneta da porta, claramente não planejando falar mais nada. — Eu já tinha ouvido falar nos Seguidores; suponho que não seja surpresa que vocês estivessem tentando encontrá-los aqui. Queria que tivessem me contado, mas...

— Você já tinha saído — disse Jules, e se apoiou nas próprias mãos. Ele estava sem o casaco, e a camisa social estava esticada no peito. Saber como era o corpo dele por baixo do algodão não ajudava Emma a se concentrar. Ela desviou o olhar, detestando seus pensamentos descontrolados. — Mas posso oferecer um resumo.

Quando ele começou a falar, Emma virou, em silêncio, e se retirou. Ela pôde ouvir a voz de Julian atrás dela, recontando os eventos transcorridos na noite. Ela sabia que ele contaria a história com precisão; sabia que não precisava se preocupar. Mas agora precisava falar com duas pessoas, e tinha que fazer isso sozinha.

— Mãe — sussurrou Emma. — Pai. Preciso da ajuda de vocês.

Ela havia tirado o vestido e as botas, e as colocava em um canto com as armas. O tempo tinha piorado: lufadas sopravam pelo Instituto, balançando as calhas de metal, manchando os vidros com estampas prateadas. Ao longe, raios brilhavam sobre a água, iluminando-a como uma folha de vidro. De pijama, Emma sentou de pernas cruzadas, encarando o armário aberto.

Para um estranho, o armário poderia parecer uma bagunça de fotos, barbantes e anotações, mas para ela era uma carta de amor. Uma carta de amor para seus pais cuja foto ficava no centro da compilação. Uma foto deles sorrindo um para o outro, o pai no meio de uma risada, os cabelos louros brilhando ao sol.

— Estou perdida — disse ela. — Comecei isso porque achei que tivesse alguma ligação entre esses assassinatos e o que aconteceu com vocês. Mas, se é o caso, acho que a estou perdendo. Nada se liga ao ataque ao Instituto. Eu me sinto como se estivesse caminhando pela bruma e não consigo enxergar nada com clareza.

Parecia que tinha algo preso na garganta dela, algo duro e doloroso. Parte de Emma não queria nada mais do que correr para a chuva e sentir a água cair. Andar ou correr pela praia, onde o mar e o céu se fundiam, e ter seus gritos sufocados por trovões.

— Tem mais — sussurrou ela. — Acho que estou estragando tudo. Como... como Caçadora de Sombras. Desde que Jules se machucou, quando eu o curei, desde então, quando olho para ele, eu sinto... coisas que não deveria sentir. Penso nele de um jeito que não se deve pensar quando se é *parabatai*. Tenho certeza de que ele não sente o mesmo, mas hoje, por alguns minutos, quando estávamos dançando, eu me senti... feliz — Ela fechou os olhos. — Amor é feito para deixar as pessoas felizes, não é? Não é para machucar?

Bateram na porta.

Jules, ela pensou. Ela se levantou quando a porta abriu.

Era Mark.

Ele continuava com as roupas formais. Eram muito escuras em contraste com seus cabelos louros. Qualquer outra pessoa teria parecido desconfortável, ela pensou quando ele entrou no quarto e olhou para o armário dela, depois para ela. Qualquer outra pessoa teria perguntado se estava interrompendo ou se intrometendo, considerando que ela estava de pijama. Mas Mark se comportava como se estivesse chegando para um compromisso marcado.

— Fui levado — falou o garoto — no mesmo dia em que seus pais foram mortos.

Ela fez que sim com a cabeça, olhando para o armário. Estar com ele aberto fazia com que ela se sentisse estranhamente exposta.

— Eu disse a você que sentia muito pelo que tinha acontecido com eles — continuou. — Mas isso não é suficiente. Eu não percebi que essa investigação se tornaria sobre mim. Sobre minha família tentando me manter aqui. Que a minha presença roubaria de você o significado do que você está fazendo aqui.

Emma sentou no pé da cama.

— Mark... não é assim.

— É assim — disse ele. Seus olhos eram luminosos à estranha luz; a janela estava aberta, e a luminosidade que entrava era tocada pelo brilho de nuvens carregadas de raios. — Eles não deveriam estar fazendo isso para me manter, quando eu talvez nem fique.

— Você não voltaria para o Reino das Fadas. Não voltaria.

— Tudo que foi prometido é que eu escolheria — disse ele. — Eu não... eu não posso... — Ele cerrou as mãos em punhos nas laterais do corpo, a frustração em seu rosto era clara. — Pensei que você fosse entender. Você não é uma Blackthorn.

— Sou *parabatai* de Julian — disse ela. — E Julian precisa que você fique.

— Julian é forte — insistiu Mark.

— Julian *é* forte — concordou ela. — Mas você é irmão dele. E se você for... Eu não sei se consigo juntar esses cacos.

Os olhos dele se voltaram novamente para o armário.

— Sobrevivemos a perdas — sussurrou ele.

— Sobrevivemos — concordou Emma. — Mas meus pais não se foram de propósito. Não sei o que teria acontecido se fosse esse o caso.

Um raio estalou, iluminando o quarto. A mão de Mark voou para a garganta.

— Quando ouço trovões, vejo raios, penso que deveria estar cavalgando através deles — disse o garoto. — Meu sangue chama o céu.

— Quem lhe deu esse pingente? — perguntou ela. — É uma flecha de elfo, não é?

— Na Caçada, eu era habilidoso com elas — disse Mark. — Eu conseguia acertar um inimigo enquanto cavalgava, e acertava nove de dez tiros. Ele me chamava de "tiro de elfo", porque... — Mark se interrompeu, virando-se para olhar Emma, que estava na cama. — Somos parecidos, eu e você — garantiu ele. — A tempestade lhe chama, assim como a mim, não é mesmo? Vi nos seus olhos mais cedo... Você queria estar lá fora. Correr na praia, talvez, enquanto os raios caem.

Emma respirou trêmula.

— Mark, eu não...

— O que está acontecendo? — Foi Julian que perguntou. Ele havia tirado o terno e estava parado na entrada. Emma não conseguia descrever a expressão em seu rosto ao olhar de Mark para ela. Jamais vira Jules assim.

— Se os dois estão ocupados — falou, e a voz parecia a ponta de uma faca —, posso voltar outra hora.

Mark pareceu confuso. Emma ficou encarando.

— Eu e Mark estamos conversando — explicou Emma. — Só isso.

— Já acabamos. — Mark se levantou, com uma das mãos na flecha de elfo. Julian olhou nos olhos de ambos.

— Amanhã à tarde Diana vai levar Cristina até a casa de Malcolm — disse ele. — Qualquer coisa sobre Cristina precisar entrevistar o Alto Feiticeiro para saber como fazemos as coisas por aqui e as diferenças quanto a Cidade do México. Provavelmente Diana só quer ver como está ficando a tradução de Malcolm e precisa de uma desculpa.

— Tudo bem, então podemos ir atrás de Rook — disse Emma. — Ou eu posso ir sozinha se você preferir, ele está acostumado comigo. Não que nossa última interação tenha sido amigável. — Ela franziu o rosto.

— Não, eu vou com você — avisou Julian. — Rook precisa entender que é sério.

— E eu? — perguntou Mark. — Devo fazer parte da expedição?

— Não — respondeu Julian. — Johnny Rook não pode saber que você voltou. A Clave não sabe, e Rook não guarda segredos, ele os vende.

Mark olhou para o irmão através dos cabelos; seus olhos estranhos e de cores diferentes brilhando.

— Então acho que vou dormir até mais tarde — falou. Deu uma última olhada no armário de Emma, havia alguma coisa em sua expressão, algo incomodado, e saiu, fechando a porta.

— Jules — chamou Emma —, o que houve com você? O que foi isso "se vocês dois estão ocupados"? Acha que eu e Mark estávamos nos agarrando no chão antes de você entrar?

— Não seria da minha conta se estivessem — disse Julian. — Eu estava lhes dando privacidade.

— Estava sendo um babaca. — Emma saiu da cama e foi até a penteadeira para tirar os brincos, olhando Julian pelo espelho ao fazê-lo. — E eu sei por quê.

Ela viu a expressão dele mudar e enrijecer, a surpresa deu lugar a incompreensão.

— Por quê?

— Porque você está preocupado — respondeu ela. — Você não gosta de transgredir as regras e acha que confrontar Rook não é uma boa ideia.

Ele se moveu inquieto pelo quarto e sentou na cama dela.

— É assim que me enxerga? — disse ele. — Emma, se precisamos ir até o Rook, eu faço parte do plano. Estou nele, cem por cento.

Ela se olhou no espelho. Cabelos compridos não escondiam as Marcas dos ombros; os braços tinham músculos, e os pulsos eram fortes e largos. Ela era um mapa de cicatrizes: as antigas cicatrizes brancas de símbolos gastos, registros de cortes, e manchas de queimaduras provocadas por sangue ácido de demônio.

De repente, ela se sentiu velha, não era só 17 em vez de 12, mas *velha*. Velha no coração, como se fosse tarde demais. Certamente se fosse encontrar o assassino de seus pais, já o teria feito a essa altura.

— Sinto muito — disse ela.

Julian se reclinou no encosto da cama dela. Estava com uma velha camiseta e calça de pijama.

— Por quê?

Pela maneira como me sinto. Ela conteve as palavras. Se estava tendo sentimentos estranhos por Jules, não era justo contar para ele. Ela é que estava errada.

E ele estava sofrendo. Dava para ver pela rigidez da boca, pela escuridão por trás de olhos claros.

— Por duvidar de você — disse ela.

— O mesmo aqui. — Ele deitou nos travesseiros. A camisa dele, para fora, subiu, dando a Emma uma clara visão de sua barriga, a dobra dos músculos, as sardas douradas no quadril...

— Acho que nunca vou descobrir o que aconteceu com os meus pais — disse ela.

Com isso, ele se sentou, o que foi um alívio.

— Emma — falou, e então parou. Ele não disse *por que falaria uma coisa dessas?* Ou, *como assim?* Nem nenhuma das outras coisas que as pessoas diriam para preencher esse espaço. Em vez disso, ele emendou: — Vai. Você é a pessoa mais determinada que já conheci.

— Me sinto mais longe do que nunca agora. Apesar de termos uma conexão, apesar de estarmos investigando. Não vejo como as mortes deles podem ter tido qualquer relação com o Teatro da Meia-Noite ou com a Loteria. Não vejo...

— Você tem medo — disse Jules.

Emma se apoiou na cômoda.

— Medo de quê?

— Medo de descobrirmos alguma coisa sobre eles que você não quer saber — argumentou ele. — Na sua cabeça, seus pais são perfeitos. Agora que estamos nos aproximando de algumas respostas, você teme descobrir que eles...

— Não eram perfeitos? — Emma lutou para conter a tensão da voz. — Más pessoas?

— Eram humanos — completou ele. — Todos nós descobrimos que as pessoas que cuidam da gente são humanas, eventualmente. Que cometem erros. — Julian tirou o cabelo dos olhos. — Vivo com medo do dia em que as crianças descobrirão isso de mim.

— Julian — disse Emma —, detesto dizer isso a você, mas acho que eles já descobriram.

Ele sorriu e saiu da cama.

— Ofensas — falou o garoto. — Acho que isso significa que você está bem. — E foi para a porta.

— Não podemos revelar a Diana que vamos atrás de Rook — emendou ela. — Ela acha que ele é sujo.

— Ela não está errada. — A luz fraca do quarto brilhou na pulseira de Julian. — Emma, você quer que eu...

Ele hesitou, mas Emma ouviu as palavras não pronunciadas. *Fique com você?*

Fique comigo, ela queria dizer. *Fique comigo e me faça esquecer os pesadelos. Fique e durma ao meu lado. Fique e espante os sonhos ruins, as lembranças de sangue.*

Mas ela só forçou um sorriso.

— É melhor eu dormir, Jules.

Ela não conseguiu ver a expressão de Julian quando ele virou para sair do quarto.

— Boa noite, Emma.

Emma acordou tarde no dia seguinte: em algum momento da noite, a tempestade tinha limpado o céu, e o sol da tarde estava claro. Com a cabeça doendo, ela saiu da cama, tomou banho, vestiu jeans e um casaco de uniforme, e quase deu um esbarrão em Cristina na porta do seu quarto.

— Você dormiu muito, eu estava preocupada. — Cristina olhou para ela com cara feia. —Está tudo bem?

— Vai ficar depois que eu tomar café da manhã. Talvez alguma coisa com chocolate.

— Está tarde demais para café da manhã. Já passou da hora do almoço. Julian me mandou vir buscá-la, ele disse que tem bebidas e sanduíches no carro, mas vocês precisam ir.

— Acha que são sanduíches de chocolate? — perguntou Emma, entrando no ritmo de Cristina enquanto ambas iam para as escadas.

— O que é um sanduíche de chocolate?

— Você sabe: pão, uma barra de chocolate, manteiga.

— Que nojo. — Cristina balançou a cabeça; as pérolas nos lóbulos da orelha brilharam.

— Não tão nojento quanto café. Você está indo para a casa de Malcolm? Cristina sorriu.

— Farei um milhão de perguntas ao seu feiticeiro de olhos roxos para que Diana não pense em você e Julian, ou se vocês estão na casa do Sr. Rook.

— Não sei bem se ele é um senhor — disse Emma, contendo um bocejo. — Nunca vi ninguém chamá-lo de nada além de "ei, Rook", ou às vezes "aquele babaca".

— Isso é muito grosseiro — disse Cristina. Havia algo de brincalhão em seus olhos escuros. — Acho que Mark está nervoso por ficar sozinho com os mais novos. Isso vai ser muito divertido. — Ela puxou uma das tranças molhadas de Emma. — Julian está esperando por você lá embaixo.

— Boa sorte tentando distrair Malcolm — disse Emma quando Cristina seguiu pelo corredor até a cozinha, onde Diana, supostamente, esperava.

Cristina deu uma piscadela.

— Boa sorte tentando conseguir informações, *cuata*.

Balançando a cabeça, Emma foi para o estacionamento, onde encontrou Julian ao lado do Toyota, examinando o conteúdo da mala. Ao lado dele estava Mark.

— Achei que Cristina fosse estar aqui — dizia Mark quando Emma se aproximou. — Não sabia que ela ia para a casa de Malcolm. Não achei que fosse ficar sozinho com as crianças.

— Não são crianças — disse Julian, acenando com a cabeça para cumprimentar Emma. — Ty e Livvy têm 15 anos; eles já cuidaram dos outros antes.

— Tiberius está bravo por você não deixá-lo te acompanhar até a casa de Rook — disse Mark. — Ele disse que ia se trancar no quarto.

— Ótimo — respondeu Julian. Estava com a voz rouca; parecia não ter dormido. Emma ficou imaginando o que o teria mantido acordado. Pesquisa?

— Acho que você vai saber onde ele está. Olha, só quem precisa de cuidado é Tavvy.

Mark pareceu doente de medo.

— Eu sei.

— Ele é uma criança, e não uma bomba — garantiu Emma, vestindo o cinto de armas. Havia diversas lâminas serafim e uma estela nele. Ela não estava de uniforme, só de calça jeans e um casaco que esconderia a espada nas costas. Não que esperasse confusão, mas detestava sair sem Cortana, que, no momento, descansava na mala. — Vai ficar tudo bem. Dru e Livvy podem ajudar.

— Talvez essa sua missão seja perigosa demais — disse Mark, quando Julian fechou a mala. — Uma fada diria que *rook*, na verdade, é um corvo preto, um pássaro de mau presságio.

— Eu sei — rebateu Julian, guardando uma última adaga fina no cinto.

— Também significa enganar ou lograr. Foi minha palavra do dia com Diana ano passado.

— Johnny Rook é um enganador, é verdade — concordou Emma. — Ele engana *mundanos*. Nós vamos ficar bem.

— As crianças podem atear fogo nelas mesmas — disse Mark. Não pareceu estar brincando.

— Ty e Livvy têm *15* anos — disse Emma. — Eles têm quase a mesma idade que você tinha quando se juntou à Caçada. E você ficou...

— O quê? — Mark virou os estranhos olhos para ela. — Eu fiquei bem? Emma se sentiu ruborizar.

— Uma tarde na própria casa não é exatamente o mesmo que ser sequestrado por fadas canibais predadoras.

— Nós não comemos pessoas — falou Mark, indignado. — Pelo menos, não até onde sei.

Julian destrancou a porta do motorista e entrou no carro. Emma sentou no banco do carona enquanto ele se inclinava para fora da janela e olhava, solidário, para o irmão.

— Mark, temos que ir. Se alguma coisa acontecer, peça para Livvy mandar mensagem, mas nesse momento nossa melhor chance é Rook. Tudo bem?

Mark se esticou, como se estivesse se preparando para a batalha.

— Tudo bem.
— E se eles conseguirem atear fogo neles mesmos?
— Sim?
— É bom que arranje um jeito de apagar.

Johnny Rook morava em um pequeno bangalô artesanal com janelas empoeiradas, entre dois ranchos, em Victor Heights. Tinha uma atmosfera de desuso que Emma presumiu ser cuidadosamente cultivada. Parecia o tipo de lugar que crianças da vizinhança pulariam quando estivessem atrás de doces no dia das bruxas.

Fora isso, era uma boa rua. Crianças brincavam de amarelinha a algumas casas de distância, e um senhor lia um jornal em seu terraço, cercado por anões de jardim. Quando Julian imaginava a vida mundana, o cenário era bem parecido com esse. Às vezes, ele achava que não era tão ruim assim.

Emma ajeitava Cortana. Já estavam disfarçados com feitiços, então, não havia preocupação quanto as crianças da rua a verem apertando a alça da espada, uma pequena ruga aparecendo entre as sobrancelhas enquanto a ajeitava. Seus cabelos brilhavam ao sol californiano, mais cintilantes do que o cabo de Cortana. As cicatrizes brancas em suas mãos também brilhavam, difusas, como uma costura de retalhos.

Não. A vida mundana não era uma opção.

Emma levantou a cabeça e sorriu para ele. Um sorriso simples, familiar. Era como se ontem à noite — a dança e a música que ainda lhe pareciam um sonho febril — não tivesse acontecido.

— Pronto? — perguntou Emma.

O caminho pavimentado que levava à entrada da casa era rachado onde as raízes das árvores cresceram, sua força inexorável abrindo o chão. A persistência das que crescem, Julian pensou, e desejou ter uma tela e tintas. Ele estava pegando o telefone para tirar uma foto quando recebeu um toque que indicava mensagem de texto.

Ele olhou para a tela. Era uma mensagem de Mark.

NÃO ESTOU ENCONTRANDO TY.

Julian franziu o rosto e escreveu uma resposta enquanto subia os degraus atrás de Emma. PROCUROU NO QUARTO DELE?

Havia uma aldrava ornada na porta da frente, em forma de um homem verde com cabelos e olhos selvagens. Emma a levantou e deixou cair quando o telefone de Julian apitou novamente.

ACHA QUE SOU UM PALHAÇO? CLARO QUE PROCUREI.

— Jules? — disse Emma. — Está tudo bem?

— Palhaço? — murmurou ele, os dedos voando sobre o teclado. O QUE LIVVY DISSE?

— Você acabou de murmurar "palhaço"? — perguntou Emma. Julian ouviu os passos se aproximando do outro lado da porta. — Julian, *tente* não agir estranhamente, tudo bem?

A porta se abriu. O homem do outro lado, alto e esguio, usava jeans e uma jaqueta de couro. Os cabelos estavam tão curtos que era difícil dizer a cor; óculos escuros escondiam seus olhos.

Ele caiu contra a maçaneta assim que viu Emma.

— Carstairs — cumprimentou. Foi um som entre uma oração e um rosnado.

O telefone de Julian apitou. LIVVY DISSE QUE NÃO SABE.

O homem ergueu uma sobrancelha.

— Ocupado? — perguntou ele sarcasticamente. E se virou para Emma. — Seu outro namorado era mais educado.

Emma enrubesceu.

— Esse não é meu namorado. É Jules.

— Claro. Eu devia ter reconhecido os olhos Blackthorn. — A voz de Rook ficou sedosa. — Você é muito parecido com seu pai, Julian.

Julian não gostou muito do sorriso do sujeito. Mas, para ser sincero, jamais gostou de nada no relacionamento de Emma e Rook. Mundanos que mexiam com magia, mesmo os que possuíam a Visão, eram um assunto indefinido na Clave — não havia uma Lei, mas as pessoas não deveriam se relacionar com eles. Quem precisasse de magia deveria contratar um bom feiticeiro, aprovado pela Clave.

Não que Emma ligasse para a aprovação da Clave.

LIVVY ESTÁ MENTINDO. ELA SEMPRE SABE ONDE TY ESTÁ. FAÇA ELA TE CONTAR. Jules guardou o telefone no bolso. Não era incomum que Ty desaparecesse em cantos da biblioteca ou lugares na colina onde pudesse atrair lagartos para fora de suas pedras. E ele estava irritado, o que aumentava a probabilidade de se esconder.

O homem abriu a porta.

— Entrem — falou, em tom resignado. — Conhecem as regras. Nada de sacar armas, Carstairs. E nada de respostas petulantes.

— Defina "respostas petulantes" — pediu Emma, entrando. Julian foi atrás dela. Uma onda de magia como fumaça espessa em um prédio pegando fogo o atingiu. Pairava no ar da pequena sala, quase visível à pouca luz que penetrava as cortinas amareladas. Prateleiras altas continham livros e manuais de poções, cópias de *Martelo das feiticeiras, Pseudomonarchia Daemonum, A chave menor de Salomão* e um volume vermelho-sangue com as palavras

Dragon rouge na lombada. Um tapete amarelado que combinava com as cortinas repousava torto no chão; Rook o chutou de lado com um sorriso desagradável.

Embaixo dele havia um círculo de feitiço de giz, desenhado nos tacos de madeira. Era o tipo de círculo onde feiticeiros entravam quando invocavam demônios; o círculo criava uma parede protetora. Na verdade eram dois círculos, um dentro do outro, formando uma espécie de moldura, e dentro da moldura estavam os símbolos dos setenta Lordes do Inferno. Julian fez uma careta quando Rook entrou no círculo e cruzou os braços.

— Um círculo de proteção — disse ele desnecessariamente. — Você não pode entrar.

— E não pode sair — observou Julian. — Não com facilidade, pelo menos.

Rook deu de ombros.

— Por que eu quereria?

— Porque está brincando com magia muito poderosa.

— Não julgue — disse Rook. — Nós que não podemos manipular a magia do Céu temos que usar o que conseguimos.

— Os símbolos do Inferno? — censurou Julian. — Existe algo no meio do caminho entre Inferno e Céu, certamente.

Rook sorriu.

— Tem o mundo inteiro — disse ele. — É um lugar bagunçado, Caçador de Sombras, e nem todos nós conseguimos manter as mãos limpas.

— Existe uma diferença entre sujeira e sangue — apontou Julian.

Emma lançou um olhar reprovador a ele, que dizia: *estamos aqui porque precisamos de algo.* Ela nem sempre precisava escrever na pele de Julian para ele saber o que ela estava pensando.

As cortinas balançaram, apesar de não haver nenhuma brisa.

— Olha só, não estamos aqui para incomodar — disse Emma. — Só queremos uma informação e vamos embora.

— Informação não sai de graça — afirmou Rook.

— Tenho uma coisa boa para você dessa vez. Melhor do que dinheiro — disse Emma. Evitando o olhar de Julian, ela pegou um pedaço claro de pedra comprida branco e prata do bolso do casaco. Ruborizou de leve, ciente do olhar de Julian quando ele percebeu o que ela segurava: uma lâmina serafim sem nome.

— O que ele vai fazer com *adamas*? — Julian quis saber.

— *Adamas* tratado pelas Irmãs de Ferro custa caro no Mercado das Sombras — respondeu Rook, sem tirar os olhos do prêmio de Emma. — Mas ainda depende do que queira saber.

— O Teatro da Meia-Noite e os Seguidores — propôs Emma. — Queremos saber sobre eles.

Rook cerrou os olhos.

— O que querem saber?

Emma deu um breve resumo dos eventos da noite anterior, deixando Mark de fora e não contando como descobriram sobre a Loteria. Quando terminou, Rook assobiou.

— Casper Sterling — comentou ele. — Sempre achei esse sujeito um idiota. Tagarelando sobre como ele era melhor do que lobisomens, e melhor do que humanos também. Não posso dizer que lamento por ter chegado a vez dele.

— Johnny — falou Emma com seriedade. — Vão *matá-lo*.

Uma expressão estranha passou pelo rosto de Rook, mas desapareceu rapidamente.

— E o que você quer que eu faça a respeito? É toda uma organização, Carstairs.

— Precisamos saber quem é o líder — explicou Julian. — Belinda se referiu a ele como o Guardião. É ele que temos que encontrar.

— Eu não sei — disse Rook. — Não sei se irritar os Seguidores é válido, nem em troca de *adamas*. — Mas manteve os olhos no objeto branco e prata. Emma forçou a vantagem.

— Nunca vão saber que você teve qualquer relação com isso — garantiu ela. — Mas eu o vi flertando com Belinda no Mercado das Sombras. Ela tem que saber.

Rook balançou a cabeça.

— Ela não sabe.

— Hum — disse Emma. — Tudo bem, quem sabe?

— Ninguém. A identidade do líder é totalmente secreta. Não sei nem se é homem ou mulher. Pode ser Guardião ou Guardiã, entende?

— Se eu descobrir que você está me escondendo alguma coisa, Johnny — começou Emma com frieza —, haverá consequências. Diana sabe que estou aqui. Você não poderá me encrencar com a Clave. Mas eu posso encrencá-lo. Seriamente.

— Emma, esqueça — pediu Julian num tom entediado. — Ele não sabe de nada. Vamos pegar o *adamas* e sair daqui.

— Eles têm dois dias — retrucou Rook com a voz fina e irada. — Quando são sorteados. Têm dois dias antes da morte acontecer. — Ele encarou os dois, como se de algum jeito eles fossem culpados. — É magia solidária. A energia da morte de uma criatura sobrenatural incrementa o feitiço que fortalece a todos eles. E o líder... ele aparece para a morte. Disso eu sei. Se estiverem presentes no momento da morte, vão vê-lo. Ou vê-la. Quem quer que seja.

— O Guardião comparece aos assassinatos? — insistiu Emma. — Para coletar a energia?

— Então se seguirmos Sterling, se esperarmos até que alguém o ataque, veremos o Guardião? — Julian quis saber.

— Sim. Isso deve funcionar. Quero dizer, vocês são loucos se querem estar presentes em uma grande festa da magia negra, mas suponho que seja um problema de vocês.

— Suponho que sim — admitiu Julian. O telefone vibrou novamente. LIVVY NÃO ME CONTA NADA. ELA SE TRANCOU NO QUARTO. ME AJUDA.

Um fio de preocupação se desenrolou no estômago de Julian, e ele disse a si mesmo que estava sendo tolo. Sabia que se preocupava demais com os irmãos. Ty provavelmente tinha ido atrás de algum bicho, estava brincando com um esquilo ou com um gato de rua. Ou poderia ter se isolado com um livro, sem vontade de socializar.

Julian respondeu: VÁ LÁ FORA E PROCURE POR ELE NO JARDIM DOS FUNDOS.

— Continua mandando mensagem? — perguntou Rook, com o tom de voz zombeteiro. — Suponho que você tenha uma vida social intensa.

— Eu não me preocuparia — disse Julian. — Meu telefone está quase sem bateria.

O telefone vibrou de novo. ESTOU INDO PARA FORA, dizia, e então a tela ficou preta. Ele o guardou no bolso quando um grande estalo veio de baixo e, depois dele, um grito.

— Que diabos?! — exclamou Rook.

O choque na voz dele foi real; Emma também deve ter ouvido, porque ela já estava correndo para a escada que levava para baixo. Rook gritou atrás deles, mas Julian sabia que levaria um instante para que ele se livrasse do círculo de proteção. Sem mais uma olhada para Rook, ele correu atrás de Emma.

Kit Rook se escondeu nas sombras da escada. Vozes desciam de cima, junto à fraca luz do sol. Seu pai sempre o mandava para baixo, para a adega, quando recebia visitas. Principalmente o tipo de visita que o fazia correr atrás de giz para desenhar um círculo de proteção.

Kit só conseguia ver as sombras se movendo no andar de cima, mas ouviu duas vozes. Vozes jovens, para sua surpresa. Um menino e uma menina.

Ele tinha uma boa ideia de quem seriam, e não eram membros do Submundo. Ele viu a cara do pai quando bateram à porta. Rook não disse nada, mas só usava aquela expressão por um motivo: Caçadores de Sombras.

Nephilim. Kit sentiu o lento ardor da raiva em seu estômago. Ele estava sentado no sofá, vendo TV, e então estava encolhido no porão como um ladrão na própria casa porque Caçadores de Sombras achavam que tinham o direito de legislar sobre a magia. De dizer a todos o que devem fazer. De...

Uma figura avançou para ele nas sombras. Ela o atingiu forte no peito, e ele cambaleou para trás e bateu em uma parede atrás de si, perdendo o fôlego. Ele engasgou quando foi cercado por luz — uma luz clara, trazida por mão humana.

Algo afiado tocou a base da garganta de Kit. Ele respirou fundo e levantou os olhos.

Ele estava olhando diretamente para um menino da sua idade. Cabelos negros e olhos da cor da ponta de uma faca, olhos que desviaram dos seus quando o menino franziu o rosto. Ele tinha um corpo longo, magro e vestido de preto, e pele clara Marcada com os símbolos dos Nephilim.

Kit nunca chegara tão perto de um Caçador de Sombras. O menino estava com uma das mãos na luz brilhante — não era uma lanterna, nem nada eletrônico; Kit reconhecia magia quando via — e a outra segurava uma adaga cuja ponta tocava a sua garganta.

Kit já tinha imaginado antes o que faria se um Nephilim o pegasse. Pisaria no pé dele, quebraria os seus ossos, cuspiria na sua cara. Não fez nada disso, não pensou nenhuma dessas coisas. Ele olhou para o menino com a faca em sua garganta, o menino cujos cílios pretos tocavam as maçãs do rosto ao desviar o olhar de Kit, e sentiu algo como o choque do reconhecimento passar por si.

Ele pensou, *que lindo.*

Kit piscou os olhos. Apesar de o outro menino não estar olhando diretamente para ele, pareceu notar o movimento. Em um sussurro áspero, ele indagou:

— Quem é você? O que está fazendo aqui? Você é jovem demais para ser Johnny Rook.

Ele tinha uma voz adorável. Clara e baixa, com uma aspereza que o fazia soar mais velho do que era. A voz de um menino rico.

— Não — disse Kit. Ele se sentiu tonto e confuso, como se um flash brilhante tivesse acendido em seus olhos. — Não sou.

O menino continuava não olhando diretamente para Kit. Como se Kit não fosse digno do seu olhar. A sensação de choque estava começando a desaparecer, a ser substituída por raiva.

— Vá em frente — disse Kit, desafiando. — Descubra.

A expressão do menino escureceu, depois, clareou.

— Você é filho dele — declarou. — Filho de Johnny Rook.

E então o lábio dele se curvou, uma curva singela de desprezo, e Kit sentiu a raiva ferver dentro de si. Ele chegou rápido para o lado, para longe da adaga, e deu um chute. O outro menino girou, mas Kit o pegou com um golpe. Ele ouviu um grito de dor. A luz caiu da mão do menino, se apagando, e então Kit estava sendo empurrado para a parede outra vez, um punho fechando na camisa dele, a adaga novamente em sua garganta, e o menino sussurrava:

— Quieto, quieto, *quieto*. — E então o recinto se encheu de luz.

O outro menino congelou. Kit olhou para cima para ver outros dois Caçadores de Sombras nos degraus da adega: um menino com olhos azul-esverdeados brilhantes, e a menina loura que ele vira no Mercado das Sombras na semana anterior. Os dois olhavam para baixo — não para ele, mas para o menino que o segurava pela camisa.

O menino fez uma careta, mas se segurou, a provocação espalhando alarme por seu rosto. *A-ha*, pensou Kit, percebendo as coisas. *Você não deveria estar aqui, não é mesmo?*

— Tiberius Blackthorn — chamou o menino de olhos azul-esverdeados. — O que você está fazendo?

Emma ficou parada olhando para Ty, completamente surpresa. Foi como se o Instituto de repente tivesse aparecido no meio da adega de Johnny Rook: a visão de Ty era familiar e ao mesmo tempo totalmente incongruente.

Ty parecia mais amarrotado e esfarrapado do que ela via há anos, apesar de segurar a adaga com firmeza. Diana teria ficado feliz. Provavelmente não ficaria satisfeita com o fato de que ele estava apontando a arma para a garganta de um mundano — ele parecia ter cerca de 15 anos, e era estranhamente familiar. Ela já o tinha visto antes, percebeu, no Mercado das Sombras. Seu cabelo era uma massa emaranhada loura; a camisa estava limpa, porém, rasgada, os jeans desbotados para uma cor mais clara. E ele parecia pronto a dar um soco em Ty, o que era incomum para um mundano na posição dele. A maioria se desconcentrava mais quando tinha uma faca na garganta.

— Ty — chamou Julian de novo. Ele parecia furioso, fúria com uma pontada de pânico. — Ty, solte o filho de Johnny.

Os olhos do menino louro se arregalaram.

— Como você... como você sabe quem eu sou? — Ele quis saber.

Julian deu de ombros.

— Quem mais você poderia ser? — Ele inclinou a cabeça para o lado. — Talvez você saiba alguma coisa sobre a Loteria no Teatro da Meia-Noite?

— Jules — disse Emma. — Ele é só uma criança.

— Não sou criança! — O menino protestou. — E meu nome é Kit.

— Estamos tentando ajudar — avisou Julian. O menino louro, Kit, franziu o rosto. Julian suavizou a voz. — Estamos tentando salvar vidas.

— Meu pai me disse que isso é o que os Caçadores de Sombras sempre dizem.

— Você acredita em tudo que ele diz?

— Ele tinha razão nessa, não tinha? — observou Kit. Seu olhar desviou para Emma; ela se lembrou de ter notado que ele tinha a Visão. Achou que ele fosse assistente de Rook, contudo, e não seu filho. Eles não se pareciam em nada. — Você disse isso.

— Quis dizer... — começou Julian.

— Não sei nada sobre nenhuma loteria — disparou Kit, e ele olhou para Tiberius.

O mais estranho, talvez, era o fato de que Ty o encarava. Emma se lembrou de Ty, há alguns anos, dizendo, *por que as pessoas dizem "olha para mim" quando querem dizer "olha nos meus olhos"? Você pode olhar para qualquer parte da pessoa que vai estar olhando para ela.* Mas ele estava olhando curioso para os olhos de Kit, como se eles lembrassem alguma coisa.

— Kit! — A voz foi um rugido. Emma ouviu tropeços na escada, e Johnny Rook apareceu. Uma das mangas estava queimada. Emma jamais o tinha visto tão furioso. — Deixe meu filho *em paz*!

Ty ajeitou o punho na faca, endireitando a coluna. E olhou para Johnny Rook sem qualquer sombra de medo.

— Conte-nos sobre a Loteria — ordenou.

Kit fez uma careta. Emma viu, mesmo no escuro. Ty não parecia assustador para ela, mas, pensando bem, ela o pegou no colo quando ele tinha 3 anos de. O medo, porém, estava evidente no rosto de Johnny Rook: até onde ele sabia, os Nephilim tinham trazido um Caçador de Sombras para o porão para matar seu filho.

— Darei o endereço de Casper Sterling — propôs ele quando Kit o encarou, espantado. Claramente ele não costumava ver seu pai tão abalado. — Eu tenho, tudo bem? Ele tem várias identidades, não é fácil encontrá-lo, mas sei onde mora. Tudo bem? É o suficiente? *Solte* o meu filho!

Ty abaixou a faca e deu um passo para trás. Ele continuou segurando-a; os olhos em Kit enquanto o menino esfregava a garganta.

— Pai, eu... — começou Kit.

— Quieto, Kit. — Johnny se irritou. — Eu já disse. Não diga nada na frente dos Nephilim.

— Estamos do mesmo lado — falou Julian com a mais calma das vozes. Johnny Rook virou para ele. O rosto dele estava rubro, a garganta se mexendo.

— Não ouse me dizer de que lado estou, você não sabe de nada, *nada*...

— *Chega*! — gritou Emma. — Pelo Anjo, do que é que você tem tanto medo?

Johnny fechou a boca.

— Não tenho medo — disse entre dentes. — Saiam daqui. Saiam e nunca mais voltem. Vou mandar o endereço por mensagem, mas, depois disso, não liguem, não me peçam favores. Acabou, Nephilim — decretou ele.

— Tudo bem — disse Emma, gesticulando para Ty vir para perto dela e de Julian. — Nós vamos. Ty...

Ty guardou a faca no cinto e subiu as escadas. Julian se virou e foi atrás dele. O menino na base da escada não os viu indo embora; estava com os olhos fixos no pai.

Ele não era muito mais novo do que Emma — talvez um ou dois anos — mas ela, de repente, sentiu uma onda protetora inexplicável em relação ao filho de Johnny Rook. Se ele tinha a Visão, então, todo o Submundo era aberto para ele: apavorante e inexplicável. De certa forma, ele era como Tiberius, vivendo em um mundo diferente do que todos à sua volta enxergavam.

— Tudo bem, Johnny — disse Emma outra vez, mais alto. — Mas se mudar de ideia, você tem meu telefone. *Carstairs*.

Johnny Rook olhou para ela.

— Me liga — disse Emma novamente, e dessa vez olhou para Kit. — Se precisar de alguma coisa.

— *SAIA daqui*. — Rook parecia prestes a explodir, ou a ter um enfarto, então, com uma última olhada por cima do ombro, Emma se foi.

Emma encontrou Ty perto do carro. Nuvens tinham se acumulado, voando com sopros de vento no céu. Ty estava apoiado na mala, a brisa soprando seus cabelos pretos.

— Onde está Jules? — perguntou ela ao se aproximar.

— Ali. — Ele apontou. — Eu entrei na casa com um símbolo de Abertura. Quebrei a tranca do porão. Ele está consertando.

Emma olhou para a casa de Johhny Rook e viu a figura comprida e esguia de Jules contornada pela parede. Ela abriu a mala do carro, soltando o cinto de armas.

— Como foi que você chegou aqui?

— Eu me escondi no banco de trás. Embaixo do cobertor. — Ty apontou. Emma viu a ponta de um par de fones de ouvido aparecendo por baixo da coberta. — Acha que Julian está bravo comigo? — Sem a faca, ele parecia tão novinho, os olhos cinzentos claros e abertos fixos nas nuvens do céu.

— Ty. — Emma suspirou. — Ele vai te "assassitar".

Julian estava voltando para a direção deles. Ty disse:

— Isso é um neologismo.

Emma piscou os olhos.

— O quê?

— Uma palavra que você inventou. Shakespeare inventava palavras o tempo todo.

Emma sorriu para ele, estranhamente tocada.

— Bem, "assassitar" não é exatamente Shakespeare.

Ty se preparou quando Julian veio diretamente para ele, sem interromper o ritmo, a mandíbula firme, os olhos azul-esverdeados tão escuros quanto o fundo do oceano.

Ele alcançou o irmãozinho e o pegou, puxando-o em um abraço apertado. E apertou o rosto contra o cabelo escuro de Ty enquanto ele ficou parado, espantado pela ausência de raiva em Julian.

— Jules? — disse ele. — Você está bem?

Os ombros de Julian sacudiram. Ele segurou o irmão com mais força, como se pudesse esmagar Ty contra si, para um lugar onde ele sempre estaria seguro. Ele apoiou a bochecha nos cachos do menino, fechando os olhos, com a voz abafada.

— Achei que tinha acontecido alguma coisa com você — disse ele. — Pensei que Johnny Rook pudesse...

Ele não concluiu a frase. Ty abraçou Julian cautelosamente. Afagou as costas dele, gentil; as mãos esguias. Foi a primeira vez que Emma viu Ty consolar o irmão mais velho — praticamente a primeira vez que ela viu Julian permitir que alguém cuidasse dele.

Ficaram em silêncio pelo caminho de volta ao Instituto; silenciosos enquanto as nuvens clareavam, sopradas pelo vento do mar. O sol estava baixo no horizonte enquanto seguiam pela Pacific Coast Highway. Continuaram em silêncio enquanto saltavam do carro, e Julian finalmente falou.

— Você não devia ter feito aquilo — disse, olhando para Tiberius. Tinha parado de tremer, ainda bem, já que estava dirigindo; a voz era firme e suave.
— Era muito perigoso levá-lo conosco.

Ty colocou as mãos nos bolsos.

— Sei o que você pensa. Mas essa investigação também é minha.

— Mark me mandou uma mensagem para avisar que você estava sumido — contou Julian, e Emma se assustou; ela devia ter adivinhado que era isso que Jules estava fazendo ao telefone. — Eu quase saí da casa de Rook. Acho que ele não teria nos deixado entrar de novo.

— Sinto muito que tenha se preocupado — desculpou-se Ty. — Por isso, eu o abracei na saída da casa de Rook, porque me senti mal por você ter se preocupado. Mas eu não sou Tavvy. Não sou criança. Não preciso estar sempre no lugar para você ou Mark me encontrarem.

— E também não devia ter entrado na casa de Rook. — A voz de Julian se elevou. — Não era seguro.

— Eu não estava planejando entrar. Só queria ver a casa. Observar. — A boca suave de Ty enrijeceu. — Então vi quando vocês entraram, e vi alguém lá embaixo. Achei que ele fosse subir e atacar quando vocês não estivessem esperando. Eu sabia que vocês não tinham ideia que havia alguém ali.

— Jules — disse Emma. — Você teria feito a mesma coisa.

Jules a olhou exasperado.

— Ty só tem 15 anos.

— Não diga que é perigoso porque tenho 15 anos — disse Ty. — Você fez coisas tão perigosas quanto quando tinha 15 anos. E Rook não teria dado o endereço de Sterling se eu não estivesse com uma faca na garganta do filho dele.

— É verdade — disse Emma. — Ele entrou muito rápido naquele círculo de proteção.

— Você não tinha como saber que o filho dele estava escondido lá embaixo — censurou Julian. — Você não podia ter previsto o que ia acontecer, Ty. Foi sorte.

— Previsão é magia — disse Ty. — Não foi isso. E também não foi sorte. Eu já ouvi Emma falar sobre Rook. E Diana. Ele pareceu o tipo de pessoa que esconderia coisas. Em quem não se pode confiar. E eu acertei. — Ele olhou fixamente para Jules; não estava olhando nos olhos dele, mas o olhar era direto. — Você sempre quer me proteger — falou. — Mas nunca me diz quando tenho razão. Se me deixasse tomar minhas próprias decisões, talvez não se preocupasse tanto.

Julian ficou chocado.

— Pode ajudar, sabermos que Rook tem um filho — disse Ty, soando confiante. — Não tem como saber que não. Eu consegui o endereço de Sterling. Eu ajudei, mesmo você não me querendo lá.

À pouca luz que vazava do Instituto, Julian parecia mais vulnerável do que Emma jamais havia visto.

— Desculpe — falou, quase formalmente. — Não tive a intenção de fazer parecer que você não tinha ajudado.

— Eu conheço a Lei — disse Ty. — Sei que 15 anos não é adulto. Sei que precisamos do tio Arthur e de você. — Ele franziu o rosto. — Quero dizer, não sei cozinhar nada, Livvy também não. E eu não saberia colocar Tavvy para dormir. Não estou falando que você precisa me encarregar das coisas, ou me deixar fazer o que eu quiser. Sei que existem regras. Mas algumas coisas... Talvez Mark pudesse fazer?

— Mas Mark... — Julian começou, e Emma sabia qual era o medo dele. *Talvez Mark não fique. Pode não querer ficar.*

— Mark está apenas voltando a conhecer a todos nós e saber como é estar aqui — avaliou Julian. — Não sei se podemos pedir isso para ele.

— Ele não se importaria — disse Ty. — Ele gosta de mim. Gosta *da gente*.

— Ele te ama — afirmou Julian. — E eu também te amo. Mas, Ty, Mark pode não... Se não encontrarmos o assassino, Mark pode não ficar aqui.

— Por isso que quero ajudar a resolver o mistério — falou Ty. — Para ele poder ficar. Ele poderia cuidar da gente, e você poderia descansar. — Ele fechou o casaco, tremendo; o vento do mar estava muito frio. — Eu vou entrar e achar Livvy. Mark também. Ele deve estar preocupado.

Julian ficou olhando para Ty enquanto ele voltava para casa. O olhar no rosto dele... era como se Emma estivesse olhando para uma das pinturas dele, amassada e rasgada, as cores e linhas confusas.

— Todos eles pensam isso, não pensam? — disse ele lentamente. — Todos acham que Mark vai ficar.

Emma hesitou. Há alguns dias, ela teria dito a Julian para não ser ridículo. Que Mark ficaria com a família, de qualquer jeito. Mas ela vira o céu noturno nos olhos de Mark quando ele falou sobre a Caçada, ouviu a liberdade fria em sua voz. Existiam dois Marks, ela, às vezes, pensava. O Mark fada era imprevisível.

— Como poderia *não* achar?! — exclamou Emma. — Se de algum jeito eu conseguisse algum dos meus pais de volta... e depois achasse que eles iriam embora outra vez, voluntariamente...

Julian estava pálido.

— Vivemos em um mundo de demônios e monstros, e a coisa que mais me assusta é a ideia de Mark resolver que o lugar dele é com a Caçada Selvagem, que ele nos deixe outra vez. Mesmo que a gente resolva o mistério e satisfaça o Povo das Fadas. Mesmo assim ele pode ir. E vai destruir os corações de todos eles. Eles nunca mais vão se recuperar.

Emma chegou mais perto de Julian e colocou a mão no ombro dele.

— Você não pode protegê-los de tudo — disse ela. — Eles precisam viver no mundo e lidar com o que acontece nele. E isso às vezes significa sofrer perdas. Se Mark escolher partir, vai ser horrível. Mas eles são fortes. Vão sobreviver.

Fez-se um longo silêncio. Finalmente Julian falou, com a voz seca e tensa:

— Às vezes, eu quase queria que Mark não tivesse voltado. O que isso faz de mim?

H-U-M-A-N-O, escreveu Emma nas costas dele, e por um instante ele se apoiou nela, parecendo extrair conforto da garota, como *parabatai* deveriam fazer. Os ruídos do deserto se reduziram em volta deles — era algo que os *parabatai* conseguiam fazer, criar um espaço calmo onde não havia nada além deles e a conexão viva da magia que os ligava.

Uma batida alta interrompeu o silêncio. Julian se afastou de Emma com um susto. Outra batida, claramente de dentro do Instituto. Julian girou; um instante mais tarde ele corria pelos degraus, de volta para casa.

Emma foi atrás. Mais barulho: ela ouviu mesmo na escadaria, louças batendo, vozes rindo. Eles correram para cima, lado a lado. Emma chegou primeiro na cozinha e abriu a porta.

Ficou boquiaberta.

17

Os Demônios no Fundo do Mar

Parecia que a cozinha tinha explodido.

A geladeira estava vazia; a superfície outrora branca, decorada com redemoinhos vermelhos de ketchup; uma das portas da despensa, pendurada nas dobradiças. O pote de calda tinha sido arrastado, e havia calda em quase todas as superfícies possíveis. Um enorme saco de açúcar refinado tinha sido rasgado, e Tavvy estava sentado dentro dele, coberto de pó branco. Ele parecia um pequeno abominável homem das neves.

Mark aparentemente tinha tentado cozinhar, considerando que havia panelas no fogão, cheias de substâncias queimadas que lançavam fumaça no ar. As chamas continuavam acesas. Julian correu para desligar enquanto Emma observava.

A cozinha de Julian, que ele tinha estocado com comida por cinco anos, mantinha limpa e onde cozinhava e fazia panquecas — estava destruída. Sacos de bala foram rasgados e sujavam o chão. Dru ocupava a bancada, mexendo em um copo com um conteúdo estranho e cantarolando alegre para si mesma. Livvy sentava em um dos bancos, rindo, com um pedaço de bala na mão. Ty estava ao lado dela, lambendo açúcar do próprio pulso.

Mark emergiu da despensa com um avental branco e estampa de corações vermelhos, trazendo dois pedaços de pão queimados.

— Torrada! — anunciou ele feliz, antes de ver Julian e Emma.

Fez-se um silêncio. Julian parecia procurar palavras; Emma se pegou recuando para a porta. De repente, se lembrou das brigas de Mark e Julian quando eram pequenos. Eram feias e sangrentas, e Julian batia tanto quanto apanhava.

Inclusive, às vezes, batia *antes* de apanhar.

Mark ergueu as sobrancelhas.

— Torrada?

— Essa é a *minha* torrada — observou Ty.

— Certo. — Mark atravessou o recinto, olhando Julian de lado ao fazê-lo. Julian continuava sem palavras, apoiado no fogão. — E o que você quer na sua torrada?

— Pudim — respondeu Ty imediatamente.

— Pudim? — Julian ecoou. Emma tinha que admitir que, quando imaginou a primeira palavra de Julian nessa situação, não pensou em "pudim".

— Por que não? — perguntou Livvy com naturalidade, localizando um pote de pudim de tapioca e entregando ao seu irmão gêmeo, que começou a espalhá-lo no pão em pequenas doses.

Julian voltou-se para Mark.

— Achei que você tivesse dito que ela estava trancada no quarto.

— Ela saiu quando vocês avisaram que tinham encontrado Ty — disse Mark.

— Não vi motivo para não sair — explicou Livvy.

— E por que a torradeira está na despensa? — perguntou Julian.

— Não consegui achar nenhuma outra... — Mark parecia estar procurando as palavras. — Tomada elétrica.

— E por que Tavvy está em um saco de açúcar?

Mark deu de ombros.

— Ele queria entrar no saco de açúcar.

— Isso não significa que você deve *colocá-lo* em um saco de açúcar. — A voz de Julian se elevou. — Nem praticamente destruir o fogão. Ou deixar Drusilla beber... o que é isso nesse copo, Dru?

— Leite com chocolate — respondeu Dru imediatamente. — Com creme azedo e Pepsi.

Julian suspirou.

— Ela não deveria estar tomando isso.

— Por que não? — Mark tirou o avental e o jogou de lado. — Não entendo a origem da sua irritação, irmão. Estão todos vivos, não estão?

— Esse é um padrão bem baixo de exigência — disse Julian. — Se eu soubesse que você achava que só precisava mantê-los vivos...

— Foi isso que você disse — respondeu Mark, em parte irritado, e em parte espantado. — Você fez brincadeiras, disse que eles sabiam se cuidar...

— Eles sabem! — Julian se elevava agora; de repente, parecia uma torre sobre Mark, mais alto, mais largo, e em geral mais adulto do que o irmão. — É você que está causando todo o caos! Você é o irmão mais velho, sabe o que isso significa? Deveria saber cuidar deles melhor do que isso!

— Jules, está tudo bem — disse Livvy. — Estamos *bem*.

— Bem? — repetiu Julian. — Ty escapou, e falo com você depois, Livia, invadiu a casa de Johnny Rook e apontou uma faca para o filho dele; Livvy se trancou no quarto, e Tavvy talvez esteja com uma cobertura permanente de açúcar. Quanto a Dru, faltam cinco minutos para ela vomitar.

— Não vou — garantiu Dru, fazendo uma careta.

— Eu limpo — disse Mark.

— Você não sabe limpar! — Julian estava sem cor e furioso. Emma raramente o via tão irritado. — Você — disse ele, ainda olhando para Mark —, você costumava cuidar deles, mas pelo visto se esqueceu disso. Acho que se esqueceu de como se faz qualquer coisa normal.

Mark se encolheu. Tiberius levantou; os olhos cinzentos ardiam no rosto pálido. Ele estava mexendo as mãos nas laterais, batendo-as. Asas de mariposa; asas que conseguiam empunhar uma faca, cortar uma garganta.

— Pare — disse ele.

Emma não sabia se ele estava falando com Julian, Mark, ou com o cômodo em geral, mas ela viu Julian congelar. Sentiu o coração contrair quando ele olhou em volta do recinto, para seus irmãos e irmãs. Dru ficou parada; Tavvy tinha saído do açúcar e estava olhando para Julian com arregalados olhos azul-esverdeados.

Mark estava imóvel; o rosto branco, a cor desbotando das maçãs do rosto altas que marcavam sua herança de fada.

Havia amor nos olhos da família quando olharam para Julian, além de preocupação e medo, mas Emma ficou imaginando se Jules conseguia enxergar isso. Se tudo que ele enxergava eram as crianças por quem tinha aberto mão de boa parte da vida, felizes com outra pessoa. Se, assim como ela, ele olhava para a cozinha e se lembrava de como ele tinha aprendido a limpá-la aos 12 anos. Aprendeu a cozinhar: primeiro, coisas simples, macarrão na manteiga, torrada com queijo. Um milhão de queijos quentes, um milhão de queimaduras nas mãos e pulsos de Julian, por causa do fogão e da espátula. Como descia até a entrada da casa para receber as entregas do mercado, antes de aprender a dirigir. Como arrastava e carregava toda a comida colina acima.

Julian, de joelhos, muito magro, de jeans e moletom, esfregando o chão. A cozinha tinha sido montada por sua mãe, era parte dela, mas era também um pedaço de tudo que ele tinha dado à família ao longo dos anos.

E ele faria tudo de novo, pensou Emma. Claro que faria: ele os amava tanto assim. A única coisa que irritava Julian era medo, medo por seus irmãos e irmãs.

Ele estava com medo agora, apesar de Emma não saber ao certo por quê. Ela só viu a expressão no rosto dele quando Julian registrou o ressentimento deles, a decepção. A chama pareceu se apagar dentro dele. Ele deslizou pela frente do fogão, até estar no chão.

— Jules. — Foi Tavvy que falou, com grãos brancos sobre o cabelo. Ele chegou perto e abraçou o pescoço de Julian.

Jules fez um barulho estranho e, em seguida, puxou o irmão e o abraçou forte. Caiu açúcar nas suas costas, sujando de pó branco o uniforme de combate.

A porta da cozinha se abriu, e Emma ouviu um engasgo de surpresa. Ela se virou e viu Cristina olhando para a bagunça;

— ¡Qué desastre!

Não precisava de tradução. Mark limpou a garganta e começou a empilhar louças sujas na pia. Não empilhou, exatamente, mas jogou. Livvy foi ajudá-lo enquanto Cristina observava.

— Onde está Diana? — perguntou Emma.

— Está em casa. Malcolm nos levou para lá por Portal, e depois trouxe de volta — revelou Cristina, sem tirar os olhos das panelas queimadas no fogão. — Diana disse que precisava colocar o sono em dia.

Ainda segurando Tavvy, Julian se levantou. Tinha açúcar na camisa, no cabelo, mas estava com o rosto calmo, sem expressão.

— Desculpe pela bagunça, Cristina.

— Tudo bem — amenizou ela, olhando em volta. — Não é minha cozinha. Mas — acrescentou apressadamente — posso ajudar a limpar.

— Mark vai limpar — falou Julian, sem olhar para o irmão. — Você e Diana descobriram alguma coisa com Malcolm?

— Ele tinha ido encontrar alguns feiticeiros que achava que poderiam ajudar — respondeu Cristina. — Falamos sobre Catarina Loss. Já ouvi falar dela; ela às vezes dá aula na Academia, estudos do Submundo. Aparentemente tanto Malcolm quanto Diana são amigos dela, então ficaram conversando sobre algumas histórias que eu não entendi direito.

— Bem, eis o que descobrimos com Rook — disse Emma, e começou uma história, deixando de fora a parte em que Ty quase arrancou a cabeça de Kit Rook.

— Então alguém precisa seguir Sterling — decidiu Livvy, ansiosamente, quando Emma acabou. — Eu e Ty podemos cuidar disso.

— Vocês não dirigem — observou Emma. — E precisamos de vocês aqui para pesquisa.

Livvy fez uma careta.

— Então vamos ficar presos no Instituto lendo "há muitos e muitos anos" nove mil vezes?

— Não há motivo para não aprendermos a dirigir — disse Ty, parecendo entediado. — Mark estava falando, não é como se fizesse alguma diferença a nossa idade, não temos que obedecer às leis mundanas...

— Mark disse isso? — perguntou Julian baixinho. — Tudo bem. Mark pode ensiná-los a dirigir.

Mark derrubou um prato na pia com uma batida.

— Julian...

— O que foi, Mark? — disse Jules. — Ah, certo, você não sabe dirigir também. E claro que ensinar alguém a dirigir leva tempo, mas talvez você não esteja aqui. Porque não existem garantias de que você vá ficar.

— Isso não é verdade — argumentou Livvy. — Praticamente resolvemos o caso...

— Mas Mark tem uma escolha a fazer. — Julian olhou para o irmão mais velho por cima da cabeça do mais novo. Seu olhar azul-esverdeado era como uma fogueira constante. — Diga a eles, Mark. Diga que tem certeza de que vai nos escolher.

Prometa a eles, seu olhar dizia. *Prometa que não vai magoá-los.*

Mark não disse nada.

Ah, Emma pensou. Ela se lembrou do que Julian tinha lhe dito lá fora. Era isso que temia: que eles já amassem Mark demais. Ele abriria mão das crianças que amava por Mark sem titubear se fosse isso que quisessem — se, como Ty havia dito, eles quisessem que Mark tomasse conta deles. Ele abriria mão porque os amava, porque a felicidade deles era a sua, porque eles eram seu sangue e seu oxigênio.

Mas Mark também era seu irmão e ele o amava do mesmo jeito. O que você fazia, o que podia fazer, quando a ameaça a quem você amava era alguém que você amava tanto quanto?

— Julian. — Para surpresa geral, quem falou foi o tio Arthur, parado na entrada. Ele lançou um olhar breve e desinteressado para a bagunça na cozinha, antes de focar no sobrinho. — Julian, preciso discutir um assunto com você. Em particular.

Uma singela preocupação passou pelos olhos de Julian. Ele assentiu ao mesmo tempo que algo vibrou no bolso de Emma. O telefone.

O estômago de Emma encolheu. Apenas duas palavras, e não vinham de um número, mas de uma porção de zeros. A CONVERGÊNCIA.

Alguma coisa tinha aparecido na convergência. A mente dela acelerou. Era quase por do sol. A porta da convergência estaria se abrindo; mas os Mantis também estariam se agitando. Ela precisava sair imediatamente para chegar lá em um momento seguro.

— Alguém ligou? — perguntou Julian, olhando para ela. Ele estava colocando Tavvy no chão, mexendo no cabelo dele, gentilmente empurrando-o para perto de Dru, que parecia verde.

Emma conteve o impulso de franzir o rosto; será que ele também não teria recebido a mensagem? Ou não — ela se lembrou dele dizendo que estava quase sem bateria na casa de Johnny Rook. E só Deus sabia onde Diana se metera. Emma se deu conta de que ela podia ser a única pessoa que recebeu a mensagem sobre a convergência.

— Só Cameron — respondeu ela, dizendo o primeiro nome em que conseguiu pensar.

Jules fechou os olhos; talvez ele ainda estivesse com medo de que ela fosse contar a Cameron sobre Mark. Ele estava pálido; sua expressão, calma, mas ela sentiu uma tristeza tensa irradiando dele em ondas. Ela pensou em como ele tinha abraçado Ty na frente da casa de Johnny Rook, em como olhou para Mark. Para Arthur.

Seu treinamento dizia que ela precisava levar Julian para a convergência. Ele era seu *parabatai*. Mas ela não poderia afastá-lo da família agora. Simplesmente não podia. Sua mente se rebelou contra o pensamento de um jeito que ela não conseguia examinar de perto.

— Cristina. — Emma virou para a amiga. — Posso falar com você no corredor?

Com um olhar preocupado, Cristina seguiu Emma para o corredor.

— É sobre Cameron? — disse Cristina assim que a porta da cozinha se fechou atrás delas. — Acho que não estou em condições de dar conselhos românticos agora...

— Eu preciso ver Cameron, de fato — disse Emma, com a mente acelerada. Ela podia levar a amiga para a convergência. Cristina era confiável; ela não contaria nada a ninguém. Mas Julian ficou tão claramente magoado, não apenas magoado, arrasado, quando ela foi para a caverna com Mark e não contou para ele. E tantas coisas desgastaram e prejudicaram a relação *parabatai* dos dois, ela não podia fazer isso de novo, levando outra pessoa.

— Mas não é isso. Olha, alguém precisa seguir Sterling. Acho que nada vai acontecer com ele, ainda estamos no intervalo de dois dias, mas só por via das dúvidas.

Cristina assentiu.

— Eu posso fazer isso. Diana deixou a caminhonete; vou com ela. Mas preciso do endereço.

— Está com Julian. E vou deixar um bilhete para você entregar a ele.

— Ótimo, porque ele vai perguntar — respondeu Cristina secamente. Ouviu-se um terrível barulho súbito da cozinha: o som de Dru correndo e vomitando na pia.

— Ah, pobrezinha — disse Emma. — Mas, enfim, aquela coisa que ela bebeu era muito nojenta...

— Emma, eu sei que não está me contando a verdade. Sei que não vai se encontrar Cameron Ashdown. — Cristina levantou a mão, contendo o protesto de Emma. — E não tem problema. Você não mentiria para mim sem um bom motivo. É só que...

— Sim? — perguntou Emma. Ela tentou manter os olhos inocentes. Seria melhor, ela disse a si mesma. Se Diana descobrisse, se ela se encrencasse, se encrencaria sozinha: Cristina e Julian não mereciam isso. Ela podia resolver sozinha.

— Cuidado — aconselhou Cristina. — Não me faça me arrepender de mentir por você, Emma Carstairs.

O sol era uma bola brilhante de chamas sobre o oceano enquanto Emma guiava o Toyota pela estrada de terra que levava até a convergência. O céu escurecia rápido. O Toyota foi quicando sobre o campo nos últimos metros, quase rolando para uma vala rasa antes de ela parar e desligar o motor.

Ela saiu e se esticou para dentro novamente para pegar armas. Tinha deixado Cortana no Instituto. Isso lhe causou uma pontada, mas sair de casa com a espada nas costas teria despertado suspeitas. Pelo menos, havia lâminas serafim. Ela colocou uma no cinto e pegou a pedra de luz enfeitiçada do bolso, olhando em volta ao fazê-lo — estava estranhamente quieto ali, sem barulho de insetos, pequenos animais ou pássaros cantando. Só o vento na grama.

Os demônios Mantis. À noite, eles provavelmente saíam e comiam todas as coisas vivas. Ela estremeceu e foi para a caverna. A entrada da convergência estava se abrindo, uma linha preta espessa contra o granito.

Ela olhou para trás uma vez, preocupada — o sol parecia mais baixo do que ela gostaria, tingindo a água do oceano com um tom sangrento. Emma tinha parado o mais próximo possível da caverna. Assim, para que se já estivesse escuro quando chegasse, poderia voltar rapidamente para o carro. Mas estava se tornando cada vez mais provável que ela tivesse que matar alguns Mantis no caminho.

À medida que se aproximou da parede de pedra, a linha se alargou um pouco mais, como se a estivesse recebendo. Ela se apoiou na pedra com uma das mãos, espiando pelo buraco. Tinha cheiro de água do mar.

Ela pensou nos pais. *Por favor, me ajudem a achar alguma coisa*, rezou. *Por favor, me ajudem a encontrar uma pista, descobrir como isso se relaciona ao que fizeram com vocês. Por favor, me ajudem a vingá-los.*

Para eu conseguir dormir à noite.

No buraco, Emma viu o brilho fraco do corredor de pedra que levava ao coração da caverna.

Agarrando a luz enfeitiçada, Emma entrou na convergência.

A noite já tinha quase caído — o céu passava de azul a índigo, as primeiras estrelas piscavam sobre as montanhas distantes. Cristina sentou com as pernas no painel da caminhonete, os olhos fixos na casa de dois andares que pertencia a Casper Sterling.

O jipe que ela reconheceu estava estacionado no jardim na frente da casa, embaixo de uma oliveira. Um muro baixo corria em torno da propriedade; a vizinhança, próxima de Hancock Park, era cheia de casas caras, mas não particularmente vistosas. A de Sterling parecia fechada, trancada e escura. O único indício de que ele estava em casa era o carro parado.

Ela pensou em Mark, depois desejou que não o tivesse feito. Ela vinha fazendo isso com frequência ultimamente — pensava em Mark, depois se arrependia. Ela havia lutado para voltar à vida normal depois que saiu do México. Nada de romances com homens confusos e perturbados, não importa quão belos fossem.

Mark Blackthorn não era exatamente confuso ou perturbado. Mas Mark Blackthorn pertencia a Kieran e à Caçada Selvagem. Mark Blackthorn tinha um coração dividido.

Ele também tinha uma voz suave e rouca, olhos marcantes e um hábito de dizer coisas que viravam seu mundo ao contrário. E ele era um ótimo dançarino, pelo que tinha visto. Cristina dava muita importância à dança. Meninos que dançavam bem beijavam bem — era o que sua mãe sempre dizia.

Uma sombra escura correu pelo telhado da casa de Sterling.

Cristina levantou e saiu do carro em instantes, com a lâmina serafim na mão.

— Miguel — sussurrou ela, e a lâmina acendeu. Ela estava pesadamente enfeitiçada, o bastante para saber que nenhum mundano podia vê-la, mas a lâmina oferecia uma luz preciosa.

Ela avançou cuidadosamente, o coração acelerado. Lembrou-se do que Emma havia lhe dito sobre a noite em que Julian foi atingido: a sombra no telhado, a figura de preto. Ela se aproximou cuidadosamente da casa. As janelas estavam escuras, as cortinas, imóveis. Tudo estava parado e em silêncio.

Ela foi em direção ao Jeep. Tirou a estela do bolso quando uma forma aterrissou no chão ao lado dela com um *umpf*. Cristina pulou para fora do caminho quando a sombra se desdobrou; era Sterling, vestido com o que ela imaginava que os mundanos pensavam que fosse um uniforme de combate. Calça preta, botas pretas, um casaco preto sob medida.

Ele olhou fixamente para ela, e seu rosto se tornou roxo aos poucos.

— *Você* — rosnou ele.

— Posso ajudá-lo — disse Cristina, deixando a voz e a lâmina firmes. — Por favor, deixe-me ajudar.

O ódio no olhar dele a espantou.

— Fique *longe* — sibilou ele, e puxou alguma coisa do bolso.

Uma arma. Uma pistola, de pequeno calibre, mas o bastante para fazer Cristina recuar. Armas de fogo eram algo que raramente entrava na vida dos Caçadores de Sombras; pertenciam aos mundanos, ao mundo de crimes humanos comuns.

Mas, mesmo assim, podiam derramar sangue Nephilim e quebrar ossos de Caçadores de Sombras. Ele recuou, apontando a arma para ela, até chegar ao final da entrada. Em seguida, se virou e correu.

Cristina foi atrás dele, mas quando chegou ao fim da entrada, ele desaparecia na esquina da rua. Aparentemente não tinha exagerado — licantropes eram realmente mais velozes do que humanos. Mais velozes até que Caçadores de Sombras.

Cristina murmurou uma singela praga e voltou para o jipe. Pegou a estela do cinto com a mão livre e, agachando, marcou cuidadosamente um símbolo de rastreamento na lateral do veículo, logo acima da roda.

Não foi um desastre completo, pensou ela, voltando para a caminhonete. Como Emma havia dito, ainda estavam no intervalo dos dois dias antes do início da "caçada". E marcar um símbolo de rastreamento no carro certamente ajudaria. Se apenas ficassem longe da casa dele, o deixassem pensar que tinham desistido, com sorte, ele se descuidaria e começaria a dirigir.

Só quando entrou na caminhonete e fechou a porta foi que viu o telefone aceso. Tinha perdido uma chamada. Quando viu quem era, o coração despencou para o estômago.

Diego Rocio Rosales.

Ela derrubou o telefone como se ele tivesse se transformado em um escorpião. Por que, por que, *por que* Diego ligaria para ela? Ela disse a ele para nunca mais voltar a falar com ela.

Sua mão voou para o pingente na garganta, e ela o agarrou, com os lábios se movendo em uma oração silenciosa. *Dai-me força para não ligar de volta.*

— Está se sentindo melhor, tio? — perguntou Julian.

Arthur, jogado atrás da mesa no escritório, levantou o olhar com olhos distantes e desbotados.

— Julian — disse ele. — Preciso falar com você.

— Eu sei. Você falou. — Julian se inclinou contra uma parede. — Você se lembra sobre o quê?

Ele estava exausto, esgotado, vazio como um osso seco. Ele sabia que devia se arrepender do que tinha dito sobre Mark na cozinha. Sabia que devia ser solidário com o tio. Mas não conseguia desenterrar a emoção.

Ele não se lembrava de ter saído da cozinha: lembrava-se de ter entregado Tavvy, até onde fosse possível entregar uma criança de 7 anos coberta de açúcar; lembrava-se de todos prometendo limpar os restos do jantar de queijo, brownies e coisas queimadas. Até Dru, depois que parou de vomitar na pia, jurou que limparia o chão *e* o ketchup das janelas.

Não que Julian tivesse percebido antes disso que havia ketchup nas janelas.

Ele acenou e foi se retirar, depois, parou e procurou Emma. Mas em algum momento Emma tinha saído com Cristina. Supostamente, estavam em algum lugar conversando sobre Cameron Ashdown. E não havia nada que Julian quisesse menos do que participar disso.

Ele não sabia quando tinha acontecido, quando a ideia de Cameron o fazia não querer ver Emma. *Sua* Emma. Você sempre quer ver o seu *parabatai*. Eles são o rosto mais bem recebido do mundo para você. Havia algo de errado em não querer, como se a Terra de repente tivesse começado a girar em outra direção.

— Acho que não — disse Arthur após um instante. — Eu queria ajudar com uma coisa. Algo a respeito da investigação. Vocês ainda estão investigando, não estão?

— Os assassinatos? Os que as fadas nos pediram para investigar? Estamos.

— Acho que era sobre o poema — disse Arthur. — O que Livia estava recitando na cozinha. — Ele esfregou os olhos, claramente cansado. — Eu estava passando e ouvi.
— O poema? — repetiu Julian, confuso. — "Annabel Lee"?
Arthur falou com a voz profunda e retumbante, recitando os versos da poesia como se fossem versos de um feitiço.

> — Mas nosso amor era muito mais forte do que o amor
> Daqueles que eram mais velhos do que nós...
> De muitos mais sábios do que nós...
> E nem os anjos no Céu acima
> Nem os demônios sob o mar
> Podem separar a minha alma da alma
> Da bela Annabel Lee...

— Eu conheço o poema — interrompeu Julian. — Mas não...
— "Aqueles que eram mais velhos" — disse Arthur. — Já ouvi essa frase antes. Em Londres. Não consigo me lembrar em que contexto. — Ele pegou uma caneta da mesa, batucou na madeira. — Sinto muito. Simplesmente... não consigo lembrar.
— "Aqueles Que São Mais Velhos" — ecoou Julian. De repente, se lembrou de Belinda, no teatro, sorrindo com seus lábios vermelhos. *Que Aqueles Que São Mais Velhos nos concedam boa sorte*, ela havia dito.
Uma ideia brotou no fundo da mente de Julian, mas, esquiva, desapareceu quando ele tentou persegui-la.
Ele precisava entrar no estúdio. Queria ficar sozinho, e pintar ajudaria o fluxo dos seus pensamentos. Ele se virou para se retirar e só parou quando a voz do tio Arthur cortou o ar empoeirado.
— Eu ajudei, menino? — perguntou ele.
— Sim — respondeu Julian. — Ajudou.

Quando Cristina voltou para o Instituto, este estava escuro e silencioso. As luzes da entrada tinham sido apagadas, e apenas algumas janelas pareciam iluminadas: o estúdio de Julian, o ponto brilhante no sótão, o quadrado que era a cozinha.
Franzindo o rosto, Cristina foi direto para lá, se perguntando se Emma já tinha voltado de sua tarefa misteriosa. Se os outros haviam conseguido limpar a bagunça que tinham feito.

À primeira vista, a cozinha parecia deserta, com apenas uma luz acesa. Louças se encontravam empilhadas na pia, e, apesar de alguém claramente ter limpado as paredes e bancadas, ainda se viam comida grudada no fogão e dois sacos grandes de lixo, cheios e entornando os respectivos conteúdos, apoiados na parede.

— Cristina?

Ela piscou no escuro, apesar de a voz ser inconfundível.

Mark.

Ele estava sentado no chão, com as pernas cruzadas. Tavvy dormia ao seu lado — em cima dele, na verdade, com a cabeça apoiada no canto do braço de Mark, e pequenas pernas e braços encolhidos, como um inseto de batata. A camiseta e a calça jeans de Mark estavam cobertas de açúcar.

Cristina tirou lentamente o cachecol e o colocou na mesa.

— Emma já voltou?

— Não sei — respondeu Mark, acariciando cuidadosamente o cabelo de Tavvy. — Mas, se chegou, provavelmente foi dormir.

Cristina suspirou. Ela provavelmente teria que esperar até o outro dia para ver Emma e descobrir o que ela tinha ido fazer. Contar sobre o telefonema de Diego se tivesse coragem.

— Você poderia, se não se importar, me dar um copo d'água? — pediu Mark. Ele olhou para baixo, em tom de desculpas, para o menino no colo. — Não quero acordá-lo.

— Claro. — Cristina foi até a pia, encheu um copo e voltou, sentando de pernas cruzadas na frente de Mark. Ele pegou o copo com uma expressão agradecida. — Tenho certeza de que Julian não está bravo com você — disse ela.

Mark emitiu um ruído deselegante, terminando a água e pousando o copo.

— Você pode pegar Tavvy — sugeriu Cristina. — Poderia levá-lo para cama. Se quiser que ele durma.

— Gosto dele aqui — disse Mark, olhando para os próprios dedos longos e claros passando pelos cachos castanhos do menino. — Ele... Todo mundo saiu, e ele dormiu em mim. — Ele soou impressionado, contemplativo.

— Claro que dormiu — disse Cristina. — Ele é seu irmão. Confia em você.

— Ninguém confia em um Caçador — falou Mark.

— Você não é um Caçador nessa casa. É um Blackthorn.

— Queria que Jules concordasse com você. Achei que estava deixando as crianças felizes. Achei que fosse isso que Jules quisesse.

Tavvy se mexeu no colo de Mark, que se mexeu também, de modo que a ponta do seu sapato tocou o de Cristina. Ela sentiu o contato como um pequeno choque.

— Você precisa entender — disse ela. — Julian faz tudo por essas crianças. Tudo. Nunca vi um irmão que é tanto como um pai. Ele não pode dizer apenas sim, ele tem que dizer não. Ele precisa lidar com disciplina, punição e negação. Enquanto você, você pode dar qualquer coisa. Pode se divertir com eles.

— Julian pode se divertir com eles — argumentou Mark um tanto sorumbático.

— Não pode — disse Cristina. — Ele está com inveja porque os ama, mas não pode ser um irmão. Ele tem que ser pai. Na cabeça dele, eles têm medo dele, e adoram você.

— Julian está com ciúme? — Mark parecia espantado. — De mim?

— Acho que sim. — Cristina olhou nos olhos dele. Em algum momento, conhecendo Mark, a diferença entre os olhos azul e dourado deixou de parecer estranha para ela. Do mesmo jeito que parou de ser estranho estar na cozinha dos Blackthorn, falando outra língua, em vez de estar em casa, onde as coisas eram calorosas e familiares. — Seja gentil com ele. Julian tem uma alma gentil. Morre de medo de que você vá embora e parta os corações dessas crianças que ele tanto ama.

Mark olhou para Tavvy.

— Não sei o que vou fazer — disse ele. — Não sabia como ia partir meu coração estar entre eles outra vez. Foi pensar neles, na minha família, que me ajudou a sobreviver os primeiros anos na Caçada. Todo dia cavalgávamos e roubávamos dos mortos. Era uma vida fria, muito fria. E à noite eu deitava e pensava nos rostos deles para conseguir dormir. Eles eram tudo que eu tinha até...

Interrompeu-se. Tavvy sentou, passando a mão pelo cabelo emaranhado.

— Jules. — Ele bocejou.

— Não — respondeu o irmão baixinho. — Mark.

— Ah, certo. — Tavvy sorriu piscando para ele. — Acho que apaguei com todo o açúcar.

— Bem, você entrou em um saco — disse Mark. — Isso pode provocar esse efeito em qualquer um.

Tavvy se levantou e se espreguiçou, uma espreguiçada completa de menininho, com os braços levantados. Mark o observou, com um olhar de saudade nos olhos. Cristina ficou imaginando se ele estaria pensando em todos os anos e conquistas que ele perdeu na vida de Tavvy. De todos os irmãos, o mais novo tinha sido o que mais mudou.

— Cama — falou Tavvy, e saiu da cozinha, pausando na porta para falar: — Boa noite, Cristina! — timidamente antes de seguir.

Cristina deu as costas para Mark. Ele continuava sentado com as costas na geladeira. Parecia exausto, não só fisicamente, mas como se sua alma estivesse cansada.

Ela podia se levantar e ir para a cama, pensou Cristina. Provavelmente é o que deveria fazer. Não havia razão para ficar aqui sentada no chão com um menino que mal conhecia, que provavelmente desapareceria de sua vida em alguns meses, e que provavelmente estava apaixonado por outra pessoa.

O que, ela sabia, podia ser exatamente o que a atraiu para ele. Ela sabia como era deixar uma pessoa amada para trás.

— Até? — insistiu ela.

As pálpebras de Mark se levantaram lentamente, mostrando a ela o fogo nos olhos dourados e azuis.

— Quê?

— Você disse que sua família, a lembrança de sua família, era tudo que você tinha até alguma coisa. Até Kieran?

— É — respondeu Mark.

— Ele foi o único gentil com você?

— Na Caçada? — perguntou Mark. — Não existe gentileza na Caçada. Existe respeito, um tipo de camaradagem entre irmãos. Eles temiam Kieran, é claro. Kieran é nobre, um Príncipe no Reino das Fadas. O pai dele, o Rei, o entregou para a Caçada como um sinal de boa vontade com Gwyn, mas também exigiu que o filho fosse bem tratado. Esse tratamento foi estendido a mim, mas mesmo antes de Kieran, eles passaram a me respeitar lentamente. — Ele deu de ombros. — Era pior quando íamos a festas. Fadas de todo o mundo compareciam, e elas não apreciavam o comparecimento de um Caçador de Sombras. Faziam de tudo para me atrair, me provocar e me atormentar.

— E ninguém interferia?

Mark soltou um riso curto.

— A vida no Reino das Fadas é brutal — revelou ele. — Mesmo para os melhores deles. A Rainha da Corte Seelie pode ser privada de seus poderes se tiver a coroa roubada. Até Gwyn, que lidera a Caçada Selvagem, tem que ceder autoridade a qualquer um que roubar sua capa. Não pode imaginar que teriam compaixão por um menino que é parte Caçador de Sombras. — Seu lábio se curvou. — Tinham até um verso que usavam para me provocar.

— Um verso? — Cristina levantou a mão. — Deixe para lá, não precisa me contar, não se não quiser.

— Não me importo mais — disse Mark. — Era uma coisa estranha. *Primeiro, a chama, depois, a tempestade, no fim, é sangue Blackthorn de verdade.*

Cristina se sentou ereta.

— Quê?

— Eles alegavam que significava que o sangue Blackthorn era destrutivo, como tempestade ou fogo. Que quem quer que tivesse inventado a rima estava dizendo que Blackthorn era sinal de azar. Não que isso tenha importância. É só uma bobagem.

— Isso não é bobagem! — exclamou Cristina. — Significa alguma coisa. As palavras escritas nos corpos... — Ela franziu o rosto em concentração. — São as mesmas.

— O que quer dizer?

— "Fogo para água" — disse ela. — É a mesma coisa... são apenas traduções diferentes. Quando essa não é a sua primeira língua, você entende o sentido das palavras de outro jeito. Acredite em mim, "fogo para água" e "primeiro, a chama, depois, a tempestade", podem ser a mesma coisa.

— Mas o que isso significa?

— Não sei ao certo. — Cristina passou as mãos no cabelo em sinal de frustração. — Por favor, prometa que vai mencionar isso para Emma e Jules assim que puder. Posso estar errada, mas...

Mark parecia estarrecido.

— Sim, claro...

— Prometa.

— Amanhã, eu prometo. — O sorriso dele parecia confuso. — Me ocorre que você sabe muito sobre mim, Cristina, e eu sei muito pouco sobre você. Sei seu nome, Mendoza Rosales. Sei que deixou algo para trás no México. O que foi?

— Não foi algo — disse ela. — Alguém.

— Diego Perfeito?

— E o irmão dele, Jaime. — Ela descartou com um aceno a sobrancelha erguida de Mark. — Por um deles, eu estava apaixonada, e o outro era meu melhor amigo. Ambos partiram meu coração. — Ela ficou quase chocada ao ouvir as palavras saindo de sua boca.

— Pelo seu coração duplamente partido, eu sinto muito — disse Mark. — Mas é errado que eu fique feliz por isso tê-la trazido para a minha vida? Se você não estivesse aqui quando cheguei... não sei se eu teria aguentado. Na primeira vez em que vi Julian, achei que ele fosse meu pai. Eu não sabia que meu irmão tinha crescido tanto. Eu os deixei crianças, e agora eles não mais o são. Quando eu me dei conta do que perdi, mesmo com Emma, aqueles anos de suas vidas... Você é a única de quem não perdi nada, apenas ganhei uma amizade nova.

— Amizade — concordou Cristina.
Ele estendeu a mão, e ela olhou para ele, confusa.
— É tradição — disse ele —, entre as fadas, que uma declaração de amizade seja acompanhada por um toque de mãos.
Ela colocou a mão na dele. Os dedos de Mark fecharam nos dela; eram ásperos onde eram calejados, mas ágeis e fortes. Ela tentou conter o tremor que ameaçou se espalhar por seu braço, se dando conta de que fazia tempo que não dava a mão assim para alguém.
— Cristina — falou Mark, e seu nome soou como música quando ele falou.
Nenhum dos dois notou o movimento na janela, o clarão de um rosto pálido olhando para dentro, nem o barulho de uma noz sendo terrivelmente esmagada entre dedos finos.

A grande câmara na caverna não tinha mudado desde a última visita de Emma. As mesmas paredes cor de bronze, o mesmo círculo de giz no chão. As mesmas portas grandes de vidro fixadas nas paredes e a escuridão atrás delas.
Energia estalou em sua pele quando ela entrou no círculo. A magia do feitiço. De dentro do círculo, o local parecia diferente — as paredes pareciam desbotadas e fluidas, como se estivessem em um velho retrato. As portas do vão eram escuras.
O círculo em si estava vazio, apesar de haver um cheiro estranho ali dentro, uma mistura de enxofre e açúcar queimado. Fazendo uma careta, Emma saiu do círculo e se aproximou da porta mais à esquerda.
De perto não parecia mais escura. Havia luz por trás dela. Era iluminada por dentro, como uma exibição de museu. Ela se aproximou ainda mais e olhou através do vidro.
Além do vidro, havia um pequeno espaço quadrado como um armário. Nele havia um grande candelabro de latão, apesar de não haver velas presas neles. Teria sido uma bela arma, Emma pensou, com seus longos espetos que eram feitos para suportar cera mole. Havia também uma pequena pilha do que, para Emma, pareciam vestes cerimoniais — uma túnica vermelha de veludo, um par de longos brincos que brilhavam com rubis. Sandálias de ouro delicadas.
Será que a necromante era uma mulher?
Emma foi rapidamente para a segunda porta. Com o nariz grudado no vidro, ela pôde ver o que parecia água. Agitada e se movendo, e formas escuras iam passando — uma bateu contra o vidro, e ela deu um pulo para trás

com um grito antes de perceber que se tratava apenas de um pequeno peixe listrado com olhos cor de laranja. Ele olhou para ela por um instante, antes de desaparecer de volta pela água escura.

Ela levantou a pedra de luz enfeitiçada para o vidro, e a água se tornou realmente visível — era radiante, um azul-esverdeado profundo, a cor dos olhos Blackthorn. Ela pôde ver peixes e algas, e estranhas luzes e cores além do vidro. Aparentemente estavam lidando com um necromante que gostava de aquários e peixes. Talvez até de tartarugas. Balançando a cabeça, Emma deu um passo para trás.

Seus olhos acenderam no objeto de metal fixado entre as portas. Inicialmente ela achou que parecia uma faca esculpida, saltada da parede, mas agora percebeu que era uma alavanca. Esticou o braço e fechou a mão em volta dela. Era fria sob seus dedos.

Ela puxou.

Por um momento, nada aconteceu. Em seguida, as duas portas dos vãos se abriram.

Um uivo de outro mundo rasgou o recinto. Emma se virou e encarou horrorizada. A segunda porta estava aberta e brilhando em azul, e Emma percebeu que não era um aquário — era uma porta para o oceano. Um grande e profundo universo de água se abriu do outro lado da porta, com algas balançando e correntes agitadas, e as formas escuras e sombreadas de coisas maiores que peixes.

O cheiro forte de água salgada estava por todos os lados. *Inundação*, Emma pensou, e, em seguida, o barulho dela sendo derrubada e arrastada para o mar, como se estivesse sendo sugada por um ralo. Ela só teve tempo de gritar uma vez antes de ser puxada pela porta e encoberta pela água.

Cameron Ashdown.

Julian estava pintando. Cristina tinha lhe entregado o bilhete de Emma depois que ele saiu do sótão: um bilhete inútil, sem qualquer finalidade, que só dizia que ela ia até a casa de Cameron, e pedindo para que não esperasse a acordado.

Ele o amassou e murmurou alguma coisa para Cristina. Um segundo depois seguia para a escada, e para o seu estúdio. Abrindo violentamente o seu armário de materiais, derrubando as tintas. Abrindo o zíper do casaco do uniforme, jogando-o no chão, tirando as tampas dos tubos de tinta a óleo e apertando as cores na paleta até o cheiro forte de tinta preencher o recinto e interromper a nebulosidade na sua cabeça.

Ele atacou a tela, segurando o pincel como uma arma, e a tinta parecia escorrer dele, como sangue.

Ele pintava em preto, vermelho e dourado, deixando os eventos do dia vazarem dele, como se fossem um veneno forte. O pincel passou pela tela, e lá estava Mark na praia, o luar iluminando as cicatrizes horrorosas de suas costas. Lá estava Ty com a faca na garganta de Kit Rook. Tavvy gritando com pesadelos. Mark se esquivando da estela de Julian.

Estava ciente de que suava, o cabelo grudado na testa. Sentiu gosto de sal e tinta na boca. Sabia que não deveria estar ali; devia estar fazendo o que sempre fazia: cuidando de Tavvy, encontrando novos livros para alimentar a curiosidade de Ty, aplicando símbolos de cura em Livvy quando ela se cortasse lutando, sentando com Dru enquanto ela assistia a filmes de terror ruins.

Ele deveria estar com Emma. Mas Emma não estava ali; estava fora, vivendo a própria vida, e era assim que deveria ser, como *parabatai* deveria ser. Não era um casamento, a ligação *parabatai*. Era uma relação para a qual não havia palavras em língua mundana. Ele deveria querer a felicidade de Emma, mais que a própria, e queria. *Queria*.

Então por que se sentia como se estivesse sendo esfaqueado até a morte por dentro?

Ele procurou a tinta dourada, porque o desejo crescia dentro dele, batia em suas veias, e apenas pintando-a ele o faria passar. E não podia pintá-la sem dourado. Ele pegou o tubo e...

Engasgou. O pincel caiu no chão, e ele caiu de joelhos. Estava engasgando, o peito sofrendo espasmos. Não conseguia puxar ar para os pulmões. Seus olhos queimavam, e o fundo da garganta também.

Sal. Ele estava engasgando com sal. Não o sal do sangue, mas o sal do oceano. Sentiu o gosto do mar na boca e tossiu, o corpo se contorcendo enquanto cuspia água do mar no chão.

Água do mar? Ele limpou a boca com a parte de trás da mão, o coração acelerado. Não tinha nem passado perto do mar naquele dia. E, mesmo, assim podia escutá-lo nos ouvidos, como se estivesse ouvindo uma concha. Seu corpo doía, e a Marca de *parabatai* pulsava.

Assustado e tonto, ele colocou a mão sobre a Marca. E *soube*. Soube sem saber como, no fundo da alma, onde a ligação com Emma tinha sido firmada em sangue e fogo. Sabia porque sabia que ela era parte dele, que a respiração dela era a dele, e os sonhos dela eram os seus, e o sangue dela era o seu, e, quando o coração dela parasse, ele sabia que o dele também pararia, e ficaria feliz, porque não quereria viver um segundo em um mundo que não a incluísse.

Ele fechou os olhos e viu o oceano subir por trás de suas pálpebras, azul, preto e infinito, carregado com a força da primeira onda que quebrou na primeira praia deserta. E sabia.
Onde fores, irei.
— Emma — sussurrou ele, e saiu correndo.

Emma não sabia ao certo o que mais a apavorava em relação ao oceano. Tinha a fúria das ondas — azul-escuras e com as pontas brancas como um laço, eram traiçoeiramente lindas, mas, à medida que se aproximavam da costa, se fechavam como punhos. Ela ficou presa em uma onda quebrando uma vez, e se lembrou de ter tido a sensação de queda, como se estivesse despencando em um poço de elevador, e depois a força da água a prendeu contra a areia. Ela engasgou e se debateu, tentando se libertar, voltar para respirar.

Tinha também a profundidade. Ela já tinha lido anteriormente sobre pessoas abandonadas no mar, sobre como tinham enlouquecido pensando no que havia embaixo delas: os quilômetros e quilômetros de água, a escuridão e coisas dentuças e escorregadias que viviam ali.

Ao ser arrastada pela porta e para o mar, Emma foi engolida por água salgada, que preencheu seus olhos e ouvidos. Estava cercada de água, a escuridão se abria sob ela como um buraco. Era possível ver a porta clara e quadrada do vão diminuindo ao longe, mas, por mais que tentasse, não conseguia nadar até ela. A correnteza era forte demais.

Inutilmente, ela olhou para cima. Sua pedra de luz enfeitiçada tinha sumido, afundando na água abaixo dela. A luz da porta cada vez mais distante iluminava a área ao seu redor, mas não dava para ver nada além de escuridão acima. Seus ouvidos estalavam. Só Raziel sabia o quão afundara. A água perto da porta era verde-clara, cor de jade, mas em todos os outros lugares era negra como a morte.

Ela alcançou uma estela. Seus pulmões já doíam. Boiando na água, nadando contra a corrente, ela tocou a ponta da estela no braço e desenhou um símbolo de Respiração.

A dor nos pulmões aliviou. Com a dor sanada, veio o medo, tão intenso que era capaz de cegar. O símbolo de Respiração a impediu de lutar para respirar, mas o pavor do que podia haver em volta era quase tão intenso quanto. Ela alcançou a lâmina serafim no cinto e a libertou.

Manukel, pensou ela.

A lâmina ganhou vida em sua mão, transbordando luz, e a água ao redor se tornou dourada e turva. Por um instante, Emma ficou impressionada; depois a visão clareou e ela os viu.

Demônios.

Ela gritou, e as bolhas se ergueram, silenciosas. Estavam abaixo de Emma, como pesadelos se elevando: criaturas cheias de calos e escorregadias. Tentáculos balançantes, com dentes afiados, vinham em sua direção. Ela manejou Manukel e cortou o membro cheio de pontas que tentava alcançar sua perna. Sangue negro explodiu na água, subindo em nuvens.

Algo vermelho e sinuoso singrou a água, chegando até a ela. Emma chutou, acertou algo macio e corpulento. Engasgou de nojo e golpeou para baixo; mais sangue entornado. O mar ao seu redor estava se tornando cor de carvão.

Ela nadou para cima, carregada por sangue de demônio. Ao se elevar, pôde ver a lua branca, uma pérola borrada na superfície da água. O símbolo de Respiração tinha queimado em sua pele; parecia que seus pulmões entravam em colapso. Dava para sentir o agito da água sob seus pés, não ousou olhar para baixo. Ela se esticou para cima, para onde a água acabava, sentiu a mão romper a superfície, o frio do ar em seus dedos.

Algo a pegou pelo pulso. Sua lâmina serafim caiu da mão, uma ponta brilhante de luz que escapou dela quando foi puxada para a superfície da água. Ela respirou o ar, mas se precipitou. Água encheu seus pulmões, seu peito, e a escuridão a derrubou com a força de um caminhão.

Idris, 2009

Foi na cerimônia parabatai de Emma e Julian que ela aprendeu duas coisas importantes. A primeira, que ela não era a única Carstairs que ainda restava nesse mundo.

A cerimônia parabatai foi executada em Idris, pois tinham lutado na Guerra Maligna, e o valor deles era reconhecido. Pelo menos, Julian disse, era reconhecido às vezes — não quando realmente queriam alguma coisa importante, como trazer a irmã de volta da Ilha Wrangel, mas quando os Nephilim queriam dar uma festa para celebrar o quão incrível os Nephilim eram, o valor deles sempre era citado.

Quando chegaram, olharam em volta das ruas de Alicante, espantados. Na última vez em que estiveram na capital de Idris, ela estava destruída pela Guerra. As ruas reviradas, pregos nas paredes para espantar as fadas, as portas do Salão dos Acordos arrancadas. Agora estava linda outra vez, as pedras de volta ao lugar, os canais cercando as casas, as torres demoníacas brilhando sobre tudo.

— Parece menor — disse Julian, olhando em volta dos degraus do Salão dos Acordos.

— Não é que seja menor. — A voz pertencia a um jovem com cabelos e olhos escuros, sorrindo para eles. — É que vocês cresceram.

Eles olharam para ele.

— Não se lembram de mim? — perguntou ele. Ele baixou o tom de voz como se tivesse recitando. — Emma Cordelia Carstairs. Fique com seu parabatai. Às vezes, é mais corajoso não lutar. Proteja-o e guarde sua vingança para outro dia.

— Irmão Zachariah? — Emma estava pasma. — Você nos ajudou durante a Guerra Maligna...

— Não sou mais um Irmão do Silêncio — disse ele. — Apenas um homem comum. Meu nome é James. James Carstairs. Mas todos me chamam de Jem.

Houve espanto e houve conversa, e Julian concedeu espaço para Emma ficar chocada e encher o ex-Irmão Zachariah de perguntas. Jem explicou que tinha se tornado um Irmão do Silêncio em 1878, mas abdicara da função agora para poder se casar com a mulher que amava, a feiticeira Tessa Gray. Julian perguntou se isso significava que ele tinha 150 anos, e Jem admitiu que quase isso, apesar de não aparentar. Ele parecia ter cerca de 23.

— Por que não me disse antes? — perguntou Emma, enquanto desciam para a Cidade do Silêncio, pelas longas escadas de pedra. — Que é um Carstairs?

— Achei que eu pudesse morrer — respondeu ele honestamente. — Era uma batalha. Parecia cruel lhe revelar isso se eu não fosse sobreviver até o dia seguinte. E depois disso Tessa me alertou de que deveria lhe dar tempo, para passar pelo luto dos seus pais, para se ajustar à sua nova vida. — Ele se virou e olhou para ela, com uma expressão ao mesmo tempo triste e afetuosa. — Você é uma Caçadora de Sombras, Emma. E nem eu nem Tessa somos Nephilim, não mais. Para morar comigo, apesar de muito bem-vinda, você teria que abrir mão de ser Caçadora de Sombras. E essa era uma escolha muito cruel para lhe apresentar.

— Morar com você? — Foi Julian, com um alerta agudo na voz. — Por que ela faria isso? Ela tem uma casa. Tem uma família.

— Exatamente — disse Jem. — E tem mais. Você poderia me permitir um instante a sós com Emma?

Julian consultou Emma com o olhar, e ela assentiu. Ele se virou e desceu as escadas, olhando várias vezes para trás para se certificar de que ela estava bem.

Jem a tocou no braço com dedos leves. Ela vestia trajes cerimoniais, pronta para o ritual, mas sentiu a cicatriz que tinha provocado em si mesma com Cortana arder quando ele a tocou, como se reconhecesse o sangue compartilhado.

— Eu quis estar presente por você, para isso — disse ele. — Pois eu, um dia, tive um parabatai, e esse laço é muito precioso para mim.

Emma não perguntou o que tinha acontecido com o parabatai de Jem. Irmãos do Silêncio eram proibidos de ter parabatai, e, além disso, 130 anos era um tempo muito, muito longo.

— Mas não sei quando poderei estar em sua companhia outra vez — disse ele. — Tessa e eu temos que encontrar algo. Algo importante. — Ele hesitou. — Será perigoso procurar por isso, mas, quando encontrar, eu gostaria de fazer parte da sua vida outra vez. Como uma espécie de tio. — E deu um meio sorriso. — Você pode não imaginar, mas tenho muita experiência em ser tio.

O olhar dele estava firme no dela, e, apesar de não haver qualquer semelhança física entre os dois, naquele momento Emma se lembrou do pai — do seu olhar firme e do rosto gentil.

— Eu gostaria disso — *revelou ela.* — Posso perguntar mais uma coisa?

Ele fez que sim com a cabeça, a expressão séria. Era fácil imaginá-lo como um tio: ele parecia tão jovem, mas havia uma certeza calma por baixo disso que o fazia parecer sem idade, como uma fada ou um feiticeiro.

— Sim?

— Você me mandou o seu gato?

— Church? — *Ele começou a rir.* — Mandei. Ele tem cuidado de você? Levou os presentes que enviei?

— As conchas e vidros do mar? — *Ela assentiu.* — A pulseira de Julian foi feita com os vidros do mar que Church me trouxe.

A risada desbotou em um sorriso um pouco triste.

— Como deve ser — *disse ele.* — O que pertence a um parabatai, *pertence ao outro. Pois agora são um coração. E uma alma.*

Jem ficou com Emma durante a cerimônia, que foi testemunhada por Simon e Clary, que, ela desconfiava, se tornariam parabatai *um dia.*

Depois da cerimônia, Julian e Emma foram levados pelas ruas para o Salão dos Acordos, onde havia um jantar especial em sua homenagem. Tessa — uma menina bonita, de cabelos castanhos que parecia ter a idade de Clary — se juntara a eles, abraçando forte Emma e exclamando ao ver Cortana, que disse que já tinha conhecido havia muito tempo. Outros parabatai *se levantaram e falaram sobre seu laço e suas experiências. Ondas de felicidade radiante pareciam irradiar dos pares de melhores amigos enquanto falavam. Jace e Alec falaram sobre quase terem morrido juntos nos reinos demoníacos e sorriram, e Emma se alegrou ao pensar que um dia ela e Jules estariam ali, sorrindo um para o outro, e falando sobre como seu elo os tinha ajudado a superar provações quando acharam que iam morrer.*

Em algum momento durante os discursos, Jem se levantou discretamente da cadeira e desapareceu pelas portas para a Praça do Anjo. Tessa tinha derrubado o guardanapo e corrido atrás dele; enquanto as portas se fechavam, Emma os viu abraçados na escadaria. Jem descansou a cabeça no ombro de Tessa.

Ela quis segui-los, mas já estava sendo puxada para a frente do Salão por Clary, e mandaram que fizesse algum tipo de discurso; Julian estava com ela, sorrindo aquele sorriso calmo que escondia um milhão de pensamentos. E Emma se sentia feliz. Vestia um de seus primeiros grandes achados de brechó, um verdadeiro vestido de baile, nada como os jeans esfarrapados que normal-

mente usava até se rasgarem. Em vez disso, estava com um vestido marrom Paraphernalia com flores douradas espalhadas, como girassóis crescendo em um campo, e soltou o cabelo, que batia quase na cintura, do rabo de cavalo que normalmente usava. Ela tinha crescido muito no último ano, e batia quase no ombro de Jace quando ele veio dar os parabéns a ela e a Julian.

Ela teve uma paixonite forte por Jace aos 12 anos e ainda se sentia um pouco inquieta perto dele. Jace tinha quase 19 agora, e estava ainda mais bonito — mais alto, mais largo, bronzeado, e com cabelos clareados pelo sol, mas, acima de tudo, parecia mais feliz. Ela se lembrava de um menino lindo e tenso, que ardia com vingança e fogo celestial, e agora ele parecia tranquilo consigo mesmo.

O que era bom. Ela ficava feliz por ele, e por Clary, que sorriu e acenou para ela do outro lado da sala. Mas Emma não sentia mais borboletas no estômago quando ele sorria para ela, nem queria se arrastar para baixo de alguma coisa quando ele a abraçou e disse que ela estava bonita com o vestido novo.

— Você tem muita responsabilidade agora — disse ele para Julian. — Você terá que se certificar de que ela fique com alguém que a mereça.

Julian estava estranhamente pálido. Talvez estivesse sentindo os efeitos da cerimônia, Emma pensou. Foi uma magia forte, e ela ainda a sentia vibrando pelo sangue como bolhas de champanhe. Mas Jules parecia nauseado.

— E eu? — disse Emma rapidamente. — Não tenho que me certificar de que ele fique com uma garota que o mereça?

— Com certeza. Fiz isso por Alec, Alec fez por mim... Bem, na verdade, ele detestou Clary no início, mas acabou cedendo.

— Aposto que você também não gostou muito de Magnus — rebateu Julian, ainda com o mesmo olhar duro e estranho no rosto.

— Talvez não — respondeu Jace —, mas eu jamais teria dito nada.

— Porque Alec ficaria chateado? — perguntou Emma.

— Não — respondeu Jace —, porque Magnus teria me transformado em um cabideiro. — Então se voltou para Clary, que estava rindo com Alec, ambos parecendo felizes.

Era como deveria ser, pensou Emma. O seu *parabatai* deveria ser amigo da pessoa que você amava, do seu marido, da sua mulher, do namorado ou namorada. Porque era assim que funcionava. Embora quando ela tentava imaginar a pessoa com quem ela estaria, alguém para se casar e ficar junto para sempre, tudo que havia era um espaço borrado. Ela não conseguia imaginar essa pessoa de jeito nenhum.

— Tenho que ir — disse Julian. — Preciso de ar.— Ele passou as costas da mão na bochecha de Emma antes de sair pelas portas duplas do Salão. Foi um toque áspero: as unhas estavam completamente roídas.

Mais tarde naquela noite Emma acordou de um sonho em círculos de fogo, a pele ardendo, os lençóis enrolados nas pernas. Estavam na velha mansão Blackthorn, e Julian dormia longe, a corredores de distância, que ela não conhecia como os corredores do Instituto. Ela foi até a janela. Era uma altura baixa até o jardim. Ela calçou o chinelo e saltou.

A trilha se curvava ao redor dos jardins. Emma foi caminhando, respirando o ar frio e limpo de Idris, livre de poluição. O céu acima brilhava com um milhão de estrelas, sem qualquer luz artificial, e ela desejou que Julian estivesse com ela, para ela o mostrar para ele, e então ouviu vozes.

A mansão Blackthorn incendiara há muito tempo, e foi construída perto da mansão Herondale. Emma foi caminhando por belas trilhas até encontrar uma parede.

Havia um portão na parede. Quando Emma se aproximou, pôde ouvir as vozes com mais clareza. Ela rastejou para o lado do portão e espiou pelas barras.

Do outro lado, um gramado verde levava até a mansão Blackthorn, abaixo, uma pilha de pedras brancas e amarelas. A grama brilhava com o orvalho sob as estrelas e era marcada por flores brancas que só cresciam em Idris.

— E aquela constelação ali é a Coelho. Vê como tem orelhas? — *Era a voz de Jace. Ele e Clary estavam sentados na grama, ombro a ombro. Ele usava calça jeans e camiseta, e Clary vestia camisola, com o casaco de Jace nos ombros. Jace apontava para o céu.*

— Tenho quase certeza de que não existe uma constelação Coelho — *disse Clary. Ela não tinha mudado tanto quanto Jace nos últimos anos; continuava pequena, cabelos ruivos brilhantes como o Natal, o rosto sardentos e pensativo. Estava com a cabeça no ombro de Jace.*

— Claro que tem — *garantiu ele, e quando a luz das estrelas tocou seus cachos pálidos, Emma sentiu uma leve palpitação de sua antiga paixonite.* — E aquela ali é a Calota. E tem a Grande Panqueca.

— Vou voltar para dentro — *anunciou Clary.* — Tinham me prometido uma aula de astronomia.

— O quê? Marinheiros navegavam se guiando pela Grande Panqueca — *disse Jace, e Clary balançou a cabeça e começou a se levantar. Jace a pegou pelo calcanhar, e ela riu e tropeçou por cima dele, e então estavam se beijando; Emma congelou, pois o que fora um momento casual, que ela poderia ter interrompido com um "oi" amigável, de repente, tinha se tornado outra coisa.*

Jace rolou por cima de Clary sobre a grama. Ela estava com os braços em volta dele, as mãos nos cabelos dele. O casaco de Jace já tinha caído dos seus ombros, e as alças da camisola, deslizado por seus braços claros.

Clary ria e dizia o nome dele, dizia que talvez devessem entrar, e Jace beijou o pescoço dela. Clary engasgou, e Emma o ouviu dizer:

— Lembra a mansão Wayland? Lembra aquela vez lá fora?

— Lembro. — *A voz dela estava baixa e rouca.*

— Não achei que pudesse tê-la — disse Jace. Ele estava por cima de Clary, apoiado nos cotovelos, traçando a linha da sua bochecha com o dedo. — Era como estar no Inferno. Eu teria feito qualquer coisa por você. Ainda faria.

Clary esticou a mão sobre o peito, no coração dele, e disse:

— Eu te amo.

Ele emitiu um ruído, um ruído nada Jace, e Emma se afastou do portão e correu de volta para a casa Blackthorn.

Ela chegou à janela e subiu, engasgando. A lua brilhava como uma inundação de luz, iluminando seu quarto. Tirou o chinelo e sentou-se na cama. O coração batia acelerado no peito.

O jeito como Jace olhou para Clary, como tocou seu rosto. Ficou imaginando se um dia alguém a olharia assim. Não parecia possível. Ela não conseguia se imaginar amando ninguém daquele jeito.

Ninguém além de Jules.

Mas isso era diferente. Não era? Não conseguia imaginar Jules deitado em cima dela, beijando-a daquele jeito. Eles eram diferentes, eram outra coisa, não eram?

Ela deitou na cama, olhando para a porta do outro lado do quarto. Parte dela esperava que Jules a atravessasse, viesse até ela porque ela estava infeliz do jeito que ele frequentemente fazia, parecendo saber sem ser avisado. Mas por que ele acharia que ela estava infeliz? Aquele dia tinha sido sua cerimônia parabatai; deveria ser um dos dias mais felizes da sua vida, exceto, talvez, pelo seu casamento. Em vez disso, ela estava se sentindo agitada e preenchida pelo estranho impulso de chorar.

Jules, pensou ela, mas a porta não se abriu, e ele não apareceu. Em vez disso ela se encolheu em volta do travesseiro e ficou deitada até o amanhecer.

18

Toda a Maré Noturna

Após a escuridão, veio a luz. Branca, clara e prateada — brilho das estrelas na água e na areia. Emma estava voando. Sobre a superfície da água, agora rasa, ela conseguia ver a areia da praia abaixo, e uma piscina de fogo onde a lua refletia.

Sentia uma dor no peito. Ela girou para se livrar dela e percebeu que não estava voando; mas sendo carregada. Estava sendo segurada contra um peito e braços duros. Ela viu o brilho de olhos azul-esverdeados.

Julian. *Julian* a carregava. Cachos escuros e molhados coroavam sua cabeça.

Ela tentou respirar fundo para falar, e engasgou. Seu peito sofreu um espasmo; água encheu sua boca, amarga e salgada como sangue. Ela viu o rosto de Julian contorcido de pânico, e então ele estava praticamente correndo para a praia, finalmente caindo de joelhos, colocando-a na areia. Ela continuava tossindo, engasgando, olhando para ele com olhos assustados. Viu o mesmo medo espelhado no rosto de Jules; queria falar para ele que ficaria tudo bem, tudo ia ficar bem, mas não conseguia falar com a água na garganta.

Ele catou uma estela do cinto, e ela sentiu a ponta queimar em sua pele. A cabeça dela caiu para trás enquanto o símbolo se formava. Ela viu a lua acima, atrás da cabeça de Julian, como uma auréola. Emma queria dizer para ele que ele tinha uma auréola. Talvez ele achasse engraçado. Mas as palavras se afogavam no peito. Ela estava se afogando. Morrendo na terra.

O símbolo ficou pronto. Julian recolheu a estela, e o peito de Emma pareceu ceder. Ela gritou, e água explodiu de seus pulmões. Ela se dobrou, tossindo profundamente. Doeu quando seu corpo expeliu água do mar, como se ela estivesse sendo virada do avesso. Emma sentiu a mão de Julian nas suas costas, os dedos entre as omoplatas, sustentando-a.

Finalmente a tosse diminuiu. Ela rolou de costas e ficou olhando para Julian e para o céu atrás dele. Dava para ver um milhão de estrelas, e ele continuava com a auréola, mas não tinha mais nenhuma graça naquilo. Ele estava tremendo, a camisa preta e a calça jeans grudadas ao corpo, o rosto mais branco que a lua.

— Emma? — sussurrou.

— Jules — disse ela. Sua voz soou fraca e áspera aos próprios ouvidos. — Eu... eu estou bem.

— Que diabos aconteceu? O que você estava fazendo na água?

— Fui para a convergência — sussurrou ela. — Tinha alguma espécie de feitiço... me sugou para o oceano...

— Você foi sozinha até a convergência? — A voz dele se elevou. — Como pode ser tão descuidada?

— Tinha que tentar...

— *Não tinha que tentar sozinha!* — A voz dele pareceu ecoar da água. Os punhos estavam cerrados nas laterais. Ela percebeu que ele não tremia de frio, afinal, era raiva. — De que adianta ser *parabatai* se você vai sair e se arriscar sem mim?

— Eu não queria colocá-lo em perigo...

— Quase me afoguei dentro do Instituto! Tossi água! Água que *você* inalou!

Emma o encarou chocada. Ela começou a se apoiar nos cotovelos. Os cabelos, pesados e ensopados, se penduravam como uma força nas costas.

— Como isso é possível?

— Claro que é possível! — A voz dele pareceu explodir do corpo. — Somos ligados um ao outro, Emma, conectados; respiro quando você respira, sangro quando você sangra, sou seu e você é minha, você sempre foi minha, e eu sempre, *sempre* pertenci a você!

Ela nunca o tinha ouvido dizer nada assim, nunca o ouviu falar desse jeito, jamais o viu tão próximo de perder o controle.

— Não quis te machucar — disse ela. Começou a sentar, alcançando-o. Ele a pegou pelo pulso.

— Está brincando? — Mesmo na escuridão, seus olhos azul-esverdeados tinham cor. — Isso é uma brincadeira para você, Emma? Não entende? — A voz dele se reduziu a um sussurro. — *Eu não vivo se você morrer!*

Os olhos dela analisaram o rosto dele.

— Jules, sinto muito, Jules...

A parede que normalmente escondia a verdade nas profundezas dos olhos dele tinha ruído; ela enxergou o pânico ali, o desespero, o alívio que perfurou suas defesas.

Ele ainda segurava o pulso dela. Ela não sabia dizer se, primeiro, ela se inclinou para ele, ou se ele a puxou. Talvez as duas coisas. Eles colidiram como estrelas, e então ele a estava beijando.

Jules. *Julian*. Beijando *Emma*.

A boca de Jules se moveu sobre a dela, quente e incansável, transformando seu corpo em fogo líquido. Ela arranhou as costas dele, puxando-o mais para perto. As roupas dele estavam molhadas, mas a pele por baixo parecia quente onde quer que ela tocasse. Quando ela pegou a cintura dele, ele engasgou em sua boca, um engasgo que era parte incredulidade, parte desejo.

— Emma — disse ele, uma palavra que soou como alguma coisa entre uma oração e um rosnado.

A boca de Julian era selvagem na dela; beijavam-se como se estivessem tentando arrancar as barras que os mantinham em uma prisão. Como se ambos estivessem se afogando e só conseguissem respirar um através do outro.

Os ossos dela pareciam ter se transformado em vidro. Pareciam estilhaçar por todo o corpo; ela caiu para trás, puxando Julian consigo, deixando que o peso do corpo dele empurrasse os dois para a areia. Ela agarrou os ombros dele, pensou no momento de desorientação quando Julian a puxou para fora da água, no instante em que ela não soube exatamente quem ele era. Era mais forte, maior do que Emma se lembrava. Mais adulto do que ela tinha se permitido saber, apesar de cada beijo destruir as lembranças do menino que ele outrora foi.

Quando ele se inclinou mais para perto dela, ela pulou, surpresa com o frio da camiseta. Ele esticou a mão e pegou o colarinho, puxando-o sobre a cabeça. Quando ele se inclinou para trás por cima dela, a extensão da pele nua a espantou, e ela passou as mãos pelas laterais de seu corpo, sobre as omoplatas, como se estivesse articulando a forma dele, criando-o com o toque das palmas e dedos. As cicatrizes claras das velhas Marcas; o calor da pele, coberta por água salgada do mar; a sensação da pulseira de vidro do mar — ele a deixou sem fôlego com aquele tanto de *Julian* nela. Não havia mais ninguém que ele pudesse ser. Ela o conhecia pelo toque, pela respiração, pela batida do coração contra o dela.

O toque das mãos de Emma o estava desmontando. Ela pôde vê-lo se desfazendo, peça a peça. Levantou os joelhos para o quadril do garoto; sua mão tocou a pele nua de Julian sobre o cós da calça, suave como a maré, e ele tremeu contra ela como se estivesse morrendo. Ela nunca o tinha visto assim, nem mesmo quando ele pintava.

Arfando, Julian afastou a boca, se forçando a parar, forçando o corpo a deixar de se mover. Ela pôde ver o quanto isso lhe custou em seus olhos, pretos de fome e impaciência. Na maneira que ele conteve as mãos e as enterrou na areia, uma em cada lado dela, dedos agarrando o chão.

— Emma — sussurrou ele. — Tem certeza?

Ela fez que sim com a cabeça e o alcançou. Ele emitiu um ruído de alívio e gratidão desesperados, e a pegou contra o próprio corpo; daquela vez não houve hesitação. Os braços de Emma estavam abertos; ele mergulhou neles e a puxou para perto, tremendo até os ossos enquanto ela entrelaçava os tornozelos atrás das panturrilhas dele, prendendo-o contra ela. Ao se abrir, fez de seu corpo um berço para ele deitar.

Ele encontrou a boca de Emma com a própria mais uma vez, e, como se seus lábios estivessem conectados a cada terminação nervosa, Emma sentiu todo o corpo vibrar e dançar. Então assim que deveria ser, assim que beijos deveriam ser, assim que *tudo* deveria ser. *Isso.*

Ele se inclinou para contornar sua boca, a bochecha, a curva arenosa do queixo com beijos. Ele foi beijando a garganta dela, seu hálito quente na pele de Emma. Passando os dedos nos cachos molhados de Julian, ela olhou maravilhada para o céu acima, girando com as estrelas, brilhantes e frias, e pensou que isso não podia estar acontecendo, as pessoas não conseguiam o que queriam assim.

— Jules — sussurrou ela. — Meu Julian.

— Sempre — sussurrou ele, voltando para a boca de Emma. — Sempre.

— E eles caíram um no outro com a inevitabilidade de uma onda na praia.

Fogo correu pelas veias de Emma à medida que as barreiras entre eles desapareceram; ela tentou registrar cada momento, cada gesto na memória; a sensação das mãos de Julian fechando em seus ombros, o engasgo afogado que ele soltou, a forma como se dissolveu nela ao se perder. Até o último instante de sua vida, Emma pensou, ela se lembraria de como ele enterrou o rosto em seu pescoço e repetiu o nome dela sem parar, como se todas as outras palavras tivessem sido para sempre esquecidas nas profundezas do oceano. Até a última hora.

Quando as estrelas pararam de girar, Emma deitou na curva do braço de Julian, olhando para cima. O casaco de flanela seco do garoto estava esticado em cima deles. Ele a encarava, com a cabeça apoiada em uma das mãos. Parecia entorpecido, com os olhos semifechados. Os dedos dele traçavam círculos lentos no ombro exposto de Emma. O coração continuava acelerado, batendo contra o dela. Ela o amava tanto que parecia que seu peito estava rachando.

Ela queria confessar, mas as palavras ficaram presas na garganta.

— Esse foi... — Ela começou. — Foi seu primeiro beijo?

— Não. Eu venho praticando em estranhas aleatórias. — Ele sorriu, um sorriso largo e lindo ao luar. — Sim. Foi meu primeiro beijo.

Um calafrio passou por Emma. Ela pensou, *eu te amo, Julian Blackthorn. Eu te amo mais do que a luz das estrelas.*

— Não foi tão ruim assim — falou então, e sorriu de volta para ele.

Julian riu e a puxou mais para perto de si. Ela relaxou na curva do corpo dele. O ar estava frio, mas Emma se sentia aquecida ali, naquele pequeno círculo com ele, escondida pelas pequenas plantas que cresciam das pedras, enrolada no casaco de flanela que cheirava a Julian. A mão dele era suave em seu cabelo.

— Shh, Emma. Durma.

Ela fechou os olhos.

Emma dormiu, ao lado do oceano. E não teve pesadelos.

— Emma. — A mão no ombro dela sacudia. — Emma, acorde.

Ela rolou para o lado e piscou os olhos, depois congelou em surpresa. Não havia teto sobre ela, apenas um claro céu azul. Estava se sentindo tensa e dolorida, com a pele arranhada de areia.

Julian estava por cima dela, totalmente vestido, com o rosto branco cinzento, como cinzas espalhadas. As mãos dele pairaram em torno dela, sem tocá-la, como as borboletas de Ty.

— Alguém esteve aqui.

Com isso, ela se sentou. Estava na praia — um pequeno semicírculo vazio na praia, contornado por dedos de pedras em ambos os lados, alcançando o mar. A areia em volta dela estava ligeiramente bagunçada, e ela enrubesceu, a memória atingindo-a como uma onda. Parecia que era pelo menos meio-dia, apesar de, por sorte, a praia estar vazia. Era familiar, também. Estavam perto do Instituto, mais perto do que ela imaginava. Não que ela tivesse pensado muito.

Ela respirou fundo.

— Ah — disse ela. — Meu Deus.

Julian não disse nada. Estava com as roupas molhadas, com areia grudada nas dobras. Ela própria estava vestida, Emma percebeu com atraso. Julian provavelmente o fizera. Só os pés estavam descalços.

A maré estava baixa, algas expostas na linha da água. As pegadas da noite anterior já tinham sido apagadas, mas havia outras pegadas marcadas na areia. Parecia que alguém tinha subido em uma das paredes de pedra, caminhado até eles, depois virado e voltado. Duas linhas de pegadas. Emma olhou horrorizada.

— Alguém nos viu? — perguntou ela.

— Enquanto a gente dormia — retrucou Julian. — Eu também não acordei. — As mãos dele estavam fechadas nas laterais do corpo. — Algum mundano, eu espero, que concluiu que somos um casal adolescente idiota. — Ele suspirou. — Espero — repetiu.

Flashes de memória da noite anterior correram pela mente de Emma: a água fria, os demônios, Julian carregando-a, Julian beijando-a. Julian e ela, entrelaçados na areia.

Julian. Ela não conseguia mais pensar nele como *Jules*. Jules era o nome de infância que ela lhe deu. E eles tinham deixado a infância para trás.

Ele se virou para olhar para ela, e ela viu a angústia em seus olhos cor do mar.

— Sinto muito — sussurrou ele. — Emma, sinto muito, muito

— Por quê? — perguntou ela.

— Eu não pensei. — Ele estava andando de um lado para o outro, com os pés chutando a areia. — Em... segurança. Proteção. Não pensei nisso.

— Eu sou protegida — disse ela.

Ele se virou para olhar para ela.

— Quê?

— Tenho o símbolo — disse ela. — E não tenho nenhuma doença, e nem você, certo?

— Eu... não. — O alívio no rosto dele foi palpável, e por algum motivo isso fez o estômago de Emma doer. — Foi a minha primeira vez, Emma.

— Eu sei. — Ela disse em um sussurro. — Enfim, você não precisa se desculpar.

— Preciso — falou ele. — Quero dizer, isso é bom. Somos sortudos. Mas eu devia ter pensado nisso. Não tenho desculpa. Eu estava fora de mim.

Ela abriu a boca, depois a fechou novamente.

— Só podia estar, para fazer isso — disse ele.

— Fazer o quê? — Ela ficou impressionada pela calma e pela clareza com que pronunciou cada palavra. Ansiedade pulsava por ela como um tambor.

— O que a gente fez. — Ele suspirou. — Você sabe o que quero dizer.

— Está dizendo que o que a gente fez é errado.

— Estou dizendo... — Era como se ele estivesse tentando segurar algo que queria à força sair dele. — Não tem nada de errado, moralmente — falou. — É uma Lei idiota. Mas é uma Lei. E não podemos transgredi-la. É uma das Leis mais antigas que existem.

— Mas não faz *sentido*.

Ele olhou para ela sem vê-la, cegamente.

— A Lei é dura, mas é a Lei.

Emma se levantou.

— Não — retrucou ela. — Nenhuma Lei pode controlar nossos sentimentos.

— Não falei nada sobre sentimentos — disse Julian.

A garganta dela estava seca.

— O que quer dizer?

— Não devíamos ter dormido juntos — disse ele. — Sei que significou algo para mim, eu estaria mentindo se dissesse que não, mas a Lei não proíbe sexo, proíbe *amor*. Estar *apaixonado*.

— Tenho quase certeza de que transar também é contra as regras.

— Sim, mas não é o motivo pelo qual exilam a pessoa! Não é o motivo pelo qual tiram suas Marcas! — Ele passou a mão pelo cabelo emaranhado. — É contra as regras porque... ter essa intimidade, essa intimidade física, abre caminho para uma intimidade emocional, e é com *isso* que eles se importam.

— Nós *somos* emocionalmente íntimos.

— Você sabe o que quero dizer. Não finja que não. Existem diferentes tipos de proximidade, intimidade. Eles *querem* que sejamos próximos. Mas não querem *isso*. — Ele gesticulou para a praia, como se quisesse assinalar toda a véspera.

Emma estava tremendo.

— *Eros* — disse ela. — Em vez de *Philia* ou *Ágape*.

Ele pareceu aliviado, como se a explicação dela significasse que ela havia entendido, tinha concordado. Como se tivessem tomado uma decisão juntos. Emma queria gritar.

— *Philia* — repetiu ele. — Isso é o que temos, amor entre amigos, e sinto muito se fiz alguma coisa para estragar isso...

— Eu também estava presente — falou Emma, com a voz fria como a água. Ele a olhou nos olhos.

— A gente se ama — disse ele. — Somos *parabatai*, amor é parte do laço. E eu tenho atração por você. Como poderia não ter? Você é linda. E não é como...

Ele se interrompeu, mas Emma completou o restante por ele, palavras tão dolorosas que quase pareciam cortar dentro da sua mente. *Não é como se eu pudesse conhecer garotas, ter encontros, você é a opção, quem está por perto, Cristina provavelmente continua apaixonada por alguém no México, não tem ninguém para mim. Só tem você.*

— Não é como se eu fosse cego — argumentou ele. — Eu vejo você e te quero, mas... não podemos. Se ficarmos juntos, vamos acabar nos apaixonando, e isso seria um desastre.

— Se apaixonando — repetiu Emma. Como ele podia não ver que ela já estava apaixonada, de todas as formas possíveis? — Eu não disse que te amava? Ontem à noite?

Ele balançou a cabeça.

— Nunca dissemos que nos amamos — disse ele. — Nenhuma vez.

Isso não podia ser verdade. Emma vasculhou suas memórias, como se estivesse revirando desesperadamente os bolsos em busca de uma chave perdida. Ela havia *pensado*. *Julian Blackthorn, eu te amo mais que a luz das estrelas.* Ela pensou, mas não falou. E nem ele. *Somos ligados*, ele disse. Mas não *eu te amo*.

Ela o esperou falar *fiquei fora de mim porque você arriscou sua vida*, ou *você quase morreu e isso me deixou louco*, ou qualquer variação de *a culpa foi sua*. Ela pensou que, se ele o fizesse, ela iria explodir como uma mina ativa.

Mas ele não disse. Julian ficou olhando para ela, o casaco de flanela até os cotovelos, a pele exposta vermelha por causa da água fria e arranhada pela areia.

Ela nunca o viu tão triste.

E levantou o queixo.

— Você está certo. É melhor esquecermos.

Ele franziu o rosto com aquilo

— Eu te amo, Emma.

Ela esfregou as mãos para se aquecer, pensou em como o mar desgastava até paredes de pedra ao longo dos anos, desmontando fragmentos do que um dia foi impregnado.
— Eu sei — disse ela. — Mas não desse jeito.

A primeira coisa que Emma viu quando voltou ao Instituto — depois de ter contado a Julian sobre a experiência na convergência no caminho de volta da praia — foi que o carro que ela deixara na entrada da caverna na noite anterior estava estacionado na frente dos degraus. A segunda foi que Diana estava sentada no capô do carro, parecendo mais furiosa que uma vespa.
— O que vocês estavam pensando? — perguntou ela, quando Emma e Julian pararam onde estavam. — Sério, Emma, você perdeu a cabeça?

Por um momento Emma, de fato, se sentiu tonta — Diana não poderia estar falando sobre ela e Julian, poderia? Não tinha sido ela que os viu na praia? Olhou de lado para Julian, mas ele estava tão pálido quanto ela

Os olhos escuros de Diana pareciam grudados nela.
— Estou esperando uma explicação — exigiu. — O que fez vocês acharem que seria uma boa ideia irem sozinhos até a convergência?

Emma estava surpresa demais para formular uma resposta.
— Quê?

Os olhos de Diana foram de Julian para Emma, e depois voltaram.
— Não recebi a mensagem sobre a convergência até hoje de manhã — disse ela. — Corri para lá e achei o carro, vazio. Abandonado. Pensei... não sei o que pensei, mas... — Emma sentiu uma pontada de culpa. Diana estava preocupada com ela. E com Julian, que sequer foi até a convergência.

— Desculpe — pediu Emma, com sinceridade. Sua convicção da noite passada, a certeza de que estava fazendo a coisa certa ao ir para a convergência, tinha evaporado. Estava esgotada agora, e nem um pouco mais próxima de uma resposta. — Recebi o recado e simplesmente fui... não quis esperar. E por favor, não brigue com Julian. Ele não estava comigo. Ele me encontrou mais tarde.

— Encontrou? — Diana parecia confusa. — Encontrou onde?
— Na praia — respondeu Emma. — Tem umas entradas na caverna... como se fossem Portais... e um deles dá aqui no mar.

Agora a expressão de Diana estava verdadeiramente preocupada.
— Emma, você foi parar na água? Mas você odeia o mar. Como...
— Julian veio e me salvou — retrucou a menina. — Ele me sentiu em pânico na água. Coisa de *parabatai*. — Ela olhou de lado para Julian cujo

olhar estava claro e aberto. Confiável. Sem esconder nada. — Levamos um bom tempo para voltar.

— Bem, encontrar água do mar é interessante — disse Diana, saindo do capô. — Presumo que seja a mesma água encontrada com os corpos.

— Como trouxe o carro de volta? — perguntou Emma, enquanto subiam as escadas.

— O que você quer dizer, claro, é "obrigada, Diana, por ter trazido o carro de volta" — falou Diana ao entrarem novamente no Instituto. Ela olhou com ar crítico as roupas molhadas e sujas de areia de Julian e Emma, a pele arranhada e os cabelos grudados. — Que tal eu reunir todo mundo na biblioteca? Já passou da hora de termos uma troca de informações.

Julian limpou a garganta.

— Por que você não...?

Diana e Emma olharam confusas para ele.

— Por que quem o quê? — perguntou Diana, afinal.

— Por que não recebeu a mensagem sobre a convergência até hoje de manhã? Meu telefone estava descarregado, o que foi uma estupidez minha, mas... e você?

— Nada com que deva se preocupar — respondeu Diana secamente. — Enfim, vão para o banho. Entendo que tenham informações importantes, mas até limparem a areia, acho que não consigo me concentrar em nada além do quanto vocês devem estar se coçando.

Emma pretendia se trocar ao chegar no quarto. Realmente pretendia. Mas, apesar das horas de sono na praia, ela estava exausta o bastante para se sentar na cama e apagar.

Horas depois, após um rápido banho, ela vestiu uma calça jeans limpa e uma camiseta, e saiu correndo pelo corredor, se sentindo como uma adolescente mundana atrasada para a aula. Ela voou pelo corredor até a biblioteca e encontrou todos ali; aliás, eles pareciam estar esperando havia um tempo. Ty estava sentado em uma das pontas da mesa mais comprida da biblioteca, em uma piscina de sol da tarde, com uma pilha de papéis à sua frente. Mark estava ao lado dele; Livvy se equilibrava sobre a mesa, descalça, de um lado para o outro com seu sabre. Diana e Dru distraíam Ty com um livro.

— Diana disse que você foi até a convergência — falou Livvy, manejando o sabre quando Emma entrou. Cristina, que estava perto de uma prateleira de livros, lançou a ela um olhar estranhamente frio.

— Combateu Mantis sem mim — reclamou Mark. — Não é justo.

— Não havia muitos Mantis — disse Emma.

Ela foi para a mesa, em frente a Ty, que continuava escrevendo, e embarcou na história do que encontrou na caverna. No meio do relato, Julian chegou, os cabelos tão molhados quanto os de Emma. Ele vestia uma camiseta cor de jade, que o deixava com olhos verde-escuros. Os olhares dos dois se encontraram, e Emma esqueceu o que estava falando.

— Emma? — Cristina chamou após uma longa pausa. — Você estava falando? Encontrou um vestido?

— Isso não parece muito razoável — argumentou Livvy. — Quem guarda um vestido em uma caverna?

— Pode ter sido uma roupa cerimonial — disse Emma. — Era uma túnica elaborada... e joias muito trabalhadas.

— Então talvez seja uma mulher necromante — falou Cristina. — Talvez, na verdade, seja Belinda.

— Ela não me pareceu tão poderosa assim — comentou Mark.

— Você consegue sentir poder? — perguntou Emma. — É uma coisa de fada?

Mark balançou a cabeça, mas o meio sorriso que lançou para Emma parecia um pedaço do Reino das Fadas.

— Só uma impressão.

— Por falar em coisas de fada, Mark nos deu uma chave para traduzir mais dar marcações — revelou Livvy.

— Sério? — falou Emma. — O que elas dizem?

Ty levantou os olhos do papel.

— Ele nos deu uma segunda linha, e depois disso foi mais fácil. Eu e Livvy descobrimos quase toda a terceira. Olhando os padrões das marcações, pareciam ser cinco ou seis linhas, repetidas.

— É um feitiço? — indagou Emma. — Malcolm disse que provavelmente é um feitiço de invocação.

Ty esfregou o rosto, deixando uma linha de tinta em uma maçã do rosto.

— Não parece um feitiço de invocação. Talvez Malcolm tenha cometido um erro. Fomos muito melhores que ele na tradução — acrescentou orgulhosamente, quando Livvy repousou a arma e se abaixou ao lado dele. Ela esticou a mão para limpar a tinta da bochecha dele com a manga.

— Malcolm não tem Mark — lembrou Julian, e Mark deu a ele um rápido sorriso de gratidão.

— Nem Cristina — acrescentou Mark. — Eu jamais teria descoberto a relação se Cristina não tivesse percebido que era uma questão com a tradução.

Cristina enrubesceu.
— Como é a terceira linha, Tiberius?
Ty afastou a mão de Livvy e recitou:

"Primeiro, a chama, depois, a tempestade,
No fim, é sangue Blackthorn de verdade.
Buscai esquecer o que é passado..."

— É isso — concluiu. — É o que temos até agora.
— Sangue Blackthorn? — Diana ecoou. Ela havia subido em uma escada da biblioteca para pegar um livro para Tavvy.
Emma franziu o cenho.
— Não gostei de como isso soa.
— Não há nenhuma indicação de magia de sangue tradicional — contestou Julian. — Nenhum dos corpos tinha esses tipos de cortes ou ferimentos.
— Estou pensando na menção ao passado — explicou Mark. — Esses tipos de versos, no Reino das Fadas, normalmente guardam um feitiço, como a balada de "Thomas, o Poeta". É ao mesmo tempo uma história e instruções sobre como escapar do Reino das Fadas.
Por um instante, o rosto de Diana ficou preso no meio de uma expressão, como se de repente tivesse percebido ou se lembrado de alguma coisa.
— Diana? — chamou Julian. — Você está bem?
— Estou. — Ela desceu da escada e sacudiu as roupas. — Preciso fazer uma ligação.
— Para quem? — perguntou Julian, mas Diana apenas balançou a cabeça, os cabelos roçando os ombros.
— Eu volto — declarou ela, e saiu pela porta da biblioteca.
— Mas o que isso significa? — perguntou Emma para a sala como um todo. — No fim, sangue Blackthorn o quê?
— E se for um verso de fadas, então elas não deveriam saber se ele continua? — Dru falou do canto onde estava ocupada distraindo Tavvy. — As fadas, quero dizer. Teoricamente estão do nosso lado nessa.
— Eu mandei um recado — avisou Mark reservadamente. — Mas digo a vocês que só ouvi essas duas primeiras linhas.
— A coisa mais importante é que significa que, de algum jeito, essa situação, os assassinatos, os corpos, os Seguidores, está tudo ligado a essa família. — Julian olhou em volta. — De algum jeito está ligado a nós. Aos Blackthorn.
— Explicaria por que tudo isso está acontecendo em Los Angeles — disse Mark. — É a nossa casa.

Emma viu a expressão de Julian vacilar de leve, e soube o que ele estava pensando: que Mark falou de Los Angeles como um local onde todos eles moravam, não um local onde todos, menos ele, moravam. Que tinha falado da cidade como sua casa.

Ouviram um alto ruído de tremor. O mapa de Los Angeles na mesa começou a vibrar. O que parecia um pequeno ponto vermelho se movia.

— Sterling saiu de casa — afirmou Cristina, indo para o mapa.

— Belinda Belle disse que ele tinha dois dias — lembrou Julian. — Isso pode significar que a caçada começa amanhã, ou hoje à noite, dependendo de como seja feita a contagem. Enfim, não podemos tirar conclusões.

— Eu e Cristina cuidaremos de segui-lo — acrescentou Emma. De repente ela se viu desesperada para sair de casa, para clarear as ideias, desesperada até mesmo para ficar longe de Julian.

Mark franziu o rosto.

— Deveríamos ir com vocês...

— Não! — exclamou Emma, levantando da mesa. Todos viraram para olhar surpresos para ela; havia falado com mais força do que pretendia. A verdade é que queria conversar a sós com Cristina. — Vamos ter que fazer isso em turnos — disse ela. — Vamos ter que seguir Sterling o tempo todo até que algo aconteça, e se todos nós estivermos presentes o tempo todo, vamos ficar todos exaustos. Eu e Cristina vamos um pouco, depois, podemos trocar com Julian e Mark, ou Diana.

— Ou eu e Ty — sugeriu Livvy docemente.

Os olhos de Julian estavam perturbados.

— Emma, tem certeza...

— Emma tem razão — concordou Cristina, inesperadamente. — Ir em turnos é a atitude cautelosa.

Cautelosa. Emma não conseguia se lembrar da palavra sendo aplicada a sua história recente. Julian desviou o olhar, escondendo a expressão. Finalmente, ele disse:

— Tudo bem. Você venceu. Podem ir as duas. Mas se precisarem de apoio, jurem que vão ligar imediatamente.

O olhar de Julian estava fixo no de Emma enquanto falava. Os outros estavam falando, discutindo como poderiam pesquisar na biblioteca, olhar livros que detalhassem diferentes tipos de feitiços, quanto tempo levariam para concluir o resto da tradução, se Malcolm viria ajudá-los, se deveriam pedir pizza vampira.

— Vamos, Emma — chamou Cristina, se levantando e dobrando o mapa no bolso do casaco. — Temos que ir. Precisamos vestir o uniforme e alcançar Sterling; ele está indo para a estrada.

Emma fez que sim com a cabeça e se virou para seguir Cristina. Ela sentiu o olhar de Julian nela, como uma ponta afiada entre suas omoplatas. *Não vire para olhá-lo*, disse a si mesma, mas não conseguiu se conter; na porta, virou, e a expressão no rosto dele quase a desmontou.

Equivalia ao que ela estava sentindo. Não era o fato de que estava se afastando do menino que amava com mil palavras não ditas entre os dois, pensou Emma, apesar de ser verdade que estava fazendo isso. Era o pavor que sentia de que um abismo tivesse se aberto entre ela e a pessoa que foi sua melhor amiga desde que se lembrava. E, pelo jeito, Julian tinha o mesmo medo.

— Desculpe — disse Emma, quando o carro corrigiu a direção. Estavam dirigindo há horas enquanto Sterling percorria toda a cidade, e suas mãos estavam começando a doer de segurar o volante.

Cristina suspirou.

— Vai me contar o que a está incomodando?

Emma se mexeu. Ela vestia um casaco de uniforme, e estava quente no carro. Parecia que sua pele coçava.

— Mil desculpas, Tina — disse ela. — Eu não pensei... não devia ter pedido para você me dar cobertura enquanto eu ia até a convergência. Não foi justo.

Cristina ficou em silêncio por um instante.

— Eu teria feito — disse ela. — Se você tivesse me contado o que estava acontecendo.

A garganta de Emma se apertou.

— Não estou acostumada a confiar em pessoas. Mas deveria ter confiado em você. Quando você for embora, não sei o que vou fazer. Vou sentir tanto a sua falta.

Cristina sorriu para ela.

— Venha para a Cidade do México — pediu ela. — Ver como fazemos as coisas lá. Pode tirar seu ano de viagem na minha cidade. — Ela pausou. — Eu a perdoo, aliás.

Um pouco do peso deixou o peito de Emma.

— Eu adoraria ir ao México — disse ela. — E Julian...

Ela se conteve. Claro que a maioria das pessoas com *parabatai* acompanha os seus no ano de viagem. Mas pensar em Julian doeu, uma dor rápida e aguda como uma agulha.

— Vai me contar o que a está incomodando? — perguntou Cristina.

— Não — respondeu Emma.

— Tudo bem. Então vire à esquerda para *Entrada* — disse Cristina.

— É como ter um GPS sobrenatural — observou Emma. Deu para ver Cristina franzindo o rosto para o mapa que equilibrava sobre o joelho no banco do passageiro.

— Vamos na direção de Santa Monica — disse Cristina, traçando um dedo no mapa. — Vá pela Sétima.

— Sterling é um idiota — disse Emma. — Ele sabe que alguém está tentando matá-lo. Não deveria vagar pela cidade.

— Ele provavelmente acha que a própria casa não é segura — observou Cristina ponderadamente. — Quero dizer, eu o cerquei lá.

— Certo — disse Emma, sem conseguir conter uma onda de preocupação.

A lembrança de Julian na praia, as coisas que ele disse para ela, pressionadas contra suas pálpebras. Ela permitiu que esses pensamentos passassem por ela. Quando chegasse a hora, teria que deixá-los todos de lado e se concentrar na luta.

— E, é claro, tem os enormes coelhos — disse Cristina.

— Quê? — Emma voltou ao presente.

— Estou falando com você há três minutos! Onde está a sua cabeça, Emma?

— Transei com Julian — confessou Emma.

Cristina gritou. Depois, tapou a boca com a mão e ficou olhando para Emma como se a amiga tivesse acabado de anunciar que tinha uma granada no teto do carro, e que ia explodir.

— Você ouviu o que eu disse? — perguntou Emma.

— Ouvi — respondeu Cristina, tirando as mãos da boca. — Você transou com Julian Blackthorn.

A respiração de Emma escapou dela em uma onda. Alguma coisa em ouvir de outra boca o que tinha feito parecia um soco no estômago.

— Achei que não fosse me contar o que a estava incomodando! — disse Cristina.

— Mudei de ideia.

— Por quê? — Estavam virando esquinas cheias de palmeiras, casas nos fundos das ruas. Emma sabia que dirigia rápido demais; não se importava.

— Quero dizer... eu estava no mar, e ele me salvou, e as coisas saíram do controle...

— Não — disse Cristina. — Não por que você fez. Por que mudou de ideia em relação a me contar?

— Porque sou uma péssima mentirosa — revelou Emma. — Você teria adivinhado.

— Talvez. Talvez não. — Cristina respirou fundo. — Acho que eu deveria fazer a pergunta que importa. Você o ama?

Emma não disse nada. Manteve os olhos na linha amarela quebrada no meio da estrada. O sol era uma bola de fogo laranja descendo no oeste.

Cristina suspirou devagar.

— Ama.

— Não disse isso.

— Está escrito no seu rosto — falou Cristina. — Sei como é. — Ela soou triste.

— Não sinta pena de mim, Tina — pediu Emma. — Por favor, não.

— Estou com medo por você. A Lei é muito clara, e a punição é muito severa.

— Bem, não tem importância — disse Emma, a voz tingida com amargura. — Ele não me ama. E ter uma paixão não correspondida por seu *parabatai* não é ilegal, então não se preocupe.

— Ele o quê? — perguntou Cristina, soando chocada.

— Ele não me ama — repetiu Emma. — Foi bem claro em relação a isso.

Cristina abriu a boca, depois fechou de novo.

— Suponho que seja lisonjeiro que você esteja surpresa — falou Emma.

— Não sei o que dizer. — Cristina colocou a mão no coração. — Existem as coisas que você normalmente diria nessa situação. Se fosse qualquer pessoa em vez de Julian eu falaria sobre o quanto ele é sortudo por ter uma pessoa corajosa e inteligente como você apaixonada por ele. Estaria bolando planos com você sobre como poderíamos fazer um menino tão tolo perceber uma coisa tão óbvia. Mas é Julian, e é ilegal, e você *não pode* fazer mais nada, Emma. Prometa.

— Ele não me quer desse modo — contou Emma. — Então não tem importância. Eu só... — Ela se interrompeu. Não sabia mais o que dizer, nem como dizer. Nunca mais haveria outro Julian para ela.

Não pense assim. Só porque você não consegue se imaginar amando mais ninguém, não significa que não vai. Mas a voz interior suave de seu pai não a tranquilizou dessa vez.

— Só não sei por que é ilegal — concluiu ela, apesar de não ser o que queria dizer. — Não faz o menor sentido. Eu e Julian fizemos tudo juntos, durante anos, vivemos e quase morremos um para o outro, como pode existir alguém melhor do que ele para mim? Alguém melhor... — Ela se interrompeu.

— Emma, por favor, não pense assim. Não importa por que é ilegal. Só que é. A Lei é dura, mas é a Lei.

— Uma lei ruim não é uma lei — argumentou Emma, virando à direita na Pico Boulevard. A Pico percorria quase toda a Los Angeles metropolitana; era pretensiosa, arenosa, perigosa, abandonada e industrial alternadamente Ali, entre a estrada e o oceano, era cheia de pequenos negócios e restaurantes.

— Esse lema não serviu muito bem aos Blackthorn — murmurou Cristina, e Emma estava prestes a perguntar a ela o que aquilo queria dizer quando Cristina se sentou reta. — Aqui — disse ela, apontando. — Sterling está aqui. Acabei de vê-lo entrando naquele prédio.

Na parte sul da estrada havia um prédio baixo, inclinado, pintado de marrom, sem janelas, com uma única porta e uma placa que dizia PROIBIDA A ENTRADA DE MENORES DE 21 ANOS.

— Parece amigável — murmurou Emma, e estacionou o carro.

Elas saltaram do carro e foram pegar as armas. Já estavam com símbolos de disfarce, e os poucos pedestres que passavam — quase ninguém andava em Los Angeles, e, apesar de haver muitos carros em volta, havia poucas pessoas — olhavam através delas como se não houvesse ninguém. Uma menina de cabelos verdes olhou para Emma ao passar, mas não parou.

— Você tem razão — concordou Emma, enquanto colocavam as lâminas serafim nos cintos. Cada lâmina tinha um pequeno gancho que permitia encaixe em um cinto de armas, removível com um pequeno puxão de mão. — Quanto a Julian. Sei que tem.

Cristina enlaçou-a rapidamente com um braço.

— E vai fazer a coisa certa. Sei que vai.

Emma já estava examinando o prédio, procurando entradas. Não havia janelas que ela pudesse ver, mas um pequeno beco se dobrava por trás do bar, parcialmente bloqueado por um pedaço de grama não cortada. Ela gesticulou para lá, e ela e Cristina foram silenciosamente para a vegetação baixa que — pouco — crescia no ar poluído.

O sol se punha, e estava escuro no beco atrás do bar. Uma fila de lixeiras acorrentadas se encontrava apoiada sob uma janela de grades e coberta por tapumes.

— Posso arrancar as barras se subir ali — sussurrou Emma, apontando as latas de lixo.

— Tudo bem, espere. — Cristina pegou a estela. — Símbolos.

Os símbolos de Cristina eram cuidadosos, precisos, lindos. Emma sentiu o poder de um símbolo de força percorrer seu corpo como uma injeção de cafeína. Não era como ter símbolos aplicados por Julian — isso era como ter a força dele correndo por ela, dobrando a sua.

Cristina se virou, tirando o casaco do ombro e expondo-o para Emma. Entregou a estela a ela, que começou a desenhar — dois símbolos de Silêncio sobrepostos, Golpe-Certeiro, Flexibilidade.

— Por favor, não pense que estou irritada — disse Cristina, olhando para a parede oposta. — Estou preocupada com você, só isso. Você é forte, Emma.

É muito forte. As pessoas superam corações partidos, e você é forte o bastante para superar isso mil vezes. Mas Julian não é uma pessoa que pode tocar seu coração. Pode tocar a sua alma. E existe uma diferença entre ter o coração partido e a alma estilhaçada.

A estela tremeu na mão de Emma.

— Achei que o Anjo tivesse um plano.

— Ele tem. Mas, por favor, não o ame, Emma. — A voz de Cristina falhou. — Por favor.

Emma tinha um nó na garganta ao falar.

— Quem partiu seu coração?

Cristina virou, vestindo de volta o casaco. Os olhos castanhos estavam sérios.

— Você me contou um segredo, então contarei um também. Eu estava apaixonada por Diego e achei que ele estivesse apaixonado por mim. Mas foi tudo uma mentira. Pensei que o irmão dele fosse o meu melhor amigo, mas isso também era uma mentira. Por isso, fugi. Por isso, vim para cá. — Ela desviou o olhar. — Perdi os dois, meu melhor amigo e meu maior amor, no mesmo dia. Foi difícil acreditar que Raziel tinha um plano naquele momento.

Meu melhor amigo e meu maior amor.

Cristina pegou a estela e guardou de volta no cinto.

— Não sou eu que sou forte, Tina. É você.

Cristina deu um breve sorriso para ela e estendeu a mão.

— Vá.

Emma esticou o braço e pegou a mão de Cristina para se levantar. Suas botas tocaram os topos das latas de lixo, fazendo a corrente bater. Ela agarrou as barras da janela e puxou, gostando da mordida do metal em suas palmas.

As barras soltaram do estuque com um banho de pedrinhas. Ela passou as barras de metal para Cristina, que as jogou na grama. Emma esticou a mão para baixo, e, um segundo depois, Cristina estava ao lado dela, e ambas estavam espiando por uma janela suja, uma cozinha de fundos suja. Água corria por uma enorme pia de metal cheia de copos.

Emma chegou o pé para trás, pronta para quebrar o vidro com a ponta da bota. Cristina a pegou pelo ombro.

— Espere. — Ela se abaixou e pegou a janela pela moldura. O símbolo de Força no pescoço dela se ativou e brilhou quando ela arrancou a moldura apodrecida e a derrubou nas latas de lixo de plástico abaixo. — Assim é mais quieto — falou.

Emma sorriu e entrou pela janela, aterrissando em um engradado cheio de garrafas de vodca. Ela desceu, e Cristina a seguiu. As botas de Cristina atingiram o chão no instante em que a porta da cozinha se abriu e um homem baixo com avental de barman e cabelos pretos espetados entrou. Assim que viu Emma e Cristina, soltou um grito espantado.

Ótimo, Emma pensou. Ele tinha a Visão.

— Olá — disse ela. — Somos do Departamento de Saúde. Você sabia que esses recipientes estão sem o gel antibacteriano de limpar as mãos?

Isso não pareceu impressionar o barman. O olhar dele foi de Emma para Cristina e para a janela aberta.

— O que as duas vacas estão fazendo, invadindo o local? Eu vou chamar...

Emma pegou uma colher de madeira do escorredor e arremessou. Bateu na lateral da cabeça do barman. Ele caiu com um barulho. Ela foi até lá e checou o pulso dele. Estava normal. Ela olhou para Cristina.

— Detesto ser chamada de vaca.

Cristina passou por ela e abriu a porta, espiando para fora, enquanto Emma arrastava o barman para o canto do salão e o empurrava gentilmente para trás de engradados de garrafas empilhados.

Cristina enrugou o nariz.

— Eca.

Emma soltou os pés do barman. Eles caíram ruidosamente no chão.

— O que é? Tem alguma coisa horrível acontecendo aqui?

— Não, é só um bar muito nojento — explicou Cristina. — Por que alguém quereria beber aqui?

Emma se juntou a ela na porta, e as duas espiaram para fora.

— Os bares na minha cidade são muito mais arrumados — declarou Cristina. — Acho que alguém vomitou naquele canto.

Ela apontou. Emma não olhou, mas acreditou. O bar não era apenas pouco iluminado, praticamente não havia iluminação. O piso era de concreto, cheio de guimbas de cigarro. Havia um bar com bancada de zinco, e um espelho atrás dele no qual preços de bebida tinham sido escritos com pilot. Homens com camisa de flanela e calças jeans se encontravam agrupados em volta de uma mesa de sinuca esfarrapada. Outros estavam bebendo silenciosamente no bar. O lugar tinha um cheiro amargo, de cerveja velha e fumaça de cigarro.

Encolhido na extremidade oposta do bar, havia um homem com um paletó familiar. Sterling.

— Lá está ele — disse Emma.

— O símbolo de Rastreamento não mente. — Cristina passou por baixo do braço de Emma e entrou no recinto. Emma foi atrás. Sentiu uma ligeira pressão na pele que vinha com o olhar de muitos olhos mundanos, mas seus símbolos de disfarce aguentaram firmes. O único barman levantou o olhar quando a porta da cozinha se fechou, provavelmente procurando por seu colega de trabalho, mas virou as costas e voltou a lustrar os copos quando não viu nada.

Conforme Emma e Cristina se aproximaram, uma expressão extraordinária passou pelo rosto de Sterling. Uma mistura de choque, seguido por desespero, seguido por uma espécie de alegria. Tinha um copo no bar na frente dele, cheio pela metade com um líquido dourado; ele pegou e virou o conteúdo. Quando bateu com o copo de volta no bar, seus olhos brilhavam.

— Nephilim — rosnou.

O barman olhou surpreso para ele. Vários dos outros clientes se mexeram em seus bancos.

— É isso mesmo — disse Sterling. — *Eles* acham que eu sou louco. — Esticou o braço para indicar as outras pessoas. — Não estou falando com ninguém. Com o ar. Mas *vocês*. Vocês não se importam. Estão aqui para me torturar.

Ele se levantou cambaleando.

— Uau! — exclamou Emma. — Você está *bêbado*.

Sterling apontou dois dedos como se fossem armas na direção dela.

— Muito observadora, lourinha.

— Cara! — O barman bateu com um copo na bancada. — Se você vai ficar falando sozinho, faça isso lá fora. Está interferindo no clima do bar.

— Esse lugar tem clima? — perguntou Emma.

— Emma, concentre-se — repreendeu Cristina. Ela se virou para Sterling. — Não estamos aqui para torturá-lo. Estamos aqui para ajudar. Já falamos isso várias vezes.

— Continuem repetindo isso para si mesmas — sibilou ele, e tirou várias notas do bolso, jogando-as no bar. — Tchau, Jimmy — falou para o barman. — Até nunca mais.

Ele foi para a porta e esticou bem os braços para abri-la. Emma e Cristina correram atrás dele.

Emma ficou feliz em voltar lá para fora. Sterling já estava correndo pela rua, a cabeça abaixada. O sol tinha se posto totalmente, e as luzes da rua estavam acesas, preenchendo o ar com um brilho amarelo. Carros passavam acelerados pela Pico.

Sterling estava andando *rápido*. Cristina o chamou, mas ele não virou, apenas se encolheu no paletó e andou mais depressa ainda. De repente, foi para a esquerda, entre dois prédios, e desapareceu.

Emma praguejou baixinho e saiu correndo. Sentiu uma onda de empolgação tomando suas veias. Ela adorava correr, o jeito como isso esvaziava a cabeça, como fazia com que se esquecesse de tudo, exceto do oxigênio entrando e saindo dos pulmões.

A entrada de um beco surgiu à esquerda. Não era um lixão — esse era quase tão amplo quanto uma rua e se estendia pelos fundos de uma rua de prédios residenciais, com varandas baratas de estuque e vista para a rua dos fundos. Um ralo cinza de concreto ia até o centro.

Na metade da rua o jipe prata de Sterling estava estacionado. Ele se apoiava na porta do motorista, tentando abri-la. Emma pulou nas costas dele, puxando-o para longe do carro. Ele se virou, cambaleou e caiu.

— Maldição! — gritou, se ajoelhando. — Pensei que tivesse dito que estava aqui para me ajudar!

— Em um senso mais amplo, sim — disse Emma. — Porque é nosso dever. Mas ninguém me chama de "lourinha" e sai ileso.

— Emma — avisou Cristina em tom de alerta.

— Levante-se — pediu Emma, estendendo a mão para Sterling. — Venha conosco. Mas, se me chamar de "lourinha" outra vez, arranco seus joelhos e os transformo em pequenas calotas, tudo bem?

— Pare de gritar com ele, Emma — disse Cristina. — Casper... Sr. Sterling... precisamos ficar com você, tudo bem? Sabemos que está correndo perigo, e queremos ajudar.

— Se querem me ajudar, fiquem longe de mim — gritou Sterling. — Preciso ficar *sozinho*!

— Para acabar afogado e queimado, coberto por marcas, com as digitais raspadas? — falou Emma. — É isso que você quer?

Sterling a encarou.

— Quê?

— Emma! — Emma percebeu que Cristina estava olhando para cima. Uma forma escorregava pelo telhado; um homem com roupas escuras, uma sombra perigosa e familiar. O coração de Emma acelerou no peito.

— *Levante-se*! — Ela pegou a mão de Sterling, puxando-o para que ficasse de pé. Ele se debateu, em seguida, caiu em cima dela, com a boca aberta, enquanto a forma escura no telhado saltava para baixo, aterrissando em uma varanda. Emma conseguiu vê-lo mais claramente agora: um homem de preto, com um capuz escuro levantado para esconder seu rosto.

Tinha uma besta na mão direita. Ele a levantou. Emma deu um empurrão em Sterling que quase o derrubou.

— *Corra!* — gritou ela.

Sterling não se moveu. Estava olhando para a figura de preto, um olhar de total incredulidade no rosto.

Alguma coisa chiou perto da orelha de Emma — uma flecha de besta. Com os sentidos aguçados, ela ouviu um estalo alto quando o canivete borboleta de Cristina se abriu, e o chiado quando voou pelo ar. Ela ouviu o homem de preto gritar, e a besta caiu de sua mão. Bateu no chão do beco, e um instante mais tarde o homem de preto também, aterrissando com um baque alto nas costas de Sterling.

Sterling caiu espalhado. O homem de preto, agachado por cima dele, levantou a mão; alguma coisa prateada brilhou entre seus dedos. Uma faca. Ele a desceu...

Então Cristina foi para cima dele, derrubando-o de lado. Ele caiu espalhado, e Sterling se levantou cambaleando e correu para o carro. Ele caiu com metade do corpo para dentro, arfando. Emma correu atrás dele, mas o carro já ganhava velocidade, acelerando pelo beco.

Ela se virou novamente quando o homem de preto levantou. Emma o alcançou em segundos. Prendendo-o contra a parede manchada do prédio.

Ele tentou se soltar, mas Emma estava lhe segurando a frente do moletom.

— Você atirou em Julian — falou ela. — Eu deveria matá-lo aqui mesmo.

— Emma. — Cristina estava de pé. Estava com o olhar fixo no homem de preto. — Primeiro descubra quem ele é.

Emma pegou o capuz com a mão livre e puxou para baixo, revelando...

Um menino. Não um homem, pensou ela, espantada, definitivamente um jovem — talvez um ano mais velho do que ela — com cabelos pretos emaranhados. Estava com o queixo travado, e os olhos pretos estalaram de raiva.

Cristina engasgou.

— *Dios mío, ¡no puedo creer que seas tú!*

— Quê? — perguntou Emma, olhando do menino para Cristina, para ele outra vez. — O que está acontecendo?

— Emma. — Cristina parecia chocada, como se tivesse tido o ar arrancado de seu corpo. — Esse é Diego. Diego Rocio Rosales, essa é Emma Carstairs.

O ar do lado de fora do Instituto era forte e acolhedor, cheirava a sálvia e sal. Julian podia ouvir o murmúrio baixo de cigarras preenchendo o ambiente, abafando o barulho de Diana fechando a porta da caminhonete. Ela circulou pela lateral do veículo e parou ao ver Julian na escada da frente.

— Jules — disse Diana. O que está fazendo aqui?
— Eu poderia perguntar o mesmo — respondeu ele. — Está saindo? De novo?

Ela colocou o cabelo atrás da orelha, mas diversos cachos escaparam, soprados pelo vento. Usava roupas escuras, não era uniforme, mas jeans preto, luvas e botas.

— Tenho que ir.

Ele desceu um degrau.

— Quanto tempo vai ficar fora?
— Não sei.
— Então não devemos contar com você. — O peso no peito de Julian parecia maior do que ele era capaz de tolerar. Ele queria extravasar, chutar alguma coisa. Queria Emma, para conversar com ele, sossegá-lo. Mas não podia pensar em Emma.

— Acredite ou não — declarou Diana —, estou fazendo o melhor que posso por vocês.

Julian olhou para as próprias mãos. A pulseira de vidros do mar brilhava no pulso. Ele se lembrou do brilho dela sob a água na noite anterior enquanto nadava em direção a Emma.

— O que espera que eu diga para eles? — falou Julian. — Se me perguntarem onde você está?

— Invente alguma coisa — retrucou Diana. — Você é bom nisso.

Raiva inflou dentro dele — se ele era um mentiroso, e era bom nisso, é porque nunca teve escolha.

— Eu sei coisas sobre você — disse Julian. — Sei que em seu ano de viagem foi para a Tailândia e não voltou até depois da morte do seu pai.

Diana parou, com a mão na porta da caminhonete.

— Você andou me *investigando*, Julian?
— Sei coisas porque tenho que saber — argumentou Julian. — Preciso ser cuidadoso.

Diana abriu a porta.

— Eu vim para cá — disse ela, suavemente —, sabendo que era má ideia. Sabendo que cuidar de vocês seria me amarrar a um destino que não poderia controlar. Fiz isso porque vi o quanto gostavam um do outro, você, seus irmãos e irmãs, e isso significou alguma coisa para mim. Tente acreditar nisso, Julian.

— Sei que entende de irmãos e irmãs — disse Julian. — Você *tinha* um irmão. Ele morreu na Tailândia. Você nunca fala nele.

Ela entrou na caminhonete e fechou a porta, a janela ainda aberta.

— Não lhe devo respostas, Julian — falou. — Volto assim que puder.

— Tudo bem — disse ele. De repente, sentiu-se imensamente cansado.
— Não vão perguntar onde você está, de qualquer jeito. Não esperam que você esteja por aqui.

Ele viu Diana cobrir o rosto com as mãos. Um instante mais tarde, a caminhonete foi ligada. Luzes iluminaram a frente do Instituto, varrendo a grama arenosa quando a caminhonete desceu pela colina.

Julian ficou onde estava por um bom tempo. Não sabia ao certo quanto tempo. O bastante para que o sol se pusesse por completo, para que o brilho desbotasse das colinas. O bastante para virar e voltar para dentro, esticando os ombros, se preparando.

Foi quando ouviu o barulho. Ele girou e os viu: uma grande multidão, vindo pela estrada em direção ao Instituto.

19

Relaxando e Matando

— Cristina. — Diego suspirou, olhando além de Emma. — *Pensé que eras tú, pero no estaba seguro. ¿Qué haces aqui? ¿Por qué estabas tratando de proteger a este hombre?*

— Diego? — Sem entender uma palavra do que ele dissera, Emma examinou o menino outra vez, notando as Marcas que decoravam seu pescoço, desaparecendo pelo colarinho da camisa. Ele era um Caçador de Sombras, sim. — *Esse* é Diego Perfeito?

— *Emma* — disse Cristina, com as bochechas ruborizando. — Solte-o.

— Não vou soltar. — Emma olhou fixamente para Diego Perfeito, que a encarou de volta com os olhos brilhando. — Ele atirou em Julian.

— Eu não sabia que eram Nephilim — disparou Diego Perfeito. — Estavam usando mangas compridas e agasalhos. Não deu para ver os símbolos. — O inglês dele era perfeito, o que talvez não fosse uma surpresa, considerando o seu apelido.

— Não estavam de uniforme? — Cristina quis saber. Ela continuava olhando para Diego Perfeito, incrédula.

— Só os casacos. — Emma empurrou Diego Perfeito contra a parede; ele fez uma careta. — Suponho que pareçam casacos normais de longe. Não que isso seja uma desculpa.

— Vocês estavam de jeans. Eu nunca os tinha visto antes. Estavam revirando a bolsa da morta. Por que eu não acharia que eram dois assassinos?

Emma, sem querer reconhecer que ele tinha um bom argumento, o empurrou com força contra a parede de novo.

— Agora sabe quem sou?

O canto da boca dele se ergueu.

— Ah, de fato, Emma Carstairs.

— Então sabe que eu poderia arrancar todos os seus órgãos internos de uma vez, amarrar uma cordinha e transformá-los em enfeites de Natal em um piscar de olhos?

Os olhos dele brilharam.

— Você poderia tentar.

— Parem com isso, os dois — disse Cristina. — Não temos tempo para isso. Precisamos encontrar Sterling.

— Ela tem razão — concordou Diego. — Agora me solte ou me mate, porque estamos perdendo tempo. Sei para onde Sterling vai. Ele tem uma reunião com uma bruxa do Mercado das Sombras. Temos que ir depressa, ele é rápido, como todos que são parte lobo.

— A bruxa vai matá-lo? — Emma soltou Diego, que foi pegar a besta. O canivete borboleta de Cristina tinha atingido a lateral da arma. Diego deu uma risadinha e o soltou. Entregou-o de volta a ela, e ela o pegou silenciosamente.

Diego virou e começou a marchar pelo beco.

— Se foi uma piada, não teve graça.

— Não foi uma piada — disse Cristina. — Estamos tentando protegê-lo.

— Quê? — Diego virou a esquina para um beco, onde uma cerca de arame fechava a rua além deles. Ele escalou a cerca com habilidade, aterrissando levemente no chão do outro lado. Emma foi atrás, e Cristina em seguida. Diego parecia estar mexendo no cinto de armas, mas Emma viu que ele olhava para Cristina com o canto do olho, certificando-se de que ela tinha saltado em segurança. — Por que você protegeria um assassino?

— Ele não é um assassino — explicou Cristina. — Ele é uma vítima. E é muito desagradável, mas é o nosso dever.

Viraram em uma rua sem saída ladeada por casas. Capim e cactos cresciam na grama não cortada. Diego caminhou com objetividade para o final da rua.

— Não entenderam? — Diego balançou a cabeça, os cabelos escuros voando. — Por que todo mundo tem que ficar longe dele? Não acredito nisso. Não acredito... tudo que fizeram... vocês o viram pegar o número? Na Loteria? Vocês viram quando ele foi escolhido?

— Vimos — disse Emma, com um frio começando a se espalhar por suas veias. — Sim, assim descobrimos que tínhamos que protegê-lo...

Um brilho súbito e cegante de luz como fogos de artifício veio do fim da rua. Um redemoinho de fogo verde e azul, cercado por vermelho. Os olhos de Cristina se arregalaram, as faíscas tingindo seus cabelos de vermelho.

Diego praguejou e saiu correndo. Após uma fração de segundo, Emma e Cristina o seguiram.

Emma jamais havia conhecido um Caçador de Sombras que não conseguia acompanhar, mas Diego era veloz. *Muito* veloz. Ela estava arfando quando pararam no final da rua.

O beco sem saída culminava em uma fileira de casas abandonadas. O carro de Sterling tinha batido em um poste de luz apagado; o capô estava amassado, a porta do motorista, aberta. Um dos air bags tinha sido acionado, mas Sterling parecia intacto.

Estava no meio da rua, lutando com alguém — a menina de cabelo verde que Emma tinha visto mais cedo, na rua em frente ao bar. Ela fazia força para escapar dele; ele a segurava pelas costas do casaco, e a expressão em seu rosto era quase maníaca.

— Solte-a! — gritou Diego.

Os três começaram a correr, Emma alcançando Cortana. Sterling, ao vê-los, começou a arrastar a garota para o outro lado do carro. Emma, correndo para o jipe, saltou no capô, subiu no telhado e pulou do outro lado.

E se deparou com uma parede de fogo azul-esverdeado. Sterling estava atrás dela, ainda agarrado à menina de cabelo verde. Os olhos dela encontraram os de Emma. Ela tinha um rosto ligeiramente élfico — uma lembrança de tê-la visto no Teatro da Meia-Noite tocou a memória de Emma.

Emma deu um salto para a frente. O fogo azul-esverdeado subiu e a fez recuar alguns passos. Sterling levantou a mão. Alguma coisa brilhou nela — uma faca.

— Pare-o! — gritou Diego. Ele e Cristina apareceram do outro lado da parede de fogo azul. Emma avançou, apesar de ser como andar contra um tufão, no momento em que Sterling desceu a faca, enfiando-a no peito da menina.

Cristina gritou.

Não, pensou Emma, chocada através do horror. *Não, não, não*. Era o dever dos Caçadores de Sombras salvar pessoas, protegê-las. Sterling não podia ferir a menina, não podia...

Por um momento ela viu uma escuridão no fogo — viu o interior da caverna da convergência, toda marcada por poesia e símbolos — e então mãos emergiram da escuridão e pegaram a garota das garras de Sterling. Emma só as viu brevemente, entre a chama e a confusão, mas pareciam mãos compridas e brancas; estranhamente angulosas, como se tivessem sido descascadas até os ossos...

Engasgando sangue, mancando e moribunda, a menina foi arrastada para a escuridão. Sterling virou e sorriu para Emma. A camisa dele estava marcada por marcas sangrentas de mão, e a lâmina de sua faca, escarlate.

— Você chegou tarde demais! — gritou ele. — Tarde demais, Nephilim! Ela era a décima terceira... a última!

Diego praguejou e se lançou para a frente, mas a parede de fogo subiu, então ele cambaleou para trás e caiu sobre os próprios joelhos. Cerrando os dentes, se levantou e avançou.

Sterling tinha parado de girar. Medo brilhou em seus olhos pálidos. Ele esticou um braço, e a mão esquelética emergiu do fogo e o alcançou, arrastando-o atrás da menina.

— Não! — Emma pulou e rolou sob a onda de fogo, como se estivesse mergulhando numa onda na praia. Ela pegou a perna de Sterling, enterrando as mãos na panturrilha dele.

— Solte-me! — gritou ele. — Solte-me, solte-me. *Guardião, me leve, me leve para longe daqui...*

A mão esquelética puxou a de Sterling. Emma sentiu que perdia a firmeza do aperto. Ela olhou para cima, com os olhos ardendo e queimando, a tempo de ver Cristina manejando o canivete borboleta. Ela atingiu a mão que parecia uma garra; os ossos estalaram, e a mão se recolheu apressadamente, soltando Sterling, que caiu pesadamente no chão.

— Não! — Sterling se ajoelhou, com os braços estendidos, enquanto o fogo diminuía e desaparecia. — Por favor! Leve-me com você...

Os três Caçadores de Sombras foram para cima dele; Diego agarrou Sterling sem cerimônia e o pôs de pé. Sterling riu dolorosamente.

— Não conseguiram me conter — anunciou o homem. — Garotas tolas, me seguindo, me *protegendo*...

Diego o empurrou, mas Emma estava balançando a cabeça.

— Quando foi escolhido na Loteria — disse ela para Sterling com a garganta seca, fazendo a pergunta cuja resposta já sabia —, você não estava sendo escolhido para morrer. Mas sim para *matar*?

— Oh, Raziel — murmurou Cristina. Estava com a mão na garganta, agarrando o pingente; parecia confusa.

Sterling cuspiu no chão.

— Isso mesmo — respondeu ele. — Quando seu número é escolhido, você mata ou morre. Assim como vocês, Wren não sabia como funcionava. Ela concordou em me encontrar aqui. Vaca burra. — Os olhos dele pareciam selvagens. — Eu a matei, o Guardião a levou, e agora vou viver para sempre. Assim que o Guardião me encontrar novamente, terei riquezas, imortalidade, tudo que eu quiser.

— Você matou por isso? — Cristina quis saber. — Você se tornou um assassino?

— Eu me tornei um assassino no instante em que sortearam meu nome na Loteria — revelou Sterling. — Não tinha escolha.

O barulho de sirenes policiais começou a soar ao longe.

— Temos que sair daqui — avisou Cristina, olhando para o carro destruído de Sterling e para o sangue na rua. Emma ergueu Cortana e foi recompensada com um olhar trêmulo de pânico no rosto do licantropo.

— Não — choramingou ele. — Não...

— Não podemos matá-lo — protestou Diego. — Precisamos dele. Jamais consegui um deles vivo antes. Temos que interrogá-lo.

— Relaxe, Diego Perfeito — disse Emma, e bateu com o cabo de Cortana na têmpora de Sterling. Ele caiu como uma pedra, desmaiado.

Foi estranho carregar Sterling até o carro, considerando que ele não estava escondido por feitiço; passaram um de seus braços sobre o ombro de Diego, e ele fez o melhor que pôde para parecer que estava ajudando um amigo bêbado a voltar para casa. Quando chegaram ao Toyota, amarraram os pulsos e os calcanhares de Sterling com electrum, antes de o colocarem no banco de trás, a cabeça caindo, o corpo flácido.

Discutiram se deveriam correr direto para a convergência, mas decidiram voltar para o Instituto primeiro, para buscar mais armas e consultar os outros. Emma estava particularmente ansiosa para falar com Julian — tinha ligado várias vezes, mas ele não atendeu. Ela disse a si mesma que ele provavelmente estava ocupado com as crianças, mas trazia uma leve preocupação no fundo da mente ao sentar no banco do motorista, com Cristina ao seu lado. Diego Perfeito foi para o lado de Sterling, com a adaga esticada, pressionada contra a garganta do outro.

Emma partiu, cantando pneu violentamente. Estava cheia de raiva, pelo menos, metade dela direcionada a si mesma. Como pôde não perceber que Sterling não era uma vítima, mas um assassino? Como nenhum deles soube?

— Não é culpa sua — tranquilizou Diego Perfeito do banco de trás, como se tivesse lido seus pensamentos. — Fazia sentido presumir que a Loteria estava escolhendo vítimas, e não assassinos.

— E Johnny Rook mentiu para nós. — Emma rosnou. — Ou pelo menos... ele nos *deixou* acreditar. Que estávamos protegendo alguém.

— Estávamos protegendo um assassino — disse Cristina. Ela parecia arrasada, com a mão fechada no pingente.

— Não se culpem — disse Diego Perfeito, sendo perfeito. — Vocês estavam investigando sem informações. Sem ajuda dos Irmãos do Silêncio ou... de ninguém.

Cristina olhou por cima do ombro para ele e o encarou.

— Como você sabe disso tudo?

— O que o faz pensar que estávamos investigando? — perguntou Emma. — Só porque me viu com Julian na casa de Wells?

— Essa foi a minha primeira pista — respondeu Diego Perfeito. — Depois disso fui perguntando. Conversei com um sujeito no Mercado das Sombras...

— Johnny Rook outra vez — falou Emma com nojo. — Tem alguém para quem esse cara não dê com a língua nos dentes?

— Ele me contou tudo — disse Diego Perfeito. — Que estavam procurando assassinos sem o conhecimento da Clave. Que era segredo. Tive medo por você, Cristina.

Cristina riu sem se virar.

— Tina — disse Diego Perfeito, com a voz cheia de desejo. — Tina, por favor.

Emma olhou desconfortável pelo para-brisa. Estavam quase vendo o oceano. Ela tentou se concentrar naquilo, e não na tensão entre os outros dois ocupantes conscientes do veículo.

Cristina apertou o medalhão com mais força, mas não disse nada.

— Rook falou que vocês estavam investigando porque acreditam que os assassinatos tenham ligação com a morte dos seus pais — disse Diego Perfeito a Emma. — Se vale de alguma coisa, sinto muito por sua perda.

— Isso foi há muito tempo. — Emma podia ver Diego Perfeito pelo retrovisor. Ele tinha um cordão delicado de símbolos no pescoço, como um colar torcido. Cabelos cacheados, não como as ondas de Julian, mas anéis que caíam sobre suas orelhas.

Ele *era* gato. E parecia gentil. E tinha muito charme. Realmente era Diego Perfeito, ela pensou teimosamente. Não foi à toa que Cristina se machucou tanto.

— O que *você* está fazendo aqui? — Cristina quis saber. — Emma tem motivo para investigar os assassinatos, mas você?

— Você sabe que eu estava na Scholomance — disse Diego Perfeito.

— E sabe que Centuriões frequentemente são mandados para investigar assuntos que não se enquadram exatamente na jurisdição dos Caçadores de Sombras...

Ouviu-se um grito rouco. Sterling tinha acordado e se agitava no banco de trás. A faca de Diego Perfeito brilhou na escuridão. Carros buzinaram quando Emma virou para a direita e entrou na Ocean Avenue.

— Solte-me! — Sterling se balançou e forçou contra os fios que o amarravam. — Solte-me!

Ele gritou de dor quando Diego Perfeito o empurrou violentamente no banco de trás, pressionando a faca em sua jugular.

— Saia de cima de mim! — berrou Sterling. — Maldição, saia de cima de mim...

Sterling soltou um gemido quando Diego Perfeito enterrou o joelho em sua coxa.

— Acalme-se — falou Diego, com a voz seca e mortal. — Agora!

Continuavam seguindo pela Ocean. Palmeiras cercavam os dois lados da rua como cílios. Emma cortou violentamente para a esquerda e foi para a Pacific Coast Highway entre um coro furioso de buzinas.

— Jesus Cristo! — gritou Sterling. — Onde aprendeu a dirigir?

— Ninguém solicitou seus comentários! — gritou Emma para ele quando voltaram para o trânsito. Por sorte, era tarde e as pistas estavam praticamente vazias.

— Não quero morrer na Pacific Coast Highway! — gritou Sterling.

— Ah, me desculpe. — A voz de Emma destilava ácido. — Existe alguma rodovia *diferente* onde você queira morrer? PORQUE PODEMOS PROVIDENCIAR ISSO.

— Vaca! — sibilou Sterling.

Cristina se virou no assento. Ouviu-se um estalo como um tiro; um segundo depois, ao passarem por um grupo de surfistas andando pela beira da estrada, Emma percebeu que ela esbofeteara Sterling.

— Não chame a minha amiga de vaca — disse Cristina. — Entendeu?

Sterling esfregou a mandíbula. Fechou os olhos.

— Você não tem o direito de me tocar. — A voz dele era um resmungo. — Os Nephilim só podem cuidar de assuntos que transgridam os Acordos.

— Errado — disse Diego Perfeito. — Lidamos com os assuntos que bem entendermos.

— Mas Belinda nos disse...

— É, quanto a isso — disse Cristina. — Como você foi parar naquele culto, ou seja lá o que for, no Teatro da Meia-Noite?

Sterling suspirou, trêmulo.

— Juramos segredo — falou afinal. — Se eu contar tudo que sei, vão me proteger?

— Talvez — concedeu Emma. — Mas você está amarrado e estamos todos muito armados. Você realmente prefere *não* contar?

Sterling olhou para Diego Perfeito, que segurava uma adaga tranquilamente, como se fosse uma caneta. Mesmo assim havia um senso de poder contido nele, como se ele pudesse agir em menos de um segundo. Se Sterling tivesse um pingo de inteligência, estaria apavorado.

— Entrei através de um produtor amigo. Ele disse que havia encontrado uma forma de garantir que tudo que você tocasse virasse ouro. Não literalmente. — Sterling se apressou em acrescentar.

— Ninguém achou que estivesse falando literalmente, idiota — rebateu Emma.

Sterling emitiu um ruído furioso e rapidamente foi contido por Diego, que apertou a faca com mais força em sua garganta.

— Quem é o Guardião? — Cristina exigiu saber. — Quem lidera os Seguidores no teatro?

— Não faço ideia — falou Sterling sombriamente. — Ninguém sabe. Nem mesmo Belinda.

— Vi Belinda no Mercado das Sombras, fazendo propaganda do seu cultinho — falou Emma. — Suponho que tenham prometido sorte e dinheiro se frequentassem as reuniões. Bastava se arriscarem nas loterias. Estou certa?

— Não pareciam um risco tão grande — comentou Sterling. — Eram só de vez em quando. Se você fosse escolhido, ninguém poderia tocá-lo. Ninguém poderia interferir até você tirar uma vida.

O rosto de Cristina se contorceu em desgosto.

— E os que tiram vidas? O que acontecia com eles?

— Conseguiam o que quisessem — comentou Sterling. — Riqueza. Beleza. Depois de um sacrifício, todo mundo se torna mais forte, mas aquele que executa o sacrifício fica mais forte do que todos os outros.

— Como você sabe? — perguntou Cristina. — Alguém no teatro já tinha sido escolhido na Loteria?

— Belinda — respondeu Sterling prontamente. — Ela foi a primeira. A maioria dos outros não ficou. Provavelmente estão em algum lugar, curtindo a vida. Bem, exceto Ava.

— Ava Leigh foi ganhadora na Loteria? — perguntou Emma. — A que morava com Stanley Wells?

Diego Perfeito apertou a faca com mais força na garganta de Sterling.

— O que você sabia sobre Ava?

Sterling se encolheu diante da faca.

— Sim, ela foi ganhadora da Loteria. Olhem, não importa quem os ganhadores escolhem para matar; nenhum membro do Submundo, exceto fadas, essa era a única regra. Alguns dos vencedores da Loteria escolhiam pessoas que conheciam. Ava decidiu matar seu namorado mais velho. Estava cansada dele. Mas ficou mal. Acabou se matando depois. Se afogou na piscina dele. Foi burrice. Poderia ter tido qualquer coisa que quisesse.

— Ela não se matou — disse Emma. — Foi assassinada.

Ele deu de ombros.

— Não, ela se matou. Foi o que todos disseram.

Cristina parecia lutar para manter a calma.

— Você a conhecia — disse ela. — Não se importa? Sente alguma coisa? E a culpa com relação à garota que você matou?

— Uma garota do Mercado das Sombras — retrucou Sterling, dando de ombros. — Vendia joias lá. Eu disse a ela que podia levar seu trabalho para uma loja de departamento. Torná-la rica se ela me encontrasse. — Ele riu. — Todo mundo é ganancioso.

Passaram pelo trânsito inicial da rodovia e chegaram a um pedaço da praia, cheio de torres azuis de salva-vidas.

— Aquele fogo azul — disse Emma, pensando alto. — O Guardião estava ali. Levou o corpo para a convergência. Você a esfaqueou, mas o Guardião a levou antes de morrer. Assim as mortes acontecem na convergência, e todo o resto também, o fogo, a imersão do corpo na água do mar, a marcação dos símbolos, todo o ritual?

— É. E eu também devia ter sido levado para a convergência — queixou-se Sterling, com ressentimento na voz. — É onde o Guardião teria me agradecido, teria me dado qualquer coisa que eu quisesse. Eu poderia ter visto o ritual. Uma morte fortalece todos nós.

Emma e Cristina trocaram olhares. Sterling não estava esclarecendo as coisas; apenas confundindo ainda mais.

— Você falou que ela era a última — disse Diego. — O que acontece depois disso? Qual é o pagamento final?

Sterling resmungou.

— Não faço ideia. Não cheguei aonde cheguei na vida perguntando coisas que não preciso saber.

— Aonde chegou na vida? — Emma riu. — Você quer dizer: amarrado no banco de trás de um carro?

Emma viu as luzes do Píer Malibu à frente. Brilhavam contra a água escura.

— Nada disso importa. O Guardião vai me encontrar — garantiu Sterling.

— Não contaria com isso — falou Diego Perfeito com a voz baixa.

Emma saiu da rodovia para a rua conhecida. Viu as luzes do Instituto ao longe, iluminando a pista sob as rodas.

— E quando ele encontrar? — perguntou a garota. — O Guardião? O que você acha que ele vai fazer, recebê-lo bem depois de tudo que nos contou? Não acha que ele vai fazê-lo pagar?

— Tem mais uma coisa que preciso dar a ele — disse Sterling. — Belinda deu. E até Ava deu. Uma última, última coisa. E depois...

Sterling se interrompeu com um grito de pavor. O Instituto apareceu diante deles. Diego Perfeito xingou.

— Emma! — Cristina engasgou. — Emma, *pare*!

Emma viu a forma familiar do Instituto, a entrada à frente, o penhasco e as colinas atrás. Havia sombras por todos os lados, um anel delas em torno do Instituto, mas só quando o carro subiu o último trecho e os faróis passaram pela construção foi que ela sentiu o choque do que via.

O Instituto estava cercado.

Vultos — escuros e com formas humanas — rodeavam o Instituto, formando um quadrado. Estavam ombro a ombro, absolutamente calados e imóveis, como os velhos desenhos que Emma havia visto de guerreiros gregos.

Sterling gritou algo incompreensível. Emma pisou no freio quando o farol passou pela moita pisoteada na frente do prédio. Os vultos estavam iluminados, acesos como a luz do dia. Alguns eram familiares. Ela reconheceu o menino de cabelos cacheados da banda no Teatro da Meia-Noite, o rosto fixo em uma careta dura. Ao lado dele estava uma mulher — cabelos escuros, lábios vermelhos — que ergueu uma das mãos com uma arma...

— Belinda! — Sterling soou absurdamente apavorado. — Ela...

A mão de Belinda balançou para trás com o recuo da arma. Uma explosão agrediu os ouvidos de Emma quando a roda dianteira do pneu explodiu, rasgado pela bala. O carro foi violentamente para o lado e deslizou para uma vala.

Escuridão e barulho de vidro estilhaçando. O volante bateu no peito de Emma, arrancando o ar de seus pulmões; os faróis se apagaram. Ela ouviu Cristina gritar, e também ruídos arranhados do banco de trás. Puxou o cinto, se soltando, virando para alcançar Cristina.

Mas Cristina não estava lá. O banco de trás também estava vazio. Emma abriu a porta e caiu com metade do corpo no chão de terra. Ela lutou para se levantar e girou.

A parte da frente do carro caíra em uma vala, fumaça se erguia do pneu explodido. Diego estava vindo do lado do passageiro, com as botas esmagando a terra seca. Carregava Cristina, o braço esquerdo por baixo dos joelhos dela; uma das pernas da garota estava pendurada em um ângulo estranho. Ela estava com a mão no ombro dele, os dedos encolhidos na manga do moletom.

Ele parecia muito heroico ao luar. Um pouco como o Super-Homem. Diego Perfeito. Emma meio que queria jogar alguma coisa nele, mas temia acertar Cristina. Ele apontou seu queixo másculo para o Instituto.

— *Emma!*

Emma girou. Os vultos que cercavam o Instituto tinham se virado — estavam de frente para ela agora; ela, Diego e os restos do carro.

Ao luar, pareciam assustadores. Figuras fortes de preto e cinza, um borrão de faces. Licantropes, parte fadas, vampiros e ifrits: os Seguidores.

— Emma! — chamou Diego Perfeito novamente. Estava com a estela na mão, desenhando um símbolo de cura no braço de Cristina. — Sterling fugiu... ele está com a sua espada...

Emma se virou, e Sterling passou correndo por ela, se movendo a uma velocidade sobre-humana. Ele tinha soltado os pulsos e calcanhares, mas sangue manchava a bainha da calça.

— Belinda! — gritou ele. — Estou aqui! Ajude-me! — Ele segurava algo enquanto corria, algo que brilhava dourado na escuridão.

Cortana.

Raiva explodiu no peito de Emma... correu por suas veias como pólvora acesa, e então ela disparou, atravessando a grama e a terra atrás de Sterling. Ela pulou sobre pedras, passou por figuras borradas. Sterling era veloz, mas Emma era tanto quanto. E o alcançou quase nos degraus do Instituto. Ele já tinha quase chegado a Belinda.

Emma colidiu contra ele, agarrou-o pelo casaco e o girou. O rosto dele estava sujo, manchado de sangue, pálido de pavor. Ela pegou o punho que segurava Cortana. A espada dela. A espada de seu pai. Sua única ligação com uma família que parecia ter se dissolvido no passado, como pó na chuva.

Ela ouviu uma rachadura. Sterling gritou e caiu de joelhos, derrubando Cortana no chão. Emma esticou o braço para pegá-la; quando se ajeitou estava cercada por um pequeno grupo de Seguidores, liderados por Belinda.

— O que você contou a ela, Sterling? — Belinda quis saber, mostrando pequenos dentes brancos por trás dos lábios vermelhos.

— N-nada. — Sterling estava segurando o próprio punho. Parecia quebrado de um jeito horrível. — Peguei a espada para lhe entregar, como prova de boa vontade...

— O que eu quereria com uma espada? Idiota. — Ela se virou para Emma.

— Estamos aqui para pegá-lo — disse ela, apontando para Sterling. — Deixe-nos levá-lo e vamos embora. — Ela sorriu para Emma. — Se está se perguntando como soubemos que deveríamos vir para cá, o Guardião tem olhos por todos os lados.

— Emma! — Era a voz de Cristina; Emma girou e viu Cristina fora do círculo, com Diego Perfeito ao seu lado. Para alívio de Emma, ela só estava mancando um pouco.

— Deixem-nos passar — disse Belinda, e a multidão se abriu de modo que Diego Perfeito e Cristina assumiram posições um de cada lado de Emma. O círculo se fechou novamente em torno deles.

— O que está acontecendo? — Diego Perfeito quis saber. Seu olhar se fixou em Belinda; seus olhos cerraram. — Você é a Guardiã?

Ela gargalhou. Após um instante, vários dos outros Seguidores, inclusive o menino de cabelos cacheados, começaram a acompanhá-lo.

— Eu? Você é muito engraçado, bonitão. — Ela deu uma piscadela para Diego Perfeito, como se estivesse reconhecendo sua perfeição. — Não sou a Guardiã, mas sei o que o Guardião quer. Sei o que é necessário. Neste momento, o Guardião precisa de Sterling. Os Seguidores precisam dele.

Sterling gemeu, seu grito quase perdido nos risos da multidão. Emma olhava em volta, medindo a distância até a entrada do Instituto; se conseguissem entrar, os Seguidores não poderiam segui-los. Mas aí ficariam presos — e não poderiam chamar o Conclave para pedir ajuda.

Sterling fechou a mão no calcanhar de Diego Perfeito. Aparentemente ele tinha decidido que o garoto era a aposta mais segura para obter clemência nessas circunstâncias.

— Não deixe que me levem — implorou o homem. — Vão me matar. Eu fiz besteira. Vão me matar.

— Não podemos entregá-lo a vocês — disse Diego Perfeito. Emma tinha quase certeza de estar ouvindo arrependimento em sua voz. — Nosso dever é proteger mundanos a não ser que eles representem um perigo para nossas vidas.

— Não sei — disse Emma, pensando na menina de cabelo verde sangrando até a morte. — Esse aí me parece matável.

Belinda sorriu com seus lábios vermelhos.

— Ele não é um mundano. Nenhum de nós é.

— Nosso dever é proteger, mesmo assim — disse Diego Perfeito.

Emma trocou um olhar com Cristina, mas percebeu que ela concordava com Diego Perfeito. Clemência era uma característica que o Anjo esperava que os Caçadores de Sombras tivessem. Clemência é a Lei. Às vezes, Emma temia que sua capacidade de clemência tivesse sido destruída com a Guerra Maligna.

— Precisamos de informações dele — falou Cristina baixinho, mas Belinda ouviu, e seus lábios enrijeceram.

— Precisamos mais — retrucou ela. — Agora entregue-o e iremos embora. Há três de vocês e trezentos de nós. Pense bem.

Emma arremessou Cortana.

A espada voou de sua mão com tanta velocidade que Belinda não teve oportunidade de reagir; girou pelo círculo de Seguidores como uma agulha em uma bússola, brilhante e dourada. Ela ouviu berros, gritos, em parte de dor, em parte de espanto, e então Cortana voltou para sua mão, batendo sólida em sua palma.

Belinda olhou em volta com verdadeiro espanto. A ponta de Cortana tinha acabado de rasgar a frente das camisas do círculo de Seguidores; alguns sangravam, outros só tinham rasgos nas roupas. Todos estavam se segurando, parecendo espantados e assustados.

Cristina parecia maravilhada; Diego, parecia apenas contemplativo.

— Menor número não necessariamente significa inferior — disse Emma.

— Mate-a — ordenou Belinda, então ergueu a arma e puxou o gatilho.

Emma mal teve tempo de se preparar antes de uma coisa voar pelo seu campo de visão — algo brilhante e prateado — e ela ouvir um *crack* alto. Uma adaga caiu no chão na frente dos seus pés, com uma bala enterrada no cabo.

Diego Perfeito olhava para ela, a mão ainda aberta. Ele tinha lançado a adaga, desviado a bala. Talvez não tivesse salvado a sua vida — o uniforme repelia balas —, mas definitivamente evitou que ela fosse derrubada e, talvez, morta com um segundo tiro na cabeça.

Ela não teve tempo de agradecer. Os outros Seguidores vieram para cima dela, e, dessa vez, o frio da batalha pulsou por suas veias. O mundo desacelerou à sua volta. O menino parte fada, com cabelos cacheados, se lançou ao ar, vindo em direção a ela. Emma o espetou antes que ele caísse no chão, sua lâmina cortando o peito. Sangue esguichou em volta dela ao puxar de volta a espada, uma chuva lenta e quente de pingos vermelhos.

O menino de cabelos cacheados caiu agachado no chão. Havia sangue na lâmina de Cortana quando Emma a empunhou novamente e outra vez, e a espada se tornou um borrão dourado ao seu redor. Ela ouviu gritos. Sterling estava encolhido acovardado no chão, com os braços na cabeça.

Ela cortou pernas e braços; cortou armas de várias mãos. Diego e Cristina faziam a mesma coisa, fatiando com suas armas. Cristina arremessou seu canivete borboleta; ele se enterrou no ombro de Belinda, derrubando-a. Ela xingou e arrancou a faca, jogando-a de lado. Apesar de haver um buraco em seu casaco branco, não havia sangue.

Emma recuou até parar na frente de Sterling.

— Vá para o Instituto! — gritou para Cristina. — Chame os outros!

Cristina fez que sim com a cabeça e correu para a escada. Ela estava no meio do caminho quando um vampiro de pele cinza e olhos vermelhos pulou para cima dela, enterrando os dentes na perna já machucada.

Cristina gritou. Emma e Diego viraram para ela enquanto Cristina esfaqueava com uma adaga, e a criatura caía para trás, engasgando com sangue. Havia um rasgo na perna do uniforme de Cristina.

Diego cruzou a grama correndo até ela. O momento custou a concentração de Emma; ela viu um lampejo de movimento com o canto do olho e notou Belinda correndo para cima dela. A mão esquerda estava esticada e se fechou na garganta de Emma.

Ela engasgou, agarrando o outro braço de Belinda. Puxou forte, e, enquanto a outra cambaleava para longe da Nephilim, sua luva saiu.

O braço direito acabava em um cotoco. O rosto de Belinda se contorceu, e Emma ouviu Cristina exclamar. Ela estava com a adaga na mão, apesar da perna do uniforme estar ensopada de sangue. Diego estava ao seu lado, uma enorme sombra contra o Instituto.

— Você não tem a mão. — Emma engasgou, erguendo Cortana entre ela e Belinda. — Exatamente como Ava...

As portas do Instituto se abriram. Uma luz tão brilhante que quase cegava ardeu e Emma congelou, com a espada ensanguentada na mão. Ela olhou e viu Julian na entrada.

Ele empunhava uma lâmina serafim sobre a cabeça, e ela brilhava como uma estrela. Clareou o céu, a lua. Os Seguidores caíram para trás com ela, como se fosse a luz de um avião em queda.

Naquele momento suspenso, Emma olhou diretamente para Jules e o viu olhar de volta para ela. Um orgulho voraz inflou dentro dela. Aquele era o seu Julian. Um menino dócil de alma bondosa, mas toda alma tem seu próprio oposto, e o oposto dessa amabilidade era a crueldade — os belos destroços da misericórdia.

Ela podia ver no rosto dele. Para salvá-la, ele mataria todos ali. Não pensaria duas vezes até terminar, quando lavasse o sangue pelo ralo, como tinta vermelha. E não se arrependeria.

— Pare — disse Julian, e apesar de não ter gritado, não ter berrado, os Seguidores que continuavam se movendo congelaram onde estavam, como se conseguissem ler sua expressão, exatamente como Emma. Como se estivessem com medo.

Emma agarrou Sterling pelas costas da camisa, puxando-o para que se levantasse.

— Vamos — disse ela, e começou a atravessar a multidão, arrastando-o para o Instituto. Se conseguisse levá-lo para dentro...

Mas Belinda, de repente, estava avançando, empurrando os outros Seguidores para se aproximar da escada do Instituto. Ainda não havia sangue em torno do rasgo no casaco. A luva calçava novamente a mão. Os cabelos escuros se soltavam de seus elaborados cachos, e ela parecia furiosa.

Ela foi para a frente, se colocando entre Emma e a escada. Cristina e Diego estavam logo atrás delas; Cristina fazia uma careta, o rosto pálido.

— Julian Blackthorn! — berrou Belinda. — Exijo que nos deixe levar este homem... — Ela apontou para Sterling. — ... daqui! E que pare de interferir em nossos assuntos! Os Seguidores do Guardião não têm nada a ver com vocês ou suas Leis!

Julian desceu um único degrau. O brilho da lâmina serafim acendeu seus olhos a um tom sombrio de verde-marinho.

— Como ousa vir aqui? — anunciou ele secamente. — Como ousa invadir o espaço dos Nephilim; como ousa fazer exigências? Seu culto idiota não era assunto nosso, não, até começarem a assassinar. Agora é nossa missão fazê-los parar. E nós iremos.

Belinda soltou uma risada rouca.

— Somos trezentos, e vocês não têm quase ninguém, e são *crianças*...

— Nem todos somos crianças — disse outra voz, e Malcolm Fade apareceu na escada ao lado de Julian.

Os Seguidores ficaram boquiabertos. Claramente, a maioria deles não fazia ideia de quem ele era. Mas o fato de estar cercado por uma auréola de fogo violeta obviamente deixou muitos deles nervosos.

— Sou Malcolm Fade — se apresentou. — Alto Feiticeiro de Los Angeles. Você sabe o que são os feiticeiros, não?

Emma não conseguiu conter um risinho. Diego Perfeito estava encarando. Sterling parecia pálido de pavor.

— Um de nós — disse Malcolm — vale quinhentos de vocês. Posso incinerá-los em seis segundos e usar suas cinzas para encher um ursinho de pelúcia para a minha namorada. Não que eu tenha uma namorada no momento — acrescentou —, mas a esperança é a última que morre.

— Você é um feiticeiro e serve aos Nephilim? — perguntou Belinda. — Depois de tudo que eles fizeram com os integrantes do Submundo?

— Não tente usar seus conhecimentos pobres sobre milhares de anos de política comigo, criança. Não vai funcionar. — Malcolm olhou para o relógio. — Vou lhes dar um minuto — falou. — Quem continuar aqui depois de um minuto vai queimar.

Ninguém se moveu.

Com um suspiro, Malcolm apontou para um arbusto na base da escada. Pegou fogo. Um cheiro sufocante de fumaça emergiu. Chamas dançaram por seus dedos.

Os Seguidores se viraram e correram para a rua. Emma ficou parada enquanto passavam em volta dela, como se ela fosse uma planta no meio de uma avalanche. Em um instante todos se foram, menos Belinda.

Havia uma raiva terrível em seu rosto, e um desespero ainda maior. Um olhar que deixou todos congelados onde estavam.

Ela ergueu seus olhos escuros para Julian.

— Você — falou a mulher. — Pode pensar que nos derrotou agora, com seu feiticeiro de estimação, mas as coisas que sabemos a seu respeito... ah, as coisas que podemos contar à Clave. A verdade sobre seu tio. A verdade sobre quem dirige o Instituto. A verdade...

Julian empalideceu, mas antes que pudesse falar ou se mexer, um grito de agonia rasgou o ar. Era Sterling. Ele agarrou o próprio peito e, quando todos eles, inclusive Belinda, se viraram para olhar, ele caiu na grama. Uma gota de sangue escorreu de sua boca, manchando o chão. Seus olhos se arregalaram de medo quando os joelhos cederam; ele agarrou o chão, seu anel rosa brilhando no dedo, e parou.

— Ele está morto — falou Cristina, incrédula. E se virou para Belinda: — O que você fez?

Por um instante Belinda pareceu confusa, como se estivesse tão chocada quanto todos os outros. Depois disse:

— Bem que você gostaria de saber.

Ela foi até o corpo. Abaixou como se quisesse examiná-lo.

Um instante mais tarde uma faca brilhou entre os dedos de sua mão esquerda. Ouviram dois ruídos grotescos cortantes, e as mãos de Sterling foram arrancadas dos pulsos. Belinda as pegou, rindo.

— Obrigada — disse ela. — O Guardião ficará feliz em saber que ele está morto.

Por um momento Emma se lembrou de Ava na piscina, a pele rasgada por causa da mão arrancada. O Guardião insistia nesse tipo específico de evidência de que aqueles a quem queria mortos assim estavam? Mas e quanto a Belinda? Ela continuava viva. Será que era para ser um tributo?

Belinda sorriu, interrompendo os pensamentos de Emma.

— Até mais tarde, pequenos Caçadores de Sombras — despediu-se ela. E foi em direção à rua, com os troféus sangrentos erguidos.

Emma deu um passo à frente, com a intenção de subir os degraus do Instituto, mas Malcolm estendeu a mão para contê-la.

— Emma, fique onde está — pediu. — Cristina, afaste-se do corpo.

Cristina fez o que o feiticeiro ordenou; a mão na garganta, tocando o medalhão. O corpo de Sterling estava encolhido aos pés dela, virado em si mesmo. Sangue não pulsava mais de seus pulsos cortados, mas o chão ao redor estava molhado.

Enquanto Cristina se afastava com rapidez, ela esbarrou em Diego Perfeito. Ele levantou as mãos como se fosse equilibrá-la e, para surpresa de Emma, ela permitiu. Ela franzia o rosto, claramente com dor. Havia sangue salpicado em seu sapato.

Malcolm abaixou a mão, curvando os dedos. O corpo de Sterling pegou fogo. Fogo de mago, queimando de forma dura, rápida e limpa. O licantropo pareceu brilhar intensamente por um instante antes de se desfazer em cinzas. O fogo desapareceu e só o que restou foi um pedaço do chão queimado e sujo de sangue.

Emma percebeu que ela ainda segurava Cortana. Ela se ajoelhou, mecanicamente limpou a lâmina na grama seca e guardou a espada na bainha. Ao se levantar, o olhar procurou Julian. Ele estava apoiado em um dos pilares da porta da frente, a lâmina serafim, agora escura, pendurada em sua mão. Ele encontrou o olhar dela por apenas um instante; o dele parecia vazio.

E então desviou quando a porta do Instituto se abriu e Mark apareceu.

— Acabou? — perguntou Mark.

— Acabou — respondeu Julian, cansado. — Pelo menos, por enquanto.

O olhar de Mark passou pelos outros — Emma, depois Cristina — e se iluminou em Diego. Diego pareceu confuso com a intensidade do olhar.

— Quem é esse?

— Diego — respondeu Emma. — Diego Rocio Rosales.

— Diego Perfeito? — disse Mark, parecendo incrédulo.

Diego pareceu ainda mais confuso. Antes que pudesse dizer qualquer coisa, Cristina caiu no chão, segurando a perna.

— Eu preciso — afirmou ela, um pouco sem fôlego — de outro *iratze*.

Diego a levantou nos braços e correu pelas escadas, ignorando os protestos de Cristina, que dizia ser capaz de andar.

— Preciso levá-la para dentro — falou Diego, passando por Julian, e depois Mark. — Tem uma enfermaria?

— Claro — afirmou Julian. — Segundo andar...

— Cristina! — gritou Emma, correndo pelas escadas atrás deles, mas já tinham desaparecido lá dentro.

— Ela vai ficar bem — assegurou Malcolm. — É melhor não correr atrás deles e assustar as crianças.

— Como estão as crianças? — perguntou Emma, ansiosa. — Ty, Dru...

— Estão todos bem — disse Mark. — Eu estava cuidando deles.

— E Arthur?

— Nem pareceu notar o que estava acontecendo — respondeu Mark com um olhar confuso. — Foi estranho...

Emma voltou-se para Julian.

— *É* estranho — concordou ela. — Julian, o que Belinda quis dizer? Quando falou que sabia quem realmente dirigia o Instituto?

Julian balançou a cabeça.

— Eu não sei.

Malcolm suspirou, exasperado.

— Jules — disse ele. — Conte a ela.

Julian parecia exausto — mais do que exausto. Emma tinha lido em algum lugar que pessoas se afogavam quando ficavam cansadas demais para se manter boiando. Elas desistiam e permitiam que o mar as levasse. Julian parecia nesse grau de exaustão.

— Malcolm, não — sussurrou ele.

— Você sequer consegue se lembrar de todas as mentiras que contou? — perguntou Malcolm, e não havia a preocupação habitual em seu olhar. Seus olhos estavam duros feito ametista. — Você não me contou sobre a volta do seu irmão...

— Ah... Mark! — exclamou Emma, de repente, percebendo que Malcolm evidentemente não sabia que ele estava no Instituto. Rapidamente, ela colocou a mão na boca. Mark ergueu uma sobrancelha para ela. Parecia notavelmente calmo.

— Você escondeu — prosseguiu Malcolm —, sabendo que eu perceberia que isso significaria envolvimento de fadas nos assassinatos e que eu saberia que estava violando a Paz Fria se o ajudasse.

— Não violaria se não soubesse — disse Julian. — Estava o protegendo também.

— Talvez — disse Malcolm. — Mas para mim, basta. Conte a eles a verdade. Ou este será o fim da minha ajuda.

Julian fez que sim com a cabeça.

— Contarei a Emma e a Mark — decidiu ele. — Não seria justo com os outros.

— Seu tio provavelmente saberia dizer quem disse isso — falou Malcolm. — "Não faça nada em segredo; pois o Tempo vê e ouve todas as coisas, e revela tudo".

— Eu posso dizer quem disse. — Os olhos de Julian ardiam com um fogo baixo. — Sófocles.

— Garoto esperto — elogiou Malcolm. Tinha afeto em sua voz, mas cansaço também.

Ele se virou e marchou pelos degraus. Parou quando chegou à base da escada, olhando além de Emma, com os olhos escuros demais para que ela pudesse interpretar. Ele parecia ver alguma coisa ao longe que ela não via, ou algo em um futuro muito distante para se imaginar, ou em um passado distante demais para lembrar.

— Vai continuar nos ajudando? — chamou Julian. — Malcolm, você não vai... — Ele parou de falar; Malcolm já tinha desaparecido nas sombras da noite. — Nos abandonar? — disse, falando como se soubesse que ninguém estava ouvindo.

Julian ainda estava apoiado no pilar, como se fosse a única coisa que o sustentava, e Emma não conseguia evitar que a mente se lembrasse dos pilares no Salão dos Acordos, de Julian aos 12 anos, agachado contra um deles e chorando nas mãos.

Ele chorara desde então, mas não com frequência. Não havia muita coisa, ela supunha, que se comparasse a matar o próprio pai.

A lâmina serafim na mão dele tinha apagado. Ele a jogou de lado quando Emma se aproximou. Ela deslizou a mão para a mão dele, que agora estava vazia. Não havia paixão do gesto, nada que lembrasse a noite na praia. Apenas a solidez absoluta de uma amizade compartilhada por mais de uma década.

Ele então olhou para ela, e Emma viu gratidão em seus olhos. Por um instante não existia nada além dos dois no mundo, respirando, as pontas dos dedos dele dançando sobre seu pulso nu. O-B-R-I-G-A-D-O.

— Malcolm disse que tinha uma coisa que precisava nos contar — disse Mark. — Você pareceu concordar. O que é? Se mantivermos as crianças esperando por muito mais tempo, elas vão se rebelar.

Julian fez que sim com a cabeça, se esticando, afastando-se do pilar. Ele voltou a ser o calmo irmão mais velho outra vez, o bom soldado, o menino que tinha um plano.

— Eu vou falar para eles o que está acontecendo. Vocês dois, esperem por mim na sala de jantar — disse Julian. — Malcolm tem razão. Precisamos conversar.

Los Angeles, 2008

Julian sempre se lembraria do dia em que seu tio Arthur chegou ao Instituto de Los Angeles.

Era apenas a terceira vez que ele ia ali, apesar de seu irmão, Andrew, o pai de Julian, ter dirigido o maior Instituto da Costa Oeste por quase quinze anos. As relações eram tensas entre Andrew e o restante dos Blackthorn desde que uma fada chegou à sua porta carregando duas crianças pequenas e adormecidas, declarou que eram o filho e a filha de Andrew com Lady Nerissa da Corte Seelie, e as deixou lá para que ele cuidasse.

Nem o fato de que a mulher dele rapidamente adotou as crianças, as amava e as tratava exatamente como fazia com seus outros filhos com Andrew reparou completamente o problema. Julian sempre achou que a questão era mais profunda do que seu pai admitia. Arthur parecia achar o mesmo, mas nenhum dos dois falava do que sabia, e, agora que Andrew estava morto, Julian suspeitava que a história tivesse morrido também.

Julian estava no topo da escada do Instituto, vendo o tio saltar do carro no qual Diana o buscou do aeroporto. Arthur poderia ter vindo por Portal, mas optou por viajar como um mundano. Ele estava amarrotado e cansado da viagem ao subir os degraus, com Diana logo atrás. Julian viu que sua boca estava rija em uma linha, e ficou imaginando se Arthur teria feito alguma coisa para irritá-la. Torcia para que não; Diana só estava no Instituto de Los Angeles há um mês, e Julian já gostava enormemente dela. Seria melhor para todo mundo se ela e Arthur se dessem bem.

Arthur entrou na antessala do Instituto, piscando enquanto seus olhos atingidos pelo sol se ajustavam ao interior escuro. Os outros Blackthorn estavam lá, vestidos com suas melhores roupas — Dru, de veludo, e Tiberius, com uma gravata amarrada no pescoço. Livvy trazia Tavvy no colo, sorrindo esperançosa. Emma parecia cansada, no pé da escada, claramente ciente de seu status como parte da família, mas mesmo assim não sendo uma deles.

Usava as tranças presas, cachos de cabelos claros balançando como corda enrolada em ambos os lados da cabeça. Julian ainda se lembrava disso.

Diana fez as apresentações. Julian apertou a mão do tio que, mesmo de perto, ainda não se parecia muito com o pai de Julian. Talvez isso fosse uma boa coisa. A última lembrança que tinha do pai não era agradável

Julian ficou encarando o tio enquanto Arthur apertava sua mão com firmeza. Arthur tinha os cabelos castanhos dos Blackthorn, apesar de ser quase totalmente grisalho, e olhos azul-esverdeados por trás dos óculos. Suas feições eram largas e ásperas, e ele ainda mancava singelamente pelos machucados que sofrera durante a Guerra Maligna.

Arthur se virou para cumprimentar as outras crianças, e Julian sentiu alguma coisa pulsar por suas veias. Ele viu o rosto esperançoso de Dru se virar para cima, o olhar lateral tímido de Ty, e pensou: ame-os. Ame-os. Pelo Anjo, ame-os.

Não importava se alguém o amasse. Ele estava com 12 anos. Tinha idade o bastante. Tinha Marcas, era um Caçador de Sombras. Tinha Emma. Mas os outros ainda precisavam de alguém que desse beijos de boa-noite, os protegesse dos pesadelos, fizesse curativos em joelhos ralados e acalentasse sentimentos feridos. Alguém que os ensinasse a crescer.

Arthur foi até Drusilla e apertou sua mão, desconfortavelmente. O sorriso desbotou de seu rosto quando ele foi para Livvy em seguida, ignorando Tavvy, e depois se inclinou para Tiberius, com a mão esticada.

Ty não retribuiu.

— Olhe para mim, Tiberius — pediu Arthur, com a voz ligeiramente rouca. Ele limpou a garganta. — Tiberius! — Ele se ajeitou e virou para Julian. — Por que ele não olha para mim?

— Ele nem sempre gosta de fazer contato visual — explicou Julian.

— Por quê? — perguntou Arthur. — Qual é o problema dele?

Julian viu Livvy dar sua mão livre para Ty. Foi a única coisa que o impediu de empurrar o tio para chegar até o irmão mais novo.

— Nada. É o jeito dele.

— Estranho — disse Arthur, e deu as costas para Ty, descartando-o para sempre. Ele olhou para Diana. — Onde é meu escritório?

Os lábios de Diana afinaram ainda mais. Julian se sentiu como se estivesse engasgando.

— Diana não mora aqui, nem trabalha para nós — explicou Julian. — Ela é tutora; trabalha para a Clave. Posso ajudá-lo a achar seu escritório.

— Ótimo. — Tio Arthur pegou a mala. — Tenho muito trabalho a fazer.

Julian subiu as escadas, sentindo como se sua cabeça estivesse cheia de pequenas explosões, afogando o discurso do tio Arthur sobre a importante monografia que ele estava fazendo sobre a Ilíada. Aparentemente a Guerra Maligna tinha interrompido seu trabalho, parte do qual foi destruída no ataque ao Instituto de Londres.

— Muito inconveniente, a guerra — disse Arthur, entrando no escritório que fora do pai de Julian. As paredes eram de madeira clara; dezenas de janelas se abriam para o mar e para o céu.

Particularmente para as pessoas que morreram nela, Julian pensou, mas seu tio estava balançando a cabeça, os nós dos dedos embranquecendo em torno do cabo da mala.

— Ah, não, não — disse Arthur. — Isso não vai funcionar de jeito nenhum

Quando deu as costas para as janelas, Julian viu que ele estava branco e suando. — Muito vidro — falou, com a voz diminuindo a um murmúrio. — A luz é muito clara. Demais. — Ele tossiu. — Tem algum sótão?

Julian não ia ao sótão do Instituto fazia anos, mas se lembrava de onde ficava, subindo por uma escada estreita a partir do quarto andar. Ele acompanhou o tio, tossindo por causa da poeira. O cômodo tinha piso de madeira escurecido por mofo, pilhas de velhos baús e uma enorme mesa, com uma perna quebrada, apoiada em um canto.

Tio Arthur pousou a mala.

— Perfeito — falou.

Julian não o viu novamente até a noite seguinte, quando a fome deve tê-lo feito descer. Arthur sentou em silêncio à mesa de jantar, comendo discretamente. Emma tentou conversar com ele naquela noite, e depois na seguinte. Eventualmente até ela desistiu.

— Não gosto dele — confessou Drusilla um dia, franzindo o rosto enquanto ele voltava pelo corredor. — A Clave não pode nos mandar outro tio?

Julian colocou os braços em volta dela.

— Temo que não. Ele é o que temos.

Arthur se tornou mais isolado. Às vezes, ele falava em fragmentos de poesia ou com algumas palavras em latim; uma vez ele pediu para Julian passar o sal em grego arcaico. Uma noite Diana ficou para jantar; depois que Arthur se recolheu, ela puxou Julian de lado.

— Talvez fosse melhor se ele não comesse com a família — falou ela, baixinho. — Você poderia levar uma bandeja para ele à noite.

Julian assentiu. A raiva e o medo que pareciam explosões disparando na cabeça dele se aquietaram, se tornando uma fraca pulsação de decepção. O tio não ia amar seus irmãos e irmãs. Não ia colocá-los para dormir, nem beijar seus joelhos ralados. Ele não ia ajudar em nada.

Julian determinou que os amaria duas vezes mais do que qualquer adulto poderia. Faria tudo por eles, pensou, ao levar o jantar do tio Arthur — macarrão frio, torrada e chá — em uma bandeja, numa noite, quando o homem já morava no Instituto havia alguns meses. Ele se certificaria de que eles tivessem tudo que queriam. Se certificaria de que eles jamais sentissem falta do que não tinham; ele os amaria o suficiente para compensar tudo que perderam.

Ele abriu a porta do sótão com o ombro. Por um instante, piscando desorientado, achou que a sala estivesse vazia. Que seu tio tivesse saído, ou estivesse lá embaixo, dormindo, como às vezes fazia em horários estranhos.

— Andrew? — A voz veio do chão. Lá estava o tio Arthur, encolhido, com as costas apoiadas na enorme mesa. Parecia que estava sentado em uma piscina de escuridão. Julian levou um tempo para perceber que era sangue — preto, à pouca luz, poças grudentas por todos os lados, secando no chão, grudando folhas de papel umas nas outras. As mangas de Arthur estavam enroladas, a camisa, manchada de sangue. Ele segurava uma faca na mão direita. — Andrew — falou com a voz arrastada, virando a cabeça para Julian. — Perdão. Tive que fazer isso. Eu tinha... muitos pensamentos. Sonhos. As vozes deles vêm a mim pelo sangue, entende. Quando derramo o sangue, paro de escutá-los.

De algum jeito, Julian encontrou a voz.

— Vozes de quem?

— Dos anjos do Céu — disse Arthur. — E dos demônios sob o mar. — Ele pressionou o dedo na ponta da faca e viu o sangue brotar ali.

Mas Julian mal o ouviu. Ele continuava segurando a bandeja, olhando para o fardo dos anos por vir, e a Clave, e a Lei.

"Loucura" era como chamavam quando um Caçador de Sombras ouvia vozes que mais ninguém escutava, ou quando via coisas que mais ninguém podia ver. Havia outras palavras, mais feias, porém não havia compreensão, solidariedade, nem tolerância. Loucura era uma mancha e um sinal de que seu cérebro tinha rejeitado a perfeição do sangue do Anjo. Aqueles que eram considerados lunáticos ficavam trancados no Basilias e nunca mais tinham autorização para sair.

Certamente não tinham autorização para dirigir Institutos.

Parecia que a questão de não serem amados o suficiente não era a pior que as crianças Blackthorn poderiam ter que enfrentar, afinal.

20
Há Muito Tempo

A sala de jantar formal do Instituto raramente era usada — a família comia na cozinha, exceto pelas raras ocasiões em que o tio Arthur estava junto. A sala era cheia de pinturas emolduradas dos Blackthorn, trazidas da Inglaterra, os nomes escritos sob as imagens. *Rupert. John. Tristan. Adelaide. Jesse. Tatiana.* Eles olhavam de soslaio para uma longa mesa de carvalho rodeada por cadeiras de encostos altos.

Mark se ajeitou na mesa, fitando as paredes.

— Gosto deles — falou o garoto. — Dos retratos. Sempre gostei.

— Eles parecem amigáveis para você? — Emma se apoiava na entrada. A porta estava parcialmente aberta e através dela dava para ver a antessala e Julian falando com os irmãos.

Livvy agarrava o sabre e parecia furiosa. Ty, ao lado dela, estava com o rosto vazio, mas as mãos se ocupavam, amarrando e desamarrando.

— Tavvy está acordado brincando lá em cima — dizia Drusilla. Ela estava de pijama, seus cabelos castanhos, penteados. — Com sorte, ele vai apagar. Normalmente ele dorme até durante a guerra. Quero dizer...

— Isso não era uma guerra — explicou Julian. — Apesar de termos tidos alguns momentos difíceis antes de Malcolm aparecer.

— Julian chamou Malcolm, hum? — perguntou Emma, voltando-se novamente para a sala de jantar. — Apesar de você estar aqui, e Malcolm não saber?

— Ele teve que chamar — respondeu Mark, e Emma ficou impressionada pelo quão humano ele soou. E parecia humano, também, de jeans e casaco, sentado casualmente à mesa. — Tinham trezentos Seguidores cercando o local, e não podíamos chamar o Conclave.

— Ele poderia ter pedido para você se esconder — disse Emma. Tinha sangue e sujeira no casaco dela. Ela o colocou no encosto de uma cadeira próxima.

— Ele pediu — falou Mark. — Eu recusei.

— Quê? Por que você fez isso?

Mark não disse nada, apenas olhou para ela.

— Sua mão — disse ele. — Está sangrando.

Emma olhou para baixo. Ele tinha razão; havia um corte nas juntas.

— Não é nada.

Ele pegou a mão dela, olhando criticamente para o sangue.

— Eu poderia desenhar um *iratze* — falou Mark. — Só porque não os quero na minha pele, não significa que não vou desenhá-los em mais ninguém.

Emma retraiu a mão.

— Não se preocupe com isso — minimizou ela, voltando para olhar para a entrada.

— E da próxima vez? — Ty estava perguntando. — Teremos que chamar o Conclave. Não podemos fazer isso sozinhos e esperar que Malcolm sempre esteja por perto.

— O Conclave não pode saber — disse Julian.

— Jules — interveio Livvy. — Então, todos nós sabemos, mas não tem um jeito... Quero dizer, o Conclave teria que entender que Mark... ele é nosso *irmão*...

— Eu cuido disso — avisou Julian.

— E se eles voltarem? — insistiu Dru em voz baixa.

— Você confia em mim? — perguntou Julian gentilmente. Ela fez que sim com a cabeça. — Então não se preocupe com isso. Eles não vão voltar.

Emma suspirou para si mesma quando Julian mandou os irmãos para cima. Ele ficou ali parado, vendo-os subir, e depois se voltou para a sala de jantar. Emma se afastou da porta e se sentou em uma das cadeiras de encosto alto quando Julian entrou.

O candelabro de luz enfeitiçada no alto brilhava para baixo: uma implacável interrogação branca e dura. Julian fechou a porta e se apoiou nela. Seus olhos azul-esverdeados brilhavam na face sem cor. Quando ele esticou a mão para tirar o cabelo da testa, Emma viu que seus dedos sangravam onde ele havia roído as unhas até o leito ungueal.

Leito ungueal. Ela aprendera o termo com Diana, vendo Julian roer as unhas sem parar enquanto Ty e Livvy usavam a sala de treinamento.

— Roer as unhas até o leito ungueal não vai ajudá-lo a aprender a segurar uma espada — dissera Diana, e Emma pesquisou o termo.

Leito ungueal: a carne macia abaixo da unha.

Ela não conseguia deixar de pensar nisso como uma metáfora para a vida, como se Julian estivesse tentando roer até a matéria sangrenta de sua vida, de algum jeito cauterizar toda a desordem. Ela sabia que ele fazia isso quando se sentia chateado e ansioso: quando Ty estava infeliz, quando o tio Arthur tinha uma reunião com a Clave, quando Helen ligava e ele dizia que estava tudo bem, e que ela e Aline não deveriam se preocupar, e sim, ele entendia por que elas não podiam voltar da Ilha Wrangel.

E ele estava fazendo isso agora.

— Julian — disse Emma. — Você não precisa fazer isso se não quiser. Não precisa nos contar nada...

— Preciso, na verdade — disse ele. — E preciso falar por um tempo sem ser interrompido. Depois disso, responderei qualquer pergunta que vocês tenham. Tudo bem?

Mark e Emma fizeram que sim com a cabeça.

— Depois da Guerra Maligna, só nos deixaram voltar para cá, para nossa casa, por causa do tio Arthur — começou Julian. — Só porque tínhamos um guardião pudemos ficar juntos. Um guardião que era nosso parente de sangue, nem tão jovem, nem tão velho, alguém que prometeu cuidar de seis crianças, se certificar de que fossem treinadas e educadas. Mais ninguém teria feito, exceto Helen, e ela havia sido exilada...

— E eu não estava mais aqui — disse Mark amargamente.

— Não foi culpa sua... — Julian parou, respirou fundo e balançou minimamente a cabeça. — Se vocês falarem — emendou —, se disserem qualquer coisa, não vou conseguir concluir.

Mark abaixou o queixo.

— Minhas desculpas.

— Mesmo que você não tivesse sido levado, Mark, você seria jovem demais. Só alguém com mais de 18 anos pode dirigir um Instituto e ser guardião de crianças. — Julian olhou para as próprias mãos, como se estivesse em uma batalha interna, e depois levantou novamente o olhar. — A Clave achou que o tio Arthur fosse ser esse guardião. Nós também. Pensei isso quando ele veio para cá, e mesmo semanas após sua chegada. Talvez meses. Não me lembro. Sei que ele nunca se esforçou de verdade para tentar nos conhecer, mas eu falei para mim mesmo que não tinha importância. Falei para mim mesmo que não precisávamos de um guardião que fosse nos amar. Só de alguém que nos mantivesse juntos.

Olhou nos olhos de Emma, e as próximas palavras pareceram diretamente para ela.

— Nós nos amávamos o suficiente, eu pensei. Para que isso não tivesse importância. Ele podia não demonstrar afeto, mas poderia cuidar do Instituto. Então, quando ele passou a descer cada vez menos, e as cartas de outros Institutos e as ligações da Clave passaram a ficar sem resposta, comecei a perceber que havia alguma coisa terrivelmente errada. Foi logo depois da Paz Fria, e as disputas territoriais estavam dividindo a cidade: vampiros, lobisomens e feiticeiros, indo atrás do que costumava pertencer às fadas. Ficamos cercados, eram telefonemas e visitas, pedindo que resolvêssemos os problemas. Eu subia para o sótão, levava a comida dele e implorava para que respondesse às cartas, aos telefonemas. Implorava para que ele fizesse o que tinha que fazer para impedir que a Clave se intrometesse. Porque eu sabia o que aconteceria nesse caso. Não teríamos mais um guardião, e aí não teríamos mais uma casa. E aí...

Ele respirou fundo.

— Eles teriam mandado Emma para a nova Academia em Idris. Era o que queriam fazer inicialmente. Teriam mandado o restante de nós para Londres, provavelmente. Tavvy era apenas um bebê. Ele teria sido colocado com outra família. Drusilla também. Quanto a Ty... Imagine o que teriam feito com Ty. Assim que ele começasse a agir de um jeito que achassem que não deveria, o teriam colocado no programa da "escória" da Academia. Ele teria sido separado de Livvy. Isso teria matado os dois.

Julian caminhou inquieto até o retrato de Jesse Blackthorn e olhou nos olhos verdes do ancestral.

— Então implorei que Arthur respondesse à Clave, fizesse qualquer coisa para demonstrar que era o diretor do Instituto. Cartas estavam se acumulando. Recados urgentes. Não tínhamos armas, e ele não as solicitava. Nossas lâminas serafim estavam se acabando. Subi as escadas uma noite para pedir a ele... — A voz falhou. — Para perguntar se ele podia assinar as cartas que eu tinha escrito, talvez isso ajudasse, e eu o encontrei no chão com uma faca. Ele estava cortando a própria pele, segundo ele, para o mal sair.

Julian ficou olhando firmemente para o retrato.

— Eu fiz um curativo. Mas depois que conversei com ele, percebi. A realidade do tio Arthur não é a nossa realidade. Ele vive em um mundo de sonhos onde às vezes eu sou Julian, e às vezes sou meu pai. Ele fala com pessoas que não estão presentes. Ah, tem vezes que ele sabe quem é e onde está. Mas esses momentos vêm e vão. E então há momentos de clareza em que se pode imaginar que ele está melhorando. Mas ele nunca vai ficar bom.

— Você está dizendo que ele é insano — disse Mark.

"Insanidade" era o termo das fadas; era um castigo das fadas, aliás, causar a insanidade, destruir a mente de alguém. "Loucura" é como os Caçadores de Sombras chamavam. Emma tinha a impressão de que havia termos diferentes entre os mundanos; tinha uma singela sensação de ter ouvido coisas em filmes, ou as lido em livros. Que havia uma forma menos cruel e absoluta de pensar naqueles cujas mentes funcionavam de um jeito diferente da maioria, cujos pensamentos causavam dor e medo. Mas a Clave era cruel e absoluta. Estava claro nas palavras que descreviam o código pelo qual viviam. *A Lei é Dura, mas é a Lei.*

— Lunático, acho que a Clave diria — disse Julian com uma curva amarga na boca. — É incrível que você continue sendo um Caçador de Sombras se tem uma doença física, mas aparentemente não o pode ser se tiver uma doença mental. Eu sabia mesmo aos 12 anos que se a Clave descobrisse em que tipo de estado Arthur realmente se encontrava, eles tomariam o Instituto. Acabariam com nossa família e seríamos separados. E eu *não ia permitir que isso acontecesse.*

Ele olhou de Mark para Emma, com os olhos em chamas.

— Já tivera gente o suficiente da minha família tirada de mim durante a guerra — continuou. — Todos nós tivemos. Já tínhamos perdido muito. Mamãe, papai, Helen, Mark. Eles teriam nos separado até virarmos adultos, e até lá não seríamos mais uma família. Eles eram *minhas* crianças. Livvy. Ty. Dru. Tavvy. *Eu* os criei. Eu me tornei o tio Arthur. Pegava a correspondência, respondia. Pagava as contas. Fazia os pedidos. Montava as agendas de patrulha. Nunca deixei que soubessem sobre a doença de Arthur. Eu dizia que ele era excêntrico, um gênio, que estava trabalhando no sótão. A verdade era... — Ele desviou o olhar. — Quando eu era mais novo, eu o odiava. Jamais queria que ele saísse do sótão, mas, às vezes, ele precisava. Havia reuniões presenciais que não podiam ser evitadas, e ninguém discutiria seus assuntos importantes com um menino de 12 anos. Então procurei Malcolm. Ele conseguiu criar um remédio que eu podia dar para o tio Arthur. Forçava períodos de clareza. Só duravam algumas horas, e, depois que o efeito passava, Arthur tinha dores de cabeça.

Emma pensou no jeito como Arthur segurou a cabeça depois do encontro com os representantes das fadas no Santuário. A lembrança da agonia no rosto dele — ela não conseguia esquecer, apesar de querer.

— Às vezes, eu o tentava manter fora do caminho com outros métodos — disse Julian, com a voz cheia de autodesprezo. — Como hoje, por exemplo, Malcolm deu um remédio para ele dormir. Sei que é errado. Acreditem em mim, tive a sensação de que iria para o Inferno por isso. Se existir um Inferno. Eu sabia que não devia fazer o que estava fazendo. Malcolm ficou quieto, jamais contou a ninguém, mas dava para perceber que ele não aprovava. Ele queria que eu contasse a verdade. Mas isso teria destruído nossa família.

Mark se inclinou para a frente. Sua expressão era indecifrável.

— E Diana?

— Eu nunca contei para ela, exatamente — respondeu Julian. — Mas acho que ela concluiu pelo menos algumas coisas.

— Por que ela não pediu para dirigir o Instituto? Em vez de deixá-lo nas mãos de um menino de 12 anos?

— Eu pedi para ela. Ela disse não. Falou que era impossível. Lamentou verdadeiramente e disse que ajudaria como pudesse. Diana tem... os próprios segredos. — Ele deu as costas para o retrato de Jesse. — Uma última coisa. Eu disse que odiava Arthur. Mas isso foi há muito tempo. Não o odeio agora. Odeio a Clave pelo que fariam com ele, e conosco, se soubessem.

Ele abaixou a cabeça. A luz enfeitiçada extremamente brilhante deixava as bordas de seus cabelos douradas, e as cicatrizes em sua pele prateadas.

— Então agora vocês sabem — concluiu Julian. Apertou o encosto da cadeira com as mãos. — Se me odiarem, entendo. Não consigo pensar em mais nada que eu pudesse ter feito. Mas entenderia.

Emma se levantou da cadeira.

— Acho que sabíamos — falou ela. — Não sabíamos... mas sabíamos. — Ela olhou para Julian. — Sabíamos, não sabíamos? Sabíamos que alguém estava cuidando de tudo, mas essa pessoa não era Arthur. Se nos permitimos crer que ele estava dirigindo o Instituto, é porque assim era mais fácil. Era o que queríamos que fosse verdade.

Julian fechou os olhos. Quando abriu novamente, estavam fixos no irmão.

— Mark? — chamou, e a pergunta estava implícita em uma única palavra: *Mark, você me odeia?*

Mark saiu da mesa. A luz enfeitiçada transformou em branco o cabelo claro.

— Não tenho direito de julgá-lo, irmão. Um dia fui o mais velho, mas você agora é mais velho do que eu. Quando eu estava no Reino das Fadas, toda noite pensava em cada um de vocês; você, Helen, Livvy, Ty, Dru e Tavvy. Eu dava os seus nomes às estrelas, de modo que, quando as via piscar para iluminar o céu, eu sentia como se estivessem comigo. Era tudo que eu podia fazer para acalentar o medo de que vocês estivessem feridos, ou morrendo, e que eu jamais saberia. Mas voltei para uma família que não só está viva e saudável, como também firme nos laços que não foram rompidos. Existe amor aqui, entre vocês. Tanto amor que fico até sem ar. Há até amor sobrando para mim.

Julian encarava Mark com um espanto hesitante. Emma sentiu lágrimas no fundo da garganta. Ela queria ir até Julian e abraçá-lo, mas mil coisas a contiveram.

— Se vocês quiserem que eu conte para os outros agora — disse Julian rouco —, contarei.

— Agora é a hora de decidir — disse Mark, e com essa única frase, e do jeito que ele estava olhando para Julian agora, pela primeira vez desde a sua volta, Emma conseguiu enxergar um mundo no qual Julian e Mark estavam juntos, criaram os irmãos juntos e tomaram decisões sobre o que fazer juntos. Pela primeira vez, via a harmonia que tinham perdido. — Não quando houver inimigos nos cercando ou cercando o Instituto, não quando nossas vidas e nosso sangue estão em risco.

— É um fardo pesado a se carregar, esse segredo — retrucou Julian, e havia um tom de alerta em sua voz, mas havia esperança também. O coração de Emma doía pela situação: pelas escolhas dolorosas e desesperadas que tiveram que ser feitas por um menino de 12 anos, para manter sua família unida. Pela escuridão que cercava Arthur Blackthorn, e que não era culpa dele, mas que, se fosse revelada, o faria ser punido por seu próprio governo. Pelo peso de mil mentiras, contadas pelo bem, pois mentiras contadas pelo bem, eram mentiras ainda assim. — E se os Seguidores cumprirem com sua ameaça...?

— Mas como eles sabem? — perguntou Emma. — Como sabem sobre Arthur?

Julian balançou a cabeça.

— Não sei — retrucou. — Mas acho que teremos que descobrir.

Cristina observou enquanto Diego, após tê-la colocado em uma das camas da enfermaria, percebia que não podia sentar ao lado dela com uma espada e uma besta presas ao corpo, e começou a retirá-las sem jeito.

Diego raramente ficava sem jeito. Em sua lembrança ele era gracioso, o mais gracioso dos irmãos Rocio Rosales, apesar de Jaime ser mais guerreiro e feroz. Ele pendurou a besta e a espada, depois, abriu o zíper do casaco escuro e o pendurou em um dos cabides perto da porta.

Ele não estava olhando para ela; através da camiseta branca, ela pôde ver que ele tinha uma dúzia de novas cicatrizes, e ainda mais Marcas, algumas permanentes. Tinha um grande símbolo preto de Coragem na Batalha espalhada pela omoplata direita, uma linha subindo acima do colarinho. Ele parecia ter ficado mais largo, a cintura, os ombros e as costas duras com uma nova camada de músculos. O cabelo tinha crescido, o suficiente para tocar o colarinho. Resvalou nas bochechas quando ele se virou para encará-la.

Ela conseguira combater o choque de ver Diego no turbilhão de eventos que transcorreram desde que o viu no beco. Mas agora eram só os dois, sozinhos na enfermaria, e ela estava olhando para ele e enxergando o passado. O passado do qual tinha fugido e do qual tinha tentado se esquecer. Estava presente na forma como ele puxava a cadeira para se sentar ao lado dela e se inclinava para desamarrar-lhe cuidadosamente as botas, retirá-las, e enrolar a perna esquerda da calça. Estava presente na forma como seus cílios tocavam as bochechas quando ele se concentrava, passando a ponta da estela sobre sua perna ao lado do machucado, envolvendo-a em símbolos de cura. Estava presente na sarda que ele tinha no canto da boca e na maneira como ele franzia o rosto ao reclinar e examinar minuciosamente o seu trabalho.

— Cristina — chamou Diego. — Está melhor?

A dor tinha melhorado. Ela fez que sim com a cabeça, e ele relaxou com a estela na mão. Ele segurava o instrumento com força suficiente para que a velha cicatriz nas costas da mão se destacasse, muito branca, e ela se lembrou da mesma cicatriz e dos dedos desabotoando a camisa no quarto dela em San Miguel de Allende enquanto os sinos da *parroquia* soavam pelas janelas.

— Está melhor — disse ela.

— Ótimo. — Ele guardou a estela. — *Tenemos que hablar.*

— Em inglês, por favor — retrucou ela. — Estou tentando praticar.

Um olhar irritado tomou o rosto dele.

— Não precisa praticar. Seu inglês é perfeito, assim como o meu.

— Modesto, como sempre.

O sorriso dele brilhou.

— Senti falta de você me repreendendo.

— Diego... — Ela balançou a cabeça. — Você não deveria estar aqui. E não deveria falar que sente a minha falta.

O rosto dele era todo formado por linhas agudas: maçãs do rosto pronunciadas, além da mandíbula e das têmporas. Só a boca era suave, os cantos agora curvados para baixo com infelicidade. Ela se lembrou da primeira vez em que o beijou, no jardim do Instituto, e então afastou a lembrança vigorosamente.

— Mas é a verdade — disse ele. — Cristina, por que você fugiu daquele jeito? Por que não respondeu nenhuma das minhas mensagens nem as ligações?

Ela levantou a mão.

— Primeiro você — disse ela. — O que está fazendo em Los Angeles?

Ele apoiou o queixo nos braços cruzados.

— Depois que você partiu, eu não consegui ficar. Tudo me lembrava de você. Eu estava de licença da Scholomance. Íamos passar o verão juntos. E aí você se foi. Em um momento, estava na minha vida, e, em seguida, foi arrancada de mim. Eu estava perdido. Voltei a estudar, mas só pensava em você.

— Você tinha Jaime — disse ela com a voz dura.

— Ninguém *tem* Jaime. Acha que ele não entrou em pânico quando você foi embora? Vocês dois iam ser *parabatai*.

— Acho que ele vai sobreviver. — Cristina ouviu a própria voz, fria e baixa; parecia ter congelado e se tornado um pedacinho de gelo.

Ele ficou em silêncio por um instante.

— Relatórios chegavam de Los Angeles a Scholomance — emendou ele. — Incidências de magia necromante. Os esforços de sua amiga Emma em investigar a morte dos pais. A Clave acreditava que ela estava fazendo muito barulho por nada, que era claro que Sebastian tinha matado seus pais, mas ela não aceitava. Achei que ela pudesse estar certa, no entanto. Vim até aqui investigar, e, no meu primeiro dia, fui ao Mercado de Sombras. Ouça, é uma longa história... descobri onde era a casa de Wells...

— Onde você achou que seria uma boa ideia atirar com uma besta em um colega Caçador de Sombras?

— Eu não sabia que eles eram Caçadores de Sombras! Pensei que fossem assassinos... Eu não atirei para matar...

— *No manches* — disse Cristina secamente. — Você deveria ter ficado e dito a eles que era Nephilim. Aquelas flechas estavam envenenadas. Julian quase morreu.

— Eu imaginei. — Diego pareceu pesaroso. — As flechas não foram envenenadas por mim. Se eu soubesse, teria ficado. As armas que comprei no Mercado das Sombras deviam ter sido alteradas sem meu conhecimento.

— Bem, por que estava comprando armas lá, aliás? Por que não veio até o Instituto? — Cristina quis saber.

— Eu vim — falou Diego, para surpresa de Cristina. — Vim atrás de Arthur Blackthorn. E o encontrei no Santuário. Tentei dizer a ele quem eu era. Ele me disse que a danação dos Blackthorn era um assunto privado, que não queriam interferência, e que, se eu soubesse o que era melhor para mim, sairia da cidade antes que tudo ruísse.

— Ele disse isso? — Cristina se sentou, atônita.

— Percebi que não era bem-vindo aqui. Pensei até que os Blackthorn poderiam estar envolvidos na necromancia, de algum jeito.

— Eles nunca...!

— Bem, você pode dizer isso. Você os conhece. Eu não conhecia. Tudo que sabia era que o diretor do Instituto me mandou embora, mas eu não consegui porque *você* estava aqui. Talvez em perigo, talvez até ameaçada pelos Blackthorn. Tive que comprar armas no Mercado porque temi que, se fosse a algum dos tradicionais esconderijos de armas, descobririam que eu ainda estava aqui. Sabe, Cristina, não sou mentiroso...

— Você não *mente*? — repetiu ela. — Quer saber por que saí de casa, Diego? Em maio estávamos em San Miguel de Allende. Eu fui até a praça e, quando voltei, você e Jaime conversavam no terraço. Ao atravessar o jardim, eu ouvi as vozes dos dois com clareza. Vocês não sabiam que eu estava ali...

Diego pareceu confuso.

— Eu não...

— Ouvi Jaime falando sobre como os Rosales errados estavam no poder. Deveriam ser vocês. Ele falava do plano que tinha. Certamente você se lembra. O plano em que você se casaria comigo, e ele se tornaria meu *parabatai*, e juntos usariam a influência que tinham sobre mim e minha mãe para destituí-la da posição de diretora do Instituto de Cidade do México, e aí vocês assumiriam. Disse que a sua missão era fácil, se casando comigo, porque um dia poderia me deixar. Ser *parabatai* significaria estar comigo para sempre. Eu me lembro de Jaime falando isso.

— Cristina... — Diego estava pálido. — Por isso foi embora naquela noite. Não foi porque sua mãe estava doente e precisava de você no Instituto na cidade.

— Eu é que estava doente — disparou Cristina. — Você partiu meu coração, Diego, e seu irmão também. Não sei o que é pior, perder o seu melhor amigo, ou o menino por quem está apaixonada, mas posso dizer que foi como se os dois tivessem morrido para mim naquele dia. Por isso não atendo seus telefonemas nem respondo seus recados. Não se atende ligações de um morto.

— E quanto a Jaime? — Alguma coisa brilhou nos olhos dele. — E as ligações dele?

— Ele nunca ligou — disse Cristina, e quase sentiu prazer ao ver o choque no rosto dele. — Talvez ele seja mais sensato.

— Jaime? *Jaime?* — Diego estava de pé agora. Uma veia em sua têmpora pulsava. — Eu me lembro desse dia, Cristina. Jaime estava bêbado e tagarelando. Você me ouviu falar alguma coisa, ou só escutou o lado dele?

Cristina se forçou a pensar naquele dia. Na lembrança parecia uma cacofonia de vozes. Mas...

— Só ouvi Jaime — confessou. — Não ouvi você dizer uma única palavra. Nem para me defender. Nem para nada.

— Não havia razão para falar com Jaime quando ele estava daquele jeito — emendou Diego amargamente. — Deixei que ele falasse. Não devia ter feito isso. Eu não tinha o menor interesse no plano dele. Eu te amava. Queria partir com você. Ele é meu irmão, mas ele... ele nasceu com alguma coisa faltando, eu acho; algum pedaço do coração onde vive a compaixão.

— Ele ia ser meu *parabatai* — disse Cristina. — Eu ia me ligar a ele para sempre. E você não ia me falar nada? Não ia fazer nada para impedir?

— Ia — protestou Diego. — Jaime tinha planejado uma viagem a Idris. Eu estava esperando até que ele fosse embora. Precisava falar com você quando ele não estivesse presente.

Ela balançou a cabeça.

— Você não devia ter esperado.

— Cristina. — Ele veio em direção a ela, com as mãos estendidas. — Por favor, se não acredita em mais nada, acredite quando digo que sempre te amei. Realmente acha que menti desde a infância? Desde a primeira vez em que a beijei e você saiu correndo, rindo? Eu tinha 10 anos... realmente acha que aquilo foi algum tipo de plano?

Ela não pegou as mãos dele.

— Mas Jaime — retrucou ela. — Eu o conheço há muito tempo também. Ele sempre foi meu amigo. Mas não era, era? Ele disse coisas que nenhum amigo diria, e você sabia que ele estava me usando, e não falou nada.

— Eu ia contar...

— Intenções não significam nada — argumentou Cristina. Ela achou que fosse sentir algum alívio, finalmente, ao contar para Diego por que o odiava, finalmente, descarregando o fato de que sabia o que tinha sido dito. Finalmente desfazendo o laço. Mas não parecia desfeito. Ela sentia o laço que os ligava, como sentiu quando desfaleceu na batida de carro na frente do Instituto e acordou com Diego segurando-a. Ele estava sussurrando ao seu ouvido que ela ficaria bem, que ela era a sua Cristina, era forte. E por um instante pareceu que os últimos meses tinham sido um sonho, e que ela estava em casa.

— Preciso ficar aqui — disse Diego. — Essas mortes, os Seguidores, eles são importantes demais. Sou um Centurião; não posso abandonar uma missão. Mas não preciso ficar no Instituto. Se quiser que eu vá embora, vou.

Cristina abriu a boca. Mas, antes que pudesse falar, seu telefone vibrou. Era uma mensagem de Emma. PARE DE SE AGARRAR COM DIEGO PERFEITO E VENHA PARA A SALA DO COMPUTADOR, PRECISAMOS DE VOCÊ.

Cristina revirou os olhos, e guardou o telefone de volta no bolso.

— Temos que ir

21

Um Vento Soprou

O céu do lado de fora do Instituto estava da cor que indicava ser muito tarde da noite, ou muito cedo na manhã, dependendo do ponto de vista. Sempre fazia Julian se lembrar de celofane azul ou aquarela: o azul intenso da noite se tornando translúcido pela iminente chegada do sol.

Os moradores do Instituto — todos exceto Arthur, que dormia a sono solto no sótão — estavam reunidos na sala do computador. Ty havia levado papéis e livros da biblioteca, e os outros analisavam o material. Tavvy estava encolhido, dormindo no canto. Havia caixas vazias de pizza da Nightshade empilhadas sobre a mesa. Emma sequer se lembrava de terem sido entregues, mas a maior parte tinha sido consumida. Mark estava ocupado observando Cristina e Diego, apesar de Diego não parecer notar. Também não pareceu notar Drusilla olhando para ele com olhos arregalados. Ele não era muito esperto, Julian pensou maldosamente. Talvez ser ridiculamente bonito consumisse mais tempo do que parecia.

Emma tinha acabado de contar a história de como ela e Cristina tinham seguido Sterling e as coisas que ele revelou no caminho para casa. Ty estava fazendo anotações com um lápis, e mantinha um segundo atrás da orelha. Seus cabelos negros estavam bagunçados como pelo de gato. Julian se lembrou de quando Ty era pequeno o suficiente para que ele conseguisse esticar o braço e ajeitar o cabelo do irmão quando parecia muito bagunçado. Alguma coisa nele doeu com a lembrança.

— Então — disse Ty, virando-se para Diego e Cristina, sentados lado a lado. Ela estava descalça, com uma das pernas da calça dobrada e a panturrilha cheia de curativos. De vez em quando ela olhava para Diego de esguelha, de um jeito que parecia parte desconfiança, parte alívio... por ele tê-la ajudado? Por ele estar lá? Julian não sabia ao certo. — Você é um Centurião?

— Estudei na Scholomance — disse Diego. — Fui o mais jovem aspirante a me tornar Centurião.

Todos pareceram impressionados, exceto Mark. Até Ty.

— É como ser um detetive, não é? — perguntou ele. — Você investiga para a Clave?

— Essa é uma das nossas funções — respondeu Diego. — Ficamos de fora da Lei que proíbe Caçadores de Sombras de se envolverem com assuntos relativos a fadas.

— A Clave pode abrir essa exceção para qualquer Caçador de Sombras, no entanto, em casos extremos — disse Julian. — Por que disseram a Diana que não podíamos investigar? Por que o enviaram?

— Julgaram que sua família, pela ligação com o Povo das Fadas, não conseguiria investigar com objetividade uma série de assassinatos envolvendo fadas como vítimas.

— Isso não é nada razoável — falou Mark, com os olhos brilhando.

— Não? — Diego olhou em volta. — Por tudo que ouvi e vi, vocês parecem ter montado uma investigação secreta sobre o assunto, e não contaram para a Clave. Vocês reuniram evidências que não compartilharam. Descobriram um culto assassino operando em segredo...

— Você faz parecer tão escuso — falou Emma. — Mas até agora tudo que você fez foi aparecer em Los Angeles e atirar em um Caçador de Sombras.

Diego olhou para Julian.

— Está praticamente curado — retrucou Julian. — Praticamente.

— Aposto que não relatou isso para a Scholomance — falou Emma. — Relatou, Diego Perfeito?

— Não relatei nada à Scholomance — respondeu Diego. — Não desde que descobri que Cristina também estava envolvida. Eu jamais faria algo para machucá-la.

Cristina enrubesceu notavelmente.

— Você é um Centurião — disse Ty. — Fez votos...

— Votos de amizade e amor são mais fortes — argumentou Diego.

Drusilla olhou para ele com corações de desenho animado nos olhos.

— Que lindo.

Mark revirou os olhos. Ele claramente não era integrante da Sociedade Admiradora de Diego Perfeito.

— Isso é muito tocante — cortou Emma. — Agora fale. O que você sabe?

Julian olhou para ela. Ela parecia Emma, a Emma comum, forte, encorajadora, valente e normal. Ela até sorriu rapidamente para ele antes de voltar a atenção novamente para Diego. Julian ouviu, metade do seu cérebro registrando a história de Diego. A outra metade estava em caos.

Pelos últimos cinco anos, ele andava em uma ponte de pedra acima do oceano e, se caísse para qualquer um dos lados, cairia em um caldeirão fervilhante. Mantinha o equilíbrio através da manutenção de segredos.

Mark o perdoou. Mas não foi só para Mark que mentiu. Mentir para sua *parabatai*... Não era proibido, mas a maioria dos *parabatai* não fazia isso. Não precisavam e não queriam esconder coisas. O fato de que ele escondeu tanto de Emma provavelmente a chocou. Ele ficou olhando disfarçadamente para ela, tentando encontrar sinais de abalo ou raiva. Mas não conseguia descobrir nada; o rosto dela ficou enlouquecedoramente ilegível enquanto Diego contava a sua história.

Quando Diego explicou que veio até o Instituto ao chegar em Los Angeles, e que o tio Arthur o expulsou, alegando que não queria estranhos à família Blackthorn interferindo com questões Blackthorn, Livvy levantou a mão para fazer uma pergunta.

— Por que ele faria isso? — perguntou. — O tio Arthur não gosta de estranhos, mas ele não é mentiroso.

Emma desviou o olhar dela. Julian sentiu o estômago apertar. Seus segredos continuavam sendo um fardo.

— Muitos Caçadores de Sombras da velha geração não confiam em Centuriões — explicou ele. — A Scholomance fechou em 1872, e Centuriões deixaram de treinar. Sabe como são os adultos em relação a coisas que não existiam quando eles eram jovens.

Livvy deu de ombros, parecendo levemente mais calma. Ty estava anotando no caderno.

— Para onde você foi depois disso, Diego?

— Ele encontrou Johnny Rook — respondeu Cristina. — E Rook deu a dica do Sepulcro, assim como fez com Emma.

— Fui até lá imediatamente — falou Diego. — Passei dias esperando nos becos atrás do bar. — Seus olhos desviaram para Cristina. Julian ficou imaginando, com uma espécie de cinismo distante, se era tão óbvio para todo mundo quanto para ele que Diego tinha feito todas essas coisas por Cristina, que se ele não estivesse morrendo de preocupação com ela, ele provavelmente não teria corrido para o Sepulcro e passado dias vigiando o local para ver o que ia acontecer. — Então ouvi uma garota gritando.

Emma se sentou.

— Isso nós não escutamos.

— Acho que foi antes de vocês chegarem — disse Diego. — Segui o som e vi um grupo de Seguidores, inclusive Belinda, apesar de eu não saber quem eram naquele momento, atacando uma menina. Estapeando, cuspindo nela. Havia círculos protetores desenhados com giz no chão. Eu vi aquele símbolo, as linhas de água sob o sinal de fogo. Tinha visto no Mercado. Um sinal velho, muito velho de ressurgimento.

— Ressurgimento — ecoou Ty. — Necromancia?

Diego fez que sim com a cabeça.

— Lutei contra os Seguidores, mas a menina escapou. Correu para o carro.

— Ava? — Emma supôs.

— Sim. Ela me viu e correu. Eu a segui até sua casa, consegui convencê-la a me contar tudo que sabia sobre o Teatro da Meia-Noite, os Seguidores, a Loteria. Não foi muita coisa, mas aprendi que ela havia sido sorteada. Que foi ela quem matou Stanley Wells, sabendo que, se não o fizesse, ela mesma seria torturada e morta.

— Ela contou tudo? — perguntou Livvy, impressionada. — Mas eles juram segredo.

Ele deu de ombros.

— Não sei por que confiou em mim...

— Sério, cara? — disse Emma. — Você não tem espelho em casa?

— Emma! — Cristina sibilou.

— Ela o tinha matado alguns dias antes. Já estava dilacerada de culpa. Tinha aparecido no beco porque queria ver o corpo dele. Falou alguma coisa estranha sobre os círculos de giz, que eram inúteis, feitos para despistar. — Ele franziu o rosto. — Falei que a protegeria. Dormi na varanda da casa dela. No dia seguinte, ela exigiu que eu fosse embora. Disse que queria estar com o Guardião e os outros Seguidores. Que o lugar dela era com eles. Ava insistiu para que eu saísse, então eu saí. Voltei ao Mercado, comprei armas de Johnny Rook. Quando retornei naquela noite, ela estava morta. Tinha engasgado e se afogado na piscina, e haviam cortado sua mão.

— Não entendo o que está rolando com as mãos — comentou Emma. — Ava estava sem uma das mãos e estava morta; Belinda estava sem uma das mãos, mas a deixaram viva, e ela cortou as mãos de Sterling depois que ele morreu.

— Talvez sejam provas para o Guardião, de que a pessoa morreu — ponderou Livvy. — Como o caçador levando o coração da Branca de Neve em uma caixa.

— Ou talvez seja parte do feitiço — disse Diego, com o cenho franzido.

— Ava e Belinda sem suas mãos dominantes; talvez Belinda não soubesse qual era a de Sterling, então cortou as duas.

— Um pedaço do assassino para ser entregue com o sacrifício? — perguntou Julian.

— Vamos ter que pesquisar um pouco mais profundamente a seção de necromancia da biblioteca.

— Sim — disse Diego. — Queria ter tido acesso à biblioteca depois que encontrei Ava Leigh morta. Fracassei na minha missão de proteger uma mundana que precisava da minha ajuda. Jurei que descobriria quem tinha sido o responsável. Esperei no telhado dela...

— É, nós sabemos o que aconteceu — disse Julian. — Lembrarei toda vez que sentir uma pontada na lateral quando o tempo virar.

Diego inclinou a cabeça.

— Sinto muito por isso.

— Quero saber o que aconteceu depois — pediu Ty, ainda anotando com sua letra elegante e ilegível. Julian sempre achou parecida com pegadas de gato dançando sobre uma página. Seus dedos longos e esguios já estavam sujos de grafite. — Você descobriu que Sterling foi o escolhido da vez e o seguiu?

— Isso — respondeu Diego. — E vi que vocês estavam tentando protegê-lo. Não entendi por quê. Sinto muito, mas depois do que Arthur me disse, eu desconfiei de todos vocês. Eu sabia que deveria entregá-los à Clave, mas não consegui. — Ele olhou para Cristina e então desviou o olhar. — Eu estava do lado de fora do bar, na esperança de conter Sterling, mas admito que também queria ouvir o seu lado da história. Agora já sei. Fico feliz que tenha me enganado em relação ao seu envolvimento.

— Deve ficar mesmo — murmurou Mark.

Diego se recostou.

— Então talvez agora possam me contar o que sabem. Seria o mais justo.

Julian ficou aliviado quando Mark fez o resumo. Ele foi cuidadoso em relação aos detalhes, até mesmo a barganha com as fadas quanto ao seu próprio destino, e o resultado da sua presença no Instituto.

— Sangue Blackthorn — repetiu Diego pensativamente quando Mark concluiu. — Isso é interessante. Eu imaginaria que os Carstairs tinham mais relevância nesses feitiços, considerando as mortes de cinco anos atrás.

— Os pais de Emma, você quer dizer — disse Julian. Lembrou-se deles, os olhos risonhos e o amor por Emma. Jamais seriam "as mortes" para ele.

Com o canto dos olhos, ele viu Tavvy sair da poltrona onde estava encolhido. Em silêncio, ele foi até a porta e saiu. Devia estar exausto; provavelmente estava esperando por Julian, para colocá-lo na cama. Julian sentiu uma pontada de dor por seu irmão mais novo, frequentemente preso em salas com pessoas mais velhas conversando sobre sangue e morte.

— Sim — concordou Diego. — Uma das minhas dúvidas se refere ao fato de que eles foram mortos há cinco anos, e depois não aconteceram mais mortes até este último ano. Por que um intervalo tão grande?

— Achamos que talvez o feitiço exigisse isso — falou Livvy e bocejou. Ela parecia exausta; sombras escuras sob os olhos. Todos estavam.

— Esse é outro ponto: no carro, Sterling disse que não importava que tipo de criatura matassem, humanos ou fadas, até mesmo Nephilim se contarmos os assassinatos dos Carstairs.

Cristina falou:

— Ele mencionou que não podiam matar licantropes ou feiticeiros...

— Suponho que estejam se mantendo longe das criaturas protegidas pelos Acordos — falou Julian. — Isso chamaria atenção. Nossa atenção.

— Sim — disse Diego. — Mas, fora isso, não ter importância o tipo de vítima que escolhem? Humanos ou fadas, homens ou mulheres, velhos ou jovens? Toda magia tem temas se quiser enxergar assim. Magia de sacrifício requer aspectos comuns a todas as vítimas, todos com Visão, todos virgens, todos com um certo tipo sanguíneo. Aqui parece aleatório.

Ty olhava Diego com uma admiração aberta.

— A Scholomance parece tão legal — disse ele. — Eu não fazia ideia de que deixavam a pessoa aprender tanto sobre magia e feitiços.

Diego sorriu. Drusilla parecia a ponto de cair. Livvy estava com cara de que estaria impressionada se não estivesse tão cansada. E Mark parecia ainda mais aborrecido.

— Posso ver as fotos da convergência? — pediu Diego. — Parece muito significante. Estou impressionado que a tenham encontrado.

— Estava cercada por demônios Mantis quando fomos, então temos fotos da parte de dentro, mas não da de fora — falou Mark, quando Ty foi pegar as fotos. — Quanto aos demônios, eu e Emma cuidamos deles.

Ele deu uma piscadela para Emma. Ela sorriu, e Julian sentiu aquela pontada aguda de ciúme que sentia cada vez que Mark flertava daquele jeito que as fadas faziam, com uma espécie de humor cortês sem qualquer peso real por trás.

Mas Mark podia flertar com Emma se quisesse. Ele tinha escolha, e fadas eram notoriamente inconstantes... E se Mark estivesse interessado, então ele, Julian, não tinha direito de se opor. Ele deveria apoiar o irmão, afinal, ele não seria sortudo se seu irmão e sua *parabatai* se apaixonassem? As pessoas não sonhavam que aqueles que amavam também se amassem?

Diego ergueu uma sobrancelha para Mark, mas não falou nada enquanto Tiberius espalhava as fotos sobre a mesa de centro.

— É energia mágica — disse Ty. — Até aí sabemos.

— Sim — concordou Diego. — Energia pode ser armazenada, principalmente energia da morte, e depois utilizada em necromancia. Mas não sabemos para que alguém precisaria de toda essa energia.

— Para um feitiço de invocação — concluiu Livvy, e bocejou outra vez.

— É isso que Malcolm disse, pelo menos.

Uma pequena linha apareceu entre as sobrancelhas de Diego.

— É improvável que seja um feitiço de invocação — falou ele. — A energia da morte permite que você execute magia da morte. Esse mágico está tentando ressuscitar alguém.

— Mas quem? — perguntou Ty, após uma pausa. — Alguém poderoso?

— Não — respondeu Drusilla. — Ele está tentando ressuscitar Annabel. Annabel Lee.

Todos pareceram surpresos por Dru ter falado — tão surpresos que ela pareceu se encolher um pouco. Diego, no entanto, ofereceu a ela um sorriso encorajador.

— O... o poema está escrito no interior da caverna da convergência, certo? — continuou ela, olhando em volta, preocupada. — E todo mundo estava tentando desvendar se era um código ou um feitiço, mas... e se for só um lembrete? Essa pessoa... o mágico... perdeu alguém que amava, e está tentando ressuscitá-lo.

— Alguém tão desesperado para recuperar seu amor perdido que fundou um culto, matou mais de uma dúzia de pessoas, criou aquela caverna na convergência, marcou esse poema na parede, criou um Portal para o mar...? — Livvy soou desconfiada.

— Eu faria — disse Dru — se fosse alguém que eu realmente amasse. Talvez nem seja uma namorada... talvez uma mãe, ou irmã, ou o que quer que seja. Quero dizer, você faria isso por Emma, não faria, Jules? Se ela morresse?

O horror negro que era a ideia de Emma morrer surgiu por trás dos olhos de Julian. Ele respondeu:

— Não seja mórbida, Dru. — E sua voz soou muito distante aos próprios ouvidos.

— Julian? — chamou Emma. — Você está bem?

Por sorte ele não precisou responder. Uma voz solene falou da entrada.

— Dru está certa — disse Tavvy.

Ele não tinha ido dormir, afinal. Estava na porta, com os olhos arregalados, e os cabelos castanhos emaranhados. Ele sempre foi pequeno para a idade, e seus olhos eram grandes discos azul-esverdeados no rosto pálido. Ele estava segurando algo nas costas.

— Tavvy — chamou Julian. — Tavs, o que você tem aí?

Tavvy tirou a mão das costas. Estava com um livro — era infantil, muito grande, com uma capa ilustrada. O título era impresso em dourado. *Um tesouro de contos para os Nephilim*.

Um livro infantil para Caçadores de Sombras. Existiam, mas poucos. As gráficas em Idris eram pequenas.

— Onde você conseguiu isso? — perguntou Emma, verdadeiramente curiosa. Ela tinha algo parecido quando era criança, mas havia se perdido com muitas das coisas de seus pais.

— A tia Marjorie me deu — respondeu Tavvy. — Gosto da maioria das histórias. A que fala sobre os primeiros *parabatai* é legal, mas algumas são tristes e assustadoras, como a de Tobias Herondale. E a da Dama da Meia-Noite é a mais triste.

— Dama do quê? — repetiu Cristina, se inclinando para a frente.

— Da Meia-Noite — disse Tavvy. — Como o teatro que vocês foram. Ouvi Mark falar a rima e me lembrei que já tinha lido antes.

— Você já tinha lido antes? — repetiu Mark, incrédulo. — Quando você viu aquele verso das fadas, Octavian?

Tavvy abriu o livro.

— Tinha uma dama Caçadora de Sombras — disse ele. — Ela se apaixonou por alguém que não devia. Seus pais a prenderam em um castelo de ferro, e ele não conseguia entrar. Ela morreu de tristeza, então o homem que a amava procurou o Rei das Fadas e perguntou como poderia trazê-la de volta. Ele disse que havia um verso:

> Primeiro, a chama, depois, a tempestade
> No fim, é sangue Blackthorn de verdade
> Buscai esquecer o que é passado
> Primeiros treze, e mais um, finalizado.
> Não procure o livro dos anjos cinzento
> Vermelho ou branco o levarão mais longe do que o vento.
> Para recuperar o que foi perdido
> A qualquer custo encontre o livro preto requerido.

— Então o que aconteceu? — perguntou Emma. — Com o homem que foi até o Reino das Fadas?

— Ele comeu e bebeu o que as fadas comem e bebem — disse Tavvy. — Ficou preso lá. Reza a lenda que o som das ondas quebrando na praia são os gritos dele pedindo que ela volte.

Julian suspirou.

— Como não encontramos isso?

— Porque é um livro de criança — disse Emma. — Não acharíamos na biblioteca.

— Isso é uma tolice — declarou Tavvy serenamente. — É um bom livro.

— Mas por quê? — insistiu Julian. — Por que sangue Blackthorn?

— Porque ela era Blackthorn — disse Tavvy. A Dama da Meia-Noite. Ela era chamada assim porque tinha longos cabelos negros, mas os olhos eram iguais aos nossos. Vejam.

Ele virou o livro para mostrar uma ilustração assustadora. Uma mulher cujos cabelos negros caíam sobre os ombros se esticava para alcançar a figura de um homem, seus olhos arregalados — e azul-esverdeados como o mar.

Livvy exclamou, alcançando o livro. Hesitante, Tavvy deixou que ela o pegasse.

— Não rasgue as páginas! — Ele alertou.

— Então esse é o verso completo — disse ela. — *Isso* que está escrito nos corpos.

— São instruções — falou Mark. — Se o verso é um verdadeiro verso das fadas, é uma clara lista de instruções. Como ressuscitar os mortos; não qualquer morto, mas ela. Essa mulher Blackthorn.

— Treze — disse Emma. Apesar da exaustão, seu coração estava acelerado e agitado. Ela encontrou os olhos de Cristina do outro lado da sala.

— Sim. — Cristina suspirou. — O que Sterling disse... depois que o pegamos, depois que ele matou a garota. Ele falou que ela era a número treze.

Emma disse:

— "Primeiros treze, e mais um, finalizado". Ele matou treze. Falta uma e então acaba. Ele terá magia suficiente para trazer de volta a Dama da Meia-Noite.

— Ainda matarão mais um — acrescentou Julian. — Um que pode ser diferente da última.

— Deve haver mais instruções — disse Ty. — Ninguém poderia descobrir exatamente como completar esse feitiço só com esse verso. — Ele olhou em volta, com uma ponta de incerteza nos olhos cinzentos. O olhar que ele raramente exibia, quando achava que havia algo no mundo que todo mundo entendia, menos ele. — Poderia?

— Não — falou Mark com firmeza. — Mas o verso ensina onde procurar o restante das instruções. "Não procure no livro dos anjos cinzento"... A resposta não está no Livro Gray. Nem no Livro Branco ou nos Textos Vermelhos.

— Está no Volume Negro dos Mortos — disse Diego. — Já ouvi falar nesse livro, na Scholomance.

— O que é? — perguntou Emma. — Existem cópias? É algo que podemos obter?

Diego balançou a cabeça.

— É um livro de magia muito negra. Quase lendário. Nem feiticeiros podem possuí-lo. Se existem cópias, não sei onde estão. Mas devemos nos propor a encontrá-lo amanhã.

— Sim — disse Livvy, com a voz embolada de sono. — Amanhã.

— Precisa dormir, Livvy? — perguntou Julian. Foi uma pergunta retórica: Livvy estava caindo como um dente de leão soprado. Mas, com as palavras dele, ela se esticou.

— Não, estou bem, posso ficar acordada...

O rosto de Ty mudou sutilmente quando olhou para sua irmã gêmea.

— Estou exausto — disse ele. — Acho melhor todos irmos dormir. De manhã conseguiremos nos concentrar melhor.

Julian duvidava de que Ty estivesse realmente cansado: quando estava concentrado em um quebra-cabeça, podia passar dias acordado. Mas Livvy acenou grata quando ele acabou de falar.

— Tem razão — disse ela. Então deslizou da cadeira onde estava sentada e pegou Tavvy no colo, entregando o livro a ele. — Vamos — falou. — Você definitivamente já devia estar na cama.

— Mas eu ajudei, não ajudei? — perguntou Tavvy enquanto a irmã o carregava para a porta. Ele estava olhando para Julian ao perguntar, e Julian lembrou de si mesmo quando criança, olhando daquele jeito para Andrew Blackthorn. Um menino olhando para o pai, procurando aprovação.

— Você não *só* ajudou — disse Julian. — Acho que você pode ter resolvido, Tavs.

— Oba! — exclamou Tavvy, sonolento, e apoiou a cabeça no ombro de Livvy.

Os outros logo seguiram Ty e Livvy para a cama, mas Emma constatou que não conseguia dormir. Em vez disso, se pegou sentada na escada da entrada do Instituto antes do sol nascer.

Estava de chinelo, camiseta e calça de pijama. O ar que vinha do oceano era frio, mas ela não sentiu. Estava olhando para a água.

De todos os ângulos dos degraus, dava para ver o mar: azul e preto na manhã nascente, como tinta, marcado por listras de espuma branca onde as ondas se quebravam no mar. A luz tinha encolhido e projetava uma sombra angular na água. Uma manhã azul e prata.

Ela se lembrou do frio daquele mar azul sobre ela. O gosto de água salgada e sangue demoníaco. A sensação de que a água a puxava para baixo, esmagando seus ossos.

E a pior parte, o medo de que um dia seus pais tenham sentido a mesma dor, o mesmo pânico.

Então ela pensou em Julian. Em como ele estava na sala de jantar. O esforço em sua voz enquanto ele contava para ela e para Mark tudo que tinha feito nos últimos cinco anos.

— Emma?

Emma virou e viu Diego Perfeito descendo pelos degraus. Ele parecia imaculado, apesar da noite que tivera; até suas botas estavam lustradas. Os fios dos cabelos castanhos eram espessos e caíam charmosamente sobre um de seus olhos. Parecia um pouco um príncipe em um livro de contos de fadas.

Ela pensou em Julian outra vez. Nos cabelos desalinhados, nas unhas roídas, nas botas sujas e na tinta nas mãos dele.

— Oi, Diego Perfeito — cumprimentou ela.

— Preferia que não me chamasse assim.

— Prefere em vão — disse Emma. — Aonde você vai? Cristina está bem?

— Ela está dormindo. — Diego Perfeito olhou para o mar. — É muito bonito aqui. Você deve achar tranquilo.

— E *você* deve estar brincando.

Ele sorriu um sorriso relativamente perfeito.

— Você sabe, quando não há assassinatos acontecendo e pequenos exércitos cercando o local.

— Aonde vai? — repetiu Emma. — Está quase amanhecendo.

— Sei que a caverna não vai estar aberta, mas vou até o local da convergência para examiná-lo pessoalmente. Os demônios já devem ter saído a essa hora. Quero dar mais uma olhada na área, ver se vocês deixaram alguma coisa escapar.

— Você é cheio de tato, não? — perguntou Emma. — Tudo bem. Vá em frente. Veja o que deixamos escapar enquanto estávamos quase sendo cortados em pedacinhos pelos enormes grilos demoníacos.

— Mantis não são exatamente grilos...

Emma ficou encarando. Diego deu de ombros e correu para a base da escada. Ele parou ali e olhou por cima do ombro para ela.

— Mais alguém na Clave sabe sobre a investigação? — perguntou. — Alguém além da sua família?

— Só Diana — disse Emma.

— Diana é sua tutora? — Quando Emma fez que sim com a cabeça, ele franziu o rosto. — Jace Herondale e os Lightwood não foram traídos pelo próprio tutor?

— Ela jamais nos trairia — respondeu Emma, indignada. — Nem a Clave, nem ninguém. Hodge Starkweather era diferente.

— Diferente como?

— Starkweather não era Diana. Ele era um capacho de Valentim. Diana é uma boa pessoa.

— Então onde ela está agora? — perguntou Diego. — Eu gostaria de conhecê-la.

Emma hesitou.

— Ela...

— Ela está na Tailândia — disse uma voz atrás deles. Era Julian. Ele tinha vestido um casaco de capuz com o jeans e a camiseta. — Ela queria interrogar uma bruxa sobre feitiços de energia. Alguém que conheceu quando mais nova. — Ele fez uma pausa. — Ela é confiável.

Diego inclinou a cabeça.

— Não tive a intenção de sugerir o contrário.

Julian se apoiou em um dos pilares, e ele e Emma observaram enquanto Diego marchava pela grama pisoteada e seguia para a estrada. A lua já tinha desaparecido completamente, e o céu já estava ficando rosa a leste.

— O que você está fazendo aqui? — perguntou Julian finalmente com a voz baixa.

— Não consegui dormir — explicou Emma.

Julian trazia a cabeça inclinada para trás, como se estivesse se banhando com a luz do alvorecer. A estranha luz o transformava em outra coisa, feita de mármore e prata, alguém cujos cachos escuros grudavam nas têmporas e no pescoço, como as folhas de acanto da arte grega.

Ele não era perfeito, como Diego, mas para Emma, jamais existiu ninguém mais lindo.

— Vamos ter que conversar sobre isso eventualmente — disse ela.

— Eu sei. — Ele olhou para as próprias pernas longas, as bainhas rasgadas da calça jeans, as botas. — Eu torcia... eu acho que eu torcia para que nunca acontecesse, ou, pelo menos, para que fôssemos adultos quando acontecesse.

— Então vamos tratar disso como adultos. Por que não me contou antes?

— Acha que gosto de guardar segredos de você? Acha que eu não queria contar?

— Se quisesse, poderia ter contado.

— Não, não poderia — respondeu ele com um desespero silencioso.

— Não confiava em mim? Achou que eu fosse te dedurar?

Julian balançou a cabeça.

— Não foi isso.

Já havia luz o suficiente espalhada pela paisagem para que a cor dos olhos dele fosse visível, apesar da escuridão. Pareciam artificialmente iluminados pela água.

Emma pensou na noite em que a mãe de Julian morreu. Ela estava doente, sendo cuidada pelos Irmãos do Silêncio no fim. Havia algumas doenças que nem a magia Nephilim podia curar: ela teve câncer nos ossos, e isso a matou.

Andrew Blackthorn, recém-viúvo, estava arrasado demais para cuidar do bebê Tavvy quando ele chorava à noite. Helen foi eficiente: esquentava as mamadeiras de Tavvy, trocava fraldas e o vestia. Mas era Julian que ficava com ele durante o dia. Enquanto Mark e Helen treinavam, Julian sentava no quarto de Tavvy e desenhava ou pintava. Emma sentava com ele às vezes, e eles brincavam como normalmente faziam, com o bebê balbuciando no berço a alguns metros de distância.

Na época Emma não pensava muito no assunto. Ela, assim como Julian, só tinha 10 anos. Mas agora ela se lembrava.

— Eu me lembro de quando sua mãe morreu — falou Emma. — E você cuidava de Tavvy durante o dia. Eu perguntei por que, e me lembro do que você respondeu. Você lembra?

— Eu disse que era porque ninguém mais podia — respondeu Julian, olhando confuso para ela. — Mark e Helen tinham que treinar... Meu pai estava... Bem, você sabe como ele estava.

— Tudo que você fazia era porque mais ninguém iria ou podia fazer. Se você não tivesse dado cobertura a Arthur, ninguém nem teria pensado nisso. Se não tivesse tido tanta determinação para manter as coisas, ninguém mais teria feito. Talvez tenha começado desde aquele momento, quando você tomou conta de Tavvy. Talvez isso tenha dado a ideia.

Ele suspirou.

— Talvez. Eu mesmo não sei.

— Mesmo assim eu gostaria que tivesse me contado. Sei que você achou que estava sendo altruísta...

— Não achei — disse ele.

Ela olhou surpresa para ele.

— Fiz por razões inteiramente egoístas — explicou Julian. — Você era minha fuga, Emma. Era meu caminho de saída de tudo de ruim. Com você, eu ficava feliz.

Emma levantou.

— Mas esses não podiam ser seus únicos momentos de felicidade...

— Claro, sou feliz com minha família — continuou ele. — Mas sou responsável por eles, nunca fui responsável por você, nós somos responsáveis um pelo outro; é isso que significa ser *parabatai*. Não vê, Emma, você é a única, a única que podia cuidar de *mim*.

— Então eu falhei com você — disse ela, sentindo uma decepção profunda consigo mesma. — Eu deveria saber o que você estava passando, e não sabia...

— Nunca mais diga isso! — Ele se afastou do pilar, o sol nascendo atrás dele, transformando as bordas do seu cabelo em bronze. Emma não conseguiu ver sua expressão, mas sabia que ele estava furioso.

Emma ficou de pé.

— O quê, que eu deveria ter sabido? Eu deveria...

— Que falhou comigo — disse ele calorosamente. — Se você soubesse... você me manteve firme, por semanas, às vezes, meses. Mesmo quando eu estava na Inglaterra, pensar em você me mantinha firme. Por isso eu precisava ser seu *parabatai*, fui completamente egoísta, queria amarrá-la a mim, independentemente de tudo, apesar de saber que era má ideia, apesar de saber que...

Ele se interrompeu, uma expressão de horror passando por seu rosto.

— Apesar de quê? — Emma quis saber. O coração dela estava acelerado.

— Apesar de que, Julian?

Ele balançou a cabeça. O cabelo de Emma tinha escapado do rabo de cavalo, e o vento o soprava sobre o rosto, fios claros brilhantes ao vento. Ele esticou o braço para colocar uma mecha atrás da orelha dela: parecia capturado em um sonho, tentando acordar.

— Não importa — falou.

— Você me ama? — A voz dela saiu num sussurro.

Ele enrolou um pedaço do cabelo dela em seu dedo, um anel dourado.

— Que diferença faz? — perguntou ele. — Não vai mudar nada.

— Muda sim — sussurrou ela. — Muda tudo para mim.

— Emma — disse Julian. — É melhor voltar para dentro. Vá dormir. Nós dois deveríamos...

Ela cerrou os dentes.

— Se você vai se afastar de mim agora, vai ter que fazer isso sozinho.

Ele hesitou. Ela viu a tensão nele, em seu corpo, subir como uma onda prestes a romper.

— Fique longe de mim — disse ela rispidamente. — *Vá*.

A tensão nele cresceu e caiu; alguma coisa nele pareceu colidir, água batendo nas pedras.

— Não posso — admitiu Julian, com a voz baixa e ofegante. — Meu Deus, eu não posso. — E semicerrou os olhos, levantando a outra mão para o rosto dela. Deslizou as mãos até o cabelo dela e a puxou para perto. Ela inalou um ar frio e então a boca de Julian estava na dela, e seus sentidos explodiram.

Ela havia se perguntado, no fundo da mente, se o que tinha acontecido entre eles na praia fora um impulso nascido da adrenalina compartilhada. Certamente beijos não deveriam ser assim, tão envolventes que lhe rasgavam como um raio, sugando toda a sua força, de modo que tudo que você podia fazer era se apoiar na outra pessoa.

Aparentemente não.

Suas mãos agarraram o tecido do casaco de Julian, arrastando-o para perto. Tinha açúcar e cafeína nos lábios de Julian. Ele tinha gosto de energia. As mãos de Emma deslizaram por baixo da camisa, tocando a pele nua de suas costas, e ele se afastou para respirar fundo. Os olhos dele estavam fechado, a boca aberta.

— Emma. — Suspirou, e o desejo em sua voz abriu um caminho ardente nela. Quando a alcançou, ela quase caiu em cima dele. Julian girou o corpo dela, empurrando-a contra o pilar, seu corpo uma linha forte e quente contra o dela...

Um som interrompeu a névoa na mente de Emma.

Emma e Julian se separaram, olhando.

Ambos estavam no Salão dos Acordos em Idris quando a Caçada Selvagem veio, uivando pelas paredes, rasgando o teto. Emma se lembrava do som da corneta de Gwyn, explodindo pelo ar. Vibrando cada nervo de seu corpo. Um barulho agudo, oco e solitário.

Veio de novo agora, ecoando pela manhã.

O sol tinha nascido enquanto Emma permanecia enrolada em Julian, e a estrada que levava até a rodovia estava iluminada pelo sol. Três figuras se aproximavam, montadas a cavalo: um cavalo preto, um branco, um cinza.

Emma reconheceu dois dos cavaleiros imediatamente: Kieran, sentado no cavalo como um dançarino, os cabelos quase negros à luz do sol, e ao lado dele, Iarlath, com vestes escuras.

O terceiro cavaleiro era familiar a Emma, por causa de centenas de ilustrações em livros. Era um homem grande, largo, barbado, com uma armadura preta que parecia o tronco de uma árvore. Ele estava com a corneta de caça embaixo do braço: era um chifre enorme, todo marcado com desenhos de cervos.

Gwyn, o Caçador, líder da Caçada Selvagem, viera ao Instituto. E não parecia contente.

22

Aqueles Que Eram Mais Velhos

Mark estava na janela do quarto, olhando o sol que nascia sobre o deserto. As montanhas pareciam recortadas em papel escuro, afiadas e distintas, contra o céu. Por um instante, ele imaginou que pudesse esticar o braço e tocá-las, que pudesse voar da janela e alcançar o pico mais alto.

O momento passou, e mais uma vez ele viu a distância entre ele e as montanhas. Desde que tinha retornado ao Instituto, se sentia como se estivesse lutando para enxergar tudo através de uma camada fina de feitiço. Às vezes, ele enxergava o Instituto como era, às vezes, ele desaparecia de sua vista e, em seu lugar, Mark via uma paisagem vazia e os fogos da Caçada Selvagem ardendo em pequenos campos.

Às vezes, ele virava para dizer alguma coisa a Kieran, apenas para descobrir que ele não estava lá. Kieran esteve ao seu lado todas as manhãs em que Mark acordou, durante anos, no Reino das Fadas.

Kieran deveria ter vindo vê-lo na noite em que Mark ficou cuidando das crianças na cozinha. Mas não apareceu. Também não houve nenhuma comunicação da parte dele, e Mark estava preocupado. Ele disse a si mesmo que o príncipe fada provavelmente só estava sendo cauteloso, mas pegou sua mão tocando a ponta de flecha que trazia no pescoço com mais frequência que o normal.

Era um gesto que lhe lembrava Cristina, o jeito como ela tocava o medalhão que usava quando estava nervosa. Cristina. Ele ficou imaginando o que teria se passado entre ela e Diego.

Mark virou as costas para a janela quando veio o som. Sua audição tinha se aprimorado pelos anos na Caçada; ele duvidava que qualquer outra pessoa no Instituto tivesse ouvido ou acordado.

Foi uma única nota, o som do chifre de Gwyn, o Caçador: agudo e severo, tão solitário quanto as montanhas. O sangue de Mark esfriou. Não foi uma saudação, nem mesmo uma chamada à Caçada. Era a nota que Gwyn soprava quando estavam procurando um desertor. O som da traição.

Julian tinha se ajeitado, passando as mãos pelos cachos desalinhados, o queixo travado.

— Emma — chamou ele. — Entre.

Emma se virou e marchou de volta para o Instituto; apenas o bastante para pegar Cortana, que a guardava perto da porta. Ela voltou para fora e viu que o comitê de fadas desmontara dos cavalos, que permaneciam absurdamente imóveis, como se estivessem amarrados. Tinham olhos vermelhos como sangue, e as crinas entrelaçadas por flores vermelhas. *Alazões do Reino das Fadas.*

Gwyn se aproximou da base da escada. Ele tinha uma face estranha, ligeiramente alienígena: olhos arregalados, maçãs do rosto largas, sobrancelhas malignas. Um olho preto, outro azul-claro.

Ao lado dele veio Iarlath, seus olhos amarelos sem piscar. E, do outro lado, Kieran. Ele era tão lindo quanto Emma se lembrava, e tão frio quanto. O rosto pálido era tão talhado quanto mármore, seus olhos preto e prata inconfundíveis à luz do sol.

— O que está havendo? — Emma quis saber. — Aconteceu alguma coisa?

Gwyn olhou para ela, descartando-a.

— Isso não é da sua conta, menina Carstairs — falou o Caçador. — Esse assunto envolve Mark Blackthorn. E mais nenhum de vocês.

Julian cruzou os braços.

— Qualquer coisa que envolve meu irmão me envolve. Aliás, envolve todos nós.

A boca de Kieran estava rija em uma linha intransigente.

— Nós somos Gwyn e Kieran, da Caçada Selvagem, e Iarlath, da Corte Unseelie, e estamos aqui para tratar de uma questão de justiça. E você *vai* buscar o seu irmão.

Emma foi para o meio do degrau superior, tirando Cortana da bainha, que soltou faíscas brilhantes no ar.

— Não diga a ele o que fazer — avisou ela. — Não aqui. Não nos degraus do Instituto.

Gwyn soltou uma risada inesperada.

— Não seja tola, menina Carstairs — respondeu ele. — Nenhum Caçador de Sombras pode conter três fadas, nem mesmo armado com uma das Grandes Espadas.

— Eu não subestimaria Emma — aconselhou Julian com a voz afiada feito uma navalha. — Ou encontrará sua cabeça no chão, ao lado do corpo ainda em espasmos.

— Que coisa mais gráfica — falou Iarlath, entretido.

— Estou aqui — disse uma voz arfante atrás deles, e Emma semicerrou os olhos, o medo atravessando-a como dor.

Mark.

Parecia que ele tinha vestido uma calça jeans e um casaco com pressa, e enfiado os pés em um par de tênis. Seus cabelos louros estavam emaranhados, e ele parecia mais jovem do que normalmente, com os olhos arregalados de surpresa e um espanto indefeso.

— Mas meu tempo não acabou — disse Mark. Ele estava falando com Gwyn, mas olhando para Kieran. Havia uma expressão em seu rosto, uma que Emma não conseguia interpretar ou descrever, uma que parecia misturar súplica, dor e satisfação. — Ainda estamos tentando descobrir o que está acontecendo. Estamos quase lá. Mas o prazo...

— *Prazo?* — Kieran ecoou. — Ouça a si próprio. Você parece um deles.

Mark pareceu surpreso.

— Mas, Kieran...

— Mark Blackthorn — disse Iarlath. — Você é acusado de ter compartilhado um dos segredos do Reino das Fadas com uma Caçadora de Sombras, apesar de ter sido expressamente proibido de fazê-lo.

Mark deixou a porta do Instituto se fechar. Ele deu alguns passos para a frente, até ficar ao lado de Julian. Ele fechou as mãos às costas; estavam tremendo.

— Eu... eu não sei do que está falando — contestou ele. — Não contei nada proibido à minha família.

— Não estamos falando de sua família — disse Kieran, com um tom horrível na voz. — *Ela.*

— Ela? — perguntou Julian, olhando para Emma, mas ela balançou a cabeça.

— Eu não — negou a garota. — Ele está falando de Cristina.

— Não achou que fôssemos deixá-lo sem supervisão, achou, Mark? — disse Kieran. Os olhos preto e prata pareciam adagas desenhadas. — Eu estava do lado de fora da janela quando o ouvi falando com ela. Você contou como Gwyn pode ser privado de seus poderes. Um segredo sabido apenas pela Caçada e proibido de ser repetido.

Mark tinha ficado cinza.

— Eu não...

— Não há razão para mentir — disse Iarlath. — Kieran é um príncipe do Reino das Fadas e não pode mentir. Se ele diz que ouviu isso, então ouviu.

Mark desviou o olhar para Kieran. O sol não mais parecia belo para Emma, mas implacável, batendo nos cabelos dourados e na pele de Mark. Dor se espalhou por seu rosto como a mancha vermelha provocada por um tapa.

— Jamais significaria nada para Cristina. Ela jamais contaria a ninguém. Ela jamais me machucaria ou à Caçada.

Kieran virou o rosto, sua bela boca se contorcendo no canto.

— Basta.

Mark deu um passo à frente.

— Kieran — suplicou Mark. — Como pode fazer isso? Comigo?

O rosto de Kieran enrijeceu.

— A traição não é minha — retrucou ele. — Fale com sua princesa Caçadora de Sombras sobre promessas quebradas.

— Gwyn. — Mark virou para falar com o líder da Caçada. — O que existe entre mim e Kieran não é uma questão para a lei das Cortes ou a Caçada. Desde quando interferem em questões do coração?

Questões do coração. Emma viu nas faces de ambos, na de Mark e na de Kieran, no jeito como olhavam um para o outro, e no jeito como não olhavam. Ficou se perguntando como podia não ter percebido antes, no Santuário, que esses dois se amavam. Duas pessoas que machucaram uma à outra de um jeito que apenas duas pessoas apaixonadas poderiam fazê-lo.

Kieran olhou para Mark como se Mark tivesse lhe tirado algo insubstituivelmente precioso. E Mark parecia...

Mark parecia arrasado. Emma pensou nela mesma na praia, de manhã, com Julian, e no grito solitário das gaivotas que voavam acima.

— Criança — disse Gwyn e, para a surpresa de Emma, havia gentileza em sua voz. — Lamento a necessidade desta visita mais do que posso descrever. E, acredite em mim, a Caçada não interfere, como você diz, em questões do coração. Mas você violou uma das leis mais antigas da Caçada e colocou todos os integrantes em perigo.

— Exatamente — disse Kieran. — Mark transgrediu uma lei do Reino das Fadas, e, por isso, ele deve voltar conosco e não mais ficar no mundo humano.

— Não — disse Iarlath. — Esse não é o castigo.

— Quê? — Kieran virou para ele, confuso. O cabelo brilhava nas pontas, com azul e branco, como uma geada. — Mas você disse...

— Eu não lhe disse nada sobre punições, pequeno príncipe — disse Iarlath, dando um passo à frente. — Você me contou sobre o comportamento de Mark Blackthorn, e eu disse que cuidaria disso. Se achou que isso significava que ele seria arrastado de volta para o Reino das Fadas para ser seu companheiro, então talvez você devesse se lembrar de que a segurança da nobreza do Reino das Fadas é mais suprema do que as vontades do filho do Rei Unseelie. — Ele olhou duramente para Mark, os olhos sombrios à luz do sol. — O Rei me deu permissão para escolher o seu castigo — anunciou. — Serão vinte chicotadas nas costas, e se considere sortudo por não serem mais.

— *NÃO!* — A palavra saiu como uma explosão. Para surpresa de Emma, foi Julian; Julian, que nunca levantava a voz. Julian, que jamais gritava. Ele começou a descer as escadas; Emma o seguiu, Cortana firme na mão.

Kieran e Mark estavam calados, olhando um para o outro. O resto do sangue deixou o rosto de Kieran, e ele parecia enjoado. Ele não se mexeu quando Julian avançou, bloqueando-o do olhar de Mark.

— Se algum de vocês tocar meu irmão para machucá-lo, eu mato.

Gwyn balançou a cabeça.

— Não pense que não admiro seu espírito, Blackthorn — disse ele. — Mas eu pensaria duas vezes antes de tentar agredir um comitê do Reino das Fadas.

— Tente impedir e nosso acordo se encerra — disse Iarlath. — A investigação cessará, e levaremos Mark conosco de volta ao Reino das Fadas. Ele será chicoteado lá e poderá acontecer coisa pior. Você não vai ganhar nada, mas vai perder muito.

Julian cerrou as mãos em punhos.

— Acha que só você entende honra? Não pode entender o que podemos perder ficando aqui parados e deixando que você humilhe e torture Mark? É por isso que fadas são detestadas, por causa dessa crueldade sem sentido.

— Cuidado, menino — resmungou Gwyn. — Você tem suas Leis, e nós temos as nossas. A diferença é que nós não fingimos que a nossa não é cruel.

— A Lei é dura — disse Iarlath, entretido —, mas é a Lei.

Mark falou pela primeira vez desde que Iarlath declarou sua sentença.

— Uma lei ruim não é lei — rebateu ele. Parecia entorpecido.

Emma pensou no menino que tinha caído no Santuário, que tinha gritado ao ser tocado e que falou de surras que claramente ainda o apavoravam. Ela sentiu como se seu coração estivesse sendo arrancado; chicotear Mark, logo ele? Mark cujo corpo poderia se curar, mas cuja alma jamais se recuperaria?

— Vocês nos procuraram — disse Julian. O tom era desesperado. — Vocês vieram até nós... fizeram uma barganha conosco. Precisavam da nossa ajuda. Nós arriscamos tudo, tudo, para resolver isso. Tudo bem, Mark cometeu um erro, mas esse teste de lealdade está sendo mal empregado.

— Não é uma questão de lealdade — disse Iarlath. — É uma questão de exemplo. Essas são as leis. É assim que funciona. Se permitirmos que Mark nos traia, outros aprenderão que somos fracos. — Seu olhar era satisfeito. Ganancioso. — A barganha é importante. Mas isso é mais.

Mark então deu um passo para a frente, pegando no ombro de Julian.

— Você não pode mudar isso, irmãozinho — falou. — Deixe que aconteça. — Ele olhou para Iarlath, e depois para Gwyn. Não olhou para Kieran.

— Vou receber o castigo.

Emma ouviu Iarlath rir. Um ruído frio e agudo como gelo rachando. Ele alcançou a própria capa e pegou um punhado de pedras vermelhas como sangue. Jogou-as no chão. Mark, claramente familiarizado com o que Iarlath estava fazendo, ficou pálido.

No ponto do chão onde Iarlath jogou as pedras, algo começou a brotar. Uma árvore, torta e nodosa, seu tronco e folhas da cor de sangue. Mark assistiu com um fascínio horrorizado. Kieran parecia prestes a vomitar.

— Jules — sussurrou Emma. Era a primeira vez que o chamava assim desde a noite na praia.

Julian ficou encarando Emma cegamente por um instante antes de se virar e descer o resto da escada. Após um instante congelado, Emma foi atrás. Iarlath imediatamente se moveu para bloquear a passagem dela.

— Guarde a espada — rosnou ele. — Sem armas na presença do Povo das Fadas. Sabemos muito bem que não são confiáveis com elas.

Emma manejou Cortana com tanta velocidade que a lâmina foi um borrão. A ponta dela passou por baixo do queixo de Iarlath, a um milímetro da sua pele, descrevendo o arco de um sorriso mortal. Ele emitiu um ruído na garganta mesmo enquanto ela guardava a espada de volta na bainha, com força suficiente para que fosse audível. Ela o encarou, os olhos brilhando de raiva.

Gwyn riu.

— E eu achando que os Carstairs só serviam para música.

Iarlath lançou a Emma um olhar obsceno antes de girar e ir atrás de Mark. Ele tinha começado a desenrolar uma corda que trazia amarrada na cintura.

— Ponha as mãos no tronco da sorva — mandou ele. Emma presumiu que estivesse se referindo a árvore escura e retorcida com galhos afiados e folhas cor de sangue.

— Não. — Kieran, parecendo desesperado, girou de forma fluida para Iarlath. Então se jogou no chão, ajoelhando-se, com as mãos estendidas. — Eu imploro — pediu. — Como príncipe da Corte Unseelie, eu imploro. Não machuque Mark. Faça o que quiser comigo, em vez dele.

Iarlath desdenhou.

— Chicoteá-lo enfureceria seu pai. Isso não. Levante-se, principezinho. Não se envergonhe ainda mais.

Kieran levantou, cambaleante.

— Por favor — pediu de novo, olhando não para Iarlath, mas para Mark.

Mark lançou a ele um olhar tão cheio de ódio que Emma quase se encolheu. Kieran pareceu, se possível, ainda mais enjoado.

— Você deveria ter previsto isso, cãozinho — disse Iarlath, mas seu olhar não estava em Kieran; estava em Mark, faminto, cheio de apetite, como se a ideia de chicoteá-lo o estimulasse tanto quanto pensar em comida. Mark esticou o braço para a árvore...

Julian deu um passo à frente.

— Me chicoteie no lugar dele — disse o garoto.

Por um instante todo mundo congelou. Emma sentiu como se um taco de beisebol a tivesse acertado no peito.

— Não. — Ela tentou dizer, mas a palavra não saiu.

Mark virou para encarar o irmão.

— Não pode — disse ele. — Meu foi o crime. Meu deve ser o castigo.

Julian passou por Mark, quase o empurrando de lado com sua determinação de se apresentar diante de Gwyn. Ele estava com a coluna ereta e o queixo erguido.

— Em uma batalha de fadas, uma delas pode escolher um campeão para representá-la — disse ele. — Se posso representar meu irmão em uma luta, por que não agora?

— Porque fui eu que transgredi a lei! — Mark parecia desesperado.

— Meu irmão foi levado no início da Guerra Maligna — disse Julian. — Ele nunca lutou em combate. As mãos dele estão limpas de sangue de fada. Ao passo que eu estava em Alicante. Eu matei o Povo das Fadas.

— Ele está lhe incitando — disse Mark. — Ele não quer dizer nada disso...

— Quero sim — insistiu Julian. — É a verdade.

— Se alguém se oferece para tomar o lugar de um homem condenado, não podemos negar. — O olhar de Gwyn parecia perturbado. — Tem certeza, Julian Blackthorn? Esse castigo não é seu.

Julian inclinou a cabeça.

— Tenho certeza.

— Deixe que ele seja chicoteado — disse Kieran. — É o seu desejo. Deixe que o faça.

Depois disso, as coisas aconteceram muito depressa. Mark se jogou para cima de Kieran, com uma expressão assassina. Ele estava gritando ao enterrar os dedos na frente da camisa de Kieran, sacudindo-o. Emma avançou e foi derrubada por Gwyn, que foi separar Kieran e Mark, puxando Mark brutalmente de lado.

— Maldito — disse Mark. Sua boca estava sangrando. Ele cuspiu nos pés de Kieran. — Seu arrogante...

— Basta, Mark. — Gwyn se irritou. — Kieran é um príncipe da Corte Unseelie.

— Ele é meu inimigo — disse Mark. — Agora e para sempre, meu inimigo. — E ergueu a mão como se fosse agredir Kieran; Kieran não se mexeu, apenas olhou para ele, com aqueles olhos estilhaçados. Mark abaixou a mão e lhe deu as costas, como se não suportasse mais olhar para Kieran. — Jules. — Foi o que disse, afinal. — Julian, por favor, não faça isso.

Julian lançou um sorriso lento e doce ao irmão. Naquele sorriso estava todo o amor e o encanto de um garotinho que tinha perdido seu irmão, e, contra todas as probabilidades, o conseguido de volta.

— Não pode ser você, Mark...

— Leve-o. — Iarlath disse a Gwyn, e Gwyn, cheio de relutância, deu um passo para a frente e pegou Mark, puxando-o para longe de Julian. Mark se debateu, mas Gwyn era enorme, com braços imensos. Ele segurou Mark com firmeza, com a expressão impassível, enquanto Julian esticava o braço para tirar o casaco e depois a camisa.

À clara luz do dia, sua pele, levemente bronzeada, porém mais clara nas costas e no peito, parecia exposta e vulnerável. Os cabelos estavam inteiramente bagunçados pelo colarinho da camisa e, enquanto a jogava no chão, olhou para Emma.

O olhar de Julian rompeu o gelo que a agarrava.

— Julian. — A voz dela tremeu. — Você não pode fazer isso. — Ela avançou e encontrou Iarlath bloqueando sua passagem.

— Parada — sibilou Iarlath. Ele se afastou de Emma, que tentou ir atrás dele, mas descobriu suas pernas fixas no lugar. Não conseguia se mexer. O chiado do feitiço coçava suas pernas e a espinha, mantendo-a firme no lugar, como uma armadilha para ursos. Ela tentou se soltar, e teve que conter um grito de dor quando a magia da fada puxou e rasgou sua pele.

Julian deu um passo para a frente e colocou as mãos na árvore, abaixando a cabeça. A longa linha da sua espinha era absurdamente linda para Emma.

Parecia o arco de uma onda, logo antes de quebrar. Cicatrizes brancas e Marcas pretas decoravam suas costas como uma ilustração infantil feita em pele e sangue.

— Me *solte*! — gritou Mark, se contorcendo no aperto de Gwyn.

Era como um pesadelo, pensou Emma, um daqueles sonhos em que você corre, corre, e nunca chega a lugar nenhum, exceto que agora era real. Ela estava lutando para mexer os braços e pernas contra uma força invisível que a mantinha no lugar, como uma borboleta presa por um alfinete.

Iarlath marchou em direção a Julian. Algo brilhou em sua mão, algo longo, fino e prateado. Ao chegar para a frente, sentindo o ar, Emma viu que ele segurava o cabo de um chicote de prata. Ele encolheu o braço.

— Caçadores de Sombras tolos — falou o homem fada. — Ingênuos demais até para saberem em quem podem confiar.

O chicote desceu. Emma o viu agredir a pele de Julian, viu o sangue, viu as costas dele se encolherem e o corpo abaixar.

Dor explodiu dentro dela. Foi como se uma barra de fogo tivesse sido posta em sua coluna. Ela se encolheu, sentindo o gosto de sangue na boca.

— Pare! — berrou Mark. — Não vê que está machucando os dois? *Esse não é o castigo!* Solte-me, eu não tenho um *parabatai*, solte-me, me chicoteie em vez dele...

As palavras dele correram na cabeça de Emma. A dor ainda pulsava por seu corpo.

Gwyn, Iarlath e Kieran olhavam dela para Julian. Tinha uma longa ferida sangrenta e molhada em suas costas, e ele estava agarrando o tronco da árvore. Suor escurecia seus cabelos.

O coração de Emma se partiu. Se o que ela sentiu foi uma agonia, o que *ele* sentiu? Duas, quatro vezes mais?

— Tire-a daqui — disse Iarlath, irritado. — Esses gritos são ridículos.

— Isso não é histeria, Iarlath — retrucou Kieran. — É porque ela é *parabatai* dele. Sua parceira guerreira, eles são ligados...

— Pela Dama, que alvoroço — sibilou Iarlath, e chicoteou novamente.

Desta vez Julian emitiu um ruído. Um som engasgado, quase inaudível. Ele caiu de joelhos, ainda segurando a árvore. Emma sentiu dor outra vez, mas agora ela estava preparada. Ela gritou; e não foi um grito qualquer, mas um berro ecoante de horror e traição, um uivo de raiva, dor e fúria.

Gwyn esticou o braço para Iarlath, mas estava olhando para Emma.

— Pare — falou o Caçador.

Emma sentiu o peso do olhar dele, em seguida, uma leveza quando o feitiço que a prendia no lugar desapareceu.

Ela correu para Julian, e se ajoelhou ao lado dele, puxando a estela do cinto. Ouviu Iarlath protestando e Gwyn dizendo a ele que ficasse quieto. Ela não prestou atenção. Tudo que conseguia enxergar era Julian — Julian de joelhos, com os braços em volta da árvore, com a testa contra o tronco. Sangue corria por suas costas expostas. Os músculos dos ombros flexionaram quando ela o alcançou, como se ele estivesse se preparando para um terceiro golpe.

Jules, ela pensou, e, como se a tivesse ouvido, ele virou um pouco o rosto. Tinha mordido o lábio inferior. Sangue corria pelo queixo. Ele a olhou cegamente, como um homem que via uma miragem.

— Em? — Ele engasgou.

— Shh — disse ela, colocando a mão em sua bochecha, os dedos nos cabelos dele. Ele estava molhado de sangue e suor, as pupilas dilatadas. Ela conseguiu se enxergar nelas, ver seu rosto pálido, cansado.

Tocou a pele dele com a estela.

— Preciso curá-lo — disse ela. — Deixe-me curá-lo.

— Isso é ridículo — protestou Iarlath. — O menino deveria levar as chicotadas...

— Deixe, Iarlath — disse Gwyn. Seus braços estavam firmes em volta de Mark.

Iarlath retrocedeu, murmurando... Mark estava se debatendo e engasgando... a estela fria na mão de Emma... ainda mais fria ao tocá-la na pele de Julian...

Ela desenhou o símbolo.

— Durma, meu amor — sussurrou, tão baixo que só Julian podia escutar. Por um instante os olhos dele se arregalaram, claros e espantados. Depois se fecharam, e ele caiu no chão.

— *Emma!* — A voz de Mark foi um grito. — O que você fez?

Emma se levantou, virando para ver o rosto de Iarlath, ardendo em fúria. Gwyn, no entanto... Ela achou que tinha detectado um quê de divertimento em seus olhos, como se ele esperasse que ela fizesse o que fez.

— Eu o apaguei — disse ela. — Ele está inconsciente. Nada do que você possa fazer vai acordá-lo.

O lábio de Iarlath se curvou.

— Acha que nos priva de nosso castigo por privá-lo da capacidade de sentir? Você é tão tola assim? — Ele se voltou para Gwyn. — Traga Mark — rosnou. — Vamos chicoteá-lo no lugar do menino, e aí teremos chicoteado dois dos Blackthorn.

— Não! — berrou Kieran. — Não! Eu proíbo... Não posso suportar...

— Ninguém liga para o que você pode suportar, principezinho, muito menos eu — disse Iarlath. Seu sorriso era retorcido. — Sim, vamos chicotear os dois irmãos — falou. — Mark não vai escapar. E eu duvido que seu *parabatai* a perdoe tão cedo por isso — acrescentou, voltando-se novamente para Emma.

— Em vez de chicotear dois Blackthorn — sugeriu ela —, você pode chicotear um Blackthorn e uma Carstairs. Isso não seria melhor?

Gwyn não tinha se mexido ao comando de Iarlath; agora seus olhos se arregalaram. Kieran respirou fundo.

— Julian lhe contou que matou fadas durante a Guerra Maligna — disse ela. — Mas eu matei muito mais. Cortei suas gargantas; molhei meus dedos com o sangue delas. E faria tudo de novo.

— Silêncio! — Ódio preenchia a voz de Iarlath. — Como ousa se gabar de coisas assim?

Ela esticou a mão e levantou a camisa. Os olhos de Mark se arregalaram quando ela a jogou no chão. Estava na frente de todos eles, só de jeans e sutiã. Não se importava. Ela não se sentia nua — se sentia vestida de ódio e fúria, como uma guerreira de um dos contos de Arthur.

— Me chicoteie — falou ela. — Concorde com isso, e tudo acaba aqui. Do contrário, juro que o caçarei pela Terra das Fadas até a eternidade. Mark não pode, mas eu posso.

Iarlath disse algo exasperado em uma língua que Emma não conhecia, se virando para olhar para o mar. Kieran avançou em direção ao corpo encolhido de Julian.

— Não toque nele! — gritou Mark, mas Kieran não olhou para ele, apenas passou as mãos por baixo dos braços de Julian e o afastou da árvore. Ele o colocou a alguns metros de distância, retirando a própria túnica para envolvê-la em torno do corpo inconsciente e ensanguentado de Julian.

Emma soltou um suspiro de alívio. O sol estava quente em suas costas nuas.

— Vá em frente — instigou ela. — A não ser que seja covarde demais para chicotear uma garota.

— Emma, pare — pediu Mark. A voz cheia de dor. — Deixe que seja eu.

Os olhos de Iarlath brilharam com uma luz cruel.

— Muito bem, Carstairs — falou ele. — Faça como fez o seu *parabatai*. Prepare-se para o chicote.

Emma viu a expressão de Gwyn se transformar em tristeza quando ela foi para a árvore. O tronco, de perto, era liso e tinha uma cor marrom-avermelhada escura. Era frio ao toque quando ela passou os braços em volta. Dava para ver as rachaduras individuais no tronco.

Ela agarrou a madeira com as mãos. Ouviu Mark chamar seu nome outra vez, mas parecia vir de muito longe. Iarlath foi para trás dela.

O chicote chiou quando ele o levantou. Ela fechou os olhos. Na escuridão por trás das pálpebras, ela viu Julian, e fogo em volta dele. Fogo na câmara da Cidade do Silêncio. Ela ouviu a voz dele sussurrar as palavras, aquelas velhas palavras da bíblia, retiradas e refeitas por Caçadores de Sombras para formarem o juramento *parabatai*.

Onde fores, irei...

O chicote desceu. Se ela achou que tinha sentido dor antes, agora foi agonia. Parecia que suas costas estavam sendo abertas por fogo. Ela cerrou os dentes para silenciar seu grito.

Rogai-me para não deixá-lo...

De novo. A dor foi pior desta vez. Seus dedos se enterraram na madeira da árvore.

Ou deixar de segui-lo...

De novo. Ela caiu de joelhos.

Assim o Anjo permita, e mais, se algo que não a morte nos separar.

De novo. A dor subiu com uma onda, bloqueando o sol. Ela gritou, mas não conseguia se ouvir — seus ouvidos estavam tapados, o mundo ruindo, se encolhendo. O chicote desceu uma quinta vez, sexta, sétima, e agora ela mal sentia enquanto a escuridão a engolia.

23

Amar e Ser Amado

Cristina saiu sorumbática do quarto de Emma.

Mark deu uma olhada no cômodo antes de a porta se fechar: viu a forma parada de Emma, parecendo pequena sob uma pilha de cobertas pesadas; Julian estava sentado na cama ao seu lado. A cabeça de seu irmão estava abaixada, os cabelos escuros caindo no rosto.

Mark nunca o tinha visto tão arrasado.

— Ela está bem? — perguntou a Cristina. Estavam sozinhos no corredor. A maioria das crianças continuava dormindo.

Mark não queria se lembrar do rosto do irmão quando Julian acordou perto da árvore e viu Mark ajoelhado sobre o corpo de Emma, desenhando símbolos em sua pele lacerada com a mão trêmula e sem prática de alguém há muito tempo desacostumado à língua dos anjos.

Ele não queria se lembrar de como Julian estava quando entraram, Mark carregando Cortana, e Julian com Emma nos braços, o sangue dela todo espalhado por sua camisa, os cabelos grudados. Ele não queria se lembrar de como Emma gritou quando foi atingida pelo chicote nem de como parou de gritar quando sucumbiu.

E não queria se lembrar do rosto de Kieran quando Mark e Julian correram de volta para o Instituto. Kieran tentou conter Mark, colocou a mão em seu braço. Estava com o rosto pálido e suplicante, seus cabelos uma revolta desesperada em preto e azul.

Mark sacudiu o braço para afastá-lo.

— Encoste a mão em mim novamente e a verá arrancada de seu pulso para sempre — rosnou, e Gwyn afastou Kieran, falando com ele com um tom ao mesmo tempo severo e lamentoso.

— Deixe-o, Kieran — pediu o Caçador. — Já se fez muito aqui por hoje.

Eles levaram Emma para o quarto, e Julian ajudou a deitá-la na cama enquanto Mark ia buscar Cristina.

Cristina não gritou quando ele a acordou, nem mesmo quando viu Emma com as roupas rasgadas e ensopadas de sangue. Ela entrou em ação para ajudá-los: vestiu Emma com roupas limpas e secas, pegou ataduras para Julian, lavou o sangue do cabelo da amiga.

— Ela vai ficar bem — disse Cristina agora. — Vai se curar.

Mark não queria se lembrar de como a pele de Emma tinha aberto com os golpes de chicote. O cheiro de sangue misturado ao sal do ar marinho.

— Mark. — Cristina tocou o rosto dele. Ele virou a bochecha na palma dela, involuntariamente. Ela cheirava a café e curativos. Ele ficou imaginando se Julian teria contado tudo; sobre as desconfianças de Kieran em relação a ela, sobre a incapacidade de Mark de proteger o irmão e Emma.

A pele dela era suave contra a dele; seus olhos, erguidos, eram grandes e escuros. Mark pensou nos olhos de Kieran, como fragmentos de vidro em um caleidoscópio, estilhaçados e policromáticos. Os de Cristina eram firmes. Singulares.

Ela abaixou a mão pela lateral da mandíbula dele, sua expressão pensativa. Mark sentiu como se o corpo inteiro estivesse enrijecendo em um nó.

— Mark? — Foi a voz de Julian, baixa, do outro lado da porta.

— Você deveria entrar para ficar com seu irmão. — Cristina abaixou a mão, esfregando o ombro dele uma vez, tranquilizando-o. — A culpa não é sua — disse. — Não é. Entendeu?

Mark fez que sim com a cabeça, sem conseguir falar.

— Vou acordar as crianças e contar para elas — avisou ela, e seguiu pelo corredor, os passos firmes como se ela estivesse de uniforme de combate, apesar de estar usando uma camiseta e calça de pijama.

Mark respirou fundo e abriu a porta para o quarto de Emma.

Emma continuava imóvel, deitada, os cabelos claros espalhados sobre o travesseiro, o peito subindo e descendo uniformemente. Tinham aplicado símbolos de sono nela, assim como símbolos para acalmar a dor, conter a perda de sangue e curar.

Julian ainda estava sentado ao lado dela. A mão de Emma parecia flácida sobre o cobertor; Julian tinha movido a própria mão para perto da dela, seus dedos entrelaçados, mas sem tocar. Sua cabeça virou para longe da de Mark; Mark só conseguia ver a forma corcunda dos ombros de Julian, o jeito como a curva vulnerável da nuca parecia a curva das costas de Emma enquanto ela era chicoteada.

Ele parecia muito jovem.

— Tentei — disse Mark. — Tentei levar os golpes. Gwyn não permitiu.

— Eu sei. Vi que tentou — retrucou Julian com a voz neutra. — Mas Emma matou fadas. Você não. Eles não quereriam chicoteá-lo, tendo a chance de fazer isso com ela. Não importa o que você fizesse.

Mark se repreendeu silenciosamente. Ele não fazia ideia de quais eram as palavras humanas com as quais confortaria o seu irmão.

— Se ela morresse — prosseguiu Julian, com o mesmo tom de voz —, eu ia querer morrer. Sei que isso não é saudável. Mas é verdade.

— Ela não vai morrer — disse Mark. — Ela vai ficar bem. Só precisa se recuperar. E já vi como os homens, como as pessoas, ficam quando vão morrer. Tem uma aparência que não é essa.

— Não posso deixar de pensar — disse Julian. — Essa questão toda. Alguém está tentando trazer de volta a pessoa amada, uma pessoa que morreu. Parece quase errado. Quase como se devêssemos deixar.

— Jules — disse Mark. Ele conseguia sentir as bordas afiadas das emoções do irmão mais novo, como o toque de uma navalha na pele coberta por ataduras. É isso que é ser família, pensou ele. Sofrer quando alguém sofre. Querer protegê-los. — Eles estão roubando vidas. Não pode pagar por uma tragédia com mais tragédia, ou extrair vida a partir da morte.

— Eu só sei que se fosse ela, se fosse Emma, eu faria a mesma coisa. — Os olhos de Julian estavam assombrados. — Eu faria tudo que tivesse que fazer.

— Não faria. — Mark colocou a mão no ombro de Julian, puxando-o. Julian se moveu relutantemente para ficar de frente para o irmão. — Você faria a coisa certa. Por toda a vida, você fez a coisa certa.

— Sinto muito — disse Julian.

— *Você* sente muito? Tudo isso, Jules, o comitê... Se eu não tivesse contado a Cristina sobre a capa de Gwyn...

— Eles teriam encontrado outro motivo para puni-lo — argumentou Julian.

— Kieran queria machucá-lo. Você o machucou, então ele quis retribuir. Sinto muito... sinto muito por Kieran, porque dá para ver que você gostava dele. Sinto muito por não ter sabido que você tinha deixado alguém de quem gostava para trás. Sinto muito por ter achado durante anos que era você que tinha liberdade, que estava se divertindo no Reino das Fadas enquanto eu me matava aqui, tentando criar quatro crianças, administrar o Instituto e guardar os segredos de Arthur. Eu queria acreditar que você estava bem, queria acreditar que um de nós estava bem. Queria tanto.

— Você queria acreditar que eu estava feliz, exatamente como eu queria acreditar no mesmo em relação a você — emendou Mark. — Eu me perguntava se vocês estavam felizes, alegres, vivendo. Nunca parei para pensar que tipo de homem você se tornaria ao crescer. — Ele parou de falar. — Tenho orgulho de você. Tive pouca influência na sua formação, mas, mesmo assim, tenho orgulho de ser seu irmão, de ser irmão de todos vocês. E não vou deixá-lo outra vez.

Os olhos de Julian se arregalaram, a cor Blackthorn brilhante nas sombras.

— Não vai voltar para o Reino das Fadas?

— Independentemente do que acontecer — disse Mark —, vou ficar aqui. Sempre, sempre ficarei aqui.

Ele colocou os braços em volta de Julian e o abraçou forte. Julian expirou, como se estivesse soltando alguma coisa pesada que tinha carregado por muito tempo, e, apoiando-se no ombro de Mark, ele permitiu que o irmão mais velho sustentasse um pouquinho do seu peso.

Emma sonhou com seus pais.

Eles estavam em uma pequena casa branca em Veneza, onde moraram quando ela era criança. Dava para ver o fraco brilho dos canais pela janela. Sua mãe estava na cozinha, um tecido espalhado na frente dela. No tecido, havia um arranjo de facas, organizadas da menor para a maior. A maior era Cortana, e Emma olhou para ela faminta, absorvendo o ouro liso, o brilho afiado da lâmina.

Em comparação ao brilho da arma, sua mãe parecia uma sombra. Enquanto ela trabalhava, os cabelos brilhavam, e as mãos, mas seu contorno era confuso; Emma tinha pavor de que se alcançasse a mãe, ela desapareceria.

Música inflou em torno de Emma. O pai de Emma, John, entrou na cozinha, seu violino apoiado no ombro. Normalmente ele tocava com uma espaleira, mas agora não. O violino entornava música como se fosse água e...

O estalo agudo de um chicote, dor como fogo.

Emma engasgou. Sua mãe levantou a cabeça.

— Aconteceu alguma coisa, Emma?

— Eu... não, nada. — Ela se virou para o pai. — Continue tocando, pai.

O pai dela sorriu um sorriso gentil.

— Tem certeza de que não quer tentar?

Emma balançou a cabeça. Sempre que ela tocava o arco nas cordas, vinha o som de um gato estrangulado.

— A música está no sangue dos Carstairs — disse ele. — Esse violino pertencia a Jem Carstairs.

Jem, pensou Emma. Jem, que a ajudou em sua cerimônia *parabatai* com mãos suaves e um sorriso pensativo. Jem, que tinha dado seu gato para cuidar dela.

Dor que cortava sua pele como uma lâmina. A voz de Cristina dizendo — Emma, oh, Emma, por que eles a machucaram tanto?

Sua mãe levantou Cortana.

— Emma, tenho certeza de que você está a mil quilômetros de distância.

— Talvez não tanto assim. — Seu pai abaixou o arco.

"Emma". Era a voz de Mark. "Emma, volte. Por Julian, por favor. Volte".

— Confie nele — disse John Carstairs. — Ele virá até você e vai precisar da sua ajuda. Confie em James Carstairs.

— Mas ele disse que tinha que ir, papai. — Emma não chamava o pai de papai desde muito pequena. — Ele disse que estava procurando alguma coisa.

— Ele está prestes a encontrar — disse John Carstairs. — E aí você terá ainda mais o que fazer.

"*Jules, venha comer alguma coisa...*"

"*Agora não, Livvy. Preciso ficar com ela.*"

— Mas, papai — sussurrou Emma —, papai, você está morto.

John Carstairs abriu um sorriso triste.

— Desde que haja amor e lembrança, não existe morte de verdade — falou.

Ele tocou o arco nas cordas e começou a tocar de novo. Música inflou, girando pela cozinha como fumaça.

Emma se levantou da cadeira da cozinha. O céu estava escurecendo lá fora, o sol poente refletido na água do canal.

— Tenho que ir.

— Ah, Em. — A mãe dela cercou a bancada da cozinha em direção a ela. Estava carregando Cortana. — Eu sei.

Sombras se moviam no interior de sua mente. Alguém estava segurando sua mão com tanta força que doeu. — Emma, por favor, disse a voz que ela mais amava no mundo. — Emma, volte.

A mãe de Emma colocou a espada em suas mãos.

— Aço e calma, filha — disse ela. — E lembre-se de que uma lâmina feita pelo Ferreiro Wayland pode cortar qualquer coisa.

— Volte. — Seu pai beijou-a na testa. — Volte, Emma, para onde precisam de você.

— Mamãe — sussurrou ela. — Papai.

Ela cerrou a mão no cabo da espada. A cozinha girou para longe dela, dobrando como um envelope. A mãe e o pai desapareceram também, como palavras escritas há muito tempo.

— *Cortana*. — Emma engasgou.

Ela se levantou e gritou de dor. Lençóis estavam enrolados em sua cintura. Ela estava na cama, em seu quarto. As luzes estavam acesas, mas fracas, a janela, só com uma fresta aberta. A mesa próxima à cama era cheia de curativos e toalhas dobradas. O quarto cheirava a sangue e fogo.

— Emma? — Uma voz incrédula. Cristina estava sentada no pé da cama, com um rolo de gaze e uma tesoura na mão. Ela a derrubou no chão ao ver que os olhos de Emma estavam abertos, e se jogou na cama. — Ah, Emma!

Cristina abraçou Emma pelos ombros, e por um instante Emma se agarrou a ela e ficou imaginando se era assim que era ter uma irmã mais velha, alguém que pudesse ser sua amiga, e também cuidar de você.

— Ai — disse Emma fracamente. — Está doendo.

Cristina recuou. Seus olhos estavam contornados de vermelho.

— Emma, você está bem? Se lembra de tudo que aconteceu?

Emma colocou a mão na cabeça. A garganta doía. Ela ficou imaginando se seria consequência dos gritos. Torceu para que não. Não queria dar a Iarlath essa satisfação.

— Eu... há quanto tempo estou desmaiada?

— Desmaiada? Ah, dormindo. Desde hoje de manhã. O dia todo, na verdade. Julian ficou com você o tempo todo. Finalmente consegui convencê-lo a comer alguma coisa. Ele vai ficar arrasado por você ter acordado sem ele aqui. — Cristina puxou o cabelo emaranhado de Emma para trás.

— Eu deveria levantar... deveria ver... está todo mundo bem? Aconteceu alguma coisa? — De repente, sua cabeça estava cheia de imagens terríveis das fadas, após terminarem com ela, indo atrás de Mark ou Julian, ou, de algum jeito, até mesmo das crianças, e Emma tentou empurrar as pernas para a lateral da cama.

— Não aconteceu nada. — Cristina a empurrou gentilmente. — Você está cansada e fraca; precisa de comida e símbolos. Uma chibatada assim... dá para chicotear alguém até a *morte*, você sabe disso, Emma?

— Sim — sussurrou ela. — Minhas costas ficarão marcadas para sempre?

— Provavelmente — respondeu Cristina. — Mas não vai ser ruim; os *iratzes* fecharam os machucados rapidamente. Não conseguiram curá-los. Vão ficar marcas, mas serão leves. — Seus olhos estavam vermelhos. — Emma, por que você fez isso? Por quê? Você realmente acha que seu corpo é muito mais forte que o de Mark ou Julian?

— Não — respondeu Emma. — Acho que todos são fortes ou fracos de maneiras diferentes. Existem coisas das quais morro de medo, e que Mark não teme. Como o mar. Mas ele já foi suficientemente torturado... o que isso teria causado a ele, eu nem sei. E Julian... Eu senti quando ele foi chicoteado. No meu corpo, no meu coração. Foi a pior coisa que já senti, Cristina. Eu teria feito qualquer coisa para impedir. Foi uma atitude egoísta.

— *Não* foi egoísta. — Cristina pegou a mão de Emma e a apertou. — Há um tempo penso que eu jamais quereria um *parabatai* — disse ela. — Mas seria diferente, eu acho, se a *parabatai* fosse você.

Eu também queria que você fosse minha parabatai, pensou Emma, mas não podia falar isso — parecia uma deslealdade a Julian, apesar de tudo.

Em vez disso, ela falou:

— Eu te amo, Cristina. — E apertou a mão dela de volta. — Mas a investigação... tenho que ir com você...

— Para onde? Para a biblioteca? Todo mundo passou o dia lendo e procurando mais informações sobre a Dama da Meia-Noite. Vamos encontrar alguma coisa, mas temos bastante gente para pesquisar.

— Existem outras coisas a se fazer além de pesquisa em livros...

A porta se abriu, e Julian estava na entrada. Seus olhos se arregalaram, e por um instante foram tudo que Emma enxergou, como portas azuis-esverdeadas que desaguavam em um outro mundo.

— Emma — sussurrou ele. Sua voz soou rouca e quebrada. Ele vestia calça jeans e uma camiseta branca solta, e por baixo o contorno de uma atadura, envolvendo seu peito, era visível. Seus olhos pareciam vermelhos, o cabelo emaranhado, e tinha uma leve sombra de barba no queixo e nas bochechas. Julian jamais deixava de se barbear, desde a primeira vez que apareceu uma barbicha e Ty disse a ele, sem preâmbulo: "não gostei".

— Julian — disse Emma —, você está b...

Mas Julian tinha começado a correr pelo quarto. Sem parecer notar nada além de Emma, ele caiu de joelhos e a abraçou, enterrando o rosto em sua barriga.

Ela esticou a mão trêmula e acariciou os cachos dele, erguendo os olhos em alarme para olhar Cristina. Mas Cristina já estava se levantando, murmurando que ia avisar aos outros que Julian estava cuidando de Emma. Emma ouviu a tranca estalar quando ela fechou a porta.

— Julian — murmurou Emma, com a mão no cabelo dele. Ele não estava se mexendo. Parecia completamente imóvel. Respirou trêmulo antes de levantar a cabeça.

— Pelo Anjo, Emma — disse ele em um sussurro rouco. — Por que você fez isso?

Ela fez uma careta, e de repente ele estava de pé.

— Você precisa de mais marcas de cura — disse ele. — Claro, como sou burro, claro que precisa. — Era verdade: ela estava machucada. Alguns pontos doíam menos, outros mais agudamente. Emma respirou fundo, como Diana havia lhe ensinado, lenta e firmemente, enquanto ele pegava a estela.

Ele sentou na cama ao lado dela.

— Fique parada — falou, e tocou sua pele com o instrumento. Ela sentiu a dor diminuir, até se tornar um incômodo suportável.

— Quanto tempo... Quando você acordou? — perguntou Emma.

Ele estava colocando a estela sobre a mesa.

— Se quer saber se o vi dando chicotadas em você, não — respondeu sombriamente. — Do que você se lembra?

— Eu me lembro de quando Gwyn e os outros vieram... Iarlath... Kieran. — Ela pensou no sol ardente, uma árvore com um tronco cor de sangue. Olhos preto e prata. — Kieran e Mark se amam.

— Amavam — disse Julian. — Não sei como Mark se sente em relação a ele agora.

Ela respirou fundo falhando.

— Eu derrubei Cortana...

— Mark a trouxe para dentro — respondeu ele com uma voz que indicava que Cortana era a última coisa em que pensava. — Meu Deus, Emma, quando recuperei a consciência e o comitê já tinha se retirado, vi você no chão, sangrando, e Mark estava tentando levantá-la, pensei que você estivesse *morta* — falou, e não havia nenhum indício de calma em sua voz, apenas uma selvageria voraz que ela jamais havia associado a Julian antes. — Eles *te* chicotearam, Emma, *você* levou a surra que devia ser de Mark ou minha. Detesto que tenha feito isso, você entende, detesto. — Emoção estalou e queimou em sua voz, como um fogo se descontrolando. — Como pôde?

— Mark não teria suportado a surra — disse ela. — Teria acabado com ele. E eu não suportaria vê-los dando chicotadas em você. Teria acabado comigo.

— Acha que não sinto a mesma coisa? — perguntou ele. — Acha que não passei o dia aqui sentado, totalmente destruído e destroçado? Prefiro perder o braço a vê-la perder uma unha, Emma.

— Não era só uma questão sobre você — explicou ela. — As crianças... veja, elas esperam que eu lute e me machuque. Pensam: lá está Emma, toda arranhada outra vez, cortada e cheia de curativos. Mas você, elas olham para você de um jeito que não olham para mim. Se você se machucasse seriamente, ficariam muito assustados. E eu não podia suportar isso.

Os dedos de Julian se apertaram em uma espiral. Ela viu o pulso dele correndo sob a pele. E pensou, aleatoriamente, em uma pichação que tinha visto no Píer Malibu: *Seu coração é uma arma do tamanho do seu pulso.*

— Meu Deus, Emma — disse ele. — O que eu fiz com você.

— Eles também são a minha família — disse ela. E a emoção ameaçava sufocá-la. Ela a conteve.

— Às vezes, eu gostaria... eu queria... que nós fôssemos casados e que eles fossem nossos filhos — disse ele rapidamente. Estava com a cabeça abaixada.

— Casados? — repetiu Emma, assustada.

A cabeça dele levantou. Os olhos ardiam.

— Por que você acha que eu...

— Me ama menos do que eu te amo? — perguntou ela. Ele se encolheu visivelmente ao ouvir essas palavras. — Porque você disse. Eu praticamente disse na praia o que eu sentia, e você falou "não desse jeito, Emma".

— Eu não...

— Estou cansada de mentirmos um para o outro — falou Emma. — Entendeu? Cansada, Julian.

Ele passou as mãos pelo cabelo.

— Não vejo nenhum jeito disso dar certo — confessou ele. — Não enxergo nada além de um pesadelo onde tudo vai ruir e onde eu não a tenho.

— Você não me tem agora — retrucou Emma. — Não do jeito que importa. Do jeito verdadeiro. — Ela tentou se ajoelhar na cama. Suas costas doíam, e os braços e pernas estavam cansados, como se ela tivesse corrido e escalado por vários quilômetros.

Os olhos de Julian escureceram.

— Ainda está doendo? — Ele mexeu nos itens da cabeceira e pegou um frasco. — Malcolm preparou isso para mim há um tempo. Beba.

O frasco estava cheio de um líquido dourado. Tinha um gosto parecido com champanhe velho. Assim que Emma engoliu, sentiu um torpor varrê-la. A dor em seus membros retraiu, e uma energia fria e fluida tomou o seu lugar.

Julian pegou o frasco dela e o deixou cair na cama. Ele deslizou um braço sob seus joelhos e o outro sob os ombros, e levantou o corpo dela da cama. Por um instante ela se agarrou a ele em surpresa. Dava para sentir seu coração batendo, o cheiro de sabão, tinta e cravo. Ele tinha cabelos macios contra sua bochecha.

— O que você está fazendo? — disse ela.

— Preciso que venha comigo. — A voz dele estava tensa, como se ele estivesse reunindo coragem para fazer alguma coisa horrível. — Preciso que veja uma coisa.

— Você está fazendo parecer que é um assassino em série com um freezer cheio de braços — murmurou Emma, quando ele abriu a porta com o ombro.

— A Clave provavelmente ficaria mais feliz se fosse esse o caso.

Emma queria esfregar a bochecha na dele, sentir a aspereza da barba. Ele estava todo bagunçado, na verdade, a camisa, do avesso, e os pés, descalços. Ela sentiu uma onda de afeto e uma vontade tão intensa que seu corpo inteiro enrijeceu.

— Pode me colocar no chão — pediu ela. — Estou bem. Não preciso ser princesa-carregada.

Ele riu, uma risada curta e engasgada.

— Eu não sabia que isso existia — retrucou ele, mas a colocou de pé. Cuidadosa e lentamente, e eles se inclinaram um no outro, como se nenhum deles pudesse suportar o fato de que em um instante, não estariam mais se tocando.

O coração de Emma começou a acelerar. Acelerou enquanto ela seguia Julian pelo corredor vazio, e acelerou enquanto eles subiam a escada dos fundos para o estúdio dele. Acelerou quando ela se apoiou na bancada cheia de tintas e Julian foi pegar uma chave da gaveta perto da janela.

Ela o viu respirar fundo, seus ombros se levantando. Ele estava como ficou quando se preparava para as chicotadas.

Tendo reunido coragem, ele foi até a porta da sala trancada, a que ninguém além dele atravessava. Girou a chave com um estalo decidido, e a porta se abriu.

Ele chegou para o lado.

— Entre — pediu.

Os anos de hábito de respeito à privacidade de Emma a contiveram.

— Tem certeza?

Ele fez que sim com a cabeça. Estava pálido. Ela se afastou da bancada e atravessou a sala com apreensão. Talvez ele realmente tivesse corpos ali. O que quer que fosse, só podia ser algo terrível. Ela nunca o tinha visto daquele jeito.

Ela entrou no quarto. Por um instante pensou que tinha entrado em uma casa de espelho. Reflexos dela mesma a olhavam de todas as superfícies. As paredes eram cobertas por desenhos e pinturas, e havia também um cavalete, armado em um canto perto de uma janela solitária, com desenhos incompletos. Duas bancadas percorriam as extensões das paredes leste e oeste, e essas também estavam cobertas de arte.

Todas as imagens eram dela.

Lá estava ela treinando, empunhando Cortana, brincando com Tavvy, lendo para Dru. Uma em aquarela, era dela dormindo na praia, com a cabeça apoiada na mão. Os detalhes da curva de seu ombro, os grãos individuais de areia grudados em sua pele como açúcar, tinham sido desenhados com tanto carinho que ela quase ficou tonta. Em outra, ela se erguia sobre a cidade de Los Angeles. Estava nua, seu corpo transparente — só dava para ver os contornos; as estrelas da noite brilhavam através dela. Estava com os cabelos soltos, como luz brilhante, iluminando o mundo.

Ela se lembrou do que ele tinha dito a ela quando estavam dançando. *Eu estava pensando em pintá-la. Pintar o seu cabelo. Eu teria que usar branco titânio para acertar a cor, o jeito como ele capta a luz e quase brilha. Mas isso não daria certo, daria? Não é todo de uma cor, o seu cabelo, não é só dourado: é âmbar e acastanhado, caramelo, trigo e mel.*

Ela esticou o braço para tocar o próprio cabelo, que ela nunca pensou ser nada além de louro, e depois ficou olhando para a pintura no cavalete. Estava inacabada, uma imagem de Emma saindo do mar, Cortana presa em seu quadril. Os cabelos dela estavam soltos, como na maioria dos desenhos, e ele o tinha deixado parecer o spray do mar no pôr do sol. Quando os últimos raios de luz do dia deixavam a água dourada. Ela estava linda, feroz, tão terrível quanto uma deusa.

Ela mordeu o lábio.

— Você gosta do meu cabelo solto — declarou.

Julian soltou uma risada curta.

— Isso é tudo que você tem a dizer?

Ela se virou para olhar diretamente para ele. Eles estavam próximos.

— São lindos — elogiou ela. — Por que nunca me mostrou? Nem a ninguém?

Ele exalou, dando um sorriso lento e triste.

— Ems, ninguém poderia olhar para isso e não saber o que eu sinto por você.

Ela colocou a mão na bancada. De repente, parecia importante ter alguma coisa que a mantivesse firme.

— Há quanto tempo tem me desenhado?

Ele suspirou. Um instante mais tarde colocou a mão no cabelo dela. Seus dedos se entrelaçaram nas mechas.

— A vida toda.

— Eu me lembro que você desenhava, mas depois parou.

— Nunca parei. Só aprendi a esconder. — O sorriso desapareceu. — Meu último segredo.

— Duvido — disse Emma.

— Eu só tenho mentido e mentido e mentido — falou Julian lentamente. — Eu me tornei um especialista em contar mentiras. Parei de achar que mentiras poderiam ser destruidoras. Até mesmo más. Até estar naquela praia e dizer para você que eu não sentia aquilo por você.

Ela estava agarrando a bancada com tanta força que sua mão doeu.

— Sentia o quê?

— Você sabe — respondeu, afastando-se dela.

De repente, ela achou que tinha exagerado, forçado demais, mas a necessidade voraz de saber foi mais forte.

— Eu preciso ouvir. Soletre para mim, Julian.

Ele deu um passo para a porta. Pegou a maçaneta — por um instante ela achou que ele fosse sair — e fechou a porta da pequena sala. Trancou, fechando os dois lá dentro. Virou para ela. Seus olhos eram luminosos à pouca luz.

— Eu tentei impedir — disse ele. — Por isso fui para a Inglaterra. Achei que, se ficasse longe de você, talvez parasse de me sentir como estava me sentindo. Mas assim que voltei, no instante em que te vi, soube que não havia feito nenhuma diferença. — Ele olhou ao redor, a expressão era quase resignada. — Por que todos esses quadros com você? Porque sou um artista, Emma. Essas pinturas são o meu coração. E, se meu coração fosse uma tela, cada centímetro dela retrataria você.

O olhar dela parou no dele.

— Você está falando sério — disse ela. — Realmente está.

— Sei que menti para você na praia. Mas juro, pelos nossos votos *parabatai*, que estou dizendo a verdade agora. — Ele falou com clareza, deliberadamente, como se não fosse suportar se alguma palavra do que estava dizendo a ela fosse mal interpretada ou perdida. — Eu amo tudo em você, Emma. Eu amo o jeito como reconheço os seus passos no corredor do lado de fora do meu quarto, mesmo sem saber que você estava vindo. Mais ninguém anda ou respira ou se move como você. Eu amo o jeito como você arfa à noite, logo antes de dormir, como se seus sonhos a surpreendessem. Amo o jeito como quando estamos juntos na praia, nossas sombras se fundem em uma pessoa só. Amo o jeito como você escreve na minha pele com seus dedos, e eu consigo entender melhor do que se fosse qualquer outra pessoa gritando no meu ouvido. Eu não queria amá-la desse jeito. É a pior ideia do mundo amá-la desse jeito. Mas não consigo evitar. Acredite em mim, já tentei.

Foi a dor em sua voz que a convenceu. Era a mesma dor que vinha no compasso do próprio coração há tanto tempo, que ela já não sabia mais por que a sentia. Ela soltou a bancada. Deu um passo em direção a Julian, e depois mais um.

— Você... você está *apaixonado* por mim?

O sorriso dele era ameno e triste.

— Muito.

Um instante mais tarde ela estava nos braços dele, beijando-o. Ela não saberia dizer exatamente como aconteceu, só que parecia inevitável. E que tudo que a voz de Julian tinha de quieta quando ele falava, sua boca na dela tinha de ansiosa, e seu corpo era cheio de desejo e desespero. Ele a segurou, seus lábios traçando o contorno da boca. As mãos de Emma estavam vorazes no cabelo dele; ela sempre adorou seu cabelo e agora que podia tocá-lo livremente, enterrou as mãos nas ondas espessas, enrolando-as nos dedos.

As mãos de Julian deslizaram por trás das coxas dela, e ele a levantou como se ela não pesasse nada. Ela entrelaçou as mãos em volta do pescoço dele, enquanto ele a segurava com um braço. Ela teve consciência dele pegando os papéis na bancada e os jogando para o chão com os tubos de tinta até abrir um espaço onde pudesse colocá-la.

Ela o puxou para perto, mantendo as pernas enroladas na cintura dele. Não havia nada de fechado nele agora, nada de tímido, distante ou reticente enquanto os beijos se tornavam mais profundos, selvagens e quentes.

— Diga que eu não estraguei tudo para sempre. — Julian engasgou entre os beijos. — Eu fui tão babaca na praia... e quando a vi com Mark no seu quarto...

Emma deslizou as mãos pelos ombros dele, largos e fortes sob seu aperto. Ela se sentiu embriagada pelos beijos. Era por isso que pessoas lutavam guerras, ela pensou, e por isso se matavam, e por isso destruíam as próprias vidas: aquela mistura destruidora de desejo e prazer.

— Não estava acontecendo nada...

As mãos dele acariciaram o cabelo dela.

— Sei que é ridículo. Mas quando você tinha uma paixonite por Mark, aos 12 anos, é a primeira vez que me lembro de ter sentido ciúme. Não faz o menor sentido, eu sei disso, mas não conseguimos descartar as coisas que mais tememos. Se você e Mark algum dia... Acho que eu não teria como me recuperar.

Alguma coisa na honestidade crua da voz dele a tocou.

— Todo mundo tem medo de alguma coisa — sussurrou ela, chegando mais para perto, nos braços dele. Emma deslizou os dedos para baixo da bainha da camisa dele. — É parte de ser humano.

Os olhos dele semifecharam. Os dedos passaram pelos cabelos dela; suas mãos a acariciaram levemente nas costas, encontraram sua cintura, puxando-a mais forte para si. A cabeça dela pendeu para trás, quase batendo em um dos armários; os lábios de Julian arderam na clavícula de Emma. A pele estava quente ao toque dela. Emma, de repente, conseguiu entender por que as pessoas comparavam paixão a fogo: parecia que eles estavam acesos em uma fogueira e ardiam como as colinas secas de Malibu; prestes a se tornar cinzas que se misturariam para sempre.

— Diga que me ama, Emma — pediu Julian na garganta dela. — Mesmo que não seja verdade.

Ela engasgou; como ele podia achar, como ele podia não perceber...?

Ouviu-se o ruído de passos no estúdio.

— Julian? — A voz de Livvy ecoou pela porta. — Ei, Jules, onde você está?

Emma e Julian se desgrudaram um do outro em pânico. Ambos estavam desalinhados, cabelos bagunçados, lábios inchados de beijos. E Emma não conseguia imaginar como explicariam por que estavam trancados na sala particular de Julian.

— Juuules! — Livvy gritava agora, com bom humor. — Estamos na biblioteca, Ty mandou buscá-lo... — Livvy pausou, provavelmente olhando ao redor da sala. — Sério, Julian, onde você está?

A maçaneta da porta girou.

Julian congelou. A maçaneta girou outra vez, a porta balançando contra a tranca.

Emma ficou tensa.

Ouviu-se o som de um suspiro. A maçaneta parou de girar. Passos se afastaram deles; e então a porta do estúdio fechou.

Emma olhou para Julian. Ela se sentia como se o sangue tivesse congelado e descongelado subitamente; corria pelas veias como uma torrente.

— Tudo bem. — Suspirou.

Julian a pegou e a abraçou furiosamente, as mãos cheias de unhas roídas enterrando em seus ombros. Ele a agarrou com tanta força que ela mal conseguia respirar.

Então ele soltou. E o fez como se estivesse se forçando a isso, como se estivesse morto de fome e estivesse colocando de lado o último bocado de comida. Mas o fez.

— É melhor irmos.

De volta ao seu quarto, Emma tomou banho e trocou de roupa o mais rápido possível. Vestiu uma calça jeans e não conseguiu conter uma careta quando a camiseta desceu pelo pescoço, arranhando os curativos nas costas. Precisaria de novos em breve, e provavelmente de mais um *iratze*.

Ela saiu e descobriu que o corredor já estava ocupado.

— Emma — disse Mark, se afastando da parede. Sua voz parecia cansada. — Julian disse que você estava bem. Eu... eu sinto muito.

— Não é culpa sua, Mark — retrucou ela.

— É — argumentou ele. — Eu confiei em Kieran.

— Você confiou porque o amava.

Ele olhou para ela, surpreso. Parecia fora de prumo, e não só por causa de seus olhos: foi como se alguém tivesse alcançado dentro dele e sacudido toda a raiz de suas crenças. Ela ainda conseguia ouvi-lo gritando quando Iarlath chicoteou; primeiro, Julian, depois, ela.

— Ficou tão claro assim?

— Você olhou para ele como... — *Como eu olho para Julian.* — Como se olha para alguém que se ama — disse ela. — Sinto muito não ter percebido antes. Achei que você... — *Gostasse de Cristina, talvez? Kieran certamente parecia com ciúmes dela.* — Gostasse de meninas — concluiu. — Tenho que aprender a não fazer suposições.

— Eu gosto — admitiu ele, confuso. — De garotas.

— Ah! — exclamou ela. — Você é bissexual?

— Até onde eu sei, era assim que vocês chamavam — explicou ele com um breve olhar de divertimento. — Não existem termos para essas coisas no Reino das Fadas, então...

Ela fez uma careta.

— Desculpe duplamente pelas suposições.

— Tudo bem. Você está certa em relação a Kieran. Ele foi tudo que eu tive por um bom tempo.

— Se faz alguma diferença, ele o ama — disse Emma. — Deu para ver no rosto dele. Acho que ele não esperava que nenhum de nós fosse se machucar. Acho que ele pensou que ia levá-lo de volta para o Reino das Fadas, onde poderiam ficar juntos. Ele nunca imaginou...

Mas, com isso, veio a lembrança do chicote descendo não só nas suas costas, mas em Julian, e a garganta de Emma fechou.

— Emma — falou Mark. — No dia em que fui levado pela Caçada... a última coisa que falei para Julian, foi que ele deveria ficar com você. Eu pensava em você, mesmo quando estava longe, como uma menina delicada, uma garotinha de tranças louras. Eu sabia que, se alguma coisa lhe acontecesse, mesmo naquela época, Julian ficaria arrasado.

Emma sentiu o próprio coração parar, mas, se Mark quis dizer qualquer coisa fora do comum com o "arrasado", não ficou claro.

— Hoje você o protegeu — disse Mark. — Você levou as chicotadas que deveriam ser dele. Não foi fácil ver o que fizeram com você. Queria que tivesse sido eu. Queria mil vezes. Mas sei por que meu irmão queria me proteger. E sou grato por você protegê-lo também.

Emma respirou apesar do aperto na garganta.

— Precisei fazer isso.

— Sempre estarei em débito com você — falou Mark, e sua voz foi a voz de um príncipe do Reino das Fadas, cujas promessas eram mais do que promessas. — Qualquer coisa que quiser, eu lhe darei.

— É uma promessa e tanto. Você não precisa...

— Eu quero — declarou ele de um jeito definitivo.

Após um instante Emma fez que sim com a cabeça e a estranheza se quebrou. Mark a fada voltou a ser Mark Blackthorn, contando a ela sobre o progresso da investigação enquanto desciam a fim de se juntar aos outros. Para impedir que tio Arthur descobrisse o que tinha se passado com Emma e o comitê de fadas, Julian tinha providenciado para que ele se encontrasse com Anselm Nightshade na pizzaria em Cross Creek Road. Nightshade havia mandado um carro para Arthur mais cedo, prometendo que ambos voltariam quando a noite caísse.

O restante da família estava na biblioteca. Tinham devorado pilhas de livros em busca de informações sobre a Dama da Meia-Noite.

— Eles descobriram alguma coisa? — perguntou ela.

— Não tenho certeza, eu estava indo para a biblioteca quando o Sr. Lindo e Sexy apareceu e disse que tinha informações.

— Uau. — Emma levantou a mão. — Sr. Lindo e Sexy?

— Diego Perfeito — resmungou Mark.

— Tudo bem, sei que você não voltou do Reino das Fadas há muito tempo, mas no mundo humano, Sr. Lindo e Sexy não é um insulto muito eficiente.

Mark não teve oportunidade de responder; tinham chegado à biblioteca. Assim que entraram, Emma quase foi derrubada por uma figura acelerada com um abraço determinado: era Livvy, que imediatamente começou a chorar.

— Aaaai — disse Emma, olhando em volta. Todo o recinto parecia coberto por pilhas de papel, montes de livros. — Liv, cuidado com os curativos.

— Não posso acreditar que tenha deixado as fadas darem chicotadas em você; ah, eu odeio todas elas, odeio as Cortes, vou matar todos eles...

— "Deixar" talvez não seja a palavra — cortou Emma. — Enfim, eu estou bem. Está tudo bem. Nem doeu tanto assim.

— Ah, mentirosa! — disse Cristina, surgindo de trás de uma pilha de livros, com Diego ao seu lado. *Interessante*, Emma pensou. — Foi muito heroico o que você fez, mas também muito tolo.

Diego olhou para Emma com sérios olhos castanhos.

— Se eu soubesse o que estava para acontecer, teria ficado e me oferecido para as chibatadas. Sou mais musculoso e maior do que você, e provavelmente as teria recebido melhor.

— Eu as recebi bem — disse Emma, irritada. — Mas agradeço o lembrete de que você é enorme. Do contrário, eu poderia ter esquecido.

— Argh! Pare com isso! — Cristina se dissolveu em uma tempestade de espanhol.

Emma levantou as mãos.

— Cristina, *devagar*.

— Ajudaria? — perguntou Diego. — Você fala espanhol?

— Não muito — disse Emma.

Ele esboçou um sorriso.

— Ah, bem, nesse caso, ela está nos elogiando.

— Eu *sei* que não foram elogios — disse Emma, mas então a porta se abriu e era Julian, e, de repente, todo mundo se ocupou ajudando a carregar livros e alinhá-los sobre a mesa, separando os papéis.

Ty estava na cabeceira como se estivesse conduzindo uma reunião de conselho. Ele não sorriu para Emma, exatamente, mas lançou-lhe um olhar de lado que ela sabia que significava afeto, e depois voltou o olhar mais uma vez para o que estava fazendo.

Emma não encarou Julian, pelo menos, não mais do que uma olhada. Não se achava capaz. No entanto, ela estava ciente da presença dele quando atravessou a sala até a mesa comprida. Ele foi para o lado esquerdo de Ty, olhando para suas anotações.

— Onde estão Tavvy e Dru? — perguntou ela, pegando o primeiro livro de uma pilha.

— Tavvy estava inquieto. Dru o levou para a praia — disse Livvy. — Ty acha que ele pode ter descoberto alguma coisa.

— Quem ela era — revelou Ty. — Nossa Dama da Meia-Noite. O livro de Tavvy me lembrou uma história que li em um dos livros sobre a história Blackthorn...

— Mas já olhamos todos os livros de história Blackthorn — disse Julian.

Ty lançou a ele um olhar superior.

— Vimos tudo de cem anos para cá — argumentou. — Mas o livro de Tavvy dizia que a Dama da Meia-Noite estava apaixonada por alguém que era proibida de amar.

— Então, pensamos: o que é um amor proibido? — perguntou Livvy ansiosamente. — Quer dizer, entre parentes, eca, e pessoas que são muito mais novas ou mais velhas entre si, o que também é nojento, e pessoas que são inimigas declaradas, o que não é nojento, mas um pouco triste...

— Pessoas que gostam de *Star Wars* e pessoas que gostam de *Star Trek* — disse Emma. — Etc. Aonde quer chegar com isso, Livs?

— Ou *parabatai*, como Silas Pangborn e Eloisa Ravenscar — prosseguiu Livvy, e Emma instantaneamente se arrependeu de ter feito uma piada. Se sentiu muito consciente de onde Julian estava, do quanto estava próximo dela, do quanto ele ficou tenso. — Mas isso não parece provável. Então pensamos... Era totalmente proibido se apaixonar por habitantes do Submundo antes dos Acordos. Teria sido um verdadeiro escândalo.

— Então fomos atrás das histórias mais antigas — disse Ty. — E encontramos algo. Tinha uma família Blackthorn com uma filha que se apaixonou por um feiticeiro. Eles iam fugir juntos, mas a família dela os pegou. A garota foi então mandada embora para se tornar uma Irmã de Ferro.

— "Os pais a prenderam em um castelo de ferro." — Mark tinha pegado o livro de Tavvy. — É isso que significa.

— Você fala a língua dos contos de fada — disse Diego. — Não é surpreendente, suponho.

— E então ela morreu — disse Emma. — Como se chamava?

— Annabel — falou Livvy. — Annabel Blackthorn.

Julian suspirou.

— Onde isso tudo aconteceu?

— Na Inglaterra — respondeu Ty. — Há duzentos anos. Antes de "Annabel Lee" ser escrito.

— Eu também encontrei uma coisa — disse Diego. Do bolso interno do casaco, ele retirou um galho cheio de folhas. Colocou-o sobre a mesa. — Não encostem — pediu ele, quando Livvy esticou o braço. Ela recolheu a mão. — É beladona. Erva mortal. Só é fatal se for ingerida ou absorvida pela corrente sanguínea, mas mesmo assim.

— Da convergência? — perguntou Mark. — Eu a notei lá.

— Sim — respondeu Diego. — É mais mortal do que uma beladona comum. Desconfio que tenha sido isso que manchou as flechas que comprei no Mercado das Sombras. — Ele franziu o rosto. — O mais estranho é que normalmente só cresce na Cornualha.

— A menina que se apaixonou pelo feiticeiro — falou Ty. — Foi na Cornualha.

No mesmo instante, tudo no recinto pareceu muito claro, brilhante e duro, como se entrasse em foco.

— Diego — chamou Emma —, de quem você comprou as flechas? No Mercado?

Diego franziu o rosto.

— De um humano com a Visão. Acho que o nome dele era Rook...

— Johnny Rook — disse Julian. Seus olhos, encontrando os de Emma, escureceram com uma súbita constatação. — Você acha...

Ela estendeu a mão.

— Me dê seu telefone.

Ela estava ciente dos olhares curiosos ao pegar o telefone de Julian e fazer a ligação enquanto cruzava a sala. O telefone tocou diversas vezes antes de atenderem.

— Alô?

— Rook — falou ela. — É Emma Carstairs.

— Eu disse para não me ligar. — A voz dele estava fria. — Depois do que seu amigo fez com meu filho...

— Se não falar comigo agora, a próxima visita que receberá será dos Irmãos do Silêncio. — Ela se irritou. Tinha raiva na voz, apesar de pouca ser destinada a ele. A raiva crescia nela como uma maré; raiva e a sensação de traição. — Sabe, sei que você vendeu algumas flechas ao meu amigo. Estavam envenenadas. Com um veneno ao qual só o Guardião dos Seguidores teria acesso. — Ela agora estava chutando, mas, pelo silêncio do outro lado da linha, concluiu que seu tiro no escuro não passara muito longe do alvo. — Você disse que não sabia quem ele era. Você mentiu.

— Não menti — refutou Rook após uma pausa. — Não sei quem ele é.

— Então como sabe que é homem?

— Veja, ele sempre apareceu de túnica, com luvas e capuz, entendeu? Completamente coberto. Ele me pediu para destilar aquelas folhas, fazer um composto que ele pudesse usar. Eu fiz.

— Para poder envenenar as flechas?

Ela pôde ouvir o sorriso na voz de Rook.

— Sobrou um pouco, e eu pensei em me divertir. Centuriões não são muito populares no Mercado das Sombras, e beladona é ilegal.

Emma queria gritar com ele, queria gritar que uma das flechas que ele envenenou por diversão quase matou Julian. Ela se conteve.

— O que mais você fez pelo Guardião?

— Não tenho que lhe contar nada, Carstairs. Você não tem nenhuma prova de que conheço o Guardião tão bem assim...

— Sério? Então como você sabia que aquele corpo ia ser desovado no Sepulcro? — Rook ficou em silêncio. — Sabe como são as prisões na Cidade do Silêncio? Quer mesmo conhecê-las pessoalmente?

— Não...

— Então me diga o que mais fez por ele. O Guardião. Você usou necromancia?

— Não! Nada disso. — Agora Rook pareceu um pouco apavorado. — Eu fiz coisas pelos Seguidores. Fiz amuletos da sorte, me certifiquei de que ganhassem dinheiro inesperadamente, acesso às festas, pré-estreias, pessoas se apaixonando por eles. Fechassem negócios. Nada de mais. Só o bastante para mantê-los felizes e acreditando que valia a pena ficar no oculto. Acreditando que o Guardião estava cuidando deles e eles iam conseguir tudo que queriam.

— E o que ele fazia para você em troca?

— Dinheiro — respondeu Rook secamente. — Proteção. Ele protegeu minha casa contra demônios. Ele tem poderes mágicos, aquele sujeito.

— Você trabalhou para um cara que sacrificou pessoas — observou Emma.

— Era um culto. — Rook praticamente rosnava. — Sempre existiram, sempre vão existir. As pessoas querem dinheiro e poder, e farão qualquer coisa para conseguir. Não é culpa minha.

— Sim, as pessoas, de fato, fazem qualquer coisa por dinheiro. Você é prova disso. — Emma tentou controlar a irritação, mas seu coração batia acelerado. — Conte qualquer coisa sobre esse cara. Você deve ter notado a voz, o jeito de andar, qualquer coisa estranha nele...

— Tudo é estranho em um sujeito que chega todo coberto de tecido. Não consegui nem ver os sapatos, entendeu? Ele não parecia estar totalmente presente. Foi ele que me contou sobre o Sepulcro. Tagarelou um monte de coisas sem sentido, uma vez disse que veio para Los Angeles a fim de trazer de volta o amor...

Emma desligou. Ela olhou para os outros com o coração acelerando no peito.

— É Malcolm — disse ela, com a voz soando distante e baixa aos próprios ouvidos. — Malcolm é o Guardião.

Todos olharam para ela com expressões atônitas, em silêncio.

— Malcolm é nosso amigo — lembrou Ty. — Isso não... Ele não faria isso.

— Ty está certo — disse Livvy. — Só porque Annabel Blackthorn se apaixonou por um feiticeiro...

— Ela se apaixonou por um feiticeiro. Na Cornualha. Magnus disse que Malcolm morava na Cornualha. Tem uma planta da Cornualha crescendo em torno da convergência. Malcolm tem nos ajudado com a investigação, mas não tem, na verdade. Ele não traduziu uma palavra do que entregamos a ele. Ele nos disse que era um feitiço de invocação; não é, é um feitiço necromântico. — Ela começou a andar de um lado para o outro. — Ele tem aquele anel com a pedra vermelha, e os brincos que encontrei na convergência eram de rubi... Tudo bem, não é exatamente uma prova conclusiva, mas ele teria que ter roupas para ela, certo? Para Annabel? Ela não poderia andar por aí com a mortalha quando ele a trouxesse de volta. Faz mais sentido que um necromante tenha roupas para a pessoa que ele está tentando ressuscitar dos mortos do que para ele mesmo. — Ela se virou e viu que os outros a estavam encarando. — Malcolm só se mudou para Los Angeles cerca de cinco meses antes do ataque ao Instituto. Ele diz que estava fora quando aconteceu, mas... e se não estivesse? Ele era o Alto Feiticeiro. Poderia facilmente ter descoberto onde meus pais estavam naquele dia. Ele poderia tê-los matado. — Ela olhou para os outros. As expressões variavam entre o choque e a incredulidade.

— Eu simplesmente não acho que Malcolm faria isso — comentou Livvy com a voz fraca.

— Rook disse que o Guardião com quem ele se encontrou escondeu a identidade — falou Emma. — Mas ele também mencionou que o Guardião falou a ele que tinha vindo para Los Angeles para trazer de volta o amor. Vocês se lembram do que Malcolm disse quando estávamos vendo o filme? "Eu vim aqui para trazer o verdadeiro amor de volta dos mortos." — Ela agarrou o telefone com tanta força que doeu. — E se ele estivesse falando sério? Literalmente? Ele veio aqui para trazer o seu verdadeiro amor de volta dos mortos. Annabel.

Fez-se um longo silêncio. Foi Cristina, para a surpresa de Emma, que finalmente o rompeu.

— Não conheço bem Malcolm, nem o amo como vocês — disse ela com sua voz suave. — Então me perdoem se o que digo magoá-los. Mas acho que Emma tem razão. Uma dessas coisas pode ser coincidência. Mas todas não. Annabel Blackthorn se apaixonou por um feiticeiro na Cornualha. Malcolm era um feiticeiro na Cornualha. Só isso já basta para levantar suspeitas suficientes para serem investigadas. — Ela olhou em volta com olhos escuros ansiosos. — Desculpe. Mas é que o próximo passo para o Guardião é *sangue Blackthorn*. Por isso não podemos esperar.

— Não se desculpe, Cristina. Você tem razão — disse Julian. Ele olhou para Emma, e ela pôde ver as palavras não ditas atrás dos olhos dele: *foi assim que Belinda soube de Arthur.*

— Precisamos encontrá-lo — disse Diego, a voz clara e prática rompendo o silêncio. — Precisamos partir imediatamente...

A porta da biblioteca abriu violentamente, e Dru entrou correndo. O rosto dela estava rosa, e seus cabelos castanhos ondulados tinham soltado das tranças. Ela quase colidiu contra Diego, mas saltou para trás com um ganido.

— Dru? — Foi Mark quem falou. — Está tudo bem?

Ela fez que sim com a cabeça, correndo para Julian.

— Por que você me chamou?

Julian pareceu confuso.

— Como assim?

— Eu estava na praia com Tavvy — falou a menina, se apoiando contra a beira da mesa para recuperar o fôlego. — Aí ele veio e falou que você precisava falar comigo. Então vim correndo...

— Quê? — Julian ecoou. — Não mandei ninguém atrás de você na praia, Dru.

— Mas ele disse... — Dru, de repente, pareceu alarmada. — Ele disse que você precisava de mim imediatamente.

Julian se levantou.

— Onde está Tavvy?

O lábio dela começou a tremer.

— Mas ele falou... ele disse que se eu corresse para casa, ele trazia Tavvy andando. Ele deu um brinquedo para ele. Ele já cuidou de Tavvy antes, não estou entendendo, o que houve...?

— Dru — falou Julian com a voz cautelosa e controlada. — Quem é "ele"? Quem está com Tavvy?

Dru engoliu em seco, o rosto redondo completamente assustado.

— Malcolm — disse ela. — Malcolm está com ele.

24

Pelo Nome de Annabel Lee

— Não estou entendendo — disse Dru outra vez. — O que está acontecendo?

Livvy puxou Dru para si e abraçou a irmã mais nova. Eram mais ou menos da mesma altura — não dava para saber que Livvy era mais velha, a não ser quem conhecia —, mas Dru continuou abraçando, agradecida.

Diego e Cristina ficaram em silêncio. Ty, na cadeira, tinha pegado um dos brinquedos do bolso e praticamente o atacava com mãos trêmulas, embaralhando e desembaralhando. A cabeça estava abaixada, o cabelo, caindo no rosto.

Julian... Julian parecia que seu mundo tinha caído.

— Mas por quê? — sussurrou Dru. — Por que Malcolm ficou com Tavvy? E por que vocês todos estão tão chateados?

— Dru, Malcolm é a pessoa por quem estamos procurando. — Foi Emma que falou, a voz engasgada. — Ele é o Guardião. É o assassino. E levou Tavvy...

— Para ter sangue Blackthorn — disse Julian. — O último sacrifício. Sangue Blackthorn para trazer de volta um Blackthorn.

Dru caiu no ombro da irmã, chorando. Mark estava tremendo; Cristina, de repente, se afastou de Diego e foi até ele. Ela pegou a mão dele e segurou. Emma agarrou a beira da mesa. Ela não estava mais sentindo a dor nas costas. Não estava mais sentindo nada.

Tudo que conseguia ver era Tavvy, o pequeno Tavvy, o menor dos Blackthorn. Tavvy tendo pesadelos, Tavvy em seus braços enquanto ela o carregava pelo Instituto destruído pela guerra há cinco anos. Tavvy coberto com as tintas de Jules no estúdio. Tavvy, o único deles com pele que não suportava nenhum símbolo de proteção. Tavvy, que não entenderia o que estava acontecendo com ele mesmo, nem por quê.

— Espere — falou Dru. — Malcolm me deu um bilhete. Ele disse para entregar a você, Jules. — Ela se afastou de Livvy e remexeu no bolso, retirando um papel dobrado. — Ele me pediu para não ler, que era privado.

Livvy, que tinha ido para perto de Ty, emitiu um ruído enojado. O rosto de Julian estava pálido, os olhos ardendo.

— *Privado*? Ele quer que a *privacidade* dele seja respeitado? — Julian pegou o papel da mão de Dru e quase o rasgou. Emma viu um grande bloco de letras impressas no papel. A expressão de Julian passou a exibir confusão.

— O que está escrito, Jules? — perguntou Mark.

Julian leu as palavras em voz alta.

— *VOU RESSUSCITÁ-LA, ANNABEL LEE.*

A sala explodiu.

Um raio preto explodiu da carta na mão de Julian. Voou para o telhado, atravessando a claraboia com a força de uma bola de demolição.

Emma cobriu a cabeça quando gesso e pedacinhos de vidro choveram sobre eles. Ty, que estava diretamente abaixo do buraco no teto, se jogou para cima da irmã, derrubando-a no chão e cobrindo-a com seu próprio corpo. A sala pareceu balançar de um lado para o outro; uma estante cambaleou e caiu na direção de Diego. Afastando-se de Mark, Cristina empurrou o móvel para longe; este caiu para o lado, errando Diego por poucos centímetros. Dru gritou, e Julian a puxou para si, abraçando-a.

A luz preta estava brilhando acima. Com a mão livre, Julian jogou o bilhete no chão e pisou em cima.

Instantaneamente ele virou pó. A luz preta desapareceu como se tivesse sido desligada.

Fez-se silêncio. Livvy saiu de baixo do irmão gêmeo e se levantou, esticando o braço para ajudá-lo em seguida. Livvy parecia meio surpresa, meio preocupada.

— Ty, você não precisava fazer isso.

— Você queria ter alguém que a protegesse contra os perigos. Foi o que disse.

— Eu sei — falou Livvy. — Mas...

Ty se levantou... e gritou. Um caco de vidro estava espetado na sua panturrilha. Sangue já tinha começado a ensopar o tecido em torno do corte.

Ty se abaixou e, antes que qualquer pessoa pudesse se mover, puxou o vidro da perna. Ele o jogou no chão, onde estilhaçou em pedaços claros, manchados de vermelho.

— Ty! — Julian começou a avançar, mas Ty balançou a cabeça. Ele estava se sentando em uma cadeira, o rosto contorcido de dor. O sangue tinha começado a formar uma piscina em volta do seu tênis.

— Deixe que Livvy faça isso — falou. — Seria melhor...

Livvy já estava pulando em cima do irmão gêmeo e fazendo um *iratze*. Um pedaço de vidro tinha cortado sua bochecha esquerda, e sangue era visível contra a pele pálida. Ela o limpou com a manga ao terminar o símbolo de cura.

— Deixe-me ver o corte — disse Julian, ajoelhando.

Lentamente, Livvy dobrou a calça de Ty. O corte era na panturrilha, em carne viva e vermelho, mas não estava mais aberto; parecia um rasgo que já tinha sido costurado. Mesmo assim, do corte para baixo a perna estava manchada de sangue.

— Outro *iratze* deve resolver — disse Diego. — E um símbolo de reposição de sangue.

Julian cerrou os dentes. Ele nunca parecera incomodado com Diego do jeito que Mark ficava, mas Emma percebeu naquele instante que ele mal estava se segurando.

— Sim — disse ele. — Nós sabemos. Obrigado, Diego.

Ty olhou para o irmão.

— Não sei o que aconteceu. — Ele parecia espantado. — Eu não estava esperando... devia ter esperado.

— Ty, ninguém podia ter esperado aquilo — falou Emma. — Quero dizer, Julian disse umas palavras, e *boom*, luz do Inferno.

— Mais alguém se machucou? — Julian tinha cortado eficientemente a calça de Ty, e Livvy, com o rosto da cor de jornal velho, estava aplicando símbolos de cura e de reposição de sangue no irmão gêmeo. Julian olhou em volta, e Emma pôde vê-lo fazendo um inventário mental de sua família: *Mark, tudo bem, Livvy, tudo bem, Dru, tudo bem*... Ela viu o momento em que ele olhou para onde Tavvy deveria estar e empalideceu. A mandíbula enrijeceu.

— Malcolm deve ter enfeitiçado o papel para liberar aquele sinal assim que fosse lido.

— É um sinal — disse Mark. A expressão no rosto dele era de perturbação. — Eu já senti isso antes, na Corte Unseelie, quando feitiços negros eram preparados. Foi magia negra.

— Temos que ir direto para a Clave. — O rosto de Julian estava exangue. — Sigilo não importa, punições não importam, não quando a vida de Tavvy corre risco. Eu assumo toda a culpa.

— Você não vai assumir nenhuma culpa — disse Mark — que eu não assuma também.

Julian não respondeu, apenas estendeu a mão.

— Emma, meu telefone.

Ela tinha se esquecido de que ainda estava com ele. Retirou o telefone lentamente do bolso... e piscou os olhos.

A tela estava apagada.

— Seu telefone. Está sem bateria.

— Estranho — disse Julian. — Eu recarreguei hoje de manhã.

— Pode usar o meu — ofereceu Cristina, e alcançou o próprio bolso. — Aqui... — Ela piscou. — Também está sem bateria.

Ty saltou da cadeira. Deu um passo à frente e franziu o rosto, mas só de leve.

— Nós vamos checar o computador e a linha fixa.

Ele e Livvy correram da biblioteca. A sala parecia quieta agora, exceto pelo ruído de escombros se assentando. O chão estava coberto de vidro quebrado e pedaços de madeira estilhaçada. Parecia que a luz preta tinha explodido o óculo no topo do recinto.

Drusilla engasgou.

— Vejam... tem alguém na claraboia.

Emma levantou o olhar. O óculo tinha se tornado um anel de cacos de vidro, aberto ao céu noturno. Ela viu o lampejo de um rosto pálido no círculo.

Mark a ultrapassou e correu pela rampa em curva. Ele se lançou no óculo (onde se via o borrão de algo se movendo) e voltou a cair sobre a rampa, a mão agarrando o colarinho de uma figura esguia com cabelos escuros. Mark estava gritando: havia vidro quebrado em volta deles enquanto lutavam. Rolaram juntos pela rampa, batendo um no outro até acabarem no chão da biblioteca.

A figura de cabelos escuros era um rapaz esguio, com roupas rasgadas e ensanguentadas; ele ficara flácido. Mark se ajoelhou sobre ele, e, enquanto alcançava uma adaga que brilhou dourada, Emma percebeu que o intruso era Kieran.

Mark colocou a faca contra a garganta de Kieran, que ficou rijo.

— Eu deveria matá-lo aqui mesmo — falou Mark entre dentes. — Eu deveria cortar sua garganta.

Dru emitiu um ruído baixinho. Para surpresa de Emma, foi Diego que estendeu o braço e colocou uma das mãos de forma reconfortante no ombro dela. Uma pequena onda de apreciação por ele a varreu.

Kieran exibiu os dentes — e depois a garganta, inclinando a cabeça para trás.

— Vá em frente — disse ele. — Me mate.

— Por que está aqui? — Mark perdeu o fôlego. Julian deu um passo para eles, com a mão no quadril, sobre o cabo de uma faca de arremesso. Emma sabia que ele podia atacar Kieran àquela distância. E o faria se Mark parecesse em perigo.

Mark segurava a faca; a mão estava firme, mas o rosto, angustiado.

— Por que está aqui? — perguntou outra vez. — Por que viria a esse lugar, onde sabe que é odiado? Por que ia querer *me fazer matá-lo*?

— Mark — disse Kieran. Ele esticou o braço, fechou a mão na manga de Mark. Seu rosto estava cheio de saudade; o cabelo que caiu sobre sua testa parecia manchado de azul-escuro. — Mark, *por favor*.

Mark balançou o braço para soltá-lo da mão de Kieran.

— Eu poderia perdoar se as chicotadas tivessem sido em mim — falou ele.

— Mas você tocou os que eu amo; isso eu não posso perdoar. Você deveria sangrar como Emma sangrou.

— Não... Mark... — Emma estava alarmada, não por Kieran, parte dela teria gostado de vê-lo sangrar, mas por Mark. Pelo que machucar, ou até mesmo matar Kieran, faria com ele.

— Eu vim para ajudar — disse Kieran.

Mark soltou uma gargalhada.

— Sua *ajuda* não é bem-vinda aqui.

— Eu sei sobre Malcolm Fade. — Kieran engasgou. — Sei que ele levou seu irmão.

Julian emitiu um ruído gutural. A mão de Mark, na faca, embranqueceu.

— Solte-o, Mark — ordenou Emma. — Se ele sabe alguma coisa sobre Tavvy... temos que descobrir o que é. Solte-o.

Mark hesitou.

— Mark — pediu Cristina suavemente, e, com um gesto violento, Mark soltou Kieran e se levantou, recuando até estar quase ao lado de Julian, cuja mão parecia agarrar a faca com muita uma força agonizante.

Lenta, dolorosamente, Kieran se levantou e encarou a sala.

Ele estava longe de parecer o príncipe elegante que Emma viu no Santuário. Sua camisa e a calça larga estavam sujas de sangue e rasgadas, o rosto, ferido. Ele não se acovardou nem se assustou, mas isso parecia menos um ato de bravura do que de desespero: tudo nele, da aparência à postura e ao jeito como olhava para Mark, dizia que ele era uma pessoa que não se importava com o que lhe aconteceria.

A porta da biblioteca se abriu subitamente, e Ty e Livvy entraram.

— Está tudo desligado! — exclamou Livvy. — Todos os telefones, o computador, até os rádios...

Ela se interrompeu, observando, ao assimilar a cena diante de seus olhos: Kieran encarando os outros ocupantes da sala.

Ele fez uma pequena reverência.

— Sou Kieran da Caçada Selvagem.

— Do comitê das fadas? — Livvy olhou de Mark para Julian. — Um dos que bateram em Emma?

Julian fez que sim com a cabeça.

Ty olhou para Mark, depois para os outros. Seu rosto estava pálido e frio.

— Por que ele ainda está vivo?

— Ele sabe sobre Tavvy — respondeu Drusilla. — Julian, faça com que ele nos conte...

Julian arremessou a adaga, que voou sobre a cabeça de Kieran, próxima o bastante para raspar o cabelo, e enterrou-se na moldura da janela atrás dele.

— Vai nos contar agora — falou Julian com uma voz mortalmente calma — tudo que sabe sobre a localização de Octavian, o que está acontecendo e como podemos recuperá-lo. Ou vou derramar seu sangue no chão dessa biblioteca. Já derramei sangue de fadas antes. Não pense que não o farei outra vez.

Kieran não abaixou os olhos.

— Não precisa me ameaçar — garantiu o príncipe fada —, mas, se o agrada, faça isso; não faz a menor diferença para mim. Eu vim para contar o que sei. É para isso que estou aqui. A luz preta que acabaram de ver é magia de fada. O objetivo era derrubar todas as comunicações, para que não pudessem pedir ajuda da Clave ou do Conclave. Para que não pudessem buscar ajuda ou salvar seu irmão.

— Precisamos tentar achar um orelhão — falou Livvy, incerta — ou um telefone de restaurante, na estrada...

— Vão descobrir que todas as linhas telefônicas foram derrubadas por vários quilômetros — disse Kieran. Havia urgência em sua voz. — Eu imploro que não percam tempo. Fade já levou o seu irmão para a convergência da Linha Ley. É o local onde ele faz os sacrifícios. O local onde pretende matá-lo. Se quiserem resgatar o menino, precisam se armar e ir agora.

Julian abriu a porta da sala de armas com força.

— Pessoal, armem-se, todos vocês. Se não estiverem de uniforme de combate, vistam-se. Diego, Cristina, há uniformes pendurados na parede leste. Peguem, vai ser mais rápido do que passarem no quarto. Usem as armas que

quiserem. Kieran, fique bem ali. — Ele apontou para a mesa no meio da sala.
— Onde posso vê-lo. Não se mexa ou a próxima lâmina não vai errar o alvo.

Kieran o encarou. Um pouco do desespero visível pareceu diminuir, e deu para ver arrogância em sua rápida olhada.

— Eu acredito — falou, e foi para a mesa onde todos estavam se armando e vestindo uniforme sobre as roupas. Não era uniforme de patrulha, que era mais leve, mas o uniforme escuro e pesado que vestiam quando iam para a luta.

Quando *sabiam* que iam para a luta.

Houve discussão sobre se iriam todos para a convergência ou se, pelo menos, Dru deveria ficar no Instituto. Dru protestou violentamente, e Julian não discutiu — o Instituto não parecia seguro no momento, com a claraboia quebrada. Kieran tinha entrado, e quem sabe quem mais poderia entrar? Ele queria a família onde pudesse vê-la. E não havia muito que pudesse dizer a Dru sobre sua idade: ele e Emma lutaram e mataram durante a Guerra Maligna, e eram então mais novos do que ela.

Ele tinha puxado Ty para o lado, separadamente, e dito a ele que, se ele quisesse ficar para trás por estar ferido, não havia vergonha nisso. Ele podia se trancar no carro enquanto eles entravam na convergência.

— Você acha que não tenho nenhuma contribuição a oferecer na batalha? — perguntou o irmão.

— Não — disse Julian, e era verdade. — Mas você está machucado e eu...

— É uma luta. Todo mundo pode se machucar. — Ty olhou diretamente nos olhos de Julian. Dava para saber que o menino estava fazendo isso por ele, porque se lembrava de que Julian tinha lhe dito que as pessoas frequentemente olhavam nos olhos das outras quando queriam demonstrar que falavam a verdade. — Eu quero ir. Quero estar lá para ajudar Tavvy, e quero que você deixe. É o que eu quero, e isso deveria importar.

Ty estava na sala de armas com eles agora. Era um espaço cavernoso sem janelas. Cada centímetro das paredes tinha espadas, machados e maças pendurados. Uniformes, cintos e botas encontravam-se empilhados. Havia uma vasilha de cerâmica cheia de estelas e uma mesa coberta com um longo tecido cheio de lâminas serafim.

Julian sentia todos à sua volta, os amigos e a família. Mark estava ao seu lado, tirando os sapatos e calçando botas. Ele sabia que Emma estava na bancada, alinhando lâminas serafim que já tinham sido nomeadas e preparadas, colocando algumas no próprio cinto e distribuindo o resto. Sua consciência dela se moveu como a agulha de uma bússola.

Acima de tudo, no entanto, ele estava ciente de Tavvy, em algum lugar, precisando dele. Sentia um terror frio que ameaçava extrair a determinação de seus ossos e afetar sua concentração. Deixar isso de lado para se concentrar no que estava acontecendo no momento foi uma das coisas mais difíceis que ele já tivera que fazer. Desejou amargamente que as coisas fossem diferentes, que tivessem o auxílio da Clave, que pudessem ter pedido a Magnus um Portal.

Mas não adiantava nada desejar.

— Fale — disparou ele para Kieran, puxando um cinto de armas de uma prateleira. — A luz preta, você disse que era "magia de fada". Estava querendo dizer magia negra?

Agora que Mark não mais olhava diretamente para ele, Kieran parecia entediado e irritado. Ele se apoiou contra a mesa central, com cuidado para não entrar em contato com nenhuma das armas — não, e sua expressão deixava isso claro, por serem afiadas ou assustadoras, mas porque eram armas Nephilim, e portanto repelentes.

— A questão é se vai aparecer no mapa da Clave — disse Ty, colocando luvas protetoras. Ele já estava de uniforme, e o leve contorno do curativo na panturrilha era quase imperceptível sob o tecido espesso. — Como Magnus rastreia o uso de magia negra? Ou isso foi bloqueado como os celulares?

— Foi magia Unseelie, mas não de natureza negra — disse Kieran. — Não vai aparecer no mapa. Eles se certificaram bem disso.

Julian franziu o rosto.

— Quem são *eles*? Aliás, como sabe tanto sobre Malcolm?

— Por causa de Iarlath — revelou Kieran.

Mark virou para olhar para ele.

— Iarlath? O que ele tem a ver com isso?

— Achei que soubesse pelo menos disso — murmurou Kieran. — Iarlath e Malcolm estão juntos nisso desde o ataque ao Instituto, há cinco anos.

— Eles são aliados? — Mark quis saber. — Há quanto tempo você sabe disso?

— Pouco — respondeu Kieran. — Desconfiei quando Iarlath recusou tão enfaticamente a deixá-lo voltar para o Reino das Fadas. Ele queria que você ficasse aqui, tanto que encenou aquela punição com o chicote para que não voltasse conosco. Depois disso, percebi que o plano de deixá-lo no Instituto era mais do que descobrir o assassino que havia tomado vidas de fadas. Era para impedir que qualquer integrante da sua família procurasse a Clave até que fosse tarde demais.

Emma tinha uma lâmina serafim em cada mão e Cortana nas costas; ela parou, com o rosto rijo de choque.

— Iarlath me disse alguma coisa quando estava... quando estava me chicoteando — lembrou ela. — Que Caçadores de Sombras não sabem em quem confiar. Ele estava falando de Malcolm, não estava?

— Provavelmente — respondeu Kieran. — Malcolm é a mão invisível que guiou os Seguidores, e Malcolm matou os seus pais há cinco anos.

— Por quê? — Emma estava imóvel. Julian queria tanto correr para ela que chegava a doer. — *Por que ele matou meus pais?*

— Até onde sei? — falou Kieran, e havia uma pontada de compaixão em sua voz. — Foi uma experiência. Para ver se o feitiço funcionava.

Emma ficou sem fala. Julian perguntou por ela, a pergunta que ela não conseguia fazer.

— Como assim, uma experiência?

— Há anos, Iarlath foi um do Povo das Fadas que se aliou a Sebastian Morgenstern — disse Kieran. — Ele também era amigo de Malcolm. Conforme provavelmente sabem, existem certos livros que feiticeiros são proibidos de ter, mas que podem ser encontrados em algumas bibliotecas de Caçadores de Sombras. Volumes sobre necromancia e afins. Um destes é o Volume Negro dos Mortos.

— O que o poema mencionou — disse Dru. Apesar do rosto ainda estar manchado de lágrimas, ela havia vestido o uniforme e estava trançando o cabelo cuidadosamente para tirá-lo do rosto. Machucou o coração de Julian, vê-la assim. — A qualquer custo encontre o livro preto referido.

— Existem muitos livros pretos — explicou Kieran. — Mas esse era um que Malcolm queria especificamente. Uma vez que o Instituto foi liberado de Caçadores de Sombras e Sebastian partiu, Malcolm aproveitou a oportunidade para roubar o livro da biblioteca. Afinal, em que outro momento o Instituto ficaria sem proteção e com a porta aberta? Ele pegou, achou o feitiço que queria e viu que exigia o sacrifício da vida de um Caçador de Sombras. Foi então que seus pais voltaram para o Instituto, Emma.

— Então ele os matou — concluiu Emma. — Por um feitiço. — Ela soltou uma risada curta e amarga. — Pelo menos funcionou?

— Não — disse Kieran. — O feitiço falhou, então ele deixou os corpos no mar, sabendo que Sebastian seria responsabilizado.

— Iarlath contou tudo isso? — Havia desconfiança no rosto de Mark.

— Eu segui Iarlath até a Corte Unseelie e lá ouvi o que ele disse. — Kieran tentou encontrar o olhar de Mark, que desviou. — O resto eu exigi que me contasse, ameaçando com uma faca. Malcolm tinha que confundi-los e enrolá-los para que não percebessem o que ele estava fazendo; ele usou Johnny Rook para isso, em parte. Ele queria que investissem em uma investigação que não desse resultado. A presença de Mark ia impedi-los de pedir ajuda à Clave ou aos Irmãos do Silêncio, protegendo assim o trabalho de Malcolm com os Seguidores, suas tentativas de despertar seu antigo amor dos mortos.

Quando Malcolm tivesse feito o que precisava, ele pegaria um Blackthorn, pois a morte de um Blackthorn é a última chave para o encanto.

— Mas Iarlath não tem poder para autorizar uma escolha de fadas a fazer algo dessa magnitude — disse Mark. — Ele é apenas um bajulador, não alguém que pode dar ordens a Gwyn. Quem permitiu que isso acontecesse?

Kieran balançou a cabeça negra.

— Eu não sei. Iarlath não disse. Pode ter sido o Rei, meu pai, ou pode ter sido Gwyn...

— Gwyn não faria isso — disse Mark. — Gwyn tem honra, ele não é cruel.

— E Malcolm? — Quis saber Livvy. — Pensei que ele tivesse honra. Pensei que fosse nosso amigo! Ele ama Tavvy, passava horas brincando com ele, trazia brinquedo de presente. Ele não poderia matá-lo. Não poderia.

— Ele é responsável pela morte de mais de doze pessoas, Livvy — disse Julian. — Talvez mais.

— Pessoas são mais do que uma coisa — argumentou Mark, e seus olhos passaram por Kieran ao falar. — Feiticeiros também.

Emma continuava com as lâminas serafim na mão. Julian sentia o que ela sentia, como sempre, como se o próprio coração espelhasse o dela — a onda quente da raiva ultrapassando o senso debilitante de desespero e perda. Mais do que tudo, ele queria consolá-la, mas não confiava em si mesmo para fazer isso na frente dos outros.

Conseguiriam enxergar através dele assim que ele a tocasse, enxergariam seus verdadeiros sentimentos. E ele não podia correr esse risco naquele momento, não quando seu coração estava sendo devorado de medo pelo seu irmão caçula, medo que não podia demonstrar para não desmoralizar os outros irmãos.

— Todo mundo é mais do que uma coisa — disse Kieran. — Somos mais do que as ações individuais que cometemos, sejam elas boas ou ruins. — Os olhos dele brilharam, prata e preto, quando ele olhou para Mark. Mesmo naquela sala cheia de objetos de Caçadores de Sombras, a selvageria da Caça e do Reino das Fadas se prendia a Kieran como o cheiro da chuva ou das folhas. Era a mesma que Julian, às vezes, sentia em Mark, que tinha desbotado desde que ele voltou para eles, mas ainda se apresentava em breves brilhos como um tiro visto de longe. Por um instante, pareciam duas coisas selvagens e incongruentes ao seu redor.

— O poema que foi escrito nos corpos — disse Cristina. — O que mencionava o livro preto. A história dizia que tinha sido dado a Malcolm na Corte Unseelie.

— É como conta a história das fadas também — emendou Kieran. — Primeiro, disseram a Malcolm que seu amor tinha se tornado uma Irmã de Ferro. Mais tarde, ele descobriu que ela havia sido assassinada pela família.

Enterrada viva em um túmulo. Essa informação o fez procurar o Rei da Corte Unseelie e perguntar a ele se havia algum jeito de trazer de volta os mortos. O Rei deu a ele essa rima. Eram instruções; só que ele levou quase um século para aprender como segui-las, e para encontrar o livro preto.

— Por isso a biblioteca foi destruída no ataque — concluiu Emma. — Para que ninguém notasse que o livro tinha sumido se algum dia procurassem por ele. Tantos livros se perderam.

— Mas por que Iarlath disse a Malcolm que os Seguidores poderiam matar fadas tanto quanto humanos? — disse Emma. — Se ele realmente estava em parceria com Malcolm...

— Era algo que Iarlath queria. Ele tem muitos inimigos nas Cortes. Era uma forma eficiente de se livrar de alguns deles; Malcolm fazia seus Seguidores os matarem, e os assassinatos não podiam ser associados a Iarlath. Uma fada matar outra da nobreza, isso é de fato um crime sombrio.

— Onde está o corpo de Annabel? — perguntou Livvy. — Ela não estaria enterrada na Cornualha? Não teria sido enterrada lá... em um "túmulo próximo ao sonoro mar"?

— Convergências são locais fora de espaço e tempo — disse Kieran. — A convergência em si não é aqui, nem na Cornualha, nem em nenhum espaço real. É em um lugar entre lugares, como o próprio Reino das Fadas.

— Provavelmente também pode ser alcançada pela Cornualha; por isso, aquelas plantas crescem na entrada — argumentou Mark.

— E qual é a conexão com o poema "Annabel Lee"? — perguntou Ty. — O nome Annabel, as semelhanças entre as histórias... parece mais do que coincidência.

O príncipe fada de cabelos escuros apenas balançou a cabeça.

— Só sei o que Iarlath me contou, e o que é parte da história fada. Eu sequer conhecia o nome Annabel ou o poema mundano.

Mark se virou para Kieran.

— Onde está Iarlath agora?

Os olhos de Kieran pareceram brilhar quando ele olhou para trás.

— Estamos perdendo tempo aqui. Deveríamos ir para a convergência.

— Ele não está errado. — Diego estava completamente vestido: uniforme, várias espadas, um machado, facas de arremesso no cinto. Usava uma capa preta sobre o uniforme, presa pelo ombro, com o broche dos Centuriões; tinha a estampa de um graveto sem folhas e as palavras *Primi Ordines*. Ele fazia Julian se sentir malvestido. — Temos que ir para a convergência das Linhas Ley e impedir Fade...

Julian olhou em volta, para Emma e Mark, depois para Ty e Livvy, e finalmente para Dru.

— Sei que conhecemos Malcolm há muito tempo. Mas ele é um assassino e um mentiroso. Feiticeiros são imortais, mas não invulneráveis. Quando o virem, enfiem suas lâminas no coração dele.

Fez-se silêncio. Emma o interrompeu.

— Ele matou meus pais — disse ela. — Cabe a mim arrancar seu coração.

Kieran ergueu as sobrancelhas, mas não disse nada.

— Jules. — Foi Mark quem falou e foi para o lado do irmão. Seus cabelos, que Cristina havia cortado, estavam emaranhados; tinha sombra sob os olhos. Mas tinha força na mão que colocou no ombro de Julian. — Pode fazer os símbolos em mim, irmão? Temo que, sem eles, eu fique em desvantagem na batalha.

A mão de Julian foi automaticamente para a estela. Em seguida, ele fez uma pausa.

— Tem certeza?

Mark concordou com a cabeça.

— É hora de deixar os pesadelos de lado. — Ele puxou o colarinho da camisa para o lado e para baixo, exibindo o ombro. — Coragem — falou, nomeando o símbolo. — E Agilidade.

Os outros discutiam a maneira mais rápida de chegar à convergência, mas Julian estava ciente dos olhos de Emma e Kieran enquanto colocava uma das mãos nas costas de Mark e usava a outra para desenhar dois símbolos cautelosos. No primeiro toque da estela, Mark ficou tenso, mas imediatamente relaxou, soltando o ar suavemente.

Quando Julian terminou, ele abaixou as mãos. Mark se ajeitou e se virou para ele. Apesar de não ter derramado lágrimas, seus olhos bicolores brilhavam. Por um instante, não havia ninguém além de Julian e seu irmão no mundo.

— Por quê? — perguntou Julian.

— Por Tavvy — disse Mark, e de repente, em sua boca, na curva da linha determinada do queixo, Julian enxergou a si mesmo. — E — acrescentou Mark — porque sou um Caçador de Sombras. — Ele olhou para Kieran, que os encarava como se a estela tivesse queimado a própria pele. Amor e ódio tinham suas próprias línguas secretas, Julian pensou, e Mark e Kieran estavam se comunicando através dela agora. — Porque sou um Caçador de Sombras — repetiu ele, se esticando e puxando a camisa para baixo, os olhos cheios de um desafio privado. — Porque *eu sou um Caçador de Sombras.*

Kieran se levantou da mesa quase violentamente.

— Eu já contei tudo que sei — falou. — Não há mais segredos.

— Então suponho que já esteja indo — disse Mark. — Obrigado pela ajuda, Kieran. Se for voltar à Caçada, diga a Gwyn que não retornarei. Nunca, não importam as regras que decretem. Juro que eu...

— *Não* jure — disse Kieran. — Você não sabe como as coisas vão mudar.
— Chega. — Mark começou a se virar.
— Eu trouxe meu alazão comigo — disse Kieran. Falava com Mark, mas todos estavam ouvindo. — Um cavalo da Caçada pode voar. As estradas não atrasam nossa locomoção. Vou na frente e atrasarei o que estiver acontecendo na convergência até vocês chegarem.
— Eu vou com ele — falou Mark rispidamente.
Todos olharam surpresos para ele.
— Hum — disse Emma. — Você não pode esfaqueá-lo no caminho, Mark. Podemos precisar dele.
— Por mais agradável que isso me pareça, não era o que eu estava planejando — disse Mark. — Dois guerreiros são melhores do que um.
— Bem pensado — disse Cristina. Ela deslizou seus dois canivetes borboleta no cinto. Emma tinha acabado de guardar suas últimas lâminas serafim.
Julian sentiu o frio familiar da expectativa da batalha subindo em suas veias.
— Vamos.
Ao descerem, Julian foi para o lado de Kieran. Os cabelos de sua nuca se arrepiaram. Kieran representava estranheza, magia selvagem, o abandono assassino da Caçada. Ele não conseguia imaginar o que Mark tinha encontrado nele para amar.
— Seu irmão estava enganado em relação a você — disse Kieran ao descerem os degraus para a entrada do Instituto.
Julian olhou em volta, mas ninguém parecia escutá-los. Emma estava ao lado de Cristina, os gêmeos juntos, e Dru conversava timidamente com Diego.
— O que quer dizer com isso? — perguntou ele com reservas. Ele tinha aprendido muito bem no passado a ser cauteloso com o Povo das Fadas, com suas armadilhas verbais e falsas implicações.
— Ele disse que você era gentil — falou Kieran. — A pessoa mais delicada que ele conhecia. — Ele sorriu, e havia uma beleza fria em seu rosto quando o fazia, como a superfície cristalina do gelo. — Você não é gentil. Tem um coração implacável.
Por vários longos momentos Julian ficou em silêncio, ouvindo apenas os sons dos passos na escada. No último degrau, ele se virou.
— Lembre-se disso — aconselhou e se afastou.

Porque eu sou um Caçador de Sombras.
Mark estava ao lado de Kieran no trecho de grama que levava até a falésia e, depois, ao mar. O Instituto se erguia atrás dele, escuro e sem luz, apesar de dali, pelo menos, o buraco no telhado ser invisível.

Kieran colocou os dedos na boca e assobiou, um som dolorosamente familiar para Mark. A visão do outro ainda era o suficiente para fazê-lo sentir uma pontada no coração, desde a postura, que traduzia seu treinamento desde cedo na Corte, à forma como seu cabelo tinha crescido demais desde que Mark não estava mais presente para cortá-lo, e as mechas azul-escuras caíam em seus olhos e se misturavam aos cílios longos. Mark se lembrava do encantamento que nutria pela curva desses cílios. Ele se lembrava da sensação deles tocando sua pele.

— Por quê? — perguntou Kieran. Ele estava olhando um pouco para longe de Mark, sua postura rígida, como se esperasse ser estapeado. — Por que vir comigo?

— Porque é preciso ficar de olho em você — respondeu Mark. — Já pude confiar em você um dia. Não mais.

— Isso não é verdade — disse Kieran. — Eu o conheço, Mark. Sei quando mente.

Mark se virou para ele. Sempre teve um pouco de medo de Kieran, percebeu: do poder de sua posição, da segurança inabalável sobre si mesmo. Esse medo não estava mais presente, e ele não sabia se era por causa do símbolo de Coragem no ombro ou porque ele não precisava mais desesperadamente de Kieran para viver. Queria, amava — eram questões diferentes. Mas ele poderia sobreviver de qualquer jeito. Ele era um Caçador de Sombras.

— Certo — disse Mark, e ele sabia que deveria ter dito "muito bem", mas essa língua não estava mais nele, não pulsava em seu sangue, a retórica do Reino das Fadas. — Digo porque quis vir com você...

Um clarão branco surgiu. Lança do Vento subiu um pequeno aclive e se aproximou deles, respondendo ao chamado de seu mestre. A égua relinchou quando viu Mark, e afocinhou seu ombro.

Ele afagou o pescoço dela. Cem vezes Lança do Vento o carregou com Kieran na Caçada, cem vezes compartilharam a montaria, cavalgaram juntos, lutaram juntos, e, quando Kieran subiu nas costas do animal, a familiaridade mordeu como anzóis sob a pele de Mark.

Kieran baixou os olhos para ele; era um príncipe, apesar das roupas manchadas de sangue. Seus olhos semicerrados eram duas luas crescentes, prata e preta.

— Então me diga — pediu Kieran.

Mark sentiu o símbolo de Agilidade arder em suas costas ao montar atrás de Kieran. Seus braços o envolveram automaticamente, as mãos repousando onde sempre repousavam, na cintura do príncipe fada. Ele o sentiu respirar fundo.

Ele queria colocar a cabeça no ombro de Kieran. Queria pôr as mãos sobre as dele e entrelaçar os dedos. Queria sentir o que sentia quando vivia com a Caçada, que estava seguro com Kieran, que com Kieran encontrava alguém que nunca o deixaria.

Mas havia coisas piores do que ser deixado.

— Porque eu queria andar com você na Caçada uma última vez — confessou ele, e sentiu a tensão em Kieran. Então o menino fada se inclinou para a frente e Mark o ouviu falar algumas palavras para Lança do Vento na Língua das Fadas.

Quando o cavalo começou a correr, Mark esticou o braço para tocar o ponto onde Julian havia colocado os símbolos. Ele sentiu uma onda de pânico quando a estela tocou sua pele, e em seguida uma calma que fluiu por ele, surpreendendo-o.

Talvez os símbolos do Céu pertencessem à sua pele. Talvez ele tivesse nascido para usá-los, afinal.

Ele se segurou firme em Kieran quando Lança do Vento levantou para o céu, cascos cortando o ar, e o Instituto girou abaixo deles.

Quando Emma e os outros chegaram à convergência, Mark e Kieran já estavam lá. Eles saíram das sombras em uma bela montaria branca que fez Emma pensar em todos os momentos da infância em que quis um cavalo.

O Toyota parou. Não havia nuvens no céu, e a luz da lua era afiada e prateada como uma faca. O luar delineava Mark e Kieran, transformando-os em contornos iluminados de cavaleiros fada. Nenhum deles parecia humano.

O campo que se estendia até a falésia parecia enganosamente pacífico sob a luz da lua. A grama ampla e os arbustos de artemísia se moviam com o vento suave. A colina de granito se erguia acima de tudo; o espaço escuro na parede parecia chamá-los para mais perto.

— Matamos muitos Mantis — disse Mark. Seus olhos encontraram os de Emma. — Abrimos o caminho.

Kieran ficou sentado olhando, o rosto semicoberto pelos cabelos escuros. Mark estava com as mãos no cinto de Kieran, se ajeitando. Como se, de repente, tivesse se lembrado disso, Mark soltou e deslizou para o chão.

— É melhor entrarmos — falou ele, inclinando a cabeça para Kieran. — Você e Lança do Vento ficam de guarda.

— Mas eu... — começou Kieran.

— Este é um assunto da família Blackthorn — cortou Mark em um tom que não deixava espaço para discussão. Kieran olhou para Cristina e Diego, abriu a boca como se fosse protestar, e depois a fechou de novo.

— Verificação das armas, pessoal — disse Julian. — Depois entramos.

Todos, inclusive Diego, obedeceram e checaram cintos e uniformes. Ty pegou uma lâmina serafim extra da mala do carro. Mark examinou o uniforme de Dru e a lembrou mais uma vez que a função dela era ficar na retaguarda e perto dos outros.

Emma soltou o braçadeira e levantou a manga. Ela estendeu o braço para Julian. Ele olhou para a pele nua, depois para o rosto, e fez um sinal afirmativo com a cabeça.

— Qual?

— Resistência — pediu ela. Já estava marcada com símbolos de coragem e rigor, precisão e cura. Mas o Anjo nunca deu aos Caçadores de Sombras símbolos para dor emocional; não havia símbolos que curassem o luto ou um coração partido.

A ideia de que a morte de seus pais tinha sido uma experiência fracassada, um desperdício despropositado, doía mais do que Emma poderia imaginar. Durante todos esses anos ela achou que eles tivessem morrido por algum motivo, mas não havia motivo algum. Simplesmente eram os únicos Caçadores de Sombras disponíveis.

Julian pegou gentilmente o braço dela, e ela sentiu a pressão familiar e bem-vinda da estela em sua pele. A Marca surgia e parecia fluir em sua corrente sanguínea, como água gelada.

Resistência. Ela teria que suportar isso, essa informação, lutar e superá-la. Por Tavvy, ela pensou. Por Julian. Por todos eles. E talvez, no fim das contas, ela teria sua vingança.

Julian abaixou a mão. Estava com os olhos arregalados. A Marca brilhou na pele dela, com um brilho que ela nunca vira, como se as bordas estivessem queimando. Ela abaixou a manga rapidamente, não querendo que mais ninguém notasse.

Na beira da falésia, a montaria branca de Kieran empinou contra a lua. O mar batia ao longe. Emma se virou e marchou para a abertura na pedra.

25
Túmulo Perto do Mar Ressonante

Emma e Julian guiaram o caminho até a caverna, e Mark era o último da fila, deixando os outros no meio deles. Assim como da outra vez, o túnel era inicialmente estreito, o solo cheio de seixos irregulares. As pedras estavam bagunçadas agora, muitas delas chutadas de lado. Mesmo com a pouca luz — Emma não tinha ousado acender sua luz enfeitiçada — dava para ver onde o lodo que crescia pela caverna tinha sido arranhado por dedos humanos.

— Pessoas passaram por aqui mais cedo — murmurou ela. — Muitas pessoas.

— Seguidores? — A voz de Julian estava baixa.

Emma balançou a cabeça. Ela não sabia. Estava com frio, do tipo bom, o frio de batalha que saía do estômago e se espalhava. O frio que afiava seus olhos e parecia desacelerar o tempo ao seu redor, de modo que você tinha horas infinitas para corrigir um golpe de lâmina serafim, o ângulo de uma espada.

Sentia Cortana entre as omoplatas, pesada e dourada, sussurrando com a voz da sua mãe. *Aço e calma, filha.*

Eles entraram na caverna de teto alto. Emma parou onde estava, e os outros se agruparam em volta dela. Ninguém disse nada.

A caverna não parecia como Emma se lembrava. Estava escura, dando a impressão de um imenso espaço se espalhando pela escuridão. Os portais tinham desaparecido. Marcadas na pedra da caverna, perto dela, viam-se as palavras do poema que tinha se tornado tão familiar a todos eles. Emma conseguia ver frases aqui e ali, brilhando para ela.

> Eu era uma criança, e ela era uma criança
> Neste reino perto do mar,
> Mas nos amávamos com um amor que era mais do que amor
> Eu e minha Annabel Lee
> Com um amor que os serafins alados do Paraíso
> Cobiçavam nela e em mim.

Os serafins alados do Paraíso.

Caçadores de Sombras.

A luz enfeitiçada de Julian brilhou em sua mão, iluminando o espaço, e Emma ficou sem ar.

Na frente deles, havia uma mesa de pedra. Batia na altura do peito, a superfície áspera e irregular. Parecia feita de lava negra. Um círculo amplo de giz branco, desenhado no chão, cercava a mesa.

Sobre ela, encontrava-se Tavvy. Ele parecia adormecido, o pequeno rosto suave e pálido, os olhos fechados. Estava com os pés descalços, e os pulsos e calcanhares presos em correntes fixadas por arcos de ferro aos pés da mesa de pedra.

Uma vasilha de metal, com respingos de manchas terríveis, tinha sido colocada ao lado de sua cabeça. Perto desta, uma faca de cobre com dentes irregulares.

A luz enfeitiçada cortou as sombras que pareciam dominar o recinto, como uma coisa viva. Emma ficou imaginando qual o verdadeiro tamanho da caverna e quanto era apenas ilusão.

Livvy chamou o nome do irmão e correu para a frente. Julian a segurou, puxando-a para trás. Ela se debateu incrédula na mão dele.

— Precisamos salvá-lo — sibilou ela. — Temos que chegar a ele...

— Tem um círculo de proteção. — Julian sussurrou de volta. — Desenhado em volta dele no chão. Se você atravessá-lo, pode morrer.

Alguém estava murmurando suavemente. Cristina, rezando.

Mark tinha enrijecido.

— Quietos — disse ele. — Vem vindo alguém.

Fizeram o melhor que puderam para se esconder de volta nas sombras; até Livvy, que não tinha parado de se debater. A luz enfeitiçada de Julian apagou.

Um vulto tinha aparecido, vindo da escuridão. Alguém com uma longa túnica preta e um capuz escondendo o rosto. Uma pessoa alta com mãos cobertas por luvas pretas. *Ele sempre apareceu de túnica, com luvas e capuz, entendeu? Completamente coberto.*

O coração de Emma começou a acelerar.

Um vulto se aproximou da mesa, e o círculo de proteção se abriu como uma fechadura, símbolos sumindo e desbotando como se houvesse um espaço para atravessar. Com a cabeça baixa, a figura se aproximou de Tavvy.

E chegou bem perto. Emma sentiu os Blackthorn ao seu redor, o medo que os dominava parecia uma criatura viva. Ela sentiu o gosto de sangue na boca; estava mordendo o lábio, queria muito se jogar para a frente, riscar o círculo, pegar Tavvy e correr.

Livvy se libertou de Julian e correu para a caverna.

— Não! — gritou. — Fique longe do meu irmão, ou vou acabar com você, vou acabar...

O vulto congelou. Lentamente, levantou a cabeça. O capuz caiu para trás, e cabelos longos, cacheados e castanhos se soltaram. Uma tatuagem familiar de carpa brilhou contra a pele morena.

— Livvy?

— Diana? — falou Ty, verbalizando a incredulidade da irmã. O golpe silenciara Livvy.

Diana se afastou da mesa, encarando-os.

— Pelo Anjo! — Ela respirou. — Quantos de vocês estão aqui?

Fui Julian que falou. A voz dele estava normal, apesar de Emma conseguir sentir o esforço que ele fazia para mantê-la assim. Diego estava inclinado para a frente, com os olhos cerrados. *Jace Herondale e os Lightwood foram traídos pelo próprio tutor.*

— Todos nós — disse Julian.

— Até Dru? Você não sabe o quanto isso é perigoso... Julian, você tem que tirar todo mundo daqui.

— Não sem Tavvy. — Emma se irritou. — Diana, que diabos você está fazendo aqui? Você disse que estava na Tailândia.

— Se estava, ninguém do Instituto de Bangkok sabia — disse Diego. — Eu cheguei.

— Você mentiu para nós — acusou Emma. Ela se lembrou de Iarlath dizendo: *Caçadores de Sombras tolos, ingênuos demais até para saber em quem confiar.* Será que ele estava se referindo a Malcolm ou Diana? — E você praticamente não ficou aqui durante toda essa investigação, como se estivesse escondendo alguma coisa de nós...

Diana se encolheu.

— Emma, não, não é isso.

— Então o que é? Porque não consigo imaginar que possível razão você teria para estar aqui...

Ouviu-se um barulho. Passos se aproximando, vindo das sombras. Diana esticou a mão.

— Para trás... fiquem longe...

Julian agarrou Livvy, puxando a irmã de volta para as sombras no mesmo instante que Malcolm apareceu.

Malcolm.

A aparência era a mesma de sempre. Um pouco desalinhado, com jeans e uma jaqueta branca de linho que combinava com o cabelo. Na mão, trazia um grande livro preto, amarrado com uma fita de couro.

— *É* você — sussurrou Diana.

Malcolm olhou calmamente para ela.

— Diana Wrayburn — falou. — Ora, ora. Eu não esperava vê-la aqui. Achei que tivesse fugido.

Diana o encarou.

— Eu não fujo.

Ele pareceu olhar novamente para ela, para ver o quão próxima de Tavvy ela estava. E franziu o rosto.

— Afaste-se do menino.

Diana não se mexeu.

— Afaste-se — repetiu o feiticeiro, guardando o Volume Negro no casaco. — Ele não é nada para você. Você não é uma Blackthorn.

— Sou tutora dele. Ele cresceu sob os meus cuidados.

— Ora, vamos — disse Malcolm. — Se você se importasse com essas crianças, teria assumido o posto de diretora do Instituto há muitos anos. Mas suponho que todos saibamos por que você não o fez.

Malcolm sorriu. E transformou todo o rosto. Se Emma ainda tinha dúvidas quanto a sua culpa, quanto ao que Kieran contou, elas desapareceram naquele instante. Suas feições inconstantes, divertidas, pareceram endurecer. Havia crueldade naquele sorriso, emoldurada por um fundo de perda ecoante e rasa.

Um brilho se ergueu da mesa, uma explosão de fogo. Diana gritou e cambaleou para trás, para fora do círculo de proteção. Ele se fechou atrás dela. Ela se levantou e se jogou na direção de Tavvy, mas dessa vez o círculo se manteve; Diana bateu nele como se fosse uma parede de vidro, e a força a fez cambalear para trás.

— Coisas humanas não podem atravessar esta barreira — explicou Malcolm. — Suponho que você tivesse um amuleto para atravessar da primeira vez, mas não vai funcionar de novo. Deveria ter ficado longe.

— Você não espera realmente ser bem-sucedido nisso, Malcolm. — Diana arfou. Ela segurava o braço esquerdo com o direito; a pele parecia queimada. — Se matar um Caçador de Sombras, os Nephilim vão persegui-lo pelo resto de seus dias.

— Eles me caçaram há 200 anos. E foi *ela* que mataram — disse Malcolm, e a palpitação de emoção na voz dele foi algo que Emma nunca tinha ouvido antes. — E não tínhamos feito nada. Nada. Não os temo, nem sua justiça injusta ou as leis ilegais.

— Entendo sua dor, Malcolm — disse Diana cuidadosamente. — Mas...

— Entende? Entende, Diana Wrayburn? — Ele rosnou, em seguida a voz suavizou. — Talvez entenda. Você conheceu a injustiça e a intolerância da Clave. Se você, ao menos, não tivesse vindo para cá... São os Blackthorn que desprezo, não os Wrayburn. Sempre gostei de você.

— Você gostava de mim porque achava que meu medo da Clave me impediria de observá-lo — disse Diana, dando as costas para ele. — De desconfiar de você. — Por um instante ela olhou para Emma e os outros. Ela moveu os lábios e disse *CORRAM* silenciosamente, antes de virar-se novamente para Malcolm.

Emma não se mexeu, mas ouviu um movimento atrás de si. Foi baixo; se ela não estivesse com um símbolo que aguçava sua audição, teria sido inaudível. Para sua surpresa, o movimento foi Julian, desaparecendo de seu lado. Mark foi em seguida. Silenciosamente, eles voltaram para o túnel.

Emma queria chamar Julian — o que ele estava fazendo? —, mas não podia, não sem chamar a atenção de Malcolm. O feiticeiro continuava indo na direção de Diana; em um instante estaria onde podia vê-los. Ela colocou a mão no cabo de Cortana. Ty estava agarrando uma faca, com as juntas brancas; Livvy empunhava o sabre, o rosto firme e determinado.

— Quem lhe contou? — perguntou Malcolm. — Foi Rook? Não achei que ele fosse adivinhar. — Ele inclinou a cabeça para o lado. — Não. Você não tinha certeza quando chegou aqui. Você desconfiava... — A boca de Malcolm se curvou para baixo nos cantos. — Foi Catarina, não foi?

Diana estava com os pés separados, a cabeça para trás. Postura de guerreira.

— Quando a segunda linha do poema foi decifrada e ouvi "sangue Blackthorn", percebi que não estávamos procurando um assassino de mundanos e fadas. Isso era com a família Blackthorn. E não tem ninguém mais propenso a saber sobre uma mágoa antiga do que Catarina. Eu a procurei.

— E você não podia contar aos Blackthorn onde tinha ido pois isso implicaria em por que conhece Catarina — disse Malcolm. — Ela é uma enfermeira, uma enfermeira de mundanos. Como você acha que descobri...?

— Ela não lhe contou sobre mim, Malcolm. — Diana se irritou. — Ela guarda segredos. O que me contou sobre você foi simplesmente o que sabia: que você amou uma garota Nephilim e que ela havia se tornado uma Irmã de Ferro. Ela jamais questionou a história, pois, até onde sabia, você nunca questionou a história. Mas uma vez que ela me revelou isso, eu pude verificar com as Irmãs de Ferro. Nenhuma garota Nephilim com essa história se tornou uma delas. E uma vez que descobri que *isso* era mentira, o restante começou a se encaixar. Eu me lembrei do que Emma dissera sobre o que descobriu: as roupas, o candelabro. Catarina foi ao Labirinto Espiral, e eu vim até aqui...

— Então Catarina lhe deu o amuleto para entrar no círculo de proteção — disse Malcolm. — É uma pena que o tenha desperdiçado. Você tinha algum plano, ou simplesmente correu em pânico para cá?

Diana não disse nada. Seu rosto parecia esculpido em pedra.

— Sempre tenha um plano — avisou Malcolm. — Eu, por exemplo, passei anos formulando meu plano atual. E agora você está aqui, a notória mosca no mel. Suponho que não possa fazer nada, além de matá-la, apesar de eu não ter planejado isso, e apesar de que expô-la à Clave seria muito mais divertido...

Algo prateado brotou da mão de Diana. Uma estrela de arremesso afiada. Voou para cima de Malcolm; em um momento, ele estava no caminho, no outro, do outro lado do recinto. A estrela de arremesso atingiu a parede da caverna e caiu no chão, onde ficou brilhando.

Malcolm emitiu um sibilo, como um gato raivoso. Faíscas voaram de seus dedos. Diana foi erguida para o ar e arremessada contra a parede, depois, para o chão, com os braços grudados nas laterais do corpo. Ela rolou e se sentou, mas, quando tentou levantar, os joelhos dobraram. Ela lutou contra as amarras invisíveis.

— Você não vai conseguir se mover — disse Malcolm, com a voz entediada. — Está paralisada. Eu poderia tê-la matado instantaneamente, é claro, mas, bem, esse é um truque e tanto que vou executar, e todo truque precisa de plateia. — De repente, ele sorriu. — Suponho que eu não deva me esquecer da plateia que tenho. É que eles não são muito vivazes.

No mesmo instante a caverna se encheu de luz. As sombras espessas atrás da mesa dissolveram, e Emma pôde ver que a caverna era muito ampla — havia assentos, como bancos de igreja, em fileiras ordenadas, e eles estavam cheios de pessoas.

— Seguidores. — Ty suspirou. Ele só os tinha visto antes pela janela do Instituto, Emma pensou, e ficou imaginando o que ele estaria achando deles de perto. Era estranho pensar que Malcolm liderara todas essas pessoas, que tinha tanto poder sobre elas que elas faziam qualquer coisa por ele; Malcolm, que todos eles consideravam meio bobão, uma pessoa que amarrava os próprios cadarços um no outro.

Os Seguidores estavam imóveis, os olhos arregalados, as mãos nos colos, como uma fileira de bonecas. Emma reconheceu Belinda e alguns dos outros que tinham ido buscar Sterling. As cabeças estavam inclinadas para o lado — um gesto de interesse, Emma pensou, até perceber a estranheza do ângulo e saber que não era o fascínio que os mantinha imóveis. Era que os pescoços estavam quebrados.

Alguém avançou e colocou a mão no ombro de Emma. Foi Cristina.

— Emma — murmurou ela. — Precisamos atacar. Diego acha que podemos cercar Malcolm, que uma quantidade suficiente de nós poderia derrubá-lo...

Emma ficou paralisada. Ela queria correr para a frente, atacar Malcolm. Mas estava sentindo algo no fundo da mente, uma voz insistente, mandando esperar. Não era medo. Não era a própria hesitação. Se ela não tivesse alguma dúvida, se não achasse que isso significava que estava enlouquecendo, teria dito que se tratava da voz de Julian. *Emma, espere. Por favor, espere.*

— Espere — sussurrou ela.

— Esperar? — A ansiedade de Cristina era palpável. — Emma, precisamos...

Malcolm entrou no círculo. Ele estava perto dos pés de Tavvy, descalços e vulneráveis à luz. Ele esticou o braço para o objeto coberto ao pé da mesa e puxou o tecido de cima.

Era o candelabro do qual Emma se lembrava, o de bronze que estava sem velas. Tinha se tornado algo muito mais macabro. Em cada ponta havia uma mão cortada, na altura do pulso. Dedos rijos e mortos se esticando para o teto.

Uma das mãos tinha um anel com uma pedra cor-de-rosa brilhante. A mão de Sterling.

— Sabe o que é isso? — perguntou Malcolm, com uma nota de arrogância na voz. — Sabe, Diana?

Diana olhou para cima. Seu rosto estava inchado e vermelho. Ela falou em um sussurro rouco:

— Mãos da Glória.

Malcolm pareceu satisfeito.

— Levei um bom tempo para entender que era disso que eu precisava — falou ele. — Por isso a minha tentativa com a família Carstairs não funcionou. O feitiço pedia mandrágora, e demorei um bom tempo para perceber que a palavra "mandrágora" se referia a *main de gloire*, uma Mão da Glória. — Ele sorriu, verdadeiramente contente. — A mais negra magia negra.

— Pela forma como são feitas — disse Diana. — São mãos de assassinos. Mãos de matadores. Só a mão que tirou uma vida humana pode se tornar uma Mão da Glória.

— Ah. — O pequeno engasgo na escuridão foi Ty, seus olhos arregalados e espantados. — Entendi agora. Entendi.

Emma se virou para ele. Estavam grudados na parede oposta do túnel, olhando um para o outro. Livvy estava ao lado de Ty, Diego do outro. Dru e Cristina estavam ao lado de Emma.

— Diego disse que era estranho — continuou Ty com um sussurro — que as vítimas fossem tão misturadas; humanos, fadas. É porque as vítimas não tinham a menor importância. Malcolm não queria vítimas, ele queria assassinos. Por isso os Seguidores precisavam de Sterling de volta, e por isso Belinda cortou as mãos dele e foi embora com elas. E por isso Malcolm a deixou. Ele precisava das mãos do assassino, as mãos com que mataram, para poder fazer isso. Belinda pegou as duas mãos porque não sabia qual ele usara para matar, e não podia perguntar.

Mas por quê?, Emma queria perguntar. *Por que a queimadura, o afogamento, as marcações, os rituais? Por quê?* Mas temia que, se abrisse a boca, um grito de ódio sairia.

— Isso é errado, Malcolm. — A voz de Diana estava engasgada, porém, firme. — Passei dias falando com pessoas que o conhecem há anos. Catarina Loss. Magnus Bane. Eles disseram que você era um homem bom, carismático. Não pode ser tudo mentira.

— Mentira? — A voz de Malcolm se elevou. — Você quer falar sobre mentiras? Eles mentiram para mim sobre Annabel. Disseram que ela tinha se tornado uma Irmã de Ferro. Todos eles me contaram a mesma mentira: Magnus, Catarina, Tessa. Foi de uma fada que eu descobri que tinham mentido. Foi de uma fada que descobri o que realmente acontecera com Annabel. Àquela altura ela já tinha morrido há muito tempo. Os Blackthorn, matando um deles!

— Isso foi há muitas gerações. O menino que acorrentou a essa mesa nunca conheceu Annabel. Não são essas as pessoas que o machucaram, Malcolm. Não foram eles que tiraram Annabel de você. Eles são inocentes.

— Ninguém é inocente! — gritou Malcolm. — Ela era uma Blackthorn! Annabel Blackthorn! Ela me amava, e eles a levaram... levaram e emparedaram, e ela morreu lá no túmulo. Eles fizeram isso comigo, e eu não perdoo! Jamais perdoarei! — Ele respirou fundo, claramente se forçando a ficar calmo. — Treze Mãos da Glória — emendou. — E sangue Blackthorn. Isso vai trazê-la de volta, e ela ficará comigo outra vez.

Ele virou as costas para Diana, ficando de frente para Tavvy; pegou a faca sobre a mesa, perto da cabeça do menino.

A tensão no túnel foi súbita, silenciosa e explosiva. Mãos alcançaram armas. Garras cerraram sobre cabos. Diego ergueu seu machado. Cinco pares de olhos se viraram para Emma.

Diana se debateu ainda mais desesperadamente quando Malcolm levantou a faca. Luz faiscou dela, estranhamente linda, iluminando as linhas do poema na parede.

Mas nos amávamos com um amor que era mais do que amor...

Julian, pensou Emma. *Julian, não tenho escolha. Não podemos esperar por você.*

— Vão — sussurrou ela, e eles explodiram do túnel: Ty e Livvy, Emma e Cristina, todos eles; Diego correndo direto para Malcolm.

Por uma fração de segundo Malcolm pareceu surpreso. Ele derrubou a faca; ela atingiu o chão e, por ser feita de cobre macio, a lâmina dobrou. Malcolm ficou olhando para ela, depois para os Blackthorn e seus amigos... e começou a rir. Ele estava, rindo, no meio do círculo de proteção, enquanto corriam para cima dele; e um por um foram derrubados pela força da parede protetora invisível. Diego manejou seu machado de batalha. O machado bateu no ar como se tivesse atingido aço e ricocheteou.

— Cerquem Malcolm! — gritou Emma. — Ele não pode ficar na área protegida para sempre! Cerquem-no!

Eles se espalharam, cercando os símbolos protetores no chão. Emma se viu diante de Ty, com a faca na mão; ele olhava para Malcolm com uma expressão peculiar no rosto: parte incompreensão, parte ódio.

Ty entendia o que era fingir, fazer de conta. Mas traição no grau praticado por Malcolm era outra coisa. A própria Emma não conseguia entender e ela tinha tido uma visão clara do tipo de traição que as pessoas eram capazes de cometer quando viu a Clave exilar Helen e abandonar Mark.

— Uma hora você terá que sair daí — disse Emma. — E quando o fizer...

Malcolm se abaixou e pegou a faca danificada do chão. Quando se esticou, Emma viu que seus olhos tinham cor de feridas.

— Quando eu sair, você estará morta! — disparou, e se virou para esticar a mão para a fileira de mortos. — Levantem-se! — ordenou Malcolm. — Meus Seguidores, levantem-se!

Houve uma série de resmungos e rangidos. Através da caverna os Seguidores mortos começaram a se levantar.

Eles não se moveram nem estranhamente devagar, nem estranhamente rápido, mas com uma determinação firme. Não pareciam armados, mas ao se aproximarem da câmara principal, Belinda — com os olhos brancos e vazios, a cabeça inclinada para o lado — se jogou em cima de Cristina. Seus dedos estavam curvados feito garras, e, antes que Cristina pudesse reagir, Belinda já tinha aberto cortes ensanguentados em seu rosto.

Com um grito de nojo, Cristina empurrou o cadáver para longe, cortando a garganta de Belinda com seu canivete borboleta.

Não fez a menor diferença. Belinda se levantou de novo, o corte na garganta sem sangue e bem aberto, e avançou para cima de Cristina. Antes que ela pudesse dar mais um passo, viu-se um lampejo prateado. O machado de Diego cantou, atacando para a frente, cortando a cabeça de Belinda do pescoço. O corpo decapitado caiu no chão. O machucado continuava sem sangrar; parecia cauterizado.

— Atrás de você! — gritou Cristina.

Diego se virou. Atrás dele, mais dois seguidores esticavam os braços para alcançá-lo e arranhá-lo. Ele girou em um arco veloz, seu machado levando as duas cabeças de uma vez.

Houve um barulho atrás de Emma. No mesmo instante, ela calculou onde o Seguidor atrás dela estaria, então pulou, girou, chutou e o derrubou. Era o clarinetista de cabelos cacheados. Ela golpeou para baixo com Cortana, arrancando a cabeça do corpo.

Emma pensou nele dando uma piscadela para ela no Teatro da Meia-Noite. *Nunca soube o nome dele*, pensou, e depois girou novamente.

O recinto estava um caos. Do jeito que Malcolm devia querer, os Caçadores de Sombras abandonaram o perímetro de proteção do círculo para combater os Seguidores.

Malcolm ignorava tudo que estava acontecendo ao seu redor. Ele tinha pegado o candelabro com as Mãos da Glória e o havia carregado para a cabeceira da mesa. Pousou-o ao lado de Tavvy, que continuava dormindo, com um rubor rosado nas bochechas.

Dru tinha corrido para Diana e estava lutando para ajudá-la a se levantar. Quando uma Seguidora se aproximou delas, Dru girou e atravessou a mulher com sua lâmina. Emma a viu engolir em seco quando o corpo caiu, e percebeu que era a primeira vez que Dru matava alguém em batalha — mesmo que o alguém em questão já estivesse morto.

Livvy lutava gloriosamente, golpeando e combatendo com seu sabre, empurrando os Seguidores em direção a Ty. Ele empunhava uma lâmina serafim, uma que ardia brilhante em sua mão. Quando um Seguidor louro deu um encontrão nele, ele enfiou a lâmina na nuca do morto.

Ouviu-se um ruído estalado quando a lâmina serafim tocou a carne e o Seguidor começou a queimar. Ele cambaleou para longe, arranhando a pele que ardia, antes de cair no chão.

— Lâminas serafim! — gritou Emma. — Todo mundo! Usem suas lâminas serafim!

Luzes brilharam pela caverna, e Emma ouviu o murmúrio de vozes chamando os nomes de anjos. Jophiel, Remiel, Duma. Pelo nevoeiro de luz, ela viu Malcolm com a faca de cobre amassada. Ele passou a mão pela lâmina e ela se esticou sob seus dedos, tão afiada quanto originalmente fora. Ele colocou a ponta na garganta de Tavvy e cortou para baixo, rasgando a camiseta de Batman do garotinho. O algodão gasto enrolou ao se abrir, revelando o peito magro e vulnerável.

O mundo de Emma pareceu ruir. No caos do local, ela continuava lutando, a lâmina serafim ardendo ao enfiá-la em um Seguidor, depois, dois, depois, três. Os corpos caíram ao seu redor.

Ela tentou passar por eles, em direção a Tavvy, ao mesmo tempo que ouviu a voz de Julian. Ela girou, mas não conseguiu vê-lo — e mesmo assim a voz dele estava clara em seus ouvidos, dizendo, *Emma, Emma, para o lado, para longe do túnel.*

Ela pulou para o lado, evitando o corpo de um Seguidor abatido, no instante que ouviu um novo barulho: o trovão de cascos. Um som perfurou a caverna, algo entre um uivo e o soar de um sino enorme. Ecoou brutalmente das paredes, e até Malcolm levantou o olhar.

Lança do Vento explodiu pela boca do túnel. Julian estava montado nele, com as mãos enterradas na crina do cavalo. Mark sentava atrás dele, agarrando o cinto do irmão. Pareceram o borrão de uma única pessoa quando Lança do Vento saltou.

Malcolm ficou boquiaberto quando o cavalo veio pelo ar, estilhaçando a barreira protetora. Enquanto Lança do Vento se lançava sobre a mesa, Julian saltou das costas do cavalo, caindo pesadamente na superfície lisa de pedra ao lado de Tavvy. Emma sentiu a dor do impacto terrível no próprio corpo.

Mark continuou montado quando Lança do Vento passou pela mesa e aterrissou do outro lado do círculo. O círculo, agora rompido, começou a se contorcer como uma serpente iluminada, os símbolos brilhando um por um e, em seguida, se apagando.

Julian estava se ajoelhando. Malcolm rosnou e tentou alcançar Tavvy — exatamente quando uma figura caiu do teto e o derrubou no chão.

Era Kieran. Os cabelos brilhavam em azul-esverdeado, e ele ergueu uma lâmina que tinha a mesma cor marinha. Ele atacou para baixo, na direção do peito de Malcolm, mas o feiticeiro repeliu suas mãos. Luz roxo-escura explodiu de suas palmas, jogando Kieran para trás. Malcolm se levantou, o rosto retorcido em um rosnado de ódio. Ele esticou a mão para reduzir Kieran a pó.

Lança do Vento soltou um grito. O cavalo girou, com os cascos erguidos, e deu um coice nas costas de Malcolm; de algum jeito, Mark continuou montado. O feiticeiro voou. O cavalo, de olhos vermelhos arregalados, recuou e bufou. Mark, agarrando um punhado da crina de Lança do Vento, se inclinou para baixo, com a outra mão esticada para Kieran.

— Segure. — Emma o ouviu dizer. — Kieran, segure a minha mão.

Kieran esticou o braço, e Mark o puxou para cima, trazendo-o para as costas de Lança do Vento. Eles viraram e avançaram para cima de um grupo de Seguidores; o cavalo os espalhou, Mark e Kieran se esticando para acabar com os mortos-vivos com golpes de espadas.

Malcolm se arrastava para ficar de pé. Seu casaco outrora branco agora estava inteiramente manchado de terra e sangue. Ele foi para cima da mesa, onde Julian estava ajoelhado sobre Tavvy, puxando as correntes que o prendiam. O círculo de proteção que os cercava continuava crepitando. Emma respirou fundo e correu para a mesa, saltando no ar.

Ela sentiu um estalo de eletricidade em ondas ao passar pelo círculo rompido, abaixou e pulou para cima. Emma aterrissou na mesa, ajoelhada, ao lado de Julian.

— Afaste-se! — Foi tudo que ela teve tempo de dizer, arfando. — Julian, afaste-se!

Ele rolou para longe do irmão, apesar de ela saber que deixar o irmão era a última coisa que ele queria fazer. Ele deslizou para a borda da mesa e se ajoelhou, inclinando-se para trás. Confiando em Emma. Dando espaço a ela.

Uma lâmina feita pelo Ferreiro Wayland pode cortar qualquer coisa.

Ela empunhou Cortana a alguns centímetros do pulso de Tavvy. A ponta da lâmina cortou a corrente, que caiu de lado, tilintando. Ela ouviu Malcolm gritar, e um clarão de fogo violeta dividiu o recinto.

Emma atacou novamente com Cortana, partindo as outras correntes que prendiam Tavvy à mesa.

— Vá! — gritou para Julian. — Tire-o daqui!

Julian pegou o irmão caçula no colo. Octavian estava flácido, com os olhos revirados. Julian saltou da mesa.

Emma não o viu desaparecer pelo túnel; ela já havia girado outra vez. Mark e Kieran estavam encurralados em uma ponta da sala por um grupo de Seguidores. Diego e Cristina em outro. Malcolm ia para cima de Ty e Livvy. Ele ergueu a mão outra vez — e uma pequena figura voou para cima dele, segurando uma lâmina serafim que ardia.

Era Dru.

— Fique longe deles! — gritou a menina, a lâmina brilhando entre eles. — Fique longe do meu irmão e da minha irmã!

Malcolm rosnou, curvando o dedo em direção a ela. Uma corda de luz roxa se enrolou em volta das pernas de Dru, puxando-a para o chão. A lâmina serafim rolou para longe, batendo na pedra.

— Ainda preciso de sangue Blackthorn — disse Malcolm, tentando alcançá-la. — E o seu vai funcionar tão bem quanto o do seu irmão. Aliás, você parece ter mais sangue do que ele...

— Pare! — gritou Emma.

Malcolm olhou para ela... e congelou. Emma estava de pé sobre a mesa de pedra. Uma das mãos empunhava Cortana. A outra segurava o candelabro das Mãos da Glória.

— Você levou um bom tempo para juntar todas essas, não? — perguntou ela com a voz fria. — As mãos de treze assassinos. Nada fácil.

Malcolm soltou Dru, e ela foi para o lado oposto da caverna, mexendo no cinto para pegar outra arma. O rosto do feiticeiro se contorceu.

— Devolva — rosnou.

— Mande eles pararem — disse Emma. — Mande seus Seguidores pararem, e devolvo suas Mãos da Glória.

— Roube minha chance de recuperar Annabel e pagará com agonia — rosnou ele.

— Não pode ser pior do que a agonia de ouvir a sua voz — falou Emma. — Mande todos pararem ou cortarei essas coisas nojentas em pedacinhos. — Ela apertou o cabo de Cortana. — Vamos ver se você consegue fazer feitiços mágicos com restos.

O olhar de Malcolm varreu o recinto. Os corpos de seus Seguidores se espalhavam pela caverna, mas alguns continuavam de pé, prendendo Diego e Cristina no canto da sala. Mark e Kieran, montados em Lança do Vento, empunhavam suas lâminas. Os cascos do cavalo estavam manchados de vermelho-amarronzado por causa do sangue.

As mãos do feiticeiro estavam coladas nas laterais do corpo. Ele se virou e falou rápido algumas palavras em grego, e o restante dos Seguidores começou a cair, batendo no chão em seguida. Diego e Cristina correram para Dru; Kieran freou Lança do Vento, e a égua fada ficou parada enquanto os mortos caíam novamente.

Malcolm avançou para a mesa. Emma correu até a ponta, saltou e aterrissou com leveza no chão. Depois, continuou correndo.

Ela correu para as fileiras de assentos que tinham sido dispostas para os Seguidores, pelo corredor entre elas, e para as sombras. O brilho fraco de Cortana emitiu luz o suficiente para que ela conseguisse enxergar um caminho escuro entre as pedras, sinuoso, indo até a colina.

Ela foi para lá. Só o lodo brilhante nas paredes oferecia alguma luminosidade. Ela achou que estivesse enxergando um brilho ao longe e continuou, apesar do fato de que correr com um candelabro pesado fazia seu braço doer.

O corredor bifurcava. Ouvindo passos atrás de si, Emma foi para a esquerda. Ela só havia corrido uns poucos metros quando uma parede de vidro se ergueu diante dela.

O portal. Tinha se tornado maior, ocupando quase toda a parede. A enorme alavanca de que Emma se lembrava se projetava de uma pedra ao lado. O brilho do portal vinha de dentro dela, como um enorme aquário.

Por trás do vidro, dava para ver o mar — radiante, azul-esverdeado e escuro. Dava para ver os peixes, as algas e estranhas luzes e cores além do vidro.

— Ah, Emma, Emma — disse a voz de Malcolm atrás dela. — Você escolheu o caminho errado, não foi? Mas isso é uma afirmação que se pode fazer em relação a muitas coisas na sua vida.

Emma girou e ameaçou Malcolm com o candelabro.

— Fique longe de mim.

— Você faz alguma ideia do quanto essas mãos são preciosas? — Ele quis saber. — Para maior poder, elas tiveram que ser decepadas pouco depois dos assassinatos. Armar as mortes foi um feito de habilidade, ousadia e precisão. Você não pode acreditar no quanto me irritou quando você levou Sterling de mim antes que eu pudesse pegar a mão dele. Belinda teve que trazer as duas para que eu pudesse descobrir qual delas tinha sido o instrumento assassino. E depois Julian me pediu ajuda... um lance de sorte, devo dizer.

— Não foi sorte. Nós confiávamos em você.

— E um dia eu confiei em Caçadores de Sombras — disse Malcolm. — Todos cometemos erros.

Mantenha-o falando, pensou ela. *Os outros vão vir atrás de mim.*

— Johnny Rook disse que você o mandou me falar sobre a desova no Sepulcro — falou ela. — Por quê? Por que me colocar no seu rastro?

Ele deu um passo para a frente. Ela o ameaçou com o candelabro. Ele levantou as mãos, como se quisesse acalmá-la.

— Precisava distraí-los. Precisava que se concentrassem nas vítimas, não nos assassinos. Além disso, vocês tinham que saber da situação antes do comitê das fadas aparecer.

— Para pedir que investigássemos os assassinatos que você estava cometendo? O que você ganhava com *isso*?

— A certeza de que a Clave ficaria de fora — disse Malcolm. — Caçadores de Sombras sozinhos não me assustam, Emma. Mas um monte deles pode, de fato, virar bagunça. Conheço Iarlath há muito tempo. Sabia que ele tinha conexões na Caçada Selvagem e sabia que a Caçada Selvagem tinha algo que faria com que vocês movessem céus e terras para impedir que a informação chegasse à Clave e aos Irmãos do Silêncio. Nada contra o menino, em particular; pelo menos, o sangue Blackthorn dele é um pouco diluído pelo sangue de um bom e saudável integrante do Submundo. Mas eu conheço Julian. Eu sabia a que ele daria prioridade, e não seria à Lei, nem à Clave.

— Você nos subestimou — disse Emma. — Nós descobrimos. Percebemos que era você.

— Achei que pudessem enviar um Centurião, mas nunca imaginei que ele seria um conhecido seu. Confiável o suficiente para se associarem a ele, apesar de Mark. Quando vi o menino Rosales, percebi que não tinha muito tempo. Eu sabia que teria que levar Tavvy imediatamente. Por sorte, tive a ajuda de Iarlath, que foi muito preciosa. Ah — explicou ele. — Fiquei sabendo das chicotadas. Sinto muito por isso. Iarlath tem as próprias formas de entretenimento, e não são as minhas.

— Você sente muito? — Emma ficou olhando incrédula para ele. — Você matou meus pais e está *se desculpando*? Preferia ser chicoteada mil vezes e ter meus pais de volta.

— Sei o que está pensando. Vocês Caçadores de Sombras todos pensam igual. Mas preciso que *entenda*... — Malcolm se interrompeu, o rosto mudando de expressão. — Se você entendesse — falou —, não me culparia.

— Então me diga o que aconteceu — pediu Emma. Ela via o corredor atrás dele, por cima do ombro e achou que podia distinguir formas, sombras ao longe. Se conseguisse mantê-lo distraído e os outros atacassem de trás... — Você foi ao Reino das Fadas — emendou. — Quando descobriu que Annabel não era uma Irmã de Ferro. Que ela tinha sido assassinada. Foi assim que conheceu Iarlath?

— Ele era o braço direito do Rei Unseelie na época — disse Malcolm. — Quando fui, sabia que o Rei podia mandar me matar. Eles não gostam muito de feiticeiros. Mas não me importava. E quando o Rei me pediu um favor, eu fiz. Em troca, ele me deu o verso. Um feitiço feito especialmente para ressuscitar minha Annabel. Sangue Blackthorn. Sangue por sangue, foi o que o Rei disse.

— Então por que não a ressuscitou na época? Por que esperar?

— Magia das fadas e magia de feiticeiros são muito diferentes — explicou Malcolm. — Foi como traduzir algo de outra língua. Levei anos para decifrar o poema. Então percebi que estava me mandando encontrar um livro. Quase enlouqueci. Anos traduzindo, e tudo que consegui foi um enigma sobre um livro... — Seus olhos se fixaram nos dela, como se quisessem que ela entendesse. — Foi por acaso que escolhi seus pais — falou. — Eles voltaram para o Instituto quando eu estava lá. Mas não deu certo. Eu fiz tudo que o livro de feitiços mandou, e Annabel não se mexeu.

— Meus pais...

— Seu amor por eles não era maior que o meu por Annabel — falou Malcolm. — Eu estava tentando tornar as coisas *justas*. Nunca foi uma questão de machucar *você*. Eu não odeio os Carstairs. Seus pais foram sacrifícios.

— Malcolm...

— Eles teriam se sacrificado, não teriam? — perguntou calmamente. — Pela Clave? Por você?

Uma raiva tão grande que chegava a entorpecer recaiu sobre Emma. Precisou de todo o esforço do mundo para ficar parada.

— Então esperou cinco anos? — Ela engasgou com a pergunta. — Por que cinco anos?

— Esperei até achar que tinha acertado o feitiço — respondeu Malcolm. — Usei o tempo para aprender. Para construir. Tirei o corpo de Annabel do túmulo e o trouxe para a convergência. Criei os Seguidores do Guardião. Belinda foi a primeira assassina. Segui o ritual, queimei e ensopei o corpo, talhei as marcações... e senti Annabel se mexer. — Os olhos dele brilharam, um azul-violeta de outro mundo. — Eu sabia que a estava trazendo de volta. Depois disso nada poderia me deter.

— Mas por que aquelas marcações? — Emma grudou na parede atrás dela. O candelabro estava pesado; o braço latejando. — Por que o poema?

— Porque era um recado! — gritou Malcolm. — Emma, para alguém que tanto falou em vingança, que viveu e respirou vingança, você não parece saber muito a respeito. Eu precisava que os Caçadores de Sombras soubessem. Eu precisava que os Blackthorn soubessem, quando o mais jovem deles estivesse morto, de quem foi a mão que deu o golpe. Quando alguém lhe faz mal, não basta que sofram. Precisam olhar nos seus olhos e saber por que estão sofrendo. Eu precisava que a Clave decifrasse esse poema e soubesse exatamente quem traria a destruição deles.

— Destruição? — Emma não conseguiu conter seu eco incrédulo. — Você está louco. Matar Tavvy não destruiria os Nephilim; e nenhum dos vivos sequer sabe sobre Annabel...

— E como você acha que me sinto com isso? — gritou ele. — O nome dela esquecido? O destino enterrado? Os Caçadores de Sombras a transformaram em uma história. Acho que alguns dos parentes dela enlouqueceram; não suportavam o que tinham feito com ela. Não podiam suportar o peso daquele segredo.

Faça-o continuar falando, pensou Emma.

— Se era um segredo, como Poe sabia? O Poema, *Annabel Lee*...

Algo lampejou por trás dos olhos de Malcolm, algo secreto e sombrio.

— Quando ouvi o poema, pensei que fosse uma coincidência doentia — disse ele. — Mas fiquei obcecado. Fui procurar o poeta, mas ele já estava morto. *Annabel* foi seu último poema. — A voz dele estava fria pelas lembranças. — Os anos se passaram e eu acreditava que ela estivesse na Cidadela Adamant. Era o que me confortava. Que ela estivesse viva, em algum lugar. Quando descobri, tentei negar, mas foi o poema que provou os fatos — Poe tinha descoberto a verdade com membros do Submundo e soube antes de mim: como eu e Annabel nos amamos quando crianças, que ela teria deixado os Nephilim por mim. Mas a família dela ficou sabendo e decidiu que a morte era preferível a viver com um feiticeiro. Eles a prenderam em uma tumba próximo ao mar da Cornualha, a prenderam lá viva. Mais tarde, quando movi o corpo de lugar, a mantive perto do oceano. Ela sempre amou a água.

A respiração dele vinha em soluços agora. Emma, sem conseguir se mexer, encarou Malcolm. A dor dele era tão brutal e real quanto se ele estivesse falando de algo que aconteceu na véspera.

— Eles me disseram que ela tinha se tornado uma Irmã de Ferro. Todos mentiram para mim; Magnus, Catarina, Ragnor, Tessa; corrompidos por Caçadores de Sombras, atraídos por suas mentiras! E eu, sem saber, sofrendo por ela, até finalmente descobrir a verdade...

Vozes repentinas ecoaram no corredor; Emma ouviu o barulho de pés correndo. Malcolm estalou os dedos. Luz violeta brilhou no túnel atrás deles, o brilho desbotando até se apagar e ficar mais opaco, solidificando-se em uma parede.

O ruído de vozes e passos desapareceu. Emma estava dentro de uma caverna fechada com Malcolm.

Ela chegou para trás, agarrando o candelabro.

— Vou destruir as mãos — alertou ela, o coração acelerado. — Eu vou fazer isso.

Fogo escuro brilhou das pontas dos dedos dele.

— Eu poderia libertá-la — disse ele. — Permitir que viva. Que nade pelo oceano como fez antes. Você poderia levar o meu recado. Meu recado para a Clave.

— Não preciso que me liberte. — Ela estava arfando. — Prefiro lutar.

O sorriso dele se contorceu, quase triste.

— Você e sua espada, independentemente da história dela, não fazem frente a um feiticeiro, Emma.

— O que você quer de mim? — exigiu ela, sua voz se elevando, ecoando das paredes da caverna. — O que você quer, Malcolm?

— Quero que entenda — disse ele entre dentes. — Quero que alguém diga a Clave o que eles causaram, quero que saibam que têm sangue nas mãos, quero que saibam *por quê*.

Emma encarou Malcolm, uma figura magra, alta, com um casaco branco manchado, faíscas dançando das pontas de seus dedos. Ele a assustava e a entristecia, ao mesmo tempo.

— Seus motivos não importam — disse ela afinal. — Talvez tenha feito o que fez em nome do amor. Mas, se acha que isso faz alguma diferença, não é melhor do que a Clave.

Ele foi em direção a ela — e Emma jogou o candelabro para cima dele. Malcolm desviou, e ela errou, atingindo o chão de pedra com um barulho. Os dedos das mãos cortadas pareceram se encolher, como se quisessem se proteger. Emma afastou os pés, lembrando-se de Jace Herondale, há anos em Idris, ensinando a ela como se colocar de modo a nunca ser derrubada.

Ela agarrou o cabo de Cortana com as mãos e, daquela vez, se lembrou de Clary Fairchild, e das palavras que havia lhe dito em Idris, quando Emma tinha 12 anos. *Heróis nem sempre são os que vencem. Algumas vezes são os que perdem. Mas continuam lutando, continuam voltando. Não desistem. É isso que faz deles heróis.*

Emma foi para cima de Malcolm, com Cortana erguida. Ele reagiu com um segundo de atraso — brandindo a mão para ela, luz explodindo dos dedos. Chiou na direção dela, um raio de luz dourada e violeta.

O atraso deu tempo para ela desviar. Emma girou e ergueu Cortana por cima da cabeça. Magia irradiou da lâmina. Ela foi para cima de Malcolm outra vez, e ele desviou, mas não antes de rasgar a manga dele, logo acima do cotovelo. Ele mal pareceu perceber.

— A morte dos seus pais foi necessária — falou. — Eu precisava ver se o livro funcionava.

— Não, não precisava. — Emma rosnou, brandindo Cortana. — Você deveria saber que não se deve tentar despertar os mortos.

— Se Julian morresse, você não tentaria despertá-lo? — perguntou Malcolm, erguendo delicadamente as sobrancelhas. Emma se encolheu como se ele a tivesse estapeado. — Não traria sua mãe ou seu pai de volta? Ah, para você é muito fácil, como para todos os Caçadores de Sombras, aí parados, fazendo seus discursos moralizantes, como se fossem melhores do que o restante de nós...

— Eu sou melhor — falou Emma. — Melhor do que você. Porque não sou uma assassina, Malcolm.

Para surpresa de Emma, Malcolm recuou — um verdadeiro recuo de surpresa, como se ele nunca tivesse imaginado ser chamado de assassino. Emma avançou, Cortana em riste. A espada penetrou o peito de Malcolm, cortando o casaco... e parou, como se ela tivesse esfaqueado um pedregulho.

Ela gritou de dor quando o que pareceu um raio de eletricidade subiu por seu braço. Emma ouviu Malcolm rir: uma onda de energia disparou dos dedos esticados do feiticeiro, atingindo-a. Ela foi erguida e jogada para trás, magia rasgando-a como uma bala que abre um buraco em uma tela de papel. Ela bateu com as costas na pedra irregular atrás de si, Cortana ainda em sua mão inerte.

Uma dor vermelha cresceu por trás de seus olhos. Através da névoa, ela viu Malcolm sobre ela.

— Ah, isso foi ótimo. — Ele sorriu. — Foi incrível. Isso foi a mão de Deus, Emma! — Ele abriu o blazer, e Emma viu o que Cortana tinha atingido: o Volume Negro, guardado no bolso do casaco.

Cortana caiu de sua mão, o metal batendo na pedra. Franzindo o rosto, Emma se levantou apoiando-se nos cotovelos, no mesmo instante em que Malcolm se abaixou para pegar o candelabro caído. Ele olhou para o objeto, depois para ela, seu sorriso ainda estampado no rosto.

— Obrigado — disse ele. — Estas Mãos da Glória teriam sido muito difíceis de substituir. Agora, sangue Blackthorn, isso vai ser fácil.

— Fique longe dos Blackthorn — falou Emma, e ficou horrorizada ao ouvir a fraqueza da própria voz. O que o Volume Negro tinha feito com ela? Parecia que seu peito tinha sido comprimido por alguma coisa muito pesada, e o braço ardia e doía.

— Você não sabe de nada. — Malcolm rosnou. — Você não sabe os monstros que eles são.

— Você — disse Emma, quase num sussurro —, você sempre os odiou? Julian e os outros?

— Sempre — respondeu. — Mesmo quando parecia que os amava.

O braço de Emma continuava ardendo, uma agonia que parecia penetrar na pele até o osso. A runa da Resistêcia parecia arder em chamas. Ela tentou não demonstrar no rosto.

— Que coisa horrível. Não é culpa deles. Você não pode culpá-los pelos pecados dos ancestrais.

— Sangue é sangue — disse Malcolm. — Todos somos o que nascemos para ser. Eu nasci para amar Annabel, e isso foi tirado de mim. Agora vivo apenas por vingança. Exatamente como você, Emma. Quantas vezes você me disse que tudo o que queria na vida era matar a pessoa que matou seus pais? O que você faria para ter isso? Será que abriria mão dos Blackthorn? Abriria mão do seu precioso *parabatai*? A pessoa por quem está apaixonada? — Os olhos dele brilharam quando ela balançou a cabeça em negação. — Por favor. Eu *sempre* vi o jeito como olhavam um para o outro. Depois Julian me disse que seu símbolo o curou do veneno beladona. Nenhum símbolo normal de Caçador de Sombras poderia ter feito isso.

— Não... prova nada... — Emma arfou.

— Prova? Você quer prova? Eu vi vocês dois. Na praia, dormindo nos braços um do outro. Fiquei parado, olhei para vocês e pensei em como seria fácil matá-los. Mas então percebi que seria misericordioso, não? Matar os dois enquanto estavam nos braços um do outro? Existe um motivo pelo qual não se pode se apaixonar por seu *parabatai*, Emma. E quando você descobrir qual é, sentirá a crueldade dos Caçadores de Sombras, exatamente como aconteceu comigo.

— Você é um mentiroso — disse ela com a voz mais fraca, suas palavras sumindo num sussurro. A dor em seu braço tinha desaparecido. Ela pensou em pessoas que sangravam quase até a morte, em como falavam que nos últimos momentos a dor desaparecia.

Sorrindo, Malcolm se ajoelhou ao lado dela. E lhe afagou a mão esquerda; os dedos de Emma tremeram.

— Deixe-me contar a verdade antes de você morrer, Emma — disse ele — É um segredo sobre os Nephilim. Eles detestam o amor, o amor humano, porque nasceram dos anjos. E apesar de Deus ter encarregado seus anjos de cuidarem dos humanos, os anjos foram feitos antes e sempre detestaram a segunda criação de Deus. Por isso Lúcifer caiu. Ele era um anjo que não se curvava à Humanidade, o filho favorito de Deus. O amor é a fraqueza dos humanos, e os anjos os desprezam por isso; a Clave os despreza também, por isso, os punem. Você sabe o que acontece com dois *parabatai* que se apaixonam? Sabe por que é proibido?

Ela balançou a cabeça.

A boca de Malcolm formou em um sorriso. Havia algo naquele sorriso, tão fraco, e ao mesmo tempo tão carregado de ódio, que a gelou como nenhum de seus sorrisos jamais havia feito.

— Você não faz ideia do quanto seu amado Julian será poupado com a sua morte — disse ele. — Então, pense nisso quando a vida deixar seu corpo. De certa forma, sua morte é um ato de misericórdia. — Ele levantou a mão, fogo violeta começando a estalar entre os dedos.

Ele lançou sua magia contra ela. E Emma levantou o braço. O braço onde Julian tinha Marcado o símbolo de Resistência, o braço que ardia, doendo e gritando para ser usado desde que ela atingiu o Volume Negro.

Fogo bateu em seu braço. Ela sentiu como se fosse um golpe forte, mas nada mais. O símbolo de Resistência estava pulsando por seu corpo com seu poder, e junto com esse poder, cresceu a própria raiva.

Raiva por saber que Malcolm tinha matado seus pais, raiva pelos anos desperdiçados procurando o assassino quando ele sempre esteve na frente dela. Raiva por todas as vezes em que ele sorriu para Julian ou pegou Tavvy no colo enquanto o coração estava cheio de ódio. Raiva de mais uma coisa que tinha sido tirada dos Blackthorn.

Ela pegou Cortana e se ajoelhou, os cabelos voando ao enfiar a espada na barriga de Malcolm.

Daquela vez, não tinha o Volume Negro para bloquear seu golpe. Ela sentiu a lâmina entrar, sentiu rasgar a pele e atravessar o osso. Viu a ponta explodir pelas costas dele, o casaco branco manchado de sangue vermelho.

Emma se levantou, puxando a espada de volta. Ele fez um barulho engasgado. O sangue entornava no chão, escorrendo pela pedra, respingando nas Mãos da Glória.

— Isso é pelos meus pais — falou, empurrando o corpo de Malcolm com toda a força que podia contra a parede de vidro.

Ela sentiu as costelas dele estalarem quando o vidro atrás rachou. Água começou a vazar pelas fissuras. Ela sentiu respingar em seu rosto, salgada como lágrimas.

— Eu vou contar sobre a maldição dos *parabatai*. — Ele arfou. — A Clave nunca vai falar... é proibido. Mate-me e nunca saberá...

Com a mão esquerda, Emma puxou a alavanca.

Ela se jogou atrás da porta de vidro quando esta girou e a corrente invadiu. Movia-se como uma coisa viva — como um punho feito de água, formado pelo mar. Cercou Malcolm, e, por um instante congelado, Emma o viu ali com clareza, lutando com movimentos vãos, em um redemoinho de água; água que entornou pelo chão, água que o agarrou, cercando-o como uma rede inquebrável.

Levantou Malcolm do chão. Ele soltou um grito de pavor, e o oceano o levou, a corrente recuando com força e carregando-o junto. A porta se fechou com uma pancada.

O silêncio que a água deixou para trás era ensurdecedor. Exausta, Emma caiu contra o vidro do portal. Através dele dava para ver o oceano, da cor do céu noturno. O corpo de Malcolm era uma estrela branca pálida na escuridão, boiando entre as algas, e depois um tentáculo escuro e espinhoso subiu pelas ondulações e pegou Malcolm pelo calcanhar; seu corpo foi puxado para baixo e para fora de seu campo de visão.

Houve um lampejo brilhante. Emma virou e constatou que a parede de luz violeta atrás dela tinha desaparecido — feitiços desapareciam quando os feiticeiros que os realizavam morriam.

— Emma! — Ela ouviu passos no corredor. Das sombras, Julian apareceu. Viu a expressão de pavor dele quando a pegou, suas mãos fechando sobre o uniforme ensopado e manchado de sangue. — Emma, meu Deus, eu não conseguia chegar até você através da parede, eu sabia que estava aqui, mas não consegui salvá-la...

— Você me salvou — disse ela com a voz rouca, querendo mostrar para ele o símbolo de Resistência no braço, mas ela estava esmagada demais pelo abraço dele para conseguir se mexer. — Salvou. Você não sabe, mas me salvou.

E então ela ouviu as vozes deles. Os outros, vindo pelo corredor. Mark. Cristina. Diego. Diana.

— Tavvy — sussurrou ela. — Ele...
— Ele está bem. Está lá fora com Ty, Livvy e Dru. — Julian beijou sua têmpora. — Emma. — Seus lábios tocaram os dela, que sentiu um choque de amor e dor pelo corpo.
— Me solte — murmurou ela. — Você tem que me soltar, eles não podem nos ver assim. Julian, me solte.

Ele levantou a cabeça, com os olhos cheios de agonia e se afastou. Ela viu o quanto foi difícil para ele, viu o tremor em suas mãos quando Julian as abaixou para o lado. Sentiu o espaço entre eles como o espaço de um ferimento rasgado na pele.

Ela desgrudou os olhos dos dele e olhou para o chão. O soalho estava cheio de água do mar e sangue, batendo no calcanhar. Em algum lugar o candelabro de Malcolm flutuava sob a superfície.

Emma ficou satisfeita. O sal diluiria o monumento à morte nojento de Malcolm, dissolveria e limparia, e seriam ossos brancos, repousando como o corpo do feiticeiro repousou no leito do oceano. E, pela primeira vez, em um bom tempo, Emma se sentiu grata pelo mar.

26

Os Serafins Alados do Paraíso

A maldição dos parabatai. A Clave nunca vai falar... é proibido...

As palavras de Malcolm soaram nos ouvidos de Emma enquanto ela voltava para a noite, seguindo os outros pelos corredores molhados da convergência. Julian e Emma caminharam deliberadamente afastados, mantendo distância entre si. A exaustão e a dor estavam desacelerando Emma. Cortana tinha voltado para sua bainha. Ela sentiu a espada vibrando de energia; ficou imaginando se teria absorvido a magia de Malcolm.

Mas ela não queria pensar em Malcolm, as raias vermelhas do seu sangue se desenrolando pela água escura, como bandeirolas.

Ela não queria pensar nas coisas que ele tinha dito.

Emma foi a última a sair da caverna, para a escuridão do mundo lá fora. Ty, Livvy e Dru esperavam sentados no chão com Tavvy — o pequeno estava no colo de Livvy, aparentando dormir, porém, acordado. Kieran mantinha-se distante, com uma carranca que só se desfez quando Mark saiu da convergência.

— Como está Tavvy? Está tudo bem? — Julian se aproximou dos irmãos. Dru deu um salto e o abraçou firme. Em seguida, suspirou e apontou.

Um barulho alto de algo sendo triturado se espalhou pelo ar. A abertura na colina estava se fechando atrás deles, como um machucado cicatrizando. Diana correu, como se pudesse manter a passagem aberta, mas a pedra se fechou; ela puxou a mão de volta bem a tempo de impedir que fosse esmagada.

— Não pode impedir — disse Kieran. — A abertura e o corredor aí dentro foram feitos por Malcolm. Essa colina não tem túneis nem cavernas naturais. Agora que ele está morto, os encantos estão se quebrando. Talvez haja alguma outra entrada para este espaço, em alguma outra convergência de Linhas Ley. Mas esta porta não vai se abrir de novo.

— Como você soube que ele estava morto? — perguntou Emma.

— Pelas luzes se acendendo na cidade — disse Kieran. — O... não sei qual é a sua palavra mundana para isso...

— Blecaute — explicou Mark. — O blecaute acabou. E Malcolm foi quem lançou o feitiço responsável pelo blecaute, então... é.

— Isso significa que temos sinal nos nossos telefones? — Ty ficou imaginando.

— Vou checar — falou Julian, e se afastou para levar o telefone ao ouvido.

Emma teve a impressão de tê-lo ouvido falar o nome do tio Arthur, mas não tinha como ter certeza, e ele saiu do alcance antes que ela pudesse ouvir mais alguma coisa.

Diego e Cristina tinham se juntado a Livvy, Ty e Dru. Cristina estava inclinada sobre Tavvy, e Diego pegava alguma coisa no casaco do uniforme. Emma foi para perto deles; ao se aproximar, viu que Diego estava com um frasco prateado.

— Não vai dar álcool para ele, vai? — Emma quis saber. — Ele é um pouco jovem para isso.

Diego revirou os olhos.

— É uma bebida para dar energia. Feita pelos Irmãos do Silêncio. Pode combater o que quer que Malcolm tenha dado para deixá-lo com sono.

Livvy pegou o frasco de Diego e provou o conteúdo; com um aceno afirmativo de cabeça, ela entornou o líquido na boca do irmãozinho. Tavvy tomou, agradecido, e Emma se ajoelhou e colocou a mão na bochecha dele.

— Oi, querido — falou. — Você está bem?

Ele sorriu para ela, piscando os olhos. Ele parecia Julian quando os dois eram crianças. Antes de o mundo mudá-lo. *Meu melhor amigo e meu maior amor.*

Ela pensou em Malcolm. *A maldição dos* parabatai. Com o coração doendo, ela beijou a bochecha macia de bebê de Tavvy e se levantou para se deparar com Cristina atrás dela.

— Seu braço esquerdo — observou Cristina gentilmente, e a levou dali.

— Pode esticar?

Emma obedeceu e viu que a pele da mão e do pulso estava vermelha e cheia de bolhas, como se tivesse sido queimada.

Cristina balançou a cabeça, retirando a estela do casaco.

— Por alguns momentos, quando você estava atrás daquela parede que Malcolm criou, achei que não fosse sair.

Emma bateu com a cabeça no ombro de Cristina.

— Sinto muito.

— Eu sei. — Cristina se virou rapidamente, levantando a manga de Emma. — Você precisa de símbolos de cura.

Emma se apoiou em Cristina enquanto a estela percorria sua pele, tirando conforto do fato de que ela estava ali.

— Foi estranho, ficar presa ali com Malcolm — confessou a garota. — Basicamente ele só queria me contar sobre Annabel. E a questão é que... eu, de fato, me senti mal por ele.

— Não é estranho — disse Cristina. — É uma história terrível. Nem ele nem Annabel fizeram algo errado. Ver uma pessoa que você ama sofrendo uma punição tão terrível e sendo torturada... achar que essa pessoa o abandonou para depois descobrir que, na verdade, foi você quem a abandonou...

— Cristina estremeceu.

— Eu não tinha pensado por esse lado — falou Emma. — Acha que ele se sentia culpado?

— Tenho certeza de que sim. Qualquer um se sentiria.

Emma pensou em Annabel com uma pontada de dor. Ela era inocente, uma vítima. Com sorte, não teve consciência de nada, não soube dos esforços de Malcolm para revivê-la.

— Eu disse a ele que ele era tão ruim quanto a Clave, e ele pareceu sinceramente surpreso.

— Ninguém é o vilão da própria história. — Cristina soltou Emma, parando para examinar seu trabalho de cura. A dor no braço de Emma já estava diminuindo. Ela sabia que um símbolo aplicado por Julian provavelmente teria agido mais depressa, mas depois do que aconteceu com o símbolo de Resistência, ela não ousou permitir que ele a marcasse na frente de todos.

Julian. Sobre o ombro de Cristina, ela podia vê-lo, perto do carro. Ele estava com o telefone no ouvido. Enquanto o observava, ele tocou a tela e o guardou de volta no bolso.

— Então, os sinais estão funcionando outra vez? — perguntou Ty. — Para quem você estava ligando?

— Pizza — respondeu Julian.

Todos ficaram olhando para ele. Como os outros, ele estava imundo, com um longo arranhão na bochecha e os cabelos emaranhados. Ao luar, seus olhos tinham a cor de um rio subterrâneo.

— Achei que todos pudéssemos estar com fome — falou com uma calma enganadora, que Emma agora sabia significar que, o que quer que estivesse acontecendo na superfície, não era o mesmo que se passava em sua mente.

— É melhor irmos — pediu ele. — O colapso da convergência significa que a Clave vai conseguir enxergar no mapa a magia negra que irradia deste lugar. Quando voltarmos, acho que não estaremos sozinhos.

Eles se apressaram a fim de preparar todo mundo para ir: Livvy com Octavian no colo no banco de trás do Toyota, Diana levando Cristina e Diego na picape que tinha escondido entre arbustos. Kieran ofereceu Lança do Vento novamente para Mark, mas Mark declinou.

— Quero ir com meus irmãos — respondeu ele simplesmente.

Julian voltou-se para Kieran. Os olhos da fada estavam opacos, sem brilho. Julian desejava conseguir enxergar o que o irmão amou: um Kieran caloroso ou gentil com Mark. Gostaria de poder agradecer a Kieran por não ter deixado Mark sozinho na Caçada.

Gostaria de ter menos ódio no coração.

— Não precisa voltar conosco — disse Julian para Kieran. — Não precisamos mais da sua ajuda.

— Não vou até saber que Mark está seguro.

Julian deu de ombros.

— Como quiser. Quando voltarmos, não entre no Instituto até dissermos que é seguro. Estaríamos encrencados só de lutar ao seu lado.

A boca de Kieran enrijeceu.

— Sem mim, teriam saído derrotados hoje.

— Provavelmente — falou Julian. — Vou me lembrar de sentir gratidão cada vez que vir as cicatrizes nas costas de Emma.

Kieran se encolheu. Julian virou e foi para o carro. Diana cortou na frente dele, levantando a mão. Ela estava com um xale pesado e o rosto marcado por sangue, como se fossem sardas claras.

— A Clave pode muito bem estar esperando por vocês — disse ela sem preâmbulo. — Se quiser, levo a culpa por tudo e me coloco à mercê deles.

Julian olhou para ela por um longo instante. Ele tinha vivido sob regras muito rígidas por muito tempo. *Proteja Tavvy, proteja Livvy e Ty, proteja Dru. Proteja Emma.* Recentemente isso tinha se expandido um pouco — ele ia proteger Mark, porque Mark tinha voltado, e ele protegeria Cristina, porque Emma a amava.

Era um tipo de amor que poucas pessoas podiam entender. Era total, avassalador e podia ser cruel. Julian destruiria uma cidade inteira se achasse que representava alguma ameaça à sua família.

Quando você tinha 12 anos e era a única coisa entre sua família e a aniquilação, você não aprendia a ter moderação.

Ele considerou agora, com todo o distanciamento que conseguia ter, o que aconteceria se Diana tentasse levar a culpa; pensou na ideia, revirou-a na mente e a rejeitou.

— Não — disse ele. — E não estou sendo gentil. Não acho que funcionaria.

— Julian...

— Você esconde coisas — disse ele. — O Anjo sabe que tem alguma coisa que você ainda esconde, algum motivo pelo qual não podia assumir o Instituto. Algo que não vai contar. Você esconde bem, mas não é uma boa mentirosa. Não vão acreditar em você. Mas vão acreditar em mim.

— Então você já tem uma história para eles? — perguntou Diana, os olhos escuros se arregalando.

Julian não disse nada.

Ela suspirou, apertando o xale.

— Você é uma figura e tanto, Julian Blackthorn.

— Vou aceitar como um elogio — falou ele, apesar de duvidar que fosse essa a intenção de Diana.

— Sabia que eu estaria aqui hoje? — perguntou ela. — Achou que eu estivesse aliada a Malcolm?

— Não achei provável — respondeu Julian. — Mas, por outro lado, não confio plenamente em ninguém.

— Isso não é verdade — disse Diana, olhando para onde Mark estava ajudando Emma a sentar no lado esquerdo do carro. Os cabelos louros voavam como faíscas sob as estrelas. Diana olhou para Julian. — É melhor voltar. Vou ficar longe até amanhã.

— Vou falar que você não sabia de nada. As pessoas enganam seus tutores o tempo todo. E você nem mora com a gente. — Ele ouviu o carro dar a partida. Os outros estavam esperando por ele. — Então vai deixar Cristina e Diego no Instituto e depois vai para casa?

— Vou para algum lugar — falou ela.

Ele começou a caminhar para o carro, em seguida, parou e se virou para olhar para ela.

— Você, às vezes, se arrepende? De ter escolhido ser nossa tutora? Não precisava ser.

O vento soprou seus cabelos escuros sobre o rosto.

— Não — disse ela. — Sou quem sou porque faço parte da sua família. Nunca se esqueça, Jules. As escolhas que fazemos também nos fazem.

A volta para casa foi silenciosa e exausta. Ty estava quieto, olhando pela janela do passageiro. Dru mantinha-se encolhida feito uma bola. Emma apoiava-se em uma janela do banco de trás, segurando Cortana, os cabelos louros molhados caindo em seu rosto, os olhos fechados. Mark estava espremido ao lado dela.

Julian queria alcançar Emma, dar a mão para ela, mas não ousou, não na frente dos outros. Mas não conseguia deixar de esticar o braço para trás para tocar Tavvy, certificando-se de que seu garotinho continuava vivo, continuava bem.

Todos ainda estavam vivos, e isso era quase um milagre. Julian sentia-se como se todos os nervos do seu corpo tivessem sido arrancados da pele. Imaginou as terminações nervosas expostas, cada uma como um Sensor, reagindo à presença da família ao seu redor.

Ele pensou em Diana dizendo: *Vai ter que cortar o cordão.*

E ele sabia que era verdade. Um dia teria que abrir as mãos, permitir que seus irmãos e irmãs seguissem livres no mundo, um mundo que iria feri-los, machucá-los e derrubá-los, e que não os ajudaria a levantar depois. Algum dia ele teria que fazer isso.

Mas ainda não. Ainda não.

— Ty — disse Julian. Ele falou baixinho, para que os passageiros do banco de trás não ouvissem.

— Oi? — Ty olhou para ele. As sombras sob seus olhos estavam tão cinza quanto as íris.

— Você estava certo — falou Julian. — Eu estava errado.

— Estava? — Ty pareceu surpreso. — Em relação a quê?

— A vir conosco para a convergência — disse Julian. — Você lutou bem, incrivelmente bem, na verdade. Se não estivesse lá... — Sua garganta se fechou. Levou um momento até que pudesse falar outra vez. — Estou agradecido — falou. — E também peço desculpas. Deveria tê-lo ouvido. Você estava certo quanto ao que podia fazer.

— Obrigado — falou Ty. — Por se desculpar. — Ele ficou em silêncio, e Julian interpretou aquilo como o fim da conversa. Mas após alguns segundos Ty se inclinou e tocou levemente a cabeça no ombro do irmão; uma batida de cabeça amigável, como se fosse Church, procurando afeto. Julian esticou o braço para afagar o cabelo do irmão, e quase sorriu.

O sorriso incipiente desapareceu assim que pararam na frente do Instituto. Tinha sido iluminado como uma árvore de Natal. Estava escuro quando saíram, e, enquanto saltavam do carro, Julian reparou um brilho muito fraco no ar.

Trocou olhares com Emma. Luz no ar significava um Portal, e um Portal significava a Clave.

A picape de Diana encostou, e Diego e Cristina saíram. Fecharam as portas, e o carro seguiu caminho. Todos os Blackthorn tinham saltado também: alguns estavam piscando e praticamente dormindo (Dru, Mark), outros, suspeitamente quietos (Ty), e alguns, nervosos (Livvy, que estava segurando Tavvy com firmeza). Ao longe, Julian teve a impressão de ter visto a forma pálida da égua, Lança do Vento.

Foram juntos para a escada do Instituto. No topo, Julian hesitou com a mão na porta da frente.

Qualquer coisa podia estar esperando por ele do outro lado, desde os muitos integrantes do Conselho a alguns guerreiros da Clave. Julian sabia que não tinha mais como esconder Mark. Ele sabia quais eram seus planos. Sabia que se equilibravam, como um milhão de anjos, na cabeça de um alfinete. Acaso, circunstância e determinação os mantinham juntos.

Ele olhou ao redor e viu Emma olhando para ele. Apesar do rosto cansado e sujo não ter se aberto em um sorriso, ele viu nos olhos de Emma a segurança e a confiança que ela tinha nele.

Mas tinha se esquecido de uma coisa, pensou. Acaso, circunstância, determinação... e fé.

Ele abriu a porta.

A luz na entrada brilhava forte. Ambos os lustres de luz enfeitiçada estavam acesos, e a galeria superior, iluminada por fileiras de tochas que a família quase nunca usava. Luz brilhava sob as portas do Santuário.

No meio do recinto estava Magnus Bane, magnífico, com uma roupa elegante: um paletó e calças de brocado, os dedos adornados com dúzias de anéis. Ao seu lado, estava Clary Fairchild, os cabelos vermelho-escuros presos em um coque bagunçado, usando um delicado vestido verde. Ambos pareciam ter vindo de alguma festa.

Quando Julian e os outros entraram, Magnus ergueu uma sobrancelha.

— Ora, ora — falou o feiticeiro. — Vamos abater o gado gordo e tudo mais. Os filhos pródigos voltaram.

A mão de Clary voou para a boca.

— Emma, Julian... — Ela empalideceu. — *Mark?* Mark Blackthorn?

Mark não disse nada. Nenhum deles o fez. Julian percebeu que, inconscientemente, eles tinham se agrupado em torno de Mark, com um círculo frouxo protegendo-o. Até Diego, fazendo uma careta e respingado de sangue, estava participando.

Mark ficou em silêncio, os cabelos claros e desalinhados formando uma auréola em volta da cabeça, as orelhas pontudas e os olhos bicolores claramente visíveis sob a luz clara.

Magnus encarou bem Mark antes de olhar para o segundo andar.

— Jace! — chamou. — Desça aqui!

Clary foi em direção aos Blackthorn, mas Magnus a puxou gentilmente. Ela estava franzindo o rosto.

— Você está bem? — perguntou ela, direcionando a pergunta a Emma, mas claramente se referindo a todos. — Algum machucado?

Antes que qualquer um pudesse falar, houve uma comoção no topo da escada e uma figura alta apareceu.

Jace.

Na primeira vez que Julian realmente viu Jace Herondale, que era famoso entre os Caçadores de Sombras, Jace tinha mais ou menos 17 anos, e Julian tinha 12. Emma, que também tinha 12, não teve pudores em deixar claro para o mundo que achava Jace a pessoa mais linda e mais incrível que já agraciara o planeta com sua presença.

Julian não concordava, mas ninguém lhe perguntou.

Jace desceu as escadas de um jeito que fez Julian pensar se ele achava que tinha um magnífico trilho de trem atrás de si — lenta, deliberadamente e como se estivesse ciente de que era o foco de todos os olhares.

Ou talvez só estivesse acostumado a ser olhado. Emma parou de falar em Jace obsessivamente, em algum momento, mas o mundo dos Caçadores de Sombras o considerava fora do comum em termos de aparência. Seus cabelos eram absurdamente dourados, assim como os olhos. Assim como Magnus e Clary, ele parecia estar vindo de uma festa: usava um blazer cor de vinho e tinha um ar de elegância casual. Ao chegar ao degrau de baixo, ele olhou para Julian — coberto de sangue e sujeira — e depois para os outros, tão sujos e esfarrapados quanto ele.

— Bem, ou estavam combatendo as forças do mal ou estavam em uma festa muito mais selvagem do que a nossa. Olá, família Blackthorn.

Livvy suspirou. Ela estava olhando para Jace como Emma o fazia aos 12 anos. Dru, fiel à sua paixonite por Diego, apenas o encarou.

— Por que estão aqui? — perguntou Julian, apesar de já saber a resposta. Mesmo assim, era melhor transmitir a ideia de estar surpreso. As pessoas confiavam mais em suas respostas quando não achavam que eram ensaiadas.

— Magia negra — disse Magnus. — Um brilho enorme no mapa. No ponto da convergência. — Ele desviou o olhar para Emma. — Achei que tivesse alguma relação com aquela informação que passei. No que se refere a Linhas Ley, a convergência sempre é a chave.

— Por que não foi lá, então? — perguntou Emma. — Para a convergência?

— Magnus checou com um feitiço — respondeu Clary. — Não havia nada além de destroços, então pegamos um Portal para cá.

— Da festa de noivado da minha irmã, para ser exato — disse Jace. — Era *open bar*.

— Ah! — Um olhar de felicidade passou pelo rosto de Emma. — Isabelle vai se casar com Simon?

Até onde Julian sabia, nenhuma garota que já tivesse nascido se comparava a Emma, mas, quando Clary sorria, ela era muito bonita. O rosto todo se iluminava. Era algo que ela e Emma tinham em comum, na verdade.

— Sim — disse Clary. — Ele está muito feliz.

— *Mazel tov* para eles — disse Jace, se apoiando no corrimão da escada. — Enfim, estávamos na festa, e Magnus recebeu um alerta de magia necromante perto do Instituto de Los Angeles; tentamos falar com Malcolm, mas sem sorte. Então saímos discretamente, só nós quatro. O que é uma perda e tanto para a festa, se querem minha opinião, porque eu ia fazer um brinde e seria glorioso. Simon nunca mais ia poder mostrar a cara em público.

— Não é bem esse o objetivo de um discurso de noivado, Jace — censurou Clary. Ela estava olhando preocupada para Diego. Ele *estava* terrivelmente pálido.

— Quatro? — Emma olhou em volta. — Alec está aqui?

Magnus abriu a boca para responder, mas naquele instante as portas do Santuário se abriram, e um homem alto e robusto com cabelos escuros emergiu: Robert Lightwood, o atual Inquisidor, o segundo homem do comando de Idris e encarregado de investigar Caçadores de Sombras que transgrediam a Lei.

Julian tinha visto o Inquisidor exatamente uma vez na vida, quando foi forçado a se colocar diante do Conselho e fazer o seu relato sobre o ataque de Sebastian ao Instituto. Ele se lembrava de ter segurado a Espada Mortal na mão. A sensação de ter a verdade arrancada de você com facas e ganchos, de seus órgãos internos se rasgando.

Ele não mentiu em nenhum momento quando foi interrogado sobre o ataque, jamais quis nem planejou. Mas doeu assim mesmo. E segurar a Espada Mortal, ainda que por pouco tempo, formou em sua mente uma conexão inegável entre verdade e dor.

O Inquisidor marchou na direção dele. Era um pouco mais velho do que o Robert Lightwood de quem Julian se lembrava, os cabelos mais marcados com cinza. Mas o olhar em seus olhos azul-escuros era o mesmo: duro e frio.

— O que está acontecendo aqui? — Ele quis saber. — Rastreamos magia necromante até este Instituto há horas, e seu tio alega não saber de nada. O que é ainda mais perturbador, ele se recusou a nos contar para onde *vocês* tinham ido. — E se virou, os olhos avaliando o grupo e parando em Mark.

— Mark Blackthorn? — perguntou, incrédulo.

— Eu já disse isso — falou Clary.

Julian teve a sensação de que ela não morria de amores pelo futuro sogro; se era isso que ele era. Ele percebeu que não sabia se Jace e Clary tinham planos de se casar.

— Sim — falou Mark. Ele estava ereto, como se encarasse o esquadrão de fuzilamento. Encontrou o olhar de Robert Lightwood, e Julian viu o Inquisidor ficar tenso ao ver os olhos da Caçada Selvagem no rosto de um Caçador de Sombras.

Eram uma acusação contra a Clave, aqueles olhos. Eles diziam *vocês me abandonaram. Não me protegeram. Eu estava sozinho*.

— Eu voltei — disse Mark.

— A Caçada Selvagem jamais o teria libertado — retrucou o Inquisidor. — Você era valioso demais para eles. E fadas não devolvem o que tomam.

— Robert... — começou Magnus.

— Diga que estou errado — interrompeu Robert Lightwood. — Magnus? Alguém?

Magnus ficou em silêncio, seu descontentamento evidente. Os olhos dourados de Jace eram ilegíveis.

Dru emitiu um ruído assustado e abafado. Clary virou-se para Robert.

— Não é justo interrogá-los — disse ela. — São apenas crianças.

— Acha que não me lembro do tipo de encrenca em que você e Jace se metiam quando eram "apenas crianças"?

— Ele tem um bom argumento. — Jace sorriu para Julian e Emma, e o sorriso era como ouro derretendo sobre aço. Dava para ver o quanto a suavidade era um disfarce e como o que havia embaixo tinha dado a Jace o título de melhor Caçador de Sombras de sua geração.

— Não usamos necromancia — disse Julian. — Não precisamos. A questão das fadas... estão sempre dispostas a fazer acordos.

Duas figuras apareceram na entrada do Santuário. Anselm Nightshade, o rosto afiado e ossudo, cauteloso. E, ao lado dele, Arthur, parecendo cansado e trazendo uma taça de vinho. Julian tinha deixado a garrafa no Santuário mais cedo naquela noite. Era uma boa safra.

O espaço protegido do Santuário se estendia até um pouquinho depois das portas. Anselm esticou um dedo do pé sobre a linha, fez uma careta, e rapidamente o puxou de volta.

— Arthur. Você alegou estar discutindo Sófocles com Anselm Nightshade a noite inteira? — indagou Robert Lightwood.

— "Se tentar curar o mal com o mal, trará mais dor ao seu destino" — mencionou Arthur.

Robert ergueu uma sobrancelha.

— Ele está citando *Antígona* — respondeu Julian, lentamente. — Está querendo dizer que sim.

— Entre na sala, Arthur — pediu Robert. — Por favor, não me deixe com a impressão de que está se escondendo no Santuário.

— Quando você usa essa voz, *eu* quero me esconder no Santuário — disse Magnus. Ele tinha começado a vagar pela sala, pegando objetos e os pousando outra vez. Suas ações pareciam aleatórias, mas Julian sabia que não. Magnus fazia pouca coisa sem premeditação.

Assim como Jace. Ele estava sentado no degrau mais baixo da escada, o olhar aguçado fixo. Julian sentiu o peso, como uma pressão contra o peito. Ele limpou a garganta.

— Meus irmãos mais novos não têm nada com isso — falou. — E Tavvy está exausto. Ele quase foi morto hoje.

— Quê?! — exclamou Clary, o alarme escurecendo seus olhos verdes. — Como isso aconteceu?

— Eu explico — disse Julian. — Deixe os outros irem.

Robert hesitou por um instante antes de concordar com um aceno curto de cabeça.

— Eles podem ir.

Julian foi tomado por alívio quando Ty, Livvy e Dru subiram as escadas; Livvy ainda segurava Octavian no colo. No topo, Ty parou por um instante e olhou para baixo. Ele estava olhando para Mark, e a expressão em seu rosto era de medo.

— É a doença da tirania não confiar em nenhum amigo, Inquisidor — disse Anselm Nightshade — Ésquilo.

— Eu não vim até aqui, largando a festa de noivado da minha filha, para receber uma aula sobre os clássicos — retrucou Robert. — E isso não é assunto do Submundo. Por favor, nos espere no Santuário, Anselm.

Arthur entregou sua taça a Anselm, que a ergueu ironicamente, mas obedeceu, parecendo aliviado por se afastar da linha demarcatória onde o território sacro começava.

Assim que ele se retirou, Robert foi para cima de Arthur.

— O que sabe sobre isso tudo, Blackthorn?

— Um comitê do Reino das Fadas veio até nós — revelou Arthur. — Ofereceram Mark de volta para a família, e, em troca, nós os ajudaríamos a descobrir quem estava matando fadas em Los Angeles.

— E você não relatou nada disso à Clave? — indagou Robert. — Apesar de saber que estava violando a Lei, a Paz Fria...

— Eu queria meu sobrinho de volta — disse Arthur. — Você não teria feito o mesmo pela sua família?

— Você é um Caçador de Sombras — falou Robert. — Se precisar escolher entre a sua família e a Lei, escolha a Lei!

— *Lex malla, lex nulla* — citou Arthur. — Você conhece o lema da nossa família.

— Ele fez a coisa certa. — Pela primeira vez não havia humor na voz de Jace. — Eu teria feito o mesmo. Qualquer um de nós teria.

Robert pareceu exasperado.

— E descobriram? Quem estava matando as fadas?

— Descobrimos hoje — disse Julian. — Era Malcolm Fade.

Magnus enrijeceu, os olhos felinos brilhando.

— *Malcolm?* — Uma expressão confusa tomou seu rosto, e ele seguiu na direção de Julian. — E por que acha que foi um feiticeiro? Porque sabemos usar magia? Toda magia negra é culpa nossa?

— Porque ele confessou que foi ele — respondeu Julian.

Clary ficou boquiaberta. Jace permaneceu sentado, com o rosto inexpressivo como o de um gato.

O semblante de Robert escureceu.

— Arthur, você é o diretor do Instituto. Fale. Ou vai deixar isso nas mãos do seu sobrinho?

— Há coisas — disse Julian —, coisas que não contamos a Arthur. Coisas que ele não sabe.

Arthur colocou a mão na cabeça, como se estivesse com dor.

— Se fui enganado — falou o homem —, então deixe Julian explicar.

O olhar severo de Robert passou pelo grupo e se fixou em Diego.

— Centurião — chamou. — Um passo à frente.

Julian ficou tenso. Diego. Ele não o tinha considerado, mas Diego era um Centurião e, como tal, tinha um juramento de contar a verdade para a Clave. Claro que Robert ia querer falar com Diego em vez dele.

Ele sabia que não havia motivo real para Robert querer falar com ele. Ele não dirigia o Instituto. Arthur o fazia. Não importa que há anos respondesse as cartas de Robert e reconhecesse o jeito de Robert fazer as coisas melhor do que qualquer um dos presentes; não fazia diferença o fato de que através de correspondências oficiais, pelo menos, eles se conheciam muito bem. Ele era só um adolescente.

— Sim, Inquisidor? — disse Diego.

— Fale-nos de Malcolm Fade.

— Malcolm não é quem você pensa — começou Diego. — Ele foi responsável por muitas mortes. Foi o responsável pelas mortes dos pais de Emma.

Robert balançou a cabeleira escura.

— Como isso é possível? Os Carstairs foram mortos por Sebastian Morgenstern.

Ao ouvir o nome de Sebastian, Clary ficou pálida. Ela imediatamente olhou para Jace, que olhou para ela — um olhar costurado com anos de história compartilhada.

— Não — disse Clary. — Não foram. Sebastian era um assassino, mas Emma nunca acreditou que ele fosse o responsável pela morte de seus pais, e nem eu ou Jace. — Ela se virou para olhar para Emma. — Você estava certa — falou. — Sempre achei que um dia isso ficaria provado. Mas sinto muito que tenha sido Malcolm. Ele era seu amigo.

— E meu — disse Magnus, com tensão na voz. Clary foi para perto dele, colocando a mão em seu braço.

— Ele também era o Alto Feiticeiro — falou Robert. — Como isso aconteceu? O que quer dizer com isso, que ele andou matando pessoas?

— Uma série de assassinatos em Los Angeles — acrescentou Diego. — Ele estava convencendo mundanos a cometerem assassinatos e depois recolhia partes de seus corpos para poder usá-las com necromancia.

— A Clave devia ter sido chamada. — Robert pareceu furioso. — A Clave devia ter sido chamada no instante em que um comitê de fadas os procurou...

— Inquisidor — disse Diego. Ele parecia cansado. Todo o ombro direito do uniforme estava manchado de sangue. — Sou um Centurião. Respondo direto ao Conselho. Eu também não relatei o que estava acontecendo, porque depois que as coisas começaram, reportar teria atrasado tudo. — Ele não olhou para Cristina. — A Clave teria iniciado a investigação outra vez. Não havia tempo para isso, e a vida de uma criança estava em jogo. — Ele colocou a mão no peito. — Se quiser tirar meu medalhão, eu entenderei. Mas manterei até o fim que o que os Blackthorn fizeram foi o certo.

— Não vou retirar seu medalhão, Diego Rocio Rosales — disse Robert.
— Temos poucos Centuriões, e você é um dos melhores. — Ele olhou criticamente para Diego, para o braço sangrento e o rosto exaurido. — O Conselho vai esperar um relatório amanhã, mas por agora, vá cuidar de seus ferimentos.
— Vou com ele — disse Cristina.

Ela ajudou Diego a subir, com ele se apoiando no corpo magro dela. Mark olhou para os dois, depois desviou o olhar quando eles desapareceram para além da luz enfeitiçada, para as sombras.

— Robert, quando Julian tinha 12 anos, ele testemunhou diante do Conselho. Já se passaram cinco anos. Deixe que ele fale agora — pediu Jace, quando eles se foram.

Apesar da expressão de evidente relutância no rosto, Robert fez que sim com a cabeça.

— Muito bem — concordou. — Todo mundo quer ouvi-lo, Julian Blackthorn. Então fale.

Julian falou. Calmamente e sem floreios, ele começou a descrever a investigação, dos primeiros corpos encontrados até a conclusão, naquela noite, de que Malcolm era culpado.

Emma observou seu *parabatai* falar, e ficou imaginando como as coisas teriam sido diferentes se Sebastian Morgenstern não tivesse atacado o Instituto de Los Angeles há cinco anos.

Na mente de Emma, há anos, existiam dois Julians. Julian antes do ataque, que era como todo mundo — amava a família, mas também se irritava com ela; um irmão entre irmãos e irmãs com quem ele brigava, discutia, implicava e ria.

E Julian depois. Julian, ainda uma criança, aprendendo sozinho a alimentar e trocar fraldas de um bebê, preparando quatro refeições diferentes para quatro irmãos mais novos que gostavam e desgostavam de coisas diferentes; Julian, escondendo a doença do tio de um bando de adultos que teriam tirado dele as suas crianças; Julian, acordando aos berros com pesadelos de que algo tinha acontecido a Ty, Livvy ou Dru.

Emma sempre esteve presente para abraçá-lo, mas nunca entendeu de fato — como poderia, quando não sabia sobre Arthur, não sabia o quão sozinho Julian realmente estava? Ela apenas sabia que os pesadelos tinham diminuído e que uma força silenciosa havia assentado em Jules, uma grande determinação diante da qual a suavidade da infância se dissipou.

Ele não era um menino fazia muito tempo. Era aquele menino que Emma achava que poderia ser seu *parabatai*. Ela jamais teria se apaixonado por tal

Julian. Mas tinha se apaixonado por aquele, sem saber, porque como poderia se apaixonar por alguém que ela apenas imaginava que existia?

Ficou pensando se Mark reconhecia a mesma dissonância, de alguma forma, se enxergava a estranheza na postura e no jeito como Julian falava com o Inquisidor naquele momento, como se fossem dois adultos. Se ele via o cuidado com o qual Julian contava o que tinha acontecido: os detalhes-chave que deixava de fora, a forma como fazia parecer natural, inevitável, que não tivessem contado para a Clave o que estavam fazendo. A maneira como deixou Kit e Johnny Rook de fora da história. Teceu um conto com uma série de eventos que não foram culpa de ninguém, que ninguém poderia ter antevisto ou prevenido; e o fez sem que nenhum traço de hesitação cruzasse seu rosto.

Quando terminou, Emma estremeceu por dentro. Ela amava Julian, sempre o amaria. Mas, naquele instante, sentiu um pouco de medo dele também.

— Malcolm estava criando *assassinos*? — Robert ecoou quando Julian parou de falar.

— Faz sentido — disse Magnus. Ele se levantou com a mão no queixo e um dedo longo batendo na maçã do rosto. — Uma das razões pelas quais a necromancia é proibida tem relação com os ingredientes necessários; coisas como a mão de um assassino que matou a sangue-frio ou o olho de um enforcado que ainda guarda a imagem da última coisa que ele viu. Obter esses ingredientes orquestrando as situações de criação foi engenhoso. — Ele pareceu notar Robert o encarando. — E também muito cruel — acrescentou. — Muito.

— Seu sobrinho faz um relato convincente, Arthur — disse Robert. — Mas você está notavelmente ausente da história. Como não notou que tudo isso estava acontecendo?

Julian tinha montado a história de um jeito que a ausência de Arthur parecesse natural. Mas Robert era como um cão farejador. Emma supunha que fosse esta a razão pela qual fora eleito para a posição de Inquisidor.

Emma olhou para o outro lado da sala e encontrou o olhar verde de Clary. Ela pensou em Clary, ajoelhando diante dela em Idris, segurando suas mãos, elogiando Cortana. Ela pensou em como as gentilezas demonstradas para as crianças eram coisas que elas jamais esqueciam.

— Robert — disse Clary. — Não há razão para isso. Eles tomaram decisões difíceis, mas não foram decisões erradas.

— Então deixe-me perguntar isso a Arthur, Clary — falou Robert. — Que castigo ele escolheria para Nephilim, mesmo jovens, que transgrediram a Lei?

— Bem, isso depende — retrucou Arthur — se eles já foram punidos há cinco anos, com a perda do pai, do irmão e da irmã.

Robert ruborizou.

— Foi a Guerra Maligna que levou a família deles...

— Foi a Clave que levou Mark e Helen — argumentou Magnus. — Esperamos traições de nossos inimigos. Não daqueles que supostamente devem cuidar de nós.

— Nós teríamos protegido Mark — disse Robert Lightwood. — Não havia razão para temer a Clave.

Arthur estava pálido, os olhos dilatados. Mesmo assim, Emma nunca o tinha ouvido falar tão eloquentemente ou com tanta clareza. Era bizarro.

— Teriam? — Quis saber. — Nesse caso, por que Helen ainda está na Ilha Wrangel? — continuou Arthur.

— Ela está mais segura lá — disparou Robert. — Existem aqueles... não eu... que ainda odeiam as fadas pela traição da Guerra Maligna. Como acha que ela seria tratada se estivesse entre outros Caçadores de Sombras?

— Então não poderiam ter protegido Mark — disse Arthur. — Você admite.

Antes que Robert pudesse falar, Julian disse:

— Tio Arthur, pode contar a verdade a eles.

Arthur pareceu confuso; por mais clara que sua mente parecesse no momento, ele não parecia saber do que Julian falava. Estava com a respiração acelerada, como aconteceu no Santuário quando teve dor de cabeça.

Julian voltou-se para Robert.

— Arthur queria ir até o Conselho assim que o Povo das Fadas trouxe Mark para cá — disse ele. — Imploramos que não fosse. Temíamos que nosso irmão fosse ser levado. Achamos que se pudéssemos resolver os assassinatos, se Mark nos ajudasse, talvez fosse mais bem-visto pelo Conselho. Poderia ajudar a convencê-los a deixá-lo ficar.

— Mas você entende o que vocês fizeram? — O Inquisidor quis saber. — Malcolm... se estava em busca de poder maligno... ele poderia ter representado uma ameaça para toda a Clave. — Mas Robert não soou convencido disso.

— Ele não estava em busca de poder — respondeu Julian. — Ele queria trazer de volta dos mortos uma pessoa que amou. Foi horrível o que ele fez. E ele morreu por isso, como deveria ser. Mas era seu único objetivo e único plano. Ele nunca se importou com a Clave ou com os Caçadores de Sombras. Ele só se importava com ela.

— Pobre Malcolm — disse Magnus baixinho. — Perder a pessoa amada, desse jeito. Sabíamos que ele tinha amado uma garota que virara Irmã do Silêncio. Mas não tínhamos ideia da verdade.

— Robert — interveio Jace —, esses meninos não fizeram nada de errado.

— Talvez não, mas eu sou o Inquisidor. Não posso esconder isso. Com Malcolm Fade morto, tendo levado o Volume Negro para o fundo do oceano consigo, e com tudo isso tendo acontecido sem que o diretor do Instituto percebesse...

Julian deu um passo à frente.

— Tem algo que o tio Arthur não está lhe contando — falou ele. — Ele não estava simplesmente nos deixando soltos enquanto não fazia nada. Ele estava rastreando outra fonte de magia negra.

Julian olhou para Magnus ao falar. Magnus, que os havia ajudado no passado. Ele parecia querer que Magnus entendesse e acreditasse nele.

— Não é coincidência que Anselm Nightshade estivesse no Santuário — prosseguiu Julian com a voz firme. — Arthur o trouxe porque sabia que vocês viriam.

Robert ergueu uma sobrancelha.

— É verdade? Arthur?

— É melhor contar para eles — disse Julian, olhando fixamente para o tio. — Eles vão acabar descobrindo de qualquer jeito.

— Eu... — Arthur estava encarando Julian. A expressão tão vazia que o estômago de Emma embrulhou. Julian parecia querer que Arthur seguisse sua linha. — Eu não queria mencionar — disse Arthur —, porque parece bobagem perto do que descobrimos sobre Malcolm.

— Mencionar o quê?

— Nightshade anda usando magia negra com fins lucrativos — disse Julian. Ele manteve a expressão calma, um pouco tristonha. — Ele tem ganhado muito dinheiro com pós viciantes que põe na pizza que vende.

— Isso... é verdade! — falou Emma, passando por cima do silêncio atordoado de Arthur. — Há pessoas tão viciadas por toda a cidade que fazem qualquer coisa por ele, só para conseguir mais.

— Vício em pizza? — disse Jace. — Isso é, sem dúvida, a coisa *mais estranha*... — Ele se interrompeu quando Clary pisou no pé dele. — Parece sério — emendou. — Pós demoníacos viciantes e tudo mais.

Julian atravessou o recinto para o armário e abriu a porta. Várias caixas de pizza caíram.

— Magnus? — chamou Julian.

Magnus jogou a ponta do cachecol sobre o ombro e se aproximou de Julian e das caixas. Ele levantou a tampa de uma caixa com tanto cuidado quanto se estivesse abrindo um baú do tesouro trancado.

Estendeu a mão para a caixa, virando da esquerda para a direita. Depois levantou o olhar.

— Arthur está certo — falou. — Magia negra.

Um grito ecoou de dentro do Santuário.

— Traição! — gritou Anselm. — *Et tu, Brute?*
— Ele não pode sair — disse Arthur, parecendo entorpecido. — As portas de fora estão trancadas.

Robert saiu correndo para o Santuário. Após um instante, Jace e Clary foram atrás, deixando apenas Magnus, com as mãos nos bolsos, na antessala.

Magnus olhou para Julian, os olhos dourados-esverdeados muito sérios.

— Muito bem — disse ele. — Não sei exatamente de que outro jeito descrever, mas... muito bem.

Julian olhou para Arthur, que estava apoiado na parede perto da porta do Santuário, com os olhos semifechados e dor no rosto.

— Vou queimar no inferno por isso — murmurou ele baixinho.

— Não é vergonha nenhuma queimar pela família — disse Mark. — Queimarei ao seu lado, com todo prazer.

Julian olhou para ele, com surpresa e gratidão no rosto.

— E eu também — falou Emma. Ela olhou para Magnus. — Sinto muito — emendou. — Fui eu que matei Malcolm. Sei que ele era seu amigo e eu gostaria de...

— Ele era meu amigo — disse Magnus, e seus olhos escureceram. — Eu sabia que ele tinha amado alguém que morreu. Não sabia do restante da história. A Clave o traiu, exatamente como ele os traiu. Eu já vivi muito... vi muitas traições e muitos corações partidos. Existem pessoas que se permitem ser devoradas pelo luto. Que se esquecem de que outros também sentem dor. Se Alec morresse... — Ele olhou para as próprias mãos. — Preciso pensar que eu não seria assim.

— Só estou feliz por finalmente saber o que aconteceu com meus pais — falou Emma. — Finalmente, eu sei.

Antes que qualquer outra pessoa pudesse acrescentar mais alguma coisa, houve uma explosão na entrada do Santuário. No mesmo instante Jace apareceu, derrapando, com o blazer chique rasgado e os cabelos louros desalinhados. Ele sorriu para os outros, um sorriso tão alegre que pareceu iluminar o recinto.

— Clary está com Nightshade preso em um canto — falou. — Ele é bem ágil para um vampiro tão velho. Obrigado pelo exercício, aliás. E pensar que eu achei que a noite fosse ser monótona!

Depois que tudo foi resolvido com o Inquisidor, que tinha levado Anselm Nightshade (ainda jurando vingança), e a maioria dos moradores do Instituto foi para a cama, Mark seguiu até a porta da frente e olhou para fora.

Já amanhecia. Mark podia ver o sol nascendo, ao longe, na beira leste da curva da praia. Havia uma luminosidade perolada na água, como se tinta branca estivesse entornando no mundo por uma rachadura no céu.

— Mark — disse uma voz atrás dele.

Ele virou. Era Jace Herondale.

Era estranho olhar para Jace e Clary, estranho de um jeito que ele duvidava que fosse para seus irmãos. Afinal, na última vez em que os vira, eles tinham a idade de Julian. Foram os últimos Caçadores de Sombras que viu antes de ser levado pela Caçada.

Estavam longe de serem irreconhecíveis — provavelmente tinham apenas 21 ou 22 anos. Mas, de perto, Mark via que Jace tinha adquirido uma aura incontestável de decisão e maturidade. Fazia muito tempo que havia deixado de ser o menino que tinha olhado nos olhos de Mark e dito com a voz trêmula: *A Caçada Selvagem. Você é um deles agora.*

— Mark Blackthorn — disse Jace. — Eu seria educado e diria que você mudou, mas não é o caso.

— Eu mudei — afirmou Mark. — Mas não de um jeito que você consiga enxergar.

Jace pareceu receber o comentário com humor; fez um sinal afirmativo com a cabeça e olhou para o oceano.

— Um cientista uma vez disse que, se o mar fosse tão claro quanto o céu, que se pudéssemos ver tudo que tem nele, ninguém entraria na água. É aterrorizante, o que vive na água, 8 quilômetros abaixo.

— Assim diz alguém que não conhece os terrores do céu — falou Mark.

— Talvez não — respondeu Jace. — Você ainda tem a luz enfeitiçada que lhe dei?

Mark fez que sim com a cabeça.

— Guardei comigo no Reino das Fadas.

— Eu só dei pedras de luz enfeitiçada para duas pessoas na minha vida — falou Jace. — Clary e você. — Ele inclinou a cabeça para o lado. — Tinha alguma coisa em você quando o encontramos no túnel. Estava apavorado, mas não ia desistir. Nunca tive a menor dúvida de que voltaria a vê-lo.

— Sério? — perguntou Mark, desconfiado.

— Sério. — Jace sorriu daquele seu jeito simples e charmoso. — Apenas lembre-se de que o Instituto de Nova York está com você — falou. — Não deixe Julian se esquecer disso se algum dia tiverem problemas outra vez. Não é fácil dirigir um Instituto. Disso eu sei.

Mark começou a protestar, mas Jace já tinha se virado e voltado para perto de Clary. Por alguma razão, Mark duvidou que Jace fosse ter dado atenção ao seu protesto, caso ele o tivesse concluído. Ele claramente enxergava a situação tal qual ela era, mas não planejava fazer nada que afetasse o equilíbrio.

Mark examinou o horizonte outra vez. O alvorecer estava se espalhando. A rua e a estrada, as árvores do deserto, todos aliviados pela luz que aumentava. E ali, perto da beira da estrada, encontrava-se Kieran, olhando para o mar. Mark só o enxergava como uma sombra, mas, mesmo como sombra, Kieran não poderia ser mais ninguém.

Ele desceu os degraus e foi para onde Kieran estava. Ele não tinha trocado de roupa, e a lâmina de sua espada, pendurada na lateral dele, estava manchada de sangue seco.

— Kieran — disse Mark.

— Você vai ficar? — perguntou Kieran, e se pegou com um olhar pesaroso. — Claro que vai ficar.

— Se está me perguntando se vou ficar com minha família ou voltar para a Caçada Selvagem, então sim, você tem a sua resposta — disse Mark. — A investigação acabou. O assassino e seus Seguidores se foram.

— Esses não eram os termos da barganha — falou Kieran. — Os Caçadores de Sombras tinham que entregar o assassino para as Fadas, para aplicarmos a nossa justiça.

— Considerando a morte de Malcolm e a magnitude da traição de Iarlath, espero que o seu povo considere com leniência a minha escolha — anunciou Mark.

— *Meu* povo — ecoou Kieran. — Você sabe que não são lenientes. Não foram comigo. — Mark pensou na primeira vez que viu os olhos negros de Kieran encarando desafiadoramente através do emaranhado de cabelos escuros. Pensou no júbilo dos outros Caçadores em terem um príncipe para atormentar e gozar. Em como Kieran enfrentou o fato de que seu pai o jogou para a Caçada como alguém pode jogar um osso para um cachorro. Kieran não tinha um irmão que o amasse e lutasse para tê-lo de volta. Ele não tinha Julian. — Mas vou lutar por você — falou ele, encontrando o olhar de Mark. — Vou dizer a eles que é seu direito ficar — hesitou. — Nós... vamos voltar a nos ver?

— Acho que não, Kieran — disse Mark, o mais gentilmente possível. — Não depois de tudo que aconteceu.

Uma breve onda de dor, rapidamente escondida, passou pelo rosto de Kieran. A cor de seu cabelo desbotou para um azul-prateado, não muito diferente do mar pela manhã.

— Eu não esperava outra resposta — falou ele. — Mas tive esperança. É difícil matar a esperança. Mas suponho que o tenha perdido há muito tempo.

— Não tanto — disse Mark. — Você me perdeu quando veio aqui com Gwyn e Iarlath e deixou que chicoteassem meu irmão. Eu poderia perdoar qualquer dor causada a mim. Mas jamais o perdoarei pelo que Julian e Emma sofreram.

— Emma? — falou Kieran, contraindo as sobrancelhas. — Achei que fosse a outra menina que o tivesse encantado. Sua princesa.

Mark soltou um riso engasgado.

— Pelo Anjo — falou, e viu Kieran se encolher com as palavras dos Caçadores de Sombras. — Sua imaginação é limitada pelo seu ciúme. Kieran... todos que moram sob este teto, sejam ou não ligados por sangue, nós somos ligados por uma rede invisível de amor, obrigação, lealdade e honra. É isso que significa ser um Caçador de Sombras. Família...

— O que eu saberia sobre família? Meu pai me vendeu para a Caçada Selvagem. Eu não conheço minha mãe. Tenho três dúzias de irmãos, e todos eles ficariam felizes em me ver morto. Mark, você é tudo que eu tenho.

— Kieran...

— E eu te amo — disse Kieran. — Você é tudo que eu amo na terra e sob o céu.

Mark olhou nos olhos de Kieran, o prata e o preto, e viu neles, como sempre o fazia, o céu noturno. E sentiu aquele puxão traiçoeiro sob as costelas, o que dizia que as nuvens poderiam ser sua estrada. Que ele não precisava se preocupar com questões humanas: dinheiro, abrigo, regras e leis. Ele poderia cavalgar os céus sobre geleiras, sobre copas de florestas que nenhum humano sabia que existia. Ele poderia dormir nas ruínas de cidades perdidas havia séculos. Seu abrigo poderia ser um único cobertor. Ele poderia deitar nos braços de Kieran e contar as estrelas.

Mas ele sempre nomeou as estrelas com os nomes de seus irmãos. Havia uma beleza na ideia de liberdade, mas era uma ilusão. Todo coração humano era acorrentado pelo amor.

Mark esticou o braço e tirou do pescoço o cordão que prendia sua flecha de elfo. Ele esticou o braço e pegou a mão de Kieran, virando-a de modo a exibir a palma e deixando o colar cair nela.

— Não vou mais atirar flechas para a Caçada Selvagem — disse ele. — Fique com isso e talvez lembre-se de mim.

A mão de Kieran apertou a ponta da flecha, suas juntas embranquecendo.

— As estrelas vão se apagar antes de eu esquecê-lo, Mark Blackthorn.

Levemente, Mark tocou a face de Kieran. Os olhos do príncipe fada estavam arregalados e sem lágrimas. Mas neles Mark enxergava um grande deserto de solidão. Mil noites escuras cavalgando sem ter uma casa aonde chegar.

— Eu não o perdoo — disse ele. — Mas você veio nos ajudar, no final. Não sei o que teria acontecido se não tivesse aparecido. Então, se precisar de mim, se for uma necessidade verdadeira, mande me chamar e eu irei.

Kieran semicerrou os olhos.

— Mark...

Mas Mark já tinha se virado. Kieran ficou parado, olhando-o partir, e, apesar de não ter se mexido ou falado, na beira da falésia, Lança do Vento empinou e gritou, seus cascos mirando o céu.

A janela de Julian tinha vista para o deserto. Em algum momento durante os últimos cinco anos, ele poderia ter se mudado para o quarto de Mark, que tinha vista para o mar, mas isso seria o mesmo que desistir da ideia de ter Mark de volta. Além disso, o quarto dele era o único com um banco sob a janela, coberto com almofadas atualmente um pouco puídas. Ele e Emma tinham passado horas ali juntos, o sol entrando pelo vidro, transformando em fogo os cabelos claros da garota.

Ele estava sentado ali agora, com a janela aberta para tirar os cheiros que pareciam grudados nele, mesmo depois do banho: sangue e pedra molhada, água do mar e magia negra.

Uma hora tudo acabava, ele pensou. Até mesmo a noite mais estranha de sua vida. Clary tinha puxado ele e Emma de lado depois que Anselm foi capturado, os abraçou e os lembrou de que sempre podiam ligar. Ele sabia que Clary estava, com seu jeito quieto, tentando dizer aos dois que não tinha problema descarregarem seus fardos nela.

Ele sabia que nunca o faria.

O telefone dele tocou. Ele olhou para a tela: era Emma. Ela havia mandado uma foto para ele. Sem palavras, só a foto do armário dela: a porta aberta, as fotos e os mapas, e cordas e notas saltando para fora.

Ele vestiu uma calça e uma camiseta, e seguiu pelo corredor. O Instituto estava em silêncio, todos dormindo, o único som era o vento do deserto do lado de fora, soprando contra vidro e pedra.

Emma estava no quarto, sentada contra o encosto ao pé da cama, o telefone ao seu lado. Ela vestia uma camisola longa e com alcinhas, branca e clara ao luar.

— Julian — falou, sabendo que ele estava ali sem precisar levantar os olhos. — Você estava acordado, certo? Eu tive a sensação de que estaria.

Ela se levantou, ainda olhando para o armário.

— Não sei o que fazer com isso — declarou ela. — Passei tanto tempo coletando tudo que parecia evidência, tirando conclusões, pensando nisso e em nada além disso. Este era o meu grande segredo, o coração de tudo que sempre fiz. — Ela olhou para ele. — Agora é só um armário cheio de lixo.

— Não posso dizer o que você deveria fazer com tudo isso — disse ele. — Mas posso falar que não precisa pensar nisso agora.

O cabelo dela estava solto, como luz sobre os ombros, tocando seu rosto com as pontas dos cachos, e ele enterrou os dedos nas palmas para se segurar e não puxá-la para si, enterrar o rosto e as mãos nele.

Em vez disso, ele olhou para os cortes que já se curavam nos braços e mãos dela, o vermelho desbotado dos pulsos queimados, as evidências de que a última noite não tinha sido fácil.

Nada do que faziam era.

— Mark vai ficar — falou ela. — Certo? Não há nada que a Clave possa fazer para mandá-lo embora agora?

Mark. O primeiro pensamento dela é sobre Mark. Julian afastou o pensamento: era indigno, ridículo. Eles não tinham mais 12 anos.

— Nada — disse Julian. — Ele não foi exilado. A regra era só que não podíamos procurar por ele. Não procuramos. Ele encontrou o caminho de casa, e não podemos mudar isso. E acho, depois da ajuda que nos deu com Malcolm, que não seria uma jogada muito bem aceita.

Ela esboçou um sorriso para ele, antes de voltar para a cama, deslizando as pernas nuas para baixo da coberta.

— Fui dar uma olhada em Diego e Cristina — falou. — Ele estava desmaiado na cama dela e ela dormia por cima das cobertas. Eu vou tirar o maior sarro dela amanhã.

— Cristina está apaixonada por ele? Diego, quero dizer — perguntou Julian, sentando-se na lateral da cama de Emma.

— Não tenho certeza. — Emma mexeu os dedos. — Eles têm, você sabe. Coisas.

— Não, não sei. — Ele imitou o gesto dela. — O que é isso?

— Assuntos emocionais mal resolvidos — respondeu, puxando a coberta.

— Mexer os dedos significa assuntos mal resolvidos? Terei que manter isso em mente. — Julian sentiu um sorriso se formar nos cantos da boca. Só Emma poderia fazê-lo sorrir depois de uma noite como a que tiveram.

Ela puxou um canto da coberta.

— Fica? — pediu Emma.

Não havia nada que Julian quisesse mais do que se deitar ao lado dela, para traçar o formato de seu rosto com os dedos: maçãs do rosto grandes, queixo pontudo, olhos semifechados, cílios como seda contra as pontas dos seus dedos. Seu corpo e mente estavam mais do que exaustos, cansados demais para o desejo, mas a vontade de ter proximidade e companheirismo permaneciam. O toque das mãos dela, a pele de Emma eram um conforto que nada mais poderia reproduzir.

Ele se lembrou da praia, de ter passado horas deitado e acordado, tentando memorizar o que era abraçar Emma. Eles já tinham dormido um ao lado do outro muitas vezes, mas ele nunca tinha percebido o quanto era diferente quando você podia envolver o formato de alguém em seus braços. Sincronizar sua respiração com a dela.

Ele engatinhou na cama para ficar ao lado dela, ainda de roupa, e deitou embaixo das cobertas. Ela estava de lado, com a cabeça apoiada na mão. Sua expressão era séria, decidida.

— A forma como você orquestrou tudo hoje, Julian. Você me assustou um pouco.

Ele tocou a ponta do cabelo dela, brevemente, antes de abaixar a mão. Uma dor lenta se espalhou pelo corpo dele, uma dor profunda que parecia irradiar da medula.

— Você nunca deveria ter medo de mim — disse ele. — Nunca. Você é uma das pessoas que eu jamais machucaria.

Emma esticou a mão e colocou a palma no coração dele. O tecido da camiseta separava a mão dela do peito de Julian, mas ele sentiu o toque como se fosse na pele nua.

— Diga-me o que aconteceu quando voltamos, com Arthur e Anselm — pediu ela. — Porque acho que nem eu entendi.

Então Julian contou para ela. Contou sobre como há meses vinha entornando os restos dos frascos que Malcolm lhe dava em uma garrafa de vinho, só por via das dúvidas. Como deixou o vinho com essa superdosagem no Santuário, sem saber quando seria necessário. Como percebeu na convergência que Arthur teria que estar com a cabeça boa quando voltassem, estar funcionando. Como ligou para Arthur, avisando que ele teria que oferecer o vinho a Anselm e tomar um pouco, sabendo que só o tio seria afetado. Como sabia que tinha feito uma coisa horrível, dando aquilo para o tio sem que o próprio soubesse. Como tinha guardado as caixas de pizza no armário há dias, só por via das dúvidas; como sabia que tinha feito uma coisa horrível mesmo com Anselm, que não merecia a punição que provavelmente iria receber. Como ele não sabia que, às vezes, era capaz de fazer as coisas que fazia, e ao mesmo tempo não conseguia deixar de fazê-las.

Quando Julian terminou, ela se inclinou para perto, tocando gentilmente a bochecha dele. Emma tinha um cheiro suave de sabão de água de rosas.

— Eu sei quem você é — disse ela. — Você é meu *parabatai*. Você é o menino que faz o que tem que ser feito, porque mais ninguém o fará.

Parabatai. Ele nunca tinha pensado nessa palavra com amargura antes, mesmo sentindo o que sentia e sabendo o que sabia. E, no entanto, agora, ele pensou nos anos e anos pela frente em que jamais se sentiriam totalmente seguros juntos, não teriam como se tocar, se beijar ou consolar um ao outro sem medo da descoberta, e uma súbita emoção o invadiu, incontrolável.

— E se fugíssemos? — perguntou ele.

— Fugir? — repetiu ela, parecendo confusa. — Para onde?

— Para algum lugar onde não nos encontrariam. Eu poderia fazer isso. Poderia encontrar um lugar.

Julian viu a solidariedade nos olhos dela.

— Descobririam o motivo. Não poderíamos voltar.

— Eles nos perdoaram por violar a Paz Fria — falou, e sabia que soava desesperado. Julian sabia que suas palavras estavam tropeçando umas nas outras. Mas eram palavras que ele queria e não ousou dizer durante anos: eram palavras que pertenciam a uma parte dele que tinha ficado trancada por tanto tempo que nem sabia que ainda existiam. — Precisam de Caçadores de Sombras. Não há o suficiente. Pode ser que nos perdoem por isso também.

— Julian... você não aguentaria viver se deixasse as crianças. E Mark, e Helen. Quero dizer, você acabou de ganhar Mark de volta. Não tem como.

Ele conteve o pensamento deles, de seus irmãos e irmãs, como se fosse Poseidon contendo a maré.

— Você está falando isso porque não quer ir embora comigo? Porque se não quiser...

Ao longe, no corredor, um grito fino se elevou: Tavvy.

Julian saiu da cama em segundos, o chão frio sob os pés descalços.

— É melhor eu ir.

Emma se apoiou nos cotovelos. Estava com o rosto sério, dominado pelos grandes olhos escuros.

— Vou com você.

Eles se apressaram pelo corredor para o quarto de Tavvy. A porta estava semiaberta, uma fraca luz enfeitiçada queimando no interior. Tavvy estava encolhido, metade do corpo para fora da tenda, girando e se mexendo enquanto dormia.

Em instantes, Emma se ajoelhou perto dele, afagando seus desalinhados cabelos castanhos.

— Bebê — murmurou ela. — Pobre bebê, pelo Anjo, que noite você teve.

Ela se deitou de lado, olhando para Tavvy, e Julian se deitou do outro lado do menininho. Tavvy soltou um grito, e se aconchegou a Julian, a respiração suavizando enquanto ele relaxava no sono.

Julian olhou sobre a cabeça cacheada do irmão para Emma.

— Você se lembra? — perguntou.

Ele pôde ver nos olhos dela que sim. Dos anos em que cuidaram dos outros, das noites em que passaram acordados com Tavvy ou Dru, com Ty e Livvy.

— Lembro — falou ela. — Por isso falei que você não poderia deixá-los. Você não suportaria. — Ela apoiou a cabeça na mão, a cicatriz no braço era uma linha branca sob a pouca luz. — Não quero que faça algo de que vai se arrepender por toda a vida.

— Já fiz algo de que vou me arrepender para sempre — falou, pensando nos círculos de fogo na Cidade do Silêncio, na Marca na clavícula. — Agora estou tentando consertar.

Ela abaixou a cabeça gentilmente para o chão ao lado de Tavvy, os cabelos claros formando um travesseiro.

— Como você disse sobre o meu armário — falou ela. — Vamos conversar amanhã. Tudo bem?

Ele fez que sim com a cabeça, olhando enquanto ela fechava os olhos, enquanto sua respiração se uniformizava ao cair no sono. Ele tinha esperado todo esse tempo, afinal. Podia esperar mais um dia.

Antes do amanhecer, Emma acordou de um pesadelo, gritando os nomes de seus pais — e de Malcolm — em voz alta. Julian a pegou nos braços e a levou pelo corredor para o quarto dela.

27

Divida Minha Alma

A última vez em que Kit Rook viu o pai foi um dia comum e eles estavam sentados na sala. Kit, esticado no chão, lia um livro sobre golpes e trapaças. De acordo com Johnny Rook, era hora de "aprender os clássicos" — o que, para a maioria das pessoas, significaria Hemingway e Shakespeare, mas para Kit significava decorar coisas como o Prisioneiro Espanhol e a Derrubada do Melão.

Johnny estava em sua cadeira favorita, na habitual pose reflexiva: dedos sob o queixo, pernas cruzadas. Era em momentos como aquele, quando o sol entrava pela janela e iluminava os ossos pontudos do rosto de seu pai, que Kit pensava em todas as coisas que não sabia — quem foi a mãe; se era verdade, como se fofocava no Mercado, que a família de Johnny era da aristocracia britânica, que o descartou quando ele manifestou sua Visão. Não que Kit quisesse ser da aristocracia, mas a questão era que ele imaginava como seria fazer parte de uma família com mais de duas pessoas.

De repente, o chão tremeu embaixo dele. O livro de Kit voou e deslizou por alguns metros no chão até bater na mesa de centro. Ele se sentou, com o coração acelerado, e viu que o pai já estava na janela.

Kit se levantou.

— Terremoto? — perguntou o garoto. Quando a pessoa morava no sul da Califórnia, se acostumava a pequenas sacudidas das falhas geológicas da Terra, acordando no meio da noite com vidros batendo dentro dos armários da cozinha.

Johnny deu as costas para a janela, com o rosto mortalmente pálido.

— Alguma coisa aconteceu com o Guardião — explicou Rook. — Os feitiços de proteção em torno da casa sumiram.

— Quê? — Kit estava pasmo. A casa deles era protegida desde que ele conseguia se lembrar. O pai falava das barreiras como se elas fossem o teto ou o alicerce da casa: essenciais, necessários, parte do material de construção.

Ele se lembrou, então, no ano passado, do pai falando alguma coisa sobre feitiços de proteção demoníacos mais poderosos...

Johnny xingou, uma porção de impropérios em série, e girou para a estante de livros. Ele pegou um livro de feitiços envelhecido.

— Desça, Kit — falou, indo tirar o tapete do meio da sala e revelando o círculo de proteção ali.

— Mas...

— Eu falei para descer! — Johnny deu um passo na direção do filho, como se quisesse pegá-lo, tocá-lo no ombro, talvez. Então ele abaixou o braço. — Fique no porão e não saia, não importa o que aconteça. — Ele rosnou e voltou a se virar para o círculo.

Kit começou a recuar para as escadas. Ele tropeçou em um degrau, depois em outro, antes de parar.

O telefone de Johnny estava em uma prateleira baixa, alcançável dos degraus. Kit o pegou, procurando o nome, o nome dela. *Mas se mudar de ideia, você tem meu telefone. Carstairs.*

Ele mal teve tempo de digitar uma mensagem quando o chão da sala explodiu. *Coisas* entornaram do espaço abaixo. Pareciam enormes louva-a-deus, seus corpos no tom verde e amargo de veneno. Tinham pequenas cabeças triangulares com bocas imensas cheias de dentes serrilhados e patas dianteiras afiadas.

O pai de Kit estava congelado no meio do círculo. Um demônio se lançou contra ele e ricocheteou no feitiço que o cercava. Outro repetiu o gesto e também fracassou. Os demônios começaram a chiar alto.

Kit não conseguia se mover. Ele sabia sobre demônios, é claro. Já tinha visto fotos e até sentido o cheiro de magia demoníaca. Mas isso era diferente. Ele captou o olhar do pai: Johnny o estava encarando com uma mistura de pânico e fúria. *Desça.*

Kit tentou fazer os pés se moverem, carregarem-no. Não obedeciam. O pânico o fez congelar.

O maior dos demônios pareceu sentir seu cheiro e zumbiu de animação. Começou a ir em direção a ele.

Kit olhou para o pai. Mas Johnny não se mexeu. Ele ficou dentro do círculo, com os olhos arregalados. O demônio avançou para Kit, as patas dianteiras afiadas estendidas.

E Kit pulou. Não fazia ideia de como tinha feito isso ou de como seu corpo soube o que fazer. Ele saltou das escadas, por cima do corrimão, aterrissando agachado na sala. O demônio, que estava tentando alcançá-lo, soltou um grito ao perder o equilíbrio e caiu lá para baixo, batendo na parede do térreo.

Kit girou outra vez. Por um instante, captou o olhar do pai. Havia alguma coisa na expressão de Johnny que era quase pesarosa — um olhar que Kit jamais vira antes —, e depois mais um pedaço do chão desmoronou, levando consigo uma parte do círculo de proteção.

Kit se jogou para trás. Saltou pelo ar e caiu equilibrado nos braços de uma cadeira, bem a tempo de ver dois dos demônios pegarem o pai e o cortarem em dois.

Emma estava no meio de um sonho muito confuso com Magnus Bane e uma tropa de palhaços quando foi acordada pela mão em seu ombro. Ela murmurou e se enterrou ainda mais profundamente nos lençóis, mas a mão foi insistente. Acariciou um de seus braços, o que, na verdade, foi muito agradável. Uma boca morna tocou a beira de seus lábios.

— Emma? — chamou Julian.

Vagas lembranças, dele carregando-a pelo corredor até o quarto e depois caindo ao lado dela, vagaram pela névoa cansada em seu cérebro. *Hmm*, pensou ela. Realmente não parecia haver motivo para levantar, não quando Julian estava sendo carinhoso. Ela fingiu que dormia enquanto ele a beijava na bochecha, em seguida, no queixo, e depois...

Ela se sentou no mesmo instante, falando atabalhoadamente.

— Você enfiou a língua na minha orelha!

— Isso. — Ele sorriu. — Fez com que se levantasse, não foi?

— Eca! — Ela lhe jogou uma almofada EU AMO CALI, e Julian desviou. Ele estava de calça jeans e uma camiseta cinza que deixava seus olhos azuis. Claramente tinha acabado de acordar e estava com os cabelos desalinhados, e tão fofo que ela teve que colocar as mãos nas costas para se controlar e não atacá-lo.

— Por que está com as mãos nas costas? — perguntou ele.

— Não tenho motivo nenhum. — Ela franziu o nariz. — Essa coisa da orelha foi estranha. Não faça mais.

— Que tal isso? — Ele sugeriu, e se inclinou para lhe beijar a base da garganta.

Sensações irradiaram do ponto que os lábios dele tocaram — primeiro, a clavícula, em seguida, o pescoço, depois, o canto da boca.

Ela tirou as mãos de trás das costas e o alcançou. Sua pele estava quente de sol.

Seus rostos estavam tão próximos que ela conseguiu ver pequenas explosões de cor em seus olhos: ouro-claro, azul mais claro ainda. Ele não estava sorrindo. Sua expressão parecia intensa demais para isso. Havia um desejo nos olhos de Julian que a fez sentir como se ela estivesse desmoronando.

As pernas deles se emaranharam nas cobertas ao se juntarem, bocas se procurando. Julian ainda não era especialista em beijos, mas ela gostava disso. Gostava de lembrar que ele nunca tinha estado com ninguém além dela. Que era a primeira. Emma gostava do fato de que um simples beijo ainda o maravilhava. Ela usou a língua para traçar os cantos de sua boca, os lábios, até ele afundar de volta na cama, puxando-a para cima dele. Seu corpo estremeceu, arqueando para o dela, as mãos deslizando para pegá-la pelo quadril.

— Emma? — Bateram à porta. Eles se desgrudaram um do outro, Julian rolando para fora da cama, Emma se sentando ereta, com o coração acelerado. — Emma, sou eu, Dru. Você viu Jules?

— Não. — Emma resmungou. — Não vi.

A porta começou a abrir.

— Não — disse Emma. — Eu... estou me vestindo.

— Tanto faz — falou Dru, com indiferença, mas a porta não se abriu mais. Propositalmente, Emma não olhou para Julian. *Está tudo bem*, ela disse a si mesma. *Calma, fique calma.* — Bem, se encontrar com ele, pode avisar que Tavvy e todo mundo precisa de almoço? E Livvy e Ty estão fazendo a maior bagunça na cozinha.

A voz dela trazia o tom de satisfação de um irmão entregando o outro.

— Claro — disse Emma. — Você olhou no estúdio? Ele pode estar lá.

Houve uma movimentação.

— Não, ainda não. Boa ideia. Até mais tarde!

— Tchau — falou Emma suavemente. Os passos de Dru se afastavam pelo corredor.

Finalmente, Emma se permitiu olhar para Julian. Ele estava apoiado na parede, o peito subindo e descendo aceleradamente, seus olhos semifechados, dentes enterrados no lábio.

Ele suspirou.

— Raziel — murmurou. — Essa foi por pouco.

Emma se levantou, a camisola balançando em volta dos joelhos. Ela estava tremendo.

— Não podemos — começou ela. — Não podemos... Vão nos flagrar...

Julian já tinha atravessado o quarto, pegando-a nos braços. Ela podia sentir o coração dele batendo em suas costelas, mas a voz estava firme.

— É uma lei estúpida — disse ele. — É uma lei ruim, Em.

Existe um motivo pelo qual não é permitido se apaixonar por seu parabatai, Emma. E quando você descobrir qual é, sentirá a crueldade dos Caçadores de Sombras, exatamente como aconteceu comigo.

A voz de Malcolm, inevitável e indesejada, invadiu o cérebro de Emma. Ela tinha feito o possível para se esquecer, se esquecer do que ele tinha dito. Ele estava mentindo — tinha mentido sobre todas as outras coisas. Isso tinha que ser mentira também.

Mesmo assim. Ela havia adiado, mas sabia que precisava contar para Julian. Ele tinha o direito de saber.

— Temos que conversar — avisou Emma.

Ela sentiu o coração de Julian pular.

— Não diga isso. Sei que não é bom. — Ele a abraçou mais forte. — Não tenha medo, Emma — sussurrou. — Não desista da gente porque está com medo.

— Estou com medo. Não por mim, mas por você. Tudo que fez, tanta coisa que escondeu, fingiu, para manter as crianças juntas... a situação não mudou, Julian. Se eu machucar algum de vocês...

Ele a beijou, contendo a enxurrada de palavras. Apesar de tudo, ela sentiu o beijo em todo o corpo.

— Eu costumava ler livros sobre a Lei — disse ele, afastando-a. — As partes sobre *parabatai*. Li um milhão de vezes. Nunca houve um caso de dois *parabatai* que se apaixonaram, foram pegos e acabaram perdoados. Só histórias de horror. E não posso perder minha família. Você estava certa, isso me mataria. — Os olhos dele pareciam muito azuis. — Mas as histórias de horror são sobre os que foram pegos — emendou. — Se tomarmos cuidado, não seremos.

Ela ficou imaginando se Julian tinha se obrigado a passar por cima de algum ponto na noite anterior, um ponto onde as responsabilidades pareciam insuperáveis. Não era comum que Julian quisesse violar as regras, e apesar de querer o mesmo que ele, isso a enervava.

— Teríamos que estabelecer regras — falou ele. — Rigorosas. Quando poderíamos nos ver. Teríamos que ter cuidado. Muito mais cuidado do que temos tido. Sem praia, sem estúdio. Temos que ter certeza de que sempre estaríamos em algum lugar onde não seríamos pegos.

Ela fez que sim com a cabeça.

— Inclusive, não falar no assunto seria melhor — disse ela. — Não no Instituto. Não onde alguém poderia nos ouvir.

Julian fez que sim com a cabeça. Suas pupilas estavam ligeiramente dilatadas, os olhos da cor de uma iminente tempestade no oceano.

— Tem razão — disse ele. — Não podemos conversar aqui. Vamos preparar alguma coisa para as crianças, para não continuarem me procurando. Depois, você me encontra na praia, tudo bem? Sabe onde.

Onde eu a tirei da água. Onde tudo começou.

— Tudo bem — falou Emma, após breve hesitação. — Vai primeiro e depois eu te encontro. Mas ainda tem uma coisa que preciso contar.

— O importante é que fiquemos juntos, Emma. É o que importa...

Ela se levantou na ponta dos pés e o beijou. Um beijo longo, lento, intoxicante que o fez gemer baixo.

Quando ela se afastou, Julian estava olhando para ela.

— Como as pessoas lidam com esses sentimentos? — Ele parecia verdadeiramente espantado. — Como não ficam grudadas umas nas outras o tempo todo se estão, você sabe, apaixonadas?

Emma engoliu em seco o impulso súbito de chorar. *Apaixonado.* Ele ainda não tinha dito isso.

Eu te amo, Julian Blackthorn, pensou ela, olhando-o ali, no seu quarto, onde já tinha estado milhões de vezes; no entanto, agora era diferente. Como alguma coisa podia ser tão segura e familiar, e, ao mesmo tempo, tão assustadora, avassaladora e nova?

Ela viu as marcas desbotadas de lápis na moldura da porta atrás dele, onde outrora registraram suas alturas, todo ano. Pararam de fazer isso quando Julian ficou mais alto do que ela, o que significava muito abaixo da cabeça dele atualmente.

— Nos vemos na praia — sussurrou ela.

Ele hesitou por um instante, em seguida, assentiu e saiu do quarto. Havia uma estranha sensação de presságio no peito de Emma ao vê-lo partir — como ele reagiria ao que Malcolm havia dito a ela? Mesmo que Julian considerasse mentira, como poderia planejar uma vida se escondendo e mentindo como se fosse uma situação feliz? Ela nunca tinha entendido o objetivo de festas de noivado e coisas do tipo antes (apesar de estar feliz por Isabelle e Simon), mas agora sim: quando você se apaixona, quer *contar para as pessoas*, mas isso era exatamente o que não podiam fazer.

Ao menos, ela podia tranquilizá-lo quanto ao fato de que o amava. De que sempre amaria. De que ninguém poderia tomar o seu lugar.

Seus pensamentos foram interrompidos por uma vibração alta. O telefone. Ela foi até a mesa pegá-lo, usando o polegar para abrir a tela inicial.

Havia uma mensagem de texto, com letras vermelhas em negrito.

EMERGÊNCIA
POR FAVOR VENHA AGORA
POR FAVOR
KIT ROOK

— Cristina?

Cristina se esticou lentamente. Suas costas e pernas doíam; tinha dormido na cadeira ao lado da cama. Poderia ter se encolhido no chão, mas teria sido mais difícil ficar de olho em Diego desse modo.

O ferimento em seu ombro tinha sido muito pior do que imaginara: um corte profundo cercado pela bolha vermelha de queimadura de magia negra que deixava os símbolos quase ineficientes. Ela havia cortado o uniforme ensanguentado e a camisa dele também, ensopada de sangue e suor.

Trouxera toalhas e cobrira a cama com elas, tinha molhado algumas para limpar o sangue do seu rosto e pescoço. E tinha aplicado nele símbolos e mais símbolos de alívio de dor, símbolos e mais símbolos de cura. Mesmo assim, ele continuou se revirando na cama durante quase toda a noite, seus cabelos negros emaranhados contra o travesseiro.

Desde que deixara o México ela não se lembrava com tanta clareza do que tinham sido um para o outro quando mais jovens. Do quanto ela o havia amado. Seu coração se despedaçou quando ele gritou pelo irmão, implorando. *Jaime, Jaime, ayúdame. Me ajuda.* E depois quando gritou por ela, e isso foi pior ainda. *Cristina, no me dejes. Regresa.*

Cristina, não me deixe. Volte.

Estou aqui, disse a ele. *Estoy aquí*, mas ele não acordou, e seus dedos se enterraram nos lençóis até ele cair em um sono conturbado.

Ela não se lembrava de quanto tempo demorou a dormir depois disso. Ela ouviu vozes lá embaixo e, depois, passos no corredor. Emma tinha aberto a porta para dar uma olhada nela e em Diego, abraçou-a e foi dormir quando Cristina garantiu que estava tudo bem.

Mas agora havia luz entrando pela janela, e Diego a encarava com olhos de clara dor e febre.

— ¿*Estás bien?* — sussurrou ela, a garganta seca.

Ele se sentou, e o lençol caiu. Foi um lembrete um tanto súbito de que ele estava sem camisa, pensou Cristina de repente. Ela se concentrou no fato de que havia uma marca no peito dele, onde Malcolm o atingiu com sua magia. Era acima do coração, como uma Marca de casamento seria, e tinha um violeta mais intenso do que um hematoma. Era quase da cor dos olhos de Malcolm.

— Sim, estou — disse ele, soando um pouco surpreso. — Estou bem. Você estava com... — Ele olhou para baixo e, por um instante, ficou muito parecido com o menininho de quem Cristina se lembrava, seguindo os passos desastrosos de Jaime, enfrentando confusões e olhares de reprovação silenciosamente. — Sonhei que você tinha ficado comigo.

— Eu fiquei com você. — Ela conteve o impulso de se inclinar e afastar o cabelo dele do rosto.

— E ficou tudo bem? — perguntou ele. — Não me lembro de muita coisa depois que voltamos.

Ela fez que sim com a cabeça.

— Ficou surpreendentemente bem.

— Esse é o seu quarto? — Diego quis saber, olhando em volta. Seu olhar se iluminou em algo depois da orelha esquerda dela, e ele sorriu. — Eu me lembro disso.

Cristina virou e olhou. Sobre uma prateleira perto da cama havia uma *árbol de vida*, uma árvore da vida — uma moldura delicada de cerâmica se pendurava sobre ela com flores, luas, sóis, leões, sereias e flechas de cerâmica. O anjo Gabriel descansava no fundo, as costas na árvore, o escudo nos joelhos. Era uma das poucas lembranças de casa que ela trouxera consigo.

— Você que fez — disse ela. — Para o meu aniversário. Eu tinha 13 anos.

Ele se inclinou para a frente, com as mãos nos joelhos.

— Você sente falta de casa, Cristina? — perguntou ele. — Um pouquinho que seja?

— Claro que sinto — retrucou ela. A linha das costas dele era suave, intacta. Ela se lembrava de enterrar as unhas nas omoplatas dele quando se beijavam. — Sinto falta da minha família. Sinto falta até do trânsito da Cidade do México; não que aqui seja muito melhor. Sinto falta da comida, você não acreditaria no que eles chamam de comida mexicana aqui. Sinto falta de comer *jicaletas* no parque com você. — Ela se lembrou de limão e pimenta em pó nas mãos, um pouco amargo, e um pouco quente.

— Sinto falta de você — disse ele. — Todos os dias, sinto sua falta.

— Diego... — Ela deslizou da cadeira para a cama e alcançou a mão direita dele. Era grande e quente contra as de Cristina, e ela sentiu a pressão do anel da família dele em sua mão; os dois usavam o anel da família Rosales, mas o dela tinha a matriz dos Mendoza na parte de dentro, e o dele, o dos Rocio. — Você salvou a minha vida — disse ela. — Eu lamento ter sido tão inflexível. Eu deveria ter sabido. Deveria tê-lo conhecido melhor.

— Cristina... — A mão livre dela encontrou o seu cabelo, sua bochecha. As pontas dos dedos dele tocaram levemente a pele de Cristina. Ele se inclinou, dando bastante tempo para ela recuar. Ela não o fez. Quando a boca de Diego encontrou a dela, Cristina inclinou a cabeça para o beijo, seu coração se expandindo com a estranha sensação de que ela estava caminhando ao mesmo tempo para o futuro e para o passado.

Em algum lugar, pensou Mark. Estava em algum lugar da casa. Julian havia dito que tinha encaixotado todas as coisas do quarto dele e colocado na área de armazenamento leste. Já tinha passado da hora de reclamar os seus pertences e deixar o seu quarto com o aspecto de um lugar onde vivia alguém. O que significava que Mark tinha que achar o armazém.

Teria perguntado a Julian onde ficava, mas não tinha conseguido encontrá-lo. Talvez ele estivesse se escondendo em algum lugar, resolvendo questões relativas ao Instituto. Parecia mais do que estranho para Mark que as coisas fossem voltar ao que eram antes, com Julian dirigindo o Instituto e a Clave sem a menor ideia.

Certamente devia haver um jeito de ajudar a tirar o fardo de cima do irmão. Agora que ele e Emma sabiam, as coisas seriam mais fáceis para Jules. Provavelmente era hora de contar também aos mais novos. Em silêncio, Mark jurou que ficaria ao lado do irmão para isso. Era mais fácil viver em verdade do que em mentira, Kieran sempre dizia.

Mark se encolheu ao pensar em Kieran e abriu a porta. Uma sala de música. Obviamente não era muito usada — havia um piano empoeirado, uma série de instrumentos de cordas pendurados nas paredes e uma caixa de violino. Ao menos, esta parecia lustrada. O pai de Emma tocava violino, Mark se lembrou: a obsessão das Cortes das Fadas com aqueles que produziam música tinha mantido Mark longe de qualquer interesse em melodia.

— Mark?

Ele pulou e se virou. Ty estava atrás dele, descalço, com um casaco preto e jeans escuros. As cores escuras o deixavam ainda mais magro.

— Oi, Tiberius. — Mark gostava da versão longa do nome de seu irmãozinho. Parecia compatível com ele e sua postura solene. — Está procurando alguma coisa?

— Estava procurando por você — disse Ty diretamente. — Tentei ontem à noite, mas não consegui encontrá-lo, depois dormi.

— Eu estava me despedindo de Kieran — explicou Mark.

— Despedindo? — Ty levantou os ombros. — Isso quer dizer que vai ficar aqui para sempre?

Mark não pôde deixar de sorrir.

— Vou. Vou ficar aqui.

Ty deu um suspiro longo; pareceu em parte alívio, em parte nervosismo.

— Ótimo — falou. — Isso é ótimo.

— Eu achei que sim.

— É — disse Ty, como se Mark estivesse um pouco lento —, porque você pode assumir por Julian.

— Assumir? — Mark o encarou confuso.

— Julian tecnicamente não é o mais velho — disse Ty. — E apesar de que nunca o colocariam oficialmente no cargo, porque é parte fada, você ainda poderia fazer o que Julian faz. Cuidar da gente, nos dizer o que fazer. Não precisa ser ele. Pode ser você.

Mark se apoiou na porta. Ty exibia uma expressão completamente aberta, e havia esperança no fundo de seus olhos cinza-claro, e Mark sentiu uma onda de pânico que quase o deixou nauseado.

— Você falou alguma coisa sobre isso com Julian? — perguntou ele. — Falou que estava planejando me pedir isso?

Ty, sem captar o tom semifurioso na voz de Mark, franziu as delicadas sobrancelhas.

— Acho que mencionei para ele.

— *Ty* — falou Mark. — Você não pode simplesmente arrumar a vida dos outros assim. Por que acha que isso seria uma boa ideia?

Os olhos de Ty vasculharam a sala, repousando em todos os lugares, menos em Mark.

— Não tive a intenção de irritá-lo. Achei que tinha se divertido aquele dia na cozinha, quando Julian o deixou encarregado...

— Eu me diverti. Todos nós nos divertimos. Também causei um incêndio no fogão e cobri seu irmãozinho de açúcar. Não é como as coisas devem ser o tempo todo. Não é assim... — Mark se interrompeu, apoiado na parede. Ele estava tremendo. — O que poderia fazê-lo imaginar que eu estava qualificado para ser o guardião de Tavvy? Ou de Dru? Você e Livvy, vocês são mais velhos, mas isso não significa que não precisem de um *pai*. Julian é o pai de vocês.

— Julian é meu irmão — retrucou Ty, mas as palavras soaram abafadas. E você também. Você é como eu — acrescentou. — Somos parecidos.

— Não — respondeu Mark com rispidez. — Eu sou completamente perturbado, Ty. Mal sei como viver nesse mundo. Você é capaz. Eu não. Você é uma pessoa completa; foi criado por alguém que o ama, o ama mais do que a si mesmo, e isso não é nada para se sentir agradecido, isso é o que um pai *faz*, mas durante anos, eu não tive isso. Pelo Anjo, eu mal sei cuidar de mim mesmo. Certamente não posso tomar conta de vocês.

Os lábios de Ty pareciam brancos. Ele deu um passo para trás, em seguida, foi para o corredor, seus passos corridos desaparecendo.

Meu Deus, ele pensou. *Que desastre. Que completo desastre.* Ele já estava começando a entrar em pânico. O que ele tinha dito para Ty? Será que o havia feito se sentir um fardo? Será que tinha estragado as coisas com o irmão, magoado Ty de um jeito irreparável?

Ele era um covarde, pensou, franzindo o rosto por causa da responsabilidade que Julian carregou durante anos, em pânico com o que poderia acontecer com a família em suas mãos descuidadas e inexperientes.

Ele precisava desesperadamente falar com alguém. Não Julian; seria mais um fardo para ele. E Emma não conseguia guardar segredos de Julian. Livvy o mataria; os outros eram jovens demais...

Cristina. Cristina sempre lhe dava bons conselhos; o sorriso doce de Cristina acalmava seu coração. Ele correu para o quarto dela.

Deveria ter batido, é claro. Era o que pessoas normais faziam. Mas Mark, que passou tantos anos vivendo em um mundo sem portas, abriu a de Cristina sem pensar.

A luz do sol entrava pela janela. Ela estava sentada na cama, com a cabeça apoiada nos travesseiros, e Diego, ajoelhado na frente dela, a beijava. Ele segurava a cabeça de Cristina em suas mãos como se fosse algo precioso, e os cabelos negros escorriam por seus dedos.

Nenhum dos dois notou quando Mark congelou na entrada, nem quando fechou de novo a porta, o mais silenciosamente possível. Ele se apoiou na parede, ardendo de vergonha.

Entendi tudo errado, ele pensou. *Estraguei tudo.* Seus sentimentos por Cristina eram turvos e estranhos, mas vê-la beijando Diego doeu mais do que ele imaginava. Parte da dor era ciúme. Parte era a constatação de que tinha passado tanto tempo longe de pessoas normais que não mais as entendia. Talvez jamais fosse entender.

Eu devia ter ficado com a Caçada. Ele deslizou para o chão, enterrando o rosto nas mãos.

Uma nuvem de poeira, madeira e gesso se ergueu diante do local onde o chão de Rook tinha sido destruído. A isso um esguicho fino de sangue tinha se somado. Kit deslizou da cadeira onde estava e ficou parado, em choque. Seu rosto estava respingado de sangue, e ele sentia o cheiro pela sala, o fedor quente e férreo.

O sangue do meu pai.

Os demônios estavam reunidos em um círculo, devorando algo no chão. O corpo do pai de Kit. O som de pele rasgando preencheu o recinto. Nauseado, Kit sentiu o estômago revirar — exatamente quando o demônio que tinha caído pela escada subia de novo, chiando.

Seus olhos, bulbos leitosos na cabeça esponjosa, pareciam fixos em Kit. Avançou até ele, que pegou a cadeira ao seu lado e usou como escudo. No fundo da mente, tinha consciência de que não deveria ser possível que um menino sem treino de 15 anos pudesse manejar um pedaço pesado de carvalho como se fosse um brinquedo.

Mas Kit não se importou; ele estava quase louco de pânico e pavor. Conforme o demônio recuava à sua frente, ele avançava com a cadeira, derrubando-o para trás. Ele levantou e o atacou novamente. Kit combateu, mas dessa vez uma pata dianteira afiada desceu, cortando a cadeira ao meio. O demônio avançou com os dentes expostos, e Kit segurou os restos da cadeira, que estilhaçou em suas mãos. Ele foi jogado de costas contra a parede.

A cabeça dele bateu com força, e ele foi invadido pela tontura. Kit viu, em um torpor, o monstro louva-a-deus vindo em sua direção. *Seja rápido*, ele pensou. *Pelo amor de Deus, me deixe morrer rápido.*

O demônio desceu em cima dele, com a boca aberta, exibindo filas e filas de dentes e uma garganta negra que pareceu preencher sua visão. Ele levantou a mão para bloqueá-la — estava cada vez mais perto — e depois ela pareceu explodir. A cabeça foi para um lado, e o corpo para outro. Sangue negro-esverdeado de demônio esguichou no garoto.

Ele ficou olhando para o alto e no torpor viu duas pessoas sobre ele. Uma era a menina loura Caçadora de Sombras do Instituto, Emma Carstairs. Ela estava empunhando uma espada dourada, manchada de icor. Ao seu lado havia outra mulher que parecia alguns anos mais velha. Ela era alta e magra, com cabelos longos e cacheados. Vagamente, ele sabia que já a tinha visto antes — no Mercado das Sombras? Ele não tinha certeza.

— Você cuida de Kit — disse Emma. — Vou cuidar dos outros Mantis.

Emma desapareceu do estreito campo de visão de Kit. Ele só estava vendo a outra mulher. Ela tinha um rosto gentil e suave, e olhava para ele com um afeto surpreendente.

— Sou Tessa Gray — falou. — Levante-se, Christopher.

Kit piscou os olhos. Ninguém nunca o chamava de Christopher. Ninguém além de seu pai, quando estava bravo. Pensar em Johnny o machucou, e ele ficou olhando para o lugar onde o corpo de seu pai estava caído.

Para sua surpresa, havia duas pessoas ali. Um homem alto e de cabelos escuros, brandindo uma bengala com cabeça de espada, tinha se juntado a Emma e os dois estavam lutando, cortando demônios em pedaços. Icor verde esguichava pelo ar como de um hidrante.

— Meu pai — falou Kit, lambendo a boca seca e sentindo o gosto de sangue. — Ele...

— Você deve sofrer mais tarde. Agora está em grave perigo. Mais desses podem vir e coisas piores também.

— Você é Caçadora de Sombras?

— Não — respondeu Tessa Gray com uma firmeza surpreendente. — Mas você é. — Ela esticou a mão para ele. —Vamos, agora — falou. — De pé, Christopher Herondale. Estamos procurando por você há muito tempo.

— Diga alguma coisa — pediu Emma. — Por favor.

Mas o menino no banco do passageiro não falou nada. Ele observava o mar pela janela; tinham chegado até a Coast Highway sem que Kit dissesse uma palavra.

— Não tem problema — disse Tessa do banco de trás. A voz dela estava suave, mas, pensando bem, a voz dela sempre era suave. — Você não precisa falar, Christopher.

— Meu nome não é esse — disse Kit.

Emma deu um pulinho. Kit tinha um tom de voz monótono e continuava olhando pela janela. Ela sabia que ele era um pouco mais jovem do que ela, mas mais pelo seu comportamento do que por qualquer outro motivo. Ele era bem alto, e seus movimentos na casa, combatendo os demônios Mantis, foram impressionantes.

Ele estava com jeans ensanguentados e uma camiseta empapada de sangue, que provavelmente tinha sido azul um dia. As pontas dos cabelos louros estavam grudentas com icor e sangue.

Emma soube que a situação era grave ao chegar à casa de Johnny Rook. Apesar de a casa parecer a mesma, apesar de a porta estar fechada, assim como as janelas, e tudo estar quieto, ela sentiu a falta da energia mágica que estava muito aparente quando estiveram ali antes. Ela havia olhado para baixo, para a mensagem seguinte no celular, e pegado Cortana.

Parecia que uma bomba tinha explodido no interior da casa. Estava claro que os Mantis tinham vindo do chão — demônios frequentemente viajavam sob a terra para evitar a luz do sol. Eles tinham explodido pelo piso; havia icor, sangue e serragem por todos os lados.

E Mantis. Pareciam muito mais grotescos na sala de Johnny Rook do que no alto das falésias das Montanhas de Santa Monica. Mais monstruosos, mais parecidos com insetos. Suas patas afiadas rasgavam paredes de madeira, destruíam móveis e livros.

Emma empunhou Cortana. Ela cortou um Mantis; ele desapareceu com um grito, desbloqueando sua visão. Vários dos outros Mantis estavam sujos de sangue vermelho, humano. Eles cercavam os restos do que outrora havia sido Johnny Rook, em pedaços, no chão.

Kit. Emma olhou em volta, enlouquecida, viu o menino agachado perto das escadas. Ele estava desarmado. Ela correu na direção dele, exatamente quando ele pegou uma cadeira e a quebrou na cabeça do demônio Mantis.

Só o treinamento impediu Emma de parar onde estava. Crianças humanas não *faziam* isso. Elas não sabiam como combater demônios. Elas não tinham o instinto...

A porta atrás de Emma se abriu, e mais uma vez só o seu treinamento a impediu de parar, surpresa. Ela conseguiu cortar a cabeça de outro demônio Mantis, manchando a lâmina de Cortana com icor, mesmo enquanto Jem Carstairs entrava na sala, seguido por Tessa.

Eles entraram na batalha sem dizer uma palavra um para o outro, ou para Emma, mas Emma tinha trocado um olhar com Jem enquanto lutavam, e soube que ele não estava surpreso em vê-la. Ele parecia mais velho do que em Idris — agora mais próximo de 26, mais um homem do que um menino, apesar de Tessa estar igual.

Ela exibia a mesma expressão doce de que Emma se lembrava, e a mesma voz suave. Ela olhou para Kit com amor e tristeza quando foi até ele e estendeu a mão.

Christopher Herondale.

— Mas Kit é um apelido para Christopher, não é? — perguntou Tessa, ainda gentil. Kit não respondeu. — Christopher Jonathan Herondale é o seu verdadeiro nome. E seu pai também era Jonathan, certo?

Johnny. Jonathan.

Havia mil Caçadores de Sombras chamados Jonathan. Jonathan Caçador de Sombras tinha fundado toda a raça dos Nephilim. Também era o nome de Jace.

Emma tinha ouvido Tessa na casa, é claro, mas ainda não conseguia acreditar. Não apenas um Caçador de Sombras escondido, mas um Herondale. Clary e Jace teriam que saber. Provavelmente viriam correndo.

— Ele é um Herondale? Como Jace?

— Jace Herondale — murmurou Kit. — Meu pai disse que ele era um dos piores.

— Um dos piores o quê? — perguntou Jem.

— Caçadores de Sombras. — Kit falou as palavras com desprezo. — E não sou um deles, aliás. Eu saberia.

— Saberia? — A voz de Jem estava calma. — Como?

— Não é da sua conta — falou. — Sei o que está fazendo. Meu pai me disse que vocês sequestram qualquer pessoa com menos de 19 anos que tenha a Visão. Qualquer um que vocês possam transformar em Caçador de Sombras. Não sobrou quase nenhum de vocês depois da Guerra Maligna.

Emma abriu a boca para protestar indignada, mas Tessa já estava falando:

— Seu pai disse muitas coisas que não eram verdadeiras. Sem querer falar mal dos mortos, Christopher, mas duvido que eu esteja falando algo que você ainda não saiba. E uma coisa é ter a Visão. Outra é combater um demônio Mantis sem treinamento.

— Você disse que estava procurando por ele? — perguntou Emma, quando passaram pelo Motel Topanga Canyon, cujas janelas manchadas tinham um tom marrom ao sol. — Por quê?

— Porque ele é um Herondale — disse Jem. — E os Carstairs devem aos Herondale.

Um leve tremor passou por Emma. Seu pai havia lhe dito a mesma coisa, muitas e muitas vezes.

— Há muitos anos Tobias Herondale foi condenado como desertor — disse Jem. — Ele foi condenado à morte, mas não foi encontrado, então a sentença foi aplicada à esposa. Ela estava grávida. Uma feiticeira, Catarina Loss, contrabandeou o bebê para a segurança no Novo Mundo.

— A sentença foi aplicada na esposa grávida dele? — falou Kit. — Qual é o problema de vocês?

— Isso é horrível — disse Emma, pela primeira vez concordando com Kit. — Então Kit aqui é descendente de Tobias Herondale?

Tessa fez que sim com a cabeça.

— Não há defesa para as ações da Clave. Como sabe, eu um dia fui Tessa Herondale; eu sabia sobre Tobias; a história dele era uma lenda de horror. Mas só há alguns anos Catarina me contou que a criança tinha sobrevivido. Eu e Jem viemos para cá descobrir o que havia acontecido com a linhagem Herondale. Muitas pesquisas nos levaram ao seu pai, Kit.

— O sobrenome do meu pai era Rook — murmurou Kit.

— Legalmente, sua família já teve muitos nomes — disse Tessa. — Dificultou muito nossa busca. Presumo que seu pai soubesse que tinha sangue Nephilim e o estava escondendo de nós. Certamente se apresentar abertamente como um mundano com a Visão foi inteligente. Ele pôde fazer conexões, proteger a casa, enterrar sua identidade. Enterrá-lo.

Kit falou com a voz monótona.

— Ele costumava dizer que eu era o seu maior segredo.

Emma virou na rua para o Instituto.

— Christopher — disse Tessa. — Não somos Caçadores de Sombras, eu e Jem. Não somos da Clave, decididos a marcá-lo como algo que você não quer ser. Mas seu pai tinha muitos inimigos. Agora que ele está morto e não pode protegê-lo, vão vir atrás de você. Estará mais seguro no Instituto.

Kit resmungou. Ele não pareceu nem impressionado, nem confiante.

Era estranho, pensou Emma, ao pararem no fim da rua. As únicas coisas que Kit tinha em comum com o pai eram a altura e o porte. Ao saltar do carro, sobre a camisa ensanguentada, ele tinha olhos claramente azuis. Seus cabelos, dourados e ondulados — isso era totalmente Herondale. E seu rosto também, os ossos finos, a graça. Ele estava ensanguentado, arranhado e arrasado demais para que isso ficasse aparente agora, mas ele seria arrasador um dia.

Kit olhou para o Instituto, todo vidro e madeira, brilhando à luz da tarde, com desprezo.

— Institutos não são como prisões?

Emma deu um muxoxo.

— São como casas grandes. Caçadores de Sombras do mundo inteiro podem ficar neles. Têm um milhão de quartos. Eu moro naquele.

— Que seja. — Kit parecia triste. — Não quero entrar.

— Você pode fugir — disse Tessa, e pela primeira vez Emma ouviu a severidade em seu tom de voz suave. Era um lembrete de que ela e Jace tinham o mesmo sangue. — Mas provavelmente seria devorado por um Mantis assim que o sol se pusesse.

— Não sou um Caçador de Sombras — disse Kit, saltando do carro. — Pare de agir como se eu fosse.

— Bem, existe um teste rápido para isso — disse Jem. — Só um Caçador de Sombras pode abrir a porta do Instituto.

— A porta? — Kit o encarou. Ele estava mantendo um braço perto do corpo. O olhar de Emma se aguçou. Tendo Julian como *parabatai*, ela havia aprendido a reconhecer a maneira como meninos tentavam esconder um machucado. Talvez parte do sangue fosse dele.

— Kit — começou ela.

— Deixe-me entender — interrompeu Kit. — Se eu tentar abrir essa porta e não conseguir, vocês me deixam ir?

Tessa assentiu. Antes que Emma pudesse falar qualquer coisa, Kit subiu as escadas mancando. Ela correu atrás dele, Tessa e Jem a seguiram. Kit colocou o ombro na porta. Empurrou.

A porta se abriu, e ele meio que caiu lá dentro, por pouco não derrubou Tiberius, que estava atravessando a entrada. Ty cambaleou para trás e encarou o menino no chão.

Kit estava ajoelhado, com a mão claramente apoiando o braço esquerdo. Ele estava arfando ao olhar em volta, assimilando a entrada — a porta de mármore, cheia de símbolos. As espadas penduradas nas paredes. O mural do Anjo e dos Instrumentos Mortais.

— É impossível — falou ele. — Não pode ser.

O olhar de espanto de Ty desapareceu.

— Você está bem?

— Você — disse Kit, olhando para Ty. Olhos azuis encontraram olhos cinzentos. — Você apontou uma faca para mim.

Ty pareceu pouco à vontade. Ele esticou o braço para puxar uma mecha dos próprios cabelos escuros.

— Foi só trabalho. Nada pessoal.

Kit começou a rir. Ainda rindo, ele se jogou novamente no chão. Tessa se ajoelhou ao lado dele, colocando as mãos em seus ombros. Emma não pôde deixar de enxergar a si própria, na Guerra Maligna, sofrendo um colapso ao perceber que os pais estavam mortos.

Kit olhou para ela. Sua expressão era um borrão. A expressão de alguém que usava todas as suas forças para não chorar.

— Um milhão de quartos — disse ele.

— Quê? — falou Emma.

— Você disse que havia um milhão de quartos aqui — repetiu ele, se levantando. — Eu vou encontrar um vazio. E depois vou me trancar nele. Se alguém tentar arrombar a porta, eu mato.

— Acha que ele vai ficar bem? — perguntou Emma. — Kit, quero dizer.

Ela estava nos degraus de entrada com Jem, que estava embalando Church nos braços. O gato tinha vindo correndo alguns instantes depois que Jem chegou e praticamente lançou o corpinho peludo nos braços dele. Jem estava acarinhando ele agora, esfregando embaixo do queixo e atrás das orelhas, despreocupadamente. O gato tinha ficado mole sob os seus cuidados, como um pedacinho de pano.

O oceano se elevava e descia no horizonte. Tessa tinha se afastado do Instituto para fazer uma ligação. Emma estava ouvindo sua voz ao longe, mas não as palavras isoladas.

— Você pode ajudá-lo — disse Jem. — Perdeu seus pais. Sabe como é.

— Mas não acho que... — Emma estava alarmada. — Se ele ficar, eu não sei... — Ela pensou em Julian, no tio Arthur, em Diana, e nos segredos que todos eles escondiam. — *Você* não pode ficar? — perguntou ela, e ficou surpresa com o lamento na própria voz.

Jem sorriu. Aquele sorriso do qual ela se lembrava da primeira vez em que realmente viu o rosto dele, o sorriso que lembrava, de um jeito que ela não podia descrever, o próprio pai. O sangue Carstairs que eles compartilhavam.

— Eu gostaria de ficar — disse ele. — Desde que nos conhecemos em Idris, eu sinto a sua falta, e pensei muitas vezes em você. Eu gostaria de visitá-la. Passar um tempo com meu violino. Mas Tessa e eu temos que ir. Temos que encontrar o corpo de Malcolm e o Volume Negro, pois mesmo a léguas submarinas um livro daqueles pode causar problemas.

— Você se lembra de quando nos conhecemos na minha cerimônia *parabatai*? Você me disse que queria poder cuidar de mim, mas havia algo que você e Tessa precisavam encontrar. Essa coisa era Kit?

— Sim. — Jem colocou as mãos nos bolsos. Ainda parecia jovem, era impossível Emma pensar nele como um ancestral, mesmo um tio. — Estamos procurando por ele há anos. Restringimos a busca a essa área e depois, finalmente, ao Mercado das Sombras. Mas Johnny Rook era especialista em se esconder. — Ele suspirou. — Gostaria que não tivesse sido. Se ele tivesse confiado em nós, poderia estar vivo agora. — Ele passou a mão distraidamente no cabelo. Uma mecha era prateada, cor de alumínio. Ele estava olhando para Tessa, e Emma percebeu a expressão em seus olhos quando olhou para ela. O amor que nunca diminuiu em mais de um século.

O amor é a fraqueza dos humanos; os anjos os desprezam por isso a Clave os despreza também, por isso, os punem. Você sabe o que acontece com dois parabatai que se apaixonam? Sabe por que é proibido?

— Malcolm... — começou ela.

Jem virou novamente para Emma, o brilho da solidariedade em seus olhos escuros.

— Magnus nos contou que foi você que matou Malcolm — falou ele. — Deve ter sido difícil. Você o conhecia. Não é como matar demônios.

— Eu conheci Malcolm — disse Emma. — Pelo menos, eu achava que conhecia.

— Nós o conhecíamos também, Tessa ficou arrasada ao saber que Malcolm achava que tínhamos mentido para ele. Que tínhamos escondido dele que Annabel não era uma Irmã do Silêncio, que na verdade estava morta e tinha sido assassinada pela própria família. Acreditamos na história também, mas ele morreu pensando que todos sabíamos a verdade. Como deve ter se sentido traído.

— É estranho pensar que ele era amigo de vocês. Embora, eu acho, tenha sido nosso amigo também.

— As pessoas podem ser mais do que uma coisa. Feiticeiros também. Ele também foi nosso amigo um dia. Eu sequer hesitaria em dizer que ele um dia fez o bem, antes de fazer o mal. Foi uma das grandes lições de crescer, aprender que as pessoas podem fazer as duas coisas.

— A história dele... sobre Annabel... coisas terríveis aconteceram aos dois só porque se apaixonaram. Malcolm disse uma coisa, e eu fiquei pensando se seria verdade. Pareceu tão estranho.

Jem pareceu confuso.

— O que foi?

— Que a Clave despreza o amor porque é algo que seres humanos sentem. Que é por isso que criam todas aquelas leis, sobre pessoas não se apaixonarem por integrantes do Submundo ou seus *parabatai*... E as Leis não fazem sentido... — Emma ficou olhando para Jem com o canto do olho. Será que estava sendo muito óbvia?

— A Clave pode ser terrível — disse ele. — Limitada e cruel. Mas algumas das coisas que fazem se baseiam na história. A Lei *parabatai*, por exemplo.

Emma sentiu como se a temperatura de seu corpo tivesse despencado muitos graus.

— Como assim?

— Não sei se deveria contar — disse Jem, olhando para o mar, com uma expressão tão sombria que Emma sentiu o coração congelar no peito. — É um segredo... um segredo guardado até dos próprios *parabatai*... Só alguns sabem: os Irmãos do Silêncio, o Cônsul... Eu fiz um juramento.

— Mas você não é mais Caçador de Sombras. O juramento não se mantém.

— Quando ele não disse nada, ela pressionou: — Você me deve, sabe? Por não estar por perto?

O canto da boca dele formou um sorriso.

— Você negocia bem, Emma Carstairs. — Ele respirou fundo. Emma podia ouvir a voz de Tessa, fraca ao vento. Ela estava falando o nome de Jace.

— O ritual *parabatai* foi criado para que dois Caçadores de Sombras pudessem ser mais fortes juntos do que separados. Sempre foi uma de nossas armas mais poderosas. Não são todos que tem um parabatai, mas eles existirem é parte do que ao Nephilim como eles são. Sem eles, seriamos infinitamente mais fracos, de formas que sou até proibido de explicar. Idealmente, aumenta o poder de cada *parabatai*, símbolos aplicados um no outro são mais fortes, e, quanto mais próximo o laço pessoal, maior o poder.

Emma pensou nos símbolos de cura que ela havia desenhado em Julian depois do envenenamento pela flecha. No jeito como brilharam. Na runa da Resistência que ele lhe dera. Como havia funcionado diferente de qualquer outra.

— Não muito tempo depois que o ritual já era empregado por algumas gerações — falou Jem, diminuindo a voz —, foi descoberto que o laço era próximo *demais* e, se virasse um amor romântico... aí começaria a virar e mudar o tipo de poder gerado pelo feitiço. Amor unilateral, mesmo uma paixonite, tudo isso parece passar pela regra, mas amor verdadeiro, correspondido, romântico? O custo era terrível.

— Perderiam os poderes? — sugeriu Emma. — Como Caçadores de Sombras?

— O poder ia crescer — corrigiu Jem. — Os símbolos que criassem seriam diferentes de todos os outros. Começariam a manipular magia, como fazem os feiticeiros. Mas Nephilim não devem ser mágicos. Logo o poder os enlouqueceria até que se tornassem monstros. Destruiriam suas famílias, os outros que amavam. A morte os cercaria até que eles próprios morressem.

Emma sentiu como se estivesse engasgando.

— Por que eles não nos contam isso? Por que não alertam os Nephilim?

— É *poder*, Emma — disse Jem. — Alguns sabiamente evitariam o laço, mas muitos outros se apressariam em tirar vantagem disso por motivos errados. O poder sempre atrai os gananciosos e os fracos.

— Eu não quereria isso — falou Emma suavemente. — Não esse tipo de poder.

— A natureza humana também tem de ser levada em conta — falou Jem e sorriu para Tessa, que estava no telefone e subindo a trilha em direção a eles. — Ouvir falar que o amor é proibido não o mata. Isso o fortalece.

— Do que vocês dois estão falando? — Tessa sorriu para eles do pé da escada.

— Amor — disse Jem. — Como acabar com ele, eu suponho.

— Ah, se ao menos pudéssemos acabar com o amor por vontade própria, a vida seria muito diferente! — Tessa riu. — É mais fácil acabar com o amor que alguém sente por você do que com o amor que você sente por alguém. Convencê-lo de que não o ama ou que é alguém que ele não pode respeitar. De preferência, os dois. — Os olhos dela eram grandes, cinzentos e jovens; era difícil acreditar que ela tivesse mais do que 19 anos. — Mudar o próprio coração, isso é quase impossível.

Surgiu um brilho no ar. Um Portal de repente apareceu, reluzente como uma porta fantasma, logo acima do chão. Ele se abriu, e Emma enxergou como se estivesse olhando por um buraco de fechadura: Magnus Bane estava do outro lado do Portal, e ao seu lado encontrava-se Alec Lightwood, alto, com cabelos escuros e segurando um garotinho de camisa branca, com pele azul-marinho. Alec estava desalinhado e feliz, e a forma como segurava Max lembrava o jeito como Julian costumava segurar Tavvy.

Quando estava levantando a mão para cumprimentar Emma, Alec parou, virou a cabeça e disse algo que soou como "Raphael". Estranho, pensou Emma. Alex entregou Max para Magnus e despareceu de novo nas sombras.

— Tessa Gray! — gritou Magnus, se inclinando para fora do Portal como se estivesse se inclinando sobre uma varanda. — Jem Carstairs! Hora de ir!

Alguém vinha se aproximando da estrada pela praia. Emma só viu a silhueta. Mas ela sabia que era Julian. Julian, voltando da praia onde havia esperado por ela. Ela sempre saberia que era Julian.

Com a cordialidade da geração de muitos anos antes, Jem se curvou diante da mão dela em uma reverência gentil.

— Se precisar de mim, diga a Church — disse ele, se esticando. — Ele vai se certificar de que eu venha até você.

Então ele se virou e foi em direção ao Portal. Tessa pegou a mão dele e sorriu, e um instante mais tarde tinham atravessado a porta brilhante. Ela desapareceu com um clarão de luz fraca e dourada, e Emma, piscando, olhou para onde Julian a encarava, do pé da escada.

— Emma? — Julian subiu correndo, alcançando-a. — Emma, o que aconteceu? Eu esperei na praia...

Ela se afastou do toque dele. Um esboço de dor passou pelo rosto de Julian, em seguida, ele olhou em volta, como se tivesse percebido onde estava, e fez um sinal positivo com a cabeça.

— Venha comigo — falou com a voz baixa. Emma o seguiu, meio entorpecida, ao circularem o Instituto para o estacionamento. Ele desviou das estátuas e passou pelo pequeno jardim, Emma atrás, até estarem escondidos do prédio por filas de arbustos e cactos.

Ele se virou para ficarem cara a cara. Ela pôde ver a preocupação nos olhos de Julian. Ele esticou o braço para tocá-la no rosto, e sentiu seu coração bater forte nas costelas.

— Você pode me falar — disse ele. — Por que não apareceu?

Com a voz pesada, Emma contou a ele sobre a mensagem apavorada de Kit, sobre como imediatamente correu para o carro. Como um dia depois do Instituto passar pelo que passou, ela não conseguiu arrastar ninguém com ela para a casa de Rook. Como Rook parecia responsabilidade dela. Como ela tentou ligar para avisar que tinha saído, e ele não atendeu. Sobre os Mantis na casa de Rook, a chegada de Jem e Tessa, a verdade sobre Kit. Tudo, menos o que Jem havia lhe dito sobre os *parabatai*.

— Fico feliz que esteja bem — disse ele, quando ela acabou. Passou o polegar na maçã do rosto de Emma. — Apesar de eu ter imaginado que, se você tivesse se ferido, eu saberia.

Emma não levantou as mãos para tocá-lo. Estavam cerradas em punhos nas laterais do corpo. Ela fizera coisas difíceis na vida, pensou. Seus anos de treinamento. Sobreviver às mortes dos pais. Matar Malcolm.

Mas o olhar no rosto de Julian — aberto e confiante — dizia que esta seria a coisa mais difícil que jamais faria.

Ela esticou o braço e cobriu sua mão. Lentamente, entrelaçou os dedos. Ainda mais lentamente, afastou a mão de Julian de seu rosto, tentando aquietar a voz em sua mente que dizia: *Esta é a última vez que ele a tocará assim, a última.*

Eles ainda estavam de mãos dadas, mas a dela estava rija, um peso morto. Julian pareceu confuso.

— Emma...?

— Não podemos fazer isso — disse ela, com a voz seca e direta. — Era isso que eu queria falar antes. Não podemos ficar juntos. Não assim.

Ele afastou a mão da dela.

— Não entendo. O que está dizendo?

É tarde demais, ela queria dizer a ele. *Estou dizendo que a runa da Resistência que você me deu, quando Malcolm me atacou, salvou minha vida. E, embora eu seja grata, não deveria ter sido possível. Estou dizendo que já estamos nos transformando no que Jem me alertou. Estou dizendo que não é uma questão de parar o relógio, mas de fazê-lo andar para trás.*

E, para isso, o relógio terá de ser quebrado.

— Nada de beijos, de toques, de se apaixonar, de namorar. Está claro o suficiente para você?

Julian não parecia que tinha sido golpeado por ela. Ele era um guerreiro: aguentava qualquer golpe e estaria pronto para atacar de volta, duas vezes mais forte.

Foi muito pior do que isso.

Emma queria desesperadamente retirar o que disse, contar a verdade, mas as palavras de Jem ecoaram em sua mente.

Ouvir que o amor é proibido não o mata. Isso o fortalece.

— Não quero ter esse tipo de relação — disse ela. — Me escondendo, mentindo, dando escapadas. Não entende? Envenenaria tudo que temos. Mataria todas as partes boas de ser *parabatai*, até de continuarmos amigos.

— Isso não precisa ser verdade. — Ele parecia nauseado, mas determinado. — Só precisamos esconder um pouco, só enquanto as crianças ainda são novas o suficiente para precisarem de mim...

— Tavvy ainda vai precisar de você por mais *oito anos* — disse Emma, o mais friamente possível. — Não podemos nos esconder por tanto tempo.

— Podemos adiar... podemos *nos* adiar...

— Eu não vou esperar. — Ela pôde senti-lo olhando para ela, sentir o peso de sua dor. Estava feliz por conseguir sentir. Ela *merecia* sentir.

— Não acredito em você.

— Por que eu diria se não fosse verdade? Não faria de mim uma pessoa boa, Jules.

— Jules? — Ele engasgou a palavra. — Está me chamando assim de novo? Como se fôssemos crianças? Não somos crianças, Emma!

— Claro que não — falou ela. — Mas somos jovens. Cometemos erros. Essa coisa entre a gente foi um erro. O risco é alto demais. — As palavras tinham gosto amargo em sua boca. — A Lei...

— Não há nada mais importante do que o amor — disse Julian, com uma voz estranha e distante, como se estivesse se lembrando de alguma coisa que tinha ouvido. — Nenhuma Lei maior.

— É fácil falar — disse Emma. — Mas se formos correr esse tipo de risco, deveria ser por um amor verdadeiro e para a vida inteira. E eu gosto de você, Jules, óbvio que gosto. Até te amo. Te amei por toda a vida. — Pelo menos, essa parte era verdade. — Porém não o suficiente. Não é o suficiente.

É mais fácil acabar com o amor que alguém sente por você do que com o amor que você sente por alguém. Convencê-lo de que não o ama, ou que você é alguém que ele não pode respeitar.

Julian arfava. Mas seus olhos, fixos nos dela, estavam firmes.

— Eu te conheço — disse ele. — Eu te conheço, Emma, e você está tentando fazer o que acha que é certo. Tentando me afastar para me proteger.

Não, pensou ela desesperadamente. *Não me conceda o benefício da dúvida, Julian. Isso tem que dar certo. Tem que dar.*

— Por favor, não — falou ela. — Você estava certo... Eu e você não faríamos sentido... Eu e Mark faríamos sentido...

Dor cresceu no rosto dele como um ferimento. Ela o viu forçá-la a se afastar. *Mark*, ela pensou. O nome de Mark foi como a cabeça de flecha que ele usava, capaz de perfurar a armadura de Julian.

Perto, ela pensou. *Estou muito perto. Ele quase acredita.*

Mas Julian era um mentiroso especialista. E mentirosos especialistas conseguiam enxergar mentiras quando outras pessoas as contavam.

— Você também está tentando proteger as crianças — disse ele. — Você entende, Emma? Sei o que está fazendo, e eu te amo por isso. *Eu te amo.*

— Ah, Jules — disse ela, em desespero. — Será que não vê? Está falando em nós dois ficarmos juntos fugindo, e eu acabei de voltar da casa de Rook. Vi Kit e o que significa viver escondido, o custo, não só para nós dois, mas... e se tivéssemos filhos um dia? Teríamos que abrir mão de quem somos. Eu teria que desistir de ser Caçadora de Sombras. E isso me mataria, Jules. Acabaria comigo.

— Então daremos outro jeito — disse ele. Sua voz soou como uma lixa. — Algum jeito em que continuaremos sendo Caçadores de Sombras. Vamos descobrir juntos.

— Não vamos — sussurrou ela. Mas os olhos dele estavam arregalados, implorando para que ela mudasse de ideia, trocasse suas palavras, colasse o que estava quebrando.

— Emma — falou, alcançando a mão dela. — Eu nunca, *nunca* vou desistir de você.

Era uma estranha ironia, pensou ela, uma terrível ironia que, pelo fato de amá-lo tanto e conhecê-lo tão bem, ela sabia exatamente o que deveria fazer para destruir tudo que ele sentia por ela, com um único golpe.

Ela se afastou dele e começou a voltar para a casa.

— Vai — disse ela. — Vai sim.

Emma não tinha ideia de quanto tempo estava sentada na cama. A casa estava barulhenta — ela ouviu Arthur gritando alguma coisa logo que entrou, e depois silêncio. Kit tinha sido colocado em um dos quartos vagos, conforme havia pedido, e Ty estava sentado lá fora, lendo. Ela havia perguntado o que ele estava fazendo — guardando Kit? Guardando o Instituto *contra* Kit? —, mas ele apenas deu de ombros.

Livvy estava na sala de treinamento com Dru. Emma pôde ouvir suas vozes abafadas pela porta.

Ela queria Cristina. Ela queria a única outra pessoa que sabia o que ela sentia por Julian, para poder chorar em seus braços e para que Cristina pudesse lhe dizer que ficaria tudo bem, e que ela estava fazendo a coisa certa.

Mas Emma não tinha certeza se Cristina algum dia realmente acharia que ela estava fazendo a coisa certa.

Mas ela sabia, no coração, que era necessário.

Emma ouviu o clique da maçaneta girando e fechou os olhos. Ela não conseguia deixar de ver o rosto de Julian ao dar as costas para ele.

Jules, ela pensou, com o coração doendo. *Se ao menos você não acreditasse em mim, isso não seria necessário.*

— Emma? — A voz de Mark. Ele ficou parado na entrada, com a aparência muito humana com uma camisa branca e jeans. — Acabei de receber sua mensagem. Você queria conversar?

Emma se levantou e alisou o vestido que tinha colocado. Era bonito, com flores amarelas em um fundo marrom.

— Preciso de um favor — disse ela.

As sobrancelhas claras de Mark se ergueram.

— Favores não são coisas leves para fadas.

— E nem para Caçadores de Sombras. — Ela esticou os ombros. — Você disse que me devia um favor. Por eu ter cuidado de Julian. Por salvar a vida dele. Você disse que faria qualquer coisa.

Mark cruzou os braços. Dava para ver os símbolos pretos em sua pele outra vez: na clavícula, nos pulsos. Ele estava mais bronzeado do que antes, e ele já tinha mais músculos agora que estava se alimentando. Caçadores de Sombras ganhavam músculos rápido.

— Por favor, prossiga, então — disse ele. — E se for um favor que eu tenha o poder de conceder, eu o farei.

— Se Julian perguntar... — Ela firmou a voz. — Não. Se ele perguntar ou não. Preciso que você finja que estamos namorando. Que estamos nos apaixonando.

Mark soltou os braços para as laterais.

— Quê?

— Você ouviu — disse ela. Gostaria de conseguir ler o rosto de Mark. Se ele protestasse, ela sabia que não teria como forçá-lo. Não poderia fazer isso. Ela não tinha, ironicamente, a implacabilidade de Julian.

— Sei que parece estranho — admitiu ela.
— Parece muito estranho — respondeu Mark. — Se quer que Julian pense que você tem um namorado, por que não pede a Cameron Ashdown? *Se você e Mark algum dia... Acho que eu não teria como me recuperar.*
— Tem que ser você — disse ela.
— Qualquer um seria seu namorado. Você é uma garota linda. Não precisa que alguém minta.
— Não é uma questão de ego. — Emma se irritou. — E eu não quero um namorado. Quero a mentira.
— Você quer que eu minta só para Julian ou para todo mundo? — perguntou Mark. Sua mão estava na garganta, tamborilando na pulsação. Procurando, talvez, pelo cordão de flecha, que, Emma agora percebeu, tinha sumido.
— Suponho que todos tenham que acreditar — respondeu Emma relutantemente. — Não podemos pedir que todos mintam para Julian.
— Não — retrucou Mark, e sua boca se curvou no canto. — Isso não seria prático.
— Se não vai fazer, diga — falou Emma. — Ou diga o que posso fazer para convencê-lo. Isso não é por mim, Mark, é por Julian. Pode salvar a vida dele. Não posso revelar mais do que isso. Tenho que pedir que confie em mim. Eu o protegi por todos esses anos. Isso... isso faz parte.
O sol estava se pondo. O quarto era preenchido por uma luz avermelhada. Projetava um brilho rosado sobre o cabelo e a pele de Mark. Emma se lembrou dela mesma aos 12 anos, como achava Mark bonito. Não foi tão longe a ponto de se transformar em paixonite, mas ela conseguia enxergar outro passado para si, um em que Mark não era tirado deles. Um em que ele tivesse estado presente, e assim ela se apaixonaria por ele, e não pelo irmão. Um em que ela se tornasse *parabatai* de Julian, e se casasse com o irmão dele, e eles estariam na vida um do outro, ligados eternamente de todas as formas que as pessoas pudessem ser ligadas, e seria tudo que deveriam querer.
— Você quer que eu diga a ele, a todos, que estamos nos apaixonando? — falou. — Não que já estamos apaixonados?
Ela ruborizou.
— Tem que ser plausível.
— Há muita coisa que não está me contando. — Os olhos dele estavam acesos. Ele estava parecendo menos humano e mais fada agora, pensou ela, examinando a situação, se posicionando na cuidadosa dança da manipulação. — Presumo que queira que todos saibam que nos beijamos. Talvez feito mais.

Ela fez que sim com a cabeça. Definitivamente podia sentir as bochechas ruborizando.

— Juro para você, explicarei o máximo que puder — falou ela— se você concordar. E juro que isso pode salvar a vida de Julian. Detesto pedir que minta, mas...

— Mas por quem você ama, você faz qualquer coisa — disse ele, e ela não tinha resposta para isso. Ele definitivamente estava sorrindo agora, a boca curvada com divertimento. Ela não sabia dizer se era um divertimento humano ou fada, que adorava o caos. — Dá para entender por que me escolheu. Estou aqui, perto, e teria sido fácil iniciarmos uma relação. E não estamos comprometidos com mais ninguém. E você é, como eu disse, uma menina linda, e espero que não me ache horroroso.

— Não — falou Emma. Alívio e mil outras emoções correram por suas veias. — Não é horroroso.

— Então, suponha que eu só tenha mais uma pergunta — disse Mark. — Mas primeiro... — Ele se virou, e muito deliberadamente fechou a porta dela.

Quando olhou novamente para ela, ele nunca se pareceu tanto com um integrante do Povo das Fadas. Seus olhos estavam cheios de um entretenimento selvagem, um descuido que insinuava um mundo onde não havia Lei humana. Ele pareceu trazer a selvageria do Reino das Fadas para o quarto consigo: uma magia doce e fria que não deixava de ser amarga em suas raízes.

A tempestade lhe chama, assim como a mim, não é mesmo?

Ele estendeu a mão para ela, meio chamando, meio oferecendo.

— Por que mentir? — disse ele.

Epílogo

Annabel

Durante anos o túmulo foi seco. Agora água do mar pingava através dos buracos finos e porosos na pedra, e, com a água do mar, sangue.
 Caiu em ossos rachados e ligamentos secos, e ensopou sua mortalha. Umedeceu seus lábios envelhecidos. Trouxe consigo a magia do oceano e, com ela, o sangue daquele que a amou, uma magia ainda mais estranha
 Em seu túmulo próximo ao mar retumbante, os olhos de Annabel se abriram.

Agradecimentos

É preciso um bocado de gente para impedir a ruína de um livro. Sarah Rees Brennan, Holly Black, Leigh Bardugo, Gwenda Bond e Christopher Rowe, Stephanie Perkins, Morgan Matson, Kelly Link e Jon Skovron, todos ajudaram e deram conselhos. Maureen Johnson, Tessa Gratton, Natalie Parker, Ally Carter, Sarah Cross, Elka Cloke, Holly e Jeffrey Rowland e Marie Lu, todos vibraram das arquibancadas. Viviene Hebel fez minhas traduções para o espanhol, e por isso serei eternamente grata. Eu posso ter crescido em Los Angeles, mas meu espanhol, como o de Emma, é péssimo. Tenho uma dívida imensa com Emily Houk e Andrea Davenport.

Minha gratidão de sempre para meu agente, Russell Galen; minha editora, Karen Wojtyla, e a equipe da Simon & Schuster por fazer tudo acontecer. E finalmente, meu agradecimento a Josh, o verdadeiro grande craque.

Dama da Meia-Noite foi escrito em Los Angeles, Califórnia; San Miguel de Allende, México; e Menton, França.

Notas do autor

"Water washes, and tall ships founder, and deep death Waits", em tradução livre "água lava, navios vão a pique, e a morte profunda espera", na pg. 166, é de Hymm to Proserpine [Hino à Prosérpina], de Swimburne.

"Your heart is a weapon the size of your fist", ou "Seu coração é uma arma do tamanho do seu pulso", na pg. 449, é um grafite real, que ficou famoso após ter sido pichado em uma parede na Palestina. Agora é possível encontrá-lo em todos os lugares.

"Pois todo o sangue derramado na terra corre por aquele lugar", pg. 166, é da balada de Tam Lin.

Muitos dos lugares que Emma frequenta são reais ou baseados em lugares que existem em Los Angeles, mas alguns são imaginários. A Delicatessen Canter existe, o Teatro da Meia-Noite não. O Tridente de Poseidon foi inspirado em um restaurante de frutos do mar, Neptune's Net — neste não existem chuveiros nos fundos. A casa de Malcolm e a de Stanley Wells foram inspiradas em casas reais. Cresci em Los Angeles, então, de muitas maneiras essa é a LA que eu sempre imaginei quando criança: cheia de magia.

Este livro foi composto na tipologia Minion
Pro Regular, em corpo 11/14, e impresso em
papel off-white no Sistema Cameron da
Divisão Gráfica da Distribuidora Record.

Uma longa conversa

Clary olhou em volta da sala de música do Instituto com um sorriso. Era uma noite quente de verão em Nova York, as janelas estavam abertas e Magnus havia produzido magicamente pingentes de gelo que pendiam do teto e refrescavam o ambiente. O recinto estava cheio de pessoas que Clary amava e com as quais se importava, e em sua opinião, estava muito bonito, considerando que ela teve um prazo de 24 horas para correr e encontrar algum lugar no Instituto onde pudessem dar uma festa.

Realmente não existia razão para *não* sorrir.

Dois dias antes, Simon tinha aparecido no Instituto, arfando e com os olhos arregalados. Jace e Clary estavam na sala de treinamento, verificando a nova tutora do Instituto, Beatriz Mendoza, e alguns dos alunos do Conclave.

— Simon! — exclamou Clary. — Eu não sabia que você estava em Nova York.

Simon tinha se formado na Academia dos Caçadores de Sombras como *parabatai* de Clary e como Recrutador, um cargo criado pela Consulesa para ajudar a reabastecer as tropas de Caçadores de Sombras, diminuídas com a Guerra Maligna. Quando prováveis candidatos a Ascender eram encontrados, Simon ia até eles para falar sobre o que significava se tornar um Caçador de Sombras após a vida mundana. Era um trabalho que frequentemente o levava para longe de Nova York, e essa era a desvantagem; a parte boa era que Simon realmente parecia gostar de ajudar mundanos assustados com a Visão a sentir que não estavam sozinhos.

Não que Simon parecesse capaz de confortar qualquer um nesse momento. Ele parecia ter sido atingido por um tornado.

— Acabei de pedir Isabelle em casamento — anunciou ele.

Beatriz gritou de alegria. Alguns dos alunos, temendo um ataque demoníaco, também gritaram. Um deles caiu de uma viga e tombou com força no tatame. Clary começou a chorar de alegria e abraçou Simon.

Jace deitou no chão com os braços abertos.

— Vamos ser uma família — falou ele melancolicamente. — Você e eu, Simon, seremos irmãos. As pessoas vão pensar que somos *parentes*.

— Ninguém vai pensar isso — disse Simon, com a voz abafada pelo cabelo de Clary.

— Estou tão feliz por você, Simon — disse Clary. — Você e Izzy serão tão, tão felizes. — Ela se virou e encarou Jace. — Quanto a você, pode se levantar para dar os parabéns a Simon ou vou entornar todo o seu xampu caro no ralo.

Jace se levantou; ele e Simon trocaram tapinhas nas costas um jeito másculo, e Clary ficou feliz por perceber que ela tinha orquestrado aquilo. Jace e Simon eram amigos havia anos, mas Jace ainda parecia achar que precisava de desculpas para demonstrar o seu afeto; Clary sentia-se feliz em oferecê-las.

— Correu tudo bem com o pedido? Foi romântico? Você a surpreendeu? Não acredito que não me contou que ia fazer isso. — Clary deu um tapa no braço de Simon. — Tinha rosas? Izzy adora rosas.

— Foi no impulso — disse Simon. — Um pedido impulsivo. Estávamos na Ponte do Brooklyn. Izzy tinha acabado de arrancar a cabeça de um demônio Shax.

— E coberta de icor, você nunca a achou tão bela? — perguntou Jace.

— Algo do tipo — respondeu Simon.

— Essa foi a coisa mais Nephilim que já ouvi — disse Clary. — E os detalhes? Você se ajoelhou?

— Caçadores de Sombras não fazem isso — disse Jace.

— É uma pena — falou Clary. — Adoro essa parte nos filmes.

— Então por que você parece tão assustado? — perguntou Jace. — Ela disse sim, não disse?

Simon passou os dedos no cabelo.

— Ela quer uma festa de noivado.

— *Open bar* — disse Jace, que tinha desenvolvido um interesse em mixologia que Clary achava divertido. — Definitivamente *open bar*.

— Não, vocês não estão entendendo — emendou Simon. — Ela quer que seja daqui a dois dias.

— Hum — disse Clary. — Dá para entender por que ela está animada para dar a notícia aos amigos e à família, mas certamente tem como esperar mais um pouco...?

Quando Jace falou, a voz saiu seca:

— Ela quer que seja no aniversário de Max.

— Ah — respondeu Clary baixinho. Max, o mais jovem e doce dos Lightwood, o irmãozinho de Izzy e Alec. Ele teria 15 anos agora, quase a mesma idade de Tiberius e Livvy Blackthorn. Dava para entender totalmente por que Isabelle queria sua festa de noivado em uma ocasião em que sentiria que Max estava com ela. — Bem, você pensou em pedir ajuda a Magnus?

— Claro que sim — respondeu Simon. — E ele disse que ajudaria se pudesse, mas estão resolvendo aquela história com Rafael...

— Certo — falou Clary. — Então você quer a nossa ajuda?

— Queria poder fazer aqui — disse Simon. — No Instituto. E você poderia me ajudar com algumas coisas que eu não entendo bem?

Clary sentiu um medo crescente. O Instituto tinha passado por grandes reformas recentemente: algumas ainda em andamento. O salão de festas quase não era utilizado e seria transformado em uma segunda sala de treinamento, e vários andares estavam atulhados de pilhas de azulejos e madeira. Havia a sala de música, que era enorme, mas estava abarrotada com antigos violoncelos, pianos e até um órgão.

— Que tipo de coisas?

Simon olhou para ela com grandes olhos castanhos, feito um cachorrinho.

— Flores, bufê, decoração...

Clary resmungou. Jace afagou seu cabelo.

— Você consegue — encorajou ele, e Clary pôde ouvir no tom de voz que ele estava sorrindo. — Eu acredito em você.

E foi assim que Clary foi parar na sala de música do Instituto, com os pingentes de gelo brilhantes de Magnus pingando em seu vestido verde. De vez em quando Magnus fazia algumas mudanças, e pétalas ilusórias de rosas sopravam pelo recinto. Alguns dos integrantes do bando de licantropes de Maia ajudaram a mover a harpa, o órgão e vários outros instrumentos para a sala vazia ao lado (a porta estava firmemente fechada agora, semioculta por uma cachoeira enfeitiçada de borboletas caindo).

Lembrava Clary um pouco da corte da Rainha Seelie, que se apresentou diferente em todas as vezes que a visitou, anos antes: gelo brilhando algumas vezes, veludo vermelho macio em outras. Ela sentiu uma leve pontada, não pela Rainha, que foi cruel e traiçoeira, mas pela magia das fadas. Desde a Paz Fria, eles nunca mais visitaram as Cortes do Reino das Fadas. O Central Park não era mais ocupado com danças em noites de lua cheia. Não dava mais para ver pixies e sereias nas águas do rio Hudson. Às vezes, tarde da noite, ela ouvia os ruídos solitários e agudos da Caçada Selvagem cavalgando pelo céu, pensava em Mark Blackthorn e sofria Mas Gwyn e seu povo jamais se sujeitaram a qualquer lei, e o barulho da Caçada não substituía a música das festas de fadas que outrora transbordava de Hart Island.

Ela havia conversado com Jace sobre o assunto, e ele concordava com ela, tanto como namorado, quanto como codiretor do Instituto: o mundo dos Caçadores de Sombras, sem o Povo das Fadas, perdia o equilíbrio. Caçadores de Sombras precisavam do Submundo. Sempre precisaram. Fingir que o Povo das Fadas não existia só causaria um desastre. Mas eles não eram o Conselho — apenas os líderes muito jovens de um único Instituto. Então esperavam e tentavam se preparar.

Certamente, Clary pensou, não havia outro Instituto — até onde ela sabia — que fosse fazer uma festa como aquela. Os alunos de Beatriz atuavam como garçons, carregando bandejas de canapés ao redor do recinto — os canapés foram oferecidos pela irmã de Simon, que gerenciava um restaurante no Brooklyn, e as travessas e talheres eram de peltre, não de prata, em homenagem aos lobisomens presentes.

Por falar em Submundo, Maia estava rindo em um canto, de mãos dadas com Morcego. Usava um vestido laranja ondulante, os cachos arrumados e o medalhão da Praetor Lupus brilhando em seu pescoço moreno.

Ela estava conversando com Luke, o padrasto de Clary, os óculos levantados na cabeça. Havia um pouco mais de grisalho em sua cabeça atualmente, mas os olhos continuavam brilhantes como sempre. Jocelyn havia se refugiado em um dos escritórios para ter uma longa conversa com Maryse Lightwood, potencial sogra de Simon. Clary não podia evitar imaginar se ela estava discursando sobre como os Lightwood tinham sorte de ter Simon na família e seria bom que não se esquecessem disso.

Julie Beauvale, a *parabatai* de Beatriz, passou por eles com uma bandeja de docinhos. Enquanto Clary observava, Lily, a líder do clã de vampiros de Nova York, pegou um doce da bandeja, deu uma piscadela para Morcego e Maia, e foi até o piano, passando por Simon, que conversava com os pais de Isabelle — Robert e Maryse Lightwood —, pelo caminho. Simon usava um terno cinza e parecia nervoso o bastante para saltar da própria pele.

Jace estava tocando, seu blazer de veludo permanecia pendurado no encosto da cadeira, as mãos esguias dançando sobre as teclas do piano. Clary não pôde deixar de se lembrar da primeira vez que o viu no Instituto, tocando piano, de costas para ela. *Alec?*, ele dissera. *Alec, é você?*

A expressão de Jace estava focada e séria, do jeito que só ficava quando fazia alguma coisa que considerava digna de toda a sua concentração — lutando, tocando música ou beijando. Ele levantou os olhos, como se pudesse sentir o olhar de Clary, e sorriu para ela. Mesmo depois de todo esse tempo, ele ainda a fazia sentir calafrios na espinha.

Clary tinha um orgulho imenso dele. Eles ficaram tão surpresos quanto todo mundo quando o Conclave os elegeu como os novos diretores do Instituto após a saída de Maryse. Tinham apenas 19 anos, e ela presumiu que Alec ou Isabelle fossem assumir, mas ambos recusaram. Isabelle queria viajar, e Alec estava envolvido com a Aliança entre Caçadores de Sombras e Integrantes do Submundo que estava criando.

Eles podiam recusar, Clary disse a Jace na época. Ninguém poderia obrigá-los a dirigir um Instituto, e eles tinham planejado viajar o mundo juntos enquanto Clary pintava e Jace combatia demônios em locais inusitados. Mas ele queria. Ela sabia que, no coração dele, esta era uma forma de retribuir pelas pessoas que perderam na guerra, que não conseguiram salvar. Pela sorte que tiveram em passar por tudo aquilo com todas as pessoas que amavam praticamente ilesas. Pelo fato de que o mundo havia lhe presenteado com Alec, Isabelle e Clary, quando ele achava que jamais teria um melhor amigo, uma irmã, e que jamais se apaixonaria.

Dirigir o Instituto era um trabalho difícil. Exigia todas as capacidades de encanto de Jace e o instinto de Clary para manter a paz e firmar alianças. Sozinhos, nenhum dos dois conseguiria, mas, juntos, a determinação de Clary equilibrava a ambição de Jace, seu conhecimento do mundo mundano e seus aspectos práticos, o ancestral sangue e treinamento Nephilim de Jace. Ele sempre foi o líder natural do grupo deles, um estrategista comprovado, excelente em conseguir perceber quem seria bom em quê. Clary era a que tranquilizava os assustados, assim como a que finalmente instalou um computador na Sala de Estratégia.

Lily sussurrou algo no ouvido de Jace, provavelmente pediu alguma música — ela morreu nos anos 1920 e vivia pedindo jazz —, antes de girar em seus saltos vermelhos e se dirigir a um cobertor que estava aberto em um canto da sala. Magnus estava sentado nele, seu filho Max, um feiticeiro de 3 anos com pele azul-marinho, encolhido ao seu lado. Também no cobertor encontrava-se um menino de 5 anos, um Caçador de Sombras, com cabelos negros emaranhados, que alcançava um livro que Magnus lhe estendia com um sorriso tímido.

Beatriz de repente apareceu ao lado de Clary.

— Onde está Isabelle? — sussurrou.

— Ela quer fazer uma entrada impactante — sussurrou Clary de volta.

— Ela está esperando todo mundo chegar. Por quê?

Beatriz lhe lançou um olhar expressivo e inclinou a cabeça para a porta. Segundos mais tarde, Clary a estava seguindo pelo salão, levantando a saia do vestido para não tropeçar na bainha. Ela se viu no espelho da parede do corredor, o vestido verde da cor de um caule de flor.

Jace gostava quando ela usava verde, combinava com seus olhos, mas houve um tempo em que a cor a incomodou. Ela não conseguia vê-la sem pensar em seu irmão, Jonathan, cujos olhos ficaram verdes ao morrer.

Quando ele era Sebastian, tinha olhos negros. Mas isso foi há muito tempo.

Beatriz a levou até a sala de jantar, que estava cheia de flores. Tulipas holandesas, Clary tinha certeza. Estavam empilhadas nas cadeiras, na mesa, na bancada.

— Acabaram de entregar — disse Beatriz, com um tom trágico, como se fosse um cadáver, e não flores.

— Tudo bem, qual é o problema? — falou Clary.

— Isabelle é alérgica a tulipas — disse uma voz nas sombras. Clary deu um pulo. Alec Lightwood estava sentado em uma cadeira na ponta da mesa, com uma camisa branca para fora da calça social preta, e segurava uma tulipa amarela. Ele estava ocupado arrancando pétalas com sua mão de dedos longos. — Beatriz, posso falar com Clary um instante?

Beatriz fez que sim com a cabeça, parecendo aliviada por entregar o problema a outra pessoa, e se retirou.

— O que houve, Alec? — perguntou Clary, dando um passo em direção a ele. — Por que você está aqui, e não com o restante dos convidados?

— Minha mãe disse que talvez a Consulesa apareça — respondeu ele sombriamente.

Clary o encarou.

— E? — falou. Não era como se Alec fosse um criminoso procurado.

— Você sabe sobre Rafe, certo? — perguntou ele. — Quero dizer, sobre os detalhes.

Clary hesitou. Há alguns meses Alec tinha sido enviado a Buenos Aires para averiguar alguns ataques de vampiros. Enquanto estava lá, encontrou um menino Caçador de Sombras de 5 anos, um sobrevivente da destruição do Instituto de Buenos Aires durante a Guerra Maligna. Ele e Magnus viajaram de Portal para a Argentina muitas vezes, sem contar a ninguém o que estavam fazendo, até que um dia apareceram em Nova York com um menino magrinho e de olhos arregalados e anunciaram a sua adoção. Ele seria filho deles e irmão de Max.

Chamaram-no de Rafael Santiago Lightwood.

— Quando encontrei Rafe, ele estava morando na rua, morto de fome — disse Alec. — Roubando comida de mundanos, tendo pesadelos porque tinha a Visão e enxergava monstros. — Mordeu o lábio. — A questão é que nos deixaram adotar Max porque ele é do Submundo. Ninguém o queria. Ninguém se importava. Mas Rafe é um Caçador de Sombras e Magnus... não. Não sei como o Conselho vai se sentir em relação a um integrante do Submundo criando uma criança Nephilim, principalmente quando estão desesperados por novos Caçadores de Sombras.

— Alec — falou Clary com firmeza —, não vão tirar Rafe de vocês. Não vamos deixar.

— *Eu* não vou deixar — garantiu Alec. — Eu mataria todos eles antes disso. Mas isso seria estranho e arruinaria a festa.

Clary teve uma imagem mental breve, porém vívida, de Alec atirando nos convidados com seu arco e flecha enquanto Magnus os matava com fogo mágico. Ela suspirou.

— Você tem algum motivo para acreditar que vão levar Rafe? Recebeu algum sinal, alguma reclamação do Conselho?

Alec balançou a cabeça.

— Não. É que... você conhece esse Conselho. A Paz Fria significa que estão irritáveis o tempo todo. E, apesar de haver integrantes do Submundo no Conselho agora, não confiam neles. Às vezes, acho que estão piores do que eram antes da Guerra Maligna.

— Não vou dizer que está errado — falou Clary. — Mas posso dar uma sugestão?

— A sugestão é envenenar a bebida? — perguntou Alec, com ansiedade preocupante.

— Não — respondeu Clary. — Eu só ia dizer que você talvez esteja direcionando a sua ansiedade para o lugar errado.

Alec pareceu confuso. Termos psicológicos mundanos nem sempre eram compreendidos por Caçadores de Sombras.

— Você está preocupado porque um filho é assunto sério e isso tudo aconteceu muito de repente — disse Clary. — Mas Max também foi repentino. E você e Magnus são ótimos pais. Vocês se amam muito, e isso só significa que têm mais amor para dar. Você jamais deve se preocupar com a hipótese de não ter amor suficiente para quantos filhos quiser ter na vida.

Os olhos de Alec brilharam por um instante, azul luminoso sob cílios negros. Ele se levantou e foi até onde Clary estava perto da porta.

— Garota sábia — falou ele.

— Você nem sempre me achou sábia.

— Não, eu a achava uma peste, mas agora a conheço bem. — Ele deu um beijo na cabeça dela e passou pela porta, ainda segurando a tulipa.

— Jogue isso fora antes de chegar à sala de música! — gritou Clary para ele, imaginando Isabelle caída no chão, cheia de urticária.

Ela suspirou e fixou o olhar nas tulipas. Supunha que ainda fosse possível ter uma festa sem flores. Mesmo assim...

Bateram à porta. Uma menina com um vestido de retalhos de seda com longos cabelos castanhos trançados em volta da cabeça. Rebecca, a irmã de Simon.

— Posso entrar? — perguntou ela, abrindo a porta. — Uau, tulipas!

— Isabelle é alérgica a tulipas — falou Clary, pesarosa. — Aparentemente.

— Que pena — disse Rebecca. — Pode falar um segundo?

Clary fez que sim com a cabeça.

— Claro, por que não?

Rebecca entrou e se sentou na beira da mesa.

— Eu queria agradecer — disse ela.

— Pelo quê?

— Por tudo. — Rebecca olhou em volta, assimilando os retratos de Caçadores de Sombras ancestrais, com motivos de anjos e espadas cruzadas. — Eu ainda não sei muito sobre essa coisa de Caçadores de Sombras. Simon só pode me contar pouco. Não sei, de fato, qual é o trabalho dele...

— Ele é um Recrutador — respondeu Clary, sabendo que isso não significaria nada para Rebecca, mas ela sentia orgulho de Simon. Tudo que aconteceu com ele foi difícil, doloroso, desafiador (ser um vampiro, perder a memória, tornar-se Caçador de Sombras, perder George), mas ele transformou isso em uma maneira de ajudar as pessoas. — Perdemos muitos Caçadores de Sombras na guerra há cinco anos. E desde então estamos tentando arrumar novos. Os melhores candidatos são mundanos que têm sangue de Caçador de Sombras, o que frequentemente significa que eles não sabem que são Caçadores de Sombras, mas têm a Visão. Conseguem ver vampiros, lobisomens, magia; coisas que podem fazer com que a pessoa pense que está enlouquecendo. Simon conversa com eles, conta sobre como é se tornar Caçador de Sombras, por que é difícil e por que é importante.

Clary sabia que provavelmente não devia dizer nada disso a uma mundana. Por outro lado, ela provavelmente não deveria sequer deixar que Rebecca entrasse no Instituto, quanto mais contratá-la para cuidar do bufê. Mas, quando Clary e Jace assumiram o Instituto, juraram um para o outro que seriam um tipo diferente de guardiões.

Afinal de contas, Clary e Simon também foram "mundanos" que não deveriam entrar no Instituto.

Rebecca estava balançando a cabeça.

— Certo, eu não entendo nada disso. Mas meu irmãozinho é importante, não é?

Clary sorriu.

— Ele sempre foi importante para mim.

— Ele está muito feliz — disse Rebecca. — Com a vida dele, com Isabelle. E tudo isso é graças a você. — Ela se inclinou para a frente e falou em um sussurro conspiratório. — Quando você e Simon se tornaram amigos e ele a trouxe para casa da escola, minha mãe me disse: "essa menina vai trazer magia à vida dele". E você trouxe.

— Literalmente — respondeu Clary. Rebecca permaneceu impassível. Ah, céus, Jace teria rido. — Quero dizer, que bom, e fico muito feliz. Você sabe que amo Simon como um irmão...

— Clary! — Clary levantou o olhar, alarmada, temendo ser Isabelle, mas se enganou: era Lily Chen, com Maia Roberts. A líder do clã de lobisomens de Nova York e a líder do clã de vampiros de Nova York, juntas.

Não que fosse incomum vê-las juntas: eram amigas. Mas eram também aliadas políticas que frequentemente se viam em polos opostos de uma discussão.

— Oi, Rebecca — cumprimentou Maia. Ela acenou, e o seu anel de bronze brilhou. Ela e Morcego tinham trocado anéis de compromisso havia algum tempo, mas nada era oficial. Maia era a alfa dos lobisomens de Manhattan, encarregada de reconstruir a Praetor Lutus e estudando para conseguir sua licenciatura em Admnistração. Era extremamente competente.

Lily olhou sem interesse para Rebecca.

— Clary, precisamos falar com você — disse. — Tentei conversar com Jace, mas ele está tocando piano, e Magnus e Alec estão ocupados com aquelas pequenas criaturas.

— Crianças — respondeu Clary. — São crianças.

— Eu *informei* Alec de que precisávamos de assistência e ele mandou falar com você — disse Lily, soando irritada.

Ela gostava de Alec, do jeito dela. Ele foi o primeiro Caçador de Sombras a, de fato, ceder e trabalhar com ela e Maia, unindo seu conhecimento Nephilim às habilidades do Submundo delas. Quando Jace e Clary assumiram o Instituto, eles também entraram nessa estranha aliança; Isabelle e Simon participavam quando podiam, e Clary tinha armado uma Sala de Estratégia para eles, cheia de mapas e planos, e importantes contatos em caso de emergência.

E havia muitas emergências. A Paz Fria significava que partes de Manhattan que pertenciam ao Povo das Fadas foram arrancadas deles, e outros grupos do Submundo lutavam pelos restos. Muitas foram as noites em que Clary e Jace, junto a Alec, Lily e Maia, se sentaram tentando acertar algum detalhe da trégua entre vampiros e licantropes ou conter algum plano de vingança antes mesmo que pudesse começar. Magnus tinha até criado feitiços especiais para que Lily pudesse entrar no Instituto apesar de ser terreno sagrado, coisa que Jace disse que, até onde sabia, jamais tinha sido feita para qualquer outro vampiro.

— É sobre o High Line — contou Maia. High Line era um parque público construído no alto de uma linha de trem descontinuada no centro, que recentemente tinha sido aberto ao público.

— O *High Line*? — repetiu Clary. — Como assim, vocês de repente estão interessadas em projetos urbanistas?

Rebecca acenou para Lily.

— Oi, eu sou Rebecca. Seu delineador é incrível.

Lily ignorou.

— Por causa da elevação, é um novo território de Manhattan — explicou ela —, portanto, não pertence aos vampiros nem aos licantropes. Ambos os clãs estão tentando se apossar dele.

— Realmente precisamos discutir isso agora? — perguntou Clary. — É a festa de noivado de Isabelle e Simon.

— Ah, meu Deus! — Rebecca se levantou de um pulo. — Esqueci! A apresentação de slides!

Ela saiu correndo, e Clary ficou observando.

— Apresentação de slides?

— Entendo que em eventos como este é tradicional humilhar os noivos com fotos da infância de cada um — explicou Lily. Clary e Maia a encararam. Ela deu de ombros. — O que foi? Eu assisto à TV.

— Veja, eu sei que não é um bom momento para incomodá-la com isso — disse Maia —, mas a questão é a seguinte: aparentemente tem um grupo de licantropes e outro de vampiros se enfrentando lá agora. Precisamos de ajuda do Instituto.

Clary franziu o rosto.

— Como vocês sabem o que está acontecendo?

Maia levantou o telefone.

— Acabei de falar com eles — respondeu sucintamente.

— Me dê aqui — falou Clary, sombria. — Tudo bem, com quem estou falando?

— Leila Haryana — disse Maia. — Ela é do meu bando.

Clary pegou o telefone, apertou o botão de rediscagem e esperou até a voz da menina atender do outro lado.

— Leila — disse. — Aqui quem fala é Clarissa Fairchild, do Instituto. — Fez uma pausa. — Sim, a diretora do Instituto. Sou eu. Olha, sei que está no High Line. Sei que está prestes a combater um clã de vampiros. Preciso que pare com isso.

Gritos indignados se seguiram. Clary suspirou.

— Os Acordos ainda são os Acordos — continuou. — E isso é uma transgressão. Segundo, hum, a seção sete, parágrafo 42, vocês devem levar disputas territoriais ao Instituto mais próximo antes de lutarem.

Mais discussão em voz baixa.

Clary cortou.

— Diga aos vampiros o que falei. E estejam aqui no Santuário cedo. — Ela pensou no champanhe na sala de música. — Talvez não tão cedo. Cheguem às onze, dois vampiros e dois licantropes, e vamos resolver isso. Se não o fizerem, serão considerados inimigos do Instituto.

Concordância aos resmungos.

Clary parou.

— Certo — falou. — Então tá. Tenha um bom dia.

Desligou.

— Tenha um bom dia? — disse Lily, erguendo as sobrancelhas.

Clary resmungou, devolvendo o telefone a Maia.

— Sou péssima em me despedir.

— Qual é o parágrafo 42 da seção sete? — perguntou Maia.

— Não faço ideia — respondeu Clary. — Eu inventei.

— Nada mal — admitiu Lily. — Agora vou voltar para a sala de música e avisar Alec que na próxima vez que precisarmos dele, é bom que ele atenda ou posso acabar mordendo alguma daquelas crianças dele.

Ela saiu, girando a saia.

— Eu vou impedir que esse desastre aconteça — falou Maia apressadamente. — Até mais tarde, Clary!

Ela partiu, deixando Clary apoiada contra a grande mesa no meio do recinto, respirando fundo, se acalmando. Ela tentou se imaginar em um local plácido, talvez na praia, mas isso só a fez pensar no Instituto de Los Angeles.

Ela e Jace foram para lá um ano após a Guerra Maligna para ajudar a restabelecer o local — foi o Instituto que mais sofreu com os ataques de Sebastian. Emma Carstairs os ajudou em Idris, e Clary sentiu um senso de proteção em relação à menininha loura. Eles passaram um dia organizando livros na nova biblioteca, e depois Clary levou Emma para a praia, para olharem conchas e vidro marinho. Emma estava fazendo uma pulseira. Mas se recusou a entrar na água e, até mesmo, a passar muito tempo olhando para ela.

Clary havia perguntando se estava tudo bem.

— Não é comigo que me preocupo — respondera Emma. — É Jules. Eu faria qualquer coisa para ele ficar bem.

Clary a olhou longamente, mas Emma, observando o pôr do sol ardente vermelho e laranja, não viu.

— Clary! — A porta abriu explosivamente outra vez. Finalmente era Isabelle, radiante com um vestido de seda lilás e sandálias brilhantes. Assim que entrou, começou a espirrar.

Clary se sentou ereta.

— Pelo Anjo... — O epíteto Nephilim agora vinha sem pensar, quando outrora parecia uma frase estranha. — Vamos.

— *Tulipas* — disse Isabelle com a voz engasgada enquanto Clary a levava para o corredor.

— Eu sei — retrucou Clary, abanando a amiga e pensando se um símbolo de cura ajudaria com as alergias. Isabelle espirrou de novo, os olhos se enchendo de lágrimas. — Sinto *tanto*...

— Dão ézua gulba — disse Isabelle, o que Clary traduziu do alergiês como *não é sua culpa*.

— Mas é!

— Pffbt — disse Isabelle sem elegância, e acenou com a mão. — Dão zi breogubi. Já vai belhorar.

— Eu encomendei rosas — explicou Clary. — Juro que encomendei. Não sei o que aconteceu. Vou até a floricultura matá-los amanhã. Ou talvez Alec faça isso. Ele está com um instinto assassino hoje.

— Nada está arruinado — falou Isabelle, com a voz normal. — E ninguém precisa morrer. Clary, eu vou me casar! Com Simon! Estou *feliz*! — Ela se alegrou. — Eu achava que havia fraqueza em entregar seu coração a alguém. Achava que poderiam partir meu coração. Mas agora já sei. E é graças a Simon, mas também a você.

— Como assim, graças a mim?

Isabelle deu de ombros, timidamente.

— É que você ama muito. Com tanta vontade. Você oferece tanto. E isso sempre a deixou mais forte.

Clary percebeu que estava com os olhos lacrimejando.

— Sabe, casar com Simon significa que vamos ser irmãs, basicamente, certo? A pessoa que se casa com seu *parabatai* não é como se fosse sua irmã?

Isabelle a abraçou. Por um instante ficaram abraçadas no corredor escuro. Clary não pôde deixar de se lembrar dos primeiros gestos amistosos que ela e Isabelle realmente tiveram uma com a outra, agora há tanto tempo, ali nos corredores do Instituto. *Não fiquei preocupada só com Alec. Mas com você também.*

— Por falar em amor e em coisas relacionadas ao amor — disse Isabelle com um sorriso travesso, afastando-se de Clary —, que tal um casamento duplo? Você e Jace...

O coração de Clary parou. Ela nunca teve talento para esconder suas expressões ou sentimentos. Isabelle olhou para ela, confusa, prestes a perguntar alguma coisa — provavelmente se havia algo errado — quando a porta da sala de música reabriu, e luz e música transbordaram para o corredor. A mãe de Isabelle, Maryse, se inclinou para fora.

Ela estava sorrindo, claramente feliz. Clary ficou contente em ver isso. Maryse e Robert finalizaram o divórcio depois da Guerra Maligna. Robert se mudou para a Casa do Inquisidor em Idris. Maryse continuou em Nova York para dirigir o Instituto, mas ficou feliz em entregá-lo a Clary e Jace alguns anos depois. Continuou em Nova York, supostamente para ajudá-los caso não dessem conta, mas Clary desconfiou que era para ficar mais perto dos filhos — e do neto, Max. Havia mais branco em seu cabelo agora do que o que Clary se lembrava quando a conheceu, mas tinha a coluna ereta; a postura ainda era de Caçadora de Sombras.

— Isabelle! — chamou ela. — Estão todos esperando.

— Ótimo — disse Isabelle —, assim minha entrada será impactante! — E deu o braço para Clary, antes de seguir pelo corredor. As luzes brilhantes da sala de música de repente estavam diante delas, e a sala cheia de pessoas se virando, sorrindo para vê-la na entrada.

Clary procurou Jace, como sempre fazia: o rosto dele era sempre o primeiro que ela via quando entrava em algum lugar. Ele continuava tocando, uma melodia leve, discreta, mas, quando ela entrou, ele deu uma piscadela.

O anel Herondale brilhou com a iluminação de dezenas de globos de luz em forma de estrela, que pairavam pelo recinto: sem dúvida, obra de Magnus. Clary pensou em Tessa, que tinha lhe dado aquele anel para entregar a Jace, e desejou que ela estivesse ali. Ela sempre adorou ver Jace tocando piano.

Vibrações eclodiram quando Isabelle entrou. Ela olhou em volta, sorrindo, claramente confortável. Soprou um beijo para Magnus e Alec, onde estavam sentados com Max e Rafe, que assistia, confuso. Maia e Morcego assobiaram, Lily ergueu o copo, Luke e Rebecca sorriram, e Maryse e Robert observaram orgulhosos enquanto Isabelle avançava e pegava a mão de Simon.

O rosto de Simon ardeu de felicidade. Na parede atrás dele, a apresentação de slides que Rebecca havia mencionado continuava. Uma citação piscava na parede: *Casamento é como uma longa conversa que termina cedo demais.*

Eca! pensou Clary. Mórbido. Ela observou Magnus colocar a mão sobre a de Alec, que assistia à apresentação com Rafael no colo. Fotos de Simon — e bem menos fotos de Isabelle; Caçadores de Sombras não davam muita importância a fotos — piscavam, aparecendo e desaparecendo na parede branca atrás da harpa.

Lá estava Simon, bebê, nos braços da mãe — Clary desejou que ela estivesse aqui, mas o conhecimento de Elaine sobre os Caçadores de Sombras era nulo. Até onde sabia, Isabelle era uma boa menina que trabalhava em um estúdio de tatuagem. E Simon, aos 6 anos, sorrindo com dois dentes faltando. Simon, adolescente, com seu violão. Simon e Clary, aos 10 anos, no parque, sob uma cachoeira de folhas cadentes de outono.

Simon olhou para a foto e sorriu para Clary, os olhos formando ruguinhas nos cantos; Clary tocou o antebraço direito, onde estava sua marca *parabatai*. Torceu para que ele conseguisse enxergar nos olhos dela tudo que ela estava sentindo: que ele era sua âncora, a base da sua infância e o farol de sua vida adulta.

Através de um borrão de lágrimas, ela percebeu que a música tinha cessado. Jace estava do outro lado da sala, sussurrando para Alec, a cabeça clara e a escura próximas. A mão de Alec tocava o ombro de Jace, e ele fazia um sinal afirmativo de cabeça.

Há muito tempo ela olhava para Jace e Alec, e via melhores amigos. Ela sabia o quanto Jace amava Alec, desde a primeira vez em que viu Alec ferido, e Jace — cujo autocontrole era quase assustador — desmoronara. Ela via como ele encarava qualquer um que dissesse alguma coisa ruim sobre Alec; os olhos cerrados, mortalmente dourados. E ela achava que entendia, pensava *melhores amigos*, como ela e Simon eram.

Agora que Simon era se tornara seu *parabatai*, ela entendia muito mais. A forma como você ficava mais forte quando seu *parabatai* estava presente. A forma como eram um espelho que mostrava sua melhor forma. Ela não conseguia imaginar perder seu *parabatai*, não podia imaginar o inferno que seria.

Mantenha-o seguro, Isabelle Lightwood, ela pensou, olhando para Isabelle e Simon, de mãos dadas. *Por favor, mantenha-o seguro.*

— Clary. — Estava tão perdida em pensamentos que não viu Jace se afastar de Alec e se aproximar. Ele estava atrás dela agora; conseguia sentir o cheiro da colônia com a qual o presenteara no Natal, o cheiro fraco do sabão e do xampu dele, sentiu a suavidade do blazer quando tocou o braço no dela. — Vamos...

— Não podemos escapar, a festa é nossa...

— Só um segundo — disse ele, com aquela voz baixa que fazia com que suas más ideias parecessem boas. Ela o sentiu dar um passo para trás e seguiu; estavam perto da porta da sala de estratégia, e entraram sem que ninguém notasse.

Bem, quase sem que ninguém notasse. Alec os observava e, quando Jace fechou — e trancou — a porta, ele lançou a Jace um gesto positivo com os polegares. O que deixou Clary bastante confusa, mas ela não pensou muito a respeito, basicamente porque Jace atravessou a sala com um olhar determinado, a pegou nos braços e a beijou.

Seu corpo todo cantou, como sempre fazia quando se beijavam. Ela jamais ficava entediada, cansada ou acostumada, não mais do que se imaginava cansando de belos sóis poentes, de músicas perfeitas ou de seu livro preferido.

Clary também não achava que Jace tinha se cansado dela. Pelo menos, não pelo jeito como a segurava, como se cada vez fosse a última. Normalmente era assim com ele. Clary sabia que ele tivera uma infância que o deixou inseguro em relação ao amor, e, de certa forma, frágil como vidro, e ela tentava levar isso em conta. Estava preocupada com a festa e os convidados lá fora, mas se sentiu relaxando no beijo, apoiando a mão na bochecha dele até se afastarem para respirar.

— Uau — disse ela, passando o dedo na clavícula dele. — Acho que todo esse romance e pétalas de flores caindo do céu tiveram um efeito e tanto em você, não?

— Shh. — Ele sorriu. Seus cabelos louros estavam bagunçados, os olhos, sonolentos. — Deixe-me viver o momento.

— Que momento é esse? — Ela olhou em volta, entretida. A sala estava pouco iluminada, quase toda a luz vinha das janelas e da luminosidade embaixo da porta. Dava para ver os formatos de instrumentos musicais, fantasmas pálidos cobertos por lençóis brancos. Um piano meia cauda se encontrava contra a parede atrás deles. — O momento de nos escondermos no armário enquanto a festa de noivado dos nossos amigos acontece?

Jace não respondeu. Em vez disso, ele a pegou pela cintura e a levantou, sentando-a sobre a tampa fechada do piano. Os rostos deles estavam na mesma altura; Clary olhou, surpresa. Ele exibia uma expressão séria. Então se inclinou para beijá-la, com as mãos em sua cintura, os dedos agarrando o tecido do vestido.

— Jace — sussurrou ela. Seu coração estava acelerado. O corpo dele se inclinou, pressionando as costas de Clary contra o piano. Os sons de risos e música do lado de fora estavam ficando confusos; ela conseguia ouvir a respiração rápida de Jace e se lembrou do menino que ele foi um dia, na grama com ela, diante da Mansão Wayland em Idris, quando eles se beijaram e se beijaram, e ela percebeu que o amor pode cortar como uma lâmina afiada.

Dava para sentir a pulsação dele. A mão de Jace deslizou para cima, acariciou a alça do seu vestido. Os olhos semicerrados brilhavam no escuro.

— Verde para colar nossos corações partidos — citou ele. Era parte de uma rima infantil Nephilim, uma que Clary conhecia bem. Os cílios dele tocaram a face de Clary, a voz quente em seu ouvido. — Você colou meu coração — sussurrou. — Juntou os cacos de um menino quebrado e irritadiço, e o transformou em um homem feliz, Clary.

— Não — disse ela, com a voz trêmula. — Você fez isso. Eu só... incentivei da arquibancada.

— Eu não estaria aqui sem você — confessou ele; as palavras suaves como música em seus lábios. — Não só você... Alec, Isabelle, até Simon... Mas você é o meu coração.

— E você o meu — retrucou ela. — Sabe disso.

Ele ergueu os olhos para os dela. Os dele eram dourados, firmes e lindos. Ela o amava tanto que suas costelas doíam quando respirava.

— Então aceita? — perguntou ele.

— Aceito o quê?

— Se casar comigo — falou ele.

O chão pareceu desabar sob seus pés. Ela hesitou, só por um segundo, mas pareceu uma eternidade; ela podia jurar que um punho espremia seu coração. E viu o princípio da confusão no rosto dele, então veio uma explosão e a porta explodiu em uma chuva de farpas.

Magnus entrou, parecendo perturbado, seus cabelos negros arrepiados, e as roupas, amarrotadas.

Jace se inclinou para longe de Clary, mas só um pouco. Estava com os olhos cerrados.

— Eu perguntaria "não bate não?", mas é evidente que não faz isso — censurou ele. — Mas estamos ocupados.

Magnus acenou, descartando o que Jace dissera.

— Já flagrei seus ancestrais fazendo coisa pior — disse ele. — Além do mais, é uma emergência.

— Magnus — disse Clary. — É bom que não seja sobre as flores. Ou o bolo.

Magnus desdenhou.

— Eu falei uma emergência. Isso é uma festa de noivado e não a Batalha da Normandia.

— A batalha de quê? — perguntou Jace, que não era muito bom em história mundana.

— O alarme ligado ao mapa disparou — disse Magnus. — O que marca a magia necromante. Houve uma explosão agora em Los Angeles.

Magnus lhe lançou um olhar atravessado.

— O mapa não é tão exato, mas a explosão foi perto do Instituto.

Clary se endireitou, alarmada..

— *Emma* — disse ela. — E Julian. As crianças...

— Lembra que — disse Magnus. — na última vez em que aconteceu, não foi nada. Mas há algumas coisas que me preocupam. — Ele hesitou. — Existe uma convergência de Linhas Ley não muito longe de lá. Eu chequei e parece que algo aconteceu ali. A área está devastada.

— Você tentou Malcon Fade? — perguntou Jace.

— Sem resposta. — Magnus meneou a cabeça.

Clary desceu do piano.

— Você contou para alguém? — perguntou ela. — Além da gente, quero dizer.

— Não quis arruinar a festa por um alarme falso — disse Magnus. — Então só contei...

Um Caçador de Sombras alto apareceu na entrada. Robert Lightwood, com uma bolsa no ombro: Clary viu os cabos de várias lâminas serafim no alto. Ele parou ao ver as roupas amarrotadas e as faces ruborizadas de Clary e Jace.

— A ele — emendou Magnus.

— Com licença — falou.

Jace parecia desconfortável. Robert também. Magnus estava impaciente. Clary sabia que ele não morria de amores por Robert, apesar de as relações terem melhorado depois que ele e Alec adotaram Max. Robert era um bom avô do jeito que nunca foi um bom pai: disposto a sentar no chão e rolar com Max, e agora com Rafe também.

— Será que podemos parar de ficar sem jeito com a vida sexual de Clary e Jace e ir? — perguntou Magnus.

— Isso depende de você — disse Clary. — Eu não posso fazer o Portal; não vi o mapa. É você que sabe para onde vamos.

— Detesto quando tem razão, docinho — disse Magnus em tom resignado, e espalhou os dedos. Faíscas azuis iluminaram o recinto como vaga-lumes, um efeito estranhamente lindo que se abriu em um grande retângulo, um Portal brilhante através do qual Clary podia ver falésias, o brilho da lua na água e o movimento do mar.

Sentiu cheiro de água do mar e sálvia. Jace foi para perto dela, dando as mãos para Clary. Ela sentiu a leve pressão de seus dedos.

Casa comigo, Clary.

Quando voltassem, ela teria que responder. Estava morrendo de medo. Mas, por enquanto, eram Caçadores de Sombras acima de tudo. Com a coluna reta, a cabeça erguida, Clary atravessou o Portal.

* * *